OLIVER TWIST

CHARLES DICKENS
OLIVER TWIST
OU HISTÓRIA DE UM ÓRFÃO

TRADUÇÃO Alexandre Barbosa de Souza

Título original: *Oliver Twist Or The Parish Boy's Progress*

Direitos de edição da obra em língua portuguesa no Brasil adquiridos pela Editora Nova Fronteira Participações S.A. Todos os direitos reservados. Nenhuma parte desta obra pode ser apropriada e estocada em sistema de banco de dados ou processo similar, em qualquer forma ou meio, seja eletrônico, de fotocópia, gravação etc., sem a permissão do detentor do copirraite.

Editora Nova Fronteira Participações S.A.
Rua Candelária, 60 — 7º andar — Centro — 20091-020
Rio de Janeiro — RJ — Brasil
Tel.: (21) 3882-8200

Imagens de capa e luva: Lebrecht Music Alamy 1
Oliver Twist ou história de um órfão, de Charles Dickens, em sua primeira publicação (1838). Legenda da imagem: "Pega ladrão!" Descrição da cena: Oliver é perseguido por uma multidão raivosa. Ilustração de James Mahoney (1816-1879).

Lebrecht Music Alamy 2
Oliver Twist ou história de um órfão, de Charles Dickens, em sua primeira publicação (1838). Legenda da imagem: "Quando ela estava praticamente à mesma distância à frente da que estivera antes, ele deslizou silenciosamente, e tornou a segui-la." Descrição da cena: Noah segue Nancy enquanto ela vai ao encontro de Rose. Ilustração de James Mahoney (1816-1879).

Alamy/ Fotoarena
Madame Thérèse Defarge. Ilustração de Max Cowper em *Um conto de duas cidades*, de Charles Dickens.

Dados Internacionais de Catalogação na Publicação (CIP)

Dickens , Charles, 1812-1870.
Oliver Twist ou história de um órfão / Charles Dickens ; traduzido por Alexandre Barbosa de Souza. -1. ed. - Rio de Janeiro : Nova Fronteira, 2021.
504 p. ; 15,5 x 23 cm

Título original: Oliver Twist Or The Parish Boy's Progress

ISBN: 978-65-5640-267-3

1. Literatura inglesa . I. Souza , Alexandre Barbosa de I I. Título
CDD: 820
CDU:821.111

André Queiroz – CRB-4/2242

SUMÁRIO

11	1. Do lugar onde Oliver Twist nasceu e as circunstâncias de seu nascimento
15	2. Do crescimento, da educação e da alimentação de Oliver Twist
27	3. Como Oliver Twist esteve prestes a obter uma posição que não seria uma sinecura
37	4. Sendo-lhe oferecida outra posição, Oliver faz sua primeira entrada na vida pública
45	5. Oliver se mistura com novos associados. Em seu primeiro enterro, ele forma uma opinião desfavorável do ofício do patrão
57	6. Oliver, instigado por Noah, passa à ação e deixa este um tanto assustado
63	7. Oliver continua insubmisso
70	8. Oliver caminha até Londres. Na estrada, encontra um tipo estranho de jovem cavalheiro
79	9. Contendo mais detalhes sobre o simpático velho cavalheiro e seus esperançosos pupilos
86	10. Oliver conhece melhor o caráter de seus novos colegas; e paga um preço alto para adquirir tal experiên-

	cia. Sendo este um breve, porém muito importante, capítulo nesta história
92	11. Que trata do sr. Fang, chefe de polícia, e fornece um breve exemplo de seu estilo de justiça
101	12. Em que Oliver é bem tratado como nunca tinha sido antes. E no qual a narrativa retorna para o velho cavalheiro alegre e seus jovens amigos
111	13. Alguns novos conhecidos são apresentados ao leitor inteligente, associados aos quais diversos assuntos agradáveis são relatados, relativos a esta história
120	14. Contendo mais detalhes da estadia de Oliver na casa do sr. Brownlow, com a notável previsão que um certo sr. Grimwig proferiu a respeito dele, quando saiu em uma missão
132	15. Mostrando como o velho judeu alegre e a srta. Nancy gostavam de Oliver Twist
139	16. Relata o que ocorreu com Oliver Twist, depois de ser levado por Nancy
150	17. O destino de Oliver, ainda adverso, traz um grande homem até Londres para atacar sua reputação
161	18. Como Oliver passou seu tempo na edificante companhia de seus respeitáveis amigos
170	19. No qual um plano notável é discutido e decidido
181	20. Em que Oliver é entregue ao sr. William Sikes
190	21. A expedição
197	22. O arrombamento

205	23. Que contém a substância de uma amável conversa entre o sr. Bumble e uma dama; e mostra que até um bedel pode ser suscetível em alguns pontos
214	24. Que trata de um tema muito pobre. Mas breve, e talvez importante nesta história
221	25. No qual esta história retorna ao sr. Fagin e companhia
228	26. No qual um personagem misterioso aparece em cena; e muitas coisas, inseparáveis desta história, são feitas e realizadas
241	27. Reparações pela indelicadeza de um capítulo anterior; que abandonou uma dama, do modo menos cerimonioso
249	28. Procura por Oliver, e prossegue com suas aventuras
259	29. Com um relato introdutório dos moradores da casa, à qual Oliver recorreu
264	30. Relata o que as novas visitas de Oliver acharam dele
271	31. Envolve uma posição crítica
283	32. Da vida feliz que Oliver começou a levar com seus generosos amigos
293	33. Em que a felicidade de Oliver e suas amigas enfrenta um súbito obstáculo
303	34. Contém alguns detalhes introdutórios relativos a um jovem cavalheiro que agora chega à cena; e uma nova aventura que aconteceu com Oliver
314	35. Contendo o resultado insatisfatório da aventura de Oliver; e uma conversa de certa importância entre Harry Maylie e Rose

323	36. É um capítulo muito breve, e talvez pareça não ter muita importância agora, mas que deve ser lido mesmo assim, como continuação do anterior, e como chave para outro que virá no momento propício
327	37. Em que o leitor poderá perceber um contraste, não muito raro em matrimônios
338	38. Contendo um relato do que se passou entre o sr. e a sra. Bumble, e o sr. Monks, em sua conversa noturna
349	39. Apresenta alguns personagens respeitáveis que o leitor já conhece, e mostra como Monks e o judeu usam suas valiosas cabeças para chegar a uma solução comum
365	40. Uma estranha conversa, que dá sequência à antessala anterior
373	41. Contendo novas descobertas, e mostrando que surpresas, como desgraças, raramente vêm sozinhas
384	42. Um velho conhecido de Oliver, dando notáveis sinais de gênio, torna-se um personagem público na metrópole
395	43. No qual se mostra como o Ardiloso Esquivador meteu-se em apuros
407	44. Chega a hora de Nancy pagar a promessa feita a Rose Maylie. Ela não cumpre
415	45. Noah Claypole é empregado por Fagin em uma missão secreta
419	46. O compromisso mantido
430	47. Consequências fatais
438	48. A fuga de Sikes

448	49. Monks e o sr. Brownlow enfim se encontram. Sua conversa, e a informação que a interrompeu
459	50. Perseguição e fuga
471	51. Fornecendo uma explicação para mais de um mistério, e compreendendo uma proposta de casamento sem contrato ou dote
485	52. A última noite da vida de Fagin
495	53. E último

1.
Do lugar onde Oliver Twist nasceu e as circunstâncias de seu nascimento

Entre outros edifícios públicos de uma certa cidade, que por muitos motivos será prudente não mencionar, e para a qual não atribuirei nome fictício, existe um tradicionalmente comum à maioria das cidades, grandes ou pequenas: a saber, uma casa de trabalho; e nessa casa de trabalho nasceu, em dia ou data que não preciso me dar ao trabalho de repetir, nesse ponto da história ao menos, o quinhão de mortalidade cujo nome está prefixado no título deste capítulo.

Durante muito tempo após ter sido trazido para este mundo de tristeza e dificuldade, pelo médico da paróquia, permaneceu uma questão consideravelmente duvidosa saber se a criança sobreviveria sequer para receber um nome — caso em que é um tanto mais do que provável que estas memórias jamais teriam aparecido; ou, se aparecessem, cabendo em duas páginas, teriam o inestimável mérito de ser o espécime mais conciso e fiel de biografia existente na literatura de qualquer época ou país.

Embora eu não esteja disposto a defender que o fato de se nascer em uma casa de trabalho seja em si a mais afortunada e invejável das circunstâncias que podem vir a ocorrer a um ser humano, tenho intenção de dizer que, neste caso particular, foi a melhor coisa que poderia acontecer para Oliver Twist. O fato é que houve uma dificuldade considerável para induzir Oliver a assumir o encargo da respiração — prática trabalhosa, mas que o costume tornou necessária para uma existência mais fácil; e por algum tempo ele ficou ali ofegante sobre um colchãozinho de estopa, desigualmente postado entre este mundo e o próximo: o equilíbrio decididamente em favor do último. Ora, se, durante esse breve período, Oliver estivesse rodeado de avós prestimosas, tias aflitas, enfermeiras tarimbadas e doutores de profunda sabedoria, ele inevitável e indubitavelmente teria morrido na hora. Não havendo ninguém ali, contudo, além de uma velha pobre, um tanto alheia por uma quantidade desmedida de cerveja, e um médico da paróquia que fazia aquelas coisas por contrato, Oliver e a Natureza combateram sozinhos. O resultado foi que, após algumas escaramuças, Oliver respirou, espirrou, e passou a anunciar para os internos da casa de trabalho o fato de que um novo fardo havia sido imposto à paróquia, soltando um grito tão alto quanto se esperaria de um recém-nascido que não possuía aquele útil aparelho, uma voz, havia muito mais do que três minutos e quinze segundos.

Quando Oliver deu a primeira prova da ação livre e condizente de seus pulmões, a colcha de retalhos que estava atirada descuidadamente sobre a cabeceira de ferro da cama farfalhou, o rosto pálido de uma moça se levantou debilmente do travesseiro, e uma voz fraca imperfeitamente articulou:

— Deixa eu ver a criança, estou morrendo.

O médico estava sentado de frente para o fogo, aquecendo e esfregando as mãos. Quando a moça falou, ele se levantou e, aproximando-se da cabeceira da cama, disse, com mais bondade do que talvez se esperasse dele:

— Oh, não é hora de falar em morrer.

— Deus a livre! — interpôs a enfermeira, rapidamente guardando no bolso uma garrafa verde, cujo conteúdo ela estivera provando em um canto com evidente satisfação. — Deus a livre, se ela tivesse vivido tanto quanto eu, doutor, e tivesse tido treze filhos, todos mortos menos dois, que estão aqui na casa comigo, ela não falava assim, Deus a livre! Pensa na benção que é ser mãe, agora você tem esse cordeirinho.

Aparentemente essa perspectiva consoladora de maternidade futura fracassou em produzir o efeito devido. A paciente balançou a cabeça, e estendeu a mão na direção da criança.

O médico depositou-a nos braços dela. Ela beijou apaixonadamente a testa do bebê com seus lábios brancos e frios, passou as mãos em seu rosto, olhou loucamente para os lados, estremeceu, caiu para trás... e morreu. Eles apertaram seu peito, suas mãos, e suas têmporas, mas o sangue havia parado para sempre. Falaram em esperança e conforto. Ficaram sem dizer nada por bastante tempo.

— Não há mais o que fazer, sra. Thingummy! — disse por fim o médico.

— Ah, coitadinha, finou-se! — disse a enfermeira, tirando a rolha da garrafa verde, que havia caído sobre o travesseiro, quando ela pegou a criança no colo. — Coitadinho!

— Não precisa me chamar se o menino chorar, enfermeira — disse o médico, vestindo as luvas meticulosamente. — É muito provável que esse aí vá dar trabalho. Dê um pouco de mingau, se for o caso.

Ele pôs o chapéu, e, parando perto da cama a caminho da porta, acrescentou:

— Ela era uma moça bonita... de onde veio?

— Trouxeram ontem à noite — respondeu a velha. — O supervisor mandou. Encontraram caída na rua. Ela deve ter caminhado um bocado, porque os sapatos estavam caindo aos pedaços. Mas de onde veio, ou aonde ia, ninguém sabe.

O médico se inclinou sobre o corpo e levantou a mão esquerda dela.

— Aquela velha história — disse ele, balançando a cabeça —: sem aliança, pelo visto. Ah! Boa noite!

O cavalheiro doutoral saiu para jantar; e a enfermeira, recorrendo mais uma vez à garrafa verde, sentou-se em uma cadeira baixa diante do fogo, e começou a vestir o bebê.

Que excelente exemplo do poder da vestimenta, o jovem Oliver Twist se mostrou! Envolto na manta que até então constituía sua única cobertura, ele podia ser o filho de um nobre ou de um mendigo; teria sido difícil até para o mais arrogante desconhecido atribuir-lhe seu lugar de direito na sociedade. Mas, agora que estava enrolado no velho avental de chita que ficara amarelado naquele serviço, ele foi rotulado e carimbado, e logo encaixado em seu lugar: cria da paróquia, órfão de uma casa de trabalhos forçados, humilde e faminto burro de carga, para ser algemado e agrilhoado pelo mundo, desprezado por todos, sem a pena de ninguém.

Oliver chorava voluptuosamente. Se soubesse que era um órfão, deixado à mercê dos sentinelas e supervisores da igreja, talvez tivesse chorado ainda mais alto.

2.
Do crescimento, da educação e da alimentação de Oliver Twist

Nos oito ou dez meses seguintes, Oliver foi vítima de um curso sistemático de traição e engodo. Não foi amamentado. A fome e a destituição do pequeno órfão foi devidamente relatada pelas autoridades da casa de trabalhos às autoridades paroquiais. As autoridades paroquiais perguntaram, dignamente, às autoridades da casa de trabalhos, se não havia nenhuma mulher domiciliada "na casa" que estivesse em situação de fornecer a Oliver Twist o consolo e o alimento de que ele tanto necessitava. As autoridades da casa de trabalhos responderam, humildemente, que não. Com isso, as autoridades paroquiais, magnânima e humanitariamente, decidiram que Oliver devia ser "mandado para a fazenda", ou, em outras palavras, que ele devia ser despachado para uma outra casa de trabalhos alguns quilômetros dali, onde vinte ou trinta outros pequenos infratores das leis dos pobres engatinhavam pelo chão o dia inteiro, sem a inconveniência de haver comida demais ou roupa demais, sob a superintendência parental de uma mulher mais velha, que recebia os culpados ao custo e à consideração de sete pences e meio penny por cabecinha por semana. Sete pences e meio penny por semana é uma boa dieta para uma criança; pode-se comer um bocado por sete pences e meio penny, o suficiente para sobrecarregar a barriga, e deixá-la incomodada. A mulher mais velha era uma senhora prudente e experiente; ela sabia o que era o bom para as crianças e tinha uma percepção muito aguçada do que era bom para si mesma.

De modo que ela se apropriava da maior parte da ajuda de custo semanal para seu próprio uso, e consignava à nova geração paroquial um valor ainda menor do que originalmente era oferecido a cada um; descobrindo, na profundeza mais baixa, algo ainda mais baixo e se provando grandíssima filósofa experimental.

Todo mundo conhece a história de outro filósofo experimental que tinha uma grande teoria de que um cavalo conseguiria viver sem comer, e que o demonstrou tão bem, que alimentou o próprio cavalo com uma palha por dia e o teria transformado em um animal muito atento e altivo a troco de nada, se não tivesse morrido, vinte e quatro horas antes de seu primeiro e farto bocado de ar. Infelizmente para a filósofa experimental a quem a proteção cuidadosa de Oliver Twist foi entregue, um resultado similar geralmente decorria da operação desse *seu* sistema, pois, justamente no momento em que a criança conseguia viver com a menor porção possível do pior tipo de alimento, perversamente, oito em cada dez ora adoeciam de fraqueza e frio, ou caíam tontas no fogo, ou quase morriam sufocadas em acidentes; casos em que as miseráveis criaturazinhas geralmente eram convocadas para o outro mundo, e lá se encontravam com os pais que nunca chegaram a conhecer neste aqui.

Ocasionalmente, quando havia um inquérito mais curioso que o normal sobre algum órfão desgarrado que derrubava um encosto de ferro, ou inadvertidamente morria escaldado durante um banho — embora este último acidente fosse muito esporádico, sendo qualquer coisa parecida com banho uma ocorrência rara na fazenda —, um júri encasquetava de fazer perguntas incômodas, ou os paroquianos, revoltadamente, faziam um abaixo-assinado em repúdio. Essas impertinências, contudo, rapidamente eram obstadas pela evidência do médico e pelo testemunho do bedel; o primeiro sempre abria o corpo e não encontrava nada (o que de fato provavelmente devia ser verdade), e o segundo invariavelmente jurava o que o pároco quisesse, atitude deveras abnegada. Além disso, a diretoria fazia peregrinações frequentes à fazenda, e sempre mandava o bedel um dia antes, para avisar que estavam vindo. As crianças estavam sempre arrumadas e limpas para a inspeção, quando havia; e o que mais essa gente queria!

Não se pode esperar que esse sistema de fazenda fosse produzir safras muito extraordinárias ou luxuriantes. O nono aniversário de Oliver Twist encontrou-o um menino pálido e magro, de estatura diminuta, e decididamente pequeno em circunferência. Mas a natureza ou o atavismo havia implantado um espírito robusto no peito de Oliver. Havia bastante espaço para expansão, graças à dieta escassa do estabelecimento; e talvez a essa circunstância se possa atribuir o mero fato de ele ter chegado aos nove. Era, de fato, contudo, seu aniversário de nove anos, e ele estava trancado no depósito de carvão com um grupo seleto de dois outros jovens cavalheiros, que, depois de participar com ele de uma sonora algazarra, haviam sido postos de castigo por presunção atroz de estarem com fome, quando a sra. Mann, a boa senhora da casa, teve inesperado sobressalto com a aparição do sr. Bumble, o bedel, tentando abrir o portão da horta.

— Santo Deus! É você, sr. Bumble? — disse a sra. Mann, enfiando a cabeça pela janela em ensaiado êxtase de alegria. — Susan, leve Oliver e esses dois moleques lá para cima, e ponha no banho já. Ai, que alívio! Sr. Bumble, como estou contente em vê-lo!

Ora, o sr. Bumble era um homem gordo, e um homem colérico; assim, em vez de responder à calorosa saudação no mesmo espírito, ele deu um tremendo tranco no portão, e depois um chute que não teria emanado da perna de alguém que não fosse um bedel.

— Deus do céu, imagine — disse a sra. Mann, saindo às pressas — se os três meninos não estivessem de castigo agora, imagine só! Eu teria esquecido que o portão era trancado por dentro, por causa dessas crianças! Entre, entre, por favor, sr. Bumble.

Embora o convite fosse acompanhado de uma reverência que teria amolecido o coração de um sentinela de igreja, aquilo de modo algum enterneceu o bedel.

— A senhora acha isso uma conduta respeitosa ou apropriada, sra. Mann? — indagou o sr. Bumble, agarrando a bengala. — Manter os funcionários da paróquia esperando no portão, quando eles vêm aqui tratar de assuntos paroquiais com os órfãos paroquiais? A senhora tem noção, sra. Mann, de que a senhora é, como direi, uma empregada da paróquia, uma assalariada?

— Tenho certeza, sr. Bumble, só estava dizendo a uma ou duas crianças queridas, que gostam tanto do senhor, que era o senhor que estava chegando — respondeu a sra. Mann com grande humildade.

O sr. Bumble tinha em alta conta o poder de sua oratória e a própria importância. Ele havia exibido o primeiro, e estava reivindicando a segunda. Então ele relaxou.

— Bem, bem, sra. Mann — ele respondeu em tom mais ameno —, talvez seja isso mesmo, se a senhora está dizendo. Vamos, vá na frente, sra. Mann, pois vim a trabalho, e trago um comunicado.

A sra. Mann conduziu o bedel a um vestíbulo com piso de tijolo, ofereceu-lhe um banco e cerimoniosamente deixou o chapéu bicorne e a bengala sobre a mesa diante dele. O sr. Bumble enxugou o suor da testa que a caminhada engendrara, contemplou com complacência o próprio chapéu bicorne, e sorriu. Sim, ele sorriu. Os bedéis também são humanos, e o sr. Bumble sorriu.

— Agora o senhor não vá se ofender com o que eu vou dizer — observou a sra. Mann, com cativante doçura. — O senhor fez uma longa caminhada, o senhor bem sabe, ou eu nem mencionaria isso. Ora, o senhor aceitaria uma gotinha de alguma coisa, sr. Bumble?

— Nenhuma gota. Nenhuma gota — disse o sr. Bumble, negando com a mão direita, de modo digno, mas plácido.

— Pois eu acho que o senhor vai — disse a sra. Mann, que havia reparado no tom da recusa, e no gesto que a acompanhara. — Só uma gotinha, com uma água gelada, e um torrão de açúcar.

O sr. Bumble pigarreou.

— Ora, só uma gotinha — disse a sra. Mann persuasivamente.

— O que é? — indagou o bedel.

— Bem, é o que sou obrigada a ter na casa, para pôr no elixir das crianças, quando não estão bem, sr. Bumble — respondeu a sra. Mann ao abrir o armário do canto, e tirou uma garrafa e um copo. — É gim. Não vou enganá-lo, sr. B. É puro gim.

— A senhora ministra elixir às crianças, sra. Mann? — indagou Bumble, acompanhando com os olhos o interessante processo da mistura.

— Ah, benditas crianças, sim, mesmo sendo caro — respondeu a enfermeira. — Não posso ver criança sofrendo, o senhor sabe como é.

— Não — disse com tom de aprovação o sr. Bumble —, a senhora não pode. A senhora é uma mulher muito humana, sra. Mann. — (Aqui ela serviu o copo.) — Aproveitarei a primeira oportunidade para mencionar isso à diretoria, sra. Mann. — (Ele pegou o copo.) — A senhora é como uma mãe, sra. Mann. — (Ele misturou o gim com a água.) — Bebo... bebo à sua saúde com alegria, sra. Mann — brindou, e engoliu metade da dose. — E agora passemos aos negócios — disse o bedel, sacando uma caderneta de couro. — Aquele menino que batizaram às pressas como Oliver Twist faz nove anos hoje.

— Deus abençoe! — interpôs a senhora Mann, avermelhando o olho esquerdo com a ponta do avental.

— E não obstante oferecerem recompensa de dez libras, que depois aumentaram para vinte. Não obstante todos os esforços, superlativos, e como direi, sobrenaturais, da parte da paróquia — disse Bumble —, jamais conseguimos descobrir quem é o pai, nem a procedência, o nome ou a condição da mãe.

A sra. Mann ergueu as mãos com espanto; mas acrescentou, refletindo um momento:

— Mas afinal como ele acabou recebendo esse nome?

O bedel se retirou com grande orgulho, e disse:

— Eu inventei.

— O senhor!

— Eu, sra. Mann. Batizamos nossos enjeitados em ordem alfabética. O último tinha sido com S, Swubble, eu batizei. Esse era com T, Twist. Eu batizei também. O próximo vai ser Unwin, e o seguinte Vilkins. Já tenho sobrenomes prontos até o fim do alfabeto, e depois volta, quando chegar no Z.

— Ora, pois o senhor é um sujeito muito do literário! — disse a sra. Mann.

— Bem, bem — disse o bedel, evidentemente satisfeito com o elogio —, talvez eu seja. Talvez eu seja, sra. Mann. — Ele terminou o gim com água, e acrescentou — Oliver está velho para continuar aqui, a diretoria decidiu mandá-lo de volta para a casa de trabalhos. Eu vim pessoalmente levá-lo para lá. Agora me deixe vê-lo de uma vez.

— Vou buscá-lo agora mesmo — disse a sra. Mann, deixando o recinto com esse propósito.

Oliver, àquela altura com a crosta externa de sujeira que lhe cobria o rosto e as mãos removida o tanto que poderia ser esfregado em um único banho, foi trazido à saleta por sua benevolente protetora.

— Cumprimente o senhor, Oliver — disse a sra. Mann.

Oliver fez uma mesura, dividida entre o bedel sobre o banco e o bicorne sobre a mesa.

— Você viria comigo, Oliver? — disse o sr. Bumble, com voz majestosa.

Oliver estava prestes a dizer que iria com qualquer um com grande presteza, quando, olhando para cima, deu com os olhos da sra. Mann, que se pusera atrás do banco do bedel e estava balançando o punho para ele com semblante furibundo. Ele entendeu na mesma hora, pois aquele dedo já pressionara demais seu corpo para não estar profundamente impresso em sua lembrança.

— Ela também vai? — indagou o pobre Oliver.

— Não, ela não pode — respondeu o sr. Bumble. — Mas ela virá visitá-lo às vezes.

Isso não foi de grande consolo para o menino. Mesmo jovem como era, contudo, ele tinha já tino suficiente para fingir uma grande pena por estar indo embora dali. Não foi muito difícil para o menino invocar lágrimas nos olhos. A fome e os maus tratos recentes são de grande auxílio a quem quer chorar; e Oliver chorava com muita naturalidade. A sra. Mann deu-lhe mil abraços, e o que Oliver queria muito mais, um pedaço de pão com manteiga, para que ele não parecesse muito faminto quando chegasse à casa de trabalhos. Com a fatia de pão na mão, e o boné de pano marrom da paróquia na cabeça, Oliver então foi levado pelo sr. Bumble daquela casa desgraçada onde jamais uma palavra ou um olhar gentil iluminara a escuridão de seus primeiros anos. Ainda assim, ele explodiu em uma agonia de tristeza infantil, quando o portão da fazenda se fechou atrás de si. Mesmo desgraçados, seus pequenos companheiros de miséria, que ele estava deixando para trás, eram os únicos amigos que ele conhecia; e uma sensação da própria solidão no mundo, grande e vasto, penetrou no coração do menino pela primeira vez.

O sr. Bumble caminhava a passos largos; o pequeno Oliver, agarrando com firmeza a manga com adornos dourados, trotava ao lado dele, indagando a cada quatrocentos metros se "já estava chegando". Àquelas perguntas, o sr. Bumble dava respostas curtas e ríspidas, pois a brandura que o gim com água desperta em alguns corações naquela altura já havia evaporado e ele era novamente um bedel.

Oliver mal passara quinze minutos na casa de trabalhos, e nem bem terminara uma segunda fatia de pão, quando o sr. Bumble, que o deixara aos cuidados de uma velha, voltou e, dizendo que a diretoria estava reunida, informou-o de que ele devia comparecer diante da mesa diretora.

Sem ter uma noção claramente definida do que seria uma mesa diretora, Oliver ficou um tanto espantado com a informação e não soube ao certo se devia rir ou chorar. Ele não teve tempo de pensar no assunto, no entanto, pois o sr. Bumble lhe deu uma bengalada na cabeça para acordá-lo e outra nas costas para deixá-lo atento. Em seguida, mandou acompanhá-lo e levou-o a uma sala pintada de branco, onde oito ou dez cavalheiros gordos estavam sentados em volta de uma mesa. Na cabeceira da mesa, sentado em uma poltrona mais alta que as outras, havia um cavalheiro particularmente gordo com um rosto muito redondo e rubicundo.

— Cumprimente a mesa — disse Bumble.

Oliver enxugou duas ou três lágrimas que estavam suspensas nos olhos e, olhando sem saber o que fazer, por acaso, fez uma mesura para a mesa.

— Menino, qual é o seu nome? — disse o cavalheiro na poltrona alta.

Oliver ficou assustado ao ver tantos cavalheiros, que o faziam estremecer, e o bedel lhe deu outra bengalada por trás, fazendo-o chorar. Esses dois motivos fizeram-no responder com uma voz muito baixa e hesitante, ao que um cavalheiro de colete branco disse que ele era um bobo. O que foi um modo decisivo de melhorar seu humor, e deixá-lo bastante à vontade.

— Menino — disse o cavalheiro na poltrona alta —, escute aqui. Você sabe que é órfão, não sabe?

— O que é isso, senhor? — indagou o pobre Oliver.

— Esse menino é mesmo bobo, como eu imaginava — disse o cavalheiro de colete branco.

— Silêncio! — disse o cavalheiro que falara primeiro. — Você sabe que não tem pai, nem mãe, e foi criado pela paróquia, não sabe?

— Sim, senhor — respondeu Oliver, chorando amargamente.

— Por que você está chorando? — indagou o cavalheiro de colete branco.

Sem dúvida era algo deveras extraordinário. Que *motivo* teria aquele menino para chorar?

— Imagino que você reze toda noite — disse outro cavalheiro de voz rouca —, e reze pelas pessoas que o alimentam, e tomam conta de você... como bom cristão.

— Sim, senhor — gaguejou o menino.

O cavalheiro que falara por último inconscientemente tinha razão. Teria sido muito cristão, até mesmo maravilhosamente cristão, se Oliver tivesse rezado pelas pessoas que o alimentavam e tomavam conta dele. Mas ele não rezava, porque ninguém lhe ensinara.

— Bem! Você veio para cá para ser educado, e aprender um ofício — disse o cavalheiro rubicundo da poltrona alta.

— De modo que você começa amanhã, a partir das seis, recolhendo estopa — acrescentou o rabugento de colete branco.

Para a combinação dessas duas bênçãos em um único processo simples de recolher estopa, Oliver fez uma longa mesura na direção do bedel, e foi então empurrado dali até uma ampla enfermaria, onde, em uma cama dura e áspera, ele chorou, soluçando, até adormecer. Que ilustração original das brandas leis inglesas! Eles deixam os pobres dormir!

Pobre Oliver! Ele nem imaginava, ao se deitar para dormir na feliz ignorância de tudo à sua volta, que a mesa diretora naquele dia chegara a uma decisão que exerceria a influência mais material sobre sua futura fortuna. Mas ela chegara. E foi o seguinte:

Os membros da mesa diretora eram todos homens muito sábios, profundos, filosóficos. Quando voltaram sua atenção para a casa de trabalhos, descobriram na hora algo que as pessoas comuns jamais descobririam: que os pobres gostavam daquilo! Era um lugar habitual de entretenimento público para as classes pobres; uma taberna onde não se pagava por nada; desjejum, jantar, chá e ceia gratuitos o ano inteiro; um paraíso de tijolo e argamassa, onde tudo era lazer, sem nenhum dever.

— Ha, ha! — disse a mesa diretora, com cara de quem sabe alguma coisa a mais. — Cabe a nós endireitar isso; vamos acabar com isso, agora mesmo.

De modo que eles estabeleceram a regra de que todos os pobres deveriam ter a alternativa (pois eles não obrigariam ninguém, eles não) de morrer de fome por um processo gradual dentro da casa, ou por um processo rápido fora dela. Com isso em mente, eles fizeram um contrato com o serviço de águas, para oferecer uma quantidade limitada de água, e com um produtor de milho para fornecer periodicamente pequenas quantidades de flocos de aveia; e ofereciam três refeições de migau ralo por dia, com uma cebola duas vezes por semana, e meio pãozinho aos domingos. Eles fizeram muitos outros regulamentos prudentes e humanitários, em referência às damas, que nem é preciso repetir; generosamente se incumbiram de divorciar os pobres casados, em consequência dos grandes gastos para se abrir um processo na Câmara dos Doutores; e, em vez de obrigar o homem a sustentar a família, como até então era feito, levavam embora a família dele, e o transformavam outra vez em um solteiro! Não se sabe quantas solicitações de auxílio, com base nesses dois últimos pontos, teriam surgido em todas as classes sociais, se não fosse a combinação com a casa de trabalhos; mas a mesa diretora era composta por homens previdentes, e havia previsto essa dificuldade. O auxílio seria indissociável da casa de trabalhos e do mingau, e isso assustou o povo.

Nos primeiros seis meses da transferência de Oliver Twist, o sistema entraria em pleno funcionamento. A princípio, ficou muito caro, em consequência do aumento das contas funerárias, e da necessidade de vestir os pobres, cujas roupas pendiam frouxas em seus corpos exauridos, debilitados, depois de uma semana ou duas de mingau. Entretanto, o número de internos nas casas de trabalhos foi ficando magro como os pobres; e a mesa diretora, extasiada.

O ambiente onde os meninos comiam era um grande salão de pedra, com uma copa em uma extremidade, de onde o chefe, trajando avental apropriado, e auxiliado por uma ou duas mulheres, servia o mingau com uma concha na hora das refeições. Dessa composição festiva, cada menino recebia um prato de mingau, e não mais do que um — exceto nas ocasiões de grande celebração pública, quando recebia um pão de sessenta gramas para acompanhar.

Os pratos nem precisavam ser lavados: os meninos lustravam com as colheres até ficarem brilhando de novo. Quando terminavam de realizar essa operação (que nunca demorava muito, sendo suas colheres praticamente do tamanho de seus pratos), eles ficavam sentados olhando fixamente para a copa, com olhos ávidos, como se pudessem devorar até os tijolos que a compunham; empenhando-se, nesse processo, em lamber os dedos meticulosamente, no intuito de raspar qualquer borrifo de mingau que pudesse ter sido desperdiçado. Meninos em geral têm excelente apetite. Oliver Twist e seus companheiros sofreram as torturas da subnutrição lenta por três meses: no final estavam tão vorazes e selvagens de fome, que um menino, que era alto para a idade, e não estava acostumado àquele tipo de coisa (pois seu pai tivera um pequeno restaurante), sugeriu sombriamente aos companheiros que, se ele não recebesse outro prato de mingau por dia, receava ser capaz de uma noite daquelas devorar o menino que dormia ao lado dele, que calhava de ser um garotinho fracote de tenra idade. Ele tinha uns olhos selvagens, famintos; e implicitamente todos acreditaram. Os meninos fizeram um conselho e sortearam quem deveria ir até o chefe depois da ceia aquela noite, para pedir mais mingau; o sorteado foi Oliver Twist.

Chegou a noite; os meninos foram para seus lugares. O chefe, com uniforme de cozinheiro, posicionou-se na copa; suas pobres assistentes se enfileiraram atrás dele; o mingau foi servido; e uma longa oração foi pronunciada sobre as parcas porções. O mingau desapareceu; os meninos cochicharam, e piscaram para Oliver, enquanto seus vizinhos o cutucavam. Mesmo ainda criança, ele estava desesperado de fome, e imprudente de tanta angústia. Ele se levantou da mesa e, aproximando-

-se do chefe, de prato e colher na mão, disse: um tanto assustado com a própria temeridade:

— Por favor, senhor, quero mais um pouco de mingau.

O chefe era um homem gordo, vigoroso, mas ficou muito pálido. Ele olhou com perplexidade estupefata para o pequeno rebelde por alguns segundos, e então se virou pedindo ajuda da copa. As assistentes ficaram paralisadas de espanto; os meninos, de medo.

— O quê?! — disse o chefe por fim, com voz fraca.

— Por favor, senhor — respondeu Oliver —, quero mais um pouco.

O chefe desferiu uma conchada na cabeça de Oliver, beliscou-lhe o braço e berrou bem alto chamando o bedel.

A mesa diretora estava reunida em solene conclave quando o sr. Bumble entrou correndo na sala em grande excitação e, dirigindo-se ao cavalheiro na poltrona alta, disse:

— Sr. Limbkins, o senhor me perdoe! Oliver Twist acaba de pedir mais mingau!

Houve um alvoroço geral. Havia horror representado em cada semblante.

— Mais mingau?! — disse o sr. Limbkins. — Aprume-se, Bumble, e responda direito. Você está dizendo que ele pediu mais mingau depois de ter comido a porção estipulada?

— Sim, senhor — respondeu Bumble.

— Esse menino vai acabar na forca — disse o cavalheiro de colete branco. — Tenho certeza de que esse menino acabará enforcado.

Ninguém contestou a profética opinião do cavalheiro. Uma animada discussão ocorreu. Oliver foi mandado instantaneamente para o castigo; e um aviso foi colado no portão da rua, oferecendo recompensa de cinco libras a qualquer um que tirasse Oliver Twist da responsabilidade da paróquia. Em outras palavras, cinco libras e Oliver Twist eram oferecidos a qualquer homem ou mulher que quisesse um aprendiz de qualquer ofício, negócio ou vocação.

— Nunca estive tão convencido de um coisa em minha vida — disse o cavalheiro de colete branco, ao bater no portão e ler o aviso na manhã seguinte. — Nunca estive tão convencido de uma coisa em minha vida, como estou de que esse menino acabará na forca.

Como pretendo mostrar na sequência se o cavalheiro de colete branco estava certo ou não, talvez comprometesse o interesse desta narrativa (supondo-se que possua algum), se arriscasse agora sugerir se a vida de Oliver Twist teve ou não esse fim violento.

3.
Como Oliver Twist esteve prestes a obter uma posição que não seria uma sinecura

Durante uma semana depois de cometer a ofensa, ímpia e profana, de pedir mais mingau, Oliver continuou preso na sala escura e solitária aonde fora mandado pela prudência e pela misericórdia da mesa diretora. Aparentemente, à primeira vista, não seria insensato supôr que, se ele já alimentasse o propício sentimento de respeito pela predição do cavalheiro de colete branco, ele teria adotado o personagem profético do sábio indivíduo, de uma vez por todas, prendendo uma ponta do lenço em um gancho na parede, e se amarrando a si mesmo na outra ponta. Para a realização de tal proeza, contudo, havia um obstáculo: a saber, que, sendo o lenço um artigo de luxo, havia sido, para todo o sempre, afastado do nariz dos pobres por ordem expressa da mesa diretora, em assembleia do conselho, dada solenemente e promulgada sob suas assinaturas e carimbos. Havia um obstáculo ainda maior que era a juventude e a infantilidade de Oliver. Ele só fazia chorar amargamente o dia inteiro e, quando a noite, comprida e desolada, chegava, cobria os olhos com as mãozinhas para se esconder da escuridão e, encolhendo-se no canto, tentava dormir. De quando em quando, despertava com um sobressalto, trêmulo, e se aproximava cada vez mais da parede, como se sentisse que a superfície fria e dura era ao menos uma proteção na treva e na solidão que o cercavam.

Não pense o inimigo do "sistema" que, durante o período desse encarceramento solitário, Oliver tivesse negados o benefício do exercício, o prazer da sociedade ou as vantagens do consolo religioso. Em termos de exercício, o tempo estava bom e frio, e ele podia fazer suas abluções toda manhã embaixo do cano da bomba, em um pátio de pedra, na presença do sr. Bumble, que impedia que ele se resfriasse, e causava uma sensação de formigamento em todo seu corpo, por repetidas aplicações da bengala. Em termos de sociedade, ele era levado dia sim, dia não, até o refeitório onde os meninos jantavam, e ali era socialmente açoitado como alerta e exemplo públicos. E, longe de lhe serem negadas as vantagens do consolo religioso, ele era chutado de volta ao mesmo quarto toda noite na hora de rezar, e ali lhe era permitido ouvir, para consolar seus pensamentos, a oração geral dos meninos, que continha uma cláusula especial, inserida pela autoridade da mesa diretora, em que eles pediam para ser bons, virtuosos, contentes e obedientes, e que fossem protegidos dos pecados e vícios de Oliver Twist, que a súplica detalhadamente apresentava como alguém sob exclusivo patrocínio e proteção dos poderes do mal, e como produto direto da manufatura do Diabo em pessoa.

Calhou de certa manhã, enquanto os assuntos de Oliver estavam nessa situação auspiciosa e confortável, o sr. Gamfield, limpador de chaminé, descer a High Street, em profundas cogitações sobre modos e meios de pagar certos aluguéis atrasados, sobre os quais seu senhorio havia sido um tanto incisivo. O cálculo deveras otimista de Gamfield das próprias finanças não conseguiria aumentá-las em cinco libras para a quantia desejada; e, em uma espécie de desespero aritmético, ele estava ao mesmo tempo lutando com o próprio cérebro e com seu burro, quando, ao passar pela casa de trabalhos, seus olhos depararam com o aviso no portão.

— Ee—ia! — disse o sr. Gamfield ao burro.

O burro estava em estado de profunda abstração: imaginando, provavelmente, se estava destinado a ser regalado com um ou dois repolhos quando se livrasse dos dois sacos de fuligem com que a carrocinha estava carregada; de modo que, sem perceber a palavra de comando, ele seguiu em frente.

O sr. Gamfield rugiu um feroz xingamento para o burro, de modo geral, porém mais particularmente para os olhos do burro; e, correndo atrás dele, desferiu uma paulada em sua cabeça, que inevitavelmente teria rachado qualquer crânio exceto o de um burro. Então, segurando a rédea, ele deu um puxão brusco em sua queixada, como um delicado lembrete de que o burro não era dono de si mesmo; e assim fez o burro dar a volta. Ele então deu outra paulada na cabeça do burro, só para deixá-lo tonto até voltar ao local. Depois de completar esses arranjos, ele foi até o portão, e leu o aviso.

O cavalheiro de colete branco estava parado diante do portão com as mãos nas costas, depois de extravasar profundos sentimentos na sala da diretoria. Havendo testemunhado a pequena disputa entre o sr. Gamfield e o burro, ele sorriu alegremente quando aquele sujeito se aproximou para ler o aviso, pois percebeu na hora que o sr. Gamfield era exatamente o tipo de patrão de que Oliver Twist precisava. O sr. Gamfield sorriu também, ao percorrer o documento, pois cinco libras era justamente a soma de que ele vinha precisando; e, quanto ao menino a quem a soma era atrelada, o sr. Gamfield, sabendo como era a dieta da casa de trabalhos, sabia muito bem que alguém assim pequeno seria perfeito para entrar nos dutos dos fogões. Então, ele releu o aviso, do começo ao fim; e depois, tocando seu boné de pele em sinal de humildade, abordou o cavalheiro de colete branco.

— Senhor, esse menino, que a paróquia está oferecendo de aprendiz — disse o sr. Gamfield.

— Sim, meu bom homem — disse o cavalheiro de colete branco, com sorriso condescendente. — O que tem ele?

— Se a paróquia quiser que ele aprenda um ofício direito e agradável, no respeitável e bom ramo da limpeza de chaminé — disse o sr. Gamfield —, estou precisando de um aprendiz, e estou disposto a levá-lo.

— Entre — disse o cavalheiro de colete branco.

O sr. Gamfield ficando para trás, para dar outra paulada na cabeça do burro, e outro puxão em sua queixada, como um alerta para ele não fugir em sua ausência, acompanhou o cavalheiro de colete branco até a sala onde Oliver o havia visto pela primeira vez.

— É um ofício sórdido — disse o sr. Limbkins, quando Gamfield novamente afirmou sua intenção.

— Há casos de menino novos morrerem sufocados em chaminés, não é de hoje — disse outro cavalheiro.

— Isso é por causa que eles molham a palha antes de acender na chaminé para fazer eles descer de volta — disse Gamfield. — É só fumaça, sem fogo; enquanto que fumaça não adianta para fazer o menino descer, pois só faz ele dormir, e é o ele quer. Menino é tudo obstinado, e preguiçoso, cavaleiros, e nada como um fogo quente para fazer eles descer correndo. É também humanitário, cavaleiros, por causa que, mesmo que entale na chaminé, o pezinho dele assando também faz ele se esforçar para se soltar sozinho.

O cavalheiro de colete branco pareceu achar muita graça nessa explicação, mas o riso rapidamente foi contido por um olhar do sr. Limbkins. Os membros da mesa diretora então passaram a conversar entre si por alguns minutos, mas em voz tão baixa que as palavras "economia de gastos", "fará bem às contas", "publicar um relatório impresso" foram as únicas audíveis. Essas palavras só foram ouvidas por acaso, na verdade, pelo fato de terem sido frequentemente repetidas com grande ênfase.

Por fim, os sussurros terminaram e os membros da mesa diretora retomaram seus lugares e sua solenidade. O sr. Limbkins disse:

— Consideramos a sua proposta, e não a aprovamos.

— De jeito nenhum — disse o cavalheiro de colete branco.

— Decididamente, não — acrescentaram os outros membros.

Como o sr. Gamfield por acaso trabalhava sob a ligeira suspeita de já ter ferido de morte três ou quatro meninos, ocorreu-lhe que a diretoria talvez, por algum absurdo inexplicável, tivesse enfiado na cabeça que essa estranha circunstância devesse influenciar sua decisão. Seria muito atípico do procedimento geral da mesa em seus negócios, se fosse esse o caso; mas, ainda assim, como ele não tinha nenhuma intenção particular de reviver o rumor, ele torceu o boné nas mãos, e afastou-se lentamente da mesa.

— Quer dizer que os cavalheiros não vão me deixar levar o menino? — perguntou o sr. Gamfield, parando perto da porta.

— Não — respondeu o sr. Limbkins. — Pelo menos, por ser um ofício sórdido, julgamos dever diminuir um pouco o prêmio que oferecemos.

O semblante do sr. Gamfield se iluminou, quando, com passo rápido, ele voltou para a mesa, e disse:

— Cavalheiros, quanto vocês querem me dar? Vamos! Não sejam muito duros com um homem pobre. Quanto vocês pagam?

— Eu diria que três libras e dez xelins são suficientes — disse o sr. Limbkins.

— Dez xelins a mais — disse o cavalheiro de colete branco.

— Vamos! — disse Gamfield. — Deixem por quatro libras, cavalheiros. Deixemos por quatro, e vocês se livram dele de uma vez por todas. Pronto!

— Três libras e dez xelins — repetiu o sr. Limbkins, com firmeza.

— Vamos! Cavalheiros, vamos pela média — insistiu Gamfield. — Três libras e 15 xelins.

— Nem um centavo a mais — foi a resposta firme do sr. Limbkins.

— Cavalheiros, vocês estão sendo duros demais comigo — disse Gamfield, hesitante.

— Bah! Bah! Bobagem! — disse o cavalheiro de colete branco. — Ele sairia barato mesmo sem prêmio nenhum. Leve-o de uma vez, seu tolo! Ele é o menino perfeito para você. Ele merece paulada de quando em quando, será bom para ele. E a comida não precisa sair muito cara, pois ele nunca comeu demais desde que nasceu. Hahaha!

O sr. Gamfield olhou com superioridade para os rostos ao redor da mesa e, notando um sorriso em todos eles, aos poucos começou a sorrir também. A troca foi feita. O sr. Bumble foi logo informado de que Oliver Twist e seus documentos deviam ser levados ao magistrado, para assinatura e aprovação, naquela mesma tarde.

Dando prosseguimento à determinação, o pequeno Oliver, para seu excessivo espanto, foi libertado do castigo, e mandaram-no vestir uma camisa limpa. Ele mal conseguira realizar essa ginástica muito incomum, quando o sr. Bumble lhe trouxe, com as próprias mãos, um prato de mingau, e o bônus festivo de um pãozinho de sessenta gramas. Diante dessa tremenda visão, Oliver começou a chorar muito penosamente: pensando, não sem motivo, que a mesa devia ter decidido matá-lo com algum propósito prático, ou jamais teriam começado a engordá-lo daquele jeito.

— Não fique com os olhos vermelhos, Oliver, simplesmente coma a sua comida e dê graças por isso — disse o sr. Bumble, em tom impressionantemente pomposo. — Você vai ser aprendiz, Oliver.

— Aprendiz, senhor!? — disse o menino, trêmulo.

— Sim, Oliver — disse o sr. Bumble. — Um bondoso e bendito cavalheiro que será como muitos pais para você, Oliver, já que você não tem nenhum. Ele vai "prendizar" você, encaminhá-lo na vida, e fazer de você um homem, mesmo com o gasto para a paróquia de três libras e dez xelins! Três libras e dez xelins, Oliver! Setenta xelins! 140 centavos! E tudo isso para um órfão malcriado de quem ninguém nem consegue gostar.

Quando o sr. Bumble parou para respirar, depois de proferir esse discurso com uma voz horrenda, as lágrimas escorreram pelo rosto do pobre menino, e ele soluçou amargamente.

— Ora — disse o sr. Bumble, um tanto menos pomposamente, pois foi gratificante a seus sentimentos observar o efeito que sua eloquência havia produzido. — Ora, Oliver! Enxugue essas lágrimas com as mangas do paletó, e não chore no mingau; essa é uma atitude muito estúpida, Oliver.

Certamente, pois o mingau já era bastante aguado.

A caminho do magistrado, o sr. Bumble instruiu Oliver de que a única coisa que ele precisava fazer era parecer muito feliz, e dizer, quando o cavalheiro perguntasse se ele queria ser aprendiz, que ele gostaria muito mesmo; ambas injunções que Oliver prometeu obedecer, ainda mais quando o sr. Bumble sugeriu discretamente que, se ele fracassasse nos dois quesitos, não havia como saber o que fariam com ele. Quando chegaram ao escritório, ele foi trancado em uma salinha, sozinho, e advertido pelo sr. Bumble para não sair dali, até ele voltar para buscá-lo.

Ali o menino permaneceu, com o coração palpitante, por meia hora. Expirado o prazo, o sr. Bumble enfiou a cabeça, sem o adorno do bicorne, e disse em voz alta:

— Agora, Oliver, meu querido, venha conhecer o cavalheiro.

Depois que o sr. Bumble disse isso, ele adotou uma expressão sombria e ameaçadora, e acrescentou, em voz baixa:

— Lembre-se do que eu lhe disse, seu delinquentezinho!

Oliver fitou inocentemente o semblante do sr. Bumble diante desse discurso um tanto contraditório, mas o referido senhor impediu que ele fizesse qualquer comentário, levando-o de uma vez para uma sala ao lado, cuja porta estava aberta. Era uma sala ampla, com uma grande janela. Atrás de uma escrivaninha, estavam sentados dois velhos cavalheiros com perucas empoadas, um dos quais lia o jornal, enquanto o outro examinava, com auxílio de um par de óculos de casco de tartaruga, um pequeno pedaço de pergaminho aberto diante de si. O sr. Limbkins estava de pé na frente da escrivaninha, de um dos lados; e o sr. Gamfield, com o rosto parcialmente limpo, do outro; enquanto dois ou três homens de aparência jovial, de botas altas, esperavam.

O velho cavalheiro de óculos gradualmente pegara no sono, sobre o pedacinho de pergaminho; e houve uma breve pausa, depois que Oliver foi posicionado pelo sr. Bumble diante da escrivaninha.

— Eis o menino, excelência — disse o sr. Bumble.

O velho cavalheiro que estava lendo o jornal ergueu a cabeça por um momento, e puxou a manga do outro velho cavalheiro, ao que este último velho cavalheiro acordou.

— Ah, é esse menino? — disse o velho cavalheiro.

— É ele, senhor — respondeu o sr. Bumble. — Cumprimente o magistrado, meu querido.

Oliver se prontificou, e obedeceu da melhor forma que podia. Ele estivera imaginando, com o olhar fixo no pó sobre os magistrados, se todas as diretorias nasciam com aquela coisa branca na cabeça, e se seriam diretorias por causa disso.

— Bem — disse o velho cavalheiro —, imagino que ele goste de limpar chaminé?

— Ele adora, excelência — respondeu Bumble, beliscando discretamente Oliver, para sugerir que era melhor ele não dizer que não gostava.

— Ele *vai* ser limpador de chaminé, não vai? — indagou o velho cavalheiro.

— Se amanhã ele tiver que assumir outro ofício, ele fugiria no mesmo momento, excelência — respondeu Bumble.

— E esse homem que será o patrão... senhor, o senhor vai tratar bem dele, vai alimentá-lo, e fazer essas coisas todas, não vai? — disse o velho cavalheiro.

— Quando digo que vou, é porque vou — respondeu o sr. Gamfield obstinadamente.

— Meu amigo, o senhor tem fala grosseira, mas parece ser um homem honesto, franco — disse o velho cavalheiro, virando os óculos na direção do candidato ao prêmio por Oliver, cujo semblante vil era uma receita carimbada de crueldade.

Mas o magistrado era meio cego e meio infantil, de modo que não era razoável esperar que ele soubesse discernir o que as outras pessoas faziam.

— Espero que sim, senhor — disse o sr. Gamfield, olhando feio e com malícia.

— Meu amigo, eu não tenho dúvida de que o senhor é — respondeu o velho cavalheiro, ajustando os óculos com mais firmeza sobre o nariz, e procurando o tinteiro à sua volta.

Foi o momento crítico do destino de Oliver. Se o tinteiro estivesse onde o velho cavalheiro achava que estava, ele logo teria mergulhado a pena e assinado os documentos, e Oliver teria sido levado às pressas para fora dali. Mas, como o tinteiro por acaso estava imediatamente embaixo de seu nariz, consequentemente, na prática, ele procurou em toda a escrivaninha, sem encontrá-lo; e como nessa busca calhou de olhar logo para o que tinha à sua frente, seu olhar deparou com o rosto pálido e aterrorizado de Oliver Twist, que, apesar de todos os olhares e beliscões repressores de Bumble, considerava o semblante repulsivo de seu futuro patrão, com expressão mesclada de horror e medo, palpável demais para não ser percebido mesmo por um magistrado meio cego.

O velho cavalheiro parou, deitou a pena, e olhou de Oliver para o sr. Limbkins, que tentava cheirar rapé com ar alegre e despreocupado.

— Meu garoto! — disse o velho cavalheiro. — Você parece pálido e aflito. Qual é o problema?

— Afaste-se um pouco dele, bedel — disse o outro magistrado, deixando o jornal de lado, e inclinando-se para frente com expressão de interesse. — Agora, menino, diga qual é o problema: não tenha medo.

Oliver caiu de joelhos, juntou as mãos, e suplicou que o levassem de volta ao quarto escuro — que o fizessem passar fome, batessem, matassem até, se quisessem —, mas que não o mandassem embora com aquele homem pavoroso.

— Bem! — disse o sr. Bumble, erguendo as mãos e os olhos com a mais impressionante solenidade. — Bem! de todos os órfãos astutos e dissimulados que eu já vi, Oliver, você é um dos mais sem-vergonhas.

— Dobre essa língua, bedel — disse o segundo velho cavalheiro, quando o sr. Bumble extravasou o adjetivo composto.

— Excelência, perdão — disse o sr. Bumble, incrédulo diante do que ouvia. — Sua excelência falou comigo?

— Sim. Dobre essa língua.

O sr. Bumble ficou estupefato de espanto. Um bedel a quem mandavam dobrar a língua! Era uma revolução moral!

O velho cavalheiro de óculos de casco de tartaruga olhou para o seu companheiro, e assentiu significativamente.

— Recusamos a sanção dos documentos — disse o velho cavalheiro, deixando de lado o pedaço de pergaminho enquanto falava.

— Espero... — gaguejou o sr. Limbkins. — Espero que os magistrados não pensem que as autoridades paroquiais tenham sido culpadas de alguma conduta imprópria, por conta do testemunho infundado de uma criança.

— Os magistrados não foram chamados a pronunciar nenhuma opinião sobre esse assunto — disse rispidamente o segundo velho cavalheiro. — Levem o menino de volta à casa de trabalhos, e cuidem bem dele. Ele parece estar precisando.

Naquela mesma tarde, o cavalheiro de colete branco afirmou o mais positiva e decididamente não apenas que Oliver seria enforcado, mas também que ele seria arrastado e esquartejado, ainda por cima. O sr. Bumble balançou a cabeça com mistério soturno, e disse que queria que tivesse dado certo; ao que o sr. Gamfield respondeu que queria que tivesse dado certo para ele; o que, embora ele concordasse com o bedel em quase tudo, pareceria um desejo totalmente oposto.

Na manhã seguinte, o público seria outra vez informado de que Oliver Twist estava novamente Para Alugar, e que cinco libras seriam pagas a qualquer um que quisesse dele tomar posse.

4.
Sendo-lhe oferecida outra posição, Oliver faz sua primeira entrada na vida pública

Nas grandes famílias, quando não se pode obter uma posição vantajosa, seja em termos de posse, reversão, herança ou expectativa, para um jovem rapaz que está crescendo, é um costume bastante comum enviá-lo para o mar. A diretoria, imitando exemplo tão sábio e salutar, deliberou em conselho o expediente de embarcar Oliver Twist em algum navio da marinha mercante com destino a um bom porto insalubre. A ideia foi sugerida como a melhor coisa possível de se fazer com ele, sendo a maior probabilidade que o capitão o açoitasse até a morte, em tom brincalhão, algum dia depois do jantar, ou que lhe arrancasse os miolos com uma barra de ferro; ambos passatempos, como praticamente todo mundo sabe, favoritos e recreações comuns entre cavalheiros daquela classe. Quanto mais o caso se apresentava à diretoria, nesse ponto de vista, mais pareciam se multiplicar as vantagens da medida; de modo que chegaram à conclusão de que o único modo de ajudar efetivamente Oliver era enviá-lo para o mar sem demora.

O sr. Bumble havia sido despachado para fazer várias investigações preliminares, no intuito de encontrar algum capitão que quisesse um criado de bordo sem parentes, e estava voltando para a casa de trabalhos para comunicar o resultado dessa missão, quando encontrou no portão ninguém menos que o sr. Sowerberry, o agente funerário da paróquia.

O sr. Sowerberry era um sujeito alto, esguio, de articulações grandes, vestido em um puído terno preto, com meias cerzidas de algodão da mesma cor, e sapatos combinando. Seu rosto não era naturalmente talhado para apresentar um aspecto sorridente, mas ele era em geral dado à jocosidade profissional. Seu passo era elástico, e seu rosto revelava uma chocarrice introspectiva, quando ele avançou na direção do sr. Bumble, e apertou sua mão cordialmente.

— Acabei de tirar as medidas das duas mulheres que morreram ontem à noite, sr. Bumble — disse o agente funerário.

— Você vai ficar rico, sr. Sowerberry — disse o bedel, enfiando o polegar e o indicador na tabaqueira oferecida pelo agente funerário, que era uma miniatura engenhosa de um caixãozinho-padrão. — Eu disse que você vai ficar rico, sr. Sowerberry — repetiu o sr. Bumble, batendo de leve no ombro do agente funerário, de modo amistoso, com sua bengala.

— Você acha? — disse o agente funerário em um tom que meio admitia, meio duvidava da probabilidade do evento. — Os preços pagos pela diretoria são muito pequenos, sr. Bumble.

— Os caixões também são — respondeu o bedel, precisamente com o mais próximo de uma gargalhada a que um grande oficial pode se permitir.

O sr. Sowerberry achou muita graça nisso — como aliás deveria — e gargalhou longamente sem interrupção.

— Bem, bem, sr. Bumble — disse ele por fim —, não há como negar que, desde que o novo sistema de alimentação começou, os caixões são um tanto mais estreitos e mais rasos do que costumavam ser; mas devemos tirar algum lucro, sr. Bumble. A madeira bem tratada é um artigo caro, senhor, e todas as alças de ferro vêm, pelo canal, desde Birmingham.

— Bem, bem — disse o sr. Bumble —, todo ofício tem suas desvantagens. Um bom lucro, evidentemente, deve ser permitido.

— Evidente, evidente — respondeu o agente funerário. — E, se não tiro lucro deste ou daquele artigo em particular, ora, eu compenso no longo prazo, o senhor sabe... Hehehe!

— Justamente — disse o sr. Bumble.

— Mas devo dizer... — continuou o agente funerário, retomando a linha de raciocínio que o bedel interrompera. — Mas devo dizer, sr. Bumble, que preciso lutar contra uma desvantagem muito grande: a saber, que os corpulentos são os que morrem mais depressa. As pessoas que foram bem de vida, e pagaram impostos por muitos anos, são as primeiras a definhar quando chegam na casa de trabalhos. E deixe que eu lhe diga uma coisa, sr. Bumble, três ou quatro polegadas a mais nos cálculos da gente fazem um grande buraco no nosso lucro, especialmente quando se tem uma família para sustentar, meu senhor.

Quando o sr. Sowerberry disse isso, com a apropriada indignação de um homem agravado, e quando o sr. Bumble sentiu que isso tendia a se refletir na honra da paróquia, este último cavalheiro julgou aconselhável mudar de assunto. Sendo Oliver Twist o que predominava seus pensamentos, ele fez deste o seu tema.

— Por falar nisso — disse o sr. Bumble —, o senhor não sabe de ninguém que queira um menino? Um aprendiz paroquial, que no momento é um peso morto? Uma pedra, diria, no sapato da paróquia? O senhor quer falar em generosidade, sr. Sowerberry, em liberalismo?

Enquanto o sr. Bumble falava, ele ergueu a bengala até o aviso no portão, e deu três batidinhas nas palavras "cinco libras" que estavam impressas em maiúsculas romanas de corpo gigantesco.

— Benza Deus! — disse o agente funerário, segurando a lapela debruada em dourado do uniforme oficial do sr. Bumble. — Era justamente isso que eu queria falar com você. Veja só... que beleza, que botão elegante este, sr. Bumble! Eu nunca tinha reparado.

— Sim, é mesmo uma beleza — disse o bedel, olhando orgulhosamente para baixo, para os grandes botões de latão que adornavam seu uniforme. — A figura é a mesma do selo paroquial, o Bom Samaritano curando o doente ferido. A diretoria me deu no Ano-novo, sr. Sowerberry. Usei, lembro bem, pela primeira vez no inquérito daquele comerciante falido, que morreu na calçada à meia-noite.

— Eu lembro — disse o agente funerário. — O júri declarou que "morreu de exposição ao frio, e carência das necessidades básicas da vida", não foi?

O sr. Bumble assentiu.

— E lembro que deram um veredito especial, a meu ver — disse o agente funerário —, acrescentando algumas palavras, dando a entender que, se o oficial do auxílio emergencial tivesse...

— Ora! Absurdo! — interpôs o bedel. — Se a diretoria fosse dar ouvidos a todas as bobagens que um jurado ignorante diz, eles não dariam conta de fazer outra coisa.

— É verdade — disse o agente funerário. — Não dariam mesmo.

— Jurado... — disse o sr. Bumble, apertando com força a bengala, como era seu costume quando se exasperava. — Jurado em geral é um desgraçado, mal-educado, que não tem onde cair morto.

— Geralmente, sim — disse o agente funerário.

— São uma gente sem nenhuma filosofia, sem nenhuma economia política — disse o bedel, estalando os dedos com desdém.

— Sem nada disso — aquiesceu o agente funerário.

— Tenho verdadeiro desprezo por eles — disse o bedel, ficando com o rosto muito rubicundo.

— Eu também tenho — concordou o agente funerário.

— E o que eu mais queria era que tivéssemos um júri independente por uma ou duas semanas nessa casa — disse o bedel. — As regras e os regulamentos da diretoria logo fariam com que os jurados caíssem em si.

— Tomara que sim — respondeu o agente funerário.

Dizendo isso, ele sorriu, com aprovação, para acalmar a ira crescente do indignado oficial da paróquia.

O sr. Bumble tirou o chapéu bicorne, puxou um lenço de dentro da coroa, enxugou da testa um suor que sua raiva engendrara, tornou a ajeitar o bicorne na cabeça e, virando-se para o agente funerário, disse com uma voz mais calma:

— Bem! E o que você tem a dizer sobre o menino?

— Ah! — respondeu o agente funerário. — Ora, você sabe, sr. Bumble, eu já pago um bocado de imposto de auxílio aos pobres.

— Ora! — disse o sr. Bumble. — E daí?

— E daí — respondeu o agente funerário — que eu estava pensando que, como eu já pago bastante pelos pobres, tenho direito de obter dos pobres o máximo que eu puder, sr. Bumble. De modo que... acho que eu mesmo vou ficar com o menino.

O sr. Bumble pegou o agente funerário pelo braço, e o levou para dentro. O sr. Sowerberry ficou a portas fechadas com a diretoria por cinco minutos; e ficou combinado que Oliver partiria com ele naquela mesma tarde, "em regime de experiência" — expressão que significa, no caso de um aprendiz paroquial, que, se o patrão julgar, após um breve teste, que conseguirá extrair trabalho o suficiente do menino sem precisar gastar muito para enchê-lo de comida, ficará com ele por um determinado número de anos, para a função que desejar.

Quando o pequeno Oliver foi levado diante do "cavalheiro" naquela tarde, e informado que iria, naquela noite, para a casa de um fabricante de caixões para ser ajudante geral, e que, se ele reclamasse da situação, ou se voltasse algum dia à paróquia, ele seria enviado para o mar, para morrer afogado, ou golpeado na cabeça, conforme fosse, ele demonstrou tão pouca emoção que todos em consenso declararam que ele era um delinquentezinho sem coração, e mandaram que o sr. Bumble o levasse logo dali.

Ora, embora fosse muito natural que a diretoria, de todas as pessoas no mundo, se sentisse em estado de grande perplexidade virtuosa e de horror diante do menor sinal de insensibilidade da parte de qualquer um, eles estavam muito enganados, nesse caso em particular. O fato simplesmente era que Oliver, em vez de falta de sensibilidade, possuía sensibilidade demais; e estava bem encaminhado no sentido de ser reduzido, pelo resto da vida, a um estado de brutal estupidez e casmurrice devido aos maus tratos que havia recebido. Ele ouviu a notícia de seu destino, em perfeito silêncio, e, quando puseram sua bagagem em sua mão — que não era muito difícil de carregar, uma vez que tudo cabia nos limites de um saco de papel pardo, de cerca de 15 centímetros de largura e menos de dez de profundidade —, ele afundou o boné sobre os olhos e, mais uma vez se agarrando à manga do casaco do sr. Bumble, foi levado embora por esse dignitário a um novo cenário de sofrimento.

Durante algum tempo, o sr. Bumble arrastou Oliver, sem olhares ou comentário, pois o bedel caminhava com a cabeça muito ereta, como um bedel devia sempre fazer. Sendo um dia de muito vento, o pequeno Oliver ia completamente encoberto pelas caudas da casaca do sr. Bumble, que se abriam, esvoaçavam e revelavam em seu grande detrimento o colete gasto e as calças curtas velhas e sem lustro. Quando se aproximavam de seu destino, contudo, o sr. Bumble achou conveniente olhar para baixo, e ver se o menino estava em ordem para a inspeção do novo patrão; o que, nesse sentido, ele fez, com um ar apropriado e aprazível de graciosa proteção.

— Oliver! — disse o sr. Bumble.

— Sim, senhor — respondeu Oliver, em voz baixa e trêmula.

— Tire esse boné de cima dos olhos, e erga bem essa cabeça, senhorzinho.

Embora Oliver tenha feito o que era desejado dele, na hora, e passasse o dorso da mão livre rapidamente sobre os olhos, ele deixara uma lágrima neles quando olhou para seu condutor. Quando o sr. Bumble olhou com seriedade para ele, a lágrima escorreu pela bochecha do menino. Ela foi seguida por outra, e mais outra. A criança fez um grande esforço, sem sucesso. Soltando a outra mão da mão do sr. Bumble, ele cobriu o rosto com as duas, e chorou até suas lágrimas vazarem entre o queixo e os dedinhos ossudos.

— Bem! — exclamou o sr. Bumble, contendo-se abruptamente, e lançando um olhar de intensa malignidade para seu pequeno fardo. — Bem! De *todos* os garotos mais ingratos e mais mal-intencionados que eu já vi, Oliver, você é o...

— Não, não, senhor — soluçou Oliver, agarrando-se à mão que segurava a conhecidíssima bengala. — Não, não, senhor; eu vou ser bonzinho. De verdade, de verdade, eu vou, senhor! Sou um menino pequeno, senhor, e isso é tão... tão...

— Tão o quê? — indagou o sr. Bumble, espantado.

— Tão solitário, senhor! É muito solitário! — exclamou a criança. — Todo mundo me odeia. Ah, senhor! Por favor, não fique bravo comigo!

A criança batia no peito e olhava para o rosto de seu companheiro, com lágrimas de genuína agonia.

O sr. Bumble contemplou a expressão penosa e indefesa de Oliver, com alguma perplexidade, por alguns segundos, pigarreou três ou quatro vezes bruscamente e, depois de resmungar algo sobre "essa tosse irritante"

— mandou Oliver enxugar os olhos e ser um bom menino. Então, mais uma vez segurando sua mão, ele caminhou com o menino em silêncio.

O agente funerário, que havia acabado de fechar a vitrine da loja, estava escriturando algumas entradas em seu livro-caixa à luz apropriadíssima de uma única vela melancólica, quando o sr. Bumble entrou.

— Ah! — disse o agente funerário; erguendo os olhos do livro, e parando no meio de uma palavra. — É você, Bumble?

— Eu mesmo, sr. Sowerberry — respondeu o bedel. — Aqui está! Trouxe o menino.

Oliver fez uma mesura.

— Ah! Esse é o menino, é? — disse o agente funerário, erguendo a vela acima da cabeça, para olhar melhor para Oliver. — Sra. Sowerberry, você teria a bondade de vir aqui um momento, minha querida?

A sra. Sowerberry emergiu de uma salinha nos fundos da loja, e apresentou a forma de uma mulher baixa, magra, encolhida, com aparência de megera.

— Minha querida — disse o sr. Sowerberry, em tom deferente —, este é o menino da casa de trabalhos de quem lhe falei.

Oliver fez outra mesura.

— Jesus! — disse a esposa do agente funerário. — Ele é muito pequeno.

— Ora, ele *está* um tanto pequeno — respondeu o sr. Bumble, olhando para Oliver como se fosse culpa dele não ser maior. — Ele é pequeno. Não há como negar. Mas ele vai crescer, sra. Sowerberry, ele vai crescer.

— Ah! Aposto que vai! — respondeu mesquinhamente a senhora. — Às custas da nossa comida e da nossa bebida. Não vejo salvação para as crianças da paróquia, não mesmo, pois elas sempre custam mais para manter do que elas valem. Mas os homens sempre acham que sabem mais. Aí está! Vamos lá para baixo, seu saquinho de ossos.

Com isso, a esposa do agente funerário abriu uma porta lateral, e empurrou Oliver por um lance de escadas até uma cela toda de pedra, úmida e escura, que formava a antessala do depósito de carvão, denominada "cozinha", na qual estava sentada uma menina desmazelada, de sapatos gastos e meias azuis desfiadas que precisavam muito ser cerzidas.

— Olha, Charlotte — disse o sr. Sowerberry, que seguira Oliver escada abaixo —, dê a esse menino um pouco daqueles restos de carne que estávamos guardando para o Trip. Ele não voltou para casa até o almoço, de modo que não vai mais precisar. Imagino que o menino não seja delicado demais para comer carne fria... não é, menino?

Oliver, cujos olhos haviam brilhado ao ouvir falar em carne, e que estava trêmulo de ansiedade para devorá-la, respondeu que não, e um prato cheio de restos misturados foi posto diante dele.

Eu queria que algum filósofo bem-alimentado, cuja carne e cuja bebida se torna bílis dentro de si, cujo sangue é de gelo, cujo coração é de ferro, pudesse ter visto Oliver Twist devorar as delicadas carnes que o cachorro desdenhara. Queria que ele tivesse testemunhado a horrível avidez com que Oliver dilacerou aqueles restos com toda a ferocidade da fome. Só há uma coisa que eu gostaria ainda mais, e seria ver esse mesmo filósofo comendo aquele mesmo prato, e com o mesmo deleite.

— Bem — disse a esposa do agente funerário, quando Oliver terminou de comer, que ela contemplou em horror silencioso, e com receoso augúrio de seu futuro apetite —, já acabou?

Não havendo nada comestível a seu alcance, Oliver respondeu com uma afirmativa.

— Então venha comigo — disse a sra. Sowerberry, levando um lampião fosco e sujo, e subindo a escada. — A sua cama é embaixo do balcão. Imagino que você não vá se incomodar de dormir entre os caixões, não é? Mas também não importa muito se você se incomoda ou não, pois não há outro lugar para você dormir. Venha; não me faça ficar aqui a noite inteira!

Oliver não esperou mais nada, mas de mansinho foi atrás de sua nova patroa.

5.
Oliver se mistura com novos associados. Em seu primeiro enterro, ele forma uma opinião desfavorável do ofício do patrão

Oliver, sendo deixado sozinho na funerária, pôs o lampião sobre um banco, e olhou timidamente à sua volta, com uma sensação de temor reverente e pavor, que muita gente bem mais velha que ele não teria dificuldade de entender. Um caixão inacabado, sobre cavaletes pretos, que ficava no meio da loja, parecia tão soturno e mortiço que ele sentia um calafrio na espinha toda vez que seu olhar vagava na direção do triste objeto, de onde ele quase esperava ver alguma forma pavorosa lentamente erguer a cabeça, o que o enlouqueceria de terror. Apoiada na parede, organizadamente, encontrava-se uma longa fila de pranchas de olmo cortadas no mesmo formato, parecendo, na penumbra, fantasmas de ombros altos com as mãos nos bolsos das calças. Adornos de caixão, lascas de olmo, pregos de cabeças brilhantes e cortes de tecido preto jaziam espalhados pelo chão; e a parede atrás do balcão era ornamentada com uma nítida representação de dois papa-defuntos de gravata preta, ocupados em um grande escritório particular, e um rabecão puxado por quatro corcéis negros, aproximando-se ao longe. A funerária era apertada e abafada. A atmosfera parecia impregnada com o cheiro dos caixões. O recesso embaixo do balcão, onde seu colchão de estopa fora enfiado, parecia uma sepultura.

Tampouco eram esses os únicos sentimentos tristonhos que deprimiam Oliver. Ele estava sozinho em um lugar estranho; e sabemos como até os melhores de nós às vezes sentimos frio e desolação em uma situação dessa. O menino não tinha parentes com quem se preocupar, ou que se preocupassem com ele. Não havia o remorso de uma separação recente fresco em sua mente, nem a ausência de um ente querido ou de um rosto bem recordado afundando pesadamente em seu coração.

Mas seu coração estava pesado mesmo assim; e ele desejou, arrastando-se para sua cama estreita, que ali fosse o seu caixão, e que ele pudesse estar enterrado em sono sereno e permanente no cemitério da igreja, com o mato alto balançando delicadamente acima de sua cabeça, e que o som grave do antigo sino o embalasse em seu sono.

Oliver foi despertado de manhã por um chute forte na porta da funerária; o que, antes que ele conseguisse se vestir, foi repetido, de modo irritado e impetuoso, cerca de 25 vezes. Quando ele começou a abrir a corrente, as pernas desistiram, e uma voz começou.

— Você pode abrir a porta, por favor? — exclamou a voz que pertencia às pernas que haviam chutado a porta.

— Estou abrindo, senhor — respondeu Oliver, soltando a corrente, e virando a chave.

— Imagino que você seja o novo menino, não? — disse a voz pelo buraco da fechadura.

— Sim, senhor — respondeu Oliver.

— Quantos anos você tem? — indagou a voz.

— Dez, senhor — respondeu Oliver.

— Então vou espancá-lo assim que entrar — disse a voz. — Você vai ver se não vou, só lhe digo isso, seu pirralho de orfanato!

Depois de fazer essa solícita promessa, a voz começou a assobiar.

Oliver havia sido submetido demais ao processo ao qual o expressivo tratamento supracitado faz referência para alimentar a menor dúvida de que o dono da voz, quem quer que fosse, iria cumprir sua jura, com todas as honras. Ele soltou os trincos com uma mão trêmula, e abriu a porta.

Por um ou dois segundos, Oliver olhou para fora, para os dois lados da rua, e para a calçada defronte surpreso, na crença de que o desconhecido, que falara consigo pela fechadura, tivesse recuado alguns passos, para se aquecer, pois ele não viu ninguém ali além de um garotão esfarrapado, encostado a um poste diante da funerária, comendo uma fatia de pão com manteiga que ele cortara em cunhas, do tamanho de sua boca, com um canivete, e consumia com grande destreza.

— Com licença, senhor — disse Oliver por fim, vendo que nenhum outro visitante aparecera —, o senhor bateu?

— Eu chutei — respondeu o meninão pobre.

— O senhor deseja um caixão? — indagou Oliver, inocentemente.

Com isso, o garotão esfarrapado se mostrou monstruosamente feroz, e disse que Oliver logo mais iria desejar um, se continuasse fazendo gracinhas com seus superiores daquele jeito.

— Pelo visto, você não sabe quem eu sou, não é, Orfanato? — disse o garotão esfarrapado, afastando-se do poste, nesse ínterim, com edificante gravidade.

— Não, senhor — respondeu Oliver.

— Sou o senhor Noah Claypole — disse o garotão esfarrapado —, e você trabalha para mim. Abra logo a vitrine, seu malandrinho vagabundo!

Com isso, o sr. Claypole administrou um chute em Oliver e entrou na funerária com um ar de dignidade, que lhe caiu bem. É difícil para um rapaz cabeçudo, de olhos miúdos, de constituição desengonçada e semblante pesado, aparentar dignidade sob quaisquer circunstâncias; porém ainda mais especialmente quando se acrescenta a esses atributos pessoais um nariz vermelho e calças curtas amarelas.

Oliver, depois de abrir as vitrines, e de quebrar um dos vidros no esforço de carregá-lo até um pequeno pátio na lateral da casa onde os guardavam durante o dia, foi generosamente acompanhado por Noah, que, após consolá-lo com a confirmação de que "ele ia ver só", concordou em ajudar. O sr. Sowerberry desceu logo em seguida. Pouco depois, a sra. Sowerberry apareceu. Oliver "viu só", em se cumprindo a previsão de Noah, e desceu a escada atrás do jovem cavalheiro para o desjejum.

— Venha para perto do fogo, Noah — disse Charlotte. — Tirei para você um bom pedaço de toucinho do desjejum do patrão. Oliver, feche essa porta atrás do senhor Noah, e pegue os restos que deixei na tampa da fôrma de pão. Aí está seu chá; leve para aquela caixa, e beba aí, e depressa, porque eles vão querer que você cuide da loja. Está me ouvindo?

— Está ouvindo, Orfanato? — disse Noah Claypole.

— Jesus, Noah! — disse Charlotte. — Que criatura difícil! Por que não deixa o menino para lá?"

— Deixar para lá! — disse Noah. — Aliás, pelo jeito, todo mundo deixou ele para lá. Nem o pai, nem a mãe, ninguém nunca vai fazer nada por ele. Todos os parentes deixaram ele para lá. Que tal essa, hein, Charlotte? Hehehe!

— Ah, seu danado! — disse Charlotte, explodindo em vigorosa gargalhada, à qual se juntou Noah; depois da qual ambos olharam com escárnio para o pobre Oliver Twist, sentado, trêmulo, na caixa, no canto mais frio do recinto, comendo restos rançosos especialmente reservados para ele.

Noah vivia de caridade da paróquia, mas não era um órfão da casa de trabalhos. Não era um filho do acaso, pois podia traçar sua genealogia até os pais, que moravam por perto; sua mãe sendo uma lavadeira, e seu pai um soldado bêbado, dispensado com uma perna de pau, e uma pensão diurna de meia-tigela e insondáveis trocados. Os meninos que trabalhavam nas lojas da vizinhança sempre rotularam Noah nas ruas com epítetos infames como "Couro", "Caridade", e coisas do gênero, e Noah os suportara sem reagir. Mas, visto que a sorte lançava em seu caminho um órfão sem nome, contra quem até o mais vil podia apontar o dedo do escárnio, ele reagia com muito interesse. Eis aí um prato cheio para a nossa contemplação. Isso nos mostra a beleza em que a natureza humana é capaz de ser convertida, e como as mesmas qualidades amáveis se desenvolvem imparcialmente no nobre mais fino e no garotão mais esfarrapado.

Oliver estava morando na funerária havia cerca de três semanas ou um mês. O sr. e a sra. Sowerberry — com a loja já fechada — estavam ceando na saleta dos fundos, quando o sr. Sowerberry, após diversos olhares insinuantes para a esposa, disse:

— Querida...

Ele iria dizer mais alguma coisa, mas a sra. Sowerberry ergueu os olhos, com uma expressão peculiarmente indisposta, e ele se calou no meio da frase.

— Bem — disse a sra. Sowerberry, rispidamente.

— Não é nada, querida, não é nada — disse o sr. Sowerberry.

— Ugh, seu grosso! — disse a sra. Sowerberry.

— De jeito nenhum, minha querida — disse o sr. Sowerberry humildemente. — Achei que você não iria querer ouvir, meu bem. Eu só ia dizer que...

— Ah, não venha me dizer o que você ia dizer — interpôs a sra. Sowerberry. — Eu não sou ninguém. Eu lhe peço, não me consulte. Quem sou *eu* para me intrometer nos seus segredos...

Quando a sra. Sowerberry disse isso, ela mesma deu uma gargalhada histérica, que ameaçava ter violentas consequências.

— Mas, querida — disse Sowerberry —, eu queria justamente o seu conselho.

— Não, não, não peça o meu conselho — respondeu a sra. Sowerberry, de modo afetado. — Peça a qualquer outra pessoa.

Aqui, houve outra gargalhada histérica, que assustou muito o sr. Sowerberry. Esse é um modo de proceder muito comum e muito aprovado nos matrimônios, que muitas vezes é também muito eficaz. Ao mesmo tempo, obrigou o sr. Sowerberry a mendigar, como um favor especial, a permissão de dizer à sra. Sowerberry o que ela estava curiosíssima para ouvir. Após um breve intervalo, a permissão foi generosamente concedida.

— Só estava pensando no jovem Twist, querida — disse o sr. Sowerberry. — É um menino muito bonito, meu bem.

— Teria mesmo que ser, pelo tanto que ele come — observou a dama.

— Ele tem uma expressão melancólica no rosto, querida — retomou o sr. Sowerberry —, que é muito interessante. Ele daria um ótimo papa-defunto, meu amor.

A sra. Sowerberry ergueu os olhos com expressão de considerável espanto. O sr. Sowerberry percebeu e, sem dar tempo à boa dama de fazer qualquer observação, prosseguiu:

— Não estou falando de um papa-defunto comum de velório de adulto, meu bem, mas só de criança. Seria uma grande inovação termos um papa-defuntinho, amor. Você pode escrever o que estou dizendo, teria um efeito formidável.

A sra. Sowerberry, que tinha muito bom gosto em termos funerários, ficou impressionada com a originalidade dessa ideia; mas, como, se o dissesse, isso comprometeria sua dignidade naquelas circunstâncias, ela simplesmente indagou, com muita rispidez, como aquela sugestão óbvia não ocorrera ao marido antes. O sr. Sowerberry corretamente interpretou isso como uma aquiescência à sua proposição e rapidamente determinou, portanto, que Oliver deveria ser imediatamente iniciado nos mistérios do ofício; e, com isso em mente, que deveria acompanhar seu patrão já na próxima oportunidade em que seus serviços fossem solicitados.

A oportunidade não demoraria muito. Meia hora depois do desjejum da manhã seguinte, o sr. Bumble entrou na funerária e, apoiando a bengala no balcão, sacou seu grande caderno com capa de couro, do qual extraiu um pedacinho de papel, que estendeu a Sowerberry.

— Ah! — disse o agente funerário, olhando para o papelzinho com semblante entusiasmado. — Um pedido de caixão, hein?

— Primeiro de um caixão, e depois de um funeral na paróquia — respondeu o sr. Bumble, amarrando de volta o caderno de capa de couro, que, como ele mesmo, era bastante corpulento.

— Bayton — disse o agente funerário, levando o olhar do papel para o sr. Bumble. — Nunca ouvi falar.

Bumble balançou a cabeça, enquanto respondia:

— Uma gente obstinada, sr. Sowerberry, muito obstinada. E receio que, também, orgulhosos.

— Orgulhosos, é? — exclamou o sr. Sowerberry com desdém. — Ora, aí já é demais.

— Ah, é asqueroso — respondeu o bedel. — Antimônio, sr. Sowerberry!

— Isso mesmo... — concordou o agente funerário.

— Nunca tínhamos ouvido falar da família até antes de ontem à noite — disse o bedel —, nem nunca teríamos ouvido falar, até que uma mulher que mora na mesma casa deles solicitou ao comitê da paróquia que mandassem um médico da paróquia ver uma mulher que estava passando muito mal. O médico tinha saído para jantar, mas o aprendiz (que é um rapaz muito esperto) mandou um remédio em um frasco preto, sem hesitar.

— Ah, isso que é prontidão — disse o agente funerário.

— Prontidão mesmo! — respondeu o bedel. — Mas qual foi a consequência; até onde vai a ingratidão desses rebeldes, meu senhor? Ora, o marido mandou devolver, dizendo que aquele remédio não servia para a problema da esposa, e que ela não deveria tomar... falou que ela não ia tomar! Um remédio bom, forte, saudável, que foi dado com grande sucesso a dois operários irlandeses e a um carvoeiro, uma semana antes! Dado de graça, em um frasquinho preto! E ele manda devolver e fala que ela não vai tomar, meu senhor!

Quando a atrocidade se apresentou com toda força na mente do sr. Bumble, ele bateu bruscamente com a bengala no balcão, e ficou vermelho de indignação.

— Bem — disse o agente funerário —, is-so nun-ca...

— Isso nunca aconteceu antes, meu senhor! — explodiu o bedel. — Não, isso não se faz. Mas agora ela está morta, precisamos enterrá-la. Aí está o endereço, e quanto antes, melhor.

Assim falando, o sr. Bumble pôs o bicorne, a princípio invertido, em um fervor de excitação paroquial, e saiu enfurecido da funerária.

— Ora, ele estava tão irritado, Oliver, que esqueceu até de perguntar de você! — disse o sr. Sowerberry, olhando para o bedel que descia a rua a passos largos.

— É, senhor — respondeu Oliver, que cuidadosamente se mantivera escondido durante a conversa e que estava tremendo da cabeça aos pés só de lembrar do som da voz do sr. Bumble.

No entanto, ele nem precisaria se dar ao trabalho de se esconder do sr. Bumble; pois esse funcionário, em quem a previsão do cavalheiro de colete branco causara fortíssima impressão, achava que, visto que o agente funerário estava com Oliver em experiência, era melhor evitar o assunto até o momento em que ele fosse efetivamente contratado por sete anos, e todo o risco de ele voltar para as mãos da paróquia seria assim efetiva e legalmente superado.

— Bem — disse o sr. Sowerberry, pegando seu chapéu —, quanto antes terminarmos esse serviço, melhor. Noah, cuide da loja. Oliver, ponha seu boné, e venha comigo.

Oliver obedeceu, e seguiu o patrão em sua missão profissional.

Eles caminharam, por algum tempo, através da parte mais cheia e densamente povoada da cidade; e então, chegando a uma rua estreita, mais suja e miserável do que qualquer outra por que já tivessem passado, pararam para procurar a casa que era o objeto de sua busca. As casas dos dois lados da rua eram altas e grandes, mas muito antigas, e habitadas por gente da classe mais pobre, como sua aparência desmazelada teria indicado suficientemente, sem o testemunho colaborador fornecido pelo aspecto esquálido de uns poucos homens e mulheres que, de braços cruzados e encurvados, ocasionalmente espreitavam pelo caminho. Muitas das casas tinham lojas que davam para a calçada, mas estas estavam todas lacradas, e caindo aos pedaços; apenas as sobrelojas eram ocupadas. Algumas casas, que haviam se tornado inseguras pela idade e pela deterioração, eram impedidas de desabar na rua por imensas vigas de madeira, apoiadas contra as paredes, firmemente fincadas na calçada; mas mesmo esses covis bizarros pareciam ter sido escolhidos como paradeiros noturnos de alguns desgraçados sem teto, pois muitos tapumes rústicos, que serviam de portas e janelas ao lugar, estavam deslocados de suas posições, para permitir uma abertura larga o suficiente para a passagem de um corpo humano. Eram canis fedorentos e imundos. Até os ratos, que aqui e ali jaziam decompostos em sua podridão, eram hediondos de tanta fome.

Não havia aldrava ou maçaneta na porta aberta diante da qual Oliver e seu patrão pararam; então, tateando cuidadosamente pelo corredor escuro, e mandando Oliver ficar perto de si e não ter medo, o agente funerário subiu o primeiro lance de escadas. Estacando diante de uma porta no primeiro andar, ele bateu com o punho cerrado.

A porta foi aberta por uma menina de 13 ou 14 anos. O agente funerário imediatamente percebeu, por tudo o que havia ali dentro, que era o apartamento aonde havia sido enviado. Ele entrou; Oliver foi logo atrás.

Não havia nenhum fogo aceso no apartamento; mas um homem estava curvado, mecanicamente, sobre o fogão vazio. Uma velha também puxara um banquinho para perto do fogão frio, e estava sentada ao lado dele. Havia algumas crianças molambentas em outro canto; e em um pequeno recesso, do lado oposto ao da porta, jazia no chão algo coberto com uma velha manta. Oliver estremeceu ao lançar os olhos para o local, e encolheu-se involuntariamente junto do patrão; pois, embora estivesse coberto, o menino sentiu que se tratava de um cadáver.

O rosto do homem era magro e muito pálido; o cabelo e a barba eram grisalhos; seus olhos, injetados. O rosto da velha era enrugado; seus únicos dois dentes se projetavam sobre o lábio inferior; e seus olhos eram claros e penetrantes. Oliver ficou com medo de olhar para ela e para o homem. Eles se pareciam muito com os ratos que ele havia visto do lado de fora.

— Ninguém deve chegar perto dela — disse o homem, levantando-se com fervoroso sobressalto, quando o agente funerário se aproximou do recesso. — Para trás! Seu desgraçado, para trás, se você dá valor à sua vida!

— Meu bom homem, isso é absurdo — disse o agente funerário, que estava muito acostumado à miséria em todos os seus formatos. — É absurdo!

— Estou lhe dizendo! — disse o homem, cerrando os punhos, e batendo furiosamente o pé no chão. — Estou lhe dizendo que não vou enterrá-la. Ela não teria sossego embaixo da terra. Os vermes só a incomodariam, nem teriam o que devorar, de tão exaurida que ela está.

O agente funerário não respondeu a tal desvario; mas, sacando uma fita métrica do bolso, ajoelhou-se por um momento ao lado do corpo.

— Ah! — disse o homem, explodindo em lágrimas, e caindo de joelhos aos pés da falecida. — Ajoelhem-se, ajoelhem-se... ajoelhem-se diante dela, todos vocês, e escrevam o que estou dizendo! Ela morreu de fome. Eu não percebi a gravidade da situação, até começar a febre; e depois os ossos dela começaram a aparecer por baixo da pele. Não tinha fogo, nem vela; ela morreu no escuro... no escuro! Ela não pôde ver nem os próprios filhos, embora tenhamos ouvido quando ela sussurrou os nomes deles. Mendiguei por ela nas ruas: e me mandaram para a prisão. Quando eu voltei, ela já estava morrendo; e o sangue secou no meu coração, pois a mataram de fome. Juro por Deus que eu vi isso acontecer! Mataram-na de fome!

Ele entrelaçou os dedos nos cabelos, e com um berro muito alto começou a rastejar pelo chão, de olhos vidrados, e com uma espuma de baba cobrindo seus lábios.

As crianças aterrorizadas choraram amargamente; mas a velha, que até então permanecera muda, como se fosse totalmente surda para tudo o que se passara, com uma ameaça, fez com que se calassem. Afrouxando a gravata do homem que continuava estendido no chão, ela se aproximou do agente funerário.

— Ela era minha filha — disse a velha, acenando com a cabeça na direção do cadáver, e falando com escárnio idiotizado, mais macabro até que a presença da morte naquele lugar. — Deus, meu Deus! Bem, é mesmo estranho que eu que a pari, quando já era mulher, esteja viva e alegre agora, e que ela esteja aí deitada: tão fria e tão dura! Deus, meu Deus! Só de pensar nisso... Isso parece uma peça de teatro.... parece até uma peça de teatro!

Enquanto a criatura desgraçada resmungava e gargalhava em sua alegria hedionda, o agente funerário se virou para ir embora.

— Pode parar, pode parar! — disse a velha com um sussurro perfeitamente audível. — Ela será enterrada amanhã, ou depois, ou hoje à noite? Eu a pari. Devo acompanhá-la, você sabe. Quero que me tragam uma capa grande, uma capa bem quente, pois está um frio terrível. Antes de ir, queremos bolo e vinho! Não precisa... mandem pão, só um filão de pão e um copo d'água. Vamos comer um pouco de pão, meu bem? — disse avidamente, agarrando a manga do agente funerário, enquanto ela mais uma vez se aproximava da porta.

— Sim, sim — disse o agente funerário —, é claro. Como você quiser!

Ele se desvencilhou das garras da velha e, puxando Oliver atrás de si, saiu às pressas dali.

No dia seguinte (nesse ínterim, a família tendo recebido o auxílio de um quarto de filão de pão e um pedaço de queijo, levados pessoalmente pelo sr. Bumble), Oliver e seu patrão voltaram ao lar miserável, onde o sr. Bumble já havia chegado, acompanhado por quatro homens da casa de trabalhos, que carregariam o caixão. Uma velha capa preta foi atirada sobre os trapos da velha e do homem e, depois de aparafusado, o caixão sem adornos foi suspenso nos ombros pelos carregadores, e levado para a rua.

— Agora, minha senhora, é melhor ter força nessas pernas! — sussurrou Sowerberry no ouvido da velha. — Estamos muito atrasados; e não podemos deixar o pastor esperando. Vamos, rapazes! O mais depressa que puderem!

Assim orientados, os carregadores foram trotando com seu fardo leve; e os dois papa-defuntos, logo atrás, deram seu melhor para acompanhá-los. O sr. Bumble e Sowerberry caminhavam a passos céleres nas frentes; e Oliver, cujas pernas não eram tão compridas quanto as do patrão, foi correndo ao lado.

Não havia, no entanto, tanta necessidade de se apressar quanto o sr. Sowerberry imaginara; pois, quando chegaram ao canto escuro do cemitério da igreja onde cresciam as urtigas, e onde ficavam as sepulturas dos paroquianos, o pastor ainda não havia chegado, e o sacristão, que estava sentado junto ao fogo na sacristia, achava pelo visto que não era improvável que ainda demorasse cerca de uma hora até ele chegar. Então, eles puseram o esquife na beira da cova e os dois papa-defuntos pacientemente esperaram junto ao barro úmido, com uma garoa fria caindo, enquanto os meninos molambentos que o espetáculo atraíra ao cemitério brincavam ruidosamente de esconder em meio às lápides, ou variavam a brincadeira pulando por cima do caixão. O sr. Sowerberry e Bumble, sendo amigos pessoais do sacristão, sentaram-se junto ao fogo com ele, e leram o jornal.

Por fim, após um lapso de pouco mais de uma hora, o sr. Bumble, Sowerberry e o sacristão foram vistos correndo em direção à cova. Imediatamente depois, o pastor apareceu, vestindo a sobrepeliz enquanto vinha. O sr. Bumble então ralhou com um menino ou dois, para ficarem apresentáveis; e o reverendo cavalheiro, depois de ler o tanto de exéquias que pudesse ser comprimido em quatro minutos, deu a sobrepeliz ao sacristão, e foi embora outra vez.

— Agora, Bill! — disse Sowerberry ao coveiro. — Pode encher!

Não foi uma tarefa difícil, pois a cova já estava tão cheia que o caixão de cima ficou a poucos centímetros da superfície. O coveiro jogou pás de terra em cima, pisoteou um pouco, levou a pá ao ombro e foi embora, seguido pelos meninos, que murmuravam queixas estridentes pela diversão tão cedo interrompida.

— Vamos, meu bom colega! — disse Bumble, dando um tapinha nas costas do homem. — Eles vão fechar o cemitério.

O homem, que não se movera em nenhum momento, desde que assumira seu posto junto à sepultura, levantou a cabeça, olhou para a pessoa que lhe dirigira a palavra, deu alguns passos em frente e desabou desmaiado no chão. A velha louca estava ocupada demais lamentando a perda de sua capa (que o agente funerário pegara de volta) para prestar atenção ao genro, de modo que jogaram um caneco de água fria nele e, quando ele voltou a si, e se viu à salvo, do lado de fora do cemitério, e o portão trancado, partiram em direções diferentes.

— Bem, Oliver — disse Sowerberry, quando caminhavam de volta para casa —, o que você achou?

— Tudo bem, obrigado, senhor — respondeu Oliver, com considerável hesitação. — Não é grande coisa, senhor.

— Ah, com o tempo, você acostuma, Oliver — disse Sowerberry. — Não vai ser nada depois que *você* se acostumar, meu garoto.

Oliver ficou se perguntando se havia demorado muito para o sr. Sowerberry se acostumar com aquilo, mas ele achou melhor não fazer a pergunta, e voltou caminhando para a funerária, pensando em tudo o que havia visto e ouvido.

6.
Oliver, instigado por Noah, passa à ação e deixa este um tanto assustado

Encerrado o mês de experiência, Oliver era formalmente um aprendiz. Foi uma temporada de doenças. No jargão comercial, os caixões estavam em alta; e, no decurso de poucas semanas, Oliver adquiriu um bocado de experiência. O sucesso da engenhosa especulação do sr. Sowerberry excedeu até mesmo suas esperanças mais otimistas. Os moradores mais antigos não se lembravam de um período de maior prevalência da caxumba, ou tão fatal à existência infantil; e foram muitas as procissões puxadas pelo pequeno Oliver, com uma fita comprida até os joelhos, para a indescritível admiração e emoção de todas as mães da cidade. Como Oliver acompanhava o patrão também na maioria de suas expedições adultas, no intuito de poder adquirir a equanimidade da compostura e o domínio total dos nervos, essenciais para um agente funerário perfeito, ele teve muitas oportunidades de observar a bela resignação e a fortaleza com que algumas pessoas mais determinadas enfrentavam suas provações e perdas.

Por exemplo: quando Sowerberry recebia um pedido de enterro para alguma velha dama ou cavalheiro rico, que vivera cercado por um grande número de sobrinhos e sobrinhas, que se mostraram totalmente inconsoláveis durante o padecimento do tio, e cuja tristeza havia sido inteiramente incontrolável mesmo nas ocasiões mais públicas, esses mesmos parentes estavam todos ali muito felizes, conversando com toda liberdade e jovialidade, como se não houvesse acontecido nada que os perturbasse. Maridos também encaravam a perda das esposas com a mais heroica serenidade. Esposas, por sua vez, vestiam luto pelos maridos, como se, longe de sofrer o luxo da tristeza, estivessem decididas a torná-la o mais atraente possível. Era evidente, também, que damas e cavalheiros abalados de angústia durante a cerimônia do enterro recuperavam-se assim que chegavam em casa, e já estavam bem à vontade antes de terminar o chá da tarde. Tudo isso foi muito agradável e edificante de se ver; e Oliver contemplou tudo com grande admiração.

Que Oliver Twist tivesse sido levado à resignação pelo exemplo dessas bondosas pessoas, não posso, mesmo sendo seu biógrafo, tentar afirmar com qualquer grau de confiança; porém, posso claramente dizer que, por muitos meses, ele continuou a se submeter mansamente à dominação e aos maus-tratos de Noah Claypole, que passou a tratá-lo muito pior do que antes, desde que seu ciúme aumentara ao ver o novo garoto promovido à bengala e à fita preta, enquanto ele, o garoto anterior, continuava na mesma com sua boina e sua calça curta de couro. Charlotte o maltratava, porque Noah o maltratava; e a sra. Sowerberry era sua inimiga ferrenha, porque o sr. Sowerberry estava disposto a ser seu amigo; de modo que, entre esses três de um lado, e uma bonança de funerais de outro, Oliver não estava tão à vontade quanto um porco faminto, trancado por engano, no depósito de cevada de uma cervejaria.

Agora, chego a uma passagem muito importante da história de Oliver; pois devo registrar um ato, talvez aparentemente mínimo e sem importância, mas que indiretamente produziu uma mudança material em todas suas perspectivas e atitudes futuras.

Um dia, Oliver e Noah haviam descido para a cozinha na hora do jantar, para se banquetearem com um pequeno osso de cordeiro — uma libra e meia da pior extremidade da coluna —, quando Charlotte foi chamada lá em cima, e seguiu-se um breve intervalo de tempo que Noah Claypole, faminto e cruel, considerou ser impossível dedicar a um propósito mais digno do que ofender e provocar o jovem Oliver Twist.

Visando a essa inocente diversão, Noah pôs os pés sobre a toalha da mesa, puxou o cabelo de Oliver, torceu suas orelhas e expressou sua opinião de que ele era um "dedo-duro". Ainda por cima, anunciou a intenção de um dia vê-lo enforcado, quando chegasse esse dia, que ele não via a hora de chegar, e passou a tópicos diversos de provocação mesquinha, como malvado e mal-educado pobre coitado que era. Mas, fazendo Oliver chorar, Noah tentou ser ainda mais impertinente; e, com tal intuito, fez o que muitos fazem ainda hoje, quando tentam ser engraçados. Ele se tornou um pouco mais pessoal.

— Orfanato — disse Noah —, como vai a sua mãe?

— Ela morreu — respondeu Oliver. — Não diga nada sobre ela!

Oliver foi ficando vermelho ao dizer isso; sua respiração ficou acelerada, e havia uma curiosa movimentação de boca e narinas, que o sr. Claypole julgou que devia ser o prenúncio imediato de um violento acesso de choro. Sob tal impressão, ele tornou à carga.

— Como ela morreu, Orfanato? — disse Noah.

— De tristeza, disse uma das nossas velhas enfermeiras — respondeu Oliver, mais como se estivesse falando consigo mesmo, do que respondendo a Noah. — Acho que sei o que é morrer disso!

— Larili, larilá, blablablá, Orfanato — disse Noah, enquanto uma lágrima escorria pelo rosto de Oliver. — Por que você está chorando agora?

— Não por *você* — respondeu Oliver, rispidamente. — Pronto, já chega. Não diga mais nada sobre ela. É melhor assim!

— Melhor assim! — exclamou Noah. — Ora! Melhor assim!... Orfanato, não seja sem-vergonha. E a *sua* mãe também! Ela era bonita, não era? Ah, Deus!

Aqui Noah balançou a cabeça expressivamente e franziu seu pequeno nariz vermelho, ao máximo que a ação muscular poderia reunir, para a ocasião.

— Sabe, Orfanato — continuou Noah, encorajado pelo silêncio de Oliver, e falando em tom zombeteiro de fingida compaixão (de todos os tons, o mais irritante). — Sabe, Orfanato, não há o que fazer agora. E, claro, você não podia fazer nada na época. Eu sinto muito por isso, e tenho certeza que todos nós sentimos, e ficamos com muita pena dela.

Mas uma coisa você precisa saber, Orfanato, a sua mãe era uma bela de uma vagabunda.

— O que foi que você disse? — indagou Oliver, erguendo os olhos muito depressa.

— Uma bela de uma vagabunda, Orfanato — respondeu Noah, friamente. — E foi muito melhor assim, Orfanato, que ela tenha morrido quando morreu, do contrário ela estaria trabalhando feito uma escrava na prisão de Bridewell, ou teria sido enviada, ou enforcada, que é a opção mais provável de todas, não é mesmo?

Vermelho de raiva, Oliver se levantou com sobressalto, derrubou a cadeira e a mesa, agarrou Noah pelo pescoço, sacudiu-o, na violência da fúria, até seus dentes rangerem dentro do crânio, e, reunindo todas as suas forças em um único golpe pesado, derrubou-o no chão.

Um minuto antes, o garotão tinha olhado para o menino calado, meiga e melancólica criatura em que a dureza dos maus-tratos o haviam transformado. Mas seu espírito fora finalmente despertado; o cruel insulto à sua falecida mãe havia incendiado seu sangue. Ele arquejava; sua postura estava ereta; seus olhos claros e vívidos; toda sua personalidade se transformara, enquanto ele olhava fixamente para o torturador covarde que agora estava deitado no chão a seus pés, e ele o desafiara com uma energia que nunca tinha sentido antes.

— Ele vai me matar! — choramingou Noah. — Charlotte! Patroa! O menino novo está me matando! Socorro! Socorro! Oliver está louco! Char... lotte!

Os gritos de Noah foram respondidos, com um berro muito alto de Charlotte, e outro ainda mais alto da sra. Sowerberry; a primeira entrou correndo na cozinha pela porta lateral, enquanto a segunda ficou esperando na escada até ter certeza de que seria coerente com a preservação da vida humana, antes de descer mais.

— Ah, seu desgraçado! — berrou Charlotte, agarrando Oliver com toda força, que equivalia à de um homem relativamente forte e particularmente bem treinado. — Ah, seu vilãozinho ingrato, assassino e horroroso!

A cada sílaba, Charlotte deu um soco em Oliver, com toda a sua energia, acompanhados de um berro, pelo bem da sociedade.

O punho de Charlotte não era nada leve; mas, caso não fosse eficaz em acalmar a ira de Oliver, a sra. Sowerberry entrou correndo na cozinha, e ajudou a segurá-lo com uma mão, enquanto arranhava seu rosto com a outra. Nessa posição favorável, Noah se levantou do chão, e bateu nele por trás.

Foi um exercício violento demais para durar muito. Quando estavam todos exaustos, e não conseguiam mais rasgar e bater, arrastaram Oliver, esperneando e gritando, mas nada intimidado, para o depósito de carvão, e ali o trancaram. Isto feito, a sra. Sowerberry afundou em uma poltrona, e desatou a chorar.

— Benza Deus, ela vai desmaiar! — disse Charlotte. — Um copo d'água, Noah, querido. Depressa!

— Ah! Charlotte — disse a sra. Sowerberry, falando o melhor que podia, sentindo falta de ar, e um excesso de água fria, que Noah despejara em sua cabeça e seus ombros. — Ah! Charlotte, que bênção não termos sido todos assassinados enquanto estávamos dormindo!

— Ah! é uma verdadeira bênção, madame — foi a resposta. — Só espero que o patrão aprenda agora a não trazer para casa mais nenhuma dessas criaturas horrorosas, que nasceram para ser assassinos, ladrões desde o berço. Pobre Noah! Ele estava quase morrendo, madame, quando eu cheguei.

— Coitado! — disse a sra. Sowerberry, olhando com pena para o garotão esfarrapado.

Noah, cujo botão de cima do colete talvez estivesse na altura da cabeça de Oliver, esfregou os olhos com a palma das mãos enquanto toda essa misericórdia lhe era concedida, e apresentou lágrimas e fungadelas fingidas.

— O que vamos fazer?! — exclamou a sra. Sowerberry. — O patrão não está em casa; não temos um homem na casa, e, em dez minutos, esse menino vai acabar derrubando essa porta.

Os vigorosos golpes de Oliver contra a madeira em questão tornavam essa ocorrência altamente provável.

— Jesus, Jesus, eu não sei, madame — disse Charlotte — , a não ser talvez chamar a polícia.

— Ou o exército — sugeriu o sr. Claypole.

— Não, não — disse a sra. Sowerberry, lembrando-se do velho amigo de Oliver. — Vá correndo chamar o sr. Bumble, Noah, e peça para ele vir logo, não há um minuto a perder. Deixe para lá o boné! Depressa! Ponha uma faca nesse olho roxo, no caminho. O inchaço vai diminuindo, enquanto você corre.

Noah não esperou para responder, mas saiu a toda velocidade, e espantou muito as pessoas que andavam na calçada ver um garotão esfarrapado correndo desgovernadamente pelas ruas, sem boné na cabeça, e com um canivete encostado no olho.

7.
Oliver continua insubmisso

Noah Claypole correu pelas ruas em seu passo mais ligeiro, e não parou nenhuma vez para respirar, até chegar ao portão da casa de trabalhos. Descansando ali, por cerca de um minuto, para retomar um bom acesso de soluços e uma convincente exibição de lágrimas e terror, ele bateu com força no portão, e apresentou uma expressão tão pesarosa ao velho pobre que abriu, que até esse velho, que só via expressões pesarosas à sua volta na melhor das hipóteses, recuou espantado.

— Ora, o que aconteceu com o menino! — disse o velho pobre.

— Sr. Bumble! Sr. Bumble —, exclamou Noah, com bem-fingida tristeza e com uma voz tão alta e agitada, que não só chegou aos ouvidos do próprio sr. Bumble, que por acaso estava por perto, como o deixou alarmado a ponto de fazê-lo sair no pátio sem seu chapéu bicorne, circunstância muito curiosa e notável, que demonstra que até mesmo um bedel, agindo por impulso súbito e poderoso, pode ser afligido por uma momentânea perda do autocontrole e por um passageiro esquecimento da dignidade pessoal.

— Ah, sr. Bumble! — disse Noah. — Oliver, senhor... Oliver...

— O que foi? O que houve? — interpôs o sr. Bumble, com um lampejo de prazer em seus olhos metálicos. — Ele não fugiu; fugiu, Noah?

— Não, senhor, não. Não fugiu, mas ficou malvado de repente — respondeu Noah. — Ele tentou me matar, senhor, e depois tentou matar a Charlotte, e depois, a patroa. Ah, que dor terrível! Quanta agonia, por favor, senhor!

Aqui Noah se contorceu e retorceu seu corpo em uma extensa variedade de posições, como uma enguia; fazendo assim o sr. Bumble entender que, devido ao surto violento e sanguinário de Oliver Twist, ele sofrera graves ferimentos e danos internos, graças aos quais naquele momento sentia a mais aguda tortura.

Quando Noah percebeu que a notícia que ele comunicava paralizara totalmente o sr. Bumble, ele agregou mais efeitos a partir de então, lamentando seus horrendos hematomas dez vezes mais alto do que antes. Quando viu um cavalheiro de colete branco cruzar o pátio, ele foi ainda mais trágico em suas lamúrias do que nunca, corretamente imaginando que seria altamente proveitoso atrair a atenção, e suscitar a indignação, do cavalheiro que passava.

A atenção do cavalheiro logo foi atraída; pois ele mal dera três passos, quando se virou furiosamente, e indagou o que aquele vira-lata tanto latia, e por que o sr. Bumble não lhe dava motivos para tornar aquela série de exclamações verbais um processo involuntário?

— É um garotão esfarrapado aqui da escola, senhor — respondeu o sr. Bumble —, que foi quase assassinado, praticamente assassinado, pelo jovem Twist.

— Por Jove! — exclamou o cavalheiro de colete branco, e se calou subitamente. — Eu sabia! Tive um estranho pressentimento desde o início, de que aquele selvagem audacioso acabaria na forca!

— Senhor, ele tentou também matar a empregada — disse o sr. Bumble, com um semblante de palidez cinzenta.

— E a patroa — interpôs o senhor Claypole.

— E o patrão também, não foi o que você disse, Noah? — completou o sr. Bumble.

— Não! O patrão não está em casa, ou ele o teria matado também — respondeu Noah. — Ele falou que queria.

— Ah! Ele falou que queria, não foi, meu garoto? — indagou o cavalheiro de colete branco.

— Sim, senhor — respondeu Noah. — E, por favor, senhor, a patroa quer saber se o sr. Bumble pode passar lá rapidamente, agora mesmo, para castigá-lo, porque o patrão não está.

— Certamente, meu garoto, certamente — disse o cavalheiro de colete branco, sorrindo bondosamente, e fazendo carinho na cabeça de Noah, que era quase dez centímetros mais alto que ele. — Você é um bom garoto, um garoto muito bom. Aqui está uma moeda para você. Bumble, passe no Sowerberry, leve a bengala, e veja o que é melhor fazer. Não poupe o menino, Bumble.

— Não vou poupá-lo, senhor — respondeu o bedel.

Com o bicorne e a bengala, dessa vez, posicionados ao gosto do dono, o sr. Bumble e Noah Claypole foram às pressas para a funerária.

Aqui a situação do caso não havia melhorado em nada. Sowerberry ainda não havia voltado, e Oliver continuava chutando, com vigor inabalável, a porta do porão. Os relatos de sua ferocidade, tal como foram transmitidos pela sra. Sowerberry e por Charlotte, foram de natureza tão perturbadora que o sr. Bumble julgou prudente dialogar, antes de abrir a porta. Com isso em mente, ele chutou a porta por fora, à guisa de um prelúdio; e, então, aproximando a boca da fechadura, disse, em voz grave e impressionante:

— Oliver!

— Vamos; deixe-me sair daqui! — respondeu Oliver, do lado de dentro.

— Você sabe de quem é esta voz, Oliver? — disse o sr. Bumble.

— Sim — respondeu Oliver.

— E você não está com medo? Você não está tremendo só de ouvir a minha voz? — disse o sr. Bumble.

— Não! — respondeu Oliver, ousadamente.

Uma resposta tão diferente da que ele esperava extrair, e que estava acostumado a receber, chocou o senhor e não foi pouco. Ele se afastou da fechadura, endireitou-se até ficar bem ereto e olhou para as outras três pessoas presentes, em muda perplexidade.

— Ah, sabe, sr. Bumble, ele deve ter enlouquecido — disse a sra. Sowerberry. — Nenhum menino em seu estado normal ousa falar assim com o senhor.

— Não é loucura, madame — respondeu o sr. Bumble, após alguns momentos de profunda meditação. — É a carne.

— Como assim? — exclamou a sra. Sowerberry.

— Madame, carne é carne — respondeu Bumble, com ênfase austera. — A senhora alimentou demais esse menino, madame. A senhora alimentou uma alma e um espírito artificiais dentro dele, algo inapropriado em uma pessoa na situação dele. É o que a diretoria, sra. Sowerberry, composta por filósofos práticos, irá lhe dizer. O que os pobres têm a ver com alma e espírito? Já é suficiente que deixemos que eles tenham corpos vivos. Se a senhora tivesse mantido o menino à base de mingau, madame, isso jamais teria acontecido.

— Jesus, Jesus! — exclamou a sra. Sowerberry, piedosamente erguendo os olhos na direção do teto da cozinha. — É o que eu recebo em troca de ter sido generosa!

A generosidade da sra. Sowerberry com Oliver havia consistido em despejar profusamente sobre ele todos os restos sujos que ninguém mais queria comer; de modo que havia uma boa dose de mansidão e devoção em permanecer voluntariamente submetida à pesada acusação do sr. Bumble. Da qual, para lhe fazer justiça, era inteiramente inocente, em pensamento, palavras e atos.

— Ah! — disse o sr. Bumble, quando a dama baixou novamente os olhos para o chão. — A única coisa a fazer agora, até onde sei, é deixá-lo nesse porão por mais um ou dois dias, até que ele comece a sentir fome, e depois tirá-lo, e mantê-lo à base de mingau pelo resto do aprendizado. Ele vem de uma família ruim. Gente de natureza muito excitável, sra. Sowerberry! A enfermeira e o médico me disseram que a mãe dele chegou até nós superando dificuldades e dores que teriam matado uma mulher de boa índole semanas antes.

Nesse ponto do discurso do sr. Bumble, Oliver, tendo ouvido o suficiente para saber que faziam alguma alusão à sua mãe, voltou a chutar a porta, com tal violência que tornou qualquer outro som inaudível. Sowerberry voltou nessa altura. A ofensa de Oliver tendo sido explicada a ele, com exageros que as damas julgaram mais efetivos para despertar sua ira, ele abriu a porta do porão com um tilintar de chaves, e arrastou seu rebelde aprendiz para fora, puxando-o pelo colarinho.

As roupas de Oliver haviam sido rasgadas no espancamento que ele sofrera, seu rosto estava machucado e arranhado, e seu cabelo desmazelado caía sobre a testa. O rubor da raiva não havia desaparecido, no entanto, e, quando ele foi arrancado do castigo, fechou a cara ousadamente para Noah, e pareceu bastante impávido.

— Ora, você é um rapazinho simpático, não é mesmo? — disse Sowerberry, sacudindo Oliver, e dando-lhe um tapa na orelha.

— Ele xingou a minha mãe — respondeu Oliver.

— Bem, e daí, seu ingrato desgraçado? — disse a sra. Sowerberry. — Ela deve ter merecido o que ele falou, e até pior.

— Ela não merecia — disse Oliver.

— Merecia, sim — disse a sra. Sowerberry.

— Isso é mentira! — disse Oliver.

A sra. Sowerberry desatou a chorar.

Essa torrente de lágrimas deixou o sr. Sowerberry sem escolha. Se ele hesitasse por um instante em castigar Oliver muito severamente, ficaria evidente para todo leitor tarimbado que ele teria sido, segundo todos os precedentes em disputas matrimoniais já estabelecidos, um grosso, um marido indiferente, uma criatura ofensiva, uma imitação barata de um homem, e vários outros personagens aprazíveis, numerosos demais para recitá-los nos limites deste capítulo. Para lhe fazer justiça, ele tinha, na medida de suas capacidades — não eram muitas — uma predisposição favorável ao menino; talvez por ser de seu interesse, talvez porque a esposa não gostava dele. A torrente de lágrimas, contudo, deixou-o sem alternativa; de modo que ele imediatamente deu uma surra no menino, que satisfez até mesmo a sra. Sowerberry, e tornou um tanto desnecessária a subsequente aplicação da bengala paroquial do sr. Bumble. Pelo resto do dia, ele foi trancado na cozinha dos fundos, na companhia de uma bomba de água e uma fatia de pão; e à noite, a sra. Sowerberry, depois de fazer vários comentários do lado de fora da porta, de modo algum lisonjeiros à memória da mãe dele, espiou ali dentro, e, entre risinhos e críticas de Noah e Charlotte, mandou que ele subisse para sua cama desoladora.

Só quando ficou sozinho no silêncio e na imobilidade da sombria oficina do agente funerário, Oliver deu vazão aos sentimentos que o tratamento recebido aquele dia supostamente despertariam em uma mera criança. Ele ouvira suas provocações com expressão de desdém e suportara as surras sem chorar, pois sentira crescer em seu coração aquele orgulho que o teria impedido de gritar, mesmo que tivessem tentado queimá-lo vivo. Mas agora, quando não havia ninguém para vê-lo ou ouvi-lo, ele se ajoelhou no chão e, escondendo o rosto nas mãos, chorou lágrimas que, enviadas por Deus para o crédito de nossa natureza, poucas pessoas tão jovens tiveram motivo para chorar antes dele!

Por um longo tempo, Oliver permaneceu imóvel nessa atitude. A vela estava baixa no castiçal quando ele se pôs de pé. Observando cuidadosamente à sua volta, ele apurou os ouvidos, e delicadamente soltou o trinco da porta, e olhou para fora.

Fazia uma noite fria, escura. As estrelas pareciam, aos olhos do menino, mais distantes da terra do que ele jamais vira antes. Não havia vento, e as sombras densas lançadas pelas árvores no chão pareciam sepulcrais e mortiças, de tão imóveis. Suavemente, ele tornou a fechar a porta. Valendo-se da luz quase extinta da vela para amarrar seus poucos artigos pessoais dentro de um lenço, ele se sentou em um banco, para esperar amanhecer.

Com o primeiro raio de luz a conseguir penetrar as frestas da janela, Oliver se levantou, e mais uma vez destrancou a porta. Com uma olhadela tímida para os lados — pausa de um momento de hesitação —, ele fechou a porta atrás de si, e já estava na rua aberta.

Olhou para a direita e para a esquerda, sem saber para que lado fugir.

Lembrou-se de ter visto as carroças, indo embora, esforçando-se para subir o morro. Seguiu pelo mesmo trajeto e, chegando a uma trilha que cruzava os campos — que ele sabia, depois de certa distância, levar de volta para a estrada —, continuou até chegar lá, e seguiu em frente.

Por essa mesma trilha, Oliver se lembrava bem, havia trotado ao lado do sr. Bumble, quando este o levara embora da fazenda para a casa de trabalhos. Aquele caminho levava diretamente até a frente da propriedade. Seu coração bateu mais depressa quando pensou nisso, e ele quase desistiu. Mas já havia chegado tão longe que perderia muito tempo se resolvesse voltar atrás. Além disso, estava tão cedo que havia muito pouco risco de ser visto; de modo que ele continuou caminhando.

Ele chegou até a casa. Não parecia haver nenhum dos internos acordado àquela hora. Oliver parou, espiou a horta. Um menino estava carpindo um canteiro; quando parou, ele ergueu o rosto pálido e revelou os traços de um de seus antigos companheiros. Oliver ficou contente ao vê-lo, mesmo que de passagem; pois, embora fosse mais novo que ele, aquele menino havia sido seu amigo e colega de brincadeiras. Ambos haviam apanhado, passado fome e ficado calados juntos, muitas e muitas vezes.

— Não faça barulho, Dick! — disse Oliver, enquanto o menino corria até o portão, e enfiava o braço fino pela grade para saudá-lo. — Mais alguém acordou?

— Ninguém, só eu — respondeu a criança.

— Dick, não pode contar para ninguém que me viu — disse Oliver. — Estou fugindo. Eles me batem e me maltratam, Dick, e vou tentar a sorte em algum lugar longe daqui. Não sei onde ainda. Como você está pálido!

— Ouvi o médico dizer que eu estou morrendo — respondeu a criança com um sorriso fraco. — Fico muito contente por vê-lo, meu caro; mas não pare, não pare!

— Sim, sim, não vou parar, vou só me despedir de você — respondeu Oliver. — Nós nos veremos de novo, Dick. Tenho certeza disso! Você vai ficar bom e ser feliz!

— Espero que sim — respondeu a criança. — Talvez depois de morto, mas não antes disso. Sei que o médico deve estar certo, Oliver, porque tenho sonhado muito com Céu, e Anjos, e rostos bondosos que eu nunca vi acordado. Venha, me dê um beijo — disse a criança, escalando o portão baixo, e pousando os bracinhos em volta do pescoço de Oliver. — Adeus, querido amigo! Deus abençoe!

A bênção veio dos lábios de um menino pequeno, mas foi a primeira que Oliver ouviu ser dita sobre sua cabeça; e mesmo depois das lutas e dos sofrimentos, e dos problemas e das mudanças, de sua vida futura, ele jamais se esqueceria disso.

8.
Oliver caminha até Londres. Na estrada, encontra um tipo estranho de jovem cavalheiro

Oliver chegou à cancela onde a trilha terminava e mais uma vez pegou a estrada principal. Eram oito horas agora. Embora ele estivesse a quase oito quilômetros da cidade, ele correu, e se escondeu atrás das cercas, de quando em quando, até o meio-dia, receando de estar sendo perseguido e ser capturado. Então ele sentou para descansar ao lado do marco de pedra, e começou a pensar, pela primeira vez, aonde seria melhor ir e tentar viver.

A pedra junto à qual ele estava sentado trazia, em letras grandes, a intimação de que aquele ponto ficava a 112 quilômetros de Londres. O nome despertou uma nova linha de raciocínio na cabeça do menino.

Londres! A cidade grande! Ninguém, nem mesmo o sr. Bumble, jamais o encontraria lá! Muitas vezes, ele ouvira os velhos da casa de trabalhos também falar que nenhum rapaz com presença de espírito passaria necessidade em Londres; e que havia modos de viver naquela vasta cidade, que aqueles criados no interior nem faziam ideia. Era o lugar certo para um menino sem lar, que acabaria morrendo nas ruas se ninguém o ajudasse. Com essas coisas passando por seus pensamentos, impulsivamente ele se pôs de pé, e tornou a caminhar em frente.

Ele havia reduzido a distância até Londres em mais seis quilômetros, antes de se dar conta de quanto ainda havia pela frente até chegar a seu destino. Quando essa consideração se impôs, ele reduziu um pouco o passo, e meditou sobre os recursos de que dispunha até chegar lá. Ele dispunha de uma casca de pão, uma camisa velha, e dois pares de meia, em sua trouxa. Ele tinha também um único pêni — presente de Sowerberry depois de um enterro em que se portara extraordinariamente bem — no bolso. "Uma camisa limpa", pensou Oliver, "é uma coisa muito confortável; assim como dois pares de meias cerzidas; e também um pêni; mas são de pouca valia em se tratando de mais de cem quilômetros de caminhada no inverno." Mas os pensamentos de Oliver, como o da maioria das outras pessoas, embora estivessem sempre extremamente prontos e ativos para apontar suas dificuldades, eram totalmente impotentes para sugerir qualquer maneira plausível de superá-las; então, depois de pensar um bocado sem nenhum propósito particular, ele passou a trouxa para o outro ombro, e prosseguiu a marcha.

Oliver caminhou mais de trinta quilômetros naquele dia; e todo esse tempo não provou nada além da casca do pão seco, e alguns goles de água, que ele pediu na porta das casas da beira da estrada. Quando anoiteceu, ele virou em uma campina; e, arrastando-se para debaixo de um palheiro, decidiu se deitar ali, até amanhecer. A princípio, ele se sentiu assustado, pois o vento gemia tristemente sobre os campos vazios, e ele estava com frio e com fome, e mais sozinho do que jamais estivera antes. Estando também muito cansado da caminhada, contudo, ele logo adormeceu e esqueceu seus problemas.

Sentia-se frio e rígido, quando levantou na manhã seguinte, e tão faminto que foi obrigado a trocar a moeda por um pequeno pãozinho, na primeira aldeia por que passou. Ele não havia percorrido mais de vinte quilômetros, quando a noite caiu outra vez. Seus pés estavam doloridos, e as pernas tão fracas que tremiam bambas embaixo de si. Outra noite passada ao relento, inóspita e úmida, deixou-o pior; quando começou sua jornada pela manhã, ele mal conseguia se arrastar.

Ele esperou embaixo de um morro íngreme até uma carruagem passar, e então mendigou aos passageiros sentados do lado de fora; mas pouquíssimos repararam nele, e mesmo estes disseram para ele esperar até subirem o morro, e depois que queriam ver até onde ele conseguia correr por meio pêni. O pobre Oliver tentou acompanhar a carruagem por um curto trecho, mas não conseguiu mais, por conta da fadiga e dos pés feridos. Quando os passageiros externos guardaram suas moedas de volta em seus bolsos, dizendo que ele era um vira-lata preguiçoso, e que não merecia nada, a carruagem seguiu estrondeando morro abaixo e deixou só uma nuvem de poeira para trás.

Em algumas aldeias, havia grandes cartazes afixados, alertando as pessoas que pediam esmolas naquele distrito que seriam enviadas para a prisão. Isso deixou Oliver muito assustado, e ele ficou contente de deixar para trás aquelas aldeias com a máxima rapidez possível. Em outras, ele ficava rondando os pátios das estalagens, e olhava com tristeza para todo mundo que passava, procedimento que geralmente terminava com a dona do estabelecimento mandando um dos mensageiros que estivesse por perto expulsar o menino forasteiro, pois seguramente ele queria roubar alguma coisa. Se ele pedia esmola na sede de uma fazenda, quase sempre ameaçavam soltar o cachorro em cima dele; e quando mostrava o nariz em alguma loja, logo falavam em chamar o bedel — o que fazia o coração de Oliver subir até a boca, muitas vezes a única coisa que ele teria ali, por horas a fio.

Na verdade, não fosse um generoso cobrador de pedágio, e uma benevolente dama idosa, os problemas de Oliver teriam sido abreviados pelo mesmo processo que pôs fim aos de sua mãe; em outras palavras, ele teria muito seguramente caído morto na estrada do rei. Mas o homem do pedágio lhe deu pão e queijo; e a velha senhora, que tinha um neto desgarrado perdido descalço em alguma parte remota da terra, teve pena do pobre órfão, e deu a ele o pouco que tinha — e mais — com palavras tão boas e gentis, e com tais lágrimas de solidariedade e compaixão, que elas calaram mais fundo na alma de Oliver do que todos os sofrimentos pelos quais ele já havia passado.

Bem cedo na sétima manhã depois que deixou seu local de nascimento, Oliver entrou mancando lentamente na cidadezinha de Barnet. As janelas estavam fechadas; a rua estava vazia; nenhuma alma havia acordado para os afazeres do dia. O sol estava subindo em toda a sua esplêndida beleza, mas a luz só serviu para mostrar ao menino sua solidão e sua desolação, quando ele se sentou, com os pés sangrando e cobertos de poeira, nos degraus da entrada de uma casa.

Aos poucos, as janelas foram sendo abertas, as cortinas foram afastadas e as pessoas começaram a ir e vir. Alguns poucos pararam para olhar para Oliver por um ou dois momentos, ou se voltavam e o fitavam quando passavam apressados; mas ninguém o ajudou, ou se deu ao trabalho de indagar o que ele viera fazer ali. Ela estava sem coragem para pedir esmola. E ali ele ficou sentado.

Ele estava agachado naquele degrau havia algum tempo, espantado com o grande número de bares (metade das casas em Barnet eram tavernas, grandes ou pequenas), contemplando apaticamente as carruagens que passavam, e pensando em como era estranho que conseguissem percorrer, com facilidade, em poucas horas, o que ele levara uma semana inteira, de coragem e determinação raras em sua idade, para percorrer, quando foi despertado ao perceber que um menino, que havia passado com indiferença por ele alguns minutos antes, havia voltado e agora o examinava com todo interesse do outro lado da rua. A princípio, ele não deu importância; mas o menino continuou na mesma atitude de observação minuciosa por tanto tempo que Oliver ergueu a cabeça e devolveu seu olhar fixo. Com isso, o menino atravessou a rua e, aproximando-se de Oliver, disse:

— Olá, companheiro! Qual é o problema?

O menino que dirigiu essa pergunta ao jovem viajante tinha mais ou mesmo sua idade, mas era um dos meninos de aparência mais estranha que Oliver já tinha visto. Era um menino de nariz arrebitado, sobrancelhas retas, rosto perfeitamente comum, e uma criança tão suja quanto alguém poderia desejar ver, mas ele tinha todos os ares e modos de um homem feito. Era pequeno para a idade, com pernas um tanto curvas, e olhinhos sagazes e feiosos. Seu chapéu ficava parado no topo da cabeça de modo tão instável, que ameaçava cair a qualquer momento — e cairia, muito frequentemente, se seu dono não tivesse a mania de, de quando em quando, dar uma súbita guinada com a cabeça, que recolocava o chapéu no lugar. Ele usava uma casaca de homem, que lhe chegava quase aos tornozelos. Ele arregaçava as mangas, até a metade do braço, para ficar com as mãos livres, aparentemente com a intenção final de enfiá-las nos bolsos de sua calça de veludo, pois ali ele as deixava. Ele era um perfeito jovem cavalheiro, fanfarrão e arrogante, como jamais houve em um metro e quarenta, ou pouco menos, calçando botinas.

— Olá, companheiro! Qual é o problema? — disse o estranho jovem cavalheiro a Oliver.

— Estou com muita fome e muito cansado — respondeu Oliver, com lágrimas nos olhos enquanto falava. — Estou vindo de muito longe. Já estou caminhando há sete dias.

— Caminhando sete dias! — disse o jovem cavalheiro. — Ah, entendi. O bicudo mandou, não foi? Mas — acrescentou, notando o olhar surpreso de Oliver —, imagino que você não sabe o que é bicudo, meu com-pa-nhei-ro de cela.

Oliver respondeu timidamente que sempre ouvira dizer que a boca das aves era descrita pelo termo em questão.

— Meu santo, que novato! — exclamou o jovem cavalheiro. — Ora, bicudo é magistrado; e quando você foge de um bicudo, não é só seguir reto, mas sempre subindo, e nunca mais descendo. Você nunca esteve no moinho?

— Que moinho? — indagou Oliver.

— Que moinho! Ora, *o* moinho de gente! Moinho porque ocupa tão pouco espaço que funciona dentro de uma Torre de Pedra, e é sempre melhor quando o vento está fraco para a gente, do que quando está forte, porque aí eles não conseguem mão de obra. Mas, vamos — disse o jovem cavalheiro —, quer grude, terá grude. Eu também estou por baixo, só tenho um xelim e meio pêni, mas, como sempre, vou arranjar e tesourar mais. Levante-se nesses gambitos. Pronto! Agora sim! Debandar!

Ajudando Oliver a se levantar, o jovem cavalheiro levou-o a um armazém ali ao lado, onde comprou uma quantidade de presunto temperado e um pedaço de pão, ou, como ele mesmo expressou, "um golpe do farelo!", pois o presunto se conservava limpo e protegido da poeira, graças ao engenhoso expediente de se fazer um furo no pão, arrancando-se uma parte da casca, e enfiando-se o presunto ali dentro. Levando o pão embaixo do braço, o jovem cavalheiro entrou em um pequeno bar, e mostrou o caminho até o balcão da serpentina nos fundos do estabelecimento. Ali, uma caneca de cerveja foi servida, a pedido do misterioso rapaz, e Oliver, desfalecido, a convite de seu novo amigo, fez uma demorada e nutritiva refeição, ao longo da qual o estranho menino ficou olhando para ele, de quando em quando, com grande atenção.

— Indo para Londres? — disse o estranho menino, quando Oliver enfim terminou.

— Sim.

— Tem onde ficar?

— Não.

— Dinheiro?

— Não.

O estranho menino assobiou e pôs as mãos nos bolsos, até onde as longas mangas da casaca permitiam.

— Você mora em Londres? — indagou Oliver.

— Sim. Moro, quando estou em casa — respondeu o menino. — Imagino que você precise de um lugar para dormir hoje à noite, não é?

— Preciso, de fato — respondeu Oliver. — Não durmo embaixo de um teto desde que saí do interior.

— Não vá queimar as pestanas por isso — disse o jovem cavalheiro. — Tenho que estar em Londres hoje à noite; e conheço um velho e respeitável cavalheiro que mora lá, que vai abrigar você a troco de nada, e nunca vai pedir o troco... isto é, se algum cavalheiro conhecido dele apresentar você para ele. E ele não me conhece? Ah, não, quase nada! Não mesmo! De jeito nenhum. Certamente, não!

O jovem cavalheiro sorriu, como se indicasse que o último fragmento de seu discurso era uma jocosa ironia, e terminou sua cerveja ao fazê-lo.

Essa oferta inesperada de abrigo também foi tentadora demais para resistir; especialmente por ter sido imediatamente acompanhada da garantia de que o velho cavalheiro em questão, sem dúvida, forneceria a Oliver um lugar confortável, sem perda de tempo. Isso levou a um diálogo mais amistoso e confidente, pelo qual Oliver descobriu que o nome de seu amigo era Jack Dawkins, e que ele era um tipo peculiar de animal de estimação e protegido do idoso cavalheiro antes mencionado.

A aparência do sr. Dawkins não depunha muito em favor dos confortos que seu patrono obtinha para aqueles que tomava sob sua proteção; mas, como ele tinha um estilo de conversa um tanto volúvel e dissoluto, e ainda por cima afirmou que entre seus amigos íntimos era mais conhecido pelo codinome de "O Ardiloso Esquivador", Oliver concluiu que, havendo nele um pendor para o esbanjamento e para a dissipação, ele teria recebido esses preceitos morais de seu benfeitor. Sob tal impressão, ele secretamente tentaria cultivar a boa opinião do velho cavalheiro o mais depressa possível; e, ainda que o Esquivador fosse incorrigível, como ele mais do que suspeitava que fosse, ele deveria aceitar a honra de conhecer seu outro amigo distante.

Como John Dawkins não queria entrar em Londres antes de anoitecer, eram quase onze horas quando eles chegaram ao cruzamento de Islington. Eles atravessaram de Angel para St. John's Road, desceram pela ruazinha que termina no teatro Sadler's Wells, seguiram por Exmouth Street e Coppice Row, passaram o patiozinho ao lado de uma casa de trabalhos, o clássico terreno outrora denominado Hockley-in-the-Hole, de lá para Little Saffron Hill, e em seguida até Saffron Hill the Great, por onde o Esquivador prosseguiu a passos ligeiros, orientando Oliver a segui-lo bem de perto.

Embora Oliver tivesse o suficiente para ocupar sua atenção em não perder seu líder de vista, ele não poderia deixar de lançar alguns olhares de relance para os dois lados do caminho, enquanto passava. Lugar mais sujo e desgraçado, ele jamais tinha visto. A rua era muito estreita e lamacenta, e o ar estava impregnado de odores pestilentos.

Havia um bocado de pequenos comércios; mas a única mercadoria pareciam ser pilhas de crianças, que, mesmo àquela hora da noite, entravam e saíam furtivamente pelas portas, ou gritando do lado de dentro. Os únicos lugares que pareciam prosperar em meio à ruína generalizada do local eram os bares; e neles, as ordens mais baixas de irlandeses discutiam com todo empenho possível. Passagens e pátios cobertos, que aqui e ali divergiam da rua principal, revelavam pequenos grupos de casas, onde homens e mulheres bêbados definitivamente se espojavam na sujeira; de diversos umbrais, sujeitos enormes de má aparência furtivamente emergiam, dispostos, ao que tudo indicava, a empreitadas nada edificantes ou inofensivas.

Oliver estava pensando se não teria sido melhor fugir correndo, quando chegaram à base do morro. Seu condutor, pegando-o pelo braço, abriu a porta de uma casa perto de Field Lane; e, puxando-o para dentro da passagem, fechou a porta atrás deles.

— Agora, sim! — exclamou uma voz vindo de baixo, em resposta a um assobio do Esquivador.

— Aprazível e sensacional! — foi a resposta.

Aquilo parecia ser uma espécie de senha ou sinal de que estava tudo bem; pois a luz da vela fraca iluminou a parede na extremidade distante da passagem e o rosto de um homem se projetou para fora, do ponto em que a balaustrada da escada de uma antiga cozinha havia sido arruinada.

— Vocês estão em dois — disse o homem, afastando mais a vela, e cobrindo os olhos com a mão. — Quem é esse outro?

— Um novo camarada — respondeu Jack Dawkins, puxando Oliver para frente.

— De onde ele vem?

— Groenlândia. Fagin está aí em cima?

— Sim, ele está separando os lenços. Subam!

A vela se afastou, e o rosto desapareceu.

Oliver, tateando o caminho com uma mão, e agarrando firmemente com a outra o companheiro, subiu com muita dificuldade a escada escura e quebrada, que seu condutor escalava com uma facilidade e um desembaraço que demonstraram conhecê-la bem.

Ele escancarou a porta de uma sala nos fundos, e puxou Oliver atrás de si.

As paredes e o teto da sala eram totalmente pretos de idade e sujeira. Havia uma mesa de madeira diante do fogo, sobre a qual havia uma vela, enfiada em uma garrafa de gengibirra, dois ou três jarros de estanho, um pão e manteiga, e um prato. Em uma frigideira, que estava sobre o fogo, e que ficava presa por um barbante ao aparador do fogão, algumas salsichas eram preparadas; e parado diante delas, com um garfo na mão, havia um judeu muito velho e encarquilhado, cuja expressão vil e cujo rosto repulsivo eram obscurecidos por uma quantidade de cabelos ruivos emaranhados. Ele usava uma camisola ensebada de flanela, sem gola; e parecia dividir sua atenção entre a frigideira e o varal de roupa, sobre o qual uma grande quantidade de lenços de seda estavam pendurados.

Diversas camas rústicas feitas de sacos velhos se amontoavam, lado a lado, no chão. Sentados em volta da mesa, havia quatro ou cinco garotos, não mais velhos que o Esquivador, fumando longos cachimbos de barro, e bebendo aguardentes com ar de homens de meia-idade. Todos estes se amontoaram em volta de seu colega enquanto ele sussurrava algumas palavras ao judeu, e então se viraram e sorriram para Oliver. O mesmo fez o próprio judeu, com o garfo de salsichas na mão.

— É este aqui, Fagin — disse Jack Dawkins —, o meu amigo Oliver Twist.

O judeu sorriu; e, fazendo uma mesura longa para Oliver, pegou-o pela mão, e expressou a vontade de ter a honra de conhecê-lo melhor. Com isso, o jovem cavalheiro com o cachimbo se aproximou, e sacudiu com muita força as duas mãos do menino, especialmente aquela que segurava sua trouxinha. Um jovem cavalheiro se mostrou muito ansioso para pendurar o boné dele e outro foi solícito ao ponto de enfiar as mãos nos bolsos dele, no intuito de, como ele estava muito cansado, não lhe dar o trabalho de esvaziá-los sozinho, quando fosse dormir. Tais civilidades provavelmente se estenderiam ainda muito mais, não fosse o exercício generoso do garfo do judeu sobre as cabeças e os ombros dos jovens afetuosos que as ofereciam.

— Estamos muito contentes em conhecê-lo, Oliver, muito mesmo — disse o judeu. — Esquivador, tire as salsichas, e ponha uma tina de água perto do fogo para o Oliver. Ah, você está vendo esses lenços, não, meu caro? São muitos lenços, não é? Acabamos de arranjar, estão prontos para lavar; só isso, Oliver, só isso. Hahaha!

A parte final dessa fala foi saudada por berros tempestuosos de todos os esperançosos pupilos do velho cavalheiro alegre. Em meio aos quais, foram todos jantar.

Oliver comeu sua parte, e o judeu preparou para ele um copo de gim com água quente, dizendo que ele devia beber de um só gole, porque outro cavalheiro usaria o mesmo copo. Oliver fez o que lhe foi pedido. Imediatamente a seguir, ele se sentiu delicadamente erguido no ar e levado até um dos sacos, e então mergulhou em sono profundo.

9.
Contendo mais detalhes sobre o simpático velho cavalheiro e seus esperançosos pupilos

Oliver só acordou no final da manhã seguinte, de um sono pesado e demorado. Não havia mais ninguém ali além do velho judeu, que fervia um pouco de café em uma caçarola para o desjejum, assobiando baixinho enquanto mexia a mistura com uma colher de ferro. Ele parava, de quando em quando, para ouvir se havia o mínimo ruído lá embaixo e, quando se dava por satisfeito, voltava a assobiar e a misturar o café como antes.

Embora Oliver houvesse despertado do sono, ele ainda não estava inteiramente acordado. Existe um estado sonolento, entre o sono e a vigília, quando se sonha mais em cinco minutos de olhos entreabertos, enquanto está semi-consciente de tudo o que se passa à sua volta, do que sonharia em cinco noites de olhos bem fechados, com seus sentidos envoltos em perfeita inconsciência. Nessas horas, todo mortal sabe apenas o suficiente daquilo que sua mente está fazendo, para formar uma concepção fulgurante de suas poderosas capacidades, de seus saltos para fora da terra, rejeitando tempo e espaço, quando liberta dos grilhões de seu agregado corporal.

Oliver estava precisamente nessa situação. Ele via o judeu com os olhos entreabertos, ouvia seu seu assobio baixo e reconhecia o som da colher raspando na caçarola; no entanto, esses mesmíssimos sentidos estavam mentalmente engajados, ao mesmo tempo, em ação incessante com praticamente quase todo mundo que ele conhecera na vida.

Quando o café ficou pronto, o judeu levou a caçarola para o balcão. Ali de pé, em atitude irresoluta por alguns minutos, como se não soubesse o que fazer, ele se virou e olhou para Oliver, e chamou-o pelo nome. Ele não respondeu, e estava aparentemente adormecido.

Depois de se convencer disso, o judeu se aproximou delicadamente da porta, que ele trancou. Então ele tirou, aos olhos de Oliver, abrindo uma espécie de alçapão no chão, um caixinha, que depôs cuidadosamente sobre a mesa. Os olhos dele brilharam ao abrir a tampa, espiando o conteúdo. Puxando uma velha cadeira para junto da mesa, ele se sentou, e tirou da caixa um magnífico relógio de ouro, cravejado de joias cintilantes.

— Ha! — disse o judeu, dando de ombros, e distorcendo todo o rosto com um sorriso hediondo. — "Sabujos espertalhões! Sabujos espertalhões! Esconderam até o fim! Nunca contaram ao velho pastor onde estava. Jamais entregaram o velho Fagin! E por que entregariam? Não afrouxaria a corda, nem suspenderia o cadafalso, nem um minuto a mais. Não, não, não! Bons colegas! Bons colegas!

Com isso, e outras reflexões resmungadas de natureza similar, o judeu tornou a guardar o relógio em seu escrínio. Pelo menos meia dúzia de outros foram tirados da mesma caixa, e examinados com o mesmo prazer, além de anéis, broches, braceletes, e outros artigos de joalheria, feitos de materiais tão magníficos e artesanato tão custoso, que Oliver nem saberia nomear.

Depois de guardar esses itens, o judeu tirou outro, tão pequeno que cabia na palma de sua mão. Parecia haver uma minúscula inscrição no objeto, pois o judeu o depôs sobre a mesa, e protegendo-o com a mão, examinou-o de perto, longa e atentamente. Por fim, deixou-o de lado, como se desistisse do exame, e, recostando-se na cadeira, resmungou:

— Que maravilha é a pena de morte! Morto não se arrepende, morto não revela histórias constrangedoras. Ah, que maravilha para os negócios! Cinco forcas enfileiradas, e ninguém para trapacear, ou amarelar!

Enquanto o judeu pronunciava essas palavras, seus olhos escuros e brilhantes, que ficaram vidrados, vazios, diante de si, pousaram no rosto de Oliver; os olhos do menino fitaram fixamente aquela curiosidade muda; e embora o reconhecimento durasse apenas um instante — pelo mais breve espaço de tempo que se possa conceber — foi o suficiente para mostrar ao velho que estivera sendo observado.

Ele fechou a tampa da caixa com um estalo súbito e, pousando a mão sobre uma faca de pão que estava sobre a mesa, levantou-se com sobressalto furioso. Ele tremia muito; mesmo aterrorizado, Oliver pôde ver que a faca estremecia no ar.

— O que foi? — disse o judeu. — Por que você está olhando para mim? Por que você está acordado? O que foi que você viu? Diga logo, menino! Depressa! Depressa! Se tem amor à própria vida.

— Não consegui dormir mais, senhor — respondeu Oliver, mansamente. — Sinto muito se incomodei o senhor.

— Uma hora atrás, você não estava acordado? — disse o judeu, ralhando ferozmente com o menino.

— Não! Não mesmo! — respondeu Oliver.

— Tem certeza? — exclamou o judeu, com expressão ainda mais feroz do que antes e uma atitude ameaçadora.

— Palavra de honra, senhor — respondeu Oliver, com veemência. — Eu não estava mesmo acordado, senhor.

— Ora, bolas, meu caro! — disse o judeu, retomando abruptamente os modos de antes, e brincando um pouco com a faca, antes de deixá-la sobre a mesa; como se quisesse fazer crer que a pegara por mera brincadeira. — É claro que eu sei disso, meu caro. Só estava tentando assustá-lo. Você se mostrou um menino corajoso. Haha! Você é um menino corajoso, Oliver.

O judeu esfregou as mãos, dando uma gargalhada, mas olhou incomodado para a caixa, mesmo assim.

— Você viu que beleza de objetos, meu caro? — disse o judeu, pousando a mão sobre a caixa, depois de uma breve pausa.

— Sim, senhor — respondeu Oliver.

— Ah! — disse o judeu, ficando um tanto pálido. — São... são coisas minhas, Oliver; meus parcos bens. É tudo o que tenho, para me valer na velhice. As pessoas me chamam de avarento, meu caro. Um mero avarento; só isso.

Oliver julgou que o velho cavalheiro devia ser mesmo um avarento para viver em um lugar tão sujo, com tantos relógios; mas, pensando que talvez sua bondade com o Esquivador e os outros meninos custasse um bocado de dinheiro, ele só olhou com respeito para o judeu, e perguntou se podia se levantar.

— Certamente, meu caro, certamente — respondeu o velho cavalheiro. — Espere. Há um jarro de água no canto perto da porta. Traga para cá; vou lhe dar uma tina para se lavar, meu caro.

Oliver levantou-se, atravessou o recinto e parou por um instante para erguer o jarro. Quando ele virou a cabeça, a caixa havia sumido.

Mal ele havia se lavado, e deixado tudo arrumado, esvaziando a tina pela janela, segundo as ordens do judeu, quando o Esquivador voltou, acompanhado de um jovem amigo entusiasmado, que Oliver vira fumando na noite anterior, e que agora lhe foi apresentado formalmente como Charley Bates. Os quatro se sentaram para o desjejum à base de café e alguns pãezinhos quentes com presunto que o Esquivador trouxera escondidos embaixo do chapéu.

— Bem — disse o judeu, olhando com malícia para Oliver, e dirigindo-se ao Esquivador —, espero que vocês tenham trabalhado de manhã, meus caros?

— Trabalhamos duro — respondeu o Esquivador.

— Duro como um prego — acrescentou Charley Bates.

— Bons meninos, bons meninos! — disse o judeu. — O que você arranjou, Esquivador?

— Algumas carteiras — respondeu o jovem cavalheiro.

— Recheadas? — indagou o judeu, com avidez.

— Bastante — respondeu o Esquivador, sacando duas carteiras; uma verde, outra vermelha.

— Não tão pesadas quanto poderiam — disse o judeu, depois de observar cuidadosamente o interior —, mas muito novas e bem feitas. Trabalho talentoso, hein, Oliver?

— De fato, senhor — disse Oliver.

Ao que o sr. Charles Bates gargalhou estrondosamente; para o espanto de Oliver, que não viu a graça, em nada do que se passava.

— E o que você conseguiu, meu caro? — disse Fagin a Charley Bates.

— Lenços — respondeu o jovem sr. Bates, sacando, ao mesmo tempo, quatro lenços de bolso.

— Bem — disse o judeu, inspecionando-os com minúcia —, são muito bons, muito. Só que você não desfez muito bem os monogramas, Charley, de modo que os monogramas terão que ser removidos com uma agulha, e nós ensinaremos ao Oliver aqui como se faz isso. Podemos, Oliver? Hahaha!

— Como o senhor preferir — disse Oliver.

— Você quer aprender a trabalhar com lenço, tão bem quanto o Charley Bates, não quer, meu caro? — disse o judeu.

— Quero muito mesmo, se o sr. me ensinar — respondeu Oliver.

O jovem sr. Bates enxergou algo tão extraordinariamente absurdo nessa resposta, que explodiu em outra gargalhada; gargalhada esta que, encontrando o café que ele estava bebendo, e descendo por alguma via errada, quase resultou em sua morte prematura por asfixia.

— Esse é mesmo novato! — disse Charley, quando se recuperou, como explicação pelo comportamento deselegante.

O Esquivador não falou nada, mas tirou o cabelo de Oliver da frente dos olhos, e disse ele iria aprender, aos poucos; ao que o velho cavalheiro, observando a pele de Oliver se enrubescer, mudou de assunto, perguntando se havia muita gente no enforcamento pela manhã. Isso fez o menino especular ainda mais, pois estava claro pelas respostas dos dois meninos que ambos haviam estado lá, e Oliver naturalmente se perguntara como era possível que tivessem encontrado tempo para ser tão produtivos.

Quando a mesa do desjejum foi retirada, o velho cavalheiro alegre e os dois meninos fizeram uma brincadeira muito curiosa e incomum, que consistia no seguinte. O velho cavalheiro alegre, colocando uma tabaqueira em um bolso da calça, uma carteira no outro, e um relógio do bolso do colete, com uma corrente presa em volta do pescoço, e espetando um falso diamante no colarinho, abotoou o paletó, e guardando a caixa de óculos e o lenço nesses outros bolsos, caminhou para lá e para cá pelo recinto com uma bengala, imitando o modo como velhos cavalheiros caminhavam pela rua em qualquer hora do dia. Às vezes, ele parava diante do fogão, e às vezes junto da porta, fingindo estar olhando vitrines com todo interesse. Nesses momentos, ele olhava sempre para os lados, com receio de ladrões, e sempre apalpava todos os bolsos, para ver se nada havia se perdido, de um modo tão engraçado e natural, que Oliver gargalhou até lhe escorrerem lágrimas. Todo esse tempo, os dois meninos ficaram seguindo o velho de perto, escapando à sua visão, com tanta agilidade que, toda vez que o velho se virava, era impossível acompanhar seus movimentos. Por fim, o Esquivador pisou no pé do velho, ou tropeçou por acidente em suas botas, enquanto Charley Bates trombou nele por trás; e nesse exato momento, eles tiraram dele, com a mais extraordinária rapidez, a tabaqueira, a carteira, o relógio, a corrente, o alfinete no colarinho, o lenço, e até a caixa de óculos. Se o velho cavalheiro sentia uma mão em algum de seus bolsos, ele gritava onde havia sido, e a brincadeira recomeçava outra vez.

Depois de brincarem muitas vezes disso, uma dupla de jovens damas veio visitar os jovens cavalheiros; uma delas se chamava Bet, e a outra, Nancy. Elas tinham cabelos muito longos, não muito bem apanhados atrás da cabeça, e estavam um tanto mal-vestidas em termos de sapatos e meias. Não eram exatamente bonitas, talvez; mas usavam bastante maquiagem no rosto, e pareciam robustas e vigorosas. Sendo seus modos notavelmente desembaraçados e agradáveis, Oliver as considerou moças realmente muito simpáticas. Como sem dúvida elas eram.

As visitas ficaram muito tempo. Foram servidas aguardentes, em consequência de uma das jovens damas ter se queixado de um frio por dentro do corpo; e a conversa assumiu um rumo muito mais amistoso e animado. Por fim, Charley Bates expressou a opinião de que estava na hora de pegar a estrada. Isso, ocorreu a Oliver, devia ser o equivalente de sair; pois, logo em seguida, o Esquivador, Charley e as duas jovens damas foram embora juntos, depois de receber generosamente do amável velho judeu algum dinheiro para gastar.

— Aí está, meu caro — disse Fagin. — Isso que é boa vida, não é mesmo? Hoje eles não voltam mais.

— Eles já trabalharam, senhor? — indagou Oliver.

— Já — disse o judeu. — Isto é, a não ser que encontrem inesperadamente algum outro trabalho, quando estiverem na rua; e eles não vão deixar passar, se encontrarem, meu caro, pode contar com isso. Que eles sirvam de modelo para você — continuou, atiçando o fogo com a pá para agregar força às palavras. — Faça tudo que eles mandarem, e peça conselho a eles em todos os assuntos, especialmente ao Esquivador, meu caro. Ele ainda vai ser um grande homem, e fará de você também um grande homem algum dia, se você tomá-lo como padrão... Meu caro, o meu lenço está saindo do bolso? — disse o judeu, interrompendo-se.

— Sim, senhor — disse Oliver.

— Veja se você consegue tirá-lo, sem que eu perceba, como você viu os meninos fazendo, quando estávamos brincando hoje cedo.

Oliver puxou para baixo o fundo do bolso com uma mão, como havia visto o Esquivador fazer, e puxou o lenço de leve para fora com a outra.

— Saiu? — exclamou o judeu.

— Aqui está, senhor — disse Oliver, mostrando o lenço na mão.

— Meu caro, você é um menino esperto — disse o velho cavalheiro, jocosamente, com uma tapinha de aprovação na cabeça de Oliver. — Nunca vi um rapaz tão sagaz. Tome um xelim. Se continuar assim, você será o maior de todos os tempos. Agora, venha cá, e vou mostrar como se tira o monograma dos lenços.

Oliver se perguntou o que a brincadeira de tirar o lenço do bolso do velho cavalheiro teria a ver com suas chances de se tornar um grande homem. Mas, pensando que o judeu, sendo muito mais velho do que ele, devia saber melhor, seguiu-o em silêncio até a mesa, e logo estava profundamente envolvido em seu novo estudo.

10.
Oliver conhece melhor o caráter de seus novos colegas; e paga um preço alto para adquirir tal experiência. Sendo este um breve, porém muito importante, capítulo nesta história

Durante muitos dias, Oliver permaneceu no apartamento do judeu, removendo monogramas de lenços (dos quais um grande número era trazido para casa), e algumas vezes participando da brincadeira já descrita, o que os dois meninos e o judeu faziam, regularmente, todas as manhãs. Enfim, ele começou a ansiar por ar fresco, e aproveitou muitas ocasiões para pedir encarecidamente ao velho cavalheiro que permitisse que ele saísse para trabalhar com seus dois companheiros.

Oliver ficou ainda mais ansioso para ser ativamente empregado pelo que havia visto da austera moralidade do caráter do velho cavalheiro. Sempre que o Esquivador ou Charley Bates voltavam à noite para casa de mãos vazias, ele discorria com grande veemência sobre a miséria dos hábitos ociosos e preguiçosos; e reforçaria sobre eles a necessidade de uma vida ativa, mandando-os para a cama sem jantar. Certa ocasião, a bem da verdade, ele chegou ao ponto de empurrá-los escada abaixo; mas isso já foi levar seus preceitos virtuosos longe demais.

Por fim, uma manhã, Oliver obteve a permissão pela qual tão avidamente ansiava. Não houve lenço em que trabalhar, por dois ou três dias, e os jantares haviam sido um tanto escassos. Talvez tenham sido esses os motivos para o velho cavalheiro consentir; mas, fossem esses ou não, ele disse a Oliver que podia ir, e o deixou sob a guarda compartilhada de Charley Bates e seu amigo Esquivador.

Saíram os três meninos de casa: o Esquivador com suas mangas arregaçadas e seu chapéu inclinado como de costume; o jovem sr. Bates passeando com as mãos nos bolsos; e Oliver entre eles, perguntando-se aonde estariam indo, e em que setor da manufatura ele seria instruído primeiro.

O ritmo adotado foi um passo tão preguiçoso, cambaleante, hesitante, que Oliver logo começou a pensar que seus companheiros iriam enganar o velho cavalheiro, e não iriam trabalhar coisa nenhuma. O Esquivador tinha uma perversa propensão também a tirar os bonés das cabeças dos meninos pequenos e atirá-los longe; enquanto Charley Bates exibia uma espécie de noção frouxa a respeito dos direitos de propriedade, derrubando várias maças e cebolas das bancas na sarjeta, e enfiando-as nos bolsos, que tinham tão surpreendente capacidade de carga, que pareciam ocupar todo o forro de seu traje. Essas coisas pareceram tão ruins, que Oliver estava a ponto de declarar sua intenção de voltar para casa, da melhor forma que pudesse; quando seus pensamentos foram subitamente direcionados para outro caminho, por uma misteriosíssima mudança de atitude da parte do Esquivador.

Eles estavam saindo de um pátio estreito não muito distante da praça aberta em Clerkenwell, que ainda hoje é chamada, por alguma estranha perversão dos termos, de "A Campina", quando o Esquivador estacou subitamente e, levando o indicador aos lábios, puxou seus companheiros de volta, com a maior cautela e circunspecção.

— O que foi? — perguntou Oliver.

— Quieto! — respondeu o Esquivador. — Está vendo aquele velho na banca de livros?

— Aquele velho cavalheiro do outro lado da rua? — disse Oliver. — Sim, estou vendo.

— Ele há de servir — disse o Esquivador.

— Um alvo maduro — observou o jovem sr. Charley Bates.

Oliver olhou de um para o outro, com máxima surpresa; mas não lhe permitiram fazer mais perguntas; pois os dois meninos atravessaram furtivamente a rua, e se posicionaram discretamente atrás do velho cavalheiro para o qual sua atenção havia sido orientada. Oliver veio alguns passos atrás deles e, sem saber se avançava ou recuava, ficou parado olhando em silêncio perplexo.

O velho cavalheiro era um personagem de aparência muito respeitável, com uma cabeleira empoada e óculos dourados. Vestia uma casaca verde-garrafa com gola de veludo preto; trajava calças brancas; e levava uma elegante bengala de bambu embaixo do braço. Ele havia escolhido um livro da banca, e ali estava ele parado, lendo, como se estivesse na própria poltrona, em seu próprio escritório. É muito possível que ele se imaginasse de fato lá; pois era evidente, por seu alheamento, que ele não estava vendo a banca de livros, nem a rua, nem os meninos, nem, em suma, nada além do próprio livro, que ele lia ininterruptamente, virando a página quando chegava ao fim, começando na linha de cima da página seguinte, e assim prosseguindo regularmente, com todo interesse e avidez.

Qual não foi o horror e a aflição de Oliver, parado alguns passos atrás, quando, observando de olhos o mais aberto que podia abrir, viu o Esquivador enfiar a mão no bolso do velho cavalheiro e tirar dali um lenço?! Vê-lo entregar o dito lenço a Charley Bates e finalmente ver os dois virando a esquina a toda velocidade!

Em um instante, todo o mistério dos lenços, e dos relógios, e das joias, e do judeu invadiram a mente do menino.

Ele parou, por um momento, com o sangue fervilhando tanto de terror em suas veias, que se sentiu ardendo por dentro; então, confuso e assustado, ele decidiu fugir; e, sem saber o que fazia, correu o mais depressa que seus pés conseguiam.

Isso tudo aconteceu no espaço de um minuto. No exato instante em que Oliver começou a correr, o velho cavalheiro, levando a mão ao bolso, e dando falta do lenço, virou-se bruscamente. Vendo o menino fugindo em ritmo tão acelerado, ele muito naturalmente concluiu que ele devia ser o predador; e gritando "Pega ladrão!" com toda força, foi correndo atrás dele com o livro na mão.

Mas o velho cavalheiro não foi a única pessoa a tomar parte nessa gritaria. O Esquivador e o jovem sr. Bates, sem querer atrair a atenção pública correndo em plena rua, simplesmente pararam na primeira porta depois de virarem a esquina. Assim que ouviram o grito, e viram Oliver correndo, entendendo exatamente a questão, foram atrás com grande prontidão; e, gritando "Pega ladrão!" também, juntaram-se à perseguição como bons cidadãos.

Embora Oliver tivesse sido criado por filósofos, ele não estava teoricamente familiarizado com o belo axioma de que a autoconservação é a primeira lei da natureza. Do contrário, talvez ele estivesse preparado para isso. Não estando preparado, contudo, ele ficou ainda mais aflito; de modo que correu como o vento, com o velho cavalheiro e os dois meninos rugindo e gritando atrás de si.

"Pega ladrão! Pega ladrão!" Existe uma magia no som. O comerciante abandona o balcão; o cocheiro, a carroça; o açougueiro larga a bandeja no chão; o padeiro, sua cesta; o leiteiro, seu balde; o entregador, seus pacotes; o estudante, sua bolinhas de gude; o pedreiro, a picareta; a criança, sua raquete. Eles seguiram correndo desgovernada, atabalhoada e desastradamente: derrubando, gritando, chocando-se com os passantes quando viravam esquinas, acordando os cachorros, e espantando os pássaros. Ruas, praças e pátios ecoaram toda essa balbúrdia.

"Pega ladrão! Pega ladrão!" O grito foi ecoado por cem vozes, e a multidão se acumulava a cada esquina. Lá foram eles correndo, pisando nas poças de lama, e em tropel sobre o calçamento: gente abrindo as janelas, saindo correndo para a rua, a malta se avoluma, todo o público abandona o teatro de fantoches no ápice da trama, e juntando-se à fila apressada, cresce a balbúrdia, e empresta novo vigor ao grito, "Pega ladrão! Pega ladrão!"

"Pega ladrão! Pega ladrão!" Existe profundamente implantada no peito humano uma paixão PELA *caça*. Um menino desgraçado, ofegante, arquejante de exaustão, de olhar aterrorizado, de olhos agoniados, gordas gotas de suor escorrendo pelo rosto, estica todos os nervos para levar vantagem sobre seus perseguidores e, conforme estes seguem em seu encalço, e encurtam a distância a cada instante, eles saúdam sua força decrescente com alegria. "Pega ladrão!" Sim, por Deus, peguem logo esse menino, ainda que só por misericórdia!

Detido enfim! Um golpe sagaz. Ele está caído no calçamento, e a multidão avidamente o cerca, cada um que chega, gesticulando e se acotovelando para conseguir vislumbrá-lo.

— Afastem-se!
— Deixem o menino respirar!
— Bobagem! Ele não merece.
— Cadê o cavalheiro?
— Aí vem ele, descendo a rua.
— Abram alas para o cavalheiro!
— É esse aí o menino, senhor!
— É.

Oliver estava no chão, coberto de lama, e sangrando na boca, olhando nervosamente para cima e para os lados, para aquela pilha de semblantes que o cercavam, quando o velho cavalheiro foi formalmente arrastado e empurrado para dentro da roda pelos perseguidores mais destacados.

— Sim — disse o cavalheiro. — Receio que seja esse menino.
— Receio!? — murmurou a multidão. — Essa é boa!
— Pobre rapaz! — disse o cavalheiro. — Ele se machucou.
— Isso fui *eu* que fiz isso, senhor — disse um grandalhão grosseiro, dando um passo à frente. — E curiosamente cortei o dorso da mão no dente dele. Eu o detive, senhor.

O sujeito tocou a aba do chapéu com um sorriso, esperando algo em troca do esforço; mas o velho cavalheiro, examinando-o com expressão de desdém, virou rapidamente o rosto, como se contemplasse a hipótese de também sair correndo, o que muito possivelmente podia ter tentado fazer, permitindo assim mais uma perseguição, não fosse um policial (geralmente a última pessoa a chegar nesses casos) naquele exato momento passar pela multidão, e pegar Oliver pelo colarinho.

— Vai, levanta — disse o homem, rispidamente.
— Não fui eu, senhor. Juro, juro, foram outros dois meninos — disse Oliver, de mãos postas com fervor, olhando para os lados. — Eles devem estar por aí.

— Ah, não, não estão — disse o policial.

Ele tinha intenção de soar irônico, mas além disso foi verdadeiro; pois o Esquivador e Charley Bates haviam se enfiado no primeiro pátio que pareceu conveniente.

— Vai, levanta!

— Não o machuque — disse o velho cavalheiro piedosamente.

— Ah, não, não vou machucar — respondeu o policial, puxando e rasgando o paletó de Oliver até o meio das costas, como prova. — Vai, eu te conheço; não vai adiantar. Você vai ficar de pé agora, demoninho?

Oliver, mal conseguindo ficar de pé, deslocou o peso para tentar se erguer, e foi logo carregado pela rua, pelo colarinho, a passos largos. O cavalheiro foi andando com ele ao lado do policial, e todos da multidão, que conseguiam acompanhar a proeza, adiantavam-se um pouco, e olhavam para Oliver de quando em quando. Os meninos berravam em triunfo; e lá foram eles.

11.
Que trata do sr. Fang, chefe de polícia, e fornece um breve exemplo de seu estilo de justiça

A infração havia sido cometida no perímetro do distrito, e na verdade na vizinhança imediata de uma famosíssima delegacia da polícia metropolitana. A multidão só teve a satisfação de acompanhar Oliver por duas ou três ruas, até um lugar chamado Mutton Hill, quando ele foi conduzido por baixo de uma arcada, até um pátio sujo, nesse entreposto da justiça sumária, pelos fundos. Era um pequeno pavimentado aquele onde viraram; e ali eles encontraram um homem parrudo, com suíças, e um molho de chaves na mão.

— O que foi agora? — disse o homem rispidamente.

— Um jovem ladrão de lenço — respondeu o homem que arrastava Oliver.

— O senhor é a parte roubada? — indagou o homem das chaves.

— Sim, sou — respondeu o velho cavalheiro. — Mas não sei se esse menino realmente pegou o lenço. Eu... eu preferiria não prestar queixa.

— Agora o senhor vai ter que falar com o delegado — respondeu o homem. — Sua excelência vai estar disponível em trinta segundos. Agora, o jovem condenado!

Isso foi um convite para que Oliver entrasse por um porta que ele abriu enquanto falava, e que dava em uma cela toda de pedra. Ali ele foi revistado; e, nada sendo encontrado consigo, trancafiado.

Essa cela tinha o formato e o tamanho de um porão, só que com menos luz. Era intoleravelmente suja, pois era manhã de segunda-feira e estivera ocupada na véspera por seis bêbados, que haviam sido trancafiados desde a noite do sábado. Mas era pequena. Em nossas delegacias, homens e mulheres toda noite são confinados pelas acusações mais triviais — a palavra não vale nada — em masmorras, comparadas com as quais, as de Newgate, ocupadas pelos criminosos mais atrozes, julgados, culpados, e esperando a pena de morte, são palácios. Quem duvidar, que as compare.

O velho cavalheiro parecia quase tão triste quanto Oliver quando a chave da cela foi passada. Ele se virou com um suspiro para o livro, que havia sido a causa inocente de toda aquela confusão.

"Há algo no semblante desse menino", disse o velho cavalheiro consigo mesmo, enquanto ia embora lentamente dali, tocando o queixo com a capa do livro, de modo pensativo. "Algo que me comove e me interessa. Será que ele *pode* ser inocente? Ele parecia ser... Aliás", exclamou o velho cavalheiro, parando muito abruptamente, e olhando para o céu, "Deus me abençoe! Onde eu vi algo parecido com aquela expressão antes?".

Depois de elucubrar por alguns minutos, o velho caminhou, com o mesmo olhar meditativo, até uma antessala dos fundos que dava para o pátio; e ali, recolhendo-se em um canto, evocou no vasto anfiteatro de rostos de sua mente, sobre o qual uma cortina empoeirada ficara suspensa por muitos anos.

"Não", disse o velho cavalheiro, balançando a cabeça. "Deve ser minha imaginação."

Ele percorreu essa galeria de rostos mais uma vez. Ele os evocou em sua visão, e não foi fácil recolocar a mortalha que por tanto tempo os escondera. Eram semblantes de amigos, e inimigos, e de muitos que eram quase desconhecidos espiando intrometidamente em meio à multidão; eram os rostos de jovens meninas desabrochando, hoje mulheres idosas; eram rostos que a sepultura havia transformado e enterrado, mas que a mente, superior ao poder da campa, ainda trajava com o velho frescor e a antiga beleza, chamando de volta o brilho dos olhos, o viço do sorriso, a radiância da alma através de sua máscara de barro, e murmurando algo sobre a a beleza além da tumba, mudada, sim, mas em beleza acentuada, e levada da terra, sim, mas em forma de luz, a ser derramada em um clarão suave e delicado sobre o caminho para o céu.

Mas o velho cavalheiro não conseguiu evocar nenhum semblante com o qual os traços de Oliver guardassem semelhança. Assim, ele soltou um suspiro diante das recordações que despertara; e sendo, felizmente para si mesmo, uma velho cavalheiro recluso, enterrou-as novamente nas páginas do livro bolorento.

Ele foi acordado por um cutucão no ombro, e um pedido do homem com as chaves para que o seguisse até uma sala. Ele fechou o livro às pressas e foi logo conduzido à imponente presença do renomado sr. Fang.

O escritório era uma saleta de entrada, com uma parede revestida em madeira. O sr. Fang sentou-se atrás de um balcão, do lado mais alto. De um dos lados, a porta era uma espécie de curral de madeira no qual o pobre Oliver já havia sido depositado tremendo muito diante da hediondez da cena.

O sr. Fang era um homem magro, de costas longas, pescoço duro, de estatura mediana, sem grande quantidade de cabelo, e o que tinha, crescia apenas atrás e dos lados de sua cabeça. O rosto era austero, e muito rubicundo. Se na verdade não tivesse o hábito de beber muito mais do que seria propriamente bom para ele, ele poderia processar seu semblante por calúnia, e recuperar graves prejuízos.

O velho cavalheiro fez uma mesura respeitosa e, aproximando-se da mesa do delegado, disse, fazendo a ação se casar com a palavra:

— Eis meu nome e meu endereço, senhor.

Ele então recuou um ou dois passos; e, com outra inclinação educada e cavalheiresca da cabeça, esperou ser questionado.

Ora, calhou de o sr. Fang naquele momento estar lendo um artigo longo em um jornal matutino, anunciando alguma decisão recente, e indicando-o, pela tricentésima-quinquagésima vez, para um cargo na Secretaria de Estado do Ministério do Interior. Ele estava sem paciência; e ergueu os olhos com zanga furiosa.

— Quem é o senhor? — disse o sr. Fang.

O velho cavalheiro apontou, com alguma surpresa, para seu cartão.

— Policial! — disse o sr. Fang, jogando o cartão com desdém sobre o jornal. — Quem é esse sujeito?

— Meu nome, senhor — disse o velho cavalheiro, falando *como* um cavalheiro —, meu nome é Brownlow, senhor. Permita-me indagar o nome do delegado que oferece um insulto gratuito e descabido a uma pessoa respeitável, sob a proteção da lei.

Dizendo isso, o sr. Brownlow olhou para os lados, como se procurasse alguém que pudesse lhe fornecer a informação requerida.

— Policial! — disse o sr. Fang, afastando o jornal. — Qual é a acusação contra esse sujeito?

— Ele não foi acusado de nada, excelência — respondeu o policial. — Ele veio por causa desse menino, excelência.

Sua excelência sabia disso perfeitamente; mas era uma formalidade boa, e segura.

— Por causa do menino, é? — disse o sr. Fang, examinando o sr. Brownlow com desdém, dos pés à cabeça. — Tome o depoimento dele!

— Antes de depor, gostaria de pedir a palavra — disse o sr. Brownlow —, para dizer que realmente eu nunca, sem esta experiência, teria imaginado...

— Cale a boca, senhor! — disse o sr. Fang, peremptoriamente.

— Não me calarei, senhor! — respondeu o velho cavalheiro.

— Cale a boca já, ou vou mandar expulsá-lo daqui! — disse o sr. Fang. — O senhor é um sujeito impertinente e insolente. Como ousa afrontar um delegado!

— O quê?! — exclamou o velho cavalheiro, enrubescendo.

— Tome o depoimento desse sujeito! — disse Fang ao escrivão. — Não quero ouvir nem mais uma palavra. Tome o depoimento dele.

A indignação do sr. Brownlow foi enormemente exaltada; mas, talvez refletindo que só causaria mais problemas para o menino se a extravasasse, ele reprimiu seus sentimentos e se submeteu de uma vez ao depoimento.

— Agora — disse Fang —, qual é a acusação contra esse menino? O que o senhor tem a dizer?

— Eu estava junto à banca de livros... — começou o sr. Brownlow.

— Cale a boca, senhor — disse o sr. Fang. — Policial! Onde está o policial? Aqui, tome o depoimento desse policial. O que houve?

O policial, com a devida humildade, relatou como ele havia procedido no caso; como revistara Oliver, e não encontrara nada consigo; e que isso era tudo o que ele sabia.

— Alguma testemunha? — indagou o sr. Fang.

— Nenhuma, excelência — respondeu o policial.

O sr. Fang ficou calado por alguns minutos, e então, virando-se para o acusador, disse com paixão imperiosa:

— O senhor quer dizer afinal qual é a sua queixa contra esse menino, ou não quer? O senhor já prestou depoimento. Agora, se está aqui e se recusa a apresentar evidências, vou puni-lo por desacato e por...

Por quê, por quem, ninguém sabe, pois o escrivão e o carcereiro tossiram bem alto nesse exato momento; e o primeiro deixou cair um livro grosso no chão, impedindo assim que a palavra fosse ouvida — acidentalmente, evidentemente.

Com muitas interrupções, e repetidos insultos, o sr. Brownlow conseguiu explicar o caso, observando que, na surpresa do momento, ele havia corrido atrás do menino porque vira o menino fugindo, e expressando sua esperança de que, se o delegado acreditasse nele, ainda que não fosse realmente o ladrão, estivesse associado com os ladrões, ele fosse leniente na medida da justiça.

— Ele até já se machucou — disse o velho cavalheiro à guisa de conclusão. — E receio — acrescentou, com muita energia, olhando para o delegado —, realmente receio que ele esteja doente.

— Ah! Sim, eu diria! — disse o sr. Fang, com escárnio. — Venha cá, sem truques agora, seu jovem vagabundo; não vão funcionar comigo. Qual é o seu nome?

Oliver tentou responder, mas sua língua ficou muda. Ele estava com uma palidez mortiça; e o ambiente parecia estar girando sem cessar.

— Qual é o seu nome, seu canalha empedernido? — exigiu o sr. Fang. — Policial, qual é o nome dele?

A pergunta foi dirigida a um velho prestativo, de colete listrado, que estava parado junto ao balcão. Ele se inclinou sobre Oliver, e repetiu a pergunta; mas, julgando-o realmente incapaz de entender a questão, e sabendo que a recusa da resposta só enfureceria ainda mais o delegado, e aumentar a severidade da sentença, ele arriscou um palpite.

— Ele disse que o nome dele é Tom White, excelência — disse o bondoso encarregado dos ladrões.

— Ah, ele não vai falar, é? — disse o sr. Fang. — Muito bem, muito bem. Onde ele mora?

— Onde puder, excelência — respondeu o policial, novamente fingindo receber a resposta de Oliver.

— Ele tem família? — indagou o sr. Fang.

— Ele disse que morreram quando ele era bebê, excelência — respondeu o policial, arriscando a resposta mais comum.

Nesse ponto do inquérito, Oliver levantou a cabeça e, olhando para os lados com olhos suplicantes, murmurou uma súplica débil por um copo d'água.

— Tolice e absurdo! — disse o sr. Fang. — Não tente me fazer de bobo.

— Acho que ele realmente está passando mal, excelência — insistiu o policial.

— Sei bem — disse o sr. Fang.

— Ajude-o, policial — disse o velho cavalheiro, erguendo as mãos instintivamente. — Ele vai desmaiar.

— Afaste-se, policial! — exclamou Fang. — Deixe-o cair, se ele quiser.

Oliver se valeu da generosa permissão, e caiu desmaiado no chão. Os homens na sala se entreolharam, mas ninguém ousou se mexer.

— Sabia que ele estava fingindo — disse Fang, como se isso fosse prova incontestável do fato. — Deixe-o aí caído; ele logo vai se cansar disso.

— Como o senhor pretende lidar com o caso? — indagou o escrivão em voz baixa.

— Sumariamente — respondeu sr. Fang. — Ele ficará detido por três meses. Trabalhos forçados, evidentemente. Esvaziem a sala.

A porta foi aberta com esse propósito, e dois homens se prepararam para conduzir o menino desacordado para sua cela, quando um homem mais velho de aparência decente, mas pobre, vestido com um velho terno preto, entrou apressado no recinto, e se aproximou do balcão.

— Espere, espere! Não o leve embora! Por tudo o que é mais sagrado, espere um momento! — exclamou o recém-chegado, com pressa ofegante.

Embora os gênios que presidiam aquelas sessões exercessem um poder sumário e arbitrário sobre as liberdades, o bom nome e o caráter, e quase sobre as vidas, dos súditos de Sua Majestade, especialmente sobre a classe mais pobre; e embora, dentro daquelas quatro paredes, muitos truques fantásticos fossem diariamente aplicados a ponto de cegar os anjos de tantas lágrimas; eram sessões proibidas ao público, exceto através da imprensa diária.[1] O sr. Fang ficou consequentemente não pouco indignado ao ver um cidadão desautorizado entrar naquele desmazelo irreverente.

— O que é isso? Quem é esse? Levem esse homem para fora. Esvaziem a sala! — exclamou o sr. Fang.

— Eu *vou* falar! — exclamou o homem. — Não serei expulso. Eu vi tudo. Sou o dono da banca de livros. Exijo prestar depoimento. Não serei silenciado. Sr. Fang, o senhor tem que me ouvir. O senhor não pode se recusar a me ouvir.

O homem tinha razão. Seus modos eram resolutos; e a questão estava se tornando um tanto séria demais para ser abafada.

— Tome depoimento desse homem — rosnou o sr. Fang, com um esgar muito contrariado. — Ora, o que o senhor tem a dizer?

— É o seguinte — disse o homem —: eu vi três meninos: outros dois e esse prisioneiro: estavam à toa do outro lado da rua, quando este cavalheiro estava lendo. O roubo foi cometido por outro menino. Eu vi quando aconteceu, e vi que esse menino ficou totalmente espantado e perplexo na hora.

Recuperado o fôlego, o digno vendedor de livros passou a relatar, de modo mais coerente, as exatas circunstâncias do roubo.

— Por que você não veio antes? — disse Fang, após uma pausa.

— Não tinha ninguém para cuidar da banca — respondeu o homem. — Todo mundo que poderia me ajudar se juntou à persegui-

---

[1] ou eram quase logo depois.

ção. Só consegui arranjar alguém cinco minutos atrás; e vim correndo para cá.

— O acusador estava lendo, então? — indagou Fang, após outra pausa.

— Sim — respondeu o homem. — Esse mesmo livro que está na mão dele.

— Ah, esse livro, é? — disse Fang. — E já foi pago?

— Não, não foi — respondeu o homem, com um sorriso.

— Santo Deus, eu me esqueci completamente! — exclamou o velho cavalheiro recluso, inocentemente.

— Que pessoa idônea para acusar um menino pobre! — disse Fang, com um esforço cômico de parecer humano. — Considerando que o senhor obteve a posse desse livro sob circunstâncias muito suspeitas e desonrosas; o senhor pode se considerar um sujeito de sorte porque o proprietário não quis prestar queixa. Que isso lhe sirva de lição, meu senhor, ou a lei se encarregará disso. O menino está dispensado. Esvaziem a sala!

— Que vergonha! — exclamou o velho cavalheiro, explodindo a raiva que contivera por tanto tempo. — Que vexame! Juro que...

— Esvaziem a sala! — disse o delegado. — Policiais, vocês ouviram? Esvaziem a sala!

A ordem foi obedecida e o indignado sr. Brownlow foi levado para fora, com o livro em uma mão, e a bengala de bambu na outra, em perfeito frenesi de fúria e desafio. Ele chegou no pátio e sua paixão amainou por um momento. O pequeno Oliver Twist ficou caído de costas no calçamento, com a camisa desabotoada, e as têmporas molhadas de água, seu rosto de uma brancura mortal, e um calafrio convulsionando todo o corpo.

— Pobrezinho, pobrezinho! — disse o sr. Brownlow, inclinando-se sobre ele. — Por favor, alguém chame uma carruagem. Depressa!

Uma carruagem foi chamada e, Oliver sendo cuidadosamente deitado em um dos assentos, o velho cavalheiro entrou e se sentou no outro.

— Posso acompanhá-lo? — disse o dono da banca de livros, espiando o interior da cabine.

— Por Deus, sim, meu caro senhor — disse rapidamente o sr. Brownlow. — Eu ia me esquecendo do senhor. Claro, meu caro! Eu ainda estou com esse livro infeliz! Entre! Pobre sujeito! Não há tempo a perder.

O dono da banca de livros entrou na carruagem; e lá se foram eles.

12.
Em que Oliver é bem tratado como nunca tinha sido antes. E no qual a narrativa retorna para o velho cavalheiro alegre e seus jovens amigos

A carruagem foi estrondeando, praticamente sobre o mesmo terreno que Oliver havia atravessado quando entrara pela primeira vez em Londres na companhia do Esquivador; e, tomando um caminho diferente quando chegou ao Angel em Islington, parou por fim diante de uma bela casa, em uma rua tranquila e arborizada perto de Pentonville. Ali, uma cama foi preparada, sem perda de tempo, onde o sr. Brownlow acomodou seu jovem hóspede e o deixou confortavelmente; e ali, ele foi tratado com uma bondade e uma solicitude que não conheciam limites.

Mas, por muitos dias, Oliver permaneceu insensível a toda a bondade de seus novos amigos. O sol nasceu e se pôs, e nasceu e se pôs outra vez, e muitas vezes depois dessa; e ainda assim o menino continuou estendido em sua cama, incomodado, degringolando sob o calor seco e devastador da febre. O verme não rói com mais certeza o corpo morto, do que esse fogo brando e lento sobre o corpo vivo.

Fraco, e magro, e pálido, ele acordou por fim do que parecia ter sido um sonho longo e conturbado. Erguendo-se debilmente na cama, com a cabeça apoiada no braço trêmulo, ele olhou angustiado à sua volta.

— Que quarto é esse? Para onde fui trazido? — disse Oliver. — Eu não dormi aqui.

Ele pronunciou essas palavras com voz tênue, muito apagada e fraca, mas logo foram ouvidas. A cortina na cabeceira da cama foi rapidamente afastada, e uma velha senhora de aparência maternal, trajada de modo impecável e correto, ergueu-se enquanto a afastava, da poltrona ao lado, onde estivera sentada costurando.

— Sossegue, meu querido — disse suavemente a velha senhora. — Você precisa ficar bem calminho, ou vai adoecer de novo; e você passou muito mal... tão mal quanto é possível passar mal, quase mais do que devia. Deite de novo; pronto, querido!

Com essas palavras, a velha senhora muito delicadamente posicionou a cabeça de Oliver no travesseiro; e, tirando seu cabelo da testa, olhou tão bondosa e amorosamente para ele, que ele não pôde evitar de colocar sua mãozinha murcha na dela, e puxá-la para seu próprio pescoço.

— Deus abençoe! — disse a velha senhora, com lágrimas nos olhos. — Que coisinha mais querida e agradecida! Coisa mais linda! O que a mãe dele não ia sentir se estivesse aqui do lado dele como eu, e pudesse vê-lo agora!

— Talvez ela possa me ver — sussurrou Oliver, com as mãos postas. — Talvez ela estivesse sentada ao meu lado. Quase sinto como se ela estivesse.

— Foi a febre, meu querido — disse a velha senhora afavelmente.

— Acho que foi — respondeu Oliver —, porque o céu é muito longe e estão todos muito felizes por lá, para querer descer aqui para a cama de um menino pobre. Mas, se ela soubesse que eu estava doente, ela ficaria com pena de mim, mesmo lá em cima, porque ela também estava muito doente antes de morrer. Mas ela não tem como saber nada de mim — acrescentou Oliver após um momento de silêncio. — Se me visse sofrer, ela teria ficado triste; e o rosto dela sempre é doce e alegre, quando eu sonho com ela.

A velha senhora não disse nada depois disso; mas, enxugando primeiro os olhos, e os óculos, que estavam sobre uma colcha, em seguida, como se fossem parte integrante de seu semblante, trouxe uma bebida fresca para Oliver; e então, fazendo carinho em seu rosto, disse que ele devia ficar deitado muito calminho, ou ficaria doente de novo.

De modo que Oliver ficou muito calminho; em parte porque estava ansioso para obedecer a bondosa senhora em tudo, e em parte, para dizer a verdade, porque ele ficara completamente exausto depois de falar tanto. Logo ele começou um cochilo leve, do qual foi despertado pela luz de uma vela, que, sendo trazida para perto da cama, mostrou um cavalheiro com um relógio de ouro muito grande e de sonoro tique-taque na mão, que estava sentindo seu pulso, e disse que ele estava muito melhor.

— Você *está* muito melhor, não está, meu querido? — perguntou o velho cavalheiro.

— Sim, obrigado, senhor — respondeu Oliver.

— Sim, eu sei que está — disse o cavalheiro. — Você deve estar com fome também, não é?

— Não, senhor — respondeu Oliver.

— Ah! — disse o cavalheiro. — Não, eu sei que não está. Ele não está com fome, sra. Bedwin — disse o cavalheiro, com expressão sábia.

A velha senhora inclinou respeitosamente a cabeça, parecendo dizer que achava que o médico era um sujeito muito sagaz. O médico aparentou ter a mesma opinião.

— Você está com sono, não é, meu querido? — disse o doutor.

— Não, senhor — respondeu Oliver.

— Não — disse o médico, com expressão muito perspicaz e satisfeita. — Você não está com sono. Nem com sede. Ou está?

— Sim, senhor, estou com sede — respondeu Oliver.

— Como eu imaginava, sra. Bedwin — disse o doutor. — É bastante natural que ele esteja com sede. A senhora pode lhe dar um pouco de chá, madame, e torradas sem manteiga. Não o esquente demais, madame; mas também esteja atenta para que ele não fique muito frio. A senhora faria essa gentileza?

A velha senhora fez uma mesura. O doutor, depois de provar a bebida fresca, e expressando uma aprovação qualificada, saiu apressado, suas botas rangendo de modo muito altivo e abonado enquanto ele descia a escada.

Oliver pegou no sono outra vez, logo depois disso. Quando acordou, já era quase meia-noite. A velha senhora carinhosamente lhe deu boa noite logo em seguida, e o deixou aos cuidados de uma mulher velha e gorda que havia acabado de entrar, trazendo consigo, em uma trouxinha, um pequeno Livro de Orações e uma garrafona de aguardente. Deixando esta junto à cabeceira e o primeiro sobre a mesa, a velha gorda, depois de avisar Oliver que viera passar a noite com ele, puxou sua cadeira para perto do fogo e começou uma série de cochilos breves, interrompidos frequentemente com quedas para frente, e diversos gemidos e engasgos. Estes, contudo, não tinham efeito mais grave além de fazer com que ela esfregasse o nariz com força e, depois, pegasse no sono de novo.

E assim a noite se arrastou lentamente. Oliver ficou acordado por algum tempo, contando os pequenos círculos de luz que o reflexo da lamparina lançava no teto; ou acompanhando com olhos lânguidos o intrincado padrão do papel de parede. A escuridão e a profunda quietude do quarto eram muito solenes; quando trouxeram à mente do menino a ideia de que a morte estivera ali pairando, muitos dias e noites, e ainda podia enchê-lo com o desespero e o pavor de sua tenebrosa presença, ele se virou de bruços contra o travesseiro, e ardorosamente rezou aos Céus.

Aos poucos, ele caiu naquele sono profundo e tranquilo que só o alívio de um sofrimento recente propicia; aquela calma e aquele descanso pacífico dos quais é doloroso despertar. Quem, se isso fosse a morte, teria despertado outra vez para enfrentar todas as lutas e turbulências da vida; todas as aflições pelo presente; as angústias quanto ao futuro; e sobretudo, suas recordações do passado!

Já era dia claro, havia horas, quando Oliver abriu seus olhos; ele se sentia animado e feliz. A crise da doença havia seguramente passado. Ele pertencia outra vez ao mundo.

Dentro de três dias, ele era capaz de sentar em uma espreguiçadeira, bem fornida de travesseiros; e, como ainda estava fraco para andar, a sra. Bedwin mandou levá-lo lá para baixo, para o quartinho da empregada, que pertencia a ela. Depois de instalá-lo, junto ao fogo, a boa senhora sentou-se também; e, em estado de considerável prazer por vê-lo tão melhorado, logo começou a chorar violentamente.

— Não se incomode comigo, meu querido — disse a velha senhora. — Só estou chorando um pouquinho à toda. Pronto; passou; já estou muito bem de novo.

— A senhora é muito, muito bondosa comigo, madame — disse Oliver.

— Bem, não se incomode com isso, meu querido — disse a velha senhora. — Não vamos esquecer da sua sopa; e já está na hora de você tomá-la; pois o doutor falou que o sr. Brownlow deve vir vê-lo pela manhã; e precisamos estar com nossa melhor aparência, porque, quanto melhor estivermos, mais ele vai ficar satisfeito.

E dizendo isso, a velha senhora se dedicou a aquecer, em uma panela, uma tigela cheia de caldo: forte o bastante, pensou Oliver, para valer por uma refeição completa, se reduzida ao mínimo necessário para a regulação da força, para trezentos e cinquenta pobres, calculando por baixo.

— Você gosta de quadro, querido? — indagou a velha senhora, vendo que Oliver havia fixado seus olhos, muito intensamente, em um retrato pendurado na parede diante de sua cadeira.

— Não sei exatamente, madame — disse Oliver, sem tirar os olhos da tela. — Vi tão poucos que nem sei. Que rosto bonito, meigo, daquela dama!

— Ah! — disse a velha senhora. — Os pintores sempre fazem as damas mais bonitas do que elas são, ou não teriam mais freguesas, menino. O sujeito que inventasse uma máquina de retratos deveria saber que nunca terá sucesso; seria honestidade demais. Em excesso — disse a velha senhora, gargalhando vigorosamente com a própria astúcia.

— Isso... isso é um retrato, madame? — disse Oliver.

— Sim — disse a velha senhora, erguendo os olhos da sopa por um momento —, é um retrato.

— De quem, madame? — perguntou Oliver.

— Ora, na verdade, meu querido, eu não sei — respondeu a velha senhora com bom humor. — Não é de alguém que eu ou você conhecemos, eu acho. Pelo visto você gostou, meu bem.

— É muito bonito — respondeu Oliver.

— Ora, você não está com medo do retrato? — disse a velha senhora, observando com grande surpresa a expressão de reverência com que o menino olhava para a pintura.

— Ah, não, não — respondeu rapidamente Oliver —, mas os olhos parecem tão tristes; e, daqui onde estou sentado, parecem fixos sobre mim. Faz meu coração bater depressa — acrescentou em voz baixa —, como se estivesse vivo, e quisesse falar comigo, sem conseguir.

— Deus o livre! — exclamou a velha senhora, sobressaltada. — Não fale assim, menino. Você está fraco e nervoso depois da doença. Deixe-me virar a sua cadeira para o outro lado; assim você não fica olhando para lá. Pronto! — disse a velha senhora, acompanhando a ação da palavra. — Agora você não vê mais o retrato, pelo menos.

Oliver continuou vendo o retrato em seus pensamentos, tão nitidamente como se não tivesse mudado de posição, mas achou melhor não deixar a bondosa senhora preocupada, de modo que ele apenas sorriu gentilmente quando ela olhou para ele; e a sra. Bedwin, satisfeita por ele se sentir mais confortável, salgou e quebrou pedaços de pão torrado no caldo, com todo o alvoroço apropriado a preparação tão solene. Ele mal havia engolido a última colherada, quando ouviu uma batidinha suave na porta.

— Entre — disse a velha senhora; e o sr. Brownlow entrou.

Ora, o velho cavalheiro entrou bruscamente; mas ele mal havia apoiado os óculos na testa, e levado as mãos para trás da camisola, para dar uma boa e demorada olhada em Oliver, e seu semblante passou por uma grande variedade de estranhas contorções. Oliver estava muito exaurido e pálido devido à doença, e fez uma tentativa ineficaz de se levantar, em respeito a seu benfeitor, que terminou com ele afundando de volta na cadeira; e o fato é, se a verdade deve ser dita, que o coração do sr. Brownlow, sendo grande o bastante para seis velhos cavalheiros de índole humanitária comuns, forçou um fornecimento de lágrimas em seus olhos, por algum processo hidráulico que não somos filosóficos o suficiente para estar em condições de explicar.

— Pobrezinho, pobrezinho! — disse o sr. Brownlow, pigarreando. — Estou um pouco rouco hoje, sra. Bedwin. Receio ter apanhado um resfriado.

— Espero que não, senhor — disse a sra. Bedwin. — Tudo o que o senhor usou à noite, eu tinha batido e deixado pendurado.

— Não sei, Bedwin. Eu não sei — disse o sr. Brownlow. — Eu acho que o guardanapo que usei ontem no jantar estava úmido; mas não se incomode com isso. Como você está se sentindo, meu querido?

— Muito feliz, senhor — respondeu Oliver. — E muito grato mesmo, senhor, pela sua bondade comigo.

— Por nada — disse o sr. Brownlow, altivamente. — Você deu algo para ele comer, Bedwin? Alguma daquelas suas lavagens, imagino?

— Senhor, ele acabou de tomar uma tigela cheia de um belo caldo grosso — respondeu a sra. Bedwin, aprumando-se um pouco, e colocando forte ênfase na última palavra, para sugerir que entre lavagens e caldos não existia nenhum tipo de afinidade ou conexão.

— Ugh! — disse o sr. Brownlow, com ligeiro tremor. — Duas taças de vinho do Porto teriam feito muito mais efeito. Não é, Tom White?

— Meu nome é Oliver, senhor — respondeu o pequeno inválido, com expressão de grande espanto.

— Oliver — disse o sr. Brownlow. — Oliver do quê? Oliver White?

— Não, senhor, Twist, Oliver Twist.

— Que nome esquisito! — disse o velho cavalheiro. — Por que você disse ao delegado que o seu nome era White?

— Eu não disse, senhor — respondeu Oliver, perplexo.

Isso soou tão falso, que o velho cavalheiro olhou com certa sisudez para Oliver. Era impossível duvidar dele; havia verdade em cada traço, magro e aguçado, de suas feições.

— Deve ter sido algum engano — disse o sr. Brownlow.

Mas, embora seu motivo para olhar fixamente para Oliver já não existisse, a antiga ideia da semelhança entre suas feições e algum rosto familiar voltou com força, tanto que ele não conseguiu desviar os olhos dele.

— Espero que o senhor não esteja bravo comigo? — disse Oliver, erguendo seus olhos, suplicantes.

— Não, não — respondeu o velho cavalheiro. — Ora?! O que é isso? Bedwin, veja só!

Enquanto ele falava, ele apontou às pressas para o retrato acima da cabeça de Oliver, e depois para o rosto do menino. Era uma cópia viva. Os olhos, a cabeça, a boca; todas as feições eram idênticas. A expressão era, naquele momento, tão exatamente igual, que as mínimas linhas pareciam copiadas com incrível precisão!

Oliver não soube o motivo dessa súbita exclamação; pois, não estando forte o suficiente para suportar o susto que levou, desmaiou. Uma fraqueza da parte dele, e o que dá à narrativa uma oportunidade de aliviar o leitor do suspense, em benefício dos dois jovens pupilos do Velho Cavalheiro Alegre, e de registrar o seguinte:

Que, quando o Esquivador e seu talentoso amigo, o sr. Bates, juntaram-se à gritaria despertada no encalço de Oliver, em consequência de haverem executado uma transferência ilegal da propriedade pessoal do sr. Brownlow, eles foram dominados por uma louvável e apropriada consideração por si mesmos; e na medida em que a liberdade dos súditos e as liberdades do indivíduo estão entre as primeiras e mais orgulhosas bandeiras de um verdadeiro inglês, assim, mal preciso pedir ao leitor para observar que tal atitude tenderia a exaltá-los na opinião do público e dos patriotas, em grau quase tão alto quanto essa forte prova de sua preocupação com a preservação e a segurança de si mesmos corrobora o pequeno código de leis que alguns profundos e sensatos filósofos lançaram como as fontes de todos os feitos e as ações da Natureza, os referidos filósofos sabiamente reduzindo os procedimentos da boa senhora a uma questão de máxima e teoria: e, com um elegante e belo elogio à sua exaltada sabedoria e à sua compreensão, excluindo inteiramente qualquer consideração sentimental, ou impulsos e sentimentos generosos. Pois essas questões ficam totalmente abaixo de uma mulher que é conhecida universalmente por estar muito acima das numerosas pequenas imperfeições e fraquezas de seu sexo.

Se me faltasse alguma prova da natureza estritamente filosófica da conduta desses jovens cavalheiros em sua situação delicadíssima, eu certamente logo a encontraria no fato (também registrado em uma parte anterior desta narrativa) de eles terem abandonado a perseguição, quando a atenção geral foi fixada em Oliver, e terem ido imediatamente para casa pelo caminho mais curto possível. Embora não seja minha intenção afirmar que essa seja a prática usual de sábios renomados e eruditos, abreviar o caminho para alguma grande conclusão (sendo sua atitude antes aumentar a distância, por vários circunlóquios e cambaleios discursivos, como aqueles que bêbados sob pressão de um fluxo de ideias muito poderoso tendem a se permitir); ainda assim, quero dizer, e digo claramente, que essa é a prática invariável de muitos filósofos de monta, no desenvolvimento de suas teorias, demonstrar grande sabedoria e previdência, precavendo-se contra qualquer possível contingência que possa suposta e provavelmente afetá-los. Assim, para ter um grande acerto, você pode cometer um pequeno erro, e não importam os meios para que esse fim seja atingido, serão justificados; a quantidade de acerto, ou a quantidade de erro, ou mesmo a diferença entre os dois, ficando inteiramente na mão do filósofo em questão, para ser estabelecida e determinada segundo sua opinião clara, abrangente e imparcial sobre seu próprio caso particular.

Só depois que os dois meninos haviam conseguido penetrar, com grande rapidez, através de um intrincadíssimo labirinto de ruas estreitas e pátios, que eles se arriscaram a parar embaixo de uma arcada baixa e escura. Ali parados em silêncio, só o suficiente para recuperar o fôlego para falar, o jovem sr. Bates proferiu uma exclamação de alegria e prazer e, explodindo em um acesso de risos, atirou-se no umbral de uma porta, e rolou no chão em um êxtase de júbilo.

— O que houve? — indagou o Esquivador.

— Haha! — rugiu Charley Bates.

— Pare com esse barulho — criticou o Esquivador, olhando cuidadosamente para os lados. — Você quer ser pego, seu idiota?

— Não consigo me conter — disse Charley. — Não consigo me conter! Quando vi ele fugindo naquele ritmo, e virar a esquina, e trombar com o poste, e continuar correndo como se fosse de ferro também, e eu com o lenço no bolso, gritando atrás dele... ah, que visão!

A vívida imaginação do jovem sr. Bates apresentava a cena diante dele em cores fortes demais. Quando ele chegou nessa injúria, novamente rolou no chão, e gargalhou mais alto do que antes.

— O que o Fagin vai dizer? — indagou o Esquivador; aproveitando outro intervalo ofegante da parte do amigo para propor a questão.

— O quê? — repetiu Charley Bates.

— Ah, o quê? — disse o Esquivador.

— Ora, o que ele diria? — indagou Charley, detendo-se um tanto subitamente em seu regozijo, pois os modos do Esquivador impressionavam. — O que ele deveria dizer?

O sr. Dawkins ficou assobiando alguns minutos; então, tirando o chapéu, coçou a cabeça, e balançou a cabeça três vezes.

— Como assim? — disse Charley.

— Larili, larilá, alhos e bugalhos, vaca tossiu, galo cantou — disse o Esquivador, com ligeiro escárnio em sua expressão intelectual.

Isso foi explicativo, mas não satisfatório. O jovem sr. Bates também achou, e disse mais uma vez:

— O que você quer dizer?

O Esquivador não respondeu; mas pôs de volta o chapéu e, apanhando as abas de sua casaca de cauda longa embaixo do braço, empurrou a bochecha com a língua, estapeou a ponte do nariz meia dúzia de vezes de modo familiar mas expressivo, e, girando nos calcanhares, atravessou o pátio. O jovem sr. Bates foi atrás, com semblante pensativo.

O barulho dos passos na escada rangente, alguns minutos após a ocorrência dessa conversa, despertou o velho cavalheiro alegre, que estava sentado diante do fogo com um salsichão e um filão pequeno na mão; um canivete na mão direita; e um jarro de estanho sobre o descanso de mesa. Havia um sorriso safado em seu rosto branco quando ele se virou, e olhando diretamente por baixo das grossas sobrancelhas ruivas, ele apurando os ouvidos na direção da porta, ele tentou escutar alguma coisa.

— Ora, como assim? — resmungou o judeu, mudando de expressão. — Só ouço dois deles? Onde estará o terceiro? Não podem ter arranjado confusão. Atenção!

Os passos se aproximaram mais e chegaram ao patamar da escada. A porta se abriu lentamente e o Esquivador e Charley Bates entraram, fechando-a atrás de si.

13.
Alguns novos conhecidos são apresentados ao leitor inteligente, associados aos quais diversos assuntos agradáveis são relatados, relativos a esta história

— Cadê o Oliver? — disse o judeu, erguendo um olhar ameaçador. — Cadê o menino?

Os jovens ladrões olharam fixamente seu preceptor como se estivessem assustados com sua violência e se entreolharam inquietos, mas nada responderam.

— O que aconteceu com o menino? — disse o judeu, agarrando o Esquivador firmemente pelo colarinho, e ameaçando-o com horrendas imprecações. — Fale logo, ou vou esganá-lo!

O sr. Fagin parecia tão sério, que Charley Bates, que considerava sempre prudente em todos os casos estar do lado seguro, e que considerou bastante provável que fosse o segundo a ser esganado, ajoelhou-se diante dele, e emitiu um rugido alto, volumoso e contínuo — algo entre um touro furioso e um megafone.

— Você vai falar? — estrondeou o judeu: sacudindo tanto o Esquivador que o mero fato de este continuar vestindo sua casaca parecia um perfeito milagre.

— Ora, a polícia levou, só isso — disse o Esquivador, acabrunhado. — Vamos, me solta, por favor!

Desvencilhando-se da própria casaca, com um solavanco, deixando-a nas mãos do judeu, o Esquivador agarrou o garfo de cozinha, e desferiu um golpe contra o colete do velho cavalheiro alegre, que, se tivesse acertado, teria deixado escorrer mais alegria do que seria fácil restituir.

O judeu recuou nessa emergência, com mais agilidade do que se esperaria em um homem com sua aparente decrepitude; e, agarrando o jarro, preparou-se para atirá-lo na cabeça de seu oponente. Mas Charley Bates, nesse momento, chamando sua atenção com uivo perfeitamente terrível, ele subitamente alterou o alvo, e atirou-o com força contra um jovem cavalheiro.

— Ora, que diabos de ventania é essa agora! — rosnou uma voz grave. — Quem atirou isso em mim? Ainda bem que só a cerveja, e não o jarro, acertou em mim, ou alguém estaria perdido. Eu deveria saber, um velho judeu infernal, rico, ladrão e barulhento não jogaria outra bebida senão água... e nem isso, a não ser que tivesse roubado da Companhia de Águas. Que diabos está acontecendo, Fagin? Desgraça, o lenço no meu pescoço sujou de cerveja! Entre, seu verme bisbilhoteiro! O que está fazendo parado aí fora? Vai ficar com vergonha do seu patrão?! Entre logo!

O homem que grunhiu essas palavras era um sujeito parrudo de uns 35 anos, usando uma casaca preta de veludo, calças curtas muito encardidas, botinas curtas com cadarço, e meias cinzentas de algodão que envolviam um par de pernas volumosas, com grandes panturrilhas musculosas — o tipo de pernas, que em tais trajes, sempre parecem inacabadas e incompletas sem um o adorno de grilhões. Ele usava um chapéu marrom, e um lenço sujo no pescoço: com cuja ponta esfiapada ele limpou a cerveja do rosto enquanto falava. Ele revelou, ao fazê-lo, um semblante largo e pesado com uma barba de três dias, e dois olhos faiscantes; um dos quais exibia sintomas variados e coloridos de haver sido recentemente avariado por um golpe.

— Entre, está ouvindo? — rosnou o cativante rufião.

Um cachorro branco desgrenhado, com o focinho arranhado e cortado em vinte lugares diferentes, entrou furtivamente na sala.

— Por que você ficou escondido? — disse o homem. — Seu orgulhoso, não quer me dividir com outras companhias? Deita!

Essa ordem foi acompanhada de um chute, que lançou o animal do outro lado da sala. Ele parecia acostumado, no entanto; pois se encolheu em um canto e ficou quieto, sem emitir nenhum som, e, piscando com seus olhos aparentemente muito doentios vinte vezes por minuto, pareceu se ocupar de um exame de todo o apartamento.

— O que você tem na cabeça? Maltratando os meninos, seu velho interceptador, mesquinho, avarento, in-sa-ci-á-vel? — disse o homem, sentando-se lentamente. — Não sei como eles não te matam! Eu mataria, se fosse eles. Se eu tivesse sido seu aluno, eu o teria matado muito tempo atrás, e... não, eu não teria nem como vendê-lo depois, pois você não serve para nada além de ser guardado como uma curiosidade da feiura dentro de uma garrafa, mas acho que não fazem garrafas tão grandes.

— Silêncio! Silêncio! Sr. Sikes — disse o judeu, trêmulo —, fale mais baixo!

— Não venha me chamar de senhor — respondeu o rufião. — Quando você começa com isso, aposto que lá vem alguma safadeza. Você me conhece, pare com isso! Eu não vou desgraçar meu nome por sua causa.

— Bem, bem, pois então... Bill Sikes — disse o judeu, com abjeta humildade. — Pelo visto você está de mau humor hoje, Bill.

— Talvez eu esteja — respondeu Sikes. — Eu diria que você também parece estar um pouco, a não ser que ache pouco atirar jarros por aí, como quando você deu com a língua nos dentes e...

— Você ficou louco? — disse o judeu, agarrando o homem pela manga, e apontando para os meninos.

O sr. Sikes se contentou em amarrar um nó imaginário embaixo da orelha esquerda, e deitar a cabeça sobre o ombro direito; uma pequena encenação tola que o judeu pelo visto compreendeu perfeitamente. Ele então, em termos populares, bem salpicados por toda a sua fala, mas que seriam praticamente incompreensíveis se fossem aqui registrados, pediu uma dose de aguardente.

— E sem veneno, faz favor — disse o sr. Sikes, deitando o chapéu sobre a mesa.

Isso foi dito de brincadeira; mas, se o falante tivesse visto o olhar maligno com o qual o judeu mordeu o lábio pálido ao se virar para o armário, ele teria pensado que o aviso não era totalmente descabido, ou que o desejo (em todo caso) de adulterar o destilado não estava muito longe do coração alegre do velho cavalheiro.

Depois de engolir dois ou três taças de aguardente, o sr. Sikes concordou em reparar nos jovens cavalheiros; cuja ação graciosa levou a uma conversa, na qual a causa e o modo da captura de Oliver foram circunstancialmente detalhados, com alterações e melhorias da verdade, de modo a fazer o Esquivador parecer mais sensato em tais circunstâncias.

— Receio — disse o judeu — que ele possa dizer coisas que nos prejudiquem.

— É muito provável — respondeu Sikes com um sorriso malicioso. — Você está perdido, Fagin.

— Sabe, receio — acrescentou o judeu, falando como se não tivesse percebido a interrupção, e olhando de perto para o outro ao fazê-lo —, receio que, se a brincadeira acabar para nós, pode acabar também para muita gente, e as coisas acabariam ficando muito piores para você do que para mim, meu caro.

O homem teve um sobressalto, e se virou para o judeu. Mas o velho cavalheiro erguera o ombros até as orelhas e seus olhos vagos contemplavam a parede oposta.

Houve uma longa pausa. Todos os membros do respeitável cortejo pareciam mergulhados em suas próprias reflexões; sem exceção do cachorro, que, lambendo maliciosamente os beiços, parecia estar considerando atacar as pernas do primeiro cavalheiro ou dama que encontrasse na rua quando saísse.

— Alguém precisa descobrir o que foi feito na delegacia — disse o sr. Sikes em tom bem mais baixo do que o utilizado desde que entrara ali.

O judeu concordou com a cabeça.

— Se ele não abriu o bico, e está preso, não há o que temer, até ele sair de novo — disse o sr. Sikes —, então alguém precisa cuidar dele. Você tem que dar um jeito de pegá-lo de volta.

Novamente, o judeu assentiu.

A prudência dessa linha de ação, de fato, era óbvia; mas, infelizmente, havia uma objeção muito forte à sua adoção. Era o seguinte: o Esquivador, Charley Bates, Fagin e o sr. William Sikes, por acaso, todos eles, tinham uma aversão violenta e profundamente arraigada à ideia de se aproximar de uma delegacia, sob qualquer circunstância ou pretexto.

Por quanto tempo eles ficaram sentados se entreolhando, em um estado de incerteza não muito agradável, é difícil estimar. Não é necessário fazer nenhuma estimativa sobre o caso, contudo; pois a súbita chegada das duas jovens damas, que Oliver havia visto em uma ocasião anterior, fez a conversa mudar de rumo.

— Está resolvido! — disse o judeu. — A Bet vai, não vai, minha cara?

— Naonde? — indagou a jovem dama.

— Só até a delegacia, minha cara — disse o judeu persuasivamente.

Deve-se ao fato de a jovem dama ter dito que não podia afirmar positivamente que não iria, mas meramente ter expressado um enfático e fervoroso desejo de ser "bençoada" se fosse; uma polida e delicada evasão do pedido, que mostrou que a jovem dama possuía aquela boa educação natural que não pode ser imposta a nenhuma criatura semelhante, de não provocar a dor de uma recusa direta e incisiva.

A expressão do judeu murchou. Ele deu as costas a essa jovem dama, que estava alegremente, para não dizer lindamente trajada, com um vestido vermelho, botas verdes, e rolos cacheadores de papel amarelo, virando-se para a outra moça.

— Nancy, meu bem — disse o judeu de modo suave —, o que *você* me diz?

— Não vai dar, não; nem adianta insistir, Fagin — respondeu Nancy.

— O que você quer dizer com isso? — disse o sr. Sikes, erguendo os olhos, carrancudo.

— O que eu falei, Bill — respondeu a dama comportadamente.

— Ora, você é a pessoa perfeita para isso — ponderou o sr. Sikes. — Ninguém por aqui sabe nada de você.

— E como quero que continue sem saber — respondeu Nancy do mesmo modo comportado —, por mim estou mais para o não do que para o sim, Bill.

— Ela vai, Fagin — disse Sikes.

— Não, ela não vai, não, Fagin — disse Nancy.

— Sim, ela vai, sim, Fagin — disse Sikes.

E o sr. Sikes estava com a razão. Por meio de diversas ameaças, promessas e propinas, a dama em questão acabou se convencendo a cumprir a missão. Ela não era, de fato, vista com a mesma consideração que sua solícita amiga; pois, havendo se mudado recentemente para o bairro de Field Lane, vindo do remoto mas simpático subúrbio de Ratcliffe, ela não tinha a mesma apreensão de ser reconhecida por qualquer um de seus inúmeros conhecidos.

Nesse sentido, com um avental branco limpo amarrado sobre o vestido, e com seus papelotes de cabelo enfiados sob um boné de palha — ambos artigos de vestuário fornecidos pelo inexaurível estoque do judeu — a srta. Nancy se preparou para sair nessa empreitada.

— Espere um minuto, meu bem — disse o judeu, trazendo uma cestinha de vime coberta. — Leve isso numa mão. Fica mais respeitável, meu bem.

— Dê-lhe uma chave para levar na outra, Fagin — disse Sikes. — Fica bem real e genuíno.

— Sim, sim, meu bem, fica mesmo — disse o judeu, pendurando uma chave grande de portão no indicador da mão direita da moça.

— Pronto, muito bom! Muito bom mesmo, meu bem! — disse o judeu, esfregando as mãos.

— Oh, meu irmãozinho! Meu pobre, querido, doce, inocente irmãozinho! — exclamou Nancy, explodindo em lágrimas, e balançando a cestinha e o chavão, em uma agonia aflita. — O que terá acontecido com ele!? Para onde o levaram?! Oh, por caridade, digam-me, cavalheiros, o que fizeram com o meu menino querido; digam-me, cavalheiros, por favor, meus senhores!

Depois de recitar essas palavras no tom mais lamentoso e magoado, para o imensurável prazer de seus ouvintes, a srta. Nancy fez uma pausa, piscou para o grupo, sorriu balançando a cabeça, e desapareceu.

— Ah, que menina esperta, meus caros — disse o judeu, virando-se para seus jovens amigos, e meneando gravemente, como uma muda advertência para que eles seguissem o exemplo que haviam acabado de presenciar.

— Ela é uma honra para seu sexo — disse o sr. Sikes, enchendo a taça, e socando a mesa com seu punho enorme. — À saúde dela, e desejando que elas tudo fosse como ela!

Enquanto esses, e muitos outros louvores, foram sendo proferidos à tarimbada Nancy, esta jovem dama já havia percorrido a maior parte do caminho até a delegacia; destino ao qual, não obstante uma certa timidez natural consequente de caminhar sozinha e desprotegida pelas ruas, ela chegou pouco depois.

Entrando pelos fundos, ela bateu de leve com a chave em uma das celas, e apurou os ouvidos. Não havia nenhum som do lado de dentro, então ela tossiu e tentou escutar outra vez alguma coisa. Continuou sem resposta, então ela falou.

— Nolly, querido? — murmurou Nancy com voz delicada. — Nolly?

Não havia ninguém lá dentro além de um criminoso miserável, descalço, que havia sido preso por tocar flauta, e que, provada claramente sua infração às regras sociais, havia apropriadamente sido preso pelo sr. Fang na Casa de Correção durante um mês; com a apropriada e divertida observação de que, se ele tinha tanto ar para gastar, seria mais saudável gastá-lo no moinho humano da tecelagem do que com um instrumento musical. Ele não respondeu, mentalmente ocupado lamentando a perda da flauta, que fora confiscada pelo condado, de modo que Nancy passou à cela vizinha, e ali bateu.

— Ora! — exclamou uma voz fraca e débil.

— Tem um garotinho aí? — indagou Nancy, com um esboço de soluço.

— Não — respondeu a voz. — Deus me livre.

Esse era um mendigo de 65 anos, que seria levado à penitenciária por *não* tocar flauta; ou, em outras palavras, por esmolar nas ruas, e não fazer nada em troca da subsistência. Na cela ao lado estava outro homem, que iria para a mesma prisão por vender panela sem licença; portanto fazendo algo em troca da sobrevivência, ao arrepio do registro oficial.

Mas, como nenhum desses criminosos respondia pelo nome de Oliver, ou sequer sabia algo sobre ele, Nancy foi direto ao policial simpático de colete listrado e, com as lamúrias e lamentações mais piedosas, tornadas ainda mais comoventes pelo rápido e eficiente uso do chavão e da cestinha, perguntou pelo querido irmão.

— Não estou com ele, meu bem — disse o velho.

— Onde ele está? — gritou Nancy, de modo perturbado.

— Ora, o cavalheiro levou para casa dele — respondeu o policial.

— Que cavalheiro! Oh, graças aos céus! Quem é esse cavalheiro? — exclamou Nancy.

Em resposta a essa questão incoerente, o velho informou a irmã profundamente abalada que Oliver havia desmaiado na delegacia, e sido dispensado em consequência de uma testemunha ter provado que o roubo havia sido cometido por outro menino, que estava solto; e o próprio acusador o levara consigo, ainda meio desmaiado, para sua própria residência: sobre a qual, tudo o que o informante sabia era que ficava em alguma rua em Pentonville, havendo ele ouvido a palavra mencionada na hora de instruir o cocheiro.

Em pavoroso estado de confusão e incerteza, a agonizante mocinha cambaleou até o portão, e então, trocando o passo hesitante por um trote ligeiro, voltou pelo caminho mais tortuoso e improvável que conseguiu pensar, para o domicílio do judeu.

O sr. Bill Sikes, assim que ouviu o relato da expedição realizada, mais do que rapidamente chamou o cachorro branco, e, vestindo o chapéu, logo partiu, sem dedicar nenhum instante à formalidade de desejar bom dia ao grupo.

— Precisamos saber onde ele está, meus caros; ele tem que ser encontrado — disse o judeu muito agitado. — Charley, não faça nada, só espreite por lá, até conseguir alguma notícia dele! Nancy, meu bem, preciso encontrá-lo. Conto contigo, meu bem, contigo e com o Ardiloso para tudo! Espere, espere — acrescentou o judeu, destrancando uma gaveta com sua mão trêmula. — Levem algum dinheiro, meus caros. Vou encerrar aqui por hoje. Vocês sabem onde me encontrar! Não há um minuto a perder. Nenhum, meus caros!

Com essas palavras, ele os expulsou do apartamento e, passando cuidadosamente duas trancas e barrando a porta atrás deles, tirou do esconderijo a caixa que involuntariamente havia revelado a Oliver. Então, apressadamente passou a enfiar os relógios e as joias por baixo da roupa.

Uma batida na porta interrompeu-o nessa ocupação.

— Quem está aí? — gritou em tom estridente.

— Eu! — respondeu a voz do Esquivador, pelo buraco da fechadura.

— E agora? — gritou o judeu com impaciência.

— É para sequestrar e levar para o outro lugar, a Nancy falou? — indagou o Esquivador.

— Sim — respondeu o judeu —, assim que ela puser as mãos nele. Vá procurá-lo, encontre-o, só isso. Vou saber o que fazer depois; não tenha medo.

O menino murmurou que havia entendido: e desceu correndo a escada atrás de seus companheiros.

— Ele ainda não abriu o bico — disse o judeu enquanto retomava a ocupação anterior. — Se ele pretende dar com a língua nos dentes contra seus novos amigos, podemos fechar esse bico dele ainda.

14.
Contendo mais detalhes da estadia de Oliver na casa do sr. Brownlow, com a notável previsão que um certo sr. Grimwig proferiu a respeito dele, quando saiu em uma missão

Oliver logo se recuperou do desmaio em que a abrupta exclamação do sr. Brownlow o havia lançado, o tema do retrato foi cuidadosamente evitado, tanto pelo velho cavalheiro quanto pela sra. Bedwin, na conversa que se seguiu — que, a bem dizer, não trouxe nenhuma referência à história ou às perspectivas de Oliver, mas se limitou a tópicos que pudessem ser divertidos sem agitá-lo demais. Ele ainda estava muito fraco para levantar para o desjejum; mas, quando desceu para o quarto da empregada no dia seguinte, seu primeiro ato foi lançar um olhar ávido para a parede, na esperança de ver outra vez o rosto da bela dama. Sua expectativa foi frustrada, contudo, pois o quadro havia sido removido.

— Ah! — disse a empregada, notando a direção do olhar de Oliver. — Já não está mais lá, como você pode ver.

— Estou vendo, madame — respondeu Oliver. — Por que tiraram?

— Foi tirado porque o sr. Brownlow disse, meu menino, que parecia incomodá-lo, que talvez impedisse que você melhorasse, você sabe — explicou a velha senhora.

— Ah, não, não mesmo. Não estava me incomodando, madame — disse Oliver. — Gostei do quadro. Adorei, na verdade.

— Bem, bem! — disse a velha senhora, bem humorada. — Você trate de melhorar o mais depressa que puder, meu querido, que o quadro voltará para a parede. Resolvido! Eu prometo! Agora, vamos falar de outra coisa.

Essa foi toda a informação que Oliver conseguiu obter sobre o quadro àquela altura. Como a velha senhora havia sido tão boa para ele em sua doença, ele tentou não pensar mais no assunto por ora, de modo que ouviu com atenção as muitas histórias que ela lhe contou, sobre sua filha amável e linda, que era casada com um homem amável e lindo, e que moravam no interior; e sobre um filho, empregado de um negociante nas Índias Ocidentais, que também era um rapaz muito bom, e que lhe escrevia cartas muito conscienciosas quatro vezes ao ano, que lhe traziam lágrimas aos olhos só de falar sobre elas. Depois que a velha senhora discorreu, longamente, sobre as excelências dos filhos, e também sobre os méritos de seu bondoso marido, infelizmente falecido, pobre alma amada!, apenas vinte e seis anos antes, já era a hora do chá. Depois do chá, ela começou a ensinar *cribbage* a Oliver, que ele aprendeu tão depressa quanto ela conseguiu lhe ensinar, e jogaram, com grande interesse e seriedade, até chegar a hora do convalescente beber um pouquinho de vinho com água, comer uma fatia de torrada pura, e ir confortavelmente se deitar.

Foram dias felizes, os dias da recuperação de Oliver. Tudo era tão calmo, arrumado e organizado, todos eram tão bons e gentis, que, depois da balbúrdia e da turbulência em meio às quais ele sempre vivera, aquilo parecia o próprio Céu. Assim que ele ficou forte o suficiente para se vestir, apropriadamente, o sr. Brownlow encomendou um traje completo, um novo boné e um novo par de sapatos, para o menino. Como disseram a Oliver que ele podia fazer o que quisesse com as roupas velhas, ele as deu a uma criada que havia sido muito bondosa com ele, e disse que ela podia vendê-las a algum judeu, e ficar com o dinheiro para ela. Isso ela logo fez; e, quando Oliver olhou pela janela da saleta, e viu um judeu enfiando as roupas em um saco e indo embora, ele ficou muito satisfeito ao pensar que seguramente elas iriam desaparecer, e que não havia o menor risco de algum dia ele precisar usá-las de novo. Eram trapos tristes, verdade seja dita; e Oliver nunca tinha tido roupas novas antes.

Uma noite, cerca de uma semana depois do episódio do quadro, ele estava sentado, conversando com a sra. Bedwin, quando chegou um aviso do sr. Brownlow, que, se Oliver Twist estivesse se sentindo bem, ele gostaria de vê-lo em seu escritório, e conversar um pouquinho consigo.

— Deus meu, Deus meu! Lave essas mãos, deixe-me repartir certinho o seu cabelo — disse a sra. Bedwin. — Sagrado coração! Se a gente soubesse que ele ia te chamar, teríamos arrumado esse colarinho, e deixar você tinindo como uma moeda!

Oliver fez o que a velha senhora pediu. Embora ela lamentasse pesarosamente, nesse ínterim, não houve tempo de ajeitar o babado da gola, ele ficou tão elegante e bonito, a despeito da importante melhoria pessoal, que ela chegou ao ponto de dizer, olhando para ele com grande complacência dos pés à cabeça, que realmente achava que teria sido impossível, com mais antecedência, fazer muita diferença para melhorar sua aparência.

Assim encorajado, Oliver bateu na porta do escritório. Quando o sr. Brownlow mandou entrar, ele se viu em uma salinha dos fundos, muito fornida de livros, com uma janela, dando para um jardinzinho aprazível. Havia uma mesa diante da janela, junto da qual o sr. Brownlow estava sentado lendo. Quando viu Oliver, ele afastou o livro, e disse para ele se aproximar da mesa, e se sentar. Oliver obedeceu, maravilhado de haver quem lesse toda aquela grande quantidade de livros aparentemente escritos para tornar o mundo mais sábio. O que ainda é espantoso para gente mais experiente do que Oliver Twist, todos os dias de suas vidas.

— É muito livro, não é, meu garoto? — disse o sr. Brownlow, notando a curiosidade com que Oliver examinava as estantes que iam do chão ao teto.

— Muito mesmo, senhor — respondeu Oliver. — Nunca tinha visto tanto.

— Você poderá lê-los, se se comportar bem — disse o velho cavalheiro gentilmente. — E você vai gostar de ler, mais do que apenas ver por fora... aliás, em alguns casos, porque há livros cujas lombadas e capas são, de fato, suas únicas qualidades.

— Imagino que sejam esses pesados, senhor — disse Oliver, apontando para alguns *in quartos* grandes, encadernados com um bocado de dourado.

— Nem sempre são esses — disse o velho cavalheiro, fazendo um carinho na cabeça de Oliver, e sorrindo enquanto o fazia. — Há outros igualmente pesados, mas de tamanho muito menor. O que você acha de se tornar um homem inteligente, quando crescer, e escrever livros?

— Acho que eu ia preferir ler os livros, senhor — respondeu Oliver.

— Ora! Você não gostaria de ser um escritor de livros? — disse o velho cavalheiro.

Oliver pensou mais um pouquinho e, por fim, disse que acharia muito melhor ser um vendedor de livros, ao que o velho cavalheiro gargalhou calorosamente, e declarou que ele tinha dito uma bela verdade. O que deixou Oliver contente, por ter dito, embora não fizesse ideia de qual fosse essa verdade.

— Pois bem, pois bem — disse o velho cavalheiro, recompondo-se. — Não tenha medo! Não vamos obrigá-lo a ser escritor, pois há muitos ofícios honestos a serem aprendidos, ou se pode recorrer à fabricação de tijolos até.

— Obrigado, senhor — disse Oliver. Diante da franqueza dessa resposta, o velho cavalheiro gargalhou outra vez, e disse algo sobre um curioso instinto, ao que Oliver, sem compreender, não prestou muita atenção.

— Agora — disse o sr. Brownlow, falando de modo, se possível, ainda mais gentil, mas ao mesmo tempo mais sério, do que Oliver jamais o vira adotar —, quero que você preste muita atenção, meu garoto, ao que eu vou dizer. Vou falar com você sem nenhuma reserva, porque tenho certeza de que você será capaz de me entender, do mesmo modo que uma pessoa mais velha entenderia.

— Oh, não diga que vai me mandar embora, por favor, senhor! — exclamou Oliver, preocupado com o tom grave da introdução do velho cavalheiro. — Não me ponho porta afora para vagar pelas ruas de novo. Deixe-me ficar aqui, e ser um criado. Não devolva para aquele lugar desgraçado de onde eu vim. Tenha piedade de um menino pobre, senhor!

— Meu querido menino — disse o velho cavalheiro, comovido com o ardor do apelo súbito de Oliver —, você não precisa se preocupar de ser abandonado por mim, a não ser que você me dê algum motivo.

— Nunca, eu nunca lhe darei nenhum motivo, senhor — insistiu Oliver.

— Espero que não — acrescentou o velho cavalheiro. — Eu não acho que você dará nunca. Eu já fui enganado antes, por pessoas que tentei ajudar, mas sinto uma forte disposição para confiar em você, mesmo assim, e estou mais interessado no seu bem do que consigo explicar, até para mim mesmo. As pessoas a quem dediquei meu máximo amor estão enterradas há muito tempo. Mas, embora a felicidade e o prazer da minha vida estejam enterrados com elas também, meu coração não é um caixão, selado para sempre, dos meus melhores sentimentos. A profunda aflição só os fortaleceu e refinou.

Enquanto o velho cavalheiro dizia isso em voz grave, mais para si mesmo do que para seu companheiro, e quando se calou pouco depois, Oliver continuou quieto.

— Pois bem, pois bem! — disse o velho cavalheiro por fim, em tom mais animado. — Só digo isso porque seu coração é jovem e, sabendo que sofri muita dor e tristeza, você talvez seja mais cuidadoso, para não me machucar de novo. Você disse que era órfão, sem ninguém no mundo. Por tudo que consegui apurar, todos confirmam isso. Quero saber de você a sua história: de onde você veio, quem o criou, e como você foi parar na companhia em que o encontrei. Diga a verdade, e você não ficará sem ninguém enquanto eu viver.

Os soluços de Oliver impediram-no de falar por alguns minutos. Quando ele estava prestes a começar o relato de como havia sido criado na fazenda, e levado para a casa de trabalhos forçados pelo sr. Bumble, uma batida dupla, particularmente impaciente, foi ouvida na porta da rua, e a criada, correndo escada acima, anunciou o sr. Grimwig.

— Ele está subindo? — indagou o sr. Brownlow.

— Sim, senhor — respondeu a criada. — Ele perguntou se havia bolinhos hoje e, quando eu disse que sim, falou que tinha mesmo vindo para o chá.

O sr. Brownlow sorriu e, virando-se para Oliver, disse que o sr. Grimwig era seu velho amigo e que ele não devia se importar com seus modos um tanto ríspidos, pois se tratava no fundo de uma criatura digna, e que ele tinha provas disso.

— O senhor quer que eu desça? — indagou Oliver.

— Não — respondeu o sr. Brownlow —, prefiro que você fique.

Nesse momento, eis que entra no escritório, apoiando-se em grossa bengala, um velho e parrudo cavalheiro, um pouco manco de uma perna, que vestia uma casaca azul, colete listrado, calças curtas e polainas longas pretas, e um chapéu branco de abas largas, viradas para cima, verdes. Um babado de uma renda muito delicada aparecia para fora do colete e uma corrente de aço de relógio, muito comprida, apenas com uma chave na ponta, pendia solta logo abaixo. As extremidades do lenço branco em seu pescoço estavam torcidas em um nó do tamanho de uma laranja; e a variedade de formas em que seu semblante se contorcia desafiava qualquer descrição. Ele tinha o costume de girar o pescoço para um lado quando falava e de olhar com o canto do olho ao mesmo tempo, o que inevitavelmente lembrava um papagaio. Nessa atitude, ele estava fixado, no momento de sua aparição e, mostrando um pedacinho de casca de laranja com o braço estendido, exclamou, rugindo, com voz descontente:

— Olha só para isso! Você está vendo isso aqui! Não é uma maravilha extraordinária que mal entrando na casa de um sujeito eu encontre essa casca amiga do doutor na escada? Eu fiquei manco por causa de uma dessas, e sei que vou acabar morrendo por uma casca de laranja, ou me dou por satisfeito em comer minha própria cabeça, senhor!

Essa era a bela oferta com a qual o sr. Grimwig embasava e confirmava praticamente toda afirmação que fazia; e isso era ainda mais singular em seu caso, porque, mesmo admitindo, em benefício da argumentação, a possibilidade da melhoria científica futura capaz de permitir a um cavalheiro comer a própria cabeça caso esteja disposto a tanto, a cabeça do sr. Grimwig era tão peculiarmente grande, que nem mesmo o mais otimista dos homens poderia esperar conseguir devorá-la em uma única refeição — excluindo totalmente da questão a grossíssima camada de talco que a revestia.

— Juro, vou comer minha cabeça, senhor — repetiu o sr. Grimwig, batendo a bengala no chão. — Olá! Quem é esse?! — olhando para Oliver, e recuando um ou dois passos.

— Este é o jovem Oliver Twist, sobre quem conversamos — disse o sr. Brownlow.

Oliver fez uma mesura.

— O senhor não quer dizer que é o menino que estava com febre, imagino? — disse o sr. Grimwig, encolhendo-se mais um pouco. — Espere um minuto! Não me diga! Pare... — continuou o sr. Grimwig, abruptamente, perdendo todo o medo do contágio em seu triunfo com a descoberta. — Esse é o menino que comeu laranja! Se não foi esse menino, senhor, quem comeu a laranja, e jogou a casca na escada, eu vou comer a minha própria cabeça, e a dele também.

— Não, não, ele não comeu laranja — disse o sr. Brownlow, às gargalhadas. — Venha! Guarde o chapéu e venha falar com o meu jovem amigo.

— Tenho uma forte opinião sobre esse assunto, senhor — disse o velho cavalheiro irritadiço, tirando as luvas. — Sempre vejo pelo menos alguma casca de laranja na calçada da nossa rua e eu *sei* que é o menino da casa do doutor da esquina que joga. Uma moça ontem à noite escorregou, e caiu na grade do meu jardim. Assim que ela se levantou vi que ela olhou para aquela placa vermelha infernal sempre iluminada dele, que parece um teatro de fantoche. "Não vá nele", eu gritei pela janela, "ele é um assassino! É uma arapuca!". Porque ele é mesmo. Se não for...

Aqui o velho cavalheiro irascível bateu com força a bengala no chão, o que era sempre compreendido, por seus amigos, como sugestão da oferta costumeira, sempre que não expressa em palavras. Então, ainda com a bengala na mão, ele se sentou e, desdobrando um binóculo, que ele usava preso a uma fita preta larga, deu uma olhada em Oliver, que, vendo que era objeto de inspeção, enrubesceu e fez outra mesura.

— Esse é o menino, não é? — disse, enfim, o sr. Grimwig.

— Ele mesmo — respondeu o sr. Brownlow.

— Como você está, menino? — disse o sr. Grimwig.

— Estou muito melhor, obrigado, senhor — respondeu Oliver.

O sr. Brownlow, aparentemente percebendo que seu amigo singular estava prestes a dizer algo desagradável, pediu a Oliver que descesse e avisasse a sra. Bedwin que estavam prontos para o chá; o que ele, como não tinha gostado dos modos da visita, ficou feliz em fazer.

— É um menino bonito, não é? — indagou o sr. Brownlow.

— Não sei — respondeu o sr. Grimwig, mesquinhamente.

— Como assim não sabe?

— Não sei. Não sei. Nunca vi diferença nenhuma em meninos. Só conheço dois tipos de meninos. Cor de mingau, e cor de bife.

— E Oliver é o quê?

— Mingau. Tenho um amigo que tem um menino cor de bife. É um menino bonito, dizem, com uma cabeça redonda, e bochechas vermelhas, e olhos muito arregalados. Um menino horrendo, com um corpo e braços e pernas que parecem estourando as costuras daquelas roupas azuis, com a voz de um imediato, e o apetite de um lobo. Esse eu conheço! Essa desgraça!

— Ora, vamos — disse o sr. Brownlow —, essas não são características do jovem Oliver Twist; de modo que ele não dá motivo para despertar a sua ira.

— Não são mesmo — respondeu o sr. Grimwig. — Ele pode ser até pior.

Aqui, o sr. Brownlow pigarreou impacientemente; o que pelo visto ofereceu ao sr. Grimwig a mais delicada satisfação.

— Ele pode ser até pior, eu diria — repetiu o sr. Grimwig. — De onde ele vem?! Quem ele é? O que ele é? Ele teve febre. E daí? Nem só pessoas boas têm febre, ou não? Pessoas más também têm febre às vezes, ou não tem? Conheci um sujeito que foi enforcado na Jamaica por ter matado o patrão. Ele teve febre seis vezes. Nem por isso tiveram clemência. Bah! Que absurdo!

Ora, o fato era que, no mais íntimo recesso de seu coração, o sr. Grimwig estava fortemente disposto a admitir que a aparência e os modos de Oliver eram de uma beleza incomum; mas ele tinha um forte apetite pela contradição, aguçado na ocasião pela descoberta da casca de laranja, e, intimamente decidido a não deixar ninguém lhe impôr se um menino era bonito ou não, ele havia resolvido, desde o princípio, opor-se ao amigo. Quando o sr. Brownlow admitiu que ele não lhe desse uma resposta satisfatória por mais que insistisse e contou ter deixado a investigação sobre a história pregressa de Oliver para um momento em que o menino estivesse forte o bastante para contá-la, o sr. Grimwig gargalhou maliciosamente. E perguntou, em tom zombeteiro, se a empregada costumava contar os pratos e talheres à noite, porque, se não desse falta de uma ou duas colheres um belo dia, ora, ele poderia se dar por satisfeito — e assim por diante.

Tudo isso, o sr. Brownlow, ainda que fosse também um cavalheiro impetuoso, conhecendo as peculiaridades de seu amigo, levou com grande bom humor, pois até que o sr. Grimwig, durante o chá, pudesse graciosamente expressar seu total apreço pelos bolinhos, as coisas transcorreram muito naturalmente, e Oliver, que formara parte do grupo, começou a se sentir mais à vontade do que antes na presença do velho cavalheiro ardoroso.

— E quando você vai ouvir um relato completo, sincero e detalhado da vida e das aventuras de Oliver Twist? — perguntou Grimwig ao sr. Brownlow, ao término da refeição, olhando de relance para Oliver, e retomando o assunto.

— Amanhã de manhã — respondeu o sr. Brownlow. — Eu preferiria estar sozinho na hora. Venha me ver amanhã às dez horas, meu querido.

— Sim, senhor — respondeu Oliver.

Ele respondeu com alguma hesitação, porque ficou confuso com o olhar duro do sr. Grimwig para ele.

— Vou lhe dizer uma coisa — sussurrou o cavalheiro para o sr. Brownlow —: ele não virá vê-lo amanhã de manhã. Notei que ele hesitou. Ele está enganando você, meu bom amigo.

— Juro que não — respondeu o sr. Brownlow, afetuosamente.

— Se não estiver — disse o sr. Grimwig. — Então eu vou...

E lá se foi a bengala contra o chão.

— Eu sustento a veracidade desse menino com a minha vida! — disse Brownlow, socando a mesa.

— E eu, a falsidade desse menino com a minha cabeça! — emendou o sr. Grimwig, também socando a mesa.

— Isso é o que nós veremos — disse o sr. Brownlow, contendo sua raiva crescente.

— Veremos — respondeu o sr. Grimwig, com um sorriso provocador. — Veremos.

Quis o destino que a sra. Bedwin entrasse, nesse momento, trazendo um pequeno pacote de livros, que o sr. Brownlow havia comprado naquela manhã do mesmo livreiro que já apareceu nesta história. Deixando-os sobre a mesa, ela se preparou para sair do escritório.

— Mande o portador esperar, sra. Bedwin! — disse o sr. Brownlow. — Ele precisa levar o pagamento.

— Ele já foi, senhor — respondeu o senhor Bedwin.

— Vá atrás dele — disse o sr. Brownlow. — É importante. O livreiro é um homem pobre, e preciso pagar por esses. Também tenho alguns livros para ele.

A porta da rua foi aberta. Oliver correu para um lado, uma criada correu para o outro e a sra. Bedwin ficou na escada da entrada e gritou para o portador, mas não havia portador à vista. Oliver e a criada voltaram, ofegantes, e relataram não haver nem sinal do portador.

— Céus, que pena — exclamou Brownlow. — Eu queria especialmente devolver esses livros hoje.

— Mande Oliver levá-los — disse o sr. Grimwig, com um sorriso irônico. — Ele sem dúvida pode entregá-los em segurança, você sabe.

— Sim; deixe-me levá-los, por favor, senhor — disse Oliver. — Vou correndo até lá, senhor.

O velho cavalheiro estava prestes a dizer que Oliver não deveria sair por motivo nenhum, quando um pigarro malicioso do sr. Grimwig o levou a decidir que deveria; e que, com o rápido cumprimento dessa tarefa, ele provaria a injustiça da desconfiança dele, quanto a isso ao menos, de uma vez.

— Você *irá*, então, meu querido — disse o velho cavalheiro. — Os livros estão em uma cadeira ao lado da minha mesa. Vá buscá-los e traga para cá.

Oliver, contente por ser útil, subiu e trouxe os livros embaixo do braço com grande alvoroço, e aguardou, com o boné na mão, para ouvir a mensagem a ser transmitida.

— Você vai dizer... — disse o sr. Brownlow, olhando a todo instante para Grimwig. — Você vai dizer que trouxe esse esses livros de volta e que veio pagar as quatro libras e dez xelins que eu devo para ele. Eis aqui uma nota de cinco libras, de modo que você deve me trazer de volta dez xelins de troco.

— Não levarei nem dez minutos, senhor — disse Oliver, avidamente.

Depois de enfiar o dinheiro no bolso do paletó, e com os livros cuidadosamente embaixo do braço, ele fez um uma mesura respeitosa, e saiu. A sra. Bedwin acompanhou-o até a porta da rua, dando-lhe diversas orientações sobre o trajeto mais curto, e o nome do livreiro, e o nome da rua, o que Oliver disse ter claramente compreendido. Agregando muitas recomendações para que não demorasse e não pegasse frio, a velha senhora enfim permitiu que ele partisse.

— Deus abençoe! — disse a velha senhora, vendo-o se afastar. — Mal aguento perder esse menino de vista.

Nesse momento, Oliver olhou alegremente para trás, e acenou antes de virar a esquina. A velha senhora sorriu e devolveu a saudação, e, fechando a porta, voltou para seu quarto.

— Vejamos. Ele deve voltar dentro de vinte minutos, no máximo — disse o sr. Brownlow, sacando o relógio do bolso, e colocando-o sobre a mesa. — Já estará escuro.

— Ah! Você realmente acha que ele vai voltar? — indagou o sr. Grimwig.

— Você não acha? — perguntou o sr. Brownlow, sorridente.

O espírito da contradição era forte no peito do sr. Grimwig, naquele momento, e se tornou ainda mais forte diante do sorriso confiante de seu amigo.

— Não — disse, batendo com o punho cerrado na mesa. — Não acho. O menino ganhou roupa nova, está com livros valiosos embaixo do braço, e cinco libras no bolso. Ele vai voltar para os velhos amigos ladrões, e dar risada de você. Se esse menino algum dia voltar para esta casa, meu amigo, eu como a minha cabeça.

Com tais palavras, ele aproximou a cadeira da mesa; e ali os dois amigos ficaram sentados, em silenciosa expectativa, com o relógio entre eles.

É digno de nota, para ilustrar a importância que damos ao nosso próprio julgamento, e o orgulho com que afirmamos nossas conclusões mais apressadas e intempestivas, que, embora o sr. Grimwig não fosse de modo algum um homem de coração cruel, e embora fosse ficar sinceramente triste de ver seu respeitado amigo sendo enganado e passado para trás, ele realmente preferiria, franca e fortemente, naquele momento, que Oliver Twist não voltasse.

Ficou tão escuro que os números das horas no mostrador mal se distinguiam; mas ali continuaram sentados os dois velhos cavalheiros, calados, com o relógio entre eles.

15.
Mostrando como o velho judeu alegre e a srta. Nancy gostavam de Oliver Twist

Na saleta obscura de um bar de má fama, na parte mais suja de Little Saffron Hill — um antro escuro e soturno, onde a luz de gás fica acesa o dia inteiro no inverno, e onde jamais um raio de sol penetrou no verão —, ali estava sentado, resmungando diante de um jarro de estanho e um copo de vidro, fortemente impregnado do cheiro de aguardente, um homem de casaca de veludo, calças curtas pardacentas, botinas baixas e meias longas, a quem mesmo naquela penumbra qualquer agente da polícia sem experiência não teria hesitado em reconhecer como o sr. William Sikes. Aos pés dele, estava deitado um cachorro de pelos brancos e olhos vermelhos, que se ocupava, ora piscando para o dono com os dois olhos ao mesmo tempo, ora lambendo uma ferida grande e aberta no canto da boca, que parece resultado de algum conflito recente.

— Quieto, seu verme! Fique quieto! — disse o sr. Sikes, subitamente rompendo o silêncio.

Se suas meditações eram tão intensas a ponto de serem perturbadas pelas piscadelas do cachorro, ou se seus sentimentos eram tão motivados pelas próprias reflexões que exigiam o alívio derivado do chute em um animal pacífico para serem extravasados, é uma questão aberta aos argumentos e à consideração. Qualquer que fosse a causa, o efeito foi um chute e um xingamento, concedidos ao cachorro simultaneamente.

Os cachorros geralmente não são dados à vingança contra ataques feitos pelos próprios donos; mas o cachorro do sr. Sikes, sofrendo em comum com seu dono do mesmo destempero, e agindo talvez nesse momento fortemente prejudicado, simplesmente cravou seus dentes em uma de suas botinas. Depois de sacudir vigorosamente a botina mordida, ele se afastou, rosnando, à sua maneira, escapando por um triz do jarro de estanho que o sr. Sikes atirou contra sua cabeça.

— Você vai, não vai? — disse Sikes, pegando o atiçador com uma mão, e lentamente abrindo com a outra um grande canivete, que sacou do bolso. — Venha cá, seu demônio! Vem! Está ouvindo?

O cachorro sem dúvida ouviu; porque o sr. Sikes falou no tom mais rouco de sua voz muito rouca; mas, aparentemente demonstrando uma inexplicável objeção a ter a garganta cortada, ele permaneceu onde estava, e rosnou mais ferozmente que antes, ao mesmo tempo mordendo a ponta do atiçador, e roendo-a como um animal selvagem.

Essa resistência só enfureceu ainda mais o sr. Sikes, que, ajoelhando-se, começou a atacar o animal muito furiosamente. O cachorro pulou de um lado para o outro, e vice-versa, mordendo, rosnando e latindo. O homem atacou e xingou, e espetou e blasfemou. A luta estava atingindo seu ponto crítico para ambos quando, a porta subitamente se abrindo, o cachorro fugiu correndo, deixando Bill Sikes com o atiçador e o canivete nas mãos.

Se um não quer, dois não brigam, diz o velho adágio. O sr. Sikes, frustrado com a deserção do cachorro, logo transferiu a sua cota da contenda ao recém-chegado.

— Por que diabos você veio intervir entre mim e meu cachorro? — perguntou Sikes, com um gesto impetuoso.

— Eu não sabia, meu caro, eu não sabia — respondeu Fagin, humildemente, pois o recém-chegado era o judeu.

— Não sabia, seu ladrão patife! — rosnou Sikes. — Você não estava ouvindo o barulho?

— Não ouvi nem um som, juro pela minha vida, Bill — respondeu o judeu.

— Ah, não! Você não ouve nunca nada — devolveu Sikes com atroz escárnio. — Sempre entrando e saindo furtivamente, para que ninguém ouça quando você chega ou vai! Quem dera fosse você esse cachorro, Fagin, trinta segundos atrás.

— Por quê? — indagou o judeu com sorriso forçado.

— Porque o governo, embora se importe com a vida de homens como você, que não têm metade da fibra de um cão, permite que o dono mate seu próprio cachorro se quiser — respondeu Sikes, fechando o canivete com um semblante muito expressivo. — Só por isso.

O judeu esfregou as mãos e, sentando-se à mesa, fingiu dar risada da piada do amigo. Ele estava obviamente, contudo, bastante mal-humorado.

— Pode rir — disse Sikes, guardando o atiçador, e examinando-o com desdém selvagem —, pode rir. Você nunca rirá por último comigo, a não ser que beba um último trago. Estou em vantagem sobre você, Fagin, e, desgraça, vou continuar em vantagem. Pronto! Se eu cair, você cai também, portanto tenha cuidado comigo.

— Bem, bem, meu caro — disse o judeu —, sei de tudo isso. Nós... nós... temos interesses mútuos, Bill... interesses mútuos.

— Humpf — resmungou Sikes, como se julgasse que o interesse era mais do judeu do que seu. — Bem, o que você veio me dizer?

— Tudo isso já passou pela triagem — respondeu Fagin —, e aqui está a sua parte. É mais do que deveria ser, meu caro, mas, como sei que você me fará um favor em outra ocasião, e...

— Chega de conversa fiada — interveio o ladrão, impacientemente. — Cadê? Passe para cá!

— Sim, sim, Bill. Só um minuto, só um minuto — respondeu o judeu, suavemente. — Aqui está! Líquido!

Enquanto falava, ele tirou um lenço velho de algodão de dentro do colete e, desatando um nó grande em uma ponta, revelou um pequeno embrulho de papel pardo. Sikes, tirando o embrulho das mãos dele, rapidamente o abriu e passou a contar os soberanos que continha.

— É só isso? — indagou Sikes.

— É — respondeu o judeu.

— Você não abriu o pacote e engoliu uma ou duas moedas, não é? — indagou Sikes, desconfiado. — Não faça essa cara de ofendido com a minha pergunta. Você já fez isso muitas vezes. Arrebenta essa campainha.

Essas palavras, no vernáculo, continham um pedido de soar o sino. O pedido foi atendido por outro judeu, mais jovem que Fagin, mas de aparência quase tão vil e repulsiva.

Bill Sikes meramente apontou para o jarro vazio. O judeu entendeu perfeitamente o gesto e saiu para enchê-la, anteriormente trocando um olhar significativo com Fagin, que ergueu os olhos por um instante, como se esperasse alguma coisa, e balançou a cabeça em resposta tão sutilmente, que a ação teria passado desapercebida para um terceiro observador. Passou desapercebida por Sikes, que estava se levantando no momento para amarrar o cadarço da botina que o cachorro havia soltado. Possivelmente, se tivesse visto a breve troca de sinais, talvez entendesse que não pressagiava nada de bom para si.

— Não tem ninguém aí, Barney? — indagou Fagin, falando, agora que Sikes estava olhando, sem levantar os olhos do chão.

— Dão dei diguei — respondeu Barney, cujas palavras, viessem do coração ou não, saíram-lhe pelo nariz.

— Como assim ninguém? — indagou Fagin, em tom surpreso, que talvez quisesse dizer que Barney estava liberado para contar a verdade.

— Diguei alei da seiorida Dadsy — respondeu Barney.

— Nancy! — exclamou Sikes. — Onde? Quero morrer cego, se não parabenizar a moça por seus talentos naturais.

— Ela esdá cobeido cozido de carde do bar — respondeu Barney.

— Manda ela vir aqui — disse Sikes, servindo um copo de aguardente. — Manda ela para cá.

Barney olhou timidamente para Fagin, como se pedisse permissão, mas o judeu permaneceu calado. Sem erguer os olhos do chão, Barney se retirou, e então voltou, trazendo Nancy, que, adornada de touca, avental, cesta e chave, estava com o traje completo.

— Você encontrou o rastro dele, não é, Nancy? — indagou Sikes, oferecendo o copo.

— Sim, encontrei, Bill — respondeu a jovem dama, engolindo o conteúdo. — E estou muito cansada disso também. O moleque andou doente e ficou de cama e...

— Ah, Nancy, meu bem! — disse Fagin, erguendo os olhos.

Agora, se uma peculiar contorção das sobrancelhas ruivas do judeu, e um entrecerramento de seus olhos profundos, alertaram a srta. Nancy de que ela estaria sendo comunicativa demais, não é uma questão de muita importância. O fato é a única coisa com a qual precisamos nos preocupar aqui; e o fato é que ela subitamente se deteve, e, com diversos sorrisos graciosos para o sr. Sikes, mudou o assunto da conversa. Dali a cerca de dez minutos, o sr. Fagin foi acometido de um acesso de tosse; ao que Nancy pôs seu xale nos ombros, e declarou que estava na hora de ir. O sr. Sikes, lembrando-se de que a casa dele ficava em seu caminho, expressou sua intenção de acompanhá-la; eles saíram juntos, seguidos, um pouco atrás, pelo cachorro, que saiu de uma viela assim que seu dono passou.

O judeu enfiou a cabeça pela porta da saleta quando Sikes saiu, ficou olhando até ele entrar por uma passagem escura, balançou o punho cerrado, resmungou um xingamento grave e então, com um sorriso horrendo, tornou a se sentar à mesa, onde logo estaria profundamente absorvido pelas interessantes páginas de uma gazeta policial.

Nesse ínterim, Oliver Twist, sem nem sonhar que estivesse a uma distância tão curta do velho cavalheiro alegre, estava a caminho da banca de livros. Quando chegou a Clerkenwell, ele acidentalmente virou em uma travessa que não era exatamente em seu caminho; mas, só descobrindo o equívoco na metade da descida, e sabendo que a rua deveria levar para o lado certo, ele achou que não valia a pena voltar, e assim seguiu em frente, o mais depressa que podia, com os livros embaixo do braço.

Ele estava caminhando, pensando em como devia se sentir feliz e contente e em tudo o que daria para dar uma olhada no pequeno Dick, que, faminto e espancado, podia naquele exato momento estar chorando amargamente, quando foi surpreendido por uma moça gritando bem alto.

— Ah, meu querido irmãozinho!

Ele mal teve tempo de erguer os olhos, para ver do que se tratava, quando foi detido por um par de braços enlaçando-lhe o pescoço.

— Não — gritou Oliver, esperneando. — Solte-me. Quem é você? Por que você está me agarrando?

A única resposta a isso foi um grande número de lamúrias da moça que o havia abraçado; e que estava com uma cestinha e uma chave grande na mão.

— Ah, meu lindo! — disse a moça. — Eu o encontrei! Oh! Oliver! Oliver! Oh, seu malandrinho, sofri demais por sua causa! Vamos para casa, querido, venha. Ah, eu o encontrei. Graças ao bom Deus, eu o encontrei!

Com essas exclamações desconexas, a moça explodiu em outro acesso de choro, e ficou tão assustadoramente histérica, que duas mulheres que passavam naquele momento perguntaram ao rapaz do açougue, com uma cabeça reluzente de cabelos claros e ensebados, que também observava a cena, se ele não achava melhor chamar o médico. Ao que o rapaz do açougue, que parecia ter uma disposição relaxada, para não dizer indolente, respondeu que achava que não.

— Ah, não, não, não se preocupem — disse a moça, agarrando Oliver pela mão. — Já estou melhor. Vamos logo, seu menino malvado! Venha! Oh, madame — continuou a moça —, ele fugiu de casa, há quase um mês, fugiu dos pais, que são pessoas trabalhadoras e respeitáveis; e foi se juntar a um bando de ladrões e marginais; e deixou a mãe com o coração partido.

— Jovem safado! — disse uma das mulheres.

— Vá para casa, vá, seu animalzinho — disse a outra.

— Eu não fiz nada disso — respondeu Oliver, muito preocupado. — Eu não a conheço. Não tenho nenhuma irmã, nem pai, nem mãe. Sou órfão; moro em Pentonville.

— Ouçam o que ele diz, quanta bravata! — exclamou a moça.

— Ora, é a Nancy! — exclamou Oliver; que viu o rosto dela pela primeira vez, e teve um sobressalto, de espanto, irreprimível.

— Estão vendo! Ele me conhece! — gritou Nancy, apelando aos passantes. — E não pode continuar assim. Ajudem-me a levá-lo para casa, somos boas pessoas, ou ele vai acabar matando a pobre mãe e o pai, e vai partir meu coração!

— Que diabos está acontecendo? — disse um homem, saindo às pressas de um bar, com um cachorro branco atrás de si. — Jovem Oliver! Volte para sua pobre mãe, seu cachorro! Volte para casa já.

— Eu não sou dessa família. Eu não conheço essas pessoas. Socorro! Alguém me ajude! — gritou Oliver, esperneando sob o abraço poderoso do homem.

— Socorro!? — repetiu o homem. — Sim, vou ajudá-lo, seu delinquentezinho! Que livros são esses? Você roubou, não foi? Passe para cá.

Com essas palavras, o homem arrancou os volumes dos braços do menino, e deu-lhe um cascudo na cabeça.

— Isso mesmo! — gritou um observador, da janela de uma mansarda. — Só assim para ele cair em si!

— Sem dúvida! — exclamou um carpinteiro sonolento, lançando um olhar de aprovação para a janela da mansarda.

— Assim ele aprende! — disseram as duas mulheres.

— Agora ele vai ver só! — agregou o homem, ministrando outro cascudo, e agarrando Oliver pelo colarinho. — Vamos, seu bandidinho! Aqui, Olho de Boi, pega! Pega ele!

Enfraquecido pela doença recente; atordoado pelos cascudos e pelo ataque súbito; aterrorizado pelos rosnados ferozes do cachorro, e pela brutalidade do homem; subjugado pela convicção dos observadores de que fosse realmente o delinquentezinho tarimbado como era descrito; o que um menino pobre poderia fazer!? A escuridão se instalou; era um bairro mal-afamado; sem ninguém para ajudar por perto; não adiantava resistir. No momento seguinte, ele foi arrastado por um labirinto de pátios estreitos e escuros, e obrigado a percorrê-lo em um ritmo tão acelerado que tornou incompreensíveis os poucos gritos que ele ousou proferir. Na verdade, pouco importava se fossem incompreensíveis ou não; pois não havia ninguém interessado em ouvi-los, mesmo que fossem perfeitamente claros.

A luz do gás estava acesa; a sra. Bedwin esperava, aflita, com a porta aberta; a criada percorrera a rua inteira vinte vezes tentando encontrar algum sinal de Oliver; e os dois velhos cavalheiros continuavam sentados, perseverantes, na saleta escura, com o relógio entre eles.

16.
Relata o que ocorreu com Oliver Twist, depois de ser levado por Nancy

As ruas e pátios estreitos, por fim, terminaram em um grande espaço aberto, onde se espalhavam currais para animais, e outros elementos sugestivos de um mercado de carne. Sikes diminuiu o passo quando chegaram ali; a garota não conseguia dar nem mais um passo, tamanha a rapidez com que haviam procedido até então. Virando-se para Oliver, ele mandou rispidamente que o menino segurasse a mão de Nancy.

— Está me ouvindo? — rosnou Sikes, diante da hesitação de Oliver, e olhou para os lados.

Eles estavam em um canto escuro, longe do caminho dos passantes.

Oliver viu claramente que resistir não adiantaria nada. Ele estendeu a mão, que Nancy agarrou firmemente na sua.

— Agora me dê a outra — disse Sikes, capturando a mão livre de Oliver. — Aqui, Olho de Boi!

O cachorro ergueu a cabeça e rosnou.

— Aqui, vem! — disse Sikes, segurando o pescoço de Oliver com a outra mão. — Se ele falar alguma coisa, morda! Não solte dele!

O cachorro rosnou outra vez e, lambendo os beiços, olhou para Oliver como se estivesse ansioso para abocanhar sua garganta sem mais delongas.

— Ele é obediente como um cristão, que eu morra cego se não for! — disse Sikes, olhando para o animal com uma espécie de aprovação sombria e feroz. — Agora, rapazinho, você já sabe o que lhe espera, então pode gritar quanto quiser. O cachorro logo vai acabar com essa brincadeira. Vamos, rapaz!

Olho de Boi balançou o rabo em gratidão por essa forma incomum de carinho verbal e, dando vazão a outro rosnado de alerta para Oliver, conduziu o grupo adiante.

Estavam passando por Smithfield, embora pudesse ter sido Grosvenor Square, até onde Oliver poderia supor. A noite estava escura e enevoada. As luzes do comércio mal conseguiam atravessar a bruma pesada, que se espessava a cada momento e amortalhava as ruas e as casas nas trevas, tornando o local desconhecido ainda mais desconhecido aos olhos de Oliver, e sua incerteza, mais desoladora e deprimente.

Eles haviam dado poucos passos apressados, quando um sino grave bateu as horas. Com a primeira badalada, os dois condutores pararam, e viraram as cabeças na direção de onde provinha o som.

— Oito horas, Bill — disse Nancy, quando sino parou.

— De que adianta me dizer isso? Eu ouvi, não ouvi?! — respondeu Sikes.

— Imagino que *eles* também estejam ouvindo — disse Nancy.

— É claro que eles estão ouvindo — respondeu Sikes. — Estava acontecendo a feira de St. Bartlemy quando eu estava preso; e eu ouvia todas aquelas cornetinhas esganiçadas na feira. Quando me levaram de volta para a cela, o alvoroço e o falatório do lado de fora faziam a velha cadeia barulhenta parecer tão silenciosa, que me deu quase vontade de bater a cabeça na porta de ferro.

— Coitado! — disse Nancy, que ainda estava com o rosto virado para o lado de onde havia soado o sino. — Ah, Bill, eles eram rapazes tão bonitos!

— É, mulher só pensa nisso — respondeu Sikes. — Rapazes bonitos! Bem, agora eles estão mortos, de modo que isso não importa mais.

Com tal consolo, o sr. Sikes aparentemente reprimiu uma tendência crescente para o ciúme, e, agarrando o pulso de Oliver com mais firmeza, mandou o menino seguir em frente.

— Espere um pouco! — disse a garota. — Eu não iria embora tão depressa, se fosse você quem estivesse saindo para ser enforcado, quando bater oito horas da próxima vez, Bill. Eu ficaria ali em frente, andando em círculos, sem parar, até cair, mesmo que houvesse neve no chão, e eu não tivesse sequer um xale para me cobrir.

— E de que isso adiantaria? — indagou o insensível sr. Sikes. — A não ser que conseguisse uma lima e vinte metros de corda grossa, você poderia andar em cinquenta quilômetros, ou não andar nada, porque não adiantaria nada para mim. Vamos, e pare com essa ladainha aqui.

A garota começou a gargalhar, apanhou o xale para se cobrir melhor, e foram andando dali. Mas Oliver sentia a mão trêmula dela, e, olhando para seu rosto ao passarem pela luz do gás, viu que seu semblante havia adquirido uma palidez mortiça.

Eles continuaram caminhando, por vielas pouco frequentadas e sujas, durante meia hora encontrando pouquíssima gente, e as pessoas que apareciam, pelo visto, tinham a mesma posição na sociedade que o sr. Sikes. Por fim, viraram em uma ruazinha muito imunda, quase exclusivamente ocupada por lojas de roupas usadas; com o cachorro correndo na frente, como se soubesse que não era mais o caso de manter o menino vigiado, pararam diante da porta de uma loja que estava fechada e aparentemente abandonada. A casa estava bem arruinada, e havia uma placa pregada na porta, avisando que estava para alugar, que parecia estar pendurada ali havia muitos anos.

— Tudo certo — exclamou Sikes, olhando atentamente para os lados.

Nancy parou embaixo da janela, e Oliver ouviu o som de um sino. Eles atravessaram a rua, e pararam por alguns momentos embaixo da luz da rua. Um barulho, como se uma janela estivesse sendo aberta, foi ouvido; e logo em seguida uma porta se abriu suavemente. O sr. Sikes então agarrou o menino aterrorizado pelo colarinho com pouquíssima cerimônia e os três rapidamente entraram na casa.

O corredor estava perfeitamente escuro. Esperaram, enquanto a pessoa que abrira para eles passava o trinco e a barra na porta.

— Tem alguém em casa? — indagou Sikes.

— Não — respondeu uma voz, que Oliver julgou já ter ouvido antes.

— O velho está aí? — perguntou o ladrão.

— Sim — respondeu a voz —, e ele está com uma boca suja como nunca. Será que ele vai gostar de ver vocês? Ah, não!

O estilo da resposta, assim como a voz que a pronunciou, pareciam familiares aos ouvidos de Oliver, mas era impossível distinguir até mesmo o vulto do falante no escuro.

— Vamos acender alguma luz — disse Sikes —, ou vamos acabar quebrando a coluna, ou pisando no cachorro. Se pisar, cuidado com a perna!

— Esperem um momento, vou arranjar uma luz — respondeu a voz.

Os passos do falante se afastando foram ouvidos; e, no minuto seguinte, o vulto do sr. John Dawkins, também conhecido como Ardiloso Esquivador, apareceu. Ele trazia na mão direita uma vela de sebo espetada em uma forquilha.

O jovem cavalheiro não parou para fazer qualquer outro sinal de reconhecimento de Oliver além de um sorrisinho bem-humorado; mas, fazendo meia-volta, mandou-os segui-lo escada abaixo. Eles atravessaram uma cozinha vazia; e, abrindo a porta de uma sala baixa com cheiro de terra, que parecia ter sido construída em um quintalzinho nos fundos, foram recebidos com gargalhadas.

— Ah, meu Cristo, meu Cristo! — exclamou o jovem sr. Charles Bates, de cujos pulmões a gargalhada procedia. — Aí está ele! Ah, será possível! Aí está ele! Ah, Fagin, olhe só para ele! Fagin, veja! Não vou aguentar, isso está muito divertido. Alguém me segure enquanto eu morro de rir.

Com essa irreprimível ebulição de júbilo, o jovem sr. Bates se deitou no chão e ficou chutando o ar convulsivamente por cinco minutos, em um êxtase de alegria chistosa. Então, ficando em pé com um pulo, ele agarrou a forquilha com a vela da mão do Esquivador e, avançando para Oliver, examinou-o de alto a baixo, enquanto o judeu, tirando a capa, fez um grande número de mesuras para o menino perplexo. O Ardiloso, nesse ínterim, que tinha uma disposição um tanto saturnina, e raramente dava vazão ao contentamento quando este interferia com os negócios, revistou os bolsos de Oliver com atenção minuciosa.

— Olha essas roupas dele, Fagin! — disse Charley, colocando a vela tão perto de seu novo paletó que quase o queimou. — Olha só isso! Roupas supercaras, e muito bem cortadas! Ah, meu Cristo, que graça! E esses livros também! Simplesmente um cavalheiro, Fagin!

— Fico muito contente em vê-lo tão bem vestido, meu caro — disse o judeu, fazendo uma mesura com humildade fingida. — O Ardiloso lhe dará outras roupas, meu caro, para você não estragar essas roupas de domingo. Por que você não escreveu, meu caro, avisando que viria? Nós teríamos preparado algum prato quente para a ceia.

Com isso, o jovem sr. Bates tornou a rugir, tão alto que o próprio Fagin relaxou, e até o Esquivador sorriu; mas, quando o Ardiloso encontrou a nota de cinco libras, naquele instante, talvez o imediatismo da descoberta tenha despertado seu contentamento.

— Ora, ora, o que temos aqui? — indagou Sikes, dando um passo à frente quando o judeu apanhou a cédula. — É minha, Fagin.

— Não, não, meu caro — disse o judeu. — É minha, Bill, minha. Você fica com os livros.

— Se não for minha — disse Bill Sikes, colocando o chapéu com ar determinado —, minha e da Nancy, na verdade, vou levar o menino de volta.

O judeu teve um sobressalto. Oliver também, embora por motivo muito diferente; pois ele esperava que aquela disputa realmente pudesse terminar com sua devolução.

— Vamos! Passe para cá, por favor! — disse Sikes.

— Mas isso não seria justo, Bill; não seria justo, não é, Nancy? — indagou o judeu.

— Justo ou injusto — retrucou Sikes —, passe para cá, estou lhe dizendo! Você acha que a Nancy e eu não temos nada mais a fazer com nosso precioso tempo além de gastá-lo procurando e sequestrando todo menino que você pega? Passe para cá, seu velho esqueleto avarento, passe para cá!

Com esse delicado protesto, o sr. Sikes arrancou a cédula que o judeu prendia entre o indicador e o polegar; e, olhando para o velho com frieza, dobrou-a até ficar bem pequena, e enfiou-a no lenço que usava no pescoço.

— Isso é pela nossa parte no trabalho — disse Sikes —, e não chega nem à metade. Você pode ficar com os livros, já que gosta de ler. Se não quiser, pode vender.

— São muito bonitos — disse Charley Bates, que, com muitas caretas, fingia ler um dos volumes em questão. — Que letras lindas, não é, Oliver?

Diante da expressão desolada com que Oliver olhava para seus provocadores, o jovem sr. Bates, que era dotado de um aguçado senso do ridículo, explodiu em outro êxtase de risos, ainda mais barulhento que o primeiro.

— Esses livros são do velho cavalheiro — disse Oliver, retorcendo as mãos. — Do bondoso, e gentil, velho cavalheiro que me levou para a casa dele, e que cuidou de mim, quando eu estava quase morrendo de febre. Oh, por favor, devolvam para ele, devolvam os livros e o dinheiro dele. Você podem ficar comigo aqui pelo resto da minha vida, mas, por favor, por favor, devolvam o que é dele. Ele vai pensar que eu roubei; a velha senhora, todo mundo que foi tão bom para mim, vão pensar que eu roubei. Ah, tenham pena de mim, e devolvam isso!

Com essas palavras, que foram proferidas com toda a energia da tristeza passional, Oliver se ajoelhou aos pés do judeu e juntou as mãos, em pleno desespero.

— O menino tem razão — comentou Fagin, olhando furtivamente para os lados, e juntando as sobrancelhas em um nó no meio da testa. — Você tem razão, Oliver, você tem razão, eles vão *mesmo* achar que você os roubou. Haha! — gargalhou o judeu, esfregando as mãos. — Não poderia ter sido melhor do que isso, nem que pudéssemos escolher o momento!

— Claro que não — respondeu Sikes. — Eu sabia, assim que vi ele passando por Clerkenwell, com esses livros embaixo do braço. É perfeito. São crentes de coração mole, ou não teriam levado esse aí para casa. E eles não vão prestar queixa, com receio de acusar o menino, e ele acabar sendo preso. Assim ele não corre esse risco.

Oliver havia ficado olhando para um lado e para o outro, enquanto essas palavras eram faladas, como se estivesse perplexo, e não pudesse entender o que se passava; mas, quando Bill Sikes terminou de falar, ele se pôs de pé com um salto, e saiu correndo loucamente dali, soltando berros de socorro, que fizeram a velha casa arruinada estrondear até o teto.

— Segura o cachorro, Bill! — gritou Nancy, saltando diante da porta, e fechando-a, enquanto o judeu e seus dois pupilos saíam correndo atrás do menino. — Segura o cachorro, ou ele vai destroçar o menino.

— É o que ele merece! — gritou Sikes, tentando se desvencilhar dos braços da garota. — Sai da minha frente, ou vou esmagar a sua cabeça na parede.

— Eu não me importo, Bill, não me importo — gritou a garota, lutando violentamente com o homem. — Esse menino não vai ser destroçado pelo cachorro, a não ser que você me mate primeiro.

— Ah, não vai?! — disse Sikes, mostrando os dentes. — Quem vai destroçá-lo sou eu, se você não o sair da minha frente.

O ladrão atirou a garota para o outro lado da sala, justo quando o judeu e os dois meninos voltavam, trazendo Oliver arrastado.

— O que está acontecendo aqui?! — disse Fagin, olhando a cena.

— Acho que ela enlouqueceu — respondeu Sikes, furioso.

— Não, não enlouqueceu — disse Nancy, pálida e ofegante da briga —, não, ela não enlouqueceu, Fagin, não acredite.

— Então fique quieta, está bem? — disse o judeu, com olhar ameaçador.

— Não, também não vou ficar quieta — respondeu Nancy, falando muito alto. — Vamos! O que você me diz agora?

O sr. Fagin conhecia suficientemente os modos e costumes daquela espécie particular da humanidade a que Nancy pertencia, para saber com razoável certeza que seria um tanto imprudente prolongar qualquer conversa com ela, por ora. No intuito de desviar a atenção do grupo, ele se virou para Oliver.

— Quer dizer que você queria fugir, meu caro, era isso? — disse o judeu, pegando um porrete torto e protuberante que estava no canto do aparador. — Não era?

Oliver não respondeu, mas observou os movimentos do judeu, respirando depressa.

— Você queria pedir ajuda, chamar a polícia, ou o quê? — escarneceu o judeu, agarrando o menino pelo braço. — Vamos curá-lo já dessa doença, rapazinho.

O judeu infligiu um primeiro golpe certeiro nos ombros de Oliver com o porrete; e o estava erguendo outra vez para um segundo, quando a garota, postando-se na frente, arrancou-o da mão dele. Ela atirou o porrete no fogo, com uma força que levantou das brasas algumas fagulhas, que rodopiaram pelo recinto.

— Eu não vou ficar parada assistindo isso, Fagin — gritou a garota. — Você já está com o menino, o que mais você quer? Deixe-o em paz... deixe-o em paz... ou vou deixar minha marca na cara de alguns de vocês, mesmo que isso me leve à forca antes do tempo.

A garota batia o pé violentamente no chão enquanto fazia essa ameaça; e com os lábios apertados, e as mãos cerradas, olhava ora para o judeu, ora para o outro ladrão, seu rosto lívido, tamanha a paixão furiosa que aos poucos a dominava.

— Ora, Nancy! — disse o judeu, em tom apaziguador, depois de uma pausa, em que ele e o sr. Sikes se entreolharam de modo desconcertado — Você... esta noite você esteve genial como nunca. Haha! Minha querida, a sua atuação está maravilhosa.

— Atuação!? — disse a garota. — Cuidado para não me provocar demais. Vai ser pior para você, Fagin, se eu tomar uma atitude, então desde já estou avisando para me deixar em paz.

Existe algo em uma mulher indignada, especialmente se ela agrega a todas as outras paixões extremas os impulsos ferozes da imprudência e do desespero, que poucos homens gostam de provocar. O judeu via que era inútil fingir ignorar a realidade da raiva da srta. Nancy; e, retrocedendo involuntariamente alguns passos, lançou um olhar, entre suplicante e covarde, para Sikes, como se sugerisse que ele era a pessoa mais apta a continuar o diálogo.

O sr. Sikes, silenciosamente solicitado, e possivelmente sentindo seu orgulho e sua influência pessoal como partes interessadas na imediata retomada da sensatez da srta. Nancy, proferiu algumas dezenas de xingamentos e ameaças, cuja rápida produção refletia um grande mérito para a fertilidade de sua imaginação. Como esses impropérios não produziram efeito visível no objeto contra o qual eram proferidos, contudo, ele recorreu a argumentos mais tangíveis.

— O que você quer dizer com isso? — disse Sikes, reforçando a pergunta com uma imprecação muito comum sobre o mais belo atributo humano, que, se fosse ouvida no céu uma em cada cinquenta mil vezes que é proferida na terra, tornaria a cegueira uma doença tão comum quanto a caxumba. — O que você quer dizer com isso? Quero morrer cego! Você sabe quem você é, e o que você é?

— Ah, sim, eu sei muito bem — respondeu a garota, gargalhando histericamente; e balançando a cabeça para os lados, com mal-fingida indiferença.

— Bem, então fique quieta — retrucou Sikes, com um rosnado que estava acostumado a usar com o cachorro —, ou vou fechar essa sua boca por um bom tempo.

A garota tornou a gargalhar, ainda menos contidamente que antes, e, disparando um olhar apressado para Sikes, virou o rosto de lado, e mordeu o lábio até sair sangue.

— Você é muito boa mesmo — acrescentou Sikes, examinando-a com ar de desdém. — Sempre do lado humano e gen... tio! Uma pessoa realmente exemplar para essa criança, como você diz, ter como amiga!

— Graças a Deus, sou mesmo! — gritou passionalmente a garota. — E quem dera eu tivesse caído morta na rua, ou trocado de lugar com aqueles condenados que vimos hoje, antes de ter ajudado a trazer o menino de volta. Ele já vai ser ladrão, mentiroso, um demônio, tudo o que existe de ruim, a partir de hoje. Isso não basta para esse velho desgraçado? Ainda precisa bater?

— Ora, vamos, Sikes — disse o judeu em tom de censura, e, fazendo um sinal para os meninos, que estavam avidamente atentos a tudo o que se passava —, precisamos usar temos civilizados. Termos civilizados, Bill.

— Termos civilizados! — gritou a garota, cuja paixão foi assustadora de ver. — Termos civilizados, seu canalha! Sim, como se você merecesse. Eu trabalho para você desde que era uma criança com metade da idade dele! — apontou para Oliver. — Estou nesse mesmo ramo, nesse mesmo ofício, há doze anos desde então. Você não sabia? Diga! Ou você não sabe?

— Ora, ora — respondeu o judeu, com uma tentativa de pacificação — e, se você está, é seu ganha-pão!

— Sim, é mesmo! — respondeu a garota, não falando, mas despejando as palavras em um único grito veemente e contínuo. — É meu ganha-pão, e as ruas frias, úmidas, sujas, são meu lar. E você é o desgraçado que me levou para isso há muito tempo, e que vai me manter lá, dia e noite, dia e noite, até que eu morra!

— Eu vou lhe mostrar o que é desgraça! — interveio o judeu, instigado com a aqueles ataques. — Uma desgraça ainda pior do que essa, se você não calar a boca!

A garota não falou mais nada; mas, arrancando os cabelos e rasgando o vestido em um transporte de paixão, avançou sobre o judeu e provavelmente teria deixado nele marcas de sua vingança, não houvessem seus pulsos sido capturados por Sikes naquele exato momento; ao que ela opôs uma resistência ineficaz, e desmaiou.

— Agora ela acalmou — disse Sikes, deitando-a em um canto. — Ela tem muita força nos braços, quando fica desse jeito.

O judeu enxugou a testa e sorriu, como se fosse um alívio o fim daquela barulheira; mas nem ele, nem Sikes, nem o cachorro, nem os meninos, parecia considerar aquilo sob outra luz senão a de um fato corriqueiro, incidental em seus negócios.

— Esse é o problema de lidar com mulher — disse o judeu, guardando o porrete —, mas elas são espertas, e não dá para viver, no nosso ramo, sem elas. Charley, leve o Oliver para a cama.

— Melhor ele não usar essas roupas boas amanhã, não é, Fagin? — indagou Charley Bates.

— Certamente, não — respondeu o judeu, devolvendo o sorrisinho com que Charley colocou a questão.

O jovem sr. Bates, aparentemente muito contente com essa tarefa, pegou a forquilha com a vela e levou Oliver para a cozinha, onde ficavam as duas ou três camas em que ele havia dormido antes; e ali, em meio a muitos ataques incontroláveis de risos, ele lhe mostrou roupas idênticas àquelas roupas velhas das quais Oliver havia se livrado de bom grado na casa do sr. Brownlow e cuja exposição acidental, para Fagin, pelo mascate judeu que as comprara, havia sido a pista recebida sobre seu paradeiro.

— Tire logo essas roupas finas — disse Charley —, e vou levá-las para o Fagin decidir o que fazer. Que divertido, meu Cristo!

Contrariado, o pobre Oliver aquiesceu. O jovem sr. Bates, enrolando as roupas novas embaixo do braço, saiu da cozinha, deixando Oliver no escuro, e trancando a porta atrás de si.

O barulho das risadas de Charley e a voz da srta. Betsy, que oportunamente chegou para jogar água no rosto da amiga, e realizar outros afazeres femininos para promover sua recuperação, poderiam ter mantido acordadas muitas pessoas sob circunstâncias mais felizes do que aquelas em que Oliver estava colocado. Mas ele estava enjoado e exausto; e logo caiu em um sono pesado.

17.
O destino de Oliver, ainda adverso, traz um grande homem até Londres para atacar sua reputação

É costume do teatro, em todos os bons melodramas de crime, apresentar cenas trágicas e cômicas, regularmente alternadas, como as camadas vermelhas e brancas de um corte de toucinho listrado. O herói afunda em seu leito de palha, oprimido por grilhões e infortúnios; na cena seguinte, seu fiel mas desavisado escudeiro oferece à plateia uma cantiga de escárnio. Nós assistimos, com o peito latejante, à heroína cair nas garras de um barão orgulhoso e cruel, sua virtude e sua vida igualmente sob risco, sacando sua adaga para preservar uma às custas da outra; e justamente quando nossas expectativas chegam ao ápice, ouve-se um assobio, e somos diretamente transportados para o salão de um castelo, onde um senescal grisalho entoa um coro jocoso com um séquito ainda mais jocoso de vassalos, que são libertados de todos os lados, de masmorras de igrejas e palácios, e perambulam em grupo, perpetuamente cantarolando.

Essas transições parecem absurdas; mas não são incomuns como poderiam parecer à primeira vista. As mudanças na vida real da mesa do banquete para o leito de morte, e dos lírios do luto para a guirlanda festiva, não são menos surpreendentes; só que lá somos atores ocupados, em vez de observadores passivos, o que faz uma imensa diferença. Os atores na imitação da vida do teatro são cegos às violentas transições e aos abruptos impulsos da paixão ou do sentimento, que, apresentados diante dos olhos de meros espectadores, são na mesma hora condenados como chocantes ou absurdas.

Como as mudanças bruscas de cenário, e rápidas transformações de tempo e espaço, são não apenas sancionadas nos livros pelo uso antigo, mas também consideradas a grande arte dos autores — sendo a habilidade de um escritor nesse ofício, segundo alguns críticos, principalmente estimada em relação aos dilemas em que ele coloca seus personagens ao final de cada capítulo —, esta breve introdução ao presente talvez seja considerada desnecessária. Nesse caso, que seja considerado um delicado convite da parte do historiador para que voltemos à cidade onde Oliver Twist nasceu; e que o leitor considere implícito que existem bons e substanciais motivos para fazer essa viagem, ou ele não seria convidado a empreender tal expedição.

O sr. Bumble emergiu de manhã cedo do portão da casa de trabalhos, e caminhou com portentosa atitude e passos imperiosos, subindo a High Street. Ele estava na plenitude de sua atitude orgulhosa de bedel; seu chapéu bicorne e sua casaca estavam reluzentes ao sol da manhã; ele agarrava sua bengala com a vigorosa tenacidade da saúde e do poder. O sr. Bumble sempre andava com a cabeça muito erguida, mas essa manhã ela estava mais erguida do que de costume. Havia uma certa abstração em seu olhar, uma elevação em sua atitude, que poderiam alertar um observador desconhecido para o fato de que pela mente do bedel passavam pensamentos grandiosos demais para serem ditos.

O sr. Bumble não se detêve para conversar com os comerciantes e outras pessoas que falaram consigo, respeitosamente, quando ele passou. Ele meramente devolveu os cumprimentos com um aceno de mão e sem relaxar em seu passo altivo, até chegar à fazenda onde a sra. Mann cuidava das crianças pobres com atenção paroquial.

— Arre, é aquele bedel! — disse a sra. Mann, escutando o conhecido solavanco no portão. — Se não é ele mesmo a essa hora da manhã! Ora, sr. Bumble, só podia ser o senhor! Bem, por Deus, é um prazer, isso sim! Entre, vamos para a saleta, senhor, por favor.

A primeira frase era dirigida a Susan e as exclamações de prazer foram ditas ao sr. Bumble enquanto a boa senhora abria o portão do jardim e o conduzia, com grande atenção e respeito, para dentro da casa.

— Sra. Mann — disse o sr. Bumble, não se sentando, ou logo desabando em um assento qualquer, como um impertinente qualquer, mas se deixando conduzir aos poucos e lentamente até uma cadeira —, sra. Mann, madame, bom dia.

— Bem, bom dia para o *senhor* — respondeu a sra. Mann, muito sorridente — e espero que o senhor esteja passando bem!

— Mais ou menos, sra. Mann — respondeu o bedel. — A vida paroquial não é um mar de rosas, sra. Mann.

— Ah, isso não é mesmo, sr. Bumble — concordou a dama.

E todas as crianças pobres poderiam ter se juntado ao coro nessa concordância com grande propriedade, se a tivessem ouvido.

— A vida paroquial, madame — continuou o sr. Bumble, batendo na mesa com a bengala —, é uma vida de preocupação, e contrariedade, e dureza, mas toda figura pública, como eu digo, tem que passar por esse processo.

A sra. Mann, sem saber muito bem o que o bedel queria dizer, ergueu as mãos com olhar solidário, e soltou um suspiro.

— Ah! A senhora faz bem em suspirar, sra. Mann! — disse o bedel.

Depois dessa aprovação, a sra. Mann suspirou de novo, evidentemente para satisfação da figura pública, que, reprimindo um sorriso complacente com um olhar sério para seu chapéu bicorne, disse:

— Sra. Mann, estou indo a Londres.

— Ora, sr. Bumble! — exclamou a sra. Mann, recuando sobressaltada.

— A Londres, madame — retomou o bedel inflexível —, de carruagem. Eu e dois pobres, sra. Mann! Abriu-se um processo, sobre uma ocupação, e a diretoria me indicou, justo a mim, sra. Mann, para resolver a questão diante do tribunal em Clerkinwell. E eu me pergunto — acrescentou o sr. Bumble, empertigando-se — se o tribunal de Clerkinwell vai perceber a enrascada em que se meteram ao mexer comigo.

— Oh! Não seja muito duro com eles, senhor — disse a sra. Mann, jocosamente.

— O tribunal de Clerkinwell não sabe com quem está lidando, madame — respondeu o sr. Bumble. — E se o tribunal de Clerkinwell descobrir que se saiu pior do que imaginava, o tribunal de Clerkinwell só poderá agradecer a si mesmo.

Havia tanta determinação e profundidade de intenção no modo ameaçador com que o sr. Bumble se livrava dessas palavras, que a sra. Mann pareceu bastante espantada. Por fim, ela disse:

— O senhor vai de carruagem? Achei que o costume era levar os pobres de carroça.

— Só quando eles estão doentes, sra. Mann — disse o bedel. — Nós colocamos os pobres doentes em carroças abertas na chuva para evitar que peguem resfriado.

— Ah! — disse a sra. Mann.

— A carruagem de volta já está paga para esses dois; e os trará mais barato — disse o sr. Bumble. — Os dois estão muito mal, e achamos que ficaria duas libras mais barato transferir do que enterrar... isto é, se pudermos jogá-los para outra paróquia, o que eu acho que vamos conseguir fazer, se eles não morrerem na estrada só para nos espezinhar. Hahaha!

Depois que o sr. Bumble gargalhou mais um pouquinho, seus olhos novamente depararam com seu chapéu bicorne; e ele ficou sério.

— Estamos nos esquecendo dos negócios, madame — disse o bedel. — Aqui está sua ajuda de custo paroquial desse mês.

O sr. Bumble sacou do bolso algumas moedas de prata enroladas em papel e solicitou um recibo, que a sra. Mann redigiu.

— Ficou todo borrado, senhor — disse a fazendeira de crianças —, mas eu diria que está formal o suficiente. Obrigada, sr. Bumble, fico muito agradecida, sem dúvida.

O sr. Bumble balançou a cabeça, de leve, em reconhecimento da cortesia da sra. Mann; e perguntou como estavam as crianças.

— Deus abençoe esses coraçõezinhos! — disse a sra. Mann com emoção. — Estão o melhor possível, os meus queridos! Claro, com exceção dos dois que morreram semana passada. E do pequeno Dick.

— Esse menino não melhorou? — indagou o sr. Bumble.

A sra. Mann balançou a cabeça.

— Que menino fraco, imoral e mal-intencionado, esse nosso órfão da paróquia — disse o sr. Bumble irritadiço. — Onde ele está?

— Já vou trazê-lo para o senhor — respondeu o senhor Mann. — Dick, venha cá!

Depois de alguns chamados, Dick apareceu. Depois de ter seu rosto colocado embaixo da torneira, e secado no avental da sra. Mann, ele foi conduzido à pavorosa presença do sr. Bumble, o bedel.

O menino estava pálido e magro; suas bochechas estavam encovadas; e seus olhos, grandes e brilhantes. O modesto uniforme da paróquia, libré de sua miséria, pendia frouxo em seu corpo debilitado; e suas pernas jovens haviam se enfraquecido, como as pernas de um velho.

Assim estava o pequeno ser que parou, trêmulo, sob o olhar do sr. Bumble; sem ousar erguer os olhos do chão; e com medo até de ouvir a voz do bedel.

— Você não vai olhar para o cavalheiro, seu teimoso? — disse a sra. Mann.

O menino ergueu temerosamente os olhos, e encontrou os olhos do sr. Bumble.

— O que você tem, órfão Dick? — indagou o sr. Bumble, com oportuna jocosidade.

— Nada, senhor — respondeu baixinho a criança.

— Eu não diria isso — disse a sra. Mann, que havia evidentemente rido muito com o humor do sr. Bumble.

— Não lhe falta nada, sem dúvida.

— Eu queria que... — hesitou o menino.

— Ora essa! — interveio a sra. Mann. — Imagino que você vá dizer que agora lhe *falta* alguma coisa? Ora, seu desgraçado...

— Pare, sra. Mann, pare! — disse o bedel, levantando a mão em sinal de autoridade. — Você queria o quê?

— Eu queria — balbuciou a criança — que alguém, que sabe escrever, pusesse umas palavras, para mim, num pedaço de papel, que dobrasse e selasse, e guardasse para mim, depois que eu estiver embaixo da terra.

— Ora, o que esse menino está dizendo?! — exclamou o sr. Bumble, em quem os modos sinceros e o aspecto exaurido da criança haviam causado certa impressão, mesmo acostumado como estava a essas coisas. — O que você quer dizer, rapazinho?

— Eu queria — disse o menino — deixar meu carinhoso amor ao pobre Oliver Twist, e que ele saiba como sempre fico sozinho e choro de pensar nele perambulando sozinho nessas noites escuras sem ninguém para ajudar. E eu queria dizer para ele — disse o menino juntando suas mãozinhas, e falando com grande fervor — que eu fiquei contente de morrer bem novo, porque, talvez, se eu tivesse ficado adulto, e depois velho, a minha irmãzinha que está no Céu podia me esquecer, ou não me reconhecer, e que vai ser muito mais feliz se nós dois formos crianças juntos lá.

O sr. Bumble examinou o pequeno orador, da cabeça aos pés, com espanto indescritível; e, virando-se para sua companheira, disse:

— Eles estão todos mancomunados, sra. Mann. Aquele abusado do Oliver desmoralizou todos eles!

— Eu jamais teria imaginado uma coisa dessas, senhor — disse a sra. Mann, erguendo as mãos, e olhando com maldade para Dick. — Nunca vi um desgraçado mais empedernido!

— Pode levá-lo daqui, madame! — disse o sr. Bumble imperativamente. — Isso será relatado à diretoria, sra. Mann.

— Espero que os cavalheiros compreendam que não é culpa minha, não é? — disse a sra. Mann, choramingando pateticamente.

— Hão de compreender, madame; hão de ser informados sobre a verdade do caso — disse o sr. Bumble. — Pronto; leve-o daqui, não suporto mais olhar para esse menino.

Dick foi imediatamente levado dali, e preso no depósito de carvão. O sr. Bumble logo em seguida se levantou, preparando-se para a viagem.

Às seis horas da manhã seguinte, o sr. Bumble, tendo trocado seu chapéu bicorne por uma cartola redonda, e enfiando-se dentro de um sobretudo azul com capa, sentou-se em seu lugar do lado de fora da carruagem, acompanhado pelos criminosos cujo destino estava em disputa; com os quais, decorrido algum tempo, ele chegou em Londres.

Ele não experimentou nenhuma contrariedade no caminho, além daquelas originadas pelo comportamento perverso dos dois pobres, que insistiam em tremer e reclamar do frio, de modo que, declarou o sr. Bumble, fazia seus dentes baterem no interior do crânio, e que o deixou bastante incomodado, mesmo de sobretudo.

Depois de se livrar daqueles malfeitores pelo resto da noite, o sr. Bumble sentou-se na casa em que a carruagem estacionava e jantou frugalmente alguns bifes, com molho de ostras e vinho do porto. Deixando um copo de gim com água no aparador, ele aproximou sua cadeira do fogo e, com diversas reflexões morais sobre o pecado excessivamente difundido do descontentamento e das reclamações, acomodou-se para ler o jornal.

Logo o primeiro parágrafo em que os olhos do sr. Bumble caíram era o seguinte anúncio.

"CINCO GUINÉUS DE RECOMPENSA

Considerando-se que um menino pequeno, chamado Oliver Twist, desapareceu, ou foi raptado, na última quinta-feira à tarde, de sua casa, em Pentonville; e desde então não se tem notícia dele. A recompensa acima será paga a qualquer pessoa que fornecer informações que levem à descoberta do referido Oliver Twist, ou que lancem alguma luz sobre sua história pregressa, pela qual o anunciante, por muitos motivos, tem ardoroso interesse."

Em seguida vinha uma descrição completa das roupas, da aparência, e da desaparição de Oliver, com o nome e o endereço do sr. Brownlow completos.

O sr. Bumble abriu os olhos, leu o anúncio, lenta e cuidadosamente, por três vezes e em pouco mais de cinco minutos estava a caminho de Pentonville, deixando efetivamente, em sua excitação, o copo de gim com água intacto.

— O sr. Brownlow está em casa? — indagou o sr. Bumble à menina que abriu a porta.

A tal pergunta, a menina devolveu a resposta não rara, mas um tanto evasiva de que:

— Eu não sei... Da parte de quem?

O sr. Bumble mal pronunciou o nome de Oliver, para explicar sua visita, e a sra. Bedwin, que estava ouvindo atrás da porta da saleta, chegou às pressas no corredor em estado ofegante.

— Entre, entre — disse a velha senhora. — Eu sabia que logo teríamos notícias dele. Pobrezinho! Eu sabia! Eu tinha certeza disso. Deus abençoe! Eu sempre disse isso.

Depois de ouvir isso, a valorosa senhora correu de volta para a saleta e, sentando-se em um sofá, desatou a chorar. A menina, que não era tão suscetível, nesse ínterim, havia subido a escada correndo e agora voltava com o pedido de que o sr. Bumble a seguisse imediatamente, o que ele fez.

Ele foi levado até o escritoriozinho nos fundos, onde estavam sentados o sr. Brownlow e seu amigo sr. Grimwig, com garrafas e taças diante de si. Este último cavalheiro logo exclamou:

— Ora, se não é um bedel! Um bedel paroquiano, ou devoro a minha cabeça.

— Agora não nos interrompa, por favor — disse o sr. Brownlow. — O senhor quer se sentar?

O sr. Bumble sentou-se; um bocado confuso com a estranheza dos modos do sr. Grimwig. O sr. Brownlow afastou a vela, de modo a obter uma visão inteira da expressão do bedel, e disse, com certa impaciência:

— Então o senhor veio em consequência de ter visto o anúncio?

— Sim, senhor — disse o sr. Bumble.

— O senhor é realmente um bedel, não é? — indagou o sr. Grimwig.

— Sou um bedel paroquiano, cavalheiros — respondeu o sr. Bumble orgulhosamente.

— Evidentemente — observou o sr. Grimwig, de lado, para seu amigo. — Eu sabia. É um bedel dos pés à cabeça!

O sr. Brownlow balançou delicadamente a cabeça para impôr silêncio ao amigo, e continuou:

— O senhor sabe onde está esse pobre menino agora?

— Nem eu, nem ninguém — respondeu o sr. Bumble.

— Bem, e o que o senhor *sabe* sobre ele? — indagou o velho cavalheiro. — Diga logo, meu amigo, se o senhor tem algo a dizer. O que o senhor *sabe* a respeito dele afinal?

— Você por acaso não tem nenhuma notícia boa sobre ele, não é? — disse o sr. Grimwig, causticamente, depois de examinar atentamente o semblante do sr. Bumble.

O sr. Bumble, entendendo logo o teor da pergunta, balançou a cabeça com portentosa solenidade.

— Está vendo? — disse o sr. Grimwig, com expressão triunfante para o sr. Brownlow.

O sr. Brownlow olhou com apreensão para o semblante contraído do sr. Bumble e pediu que ele comunicasse o que sabia sobre Oliver, o mais sucintamente que pudesse.

O sr. Bumble tirou a cartola, desabotoou o sobretudo, cruzou os braços, inclinou a cabeça de modo retrospectivo e, após alguns momentos de reflexão, começou sua história.

Seria tedioso dar aqui as palavras do bedel — que ocuparam, no caso, cerca de vinte minutos de relato —, mas o resumo e a substância de sua fala foi que Oliver nascera órfão, de pais pobres e vis. Que ele, desde o nascimento, só exibira sinais de ser traiçoeiro, ingrato e maldoso. Que ele havia encerrado sua breve carreira no local de seu nascimento com um ataque sangrento e covarde e sem motivo contra um rapaz inocente, e com a fuga no meio da noite da casa de seu patrão. Como prova de que realmente se tratava da mesma pessoa, ele mesmo, o sr. Bumble, deixou sobre a mesa os papéis que havia trazido consigo. Tornando a cruzar os braços, ele então esperou os comentários do sr. Brownlow.

— Receio que seja tudo verdade — disse tristemente o velho cavalheiro, depois de verificar os papéis. — Isso não é tanto do seu interesse, mas saiba que eu teria pago o triplo do dinheiro, se as notícias fossem favoráveis ao menino.

Não é improvável que, se o sr. Bumble possuísse essa informação anteriormente à visita, ele tivesse fornecido uma coloração muito diferente a sua pequena narrativa. Mas era tarde demais para isso agora; de modo que ele balançou a cabeça gravemente e, embolsando os cinco guinéus, retirou-se.

O sr. Brownlow ficou andando pelo escritório por alguns minutos; evidentemente tão perturbado com a história do bedel, que até o sr. Grimwig evitou incomodá-lo ainda mais.

Por fim, ele parou, e tocou a sineta violentamente.

— Senhora Bedwin — disse o sr. Brownlow, quando a empregada apareceu —, o menino, Oliver, ele é um impostor.

— Não pode ser. Não é possível — disse energicamente a velha senhora.

— Pois estou lhe dizendo que ele é — retrucou o velho cavalheiro. — O que a senhora quer dizer com não é possível? Acabamos de ouvir um relato completo sobre ele desde que nasceu; ele sempre foi um tarimbado viláozinho, a vida inteira.

— Pois eu não vou acreditar nisso nunca, senhor — respondeu a velha senhora, com firmeza. — Jamais!

— Vocês, velhas, só acreditam em médicos charlatães, e livros mentirosos — rosnou o sr. Grimwig. — Eu sempre soube disso. Por que você não ouviu o meu conselho desde o início? Você teria me dado ouvidos, se ele não tivesse tido a tal febre, não foi? Ah, que interessante! Bah!

O sr. Grimwig atiçou o fogo com um floreio.

— Ele era um menino carinhoso, agradecido e gentil, senhor — retrucou a sra. Bedwin, indignada. — Eu sei como as crianças são, senhor, cuido delas há quarenta anos, e pessoas que não podem dizer o mesmo, não deveriam dizer nada sobre crianças. Essa é a minha opinião!

Esse foi um duro golpe no sr. Grimwig, que era solteiro. Como isso não suscitou nada da parte do cavalheiro além de um sorriso, a velha senhora lançou a cabeça para trás, e alisava o avental para dizer outra coisa, quando foi interrompida pelo sr. Brownlow.

— Silêncio! — disse o velho cavalheiro, fingindo uma raiva que estava longe de sentir. — Não quero nunca mais ouvir o nome do menino. Chamei só para lhe dizer isso. Jamais. Jamais, sob hipótese alguma, não se esqueça! Pode sair, sra. Bedwin. Lembre-se! Estou falando sério.

Foi uma noite de corações tristes na casa do sr. Brownlow.

O coração de Oliver afundava dentro de si, quando pensava em seus bons amigos; ainda bem que ele não ficou sabendo do que eles haviam ouvido a seu respeito, ou seu peito teria explodido de uma vez.

18.
Como Oliver passou seu tempo na edificante companhia de seus respeitáveis amigos

No dia seguinte, por volta do meio-dia, quando o Esquivador e o jovem sr. Bates já haviam saído para perfazer seus passatempos costumeiros, o sr. Fagin aproveitou a oportunidade para fazer uma longa preleção sobre o gritante pecado da ingratidão, do qual ele claramente demonstrou ter sido culpado, em grau extraordinário, ao voluntariamente se ausentar da sociedade de seus amigos aflitos e, ainda mais, ao tentar escapar depois de tantos trabalhos e custos incorridos em sua recuperação. O sr. Fagin pôs grande ênfase no fato de que ele havia acolhido Oliver, e cuidado dele, quando, sem seu oportuno auxílio, talvez tivesse perecido de fome; e relatou a história melancólica e comovente de um jovem rapaz a quem ele, em sua filantropia, havia socorrido sob circunstâncias paralelas, mas que, provando-se indigno de sua confiança e demonstrando o desejo de se comunicar com a polícia, infelizmente acabara sendo enforcado no Old Bailey uma manhã. O sr. Fagin não tentou esconder sua parte na catástrofe, mas lamentou com lágrimas nos olhos que o comportamento equivocado e traiçoeiro do jovem em questão tivesse tornado necessário que ele viesse a ser vítima de certas evidências apresentadas à Coroa, as quais, ainda que não fossem exatamente verdadeiras, eram indispensáveis à segurança dele (sr. Fagin), e de alguns amigos seletos. O sr. Fagin concluiu traçando um retrato um tanto desagradável dos incômodos do enforcamento e, com grande amabilidade e polidez em seus modos, expressou ansiosa esperança de que jamais fosse obrigado a submeter Oliver Twist àquela aborrecida operação.

O sangue do pequeno Oliver gelou nas veias, quando ouviu essas palavras do judeu, e imperfeitamente compreendeu as ameaças obscuras que continham. Que era possível até para a justiça confundir o inocente com o culpado quando acidentalmente se encontrassem em companhia, ele já sabia; e que planos profundamente elaborados para a destruição de pessoas inconvenientemente informadas ou excessivamente comunicativas já haviam sido traçados e executados pelo judeu em mais de uma ocasião, ele percebeu que não seriam nada improváveis, quando se lembrou da natureza geral das altercações entre o cavalheiro e o sr. Sikes, que pareciam se referir a alguma conspiração passada desse tipo. Ao olhar timidamente para cima, e deparar com o olhar inquisitivo do judeu, ele sentiu que seu rosto pálido e suas pernas bambas não passavam despercebidas nem desapreciadas por aquele velho cavalheiro desconfiado.

O judeu, com um sorriso hediondo, deu um tapinha na cabeça de Oliver, e disse que, se ele ficasse quieto, e se dedicasse aos negócios, tinha certeza de que ainda poderiam ser grandes amigos. Então, pegando o chapéu, e cobrindo-se com um velho sobretudo remendado, ele saiu, e trancou a porta atrás de si.

E assim Oliver ficou todo aquele dia, e a maior parte dos muitos dias seguintes, sem ver ninguém, do comecinho da manhã até meia-noite, deixado sozinho durante longas horas para comungar com os próprios pensamentos. Os quais, sem nunca deixar de retornar a seus bondosos amigos, e à opinião que já deviam ter formado sobre ele há muito tempo, eram realmente tristes.

Por volta de uma semana depois, o judeu deixou a porta destrancada e ele teve liberdade de andar pela casa.

Era um lugar muito sujo. Os cômodos do andar de cima tinham lareiras altas e portas enormes, com paredes revestidas com painéis de madeira, até o teto, e cornijas; que, embora estivessem negras de abandono e poeira, eram ornamentadas de muitas formas. Por todos esses sinais, Oliver concluiu que, muito tempo atrás, antes que o velho judeu sequer houvesse nascido, a casa já tivera donos melhores, e talvez tivesse sido bastante alegre e bonita até, por mais melancólica e horrenda que parecesse agora.

As aranhas haviam construído suas teias nos ângulos das paredes e tetos; e algumas vezes, quando Oliver entrava devagar em um ambiente, os camundongos fugiam correndo pelo chão, e voltavam aterrorizados para seus buracos. Com essas exceções, não havia sinal ou som de nenhuma outra criatura viva ali; e muitas vezes, quando anoitecia, e ele se cansava de perambular por aqueles recintos, ele se agachava no canto do corredor junto à porta da rua, para estar o mais perto possível de pessoas vivas, e ali ficava, ouvindo e contando as horas, até que o judeu ou os meninos voltassem.

Em todos os cômodos, as persianas emboloradas estavam bem fechadas, as barras que as sustinham eram aparafusadas na madeira, a única luz admitida, furtivamente espreitava por furos redondos no alto, o que só tornava aqueles lugares ainda mais soturnos, e mais cheios de sombras estranhas. Havia nos fundos uma janela com recesso profundo e barras enferrujadas por fora, mas sem persianas, e por ela Oliver costumava contemplar com rosto melancólico por horas a fio, mas nada podia se divisar dali além de uma massa confusa e amontoada de telhados de casas, chaminés enegrecidas, e torreões. Às vezes, na verdade, aparecia uma cabeça grisalha, espiando por cima da empena de uma casa distante, mas ela logo se retirava e, como a janela do observatório de Oliver tinha por fora tábuas pregadas, e vidros que ficaram opacos por anos de chuva e fumaça, isso era o máximo que ele conseguia discernir das formas dos diferentes objetos ao longe, sem arriscar ser visto ou ouvido — o que era tão provável de acontecer, quanto se ele morasse no domo da catedral de St. Paul.

Uma tarde, o Esquivador e o jovem sr. Bates tendo compromissos fora aquela noite, o primeiro calhou de extravasar certa preocupação ornamental consigo mesmo (justiça seja feita, essa não era de modo algum uma fraqueza habitual sua) e, com tal fim e intuito, condescendentemente, ele mandou Oliver ajudá-lo em sua toalete, imediatamente.

Oliver ficou contente demais por ser útil, feliz demais por ter algum rosto, ainda que mau, para olhar; desejoso demais de se conciliar com aqueles à sua volta sempre que honestamente possível, para opor qualquer objeção a tal proposta. De modo que ele logo expressou sua prontidão e, ajoelhando-se no chão, enquanto o Esquivador sentava na mesa para conseguir pôr os pés em seu colo, ele se empenhou em um processo que o sr. Dawkins designava "laquear as ferraduras". A expressão, traduzida em idioma corrente, significava limpar as botas.

Fosse pela sensação de liberdade e independência que um animal racional supostamente possa ter quando se senta em uma mesa sossegadamente fumando cachimbo, balançando a perna descuidadamente, enquanto suas botas são limpas, sem sequer se dar ao trabalho de tirá-las, nem a perspectiva da angústia de precisar calçá-las depois, para perturbar suas reflexões, ou pela gostosura do tabaco que suavizava os sentimentos do Esquivador, ou a moleza da cerveja que relaxava seus pensamentos, ele estava evidentemente imbuído, por ora, de uma dose de romance e entusiasmo, estranhos à sua natureza geral. Ele olhou para Oliver ali abaixado, com semblante pensativo, por um breve momento; e então, erguendo a cabeça, soltando um suspiro delicado, disse, um pouco alheio, um pouco para o jovem sr. Bates:

— Pena que esse aí não é malandro!

— Ah! — disse o jovem senhor Charles Bates. — Ele não sabe o que é bom.

O Esquivador tornou a suspirar, e retomou seu cachimbo, assim como Charley Bates. Ambos fumaram, por alguns segundos, em silêncio.

— Imagino que você nem saiba o que é malandro, não é? — disse pesarosamente o Esquivador.

— Acho que sei — respondeu Oliver, erguendo os olhos. — É um la... Você é, não é? — indagou Oliver, contendo-se a tempo.

— Sou — respondeu o Esquivador. — Eu detestaria ser qualquer outra coisa.

O sr. Dawkins deu um tapa feroz na aba do chapéu, depois de externar tal sentimento, e olhou para o jovem sr. Bates, como se o desafiasse a discordar.

— Eu sou — repetiu o Esquivador. — Assim como o Charley. Assim como o Fagin. Assim como o Sikes. Assim como a Nancy. Assim como a Bet. Assim como somos todos nós, até o cachorro. E ele é o mais baixo da hierarquia!

— E o menos dedo-duro — acrescentou Charley Bates.

— Ele nunca vai latir no banco das testemunhas, com medo de se comprometer, não, nem que você amarre ele lá, e deixe ele quinze dias sem comer — disse o Esquivador.

— Sem nada — observou Charley.

— Ele é um cachorro esquisito. Ele não fica bravo com qualquer desconhecido que dá uma gargalhada ou canta quando ele está junto! — prosseguiu o Esquivador. — Não rosna quando ouve violino! E não odeia todos os cachorros que não são da mesma raça! Ah, não!

— Ele é um verdadeiro cristão — disse Charley.

Isso foi dito meramente como tributo às qualidades do animal, mas era uma observação apropriada também em outro sentido, sem que o jovem sr. Bates soubesse; pois existem damas e cavalheiros, que se dizem verdadeiros cristãos, entre os quais se encontram pontos de semelhança fortes e singulares com o cachorro do sr. Sikes.

— Ora, ora — disse o Esquivador, retomando do ponto em que haviam se desviado, com aquela consciência de seu ofício que influenciava todos os seus procedimentos. — Mas isso não tem nada a ver com o jovem Novato aqui.

— Não tem mais — disse Charley. — Por que você não se submete logo ao Fagin, Oliver?

— E por que não quer fazer fortuna com as próprias mãos? — acrescentou o Esquivador, com um sorrisinho.

— E assim poderá se aposentar em sua propriedade, e bancar o barão, como eu pretendo fazer, daqui quatro anos, bissextos, ou na quadragésima-segunda terça-feira santa que vem — disse Charley Bates.

— Não me agrada — respondeu Oliver, timidamente. — Queria que me deixassem ir embora. Eu... eu... preferiria ir embora.

— E o Fagin *preferiria* não deixar! — retomou Charley.

Oliver sabia muito bem disso; mas pensando que seria perigoso expressar seus sentimentos mais abertamente, ele apenas suspirou, e continuou limpando as botas.

— Vamos! — exclamou o Esquivador. — Ora, onde está sua alma? Você não tem nenhum amor próprio? Você prefere ir e depender dos outros?

— Ah, danem-se os outros! — disse jovem sr. Bates, tirando dois ou três lenços de seda do bolso, e enfiando-os em um armário. — É muita maldade, isso sim.

— *Eu* não seria capaz de fazer uma coisa dessas — disse o Esquivador, com um ar de arrogante desprezo.

— Mas você foi capaz de abandonar seus amigos — disse Oliver com um meio sorriso — e deixar que fossem punidos pelo que você fez.

— Isso — retomou o Esquivador, balançando o cachimbo — foi em consideração ao Fagin, porque os canas sabem que nós trabalhamos juntos, e ele podia se enrascar se não tivéssemos fugido. Foi ou não foi, Charley?

O jovem sr. Bates assentiu, e teria falado, mas a lembrança da fuga de Oliver lhe voltou tão subitamente, que a fumaça que ele inalava se emaranhou com a risada, e lhe subiu à cabeça, e desceu pela garganta, trazendo um acesso de tosse e batidas de pé, que durou cerca de cinco minutos.

— Escute aqui! — disse o Esquivador, sacando um punhado de xelins e centavos. — Essa é a boa vida! Que importância tem de onde vem? Aqui está, pegue. Há muito mais de onde veio isso. Não quer, não é? Ah, seu idiota exigente!

— É errado, não é mesmo, Oliver? — indagou Charley Bates. — Esse vai acabar sendo esganado, não vai?

— Eu não sei o que isso quer dizer — respondeu Oliver.

— É mais ou menos o seguinte, meu velho — disse Charly.

Enquanto falava, o jovem sr. Bates pegou a ponta do lenço que usava no pescoço e, esticando-a para cima, deixou cair a cabeça sobre o ombro, fazendo um som curioso com os dentes, indicando, assim, com animada representação pantomímica, que esganado e enforcado eram a mesmíssima coisa.

— É isso que quer dizer — disse Charley. — Olha só a cara que ele fez, Jack! Nunca vi um sujeito como esse menino; ele vai acabar me matando, tenho certeza.

O jovem sr. Charley Bates, depois de gargalhar vigorosamente outra vez, continuou a tragar seu cachimbo com lágrimas nos olhos.

— Você foi mal-acostumado — disse o Esquivador, examinando as botas com muita satisfação, depois que Oliver as lustrara. — Mas Fagin vai saber usar você de algum modo, ou você será o primeiro em todos os tempos a se revelar não-lucrativo. É melhor você começar a aprender, pois estará no negócio muito antes do que imagina, e você só está perdendo tempo, Oliver.

O jovem sr. Bates corroborou esse conselho com diversas advertências morais de sua própria lavra, que, uma vez exaurida, ele e o amigo, sr. Dawkins, passaram a uma cintilante descrição dos numerosos prazeres incidentais da vida que levavam, salpicados de diversas sugestões para Oliver de que a melhor coisa que ele podia fazer seria conquistar as graças e os favores de Fagin sem mais delongas, com os mesmos recursos que eles haviam empregado para obtê-los.

— E sempre tenha no seu cachimbo o seguinte, Nolly — disse o Esquivador, quando ouviu que o judeu abrira a porta no andar de cima —, se você não arranjar faixa e cebolão...

— De que adianta falar assim? — interveio o jovem sr. Bates. — Ele nem sabe o que é isso.

— Se você não roubar lenço e relógio — disse o Esquivador, rebaixando sua conversa ao nível da capacidade de Oliver —, outro malandro o fará. De modo que os malandros que não fizerem ficarão na pior, e você também vai ficar, e ninguém ficará por cima, além dos malandros que fizeram... e você tem tanto direito a essas coisas quanto eles.

— Sem dúvida, sem dúvida! — disse o judeu, que entrara sem ser notado por Oliver. — É tudo muito simples, meu caro, muito simples, pode acreditar no que o Esquivador está dizendo. Hahaha! Ele conhece o catecismo do ofício.

O velho esfregou as mãos alegremente, ao corroborar o argumento do Esquivador naqueles termos, e gargalhou satisfeito com a eloquência de seu pupilo.

A conversa não avançou muito dessa vez, pois o judeu havia voltado para casa acompanhado da srta. Betsy, e um cavalheiro que Oliver nunca tinha visto antes, mas que foi abordado pelo Esquivador como Tom Chitling e que, tendo se demorado na escada para trocar galantarias com a dama, só então fez sua entrada.

O sr. Chitling era mais velho em anos que o Esquivador, tendo talvez seus dezoito invernos nas costas, mas havia um grau de deferência em sua atitude em relação ao jovem cavalheiro que parecia indicar que ele se sentia consciente de uma ligeira inferioridade em termos de gênio e habilidades profissionais. Ele tinha olhinhos brilhantes, e o rosto marcado pela varíola; usava um chapéu de pele, um paletó escuro de veludo, calças ensebadas de fustão, e um avental. Seu guarda-roupa era, a bem da verdade, um tanto desmazelado; mas ele pediu desculpas ao grupo dizendo que "naquele momento" fazia apenas uma hora que ele tinha sido solto; e que, em consequência de ter usado uniforme pelas últimas seis semanas, não tivera oportunidade de dedicar nenhuma atenção à própria vestimenta. O sr. Chitling acrescentou, com fortes indícios de irritação, que o novo modo de fumigar as roupas ia além de ser infernalmente inconstitucional, pois queimava e abria buracos no tecido, e que não havia o que fazer contra o Condado. A mesma observação, ele considerava se aplicar ao corte de cabelo regulamentar, que ele julgava decididamente ilegal. O sr. Chitling arrematou suas observações afirmando que não havia tocado em uma gota sequer de nada durante longos e edificantes 42 dias de trabalho e que ele "queria morrer preso se não estava seco feito um cesto de limões".

— De onde você acha que esse cavalheiro acabou de sair, Oliver? — indagou o judeu, com um sorrisinho, enquanto os outros meninos punham uma garrafa de aguardente sobre a mesa.

— Eu... eu... eu... não sei, senhor — respondeu Oliver.

— Quem é esse aí? — indagou Tom Chitling, lançando um olhar de desdém para Oliver.

— Um jovem amigo meu, meu caro — respondeu o judeu.

— Sorte dele — disse o rapaz, com um olhar sugestivo para Fagin.

— Não importa de onde eu saí, rapazinho. Você vai acabar se encaminhando para lá, muito em breve, aposto uma moeda de ouro!

Diante dessa provocação, os meninos deram risada. Depois de mais algumas piadas com o mesmo tema, eles trocaram alguns breves sussurros com Fagin e se retiraram.

Após algumas palavras avulsas entre o último a chegar e Fagin, eles aproximaram as cadeiras do fogo; e o judeu, dizendo a Oliver para vir se sentar perto de si, conduziu a conversa para assuntos mais calculados para o interesse de seus ouvintes. A saber, as grandes vantagens do ofício, a competência do Esquivador, a amabilidade de Charley Bates, e a generosidade do próprio judeu. Por fim, esses assuntos deram sinais de terem sido completamente esgotados; e o sr. Chitling, idem, pois o reformatório se torna fatigante depois de uma ou duas semanas. Nesse sentido, a srta. Betsy se retirou e deixou o grupo descansar.

Desse dia em diante, Oliver raramente era deixado sozinho, mas era colocado em comunicação quase constante com os dois meninos, que faziam a velha brincadeira com o judeu todos os dias, fosse para seu próprio aprimoramento, fosse para o de Oliver, só o sr. Fagin sabia. Outras vezes, o velho lhes contava histórias de roubos que havia cometido em sua juventude, mescladas com tanta coisa engraçada e curiosa, que Oliver não podia evitar de rir abertamente, demonstrando que estava se divertindo apesar de seus sentimentos mais elevados.

Em suma, o astuto velho judeu tinha o menino sob suas garras. Depois de preparar sua mente, com a solidão e a melancolia, levando-o a preferir qualquer convívio à companhia dos próprios pensamentos tristes naquele lugar sombrio, ele estava agora lentamente instilando em sua alma o veneno que esperava ser capaz de enegrecê-la, e transformar sua tonalidade para sempre.

19.
No qual um plano notável é discutido e decidido

Fazia uma noite fria, úmida e com muito vento, quando o judeu, abotoando o sobretudo sobre o corpo enrugado, e puxando a gola sobre as orelhas de modo a obscurecer a parte de baixo do rosto, emergiu de seu antro. Ele parou na escada da entrada, esperando a porta ser trancada com corrente por dentro e, prestando atenção ao som dos meninos que a fechavam até seus passos irem se afastando e ficando inaudíveis, desceu a rua o mais depressa que podia.

A casa à qual Oliver havia sido trazido ficava no bairro de Whitechapel. O judeu parou por um instante na esquina e, olhando desconfiadamente para os lados, atravessou a rua, e tomou a direção de Spitalfields.

Havia grossa lama acumulada nas pedras, e uma neblina negra pairava sobre as ruas; a chuva caía com indolência, e tudo parecia frio e viscoso ao toque. Parecia a noite perfeita para alguém como aquele judeu sair de casa. Enquanto deslizava furtivamente, esgueirando-se sob o abrigo dos muros e das entradas, o velho hediondo parecia uma espécie de réptil repulsivo, nascido do lodo e da treva em que se movia, arrastando-se, à noite, em busca de vísceras apetitosas para se alimentar.

Ele manteve seu trajeto, através de muitas vielas tortuosas e estreitas, até chegar a Bethnal Green; então, virando-se subitamente para a esquerda, logo foi envolvido em um labirinto de ruas sórdidas e sujas que abundam naquele bairro fechado e densamente povoado.

O judeu evidentemente era bastante familiarizado com o terreno para se espantar, fosse com a escuridão da noite, fosse com as reentrâncias do caminho intrincado. Ele seguiu às pressas por diversos becos e ruelas, e por fim virou em um, iluminada por um único lampião na outra extremidade. Na porta de uma casa nessa rua, ele bateu; depois de trocar algumas palavras murmuradas com a pessoa que a abriu, ele entrou e subiu a escada.

Um cachorro rosnou assim que ele tocou a maçaneta de uma porta; e uma voz de homem perguntou quem era.

— Vim sozinho, Bill. Sou eu, meu caro — disse o judeu olhando para dentro.

— Pois então entre logo — disse Sikes. — Senta, seu bicho estúpido! Você não está reconhecendo o diabo porque está de sobretudo?

Aparentemente, o cachorro havia sido enganado pelo casaco do sr. Fagin; pois, quando o judeu o desabotoou, e o atirou nas costas de uma cadeira, ele se retirou para o canto de onde havia saído, balançando o rabo no caminho, para mostrar que estava satisfeito, como era natural que estivesse.

— Bem! — disse Sikes.

— Bem, meu caro — respondeu o judeu. — Ah! Nancy.

O reconhecimento desta última foi proferido com o suficiente de constrangimento para sugerir uma dúvida quanto a sua recepção; pois o sr. Fagin e sua jovem amiga não haviam se encontrado desde que ela intercedera a favor de Oliver. Todas as dúvidas sobre esse assunto, se ele ainda tinha alguma, foram rapidamente removidas pela atitude da moça. Ela retirou os pés do aparador, afastou a cadeira, e pediu que Fagin aproximasse a sua, sem falar mais nada, pois fazia uma noite fria, sem dúvida.

— Está mesmo frio, querida Nancy — disse o judeu, aquecendo as mãos ossudas diante do fogo. — Parece que o frio até atravessa a gente — agregou o velho, tocando a cintura.

— Deve estar uma verdadeira verruma, se conseguiu atravessar o seu coração — disse o sr. Sikes. — Dê logo algo para ele beber, Nancy. Diabos, depressa com isso! Já não basta deixar a pessoa doente, ainda temos que ver sua velha carcaça tremendo desse jeito, parece um fantasma horroroso que saiu da sepultura.

Nancy rapidamente trouxe uma garrafa do armário, no qual havia muitas, que, a julgar pela diversidade da aparência, estavam cheias de vários tipos de líquidos. Sikes serviu uma taça de conhaque e mandou o judeu beber tudo de uma vez.

— Já está bom, está ótimo, obrigado, Bill — respondeu o judeu, depondo a taça depois de provar brevemente.

— O que foi?! Está com medo de lhe passarmos a perna, é isso? — indagou Sikes, fixando os olhos no judeu. — Ugh!

Com um grunhido ríspido de desdém, o sr. Sikes recolheu a taça, e jogou o resto do conteúdo nas brasas, como uma cerimônia preparatória antes de enchê-la de novo para si mesmo, o que ele fez em seguida.

O judeu olhou para os lados, enquanto seu companheiro bebia a segunda taça, não com curiosidade, pois ele vira aquilo muitas vezes antes, mas do modo inquieto e desconfiado que era o seu habitual. Era um apartamento mal mobiliado, apenas com o conteúdo suficiente para induzir a crença de que seu morador fosse um trabalhador; e sem nenhum item suspeito exposto à vista além dos dois ou três pesados porretes encostados em um canto, e um cassetete "salva-vidas" pendurado na parede acima do aparador.

— Pronto — disse Sikes, estalando os lábios. — Agora estou pronto.

— Aos negócios? — indagou o judeu.

— Aos negócios — respondeu Sikes. — Diga logo o que você tinha para dizer.

— Sobre o esquema em Chertsey, Bill? — disse o judeu, aproximando a cadeira, e falando em voz muito baixa.

— Sim. O que tem isso? — indagou Sikes.

— Ah! Você sabe, meu caro — disse o judeu. — Ele sabe o que eu quero dizer, não sabe, Nancy?

— Não, ele não sabe — zombou Sikes. — Ou ele não quer saber, o que dá na mesma. Diga logo, e fale claramente; não fique aí sentado, piscando e revirando os olhos, e conversando em códigos, como se não tivesse sido você quem me ensinou a roubar. O que você quer dizer?

— Fala baixo, Bill, fala baixo! — disse o judeu, que havia tentado em vão deter seu acesso de indignação. — Alguém pode nos ouvir, meu caro. Alguém vai acabar escutando.

— Deixe que escutem! — disse Sikes. — Não me importo.

Mas como, pensando melhor, o sr. Sikes, sim, se importava, ele baixou a voz e falou devagar, e ficou mais calmo.

— Pronto, pronto — disse o judeu, como incentivo. — Só por precaução minha, nada além disso. Agora, meu caro, quanto ao esquema em Chertsey; quando será feito, Bill? Só me diga quando vai ser. Que banquete, meu caro, que banquete! — disse o judeu, esfregando as mãos, e erguendo as sobrancelhas em um arrebatamento de expectativa.

— Não vai ser — respondeu Sikes friamente.

— Não vai ser nunca?! — ecoou o judeu, recostando-se na cadeira.

— Não, nunca — retrucou Sikes. — Pelo menos, não segundo aquele esquema, como nós queríamos que fosse.

— Quer dizer que não saiu conforme o planejado — disse o judeu, ficando pálido de raiva. — Nem me fale!

— Mas eu vou contar — retrucou Sikes. — Quem é você para ser poupado dos fatos? Acontece que o Toby Crackit já vem rondando o lugar há duas semanas, e não está conseguindo arregimentar a criadagem.

— Você está me dizendo, Bill — disse o judeu, esfriando a cabeça enquanto o outro esquentava — que nenhum dos dois homens na casa se passaram para o nosso lado?

— Sim, é isso que estou dizendo — respondeu Sikes. — A velha já está com eles há vinte anos, e nem que você pague quinhentas libras, eles não vão entrar no esquema.

— Mas você quer dizer, meu caro — insistiu o judeu —, que nem as empregadas foram persuadidas?

— Nenhuma — respondeu Sikes.

— Nem pelo elegante Toby Crackit? — disse o judeu incrédulo. — Lembre-se do que são as mulheres, Bill.

— Não, nem mesmo pelo elegante Toby Crackit — respondeu Sikes. — Ele diz que usou suas suíças postiças, e o colete amarelo-canário, todo esse bendito tempo em que tem rondado a região, e não adiantou nada.

— Ele devia ter tentado o bigode e a calça militar, meu caro — disse o judeu.

— Pois ele tentou — retomou Sikes —, e foram tão inúteis quanto os outros adereços.

O judeu pareceu infenso a essa informação. Depois de ruminar alguns minutos com o queixo afundado no peito, ele ergueu a cabeça e disse, com um suspiro profundo, que, se o elegante Toby Crackit tinha razão, ele receava que o esquema estivesse cancelado.

— E, no entanto — disse o velho, largando as mãos sobre os joelhos —, é triste, meu caro, perder tanto depois de nos dedicarmos a esse caso.

— É mesmo — disse o sr. Sikes. — É muito azar!

Seguiu-se um longo silêncio; durante o qual o judeu mergulhou em profundos pensamentos, com seu rosto enrugado expressando uma vilania perfeitamente demoníaca. Sikes olhava de quando em quando furtivamente para ele. Nancy, aparentemente temendo irritar o ladrão, sentou-se com os olhos fixos no fogo, como se fosse surda a tudo o que se passava.

— Fagin — disse Sikes, abruptamente rompendo a quietude predominante —, valeria mais cinquenta pratas, se, com segurança, fosse um trabalho externo?

— Sim — disse o judeu, subitamente animado.

— Ainda sairia barato? — indagou Sikes.

— Sim, meu caro, sairia — acrescentou o judeu, seus olhos brilhando, e cada músculo de seu rosto se movendo, com a excitação que a pergunta suscitara.

— Então — disse Sikes, empurrando para o lado a mão do judeu, com certo desdém —, podemos fazer quando você quiser. Toby e eu pulamos o muro do jardim anteontem à noite, sondando a madeira da porta e das janelas. À noite tudo é fechado com barras, como uma cadeia, mas descobrimos uma brecha por onde podemos entrar, segura e silenciosamente.

— Qual é essa brecha, Bill? — perguntou o judeu avidamente.

— Ora — sussurrou Sikes —, assim que você atravessa o gramado...

— Sim? — disse o judeu, inclinando a cabeça para a frente, com os olhos quase saltando das órbitas.

— Humph! — exclamou Sikes, interrompendo-se de repente, quando a garota, que mal mexia a cabeça, olhou subitamente para o lado, e apontou por um instante para o judeu. — Não importa onde está a brecha. Sei que você não conseguiria fazer isso sem mim, mas é melhor tomar cuidado ao lidar com você.

— Como você preferir, meu caro, como quiser — respondeu o judeu. — Vai precisar de mais ajuda, além de você e do Toby?

— Não — disse Sikes. — Só preciso de uma broca e de um menino. A primeira nós temos; o segundo, você vai ter que arranjar.

— Um menino! — exclamou o judeu. — Ah! Quer dizer que é um painel de madeira?

— Não importa o que é! — respondeu Sikes. — Preciso de um menino, e ele não pode ser graúdo. Jesus! — disse o sr. Sikes, reflexivamente. — Se eu tivesse aquele garotinho do Ned, o limpador de chaminé! Ele não deixou o menino crescer de propósito, e o pequeno só saía para trabalhar. Mas o pai acabou preso, aí o Conselho Tutelar entrou em cena, e tirou o menino de um serviço em que ele estava ganhando dinheiro, e resolveu ensiná-lo a ler e a escrever, e com o tempo fez dele um aprendiz. E se eles continuarem assim — disse o sr. Sikes, com sua ira aumentando com a recordação daquelas injustiças —, se eles continuarem assim, se esses meninos conseguirem ganhar dinheiro suficiente (e, graças a Deus, eles não conseguem), não teremos meia dúzia de meninos no ramo dentro de um ou dois anos.

— Não teremos mesmo — concordou o judeu, que ficara pensando durante esse discurso, e só ouvira a última frase. — Bill!

— O que foi? — indagou Sikes.

O judeu meneou a cabeça em direção a Nancy, que continuava contemplando o fogo, e sugeriu, por um sinal, que preferia que ela saísse da sala. Sikes deu de ombros impacientemente, como se julgasse a precaução desnecessária, mas acatou, não obstante, pedindo à srta. Nancy que fosse buscar um jarro de cerveja.

— Você não quer cerveja — disse Nancy, cruzando os braços, e continuando calmamente no mesmo lugar.

— Estou falando que eu quero! — respondeu Sikes.

— Bobagem — retrucou a garota com desembaraço. — Vamos, Fagin. Eu sei o que ele vai dizer, Bill. Não precisa se preocupar comigo.

O judeu continuou hesitante. Sikes olhou de um para o outro, com certa surpresa.

— Ora, você não está preocupado com a nossa jovem veterana, não é, Fagin? — perguntou por fim. — Você já a conhece há tempo suficiente para confiar nela, com mil diabos. Ela não é nenhuma dedo-duro. É, Nancy?

— *Eu* diria que não! — respondeu a moça, aproximando sua cadeira da mesa, e apoiando nela os cotovelos.

— Não, não, minha querida, você não é mesmo — disse o judeu —, mas...

Mais uma vez o velho fez uma pausa.

— Mas o quê? — indagou Sikes.

— Eu não sabia se ela ainda estava, talvez, você sabe, meu caro, como ela ficou aquela vez — respondeu o judeu.

Com essa confissão, a srta. Nancy explodiu em uma alta gargalhada; e, engolindo uma taça de conhaque, balançou a cabeça com ar de desafio, e explodiu em várias exortações do tipo "Não deixemos cair a peteca!" e "Render-se jamais!", entre outras. Essas frases pelo visto tiveram o efeito de reconfortar ambos os cavalheiros, pois o judeu assentiu com ar satisfeito, e retomou sua cadeira, assim como o sr. Sikes.

— Agora, Fagin — disse Nancy com um sorriso. — Diga logo ao Bill, sobre o Oliver!

— Ha! Como você é esperta, minha querida: a garota mais sagaz que eu já conheci! — disse o judeu, dando um tapinha na nuca da moça. — Era *justamente* sobre o Oliver que eu ia falar, sem dúvida. Hahaha!

— O que tem ele? — questionou Sikes.

— Ele é o menino certo para você, meu caro — respondeu o judeu com um sussurro rouco, pousando o dedo ao lado do nariz, e rindo assustadoramente.

— Será?! — exclamou Sikes.

— Fique com ele, Bill! — disse Nancy. — Eu ficaria, se fosse você. Ele pode não ser muito animado, como os outros; mas não é isso que você quer, se ele só precisa abrir uma porta por dentro para você. Pode apostar que ele é o mais seguro, Bill.

— Eu sei disso — reforçou Fagin. — Ele tem sido muito bem treinado nas últimas semanas, e está na hora de ele trabalhar pelo pão de cada dia. Além disso, os outros já são grandes demais.

— Bem, ele é do tamanho perfeito para o que eu preciso — disse o sr. Sikes, ruminando.

— E ele fará tudo o que você quiser, Bill, meu caro — interveio o judeu. — É algo mais forte do que ele. Isto é, se você o apavorar o suficiente.

— Apavorar para quê?! — ecoou Sikes. — Fique sabendo que o medo no caso será real. Se ele se apavorar, quando começar o trabalho, mesmo assim vamos seguir em frente, custe o que custar. Ele não sairá dessa com vida, Fagin. Pense bem, antes de mandá-lo. Escreva o que estou dizendo! — disse o ladrão, avaliando um pé de cabra, que havia retirado de debaixo da cabeceira da cama.

— Eu já pensei tudo que tinha que pensar — disse o judeu com energia. — Eu estou... estou de olho nele, meus caros, bem de perto... bem de perto. Basta fazê-lo sentir que é um de nós, encher a cabeça dele com a ideia de que ele agora é ladrão, e ele será nosso! Nosso para sempre. Ah! Não poderia ter sido melhor!

O velho cruzou os braços na altura do peito e, formando um volume com a cabeça e os ombros, literalmente se abraçou de alegria.

— Nosso... — disse Sikes. — Seu, você quer dizer.

— Talvez, meu caro — disse o judeu com uma gargalhada estridente. — Meu, se você preferir, Bill.

— E por que... — disse Sikes, ralhando ferozmente com seu amigo sorridente — o que faz você se dar a tanto trabalho por um moleque branquelo feito giz, sabendo que há cinquenta meninos rondando Common Garden toda noite, que você podia escolher e pegar à vontade?

— Porque eles não me servem, meu caro — respondeu o judeu, um tanto confuso —, não valem a pena. A aparência deles os entrega, se arranjam problema, e acabo perdendo todos eles. Com esse menino, devidamente manejado, meus caros, eu posso fazer coisas que não faria com vinte desses outros. Além do mais — disse o judeu, recobrando o autocontrole —, no momento, se ele fugir de novo, estaremos na mão dele, portanto ele tem que estar no nosso barco. Não importa como ele se envolva; para ter poder sobre ele, para mim, basta que ele esteja envolvido em um roubo, é só isso que eu quero. Ora, é ainda melhor do que nos livrar do pobre garotinho... o que seria perigoso, e acabaríamos no prejuízo além de tudo.

— Quando vai ser? — perguntou Nancy, detendo uma exclamação turbulenta da parte do sr. Sikes, expressiva do asco com que ele recebeu a fingida humanidade de Fagin.

— Ah, sem dúvida — disse o judeu —, quando vai ser, Bill?

— Marquei com o Toby para depois de amanhã à noite — emendou Sikes com voz grosseira —, se eu não mandar cancelar até lá.

— Ótimo — disse o judeu. — Será lua nova.

— Exato — respondeu Sikes.

— Já está tudo combinado sobre o transporte da carga? — perguntou o judeu.

Sikes assentiu.

— E quanto à...

— Oh, ah, está tudo planejado — insistiu Sikes, interrompendo-o. — Não se preocupe com os detalhes. É melhor você trazer o menino amanhã à noite. De madrugada estarei com a pedra. Aí você fica de bico calado, deixa o caldeirão no fogo, e é só isso que você tem que fazer.

Depois de alguma discussão, em que os três tiveram participação ativa, foi decidido que Nancy iria à casa do judeu no final da tarde seguinte, assim que escurecesse, e levaria Oliver de volta consigo; Fagin astutamente comentando que, ainda que o menino manifestasse alguma objeção à tarefa, ao menos estaria mais disposto a acompanhar a garota que recentemente interferiu a seu favor, do que qualquer outra pessoa. Também ficou solenemente acertado que o pobre Oliver, visando à contemplada expedição, ficaria consignado exclusivamente aos cuidados e à custódia do senhor William Sikes; e, além disso, que o referido Sikes deveria lidar com o menino como bem lhe aprouvesse e não seria considerado responsável, pelo judeu, por nenhum infortúnio ou desgraça que talvez necessariamente lhe ocorresse, ficando compreendido que, para fazer valer o contrato nesse ponto, qualquer queixa apresentada pelo sr. Sikes na volta deveria ser confirmada e corroborada, em todos os detalhes importantes, pelo testemunho do elegante Crackit.

Acertadas essas preliminares, o sr. Sikes passou a beber conhaque em um ritmo furioso, e a balançar o pé de cabra de modo alarmante; aos berros, ao mesmo tempo, dos trechos menos melodiosos de algumas canções, mesclados de selvagens execrações. Por fim, em um surto de entusiasmo profissional, ele insistiu em mostrar sua caixa de ferramentas de ladrão, na qual tropeçara, e que abrira no intuito de explicar a natureza e as propriedades dos vários implementos que continha, e a beleza peculiar de sua construção, mas acabou caindo em cima da caixa, e ali mesmo adormeceu.

— Boa noite, Nancy — disse o judeu, cobrindo-se inteiro como antes.

— Boa noite.

Os olhos deles se encontraram, e o judeu a inspecionou, minuciosamente. A garota nem piscou. Ela era tão genuína e dedicada a seu ofício quanto Toby Crackit.

O judeu se despediu dela mais uma vez, e desferindo um chute maldoso na forma prostrada do sr. Sikes quando ela estava de costas, desceu tateante as escadas.

"É sempre assim!", murmurou consigo o judeu no caminho de volta. "O pior dessas mulheres é que uma coisinha dessas basta para evocar sentimentos há muito tempo esquecidos; e o melhor dessas mulheres é que esses sentimentos duram pouco. Haha! É o homem contra a criança, em troca de um saco de ouro!"

Matando o tempo com essas reflexões agradáveis, o sr. Fagin seguiu seu caminho, de lama e de lodo, até sua morada sombria, onde o Esquivador estava acordado, impacientemente aguardando seu retorno.

— O Oliver já dormiu? Quero falar com ele — foi seu primeiro comentário ao descer a escada.

— Horas atrás — respondeu o Esquivador, escancarando a porta. — Aí está ele!

O menino estava deitado, em sono profundo, sobre uma cama rústica no chão, tão pálido de angústia e tristeza, e do isolamento de sua prisão, que parecia a morte — não a morte de mortalha e caixão, mas na forma que assume quando a vida acabou de partir, quando um espírito jovem e gentil, um instante antes, voou para o Céu, e o ar grosseiro do mundo não teve tempo de soprar a poeira cambiante que o consagrava.

— Agora não — disse o judeu, virando-se delicadamente. — Amanhã. Amanhã.

20.
Em que Oliver é entregue ao sr. William Sikes

Quando Oliver acordou pela manhã, ele ficou um bocado surpreso ao ver que um novo par de sapatos, com solas grossas e fortes, havia sido colocado ao lado de sua cama e que seus sapatos velhos haviam sido retirados. A princípio, ele ficou contente com a descoberta, na esperança de que aquilo fosse um prenúncio de sua libertação, mas tais pensamentos rapidamente foram desfeitos quando ele se sentou à mesa para o desjejum com o judeu, que lhe disse, com tom e modos que aumentaram sua preocupação, que ele seria levado para a residência de Bill Sikes naquela noite.

— Para... para sempre, senhor? — perguntou Oliver, angustiado.

— Não, não, meu caro. Não é para sempre — respondeu o judeu. — Não queremos perdê-lo. Não tenha medo, Oliver, você vai voltar para cá. Hahaha! Não seríamos cruéis a ponto de mandar você embora, meu caro. Ah, não!

O velho, que estava parado diante do fogo tostando um pedaço de pão, olhava para os lados enquanto brincava dessa maneira com Oliver; e gargalhava, como se quisesse mostrar que sabia que ele ainda ficaria muito contente em fugir se pudesse.

— Imagino — disse o judeu, fixando os olhos em Oliver — que você queira saber o que você vai fazer no Bill, não é, meu caro?

Oliver enrubesceu, involuntariamente, ao perceber que o velho ladrão estava lendo seus pensamentos, mas disse corajosamente que sim, ele queria saber.

— Ora, o que você acha? — indagou Fagin, desviando a pergunta.

— Na verdade, eu não sei, senhor — respondeu Oliver.

— Bah! — disse o judeu, virando-se com uma expressão frustrada decorrente do exame íntimo do semblante do menino. — Então espere o Bill lhe dizer.

O judeu pareceu muito incomodado por Oliver não expressar nenhuma curiosidade sobre o assunto; mas a verdade é que, embora Oliver estivesse muito angustiado, ele estava confuso demais com a astúcia sincera dos olhares de Fagin, e com suas próprias especulações, para fazer mais perguntas naquele momento. Ele não teve nenhuma outra oportunidade, pois o judeu permaneceu muito ríspido e calado até anoitecer, quando ele se preparou para partir.

— Pode acender uma vela — disse o judeu, colocando uma na mesa. — E aqui está um livro para você ler, até virem buscá-lo. Boa noite!

— Boa noite! — respondeu Oliver, suavemente.

O judeu se encaminhou para a porta, olhando por sobre o ombro para o menino no trajeto. Subitamente parando, ele o chamou pelo nome.

Oliver ergueu os olhos; o judeu, apontando para a vela, fez um gesto para que ele a acendesse. Ele a acendeu e, ao colocar o castiçal sobre a mesa, viu que o judeu olhava fixamente para ele, com as sobrancelhas baixas e contraídas, em meio à escuridão do ambiente.

— Preste atenção, Oliver! Preste atenção! — disse o velho, sacudindo a mão direita diante de modo ameaçador. — Ele é um homem bruto, e não tem medo de sangue quando é o dele em questão. Se algo der errado, não diga nada, e faça o que ele mandar. Lembre-se!

Colocando uma forte ênfase na última frase, suas feições aos poucos se converteram em um sorriso macabro, e, balançando a cabeça, ele deixou o recinto.

Oliver apoiou a cabeça na mão quando velho saiu, e pensou, com o coração trêmulo, nas palavras que acabara de ouvir. Quanto mais ele pensava nas advertências do judeu, mais se via perdido quanto ao verdadeiro propósito e ao significado delas.

Ele não conseguia pensar em nada de errado que pudesse estar associado à mudança para a casa de Sikes, que não fosse igualmente bem resolvido por sua permanência com Fagin; e após meditar por um longo tempo, concluiu que teria sido escolhido para algum trabalho doméstico para o ladrão, até que outro menino, mais adequado ao propósito, pudesse ser encontrado. Ele estava acostumado demais ao sofrimento, e sofrera demais onde estava, para lamentar muito a perspectiva de mudança. Ele continuou perdido em pensamentos por alguns minutos; e então, com um suspiro pesado, apagou a vela, e, pegando o livro que o judeu deixara consigo, começou a ler.

Ele passou a folhear o livro. Descuidadamente a princípio; mas, iluminando uma passagem que lhe chamou atenção, ele logo se interessou pelo volume. Era uma história das vidas e dos processos de grandes criminosos; e as páginas estavam sujas e dobradas pelo uso. Ali, ele leu sobre crimes pavorosos que fizeram seu sangue gelar nas veias; sobre assassinatos secretos que haviam sido cometidos na margem das estradas isoladas; sobre corpos escondidos dos olhos dos homens em fossas e poços profundos, que não os deixaram descansar, mesmo lá embaixo, mas que acabaram sendo encontrados, muitos anos depois, e cuja visão havia enlouquecido os assassinos, que em seu horror confessaram a culpa, e clamaram pelo cadafalso para dar fim à sua agonia. Ali também ele leu sobre homens que, deitados em suas camas, na calada da noite, haviam sido tentados (segundo diziam) e levados, por seus próprios maus pensamentos, a tamanho derramamento de sangue, que ele sentiu calafrios, e seus membros estremeceram, só de pensar naquilo. As terríveis descrições eram tão reais e tão vívidas, que as páginas amareladas pareciam se cobrir de vermelho de tanto sangue; e as palavras sobre elas pareciam soar em seus ouvidos, como se fossem sussurradas, em murmúrios graves, pelos espíritos dos mortos.

Em um paroxismo de medo, o menino fechou o livro, e o jogou longe. Então, caindo de joelhos, rezou para que o Céu o poupasse de tais atos; e até preferiu morrer de uma vez, a ser destinado a crimes tão pavorosos e medonhos. Aos poucos, ele ficou mais calmo, e orou, em voz baixa e fraca, para que fosse resgatado dos atuais perigos; e que, se fosse possível algum socorro para um menino pobre e abandonado, que nunca conheceu o amor de amigos ou parentes, ele precisava que viesse agora, pois, desolado e esquecido, estava sozinho em meio à maldade e à culpa.

Ele havia concluído a oração, mas continuava com a cabeça enterrada nas mãos, quando um certo farfalhar o despertou.

— O que foi isso?! — gritou, sobressaltando-se, e avistando um vulto parado na porta. — Quem está aí?

— Sou eu. Vim sozinha — respondeu uma voz trêmula.

Oliver ergueu a vela acima da cabeça e olhou para a porta. Era Nancy.

— Afaste essa vela — disse a garota, virando a cabeça. — Está irritando meus olhos.

Oliver notou que ela estava muito pálida, e delicadamente indagou se ela estava doente. A garota desabou em uma cadeira, de costas para ele, e entrelaçou as mãos, mas não respondeu.

— Deus me livre! — exclamou ela em seguida. — Não tinha pensado nisso.

— Aconteceu alguma coisa? — perguntou Oliver. — Posso ajudar? Se puder, eu ajudo. Eu juro, eu ajudo.

Ela balançou para trás e para a frente, levou as mãos à garganta e, proferindo um som gargarejante, sentiu falta de ar.

— Nancy! — exclamou Oliver. — O que foi?

A garota bateu com as mãos nos joelhos, e com os pés no chão; e, subitamente parando, recobriu-se com o xale e estremeceu de frio.

Oliver atiçou o fogo. Puxando a cadeira para o calor, ela ali se sentou, por um breve momento, sem falar nada; mas por fim ergueu a cabeça, e olhou para os lados.

— Não sei o que me dá às vezes — disse ela, fingindo ocupar-se de ajeitar o vestido. — É esse quartinho sujo e úmido, eu acho. Agora, Nolly, querido, você está pronto?

— Devo ir com você? — perguntou Oliver.

— Sim. Vim a pedido do Bill — respondeu a garota. — É para você vir comigo.

— Para quê? — perguntou Oliver, encolhendo-se.

— Para quê? — ecoou a garota, erguendo os olhos, e desviando-os novamente, no momento em que encontraram o rosto do menino. — Ah! Não é nada de mau.

— Não acredito — disse Oliver, que a examinara de perto.

— Você que sabe — devolveu a garota, fingindo uma risada. — Então não é nada de bom.

Oliver podia ver que tinha algum poder sobre os sentimentos mais ternos da garota e, por um instante, pensou em apelar à compaixão dela por sua situação desamparada. Mas, então, uma ideia lhe passou pela cabeça: a de que não eram nem onze horas ainda, e que devia haver muita gente nas ruas, dentre as quais, algumas podiam dar crédito à sua história. Quando essa reflexão lhe ocorreu, ele deu um passo à frente e disse, um tanto abruptamente, que estava pronto.

Sua breve reflexão, assim como sua intenção, não passaram despercebidas por sua companheira. Ela olhou bem para ele, enquanto ele falava; e lançou-lhe um olhar astuto que bastou para demonstrar que já adivinhara o que se passava em seus pensamentos.

— Calma! — disse a garota, parando bem perto dele, e apontando para a porta, enquanto olhava atentamente para os lados. — Você não tem jeito mesmo. Fiz o que pude por você, mas não adianta. Você está cercado por todos os lados. Se a sua ideia é fugir daqui, agora não é o momento.

Impactado pela energia dos modos dela, Oliver olhou para ela com grande surpresa. Ela parecia estar falando a verdade; seu semblante estava pálido e agitado, e estremecia com muita franqueza.

— Eu já o salvei uma vez de ser abusado, e o salvarei novamente, e o estou salvando agora — continuou a garota em voz alta —, pois aqueles que o teriam levado, não fosse eu, teriam sido muito mais brutos. Eu prometi a eles que você ficaria calmo e calado; se você não se comportar, só vai prejudicar a si mesmo e a mim, talvez até causando a minha morte. Preste atenção! Eu já suportei tudo isso por sua causa, Deus é testemunha.

Ela apontou, bruscamente, alguns machucados arroxeados no pescoço e nos braços; e continuou, com grande rapidez:

— Lembre-se! Não me faça sofrer mais por sua causa, por ora. Se eu pudesse ajudar, eu ajudaria; mas não está mais nas minhas mãos. Eles não querem lhe fazer mal; qualquer coisa que eles mandem você fazer, não será sua culpa. Silêncio! Cada palavra sua é um golpe para mim. Agora me dê a mão. Depressa! Sua mão!

Ela pegou a mão que Oliver instintivamente colocou na sua e, assoprando a vela, levou-o atrás de si escada acima. A porta foi aberta, depressa, por alguém escondido no escuro, e depressa foi fechada, quando saíram. Um cabriolé aguardava; com a mesma veemência demonstrada ao falar com Oliver, a garota puxou-o para dentro, e fechou as cortinas. O cocheiro não perguntou o destino, mas chicoteou o cavalo até a velocidade máxima, sem perder um só instante.

A garota ainda estava segurando firme a mão de Oliver, e continuava a encher seus ouvidos com os mesmos alertas e garantias que já havia comunicado. Foi tudo tão rápido e apressado, que ele mal teve tempo de lembrar onde estava, ou de como chegara ali, quando a carruagem parou diante da casa à qual os passos do judeu o haviam levado na noite anterior.

Por um breve momento, Oliver olhou de relance para a rua vazia, e um grito de socorro ficou preso em seus lábios. Mas a voz da garota estava em seus ouvidos, implorando em tom de tamanha agonia para que ele se lembrasse dela, que ele não teve coragem de gritar. Enquanto ele hesitava, a oportunidade passou; ele já estava dentro da casa, e a porta foi fechada.

— Por aqui — disse a garota, soltando a mão dele pela primeira vez. — Bill!

— Alô! — respondeu Sikes, aparecendo no alto da escada, com uma vela. — Ah! Chegaram bem na hora. Venham!

Essa foi uma forte expressão de aprovação, uma recepção calorosa incomum, de uma pessoa com o temperamento do sr. Sikes. Nancy, aparentemente muito aliviada com isso, cumprimentou-o cordialmente.

— O Olho de Boi foi para a casa do Tom — observou Sikes, iluminando-os com a vela. — Ele ia acabar atrapalhando.

— É verdade — disse Nancy.

— Então você trouxe o menino — disse Sikes quando todos chegaram à sala, fechando a porta enquanto falava.

— Sim, aqui está ele — respondeu Nancy.

— Ele veio tranquilo? — indagou Sikes.

— Feito um cordeirinho — devolveu Nancy.

— Folgo em saber — disse Sikes, olhando sombriamente para Oliver —, pelo bem de sua jovem carcaça, que do contrário sofreria as consequências. Venha cá, rapazinho, que eu vou lhe dar uma aula, que é melhor ser dada logo de uma vez.

Assim se dirigindo a seu novo pupilo, o sr. Sikes tirou o boné de Oliver e atirou a um canto; e então, pegando-o pelo ombro, sentou-se perto da mesa, e posicionou o menino à sua frente.

— Agora, primeira coisa, você sabe o que é isso? — indagou Sikes, mostrando uma pistola de bolso que estava sobre a mesa.

Oliver respondeu com uma afirmativa.

— Pois bem, então, veja aqui — continuou Sikes. — Isso aqui é pólvora; isso é uma bala; e isso aqui é um pedacinho de feltro de chapéu para servir de bucha.

Oliver murmurou haver compreendido os diferentes objetos referidos, e o sr. Sikes passou a carregar a pistola, com grande destreza e calma.

— Agora está carregada — disse o sr. Sikes, quando terminou.

— Sim, estou vendo, senhor — respondeu Oliver.

— Bem — disse o ladrão, agarrando o pulso de Oliver, e pondo o cano da pistola tão perto de suas têmporas que se tocaram, momento em que o menino não conseguiu reprimir um sobressalto —, se você disser uma palavra quando estiver fora comigo, exceto quando eu falar com você, essa carga irá para dentro da sua cabeça sem aviso prévio. De modo que, se você *resolver* falar sem permissão, é melhor rezar antes.

Depois de ralhar contra o objeto dessa advertência, para aumentar seu efeito, o sr. Sikes continuou:

— Até onde sei, não há ninguém que virá querer saber de você, se alguma coisa *acontecesse*; de modo que eu não me daria a todo esse trabalho infernal de explicar as coisas para você, se não fosse para o seu bem. Está me entendendo?

— Trocando em miúdos — disse Nancy, muito enfaticamente, e franzindo um pouco o cenho para Oliver, como a exigir atenção séria a suas palavras —, se você se irritar com ele nesse trabalho que tem pela frente, você vai impedir que ele saia vivo para abrir o bico depois, atirando na cabeça dele, mesmo correndo o risco de ir para a forca, como você faz em muitas outras circunstâncias, nesse ramo, todos os meses da sua vida.

— Exatamente! — observou o sr. Sikes, em tom de aprovação. — As mulheres sempre conseguem resumir as coisas em poucas palavras. Exceto quando as coisas dão errado, porque aí elas espicham tudo. E agora que ele está totalmente inteirado, vamos comer alguma coisa, e tirar um cochilo antes de começar.

Na satisfação desse pedido, Nancy rapidamente estendeu a toalha. Desaparecendo por alguns minutos, ela então voltou com uma garrafa de vinho do Porto e um prato com paletas de cabrito, que deram ensejo a diversos trocadilhos simpáticos da parte do sr. Sikes, fundados na singular coincidência de "pé de cabra" ser também um engenhoso implemento muito usado em sua profissão. Na verdade, o valoroso cavalheiro, estimulado talvez pela imediata perspectiva de entrar em ação no serviço, estava muito animado e bem humorado; o que ficou provado, pode-se aqui ressaltar, pelo humor com que ele bebeu de um só gole toda a cerveja, e pelo fato de não ter proferido, por baixo, mais do que oitenta xingamentos durante todo o processo da ceia.

Encerrada a ceia — pode-se facilmente imaginar o grande apetite demonstrado por Oliver —, o sr. Sikes virou dois copos de aguardente com água, e desabou na cama; mandando Nancy, com muitas ameaças no caso de ela falhar, acordá-lo exatamente às cinco. Oliver deitou-se de roupa, ao comando da mesma autoridade, sobre um colchão no chão; e a garota, cuidando do fogo, sentou-se diante das chamas, pronta para despertá-los na hora marcada.

Por um bom tempo, Oliver ficou deitado acordado, pensando ainda ser possível que Nancy encontrasse uma oportunidade para sussurrar-lhe mais alguns conselhos; mas a garota se sentou macambúzia diante do fogo, sem se mover, exceto de quando em quando para ajustar o pavio do lampião. Cansado de tanta vigília e angústia, ele por fim adormeceu.

Quando ele acordou, a mesa estava posta para o chá, e Sikes estava enfiando diversos artigos nos bolsos do sobretudo, que estava pendurado nas costas de uma cadeira. Nancy estava ocupada preparando o desjejum. Ainda não era dia, pois a vela continuava acesa, e estava muito escuro lá fora. Uma chuva cortante, além disso, batia nos vidros da janela e o céu estava negro e nublado.

— Agora, sim! — rosnou Sikes, quando Oliver se levantou. — Cinco e meia! Arrume-se logo, ou vai ficar sem desjejum, pois já está ficando tarde.

Oliver não se demorou fazendo a toalete. Depois de comer alguma coisa, ele respondeu a uma pergunta séria de Sikes, dizendo que estava prontinho.

Nancy, mal olhando para o menino, deu-lhe um lenço para amarrar no pescoço; Sikes deu-lhe uma capa grande e áspera para abotoar sobre os ombros. Assim trajado, ele deu a mão ao ladrão, que, meramente pausando para mostrar-lhe com gesto ameaçador que estava com a mesma pistola em um bolso lateral do sobretudo, agarrou firmemente a sua, e, dando adeus a Nancy, levou-o embora.

Oliver virou-se, por um instante, quando chegaram à porta, na esperança de cruzar um olhar da garota. Mas ela havia voltado à antiga posição perto do fogo, e ali ficou sentada, perfeitamente imóvel diante das chamas.

21.
A expedição

Fazia uma manhã sombria quando eles chegaram na rua, chovia e ventava muito e as nuvens pareciam cinzentas e carregadas. A noite havia sido muito úmida: grandes poças de água se haviam formado no calçamento e os bueiros estavam transbordando. Havia um discreto clarão da madrugada no céu; mas isso antes agravava do que aliviava a melancolia do cenário, a luz soturna servindo apenas para empalidecer a fornecida pelos lampiões da rua, sem lançar tintas mais quentes ou mais claras sobre os telhados, e ruas desoladas. Parecia não haver ninguém se mexendo naquele trecho da cidade; as janelas das casas estavam todas bem fechadas e as ruas por onde passavam, mudas e vazias.

Quando viraram na Bethnal Green Road, o dia mal começava a raiar. Muitos lampiões já haviam sido apagados e algumas carroças do interior lentamente começavam a se deslocar, em direção a Londres. De quando em quando, uma diligência, coberta de lama, passava correndo com estardalhaço, o cocheiro lançando, ao passar, um grito de advertência contra o pesado carroceiro, que, mantendo-se do lado errado da rua, havia prejudicado sua chegada no escritório, quinze segundos atrasado. Os bares, com luz de gás, já estavam abertos. Aos poucos, outros comércios começaram a abrir, e algumas pessoas dispersas foram avistadas. Então, grupos lentos de trabalhadores indo ao trabalho; depois, homens e mulheres com cestos de peixes na cabeça; carroças puxadas por burros carregadas de vegetais; carroças cheias de bois ou carcaças inteiras de carne; leiteiras com latões; um rebuliço ininterrupto de gente, caminhando com diversos suprimentos para os subúrbios do leste da cidade. Quando se aproximaram da City, o barulho e o tráfego aos poucos aumentaram; quando pisaram as ruas entre Shoreditch e Smithfield, aquilo havia se amplificado em um rugido de sons e algazarra. Estava claro como era de se esperar, até que a noite voltasse, e a manhã agitada de metade da população de Londres havia começado.

Descendo a Sun Street e a Crown Street, e atravessando a Finsbury Square, o sr. Sikes chegou, pela Chiswell Street, no Barbican. Dali entrou pela Long Lane, e a seguir em Smithfield, de onde se ouviu um tumulto de sons desconexos que encheu Oliver Twist de espanto.

Era dia de feira. O chão estava coberto, quase até a altura dos tornozelos, de sujeira e lama; um vapor espesso, perpetuamente se erguendo dos corpos fedorentos dos bois, e se mesclando ao nevoeiro, que parecia pousado no topo das chaminés, pendia pesadamente sobre tudo. Todos os currais no centro do grande terreno, e muitos outros currais temporários apinhados nos espaços vagos, estavam cheios de ovelhas; amarrados aos postes junto às sarjetas havia longas filas de burros e bois, com três ou quatro animais por poste. Camponeses, açougueiros, carroceiros, caixeiros, meninos, ladrões, ociosos e vagabundos de todos os níveis mais baixos, estavam misturados em uma massa; o assobio dos carroceiros, o latido dos cães, o berro e a tropelia dos bois, o balido das ovelhas, o grunhido e o guincho dos porcos, o pregão dos caixeiros, gritos, xingamentos e desavenças; o repique dos sinos e o rumor das vozes, que saíam de todos os bares; a aglomeração, o acotovelamento, o empurrão, o soco, a interjeição e o berreiro; a hedionda e desafinada algazarra que ressoava de cada canto da feira; e vultos ensebados, mal-barbeados, esquálidos e sujos corriam para lá e para cá, e entravam e saíam da aglomeração; tornavam a cena impressionante e espantosa, digna de embaralhar os sentidos.

O sr. Sikes, puxando Oliver atrás de si, abriu caminho às cotoveladas pelo cerne da multidão, e prestou muito pouca atenção aos inúmeros vislumbres e sons, que tanto impactaram o menino. Ele acenou, duas ou três vezes, a um conhecido que passava; e, resistindo a cada vez a um convite para um trago matinal, continuou firme, em frente, até se afastarem do tumulto, e seguiram pela Hosier Lane até Holborn.

— Agora, rapazinho! — disse Sikes, erguendo os olhos para o relógio da igreja de St. Andrew —, antes das sete! Você precisa agir. Venha, não fique para trás, Perna-lenta!

O sr. Sikes acompanhou esse discurso com uma torção do pulso de seu pequeno companheiro; Oliver, apressando o passo até uma espécie de trote entre a marcha acelerada e a corrida, acompanhou as passadas velozes do ladrão o melhor que conseguiu.

Eles mantiveram o curso nesse ritmo, até passarem a esquina do Hyde Park, e estavam a caminho de Kensington, quando Sikes relaxou o passo, até que uma carroça vazia apareceu a uma certa distância, atrás deles. Vendo "Hounslow" escrito na carroça, ele perguntou ao carroceiro, com o máximo de civilidade que conseguia fingir, se ele lhes daria uma carona até Isleworth.

— Subam — disse o homem. — É seu filho?

— Sim, é meu filho — respondeu Sikes, olhando fixamente para Oliver, e colocando distraidamente a mão no bolso onde estava a pistola.

— O seu pai anda depressa demais para você, não é, meu rapaz? — indagou o carroceiro, vendo que Oliver estava ofegante.

— Nada disso — respondeu Sikes, intervindo. — Ele está acostumado. Aqui, Ned, pegue a minha mão. Vamos, suba!

Assim dirigindo-se a Oliver, ele o ajudou a embarcar na carroça; e o carroceiro, apontando uma pilha de sacos, disse-lhe para deitar ali, e descansar.

Conforme passavam pelos diferentes bairros, Oliver se perguntava, cada vez mais, aonde seu companheiro pretendia levá-lo. Kensington, Hammersmith, Chiswick, Kew Bridge, Brentford, todos passaram; e, no entanto, eles continuaram seguindo como se a viagem só tivesse começado. Por fim, chegaram a um bar chamado Coach and Horses; perto do qual outra rua parecia terminar. E, ali, a carroça parou.

Sikes desembarcou com grande precipitação, segurando a mão de Oliver, e, içando-o diretamente até o chão, lançou um olhar furioso, e bateu com a outra mão cerrada no bolso, de modo sugestivo.

— Adeus, menino — disse o homem.

— Ele é carrancudo — respondeu Sikes, sacudindo o menino. — Ele está amuado. É um tratante! Não o leve a mal.

— Longe de mim! — disse o outro, voltando para a carroça. — Está um belo dia, afinal.

E foi embora.

Sikes aguardou até a carroça se afastar bastante; e então, dizendo a Oliver que ele podia olhar para os lados se quisesse, mais uma vez o levou em frente.

Eles viraram à esquerda, pouco depois do bar; e então, entrando em uma rua de mão trocada, caminharam por um longo tempo, passando por grandes jardins e casas de cavalheiros dos dois lados da rua, e só pararam para uma breve cerveja, até chegarem ao centro do bairro. Ali, no muro de uma casa, Oliver viu escrito, em letras bonitas e grandes, "Hampton". Eles ficaram à toa, nos campos, por algumas horas. Por fim, eles voltaram para o bairro; e, entrando em um velho bar com uma placa apagada na porta, pediram jantar e comeram diante do fogão na cozinha.

A cozinha era um ambiente antigo, de teto baixo, uma grande viga atravessada no meio, e bancos, de encosto alto, junto ao fogo, onde estavam sentados vários homens rústicos, de guarda-pó, bebendo e fumando. Eles nem repararam em Oliver e quase não notaram Sikes. Como Sikes pouco prestou atenção neles, ele e seu jovem camarada se sentaram sozinhos em um canto, e não foram incomodados pelo grupo.

Ele comeram carne fria no jantar, e ficaram tanto tempo sentados depois, enquanto o sr. Sikes se permitiu encher e fumar três ou quatro cachimbos, que Oliver começou a ter quase certeza de que eles não sairiam mais dali tão cedo. Cansado de andar, e tendo acordado muito cedo, ele cochilou um pouquinho a princípio; então, sobrepujado pela fadiga e pela fumaça de tabaco, ele adormeceu.

Estava muito escuro quando ele foi despertado por um empurrão de Sikes. Erguendo-se o suficiente para se sentar e olhar ao redor, ele viu seu valoroso companheiro intimamente conversando com um trabalhador, compartilhando um jarro de cerveja.

— Então quer dizer que você está indo para Lower Halliford? — indagou Sikes.

— Estou, sim — respondeu o homem, que parecia um pouco mais fraco (ou mais forte, conforme o caso) para a bebida —, e nada vai me fazer demorar. O meu cavalo vai voltar sem nada no lombo, tal como veio de manhã, e não vai demorar nada. Sorte dele! Saúde! Ele é dos bão!

— Você pode dar uma carona para o meu filho e para mim até lá? — perguntou Sikes, empurrando o jarro de cerveja para seu novo amigo.

— Se vocês vão direto para lá, eu posso levar — respondeu o homem, tirando os olhos do jarro. — Vocês vão para Halliford?

— Vamos para Shepperton — respondeu Sikes.

— Pode contar comigo, até onde eu for — respondeu o outro. — Está pago, Becky?

— Sim, o outro cavalheiro pagou — respondeu a garota.

— Ora! — disse o homem, com gravidade inebriada. — Isso não está certo, você sabe...

— Por que não? — retrucou Sikes. — Você vai nos levar, e o que me impede de oferecer um ou dois tragos em troca?

O desconhecido refletiu sobre esse argumento, com expressão profundíssima; depois de fazê-lo, ele agarrou a mão de Sikes e declarou que ele era realmente um bom sujeito. Ao que o sr. Sikes respondeu que ele devia estar de brincadeira; pois, se estivesse sóbrio, havia bons motivo para supor que estivesse.

Depois de trocarem mais alguns elogios, eles se despediram do grupo, e saíram; a garota estava recolhendo os jarros e copos enquanto isso, e foi até a porta da rua, com as mãos carregadas, para vê-los partir.

O cavalo, cuja saúde fora brindada em sua ausência, estava esperando lá fora, já atrelado à carroça. Oliver e Sikes entraram sem cerimônia; e o homem a quem o animal pertencia, tendo esperado um ou dois minutos "para encorajá-lo", e para desafiar o estribeiro e o mundo a produzir cavalo igual, embarcou também. Então, o carroceiro mandou o estribeiro afrouxar os arreios; e, com a cabeça mais livre, o cavalo fez um uso bastante desairoso dessa liberdade, lançando-a para cima com grande desdém, e arremetendo contra as janelas das casas do outro lado da rua; depois de tais proezas, equilibrando-se brevemente nas pernas traseiras, ele partiu em alta velocidade, e, estrondeando, deixou o bairro para trás galantemente.

Era uma noite muito escura. Um nevoeiro úmido se erguia do rio, e do terreno alagadiço das margens; e se espalhava sobre os campos lúgubres. Fazia um frio cortante, além disso; tudo parecia soturno e negro. Nenhuma palavra foi dita; pois o carroceiro havia adormecido sentado, e Sikes não parecia disposto a conversar. Oliver ficou sentado, encolhido, em um canto da carroça, perplexo de preocupação e apreensão, imaginando objetos estranhos nas árvores esquálidas, cujos galhos acenavam macabramente, como se sentissem uma alegria fantástica com a desolação da cena.

Quando passaram pela igreja de Sunbury, o relógio bateu sete horas. Havia uma luz acesa na casa do chefe da estação do outro lado da rua, que se espraiava pelo calçamento, e lançavam em sombras mais obscuras o escuro teixo em meio às sepulturas. Havia um rumor surdo de queda d'água não muito distante; e as folhas da árvore antiga se moviam delicadamente ao vento da noite. Parecia uma música serena para o repouso dos mortos.

Sunbury ficou para trás, e eles chegaram a uma rua solitária. Mais três ou quatro quilômetros, e a carroça parou. Sikes desembarcou, pegou Oliver pela mão, e mais uma vez eles seguiram caminhando.

Eles não entraram em nenhuma casa em Shepperton, como o menino exausto imaginava que fariam; mas continuaram andando, na lama, no escuro, por vielas melancólicas e sobre terrenos abertos e frios, até avistarem as luzes de um bairro não muito distante. Olhando ansiosamente para a frente, Oliver viu que a água estava logo abaixo deles, e que estavam se aproximando de uma ponte.

Sikes seguiu em frente, até que eles chegaram perto da ponte; então subitamente desceram até a margem esquerda.

"A água!", pensou Oliver, sentindo náuseas de medo. "Ele me trouxe até esse lugar deserto para me matar!"

Ele estava prestes a se atirar de joelhos no chão, e lutar por sua jovem existência, quando viu que estavam diante de uma casa solitária, arruinada e decadente. Havia uma janela de cada lado da entrada deteriorada e um andar de cima, mas nenhuma luz acesa. A casa estava às escuras, depredada e, aparentemente, deserta.

Sikes, ainda com a mão de Oliver na sua, suavemente se aproximou do alpendre baixo, e abriu o trinco. A porta cedeu à pressão, e eles entraram juntos.

22.
O arrombamento

— Olá! — exclamou uma voz alta, rouca, assim que eles pisaram o corredor.

— Não faça tanto alarde — disse Sikes, trancando a porta. — Acende uma vela, Toby.

— Aha! meu chapa! — exclamou a mesma voz. — Uma vela, Barney, uma vela! Receba o cavalheiro, Barney, mas primeiro acorde, por gentileza.

O dono da voz aparentemente atirou uma descalçadeira, ou algo do gênero, na pessoa a quem se dirigia, para despertá-lo de sua modorra, pois o barulho de um objeto de madeira, caindo violentamente, foi ouvido; e então um murmúrio indistinto, como o de um homem entre o sono e a vigília.

— Você está me ouvindo? — exclamou a mesma voz. — Bill Sikes está no corredor sem que ninguém vá lhe fazer as honras; e você fica aí dormindo, como se bebesse láudano nas refeições, nada mais forte. Você já está melhor, ou quer experimentar esse castiçal de ferro para acordar de uma vez?

Um par de sapatos acalcanhados se arrastou, afobadamente, pelo piso nu do recinto, assim que a pergunta foi colocada; e então apareceu, de uma porta à direita, a princípio, uma vela fraca, e em seguida, a forma do mesmo indivíduo anteriormente descrito como alguém que sofria da enfermidade de falar pelo nariz, que trabalhava no bar em Saffron Hill.

— Zeior Sikes! — exclamou Barney, com alegria real ou fingida. — Eidre, zeior, eidre.

— Pronto! Você primeiro — disse Sikes, passando Oliver para sua frente. — Mais depressa! Ou vou acabar pisando nos seus calcanhares.

Resmungando um xingamento contra sua lentidão, Sikes empurrou Oliver diante de si; e eles entraram em uma sala baixa e escura, com uma lareira enfumaçada, duas ou três cadeiras quebradas, uma mesa, e um sofá muito velho, no qual, com as pernas erguidas muito acima da cabeça, um homem descansava, estendido, fumando um longo cachimbo de barro. Ele usava uma casaca elegante cor de rapé, com grandes botões de latão; um lenço laranja no pescoço; um colete grosso, chamativo, bordado em padrão de xale; e calças curtas opacas. O sr. Crackit (pois se tratava dele) não possuía grande quantidade de cabelo, fosse na cabeça, fosse no rosto; mas o pouco que tinha era de uma coloração avermelhada, e tortuosamente encaracolado em cachos compridos, através dos quais eventualmente ele enfiava dedos muito sujos, ornamentados de grandes anéis baratos. Sua estatura era pouco acima da média, e aparentemente ele tinha pernas fracas; mas essa circunstância de modo algum o impedia de admirar as botas altas, que ele contemplava, naquele momento, em sua posição elevada, com entusiasmada satisfação.

— Bill, meu garoto! — disse essa figura, virando a cabeça para a porta. — Que bom vê-lo. Eu quase temi que você fosse desistir: e nesse caso eu teria arriscado uma aventura pessoal. Olá!

Proferindo essa exclamação em tom de grande surpresa, enquanto seus olhos pousavam em Oliver, o sr. Toby Crackit ajeitou-se até sentar, e perguntou quem era aquele.

— O menino. É simplesmente o menino! — respondeu Sikes, aproximando uma cadeira do fogo.

— U dus bedidos do zeior Fagid — exclamou Barney, com um sorrisinho.

— Do Fagin! — exclamou Toby, olhando para Oliver. — Que menino precioso esse aí vai ser, para bater carteira de velha em igreja! A cara dele é um achado.

— Chega! Chega dessa conversa — interveio Sikes, impaciente; e parando acima do amigo refestelado, ele sussurrou algumas palavras em seu ouvido, ao que o sr. Crackit deu uma imensa gargalhada, e honrou Oliver com um longo olhar de espanto.

— Agora — disse Sikes, ao retomar o assento —, se você puder nos servir algo para comer e beber enquanto esperamos, isso vai nos dar coragem; pelo menos para mim. Sente-se perto do fogo, rapazinho, e descanse, pois você terá que sair de novo conosco esta noite, mas dessa vez não será tão longe.

Oliver olhou para Sikes, em muda e tímida perplexidade; e, puxando um banquinho para perto do fogo, sentou-se com a cabeça dolorida apoiada nas mãos, mal se dando conta de onde estava, ou do que se passava ao seu redor.

— Aí está — disse Toby, enquanto o jovem judeu servia alguns restos de comida, e uma garrafa, na mesa. — Ao sucesso à empreitada!

Ele se levantou para honrar o brinde; e, cuidadosamente depositando o cachimbo vazio em um canto, aproximou-se da mesa, encheu uma taça de aguardente, e bebeu todo o conteúdo. O sr. Sikes fez o mesmo.

— Um brinde ao menino — disse Toby, enchendo metade de uma taça de vinho. — Vire isso, inocente.

— Na verdade — disse Oliver, olhando penosamente para o rosto do homem —, na verdade, eu...

— Vire isso! — ecoou Toby. — Você acha que eu não sei o que é bom para você? Mande-o beber logo isso, Bill.

— Vai ser melhor para ele! — disse Sikes batendo com a mão no bolso. — Deus me livre, esse dá mais trabalho do que uma família inteira de Esquivadores. Beba isso, seu demônio perverso, beba!

Apavorado pelos gestos ameaçadores dos dois homens, Oliver logo engoliu o conteúdo da taça, e imediatamente foi acometido de um violento acesso de tosse, que deliciou Toby Crackit e Barney, e até arrancou um sorriso do sisudo sr. Sikes.

Isto feito, e Sikes tendo satisfeito seu apetite (Oliver só conseguiu comer uma casquinha de pão que fizeram ele engolir), os dois homens se deitaram sobre cadeiras para um breve cochilo. Oliver continuou em seu banquinho perto do fogo; Barney enrolou-se em um cobertor e esticou-se no chão, bem perto da grade da lareira.

Eles dormiram, ou pareceram dormir, por algum tempo; ninguém se mexendo além de Barney, que se levantou uma ou duas vezes para jogar carvão no fogo. Oliver dormiu pouco, mas pesadamente, imaginando-se sozinho perambulando por lúgubres alamedas, ou vagando pelo cemitério às escuras, ou revivendo uma ou outra cena do dia anterior, quando foi despertado por Toby Crackit dando um pulo e dizendo que era uma e meia da madrugada.

No instante seguinte, os outros dois estavam de pé, e todos ativamente envolvidos em agitados preparativos. Sikes e seu companheiro enrolaram pescoço e queixo em xales escuros, e vestiram seus sobretudos; Barney, abrindo um armário, tirou diversos artigos, que ele rapidamente enfiou nos bolsos.

— Os *berros* para mim, Barney — disse Toby Crackit.

— Agui ezdau — respondeu Barney, estendendo-lhe um par de pistolas. — Vozê bezbo garregou.

— Certo! — respondeu Toby, escondendo-as. — E os *persuasivos*?

— Estou com eles — respondeu Sikes.

— Máscaras, chaves, verrumas, pó-de-sapato... não esquecemos nada? — indagou Toby, amarrando um pé de cabra em uma alça no interior do casaco.

— Certo — respondeu seu companheiro. — Traga os pedaços de madeira, Barney. Está na hora.

Com essas palavras, ele tirou um pau grosso das mãos de Barney, que, entregando outro a Toby, tratou de amarrá-lo na capa de Oliver.

— Agora sim! — disse Sikes, estendendo a mão.

Oliver, que estava completamente estupefato pelo exercício indesejado, pelo clima, e pela bebida que fora obrigado a engolir, pôs mecanicamente sua mão na que Sikes estendia com tal propósito.

— Pegue a outra mão dele, Toby — disse Sikes. — Dê uma olhada lá fora, Barney.

O homem foi até a porta, e voltou para anunciar que estava tudo vazio. Os dois ladrões saíram com Oliver entre eles. Barney, depois de trancar tudo, cobriu-se como antes, e logo estava dormindo de novo.

Agora o escuro era intenso. O nevoeiro estava muito mais pesado do que no início da noite; e a atmosfera estava tão úmida, que, embora não estivesse chovendo, o cabelo e as sobrancelhas de Oliver, minutos depois de sair da casa, haviam ficado duros com o sereno quase congelado que pairava no ar. Atravessaram a ponte, e seguiram na direção das luzes que haviam avistado. Já não estavam mais tão distantes; e, andando muito apressadamente, logo chegaram em Chertsey.

— Vamos pelo centro — sussurrou Sikes. — Não vai ter ninguém, esta noite, para nos ver.

Toby aquiesceu; e eles foram depressa pela rua principal do pequeno bairro, que naquela hora avançada estava inteiramente deserta. Uma luz fraca aparecia de quando em quando de uma janela de um quarto; e o latido rouco dos cães eventualmente rompia o silêncio da noite. Mas não havia ninguém na rua. Eles haviam atravessado o bairro, quando o sino da igreja deu duas da manhã.

Apressando o passo, subiram uma rua pela esquerda. Depois de caminhar quase quatrocentos metros, pararam diante de uma casa sem vizinhos, cercada por um muro, em cima do qual Toby Crackit, mal parando para respirar, subiu em um piscar de olhos.

— Agora o menino — disse Toby. — Erga o menino; eu seguro daqui.

Antes que Oliver tivesse tempo de olhar para os lados, Sikes o pegara por baixo dos braços; e em três ou quatro segundos, ele e Toby estavam deitados no gramado do outro lado do muro. Sikes veio logo atrás. E eles se esgueiraram cuidadosamente em direção à casa.

E então, pela primeira vez, Oliver, quase louco de tristeza e terror, viu que a ladroagem e o arrombamento, se não o assassinato, eram os objetivos da expedição. Ele juntou as mãos, e involuntariamente emitiu uma atenuada exclamação de horror. Uma nuvem se formou diante de seus olhos, o suor frio escorreu em seu rosto cinzento, suas pernas ficaram bambas e ele caiu de joelhos.

— Levanta! — murmurou Sikes, trêmulo de raiva, sacando a pistola do bolso. — Levanta, ou espalho seus miolos pela grama.

— Oh! Pelo amor de Deus, me deixe ir embora! — exclamou Oliver. — Deixe-me fugir e morrer no campo. Nunca mais voltarei a Londres, nunca, jamais! Oh! Tenha pena de mim, e não me faça roubar. Pelo amor de todos os Anjos luminosos que estão no Céu, tenha pena de mim!

O homem a quem esse apelo foi feito soltou um pavoroso xingamento, e já havia sacado a pistola, quando Toby, arrancando-a da mão dele, pôs a mão sobre a boca do menino, e arrastou-o até a casa.

— Silêncio! — exclamou o homem. — Não precisa fugir. Se você disser mais uma palavra, eu mesmo racho o seu crânio aqui mesmo. Que não faz barulho, e é igualmente seguro, e mais cristão. Vamos, Bill, arromba essa janela. Ele vai colaborar, deixe comigo. Já vi mãos mais velhas ficarem assim, dura um ou dois minutos, numa noite fria.

Sikes, invocando terríveis imprecações contra Fagin por ter enviado Oliver naquele serviço, puxou com força o pé de cabra, mas quase sem fazer barulho. Após alguma demora, e com alguma ajuda de Toby, a janela a que ele havia se referido estava aberta, solta das dobradiças.

Era uma janela de treliça, a pouco menos de um metro e setenta do chão, nos fundos da casa, que dava acesso a uma copa, ou uma pequena cervejaria, ao final de um corredor. A abertura era tão pequena, que os moradores provavelmente não achavam que que valia a pena proteger com mais segurança; mas era grande o suficiente para passar um menino do tamanho de Oliver, mesmo assim. Um brevíssimo exercício da arte do sr. Sikes bastou para desfazer o encaixe da treliça; e o vidro também se soltou.

— Agora, preste atenção, rapazinho — sussurrou Sikes, tirando uma lamparina do bolso, e acendendo um clarão ofuscante no rosto de Oliver. — Vou levantá-lo até você passar por ali. Leve essa lamparina; suba sem fazer barulho a escada logo à sua frente, e passe a saleta, venha até a porta da rua, abra-a, e nos deixe entrar.

— Há um ferrolho no alto, você não vai alcançar — interveio Toby. — Suba em uma das cadeiras do corredor. Há três cadeiras ali, Bill, decoradas com um curioso unicórnio azul, grande, e um forcado dourado, que é o brasão da velha.

— Você não consegue ficar quieto? — respondeu Sikes, com um olhar ameaçador. — A porta da sala fica aberta, não é?

— Sempre — respondeu Toby, espiando para confirmar. — A ideia é que eles deixam sempre aberta com um calço, para o cachorro, que tem uma cama na sala, possa entrar e sair quando acorda. Haha! O Barney deu um jeito de tirar o cachorro de cena esta noite. Perfeito!

Embora o sr. Crackit falasse em sussurros quase inaudíveis, e risse sem fazer barulho, Sikes mandou imperiosamente que ele ficasse quieto, e começasse a trabalhar. Toby acatou, acendendo sua lamparina, e colocando-a no chão; então se posicionou firmemente com a cabeça embaixo da janela, e com as mãos nos joelhos, para que suas costas servissem de degrau. Assim que isso foi feito, Sikes, montando em cima dele, fez Oliver passar delicadamente pelo espaço da janela, primeiro com os pés, e, sem soltar seu colarinho, deixou-o em segurança no chão do lado de dentro da casa.

— Leve esta lamparina — disse Sikes, olhando para dentro do ambiente. — Você está vendo a escada na sua frente?

Oliver, mais morto do que vivo, deixou escapar:

— Sim.

Sikes, apontando para a porta da frente com a pistola, brevemente lembrou o menino de que ele estava sob sua mira e que, se ele hesitasse, cairia morto ali mesmo.

— Vai levar um minuto apenas — disse Sikes, com o mesmo sussurro grave. — Assim que eu soltá-lo, faça o seu trabalho. Escute!

— O que foi? — sussurrou o outro homem.

Eles apuraram os ouvidos.

— Não foi nada — disse Sikes, soltando o colarinho de Oliver. — Agora!

No breve tempo que ele teve para recobrar os sentidos, o menino tomou a firme decisão de, morrendo ou não na tentativa, tentar subir correndo a escada, e acordar a família. Tomado por essa ideia, ele logo avançou, mas furtivamente.

— Volte já aqui! — exclamou subitamente Sikes em voz alta. — Volte aqui! volte!

Assustado com a súbita ruptura do silêncio mortal do lugar, e por um grito que se seguiu, Oliver deixou a lamparina cair, e ficou sem saber se seguia em frente ou se fugia.

O grito se repetiu... uma luz se acendeu... a imagem de dois homens aterrorizados abotoando as camisas no alto da escada se formou diante de seus olhos... um clarão... um disparo... fumaça... um baque algures, mas ele não sabia onde... e ele cambaleou para trás.

Sikes havia desaparecido por um momento; mas surgiu novamente, e pegou-o pelo colarinho antes que a fumaça se dissipasse. Ele disparou sua pistola contra os homens, que já estavam recuando, e puxou o menino de volta.

— Segure firme o seu braço — disse Sikes, enquanto o puxava pela janela. — Passe-me um xale. Atiraram nele. Depressa! O menino está sangrando!

Então se ouviu o toque alto de um sino, mesclado ao estrondo de armas de fogo e aos gritos de homens, e a sensação de ser carregado por terrenos acidentados em ritmo acelerado. E então, os barulhos foram ficando confusos com a distância; e uma sensação de um frio mortal percorreu o coração do menino; e ele não viu nem ouviu mais nada.

23.
Que contém a substância de uma amável conversa entre o sr. Bumble e uma dama; e mostra que até um bedel pode ser suscetível em alguns pontos

A noite estava friíssima. A neve jazia no chão, congelada em uma crosta dura e espessa, tanto que apenas os montes acumulados nas vielas e nas esquinas eram afetados pelo vento cortante que uivava nas ruas; o qual, como se empregasse uma fúria intensa com as presas que encontrava, levando-as barbaramente até as nuvens, e, rodopiando em mil turbilhões nebulosos, as dispersava pelo ar. Desolada, escura, de frio penetrante, era uma noite perfeita para os bem-abrigados e alimentados passarem em volta de um fogo alto, agradecendo a Deus por estar em casa; e para os sem-teto, famintos, desgraçados, deitarem no chão e morrer. Muitos marginais, exauridos pela fome, que fecham os olhos em nossas ruas ermas, nessas horas, sejam quais forem seus crimes, não conseguem mais abri-los em um mundo tão amargo.

Tal era o aspecto da situação do mundo externo, quando a sra. Corney, velha enfermeira-chefe da casa de trabalhos a que os leitores já foram apresentados como local de nascimento de Oliver Twist, sentou-se diante de um fogo forte em seu quartinho, e olhou de relance, com alto grau de complacência, para uma mesinha redonda, na qual havia uma bandeja de tamanho proporcional, fornida de todos os materiais necessários para a refeição mais gratificante que as enfermeiras-chefe desfrutam. Na verdade, a sra. Corney estava prestes a se reconfortar com uma xícara de chá. Enquanto ela olhava de relance da mesinha para o fogo, onde a menor chaleira possível estava cantando uma pequena canção com voz baixa, sua satisfação interna evidentemente aumentou — tanto que, a bem dizer, a sra. Corney sorriu.

— Bem! — disse a enfermeira-chefe, apoiando o cotovelo na mesinha, e olhando pensativamente para o fogo. — Tenho certeza de que agora temos um bocado de motivos de gratidão! Um bocado, se ao menos nos déssemos conta disso... Ah!

A sra. Corney balançou a cabeça pesarosamente, como se deplorasse a cegueira mental daqueles pobres que não se davam conta disso; e, enfiando uma colher de prata (propriedade pessoal) nos recessos mais íntimos de uma lata de sessenta mililitros de chá, passou a preparar a infusão.

Como uma coisa mínima é capaz de perturbar a equanimidade de nossas mentes fúteis! O bule preto, sendo muito pequeno e fácil de encher, derramou, enquanto a sra. Corney pontificava; e um pouco de água escaldou levemente a mão da sra. Corney.

— Bule maldito! — disse a digna enfermeira-chefe, devolvendo-o às pressas ao fogão. — Objetozinho estúpido, que só dá para duas xícaras! De que adianta um bule desses, serve para quem?! Exceto — disse a sra. Corney, fazendo uma pausa —, exceto para uma pobre e desolada criatura como eu. Oh, céus!

Com essas palavras, a enfermeira-chefe desabou na poltrona, e, mais uma vez apoiando o cotovelo na mesinha, pensou em seu destino solitário. O bulezinho, e a xícara avulsa, haviam despertado em sua mente recordações tristes do sr. Corney (morto havia menos de vinte e cinco anos), e ela se deixou abater.

— Jamais terei outro! — disse a sra. Corney, com petulância. — Jamais terei outro... igual.

Se esse comentário fazia referência ao marido, ou ao bule, não se sabe. Talvez tivesse sido ao último; pois a sra. Corney olhava para o bule enquanto falava e o pegou nas mãos em seguida. Ela havia acabado de provar a primeira xícara, quando foi interrompida por uma batida de leve na porta do quarto.

— Ah, entre logo! — disse sra. Corney, rispidamente. — Aposto que alguma velha está morrendo. Elas sempre resolvem morrer quando estou comendo. Não fique aí, deixando entrar o frio, vamos. O que foi agora?

— Não é nada, madame, não é nada — respondeu uma voz de homem.

— Jesus! — exclamou a enfermeira-chefe, em tom muito mais suave. — É o sr. Bumble?

— Às suas ordens, madame — disse o sr. Bumble, que havia parado do lado de fora para limpar os sapatos, e sacudir a neve do casaco; e que fez sua aparição, com o chapéu bicorne em uma mão e uma trouxa na outra. — Devo fechar a porta, madame?

A senhora hesitou pudicamente em responder, para que não houvesse nenhuma impropriedade em uma visita do sr. Bumble, a portas fechadas. O sr. Bumble, tirando vantagem da hesitação, e sendo também muito frio, fechou a porta sem permissão.

— Tempo feio, sr. Bumble — disse a enfermeira-chefe.

— Feio, de fato, madame — respondeu o bedel. — Tempo nada cristão, madame. Demos de graça, sra. Corney, demos algo como vinte filões de pão e um queijo e meio, só nesta bendita tarde, e mesmo assim os pobres não ficaram contentes.

— Claro que não. Quando é que eles ficam, sr. Bumble? — disse a enfermeira-chefe, bebericando seu chá.

— Quando, de fato, madame! — retrucou o sr. Bumble. — Ora, aqui temos esse homem que, em consideração pela esposa e pela família grande, pegou um quarto de filão e meio quilo de queijo, o peso máximo. Ele por acaso tem gratidão, madame? Ele é grato? Nem um centavo de cobre de gratidão! O que ele faz, madame, se não pedir mais um pouco de carvão; nem que seja só um lenço cheio, ele diz! Carvão! O que ele vai fazer com carvão? Vai derreter o queijo e depois voltar para pedir mais. Essa gente é assim, madame: você dá um avental cheio de carvão hoje, e depois de amanhã eles voltam pedindo outro, descarados, com aquela cara de alabastro.

A enfermeira-chefe expressou sua inteira concordância com a imagem inteligível; e o bedel prosseguiu.

— Eu nunca vi — disse o sr. Bumble — nada parecido com o exagero a que eles chegam. Antes de ontem, um homem... a senhora foi casada, madame, e posso comentar... um homem, praticamente com uma mão na frente e outra atrás — (aqui a sra. Corney olhou para o chão) —, bateu na porta do nosso supervisor, que tinha companhia para o jantar; e disse que precisava do auxílio dele, sra. Corney. Como ele não ia embora, e chocou muito a visita, nosso supervisor mandou dar meio quilo de batatas e meia medida de aveia. "Jesus!", disse o ingrato vilão, "O que eu vou fazer com *isso*? É como se me desse esse par de óculos!". "Muito bem", disse o nosso supervisor, tirando os óculos de novo, "aqui você não vai receber mais nada". "Então eu vou morrer nas ruas!", disse o vagabundo. "Ah, não vai, não", disse o nosso supervisor.

— Haha! Essa foi muito boa! Típico do sr. Grannett, não é? — interveio a enfermeira-chefe. — Bem, sr. Bumble?

— Bem, madame — retomou o bedel —, ele foi embora e *de fato* morreu nas ruas. Para a senhora ver o quanto era obstinado esse pobretão!

— Isso vai além de tudo o que eu teria imaginado — observou a enfermeira-chefe enfaticamente. — Mas o senhor não acha muito ruim esse auxílio para os pobres, de todo modo, sr. Bumble? O senhor é um cavalheiro experiente, e deve sabe saber. Convenhamos.

— Sra. Corney — disse o bedel, sorrindo como os homens sorriem quando têm consciência de uma informação superior —, o auxílio para os pobres, apropriadamente administrado, madame, é a salvação da paróquia. O grande princípio do auxílio é dar aos pobres exatamente o que eles não querem, e assim eles se cansam de vir pedir.

— Jesus! — exclamou a sra. Corney. — Bem, essa também foi boa!

— Sim. Cá entre nós, madame — retornou o sr. Bumble —, esse é o grande princípio. E esse é o motivo pelo qual, se a senhora reparar nos casos que chegam a esses jornais mais ousados, a senhora verá que famílias doentes recebem auxílio em fatias de queijo. Essa é a regra agora, sra. Corney, no país inteiro. Mas, no entanto — disse o bedel, detendo-se para desembrulhar sua trouxa —, isso são segredos oficiais, madame, que não podem ser revelados, exceto, digamos, entre oficiais da paróquia, como nós. Isto aqui é vinho do Porto, madame, que a diretoria encomendou para a enfermaria, um vinho do Porto de verdade, novo, genuíno, que saiu da caixa hoje cedo, claro como um sino, e sem nenhum sedimento!

Depois de erguer a primeira garrafa até a luz, e de sacudi-la bem para testar sua excelência, o sr. Bumble pôs as duas sobre um gaveteiro, dobrou o lenço no qual elas vieram embrulhadas, guardou-o cuidadosamente no bolso e pegou seu chapéu, como se fosse embora.

— O senhor tem uma caminhada fria pela frente, sr. Bumble — disse a enfermeira-chefe.

— Está uma ventania, madame — respondeu o sr. Bumble, erguendo a gola do casaco —, forte o bastante para cortar fora as orelhas.

A enfermeira-chefe olhou do bulezinho para o bedel, que estava se encaminhando para a porta; e quando o bedel pigarreou, em preparativo para lhe dar boa noite, acanhadamente indagou se... se ele não gostaria de uma xícara de chá?

O sr. Bumble instantaneamente tornou a abaixar a gola do casaco; depôs chapéu e bengala em uma cadeira; e puxou outra cadeira para perto da mesinha. Enquanto se sentava lentamente, ele olhou para a senhora. Ela estava com os olhos fixos no pequeno bule. O sr. Bumble pigarreou novamente, e discretamente sorriu.

A sra. Corney se levantou para buscar outra xícara e outro pires no armário. Sentando-se, seus olhos novamente encontraram os do galante bedel; ela enrubesceu, e aplicou-se à tarefa de lhe preparar o chá. Mais uma vez o sr. Bumble pigarreou — mais alto desta vez do que pigarreara até então.

— Adoçado? Sr. Bumble? — indagou a enfermeira-chefe, pegando o açucareiro.

— Muito doce, mesmo, madame — respondeu o sr. Bumble.

Ele fixava os olhos na sra. Corney enquanto dizia isso; e se um bedel algum dia foi capaz de demonstrar ternura, o sr. Bumble era esse bedel naquele momento.

O chá ficou pronto, e foi servido em silêncio. O sr. Bumble, depois de abrir um lenço no colo para impedir as migalhas de conspurcar o esplendor de suas calças curtas, começou a comer e a beber; intercalando esses prazeres, ocasionalmente, com longos suspiros, os quais, contudo, não tiveram qualquer efeito prejudicial a seu apetite, mas, pelo contrário, pareciam até facilitar suas operações no setor do chá e da torrada.

— Estou vendo que a senhora tem uma gata, madame — disse o sr. Bumble, olhando de relance para uma que, no centro de sua família, se aquecia diante do fogo — e filhotinhos também, eu diria!

— Gosto muito de gatos, sr. Bumble, o senhor não faz ideia — respondeu a enfermeira-chefe. — Eles são *tão* felizes, *tão* brincalhões, e *tão* animados, que são ótimas companhias para mim.

— São animais muito simpáticos, madame — respondeu o sr. Bumble, com aprovação —, muito domésticos.

— Ah, sim! — retomou a enfermeira-chefe com entusiasmo. — Eles gostam tanto de ficar em casa, que é um verdadeiro prazer, sem dúvida.

— Sra. Corney, madame — disse o sr. Bumble, devagar, e marcando o tempo com a colher de chá —, quero dizer o seguinte, madame: que um gato, ou filhote de gato, que tenha o privilégio de viver com a senhora, madame, e *não* aprecie ficar em casa, deve ser um jumento, madame.

— Oh, sr. Bumble! — censurou a sra. Corney.

— Não adianta mascarar os fatos, madame — disse o sr. Bumble, lentamente girando a colher de chá com uma espécie de dignidade amorosa que o tornava duplamente impressionante. — Eu mesmo afogaria esse gato, com prazer.

— Então o senhor é um homem cruel — disse com vivacidade a enfermeira-chefe, enquanto estendia a mão até a xícara do bedel —, e um homem de coração duro, além do mais.

— Coração duro, madame? — disse o sr. Bumble. — Duro?

O sr. Bumble passou a xícara sem dizer mais nada e apertou o mindinho da sra. Corney ao entregá-la. Infligindo dois tapas de mão aberta em seu próprio colete rendado, soltou um poderoso suspiro, e arrastou a cadeira um pouquinho mais para longe do fogo.

Era uma mesinha redonda; e como a sra. Corney e o sr. Bumble estavam sentados de frente um para o outro, sem muito espaço entre eles, e diante do fogo, pode-se imaginar que o sr. Bumble, ao se afastar do fogo, e continuar sentado à mesa, tivesse aumentando a distância entre ele e a sra. Corney; procedimento que, alguns leitores prudentes sem dúvida hão de admirar, e considerar um ato de grande heroísmo da parte do sr. Bumble, pois estava ele de alguma forma tentado, pelo momento, pelo lugar e pela oportunidade, a proferir certas bobagens gentis, que por mais que fiquem bem nos lábios dos levianos e imponderados, parecem imensamente abaixo da dignidade dos juízes da terra, dos membros do parlamento, dos ministros de estado, dos prefeitos, e outros grandes funcionários públicos, porém mais particularmente abaixo da imponência e da gravidade de um bedel, alguém que (como se sabe muito bem) deveria ser o mais austero e inflexível deles todos.

Quaisquer que fossem as intenções do sr. Bumble, contudo (e sem dúvida eram as melhores), infelizmente acontece, como já foi duas vezes observado, que a mesinha era redonda; consequentemente, o sr. Bumble, deslocado pouco a pouco a cadeira, logo começou a diminuir a distância até a enfermeira-chefe; e, continuando a percorrer a borda externa do círculo, chegou com sua cadeira, por fim, perto daquela em que a enfermeira-chefe estava sentada.

A bem dizer, as duas cadeiras se encostaram; e, quando elas se encostaram, o sr. Bumble parou.

Ora, se a enfermeira-chefe movesse a cadeira para a direita, ela seria chamuscada pelo fogo; e se a movesse para a esquerda, acabaria caindo nos braços do sr. Bumble; sendo assim (em se tratando de uma enfermeira-chefe discreta, e sem dúvida prevendo essas consequências em um piscar de olhos), ela permaneceu onde estava, e passou ao sr. Bumble outra xícara de chá.

— Coração duro, sra. Corney? — disse o sr. Bumble, mexendo seu chá, e olhando para o rosto da enfermeira-chefe. — O *seu* coração é duro, sra. Corney?

— Jesus! — exclamou a enfermeira-chefe. — Que pergunta curiosa vindo de um homem solteiro. Por que o senhor estaria interessado em saber uma coisa dessas, sr. Bumble?

O bedel bebeu seu chá até a última gota, terminou um pedaço de torrada, sacudiu as migalhas do colo, enxugou os lábios e deliberadamente beijou a enfermeira-chefe.

— Sr. Bumble! — exclamou a discreta senhora em um sussurro, pois o pavor foi tão grande, que ela praticamente perdeu a voz. — Sr. Bumble, eu vou gritar!

O sr. Bumble não respondeu, mas, de modo lento e digno, pôs o braço em volta da cintura da enfermeira-chefe.

Como a dama havia afirmado sua intenção de gritar, evidentemente ela teria gritado diante dessa ousadia adicional, mas tal esforço se tornou desnecessário por batidas apressadas na porta. Assim que foram ouvidas, o sr. Bumble disparou, com muita agilidade, na direção das garrafas de vinho, e começou a limpá-las com grande violência, enquanto a enfermeira perguntava com estridência quem era.

É digno de nota, como curioso exemplo físico da eficácia de uma súbita surpresa em se contrapor aos efeitos do pavor extremo, que sua voz tenha recuperado praticamente toda sua aspereza oficial.

— Por favor, patroa — disse uma velha pobre e encurvada, hediondamente feia, pondo a mão na fresta da porta. — A velha Sally está quase batendo as botas.

— Bem, o que eu posso fazer? — perguntou irritadamente a enfermeira-chefe. — Não posso impedir que ela morra, posso?

— Não, não, patroa — respondeu a velha —, ninguém pode. Ela está mais para lá do que para cá. Já vi muita gente morrer, bebezinhos e homens grandes e fortes, e eu sei quando a morte está vindo, sei direitinho. Mas ela está atormentada com uma ideia, e quando ela não está atacada, o que é muito raro, porque ela está morrendo mesmo, ela fica dizendo que precisa contar uma coisa, que a senhora precisa ouvir. Ela não vai morrer enquanto a senhora não vier, patroa.

Com tal informação, a digna sra. Corney resmungou uma série de invectivas contra velhas que não conseguiam nem morrer sem incomodar propositalmente seus patrões; e, cobrindo-se com um xale grosso que ela logo pegou, pediu brevemente que o sr. Bumble ficasse até ela voltar, a menos que ocorresse algo peculiar. Mandando a mensageira andar depressa, e não ficar a noite inteira na escada, ela foi atrás dela, com muita má vontade, ralhando com ela o caminho inteiro desde que saiu do quarto.

A conduta do sr. Bumble quando ficou sozinho foi um tanto inexplicável. Ele abriu o armário, contou as colheres de chá, pesou as pinças de açúcar, inspecionou minuciosamente a leiteira de prata para ter certeza de que era de metal genuíno, e, depois de satisfazer sua curiosidade nesses pontos, pôs o chapéu bicorne de lado, e dançou com muita gravidade quatro vezes em volta da mesinha.

Após executar esse número muito extraordinário, ele tornou a tirar o chapéu, e, espalhando-se diante do fogo, de costas para o calor, pareceu mentalmente absorto em fazer um meticuloso inventário da mobília.

24.
Que trata de um tema muito pobre. Mas breve, e talvez importante nesta história

Não era uma mensageira da morte inoportuna, aquela que perturbou o silêncio do quarto da enfermeira-chefe. Seu corpo estava encurvado pela idade; seus membros tinham o tremor da paralisia; seu rosto, distorcido em um riso de escárnio balbuciante, parecia mais um rabisco grotesco de um lápis desnaturado que obra da mão da Natureza.

Ai! Quão poucos semblantes da Natureza são deixados imunes para nos alegrar com sua beleza! As preocupações, e as tristezas, e as fomes do mundo transformam tanto os rostos quanto os corações; e apenas quando essas paixões adormecem, e perdem para sempre todo o seu poder sobre eles, que as nuvens tempestuosas passam, e deixam clara a superfície do Céu. É comum o semblante dos defuntos, mesmo naquele estado fixo e rígido, retroceder à expressão esquecida de uma infância adormecida, e se instalar uma aparência exata do morto no início da vida; um semblante tão calmo, tão pacífico, se forma novamente, que aqueles que os conheceram quando eram crianças felizes ajoelham-se junto do caixão em temor reverente, e chegam até a ver o Anjo na terra.

A velha caquética cambaleou pelos corredores e subindo as escadas, resmungando respostas indistintas às repreensões de sua companheira. Sendo enfim obrigada a fazer uma pausa para respirar, ela deixou a vela na mão da outra, e ficou atrás dela, para seguir conforme sua capacidade, enquanto a chefe, mais ágil, entrava no quarto onde estava a mulher adoentada.

O quarto era um sótão, com uma vela fraca acesa nos fundos. Havia outra velha acordada ao lado da cama; o aprendiz do boticário estava de pé diante do fogo, fazendo um palito de dentes a partir de uma pena.

— Noite fria, sra. Corney — disse esse jovem cavalheiro, quando a enfermeira-chefe entrou.

— Muito fria, de fato, senhor — respondeu a patroa, em tom muito cortês, e fazendo uma mesura ao falar.

— Vocês deviam receber carvões melhores de seus fornecedores — disse o aprendiz do boticário, quebrando um pedaço no alto da pilha em chamas com o atiçador enferrujado —, esses não são bons para noites frias.

— A diretoria escolheu esses, senhor — devolveu a enfermeira-chefe. — O mínimo que eles podiam fazer seria nos manter bem aquecidas, pois nossas posições já são muito difíceis.

A conversa foi aqui interrompida por um gemido da mulher moribunda.

— Oh! — disse o rapaz, virando o rosto para a cama, como se até então tivesse se esquecido da paciente. — Está tudo bem aqui, sra. Corney.

— Está mesmo, senhor? — perguntou a enfermeira-chefe.

— Se ela durar mais duas horas, será uma surpresa para mim — disse o aprendiz do boticário, concentrado em fazer a ponta de seu palito. — É uma ruptura total do sistema. Ela está dormindo, senhora?

A empregada se aproximou da cama, para confirmar; e assentiu afirmativamente em resposta.

— Então talvez ela se vá enquanto dorme, se ninguém causar nenhum alvoroço — disse o rapaz. — Ponha a vela no chão. Ela não vai precisar ver nada do lado de lá.

A empregada fez o que mandaram, balançando a cabeça enquanto o fazia, para sugerir que a mulher não morreria tão facilmente; depois de fazê-lo, ela retomou sua cadeira ao lado da outra enfermeira. A patroa, com uma expressão de impaciência, enrolou-se no xale, e sentou-se no pé da cama.

O aprendiz do boticário, depois de terminar a manufatura de seu palito de dentes, plantou-se diante do fogo e fez bom uso do artefato por cerca de dez minutos. Quando aquilo aparentemente se tornou entediante, ele desejou felicidades à sra. Corney em seu trabalho, e saiu do quarto na ponta dos pés.

Quando estavam todas sentadas já havia algum tempo, as duas velhas se afastaram da cama e, acomodando-se perto do fogo, estenderam suas mãos trêmulas para aproveitar o calor. As chamas lançavam uma luz fantasmagórica em seus rostos enrugados, e faziam sua feiúra parecer terrível, quando, nessa posição, elas começaram a conversar baixinho.

— Ela disse mais alguma coisa, Anny querida, depois que eu saí? — indagou a mensageira.

— Nenhuma palavra — respondeu a outra. — Ela ficou beliscando e arranhando os braços por algum tempo; mas segurei as mãos dela, e ela logo parou. Ela não tem mais muita força, de modo que foi fácil acalmá-la. Não sou fraca para uma velha, mesmo vivendo da ração da paróquia; não, não, senhora!

— Ela bebeu o vinho quente que o médico disse que ela precisava? — perguntou a primeira.

— Eu tentei fazer ela engolir — devolveu a outra. — Mas ela ficou com os dentes cerrados, e agarrou a caneca com tanta força que só consegui tirar da mão dela e desisti. Então eu mesma bebi; e me fez um bem danado!

Olhando atenciosamente ao redor, para se certificar de que ninguém mais estaria ouvindo, as duas solteironas se acocoraram mais perto do fogo, e cacarejaram animadamente.

— Lembro de quando — disse a primeira — ela também teria feito a mesma coisa, e se divertiria à beça depois.

— Sim, ela iria — retomou a outra —, ela tinha um coração alegre. E ela preparou muitos e muitos cadáveres lindos, arrumados e perfeitos como um museu de cera. Esses meus olhos velhos viram... sim, e essas mãos velhas tinham que tocar os mortos, pois eu a ajudei, dezenas de vezes.

Estendendo os dedos trêmulos enquanto falava, a velha criatura agitou-os exaltadamente diante do rosto, e enfiando-os no bolso, tirou uma tabaqueira de lata antiga e desbotada, da qual tirou alguns grãos na palma aberta da mão da companheira, e alguns mais na sua própria. Enquanto estavam assim ocupadas, a enfermeira-chefe, que estava esperando a moribunda despertar de seu estupor, juntou-se às outras diante do fogo, e rispidamente perguntou quanto tempo deveria esperar.

— Não falta muito, patroa — respondeu a segunda mulher, olhando para o rosto dela. — Nenhuma de nós precisará esperar muito pela Morte. Paciência, paciência! Ela logo estará aqui para buscar todas nós.

— Vire essa boca para lá, sua carola idiota! — disse rispidamente a enfermeira-chefe. — Você, Martha, me diga: ela já ficou desse jeito antes?

— Muitas vezes — respondeu a primeira.

— Mas nunca mais ficará de novo — retrucou a segunda. — Isto é, ela só vai acordar mais uma vez... e, não se esqueça, patroa, não vai ser por muito tempo!

— Muito ou pouco — disse a enfermeira-chefe, irritada —, ela não vai me encontrar mais aqui quando acordar. Tomem tenência, vocês duas, para não me incomodarem outra vez por nada. Não faz parte das minhas atribuições ver todas as velhas da casa morrendo, e eu não vou fazer isso, e ponto final. Lembrem-se, suas velhas megeras assanhadas. Se vocês me fizerem de boba outra vez, logo vão ver o tratamento que vou lhes dar, estou avisando!

Ela estava saindo, quando um grito das duas mulheres, que haviam se virado para a cama, fez com que ela olhasse para o lado. A paciente havia se erguido na cama, e estendia os braços na direção delas.

— Quem está aí? — ela gritou, com voz gutural.

— Calma, calma! — disse uma das mulheres, aproximando-se dela. — Deite-se, deite-se!

— Eu nunca mais vou me deitar com vida! — disse a mulher, com esforço. — *Vou* contar para ela! Venha cá! Mais perto! Quero sussurrar no seu ouvido.

Ela agarrou o braço da enfermeira-chefe, e obrigando-a a se sentar em uma cadeira ao lado da cama, estava prestes a falar, quando olhando para os lados, ela notou as duas outras velhas inclinadas para a frente em atitude de ouvintes ansiosas.

— Mande elas embora — disse a mulher, desfalecendo —, depressa! Depressa!

As duas velhas caquéticas, em uníssono, começaram a lamentar piedosamente que a pobre doente estivesse delirante demais para reconhecer suas melhores amigas; e estavam proferindo várias juras de que jamais a abandonariam, quando a chefe as empurrou para fora do quarto, fechou a porta e voltou para perto da cama. Ao serem excluídas, as velhas senhoras mudaram de tom, e gritaram pelo buraco da fechadura que a velha Sally devia estar bêbada; o que, de fato, não era improvável, uma vez que, além de uma dose moderada de ópio prescrita pelo boticário, ela vinha trabalhando sob o efeito de uma última dose de gim com água, discretamente ministrada, na franqueza de seus corações, pelas próprias digníssimas senhoras em pessoa.

— Agora escute — disse a moribunda, como se fizesse um grande esforço para reavivar uma dormente centelha de energia. — Neste mesmo quarto, nesta mesma cama, um dia cuidei de uma bela e jovem criatura, trazida para esta casa com os pés feridos e machucados de tanto andar, e toda suja de poeira e de sangue. Ela deu à luz um menino, e morreu. Deixe-me ver... em que ano terá sido?!

— Não importa o ano — disse a impaciente ouvinte. — O que tem ela?

— Sim — murmurou a doente, voltando ao tom desfalecido —, o que tem ela? O que... eu sei! — exclamou, erguendo-se com ardor; seu rosto ficou corado, e seus olhos se arregalaram nas órbitas. — Eu a roubei, foi o que eu fiz! Ela não havia nem esfriado... estou dizendo que ela não havia nem esfriado, quando eu roubei uma coisa!

— Roubou o quê, em nome de Deus? — exclamou a enfermeira-chefe, com um gesto, como se fosse chamar ajuda.

— *Isto*! — respondeu a mulher, pondo a mão sobre a boca da outra. — A única coisa que ela tinha. Ela não tinha roupas para se manter aquecida, nem comida para se alimentar; mas ela havia guardado isso, escondido no peito. Era ouro, saiba você! Valioso ouro, que podia ter salvo a vida dela!

— Ouro! — ecoou a enfermeira, inclinando-se ansiosamente sobre a mulher, que tornou a se recostar. — Continue, continue... sim... e daí? Quem era a mãe? Quando foi isso?

— Ela deixou isso aos meus cuidados — respondeu a mulher com um gemido — e eu fui a única mulher em quem ela confiou aqui. Tive vontade de roubar isso logo que ela me mostrou, pendurado em seu pescoço, e talvez a morte da criança seja culpa minha! Eles teriam tratado melhor o menino, se soubessem de tudo!

— Soubessem do quê? — perguntou a outra. — Diga logo!

— O menino ficou tão parecido com a mãe — disse a mulher, divagando, e sem ouvir a pergunta — que eu jamais esqueceria quando o vi. Pobre garota! Pobre garota! Ela era muito nova também! Um cordeirinho delicado! Espere, não é só isso. Eu ainda não lhe contei tudo, contei?

— Não, não — respondeu a enfermeira-chefe, inclinando a cabeça para tentar captar as palavras, que saíam cada vez mais fracas da moribunda. — Depressa, ou pode ser tarde demais!

— A mãe... — disse a mulher, fazendo um esforço mais violento que antes. — A mãe, quando a agonia da morte começou, sussurrou no meu ouvido que se o bebê sobrevivesse, e vingasse, talvez não se sentisse tão desgraçado se soubesse o nome de sua pobre mãe que morreu moça. "E, oh, Céus!", ela disse, juntando as mãos, "que fosse menino ou menina, que encontrasse bons amigos neste mundo conturbado, que tivessem pena de uma criança solitária, desolada, abandonada à própria sorte!".

— O nome do menino? — indagou a enfermeira.

— *Deram*-lhe o nome de Oliver — respondeu a mulher, debilmente. — O ouro que eu roubei era...

— Sim, sim... o quê? — exclamou a outra.

Ela estava inclinada, aflita, sobre a mulher, para escutar a resposta; mas recuou, instintivamente, quando a doente outra vez se ergueu, lenta e rigidamente, até sentar na cama; então, agarrando a colcha com as duas mãos, resmungou alguns sons guturais indiscerníveis, e tombou para trás sem vida.

— Morreu de vez! — disse uma das velhas, entrando apressada assim que a porta foi aberta.

— E não tinha nada para contar, afinal — respondeu a enfermeira-chefe, saindo despreocupadamente.

As duas velhas caquéticas, para todos os efeitos, ocupadas demais nos preparativos de seus pavorosos deveres para articularem qualquer resposta, ficaram sozinhas, pairando em volta do corpo.

25.
No qual esta história retorna ao sr. Fagin e companhia

Enquanto essas coisas se passavam na casa de trabalhos rural, o sr. Fagin estava no velho antro — o mesmo de onde Oliver havia sido levado pela garota —, ruminando diante de uma fogo fraco, fumacento. Ele estava com um fole no colo, com o qual aparentemente vinha tentando animar o fogo a assumir atividade mais entusiasmada; mas ele havia mergulhado em profundos pensamentos e, com os braços dobrados em cima do fole e o queixo apoiado nos polegares, fixava os olhos, abstraidamente, nas barras enferrujadas.

Em uma mesa atrás dele, estavam o Ardiloso Esquivador, o jovem sr. Charles Bates, e o sr. Chitling, todos envolvidos em uma partida de uíste de três; o Esquivador dando as cartas para o jovem sr. Bates e para o sr. Chitling. A expressão do primeiro cavalheiro, sempre peculiarmente inteligente, adquirira grande interesse adicional a partir da observação íntima do jogo, e sua atenta avaliação das cartas do sr. Chitling; sobre as quais, de quando em quando, conforme a ocasião, ele lançava uma variedade de olhares francos, prudentemente regulando suas próprias jogadas pelo resultado da observação das cartas do vizinho. Sendo uma noite fria, o Esquivador estava de chapéu, como, a bem da verdade, era muitas vezes seu costume dentro de casa. Ele também segurava um cachimbo de louça entre os dentes, que só removia por um breve espaço de tempo quando considerava necessário recorrer ao jarro sobre a mesa, que estava sempre abastecido de gim com água para toda a companhia.

O jovem sr. Bates também estava atento ao jogo; mas, sendo de natureza mais excitável que seu amigo tarimbado, era nítido que ele recorria com mais frequência ao gim com água, e além disso se permitia muitas piadas e comentários irrelevantes, todos altamente inapropriados em uma melhor de três. A bem da verdade, o Esquivador, contando com sua íntima relação, mais de uma vez aproveitou a ocasião para argumentar seriamente com seu companheiro sobre essas improvidades; censuras que o jovem sr. Bates recebia com extremo bom-humor, meramente mandando o amigo "se lascar", ou enfiar a cabeça em um saco, ou respondendo com algum gracejo bem encaixado do gênero, cuja feliz aplicação provocava considerável admiração no sr. Chitling. Era notável que este último cavalheiro e seu parceiro invariavelmente perdiam; e que essa circunstância, longe de enfurecer o jovem sr. Bates, parecia lhe propiciar o mais alto entretenimento, de sorte que ele gargalhava com máximo de estardalhaço ao final de cada rodada, e afirmava que nunca tinha visto um jogo tão divertido em toda a sua vida.

— Perdemos duas e a negra já — disse o sr. Chitling com semblante muito amuado, sacando meia coroa do bolso do colete. — Nunca vi um sujeito como você, Jack, você ganha todas. Mesmo quando as nossas cartas vieram boas, Charley e eu não conseguimos fazer nada com elas.

Tanto a contenção quanto os modos desse comentário, feito com muito pesar, agradaram tanto a Charley Bates, que seu acesso de risos em consequência acordou o judeu de sua divagação, e induziu que ele perguntasse o motivo do alarde.

— Motivo, Fagin?! — gritou Charley. — Você devia ter assistido à partida. Tommy Chitling não ganhou uma; e era eu e ele contra o Ardiloso dando as cartas.

— Sei, sei! — disse o judeu, com um sorrisinho, que bastava para demonstrar que ele sabia muito bem o motivo. — Tente outra vez, Tom; tente outra vez.

— Para mim, chega de uíste por hoje, obrigado, Fagin — respondeu o sr. Chitling. — Para mim, foi o suficiente. Esse Esquivador está com uma sorte hoje que ninguém pode contra ele.

— Haha! meu caro — respondeu o judeu —, você tem que acordar muito cedo para ganhar do Esquivador.

— Cedo?! — disse Charley Bates. — Você tem que dormir de botas, e ter um telescópio em cada olho, e um binóculo de ópera nas costas, se quiser derrotá-lo.

O sr. Dawkins recebeu esses belos elogios com muita filosofia, e propôs uma aposta aos cavalheiros presentes, pela primeira carta de figura, um xelim cada. Ninguém aceitando o desafio, e seu cachimbo havendo apagado, ele passou a se entreter desenhando uma planta baixa da prisão de Newgate na mesa com um pedaço de giz que lhe servira de marcador; assobiando, nesse ínterim, com estridência peculiar.

— Tommy, seu boboca sensível! — disse o Esquivador, interrompendo um silêncio demorado; e dirigindo-se ao sr. Chitling. — No que você acha que ele está pensando, Fagin?

— Como eu vou saber, meu caro? — respondeu o judeu, olhando para os lados enquanto apertava o fole. — No que ele perdeu hoje, talvez, ou no breve retiro no campo, de onde acabou de sair? Haha! Será isso, meu caro?

— Nada disso — respondeu o Esquivador, interrompendo o interlocutor quando o sr. Chitling estava prestes a responder. — O que *você* acha, Charley?

— *Eu* diria — respondeu o jovem sr. Bates, com um sorriso — que ele está estranhamente derretido pela Betsy. Olha só como ele ficou vermelho! Ah, rapaz! Alguém está ouvindo passarinhos! Tommy Chitling está apaixonado! Ah, Fagin, Fagin! Que beleza!

Totalmente assoberbado pela ideia de o sr. Chitling ser vítima de uma terna paixão, o jovem sr. Bates se jogou para trás na cadeira com tamanha violência, que perdeu o equilíbrio, e se estatelou no chão, onde (sem que o acidente atenuasse em nada sua alegria) ele permaneceu deitado até conseguir parar de rir, quando retomou a posição anterior, e começou a gargalhar de novo.

— Não se incomode com ele, meu caro — disse o judeu, piscando para o sr. Dawkins, e cutucando o jovem sr. Bates com o bico do fole com ar de censura. — A Betsy é uma bela garota. Fique com ela, Tom. Fique com ela.

— O que eu quero dizer, Fagin — respondeu o sr. Chitling, com o rosto muito corado — é que isso não diz respeito a ninguém aqui.

— Não está mais aqui quem falou — respondeu o judeu. — O Charley é um falastrão. Não se incomode com ele, meu caro, deixe ele para lá. A Betsy é uma bela garota. Faça o que ela mandar, Tom, e você ficará rico.

— Pois eu *fiz* o que ela mandou — respondeu o sr. Chitling. — eu não teria sido preso, não fosse o conselho dela. Mas acabou sendo um bom negócio para você, não foi, Fagin?! E o que são seis semanas preso? Ia acabar acontecendo, em algum momento, e por que não no inverno quando ninguém quer sair na rua, não é, Fagin?

— Ah, sem dúvida, meu caro — respondeu o judeu.

— Você não vai se incomodar de repetir, vai, Tom — perguntou o Esquivador, piscando para Charley e para o judeu —, se a Bet pedir?

— Eu não me incomodaria — respondeu Tom, furiosamente. — Pronto, falei. Ah! Quem diria uma coisa dessas, Fagin?

— Ninguém, meu caro — respondeu o judeu —, ninguém, Tom. Não conheço ninguém além de você, ninguém, meu caro.

— Eu podia ter me safado, se tivesse aberto o bico sobre ela, não podia, Fagin? — insistiu furiosamente o pobre iludido obtuso. — Uma palavra teria bastado; não teria, Fagin?

— Certamente, teria, meu caro — respondeu o judeu.

— Mas não abri o bico; abri, Fagin? — perguntou Tom, despejando pergunta sobre pergunta com grande volubilidade.

— Não, não, sem dúvida — respondeu o judeu. — Você foi muito corajoso. Um tanto corajoso demais até, meu caro!

— Talvez tenha sido — disse Tom, olhando para os lados. — E se fui corajoso, qual é a graça nisso, Fagin?

O judeu, percebendo que o sr. Chitling estava consideravelmente abalado, apressou-se em garantir-lhe que ninguém estava rindo e, para provar a gravidade de todos, apelou ao jovem sr. Bates, o principal infrator. Mas, infelizmente, Charley, ao abrir a boca para responder que nunca tinha sido tão sério em sua vida, foi incapaz de impedir de escapar uma gargalhada tão violenta, que o melindrado sr. Chitling, sem nenhuma cerimônia, atravessou correndo o recinto e desferiu um soco contra o infrator; que, habilidoso em se esquivar do golpe, abaixou-se a tempo, e escolheu o momento tão bem que o punho acertou o peito do velho cavalheiro alegre, e o fez cambalear até a parede, onde ele parou ofegante, enquanto o sr. Chitling observava com intensa desolação.

— Escuta! — gritou o Esquivador naquele momento. — Ouvi a campainha.

Pegando a vela, ele subiu a escada delicadamente.

A campainha tocou de novo, com certa impaciência, enquanto o grupo ficou no escuro. Após breve pausa, o Esquivador reapareceu, e sussurrou misteriosamente algo para Fagin.

— O quê?! — gritou o judeu. — Sozinho?

O Esquivador assentiu e, cobrindo a chama da vela com a mão, fez uma intimação privada a Charley Bates, em mímica, de que era melhor parar com a graça. Executando essa tarefa amistosa, ele fixou seus olhos no rosto do judeu, e aguardou suas ordens.

O velho mordeu seus dedos amarelados, e meditou por alguns segundos; seu rosto demonstrando agitação nesse intervalo, como se ele sentisse algum pavor, e não quisesse pensar no pior. Por fim ele ergueu a cabeça.

— Cadê ele? — perguntou.

O Esquivador apontou para o andar de cima, e fez um gesto, como se fosse sair de novo.

— Sim — disse o judeu respondendo à muda indagação —, traga-o aqui para baixo. Silêncio! Quieto, Charley! Cuidado, Tom! Depressa, depressa!

Essa breve ordem a Charley Bates, e seu recente antagonista, foi discreta e imediatamente obedecida. Não houve nenhum som indicando onde estivessem, quando o Esquivador desceu a escada com a vela na mão, seguido por um homem vestindo um guarda-pó rústico, que, depois de lançar um olhar apressado ao redor, removeu uma bandagem que escondia a parte inferior do rosto, e revelou, toda desfigurada, suja, e desmazelada, a figura do elegante Toby Crackit.

— Como vai, Faguey? — disse o digníssimo, meneando para o judeu. — Enfia esse xale no meu chapéu, Esquiva, para eu saber onde está quando sair, sabe-se lá que horas! Agora seja um bom jovem gatuno para esse velho fraudulento.

Com tais palavras ele tirou seu guarda-pó e, enrolando-o na altura da barriga, puxou uma cadeira para perto do fogo, e pôs os pés em cima do fogão.

— Olha só isso, Faguey — disse, apontando desconsoladamente para suas botas altas —, nem um pingo de graxa sabe-se lá desde quando; nem uma gota de verniz, por Jove! Mas não me olhe assim, meu velho. Tudo a seu tempo. Não posso falar de negócios enquanto não comer e beber, então traga logo a sustança, e vamos encher bem a pança pela primeira vez nesses últimos três dias!

O judeu fez um gesto para o Esquivador servir a comida que havia, sobre a mesa; e, sentando-se de frente para o ladrão, esperou que ele se fartasse.

A julgar pelas aparências, Toby não estava com nenhuma pressa de começar a conversa. A princípio, o judeu se contentou em observar pacientemente seu semblante, como se pudesse obter a partir de sua expressão alguma pista sobre a informação que ele trazia; mas foi em vão.

Ele parecia cansado e exaurido, mas ainda havia a mesma expressão repousada e complacente de sempre em suas feições e, por baixo da sujeira, e da barba, e das suíças, continuava brilhando, incólume, o sorriso afetado e satisfeito de si do elegante Toby Crackit. Então o judeu, em uma agonia de impaciência, assistiu a cada bocado que ele engolia, andando em círculos pelo apartamento, nesse ínterim, em irreprimível excitação. Nada disso adiantou. Toby continuou a comer aparentando a mais completa indiferença, até mais não poder; então, mandando o Esquivador sair, ele fechou a porta, misturou um copo de aguardente com água, e se preparou para falar.

— Primeiro e mais importante, Faguey — disse Toby.

— Sim, sim! — interveio o judeu, puxando a cadeira.

O sr. Crackit parou para beber um trago de aguardente com água, e declarar que aquele gim era excelente; então, pondo o pé no aparador baixo, de modo a deixar as botas na altura dos olhos, ele retomou baixinho.

— Primeiro e mais importante, Faguey — disse o ladrão —, como está o Bill?

— O quê?! — berrou o judeu, levantando-se..

— Ora, você não está me dizendo que... — começou Toby, ficando pálido.

— Dizendo?! — exclamou o judeu, pisando o chão furiosamente. — Onde eles estão? Sikes e o menino?! Onde ele estão? Onde eles ficaram? Onde estão escondidos? Por que eles não vieram para cá?

— O roubo deu errado — disse Toby debilmente.

— Eu sei — respondeu o judeu, arrancando um jornal do bolso e apontando. — O que mais?

— Atiraram e acertaram o menino. Nós fugimos pelos campos dos fundos da casa, levando ele em dois, voando reto como corvo, por cercas e valas. Eles vieram nos perseguindo. Desgraça! A cidadezinha inteira acordou, e os cachorros no nosso rastro.

— O menino!

— Bill levou o menino nas costas, e fugiu como o vento. Paramos para carregá-lo em dois. A cabeça dele ficou caída, e ele estava frio. Eles estavam quase nos nossos calcanhares. Era cada um por si, fugindo da forca! Nós nos separamos, e deixamos o rapazinho deitado na vala. Vivo ou morto, é tudo o que eu sei.

O judeu parou de ouvir; mas, soltando um berro bem alto, e enfiando os dedos nos cabelos, saiu correndo da sala, e da casa.

26.
No qual um personagem misterioso aparece em cena; e muitas coisas, inseparáveis desta história, são feitas e realizadas

O velho virou a esquina, antes de se recuperar do efeito da informação de Toby Crackit. Ele não relaxou em nada sua velocidade usual; mas ainda estava apertando o passo, da mesma maneira desabrida e desordenada, quando a passagem súbita de uma carruagem veloz e um grito estrondoso do passageiro que ia do lado de fora, que viram o risco que ele corria, levaram-no de volta à calçada. Evitando, ao máximo possível, todas as ruas principais, e espreitando apenas por vielas e passagens, ele por fim chegou a Snow Hill. Ali ele andou mais depressa do que antes; e não descansou enquanto não entrou em um pátio; quando, como se estivesse consciente de estar agora em seu próprio elemento, retomou seu passo arrastado, e pareceu respirar mais livremente.

Perto do local em que Snow Hill e Holborn Hill se encontram, abre-se, à direita de quem vem do centro da cidade, uma viela estreita e triste, que termina em Saffron Hill. Em suas lojas imundas são expostas para venda imensas pilhas de lenços de seda de segunda mão, de todos os tamanhos e padrões; pois aqui residem os comerciantes que compram dos ladrões. Centenas desses lenços pendiam de pregadores do lado de fora das vitrines ou ostentados nos batentes das portas; e as prateleiras, do lado de dentro, estão repletas deles. Restritos como são os limites de Field Lane, ela tem sua barbearia, seu café, seu bar, e seu restaurante de peixe frito. É uma colônia comercial em si mesma: o empório dos pequenos roubos, visitado a cada manhã bem cedo, e com a chegada do entardecer, por negociantes calados, que traficam em saletas dos fundos escuras, e que vão embora tão estranhamente quanto chegaram. Aqui, o vendedor de roupa velha, o remendador de sapato e o trapeiro expõem seus produtos, como anúncios para os gatunos; aqui, estoques de velhas ferragens e ossos, e montes de fragmentos mofados de artigos de lã e linho, enferrujam e apodrecem em porões encardidos.

Foi nesse lugar que o judeu entrou. Ele era bem conhecido dos pálidos frequentadores daquela viela; pois aqueles que estavam ali procurando comprar ou vender acenavam, com familiaridade, à sua passagem. Ele respondeu às saudações da mesma maneira; mas sem conceder um reconhecimento mais íntimo até chegar ao final da viela; quando ele parou, para se dirigir a um vendedor de baixa estatura, que havia se espremido em uma cadeira de criança, ao máximo que esta comportava, e fumava seu cachimbo na porta da loja.

— Ora, sr. Fagin, sua visão por aqui vai curar minha oftalmia! — disse o respeitável comerciante, em reconhecimento à pergunta do judeu sobre sua saúde.

— A região estava um pouco quente demais, Lively — disse Fagin, erguendo as sobrancelhas, e cruzando as mãos sobre os ombros.

— Bem, já ouvi queixas a esse respeito, uma ou duas vezes — respondeu o comerciante —, mas logo esfria de novo; você não acha?

Fagin assentiu. Apontando na direção de Saffron Hill, ele indagou se havia alguém lá aquela noite.

— No Cripples? — indagou o homem.

O judeu assentiu.

— Deixa eu ver — continuou o comerciante, refletindo. — Sim, acho que meia-dúzia deles, que eu saiba. Não creio que o seu amigo esteja.

— Sikes não veio, imagino? — indagou o judeu, com expressão decepcionada.

— *Non est inventus*, como dizem os advogados — respondeu o homenzinho, balançando a cabeça, e com expressão incrivelmente astuta. — Você tem algo no meu setor hoje à noite?

— Hoje, não — disse o judeu, dando as costas.

— Você está indo ao Cripples, Fagin? — gritou o homenzinho, chamando-o. — Espere! Não seria nada mal beber um trago com você!

Mas, quando o judeu, olhando para trás, acenou como se indicasse que preferia ficar sozinho; e, além do mais, quando o homenzinho não conseguiu muito facilmente se desvencilhar da cadeira, o Cripples foi privado, por algum tempo, do privilégio da presença do sr. Lively. Quando ele conseguiu ficar em pé, o judeu havia desaparecido; de modo que o sr. Lively, depois de tentar sem sucesso se equilibrar na ponta dos pés, na esperança de avistá-lo, novamente se obrigou a caber na cadeirinha e, trocando um meneio com a dama da loja em frente, no qual dúvida e desconfiança claramente se mesclavam, retomou seu cachimbo com atitude grave.

O Three Cripples, ou melhor, o Cripples — que era o nome pelo qual o estabelecimento era mais conhecido por seus fregueses — era o bar onde o sr. Sikes e seu cachorro já foram mencionados. Fazendo apenas um gesto para o homem no balcão, Fagin subiu a escada, e, abrindo a porta de um quarto e discretamente se insinuando no interior, olhou aflito ao redor, cobrindo os olhos com a mão, como se procurasse uma pessoa em particular.

O quarto era iluminado por dois bicos de gás, cujo clarão era impedido de ser visto por fora pelas venezianas trancadas, e pelas cortinas vermelhas desbotadas, bem fechadas. O teto era preto, para impedir que a cor fosse chamuscada pelos lampiões, e o lugar estava tão cheio de fumaça de tabaco, que a princípio mal foi possível discernir qualquer coisa. Aos poucos, contudo, como parte dela escapou pela porta aberta, uma reunião de cabeças, tão confusa quanto os barulhos que saudavam os ouvidos, pôde ser reconhecida; conforme os olhos se acostumaram ao cenário, o espectador gradualmente se deu conta da presença de um grupo numeroso, homens e mulheres, amontoados em torno de uma mesa comprida, em cuja cabeceira sentava-se uma autoridade com um martelo oficial na mão, enquanto um cavalheiro profissional com um nariz arroxeado, e com o rosto enfaixado devido a uma dor de dente, presidia os trabalhos de um piano tilintante em um canto remoto.

Quando Fagin entrou discretamente, o cavalheiro profissional, tamborilando as teclas à maneira de um prelúdio, ocasionou um grito geral de pedido de música; o qual, depois de amainar, uma moça passou a entreter o grupo com uma balada de quatro estrofes, entre as quais o acompanhante tocava a melodia inteira, o mais alto que podia. Quando acabou essa música, o oficial fez um pedido, após o qual o cavalheiro profissional, à direita e à esquerda do oficial, se ofereceu para um dueto, e cantou, sendo muito aplaudido.

Foi curioso observar alguns semblantes que se destacaram bastante do grupo. Havia o próprio oficial (o dono da casa), um sujeito rústico, rouco e corpulento, que, no meio das canções, revirava os olhos, e, aparentemente entregue à jovialidade, prestava atenção em tudo o que se passava, e ouvia tudo o que era dito, com olhos e ouvidos sagazes. Perto dele havia cantores, recebendo, com indiferença profissional, os elogios do grupo, e dedicando-se, por sua vez, a uma dúzia de copos oferecidos de aguardente com água, servidos por seus admiradores mais ruidosos, cujas expressões, reveladoras de quase todos os vícios em quase todos so níveis, irresistivelmente atraíram a atenção, devido a seu caráter tão repulsivo. Astúcia, ferocidade e embriaguez, em todos os seus estágios, estavam ali, em seu aspecto mais forte. E mulheres, algumas com último resquício do primeiro viço praticamente se apagando quando se olhava para elas, outras com as marcas e os indícios de seu sexo inteiramente apagados, e apresentando todas um mesmo repugnante vazio de devassidão e crime, algumas meras meninas, outras ainda moças, e nenhuma além do auge da vida, formavam a porção mais obscura e tristonha dessa imagem pavorosa.

Fagin, sem se perturbar por nenhuma emoção grave, olhou avidamente para aqueles rostos, de um em um, enquanto progrediam tais procedimentos, mas, aparentemente sem encontrar aquele que procurava. Conseguindo, por fim, cruzar o olhar do homem que ocupava a cadeira, ele fez um sinal discreto para ele, e deixou o recinto, tão furtivamente quanto havia ali entrado.

— O que posso fazer por você, sr. Fagin? — indagou o homem, que o acompanhou até a escada. — Não vai se juntar a nós? Todos vão adorar, todo mundo.

O judeu balançou a cabeça com impaciência, e sussurrou:

— *Ele* está aí?

— Não — respondeu o homem.

— E não há notícia do Barney? — indagou Fagin.

— Nenhuma — respondeu o dono do Cripples, pois o dono era ele. — Ele não vai aparecer enquanto não for seguro. Pode contar com isso, eles estão no rastro dele, e se ele aparecer, vai estragar tudo de vez. Mas ele está bem, o Barney, ou eu teria ficado sabendo alguma coisa. Sou capaz de apostar, que o Barney vai lidar bem com a situação. Quanto a isso, não se preocupe com ele.

— *Ele* estará aqui hoje? — perguntou o judeu, com a mesma ênfase de antes no pronome.

— Monks, você quer dizer? — indagou o proprietário, hesitante.

— Silêncio! — disse o judeu. — Sim.

— Certamente — respondeu o homem, sacando um relógio de ouro da algibeira. — Achei que viria antes. Mas se você esperar dez minutos, ele...

— Não, não — disse o judeu, apressadamente, como se, por mais desejoso que estivesse de encontrar a pessoa em questão, ele estivesse não obstante aliviado com sua ausência. — Diga que eu vim encontrá-lo e que ele precisa me visitar hoje à noite. Não, diga amanhã. Como ele não está aqui, amanhã será melhor.

— Muito bem! — disse o homem. — Mais alguma coisa?

— Por ora, nada — disse o judeu, descendo a escada.

— Vou lhe dizer — disse o outro, olhando por cima da balaustrada, e falando com um sussurro rouco. — Agora seria uma hora boa para uma rapinagem! Estou aqui com o Phil Barker, tão bêbado, que até um menino levaria a melhor!

— Ah! Mas não é hora de Phil Barker — disse o judeu, erguendo os olhos. — O Phil tem muito o que fazer por nós ainda, antes de podermos abrir mão dele. Então volte para o grupo, meu caro, e diga para eles viverem felizes... *enquanto podem*. Hahaha!

O proprietário devolveu a gargalhada do velho e voltou para seus convidados. O judeu logo ficou sozinho, e seu semblante retomou a expressão anterior, angustiada e pensativa. Após refletir brevemente, ele parou um cabriolé, e mandou o cocheiro levá-lo na direção de Bethnal Green. Ele desceu cerca de quatrocentos metros antes da casa do sr. Sikes, e fez o curto restante da distância, a pé.

— Agora — resmungou o judeu, enquanto batia na porta —, se houver alguma jogada mais profunda aqui, vou arrancar de você, minha menina, por mais esperta que seja.

Ela estava no quarto, a mulher disse. Fagin subiu furtivamente a escada, e entrou sem nenhuma cerimônia. A garota estava sozinha; com a cabeça apoiada na mesa, e os cabelos espalhados sobre o tampo.

"Ela andou bebendo", pensou o judeu, indiferente, "ou talvez só esteja triste".

O velho se virara para fechar a porta, enquanto fazia essa reflexão; o ruído assim ocasionado despertou a garota. Ela olhou atentamente para seu rosto astucioso, e pediu que ele contasse a história de Toby Crackit. Quando ele terminou, ela voltou à atitude anterior, mas não falou nada. Ela afastou a vela com impaciência e uma ou duas vezes, enquanto mudava de posição freneticamente, arrastou os pés no chão, mas isso foi tudo.

Durante esse silêncio, o judeu ficou observando, irrequieto, o quarto, como se tentasse se assegurar de não haver nenhum disfarce sobre a aparição de Sikes. Aparentemente satisfeito com essa inspeção, ele tossiu duas ou três vezes, e fez outras tantas tentativas de começar uma conversa, mas a garota não estava mais dando ouvidos a ele, como se ele fosse uma estátua de pedra. Por fim, ele fez outra tentativa e, esfregando as mãos, disse, em seu tom mais conciliatório:

— E onde você acha que está o Bill, meu bem?

A garota gemeu uma resposta quase incompreensível, de que ela não saberia dizer, e parecia, pelo ruído sufocado que deixara escapar, estar chorando.

— E o menino também — disse o judeu, forçando a vista para tentar vislumbrar o rosto dela. — Pobre criança! Deixado em uma vala, Nance; imagine só!

— O menino — disse a garota, subitamente erguendo os olhos — está melhor lá, do que entre nós. Se nada de ruim acontecer ao Bill por causa disso, espero que o menino continue morto na vala e que seus ossinhos apodreçam por lá.

— O quê?! — exclamou o judeu, espantado.

— Sim, espero que sim — retrucou a garota, cruzando o olhar dele. — Eu me darei por satisfeita se ele continuar longe dos meus olhos, e sabendo que o pior passou. Não suporto aquele menino perto de mim. A mera visão dele me indispunha comigo mesma, e me colocava contra vocês todos.

— Bobagem! — disse o judeu, com desdém. — Você está bêbada.

— Será?! — exclamou a garota amargamente. — Se não estou, não é por sua causa! Por você, eu estaria sempre bêbada, só que agora... o humor não lhe parece conveniente, não é?

— Não! — devolveu o judeu, furiosamente. — Não mesmo.

— Pois então mude de humor! — respondeu a garota, com uma gargalhada.

— Mudar de humor?! — exclamou o judeu, exasperado além de qualquer limite pela inesperada obstinação de sua companheira, e pelas contrariedades daquela noite. — Eu *vou* mesmo! Escute aqui, sua vagabunda. Saiba que com seis palavras posso estrangular Sikes como se estivesse com os meus dedos naquele pescoço de touro dele. Se ele voltar, e deixar o menino para trás, se ele escapar e não me devolver o menino, vivo ou morto, é melhor você mesma matá-lo se quiser que ele escape do carrasco. E faça isso no momento em que ele puser os pés neste quarto, ou, lembre-se, será tarde demais!

— Que história é essa? — gritou a garota involuntariamente.

— Que história é essa? — insistiu Fagin, enlouquecido de raiva. — Sendo que esse menino vale centenas de libras para mim, eu vou perder a chance de me posicionar para me safar, por causa dos caprichos de um bando de bêbados que eu poderia destruir com um assobio?! E estando eu também atrelado a um demônio que só pensa no testamento, e tem o poder de, de...

Ofegante, o velho gaguejou atrás de uma palavra e nesse instante deteve a torrente de sua ira, e alterou sua atitude completamente.

Um momento antes, suas mãos postas agarravam o ar, seu olhos haviam se dilatado e seu rosto ficou lívido com paixão, mas, de repente, ele se encolheu em uma cadeira e, recuando totalmente, estremeceu de apreensão de ter revelado alguma vilania oculta. Após um breve silêncio, ele se arriscou a olhar para sua companheira. Ele pareceu um tanto reconfortado ao vê-la na mesma atitude indolente da qual ele a princípio a despertara.

— Nancy, meu bem! — coaxou o judeu, com sua voz usual. — Posso falar, meu bem?

— Não me aborreça agora, Fagin! — respondeu a garota, erguendo a cabeça languidamente. — Se o Bill não conseguiu dessa vez, ele conseguirá da próxima. Ele já prestou muitos bons serviços para você, e prestará muitos mais quando puder. E quando ele não puder, ele não prestará. Então esqueça esse caso.

— O caso do menino, meu bem? — disse o judeu, esfregando as palmas das mãos nervosamente.

— O menino deve correr os mesmos riscos dos outros — interrompeu Nancy, apressadamente —, e digo outra vez, espero que ele esteja morto, e em lugar seguro, e fora do seu caminho, isto é, se nada de mal acontecer ao Bill. E se o Toby escapou, certamente o Bill também, pois Bill vale por dois Tobys sob todos os aspectos.

— E quanto ao que eu disse depois, meu bem? — observou o judeu, mantendo seus olhos brilhantes fixos nela.

— Você vai precisar dizer tudo de novo, se era alguma coisa que você queria que eu fizesse — respondeu Nancy. — E se for esse o caso, melhor esperar até amanhã. Você me tirou do sério por um momento, mas agora voltei a ser estúpida.

Fagin fez várias outras perguntas, todas com o mesmo intuito de averiguar se a garota havia se apercebido de suas elucubrações extravasadas, mas ela respondeu prontamente a todas elas e, além disso, tão totalmente indiferente aos olhares inquisitivos dele, que a impressão original de que ela estava mais do que um pouco embriagada se confirmou. Nancy, de fato, não era isenta de defeitos, algo muito comum entre as pupilas do judeu; algo em que, em seus anos mais ternos, elas eram mais encorajadas do que censuradas. Sua aparência desmazelada, e o disseminado perfume de genebra que impregnava o apartamento, forneciam fortes evidências confirmatórias da justiça da suposição do judeu; e quando, depois de se permitir a exibição temporária de violência acima descrita, ela decaiu primeiro em um torpor, e depois em uma mescla de sentimentos, sob a influência da qual ela derramou lágrimas em um minuto, e no minuto seguinte proferiu diversas exclamações de "não deixa a peteca cair!" e vários cálculos sobre o total das probabilidades de uma dama ou cavalheiro ser feliz, o sr. Fagin, que tivera considerável experiência desses assuntos em seu tempo, viu, com grande satisfação, que ela estava realmente muito bêbada.

Tranquilizando sua mente com essa descoberta e uma vez atingindo o duplo objetivo de transmitir à garota o que ele ouvira aquela noite e de se assegurar, com seus próprios olhos, que Sikes não havia voltado, sr. Fagin mais uma vez se virou para sair, deixando a amiga adormecida, com a cabeça na mesa.

Faltava uma hora para a meia-noite. O tempo estando escuro, e de um frio penetrante, ele não estava muito tentado a se demorar. O vento cortante que esfregava as ruas, parecia ter varrido os passantes, assim como a poeira e a lama, pois havia pouca gente nas calçadas, e todos pareciam apressados para voltar para casa. No entanto, soprava a favor do judeu, e ele seguiu em frente, tremendo e tiritando, conforme uma nova lufada fria lhe fazia desviar bruscamente de seu caminho.

Ele havia chegado à esquina de sua própria rua, e já estava vasculhando o bolso em busca da chave da porta, quando um vulto escuro emergiu de uma entrada projetada que esperava na sombra mais densa, e, atravessando a rua, deslizou até ele sem ser notado.

— Fagin! — sussurrou uma voz perto em seu ouvido.

— Ah! — disse o judeu, virando-se depressa. — Se não é o...

— Sim! — interrompeu o desconhecido. — Estou plantado aqui há duas horas. Onde diabos você estava?

— No seu serviço, meu caro — respondeu o judeu, olhando incomodado, de relance, para seu companheiro, e diminuindo o passo enquanto falava. — Fiquei a noite inteira no seu serviço.

— Ah, é claro! — disse o desconhecido, com ironia. — Bem, e o que resultou?

— Nada de bom — disse o judeu.

— Espero que, também, nada de ruim? — disse o desconhecido, interrompendo-se, e se virando em sobressalto para o companheiro.

O judeu balançou a cabeça, e estava prestes a responder, quando o desconhecido, interrompendo-o, apontou para a casa, diante da qual àquela altura haviam chegado, comentando que era melhor ele dizer o que tinha para dizer entre quatro paredes, pois seu sangue estava gelado de ficar ao relento tanto tempo, e atravessado pelo vento.

Fagin pareceu voluntariamente não ter convidado a visita àquela hora imprópria; e, a bem dizer, resmungou algo sobre estar sem carvão em casa, mas quando seu companheiro repetiu o pedido peremptoriamente, ele abriu a porta, e pediu que ele a encostasse com cuidado, enquanto ele acendia uma vela.

— Está escuro como uma sepultura aqui dentro — disse o homem, arriscando alguns passos hesitantes. — Depressa!

— Feche a porta — sussurrou Fagin do final do corredor.

Enquanto ele falava, a porta bateu com estardalhaço.

— Não fui culpa minha — disse o outro homem, tateando seu caminho. — O vento bateu, ou a porta fechou sozinha, uma coisa ou outra. Veja logo essa vela, ou vou acabar esmagando os miolos nessa toca abarrotada.

Fagin desceu furtivamente a escada da cozinha. Após breve ausência, ele voltou com uma vela acesa, e a informação de que Toby Crackit estava dormindo no quarto dos fundos lá embaixo, e os meninos estavam no da frente. Mandando o homem segui-lo, eles subiram a escada.

— Podemos trocar algumas palavras aqui mesmo, meu caro — disse o judeu, abrindo uma porta no primeiro andar — e como as venezianas têm furos, e nunca deixamos os vizinhos verem luz aqui dentro, vamos deixar a vela aqui na escada. Pronto!

Com tais palavras, o judeu, abaixando-se, depositou a vela em um degrau mais alto, exatamente diante da porta do quarto. Isto feito, ele o levou para o apartamento, que era destituído de toda mobília, com exceção de uma poltrona quebrada, e de um velho banco ou sofá sem estofamento, que ficava atrás da porta. Neste último, o desconhecido sentou-se com ar de um homem exausto e o judeu puxou a poltrona para perto dele, sentando-se ambos face a face. Não estava muito escuro; a porta estava entreaberta e a vela do lado de fora lançava fracos reflexos na parede oposta.

Eles conversaram por algum tempo aos sussurros. Embora nada da conversa fosse discernível, além de algumas poucas palavras desconexas aqui e ali, um ouvinte facilmente perceberia que Fagin parecia estar se defendendo contra alguns comentários do desconhecido; e que este último se encontrava em estado de considerável irritação. Talvez estivessem conversando assim por quinze minutos ou mais, quando Monks — nome pelo qual o judeu designara o desconhecido diversas vezes no decurso do colóquio — disse, erguendo um pouco a voz:

— Vou dizer de novo, foi mal planejado. Por que você não o manteve aqui com os outros e o converteu de uma vez em um batedorzinho de carteira discreto e choroso?

— Ouça o que você está dizendo! — exclamou o judeu, dando de ombros.

— Ora, quer dizer que você não teria como fazer isso, se quisesse? — perguntou Monks, seriamente. — Você já não fez isso, com outros meninos, dezenas de vezes? Se você tivesse tido paciência de esperar um ano, no máximo, você não teria conseguido provas para condená-lo, e fazê-lo ser enviado para fora do reino, talvez pelo resto da vida?

— A quem teria interessado isso, meu caro? — indagou o judeu humildemente.

— A mim — respondeu Monks.

— Mas não a mim — disse o judeu, submissamente. — Ele talvez se tornasse útil para mim. Quando há dois lados em um negócio, é razoável que o interesse de ambos seja considerado, não é mesmo, meu bom amigo?

— E daí? — perguntou Monks.

— Vi que não seria fácil treiná-lo para o ofício — respondeu o judeu. — Ele não era como os outros meninos nas mesmas circunstâncias.

— Desgraçado, não mesmo! — resmungou o homem. — Ou já teria se tornado ladrão há muito tempo.

— Eu não tinha nenhum poder sobre ele para desencaminhá-lo — insistiu o judeu, observando ansiosamente o semblante de seu companheiro. — Ele não levava jeito. Eu não tinha meios de assustá-lo, algo que sempre precisamos ter desde o início, ou trabalhamos em vão. O que eu poderia fazer? Mandá-lo com o Esquivador e com o Charley? Logo tivemos problemas com isso, meu caro, eu temi por todos nós.

— *Isso* não foi culpa minha — observou Monks.

— Não, não, meu caro! — reforçou o judeu. — E eu não estou discutindo isso agora, porque, se não tivesse acontecido, você talvez não tivesse batido os olhos no menino para reconhecê-lo, o que levou à descoberta de que era ele quem você estava procurando. Bem! Eu trouxe ele para casa, para você, através da garota e então *ela* começou a querer ajudar o menino.

— Estrangule a garota! — disse Monks, impacientemente.

— Ora, não podemos nos dar a esse luxo agora, meu caro — respondeu o judeu, sorrindo —, e, além disso, esse tipo de coisa não vai nos atrapalhar. Do contrário, algum dia desses, eu mesmo vou querer que cuidem para que isso seja feito. Eu sei o que são essas garotas, Monks, sei bem. Assim que o menino começa a endurecer na vida, ela não vai mais se importar com ele do que se importaria com um bloco de madeira. Você quer que ele seja ladrão. Se ele estiver vivo, vou fazer tudo para que ele se torne um dessa vez e, se... se... — disse o judeu, aproximando-se do outro. — Não é provável, claro... mas se aconteceu o pior, e se ele estiver morto...

— A culpa não é minha, se ele estiver! — interveio o outro homem, com olhar de terror, e agarrando o braço do judeu com mãos trêmulas. — Lembre-se disso. Fagin! Eu não tive nada a ver com isso. Qualquer coisa, menos a morte dele, eu lhe disse isso desde o princípio. Não vou derramar sangue. Essas coisas sempre acabam sendo descobertas, além de assombrar a pessoa. Se mataram o menino com um tiro, eu não fui o motivo, você está me ouvindo? Nem que seja preciso incendiar este inferno! O que foi isso?

— O quê?! — gritou o judeu, agarrando o corpo do covarde, com os dois braços, quando ele ficou de pé. — Onde?

— Ali! — respondeu o homem, olhando fixamente para a outra parede. — A sombra! Vi a sombra de uma mulher, de capa e touca, passando como um sopro naquele painel!

O judeu soltou o abraço, e eles correram atabalhoadamente para fora do quarto. A vela, derretida pela passagem de ar, estava onde havia sido deixada. Sua luz só mostrava a escada vazia, e os rostos brancos dos dois. Eles apuraram bem os ouvidos: um profundo silêncio reinava em toda a casa.

— É sua imaginação — disse o judeu, erguendo a vela e se virando para o companheiro.

— Juro que eu vi! — respondeu Monks, trêmulo. — Ela estava inclinada para a frente, quando a vi, e quando falei, ela saiu correndo.

O judeu olhou com descrédito para o rosto pálido de seu colega, e, dizendo-lhe que ele podia acompanhá-lo, se quisesse, subiu a escada. Eles olharam dentro de todos os quartos; estavam frios, inóspitos e vazios. Eles desceram até o corredor, e dali até o porão mais abaixo. A umidade esverdeada escorria pelas paredes baixas e os rastros de lesmas e caramujos cintilaram à luz da vela, mas estava tudo imóvel como a morte.

— O que você me diz agora? — disse o judeu, quando retornaram ao corredor. — Além de nós dois, não há nenhuma criatura na casa com exceção de Toby e os meninos, e eles estão bem seguros. Veja!

Como prova desse fato, o judeu mostrou duas chaves que estavam em seu bolso e explicou que, quando descera a escada da primeira vez, ele havia trancado os rapazes, para impedir qualquer interferência em sua conversa.

Esse acúmulo de evidências efetivamente abalou o sr. Monks. Seus protestos foram aos poucos se tornando cada vez menos veementes, conforme prosseguiam em sua busca sem fazer nenhuma descoberta; e, então, ele soltou diversas gargalhadas muito soturnas, e confessou que só podia ter sido sua imaginação agitada. Ele declinou retomar a conversa, contudo, por aquela noite, subitamente se lembrando de que passava da uma da manhã. E assim a dupla amigável se despediu.

27.
Reparações pela indelicadeza de um capítulo anterior; que abandonou uma dama, do modo menos cerimonioso

Como não seria, de modo algum, próprio de um autor humilde manter um personagem tão poderoso quanto um bedel esperando, de costas para o fogo, e as abas de seu casaco recolhidas embaixo dos braços, até um momento em que bem aprouvesse liberá-lo; e como seria ainda menos apropriado à posição dele, ou à sua galantaria, envolver na mesma negligência uma dama para quem o bedel olhara com os olhos da ternura e da afeição, e em cujos ouvidos ele havia sussurrado palavras delicadas, as quais, vindo de quem vinham, podiam bem aquecer o peito de uma criada ou enfermeira de qualquer categoria, o historiador cuja pena traça estas palavras — confiante de saber seu lugar, e que mantém uma apropriada reverência por aqueles a quem sobre a terra uma autoridade elevada e importante é delegada — apressa-se em prestar-lhes o respeito que suas posições exigem, e tratá-los com a devida cerimônia que seus altos cargos, e (por consequência) grandes virtudes, imperativamente reclamam destas mãos. Com vistas a esse fim, a bem da verdade, este autor havia se proposto a introduzir, aqui, uma dissertação sobre o direito divino dos bedéis, elucidando a posição de que um bedel é incapaz de errar, o que não deixaria de ter sido tanto agradável quanto proveitosa para o leitor sadio, mas que ele é infelizmente obrigado, por falta de tempo e de espaço, a postergar para uma oportunidade mais conveniente e cabível; ocasião em que, quando chegar, ele estará preparado para demonstrar que um bedel constituído adequadamente, isto é, um bedel paroquial, associado à uma casa de trabalhos paroquiais, e trabalhando em sua capacidade oficial para a igreja paroquial, é, por direito e virtude de seu posto, imbuído de todas as excelências e melhores qualidades da humanidade; e que a tais excelências nenhum mero bedel de companhia, ou bedel de tribunal, ou mesmo um bedel de capela (exceto este último, mas em grau muito mais baixo e inferior), pode fazer a mais remota reivindicação.

O sr. Bumble havia recontado as colheres de chá, repesado as pinças de açúcar, feito uma minuciosa inspeção da leiteira, e garantido ao nível do detalhe a exata condição de toda a mobília, chegando até aos assentos de pêlo de cavalo das cadeiras, e havia repetido cada processo meia dúzia de vezes antes de começar a achar que estava na hora de a sra. Corney voltar. Como uma ideia puxa a outra, não havendo nenhum som da aproximação da sra. Corney, ocorreu ao sr. Bumble que seria um modo inocente e virtuoso de passar o tempo, se ele fosse mais além para saciar sua curiosidade, e fizesse uma rápida avaliação do interior das gavetas da cômoda da sra. Corney.

Depois de colocar o ouvido diante da fechadura, para garantir que ninguém estava vindo para o quarto, o sr. Bumble, começando de baixo, passou a se familiarizar com o conteúdo das três gavetas maiores, as quais, estando repletas de artigos de bom corte e bela textura, cuidadosamente preservados entre duas camadas de velhos jornais, salpicados de lavanda seca, pelo visto lhe deram extrema satisfação. Chegando, após algum tempo, na gaveta menor da direita (na qual estava a chave), e contemplando ali dentro uma caixinha fechada com cadeado, a qual, ao ser chacoalhada, produziu um som agradável, como do tilintar de moedas, o sr. Bumble voltou com passo altivo para perto do fogo; e, retomando a atitude anterior, disse, com ar grave e determinado:

— Está para mim!

Em seguida a essa notável declaração, ele ficou balançando jocosamente a cabeça por dez minutos, como se censurasse a si mesmo por ser um cachorro tão simpático; e então, reparou em suas pernas de perfil, aparentemente com muito prazer e interesse.

Ele ainda estava placidamente envolvido nessa última avaliação, quando a sra. Corney, entrando correndo no quarto, atirou-se, esbaforida, em uma cadeira diante do fogo, e cobrindo os olhos com uma mão, colocou a outra sobre o peito, e arquejou até recuperar o fôlego.

— Sra. Corney — disse o sr. Bumble, parando diante da enfermeira-chefe —, o que aconteceu, madame? Aconteceu alguma coisa, madame? Por favor, responda-me: estou que... em...

O sr. Bumble, em seu alvoroço, não conseguiu imediatamente pensar na palavra "palpos-de-aranha", de modo que disse "frangalhos".

— Ah, sr. Bumble! — exclamou a senhora. — Fui pavorosamente enganada!

— Enganada, madame?! — exclamou o sr. Bumble. — Quem ousou...? Já sei! — disse o sr. Bumble, recompondo-se, com majestade nata. — Foram os malditos pobretões!

— É pavoroso pensar nisso! — disse a senhora, estremecida.

— Então *não* pense, madame — retrucou o sr. Bumble.

— Não consigo — choramingou a senhora.

— Então beba um trago, madame — disse o sr. Bumble delicadamente. — Um pouco de vinho?

— Por nada neste mundo! — respondeu a sra. Corney. — Eu não posso... oh! A prateleira de cima, à direita... oh!

Pronunciando essas palavras, a boa senhora apontou, distraidamente, para o armário, e passou por uma convulsão de espasmos interiores. O sr. Bumble correu até o armário e, tirando um frasco de vidro verde da prateleira assim confusamente indicada, encheu uma xícara com seu conteúdo, e levou às lábios da senhora.

— Estou melhor agora — disse a sra. Corney, recostando-se, depois de engolir metade do líquido.

O sr. Bumble ergueu seus olhos piedosamente para teto em gratidão e, trazendo-os de volta para a borda da xícara, trouxe-a até o nariz.

— Hortelã-pimenta — exclamou a sra. Corney, em voz baixa, sorrindo delicadamente para o bedel ao falar. — Experimenta! Ainda tem... um restinho na xícara.

O sr. Bumble provou o remédio com expressão intrigada, estalou os lábios, provou mais um pouco e abaixou a xícara vazia.

— É muito reconfortante — disse a sra. Corney.

— Muitíssimo, de fato, madame — disse o bedel.

Enquanto falava, ele puxou um cadeira para perto da enfermeira-chefe, e ternamente indagou o que havia acontecido que a deixara assim abalada.

— Não foi nada — respondeu a sra. Corney. — Sou uma boba, uma criatura suscetível, fraca.

— Fraca, não, madame — retrucou o sr. Bumble, aproximando ainda mais a cadeira. — A senhora é uma criatura fraca, sra. Corney?

— Somos todos criaturas fracas — disse a sra. Corney, expondo um princípio geral.

— Pois somos mesmo — disse o bedel.

Nada foi dito de nenhuma das partes, por um minuto ou dois depois disso. Expirado esse tempo, o sr. Bumble ilustrou a posição deslocando o braço esquerdo, do encosto da cadeira de sra. Corney, onde até então estivera apoiado, para o cordão que amarrava o avental da sra. Corney, em torno do qual, aos poucos, ele enrolou seus dedos.

— Somos todos criaturas fracas — disse o sr. Bumble.

A sra. Corney suspirou.

— Não suspire, sra. Corney — disse o sr. Bumble.

— Não consigo — disse a sra. Corney. E suspirou outra vez.

— Seu quarto é muito confortável, madame — disse o sr. Bumble olhando à sua volta. — Se tivesse outro cômodo, além deste, madame, seria perfeito.

— Seria demais para uma pessoa só — murmurou a senhora.

— Mas não para duas, madame — retrucou o sr. Bumble, em tom suave. — Não é, sra. Corney?

A sra. Corney deixou cair a cabeça, quando o bedel disse isso; o bedel deixou cair a sua, para enxergar melhor o rosto da sra. Corney. A sra. Corney, com grande propriedade, virou a cabeça, e levou a mão ao lenço em seu bolso; mas, sem perceber, colocou de volta a mão na mão do sr. Bumble.

— A diretoria lhe fornece carvão, não é, sra. Corney? — indagou o bedel, apertando afetuosamente a mão dela.

— E vela — respondeu a sra. Corney, devolvendo a pressão discretamente.

— Carvão, vela e isenção de aluguel — disse o sr. Bumble. — Oh, sra. Corney, você é um verdadeiro Anjo!

A dama não foi imune a tal efusão de sentimentos. Ela se atirou nos braços do sr. Bumble; este cavalheiro, em sua agitação, imprimiu um beijo apaixonado em seu casto nariz.

— Que perfeição paroquial! — exclamou o sr. Bumble, embevecido. — Você sabia que o sr. Slout piorou esta noite, minha sedutora?

— Sei — respondeu a sra. Corney, acanhada.

— O médico acha que ele não passa dessa semana — insistiu o sr. Bumble. — Ele é o dono deste estabelecimento. A morte dele abrirá uma vaga e essa vaga deverá ser ocupada. Ah, sra. Corney, que perspectiva se abre! Que oportunidade para o enlace de corações e economias domésticas!

A sra. Corney soluçou.

— Aquela palavrinha? — disse o sr. Bumble, inclinando-se sobre a beldade acanhada. — Uma única palavrinha, aquela, minha abençoada Corney?

— Si... si... sim! — suspirou a enfermeira-chefe.

— Mais uma coisinha — insistiu o bedel. — Recomponha seus adorados sentimentos para me dizer só mais uma coisa. Quando?

A sra. Corney tentou duas vezes falar e duas vezes falhou. Por fim, tomando coragem, ela lançou os braços em torno do pescoço do sr. Bumble, e disse que podia ser o quanto antes, como ele quisesse, e que ele era um "patinho irresistível".

Uma vez acertada a questão em termos assim amigáveis e satisfatórios, o contrato foi solenemente ratificado com outra xícara de hortelã pimenta, que se tornou ainda mais necessária, pelo alvoroço e pela agitação do espírito da senhora. Enquanto a bebida era servida, ela informou o sr. Bumble do falecimento da velha.

— Muito bom — disse o cavalheiro, bebericando a hortelã-pimenta. — Vou passar no Sowerberry no caminho de casa, e vou pedir para ele mandar alguém amanhã de manhã. Foi isso que a deixou abalada, amor?

— Não foi nada em particular, querido — disse a senhora evasivamente.

— Algo há de ter sido, amor — persistiu o sr. Bumble. — Não vai contar nem para o seu B.?

— Agora não — devolveu a senhora. — Um dia desses. Depois de casarmos, querido.

— Depois de casarmos! — exclamou o sr. Bumble. — Não terá sido nenhum pobretão saliente que se engraçou...

— Não, não, amor! — interveio a senhora, apressadamente.

— Se eu achasse que fosse — continuou o sr. Bumble —, se eu souber que algum deles ousou levantar seus olhos vulgares para esse semblante adorável...

— Eles não ousariam, amor — respondeu a senhora.

— Melhor que não ousem! — disse o sr. Bumble, cerrando o punho. — Se eu vejo um homem, paroquiano ou extraparoquiano, com uma intenção dessas que seja, já vou avisando que ele não fará isso uma segunda vez!

Sem o ornamento da gesticulação violenta, isso não teria sido um grande elogio aos encantos da senhora; mas, como o sr. Bumble acompanhou a ameaça de muitos gestos beligerantes, ela ficou muito comovida com essa prova de sua devoção, e afirmou, com grande admiração, que ele era de fato um pombinho.

O pombinho então levantou a gola do casaco, e pôs seu chapéu bicorne; e, depois de trocar um longo e afetuoso abraço em sua futura esposa, mais uma vez enfrentou o vento frio da noite, parando apenas, por alguns minutos, na ala masculina dos pobres, para abusar deles um pouco, e confirmar sua capacidade de exercer o cargo de chefe da casa de trabalhos com a necessária rigidez. Satisfeito com as próprias qualificações, o sr. Bumble deixou o edifício com o coração leve, e visões brilhantes de sua futura promoção, que serviram para ocupar seus pensamentos até ele chegar na funerária.

Ora, o sr. e a sra. Sowerberry havendo saído para o chá, e Noah Claypole não estando nunca disposto a fazer grande esforço físico além do necessário para a realização conveniente das duas funções de comer e beber, a funerária não estava fechada, embora já houvesse passado do horário normal de encerrar o expediente. O sr. Bumble bateu com a bengala no balcão diversas vezes, mas, sem conseguir atrair atenção, e percebendo uma luz acesa pela janela da saleta dos fundos da loja, ele espiou ousadamente e notou o que se passava; e quando viu o que se passava, ele não ficou nenhum pouco surpreso.

A toalha estava posta para o jantar; a mesa estava servida de pão e manteiga, pratos e copos, uma jarra de cerveja e uma garrafa de vinho. Na cabeceira da mesa, o sr. Noah Claypole se recostava negligentemente em uma poltrona, com as pernas lançadas por cima de um dos braços, um canivete aberto em uma mão, e uma massa de pão com manteiga na outra. Logo ao lado dele estava Charlotte, abrindo ostras de um barril, as quais o sr. Claypole condescendia em engolir, com notável avidez. Uma vermelhidão mais do que comum na região do nariz do jovem cavalheiro, e uma espécie de piscadela congelada no olho direito, denotavam que ele estava em ligeiro grau de intoxicação; esses sintomas foram confirmados pelo intenso prazer com que ele engolia suas ostras, prazer que nada além de um forte apreço por suas propriedades refrescantes, em casos de calores internos, teria explicado suficientemente.

— Eis uma gorda deliciosa, Noah, querido! — disse Charlotte. — Experimenta, só mais essa.

— Ostra é uma delícia! — observou o sr. Claypole, depois de engolir. — Pena que é preciso muitas delas para você começar a se empanturrar, não é mesmo, Charlotte?

— É uma verdadeira crueldade — disse Charlotte.

— É mesmo — aquiesceu o sr. Claypole. — Você não gosta de ostra?

— Não muito — respondeu Charlotte. — Gosto de ver você comendo ostra, Noah querido, mais do que de comer.

— Jesus! — disse Noah, pensativamente. — Que estranho!

— Mais uma — disse Charlotte. — Essa tem uma barba linda e delicada!

— Não suporto mais — disse Noah. — Sinto muito. Venha, Charlotte, deixa eu te dar um beijo.

— O quê?! — disse o sr. Bumble, invadindo o recinto. — Repita isso, senhor.

Charlotte soltou um grito, e escondeu o rosto no avental. O sr. Claypole, sem alterar mais sua posição além de fazer os pés tocarem o chão, olhou fixamente para o bedel com terror embriagado.

— Repita isso, seu cafajeste, audacioso! — disse o sr. Bumble. — Como você ousa dizer uma coisa dessas, senhor? E você, como pode encorajá-lo, sua sirigaita insolente? Beijando-se..! — exclamou o sr. Bumble, com forte indignação. — Que nojo!

— Não foi minha intenção! — disse Noah, choramingando. — Ela está sempre me beijando, mesmo que eu não queira.

— Ah, Noah! — gritou Charlotte, em tom de censura.

— É isso mesmo, você sabe que é! — persistiu Noah. — Ela está sempre fazendo isso, sr. Bumble, e ela me pega pelo queixo, sim, senhor, e fica assim toda amorosa!

— Silêncio! — exclamou o sr. Bumble, seriamente. — Vá lá para baixo, madame. Noah, feche a loja. Não diga nada até seu patrão voltar, para o seu bem, e, quando ele voltar para casa, diga a ele que o sr. Bumble pediu que ele mande um caixão de velha amanhã logo cedo depois do desjejum. Você me entendeu, senhor? Beijando-se! — exclamou o sr. Bumble, com as mãos erguidas. — O pecado e maldade das classes mais baixas neste distrito paroquial é algo assustador! Se o Parlamento não levar em consideração o rumo abominável dessa gente, este país estará arruinado, e o caráter do campesinato, perdido para sempre!

Com tais palavras, o bedel saiu marchando, com ar altivo e soturno, da funerária.

E agora que o acompanhamos até esse trecho de seu caminho de volta para casa, e fizemos todos os preparativos necessários ao funeral da velha, passemos a algumas questões a respeito do jovem Oliver Twist, e confirmemos logo se ele ainda estava deitado na vala onde Toby Crackit o deixou.

28.
Procura por Oliver, e prossegue com suas aventuras

— Que os lobos estraçalhem suas gargantas! — resmungou Sikes, rangendo os dentes. — Quem dera eu estivesse entre vocês; vocês uivariam ainda mais.

Enquanto Sikes rosnava essa imprecação, com a mais desesperada ferocidade que sua natureza desesperada era capaz de reunir, ele descansou o corpo do menino ferido em seu joelho dobrado e virou a cabeça, por um instante, para olhar para seus perseguidores.

Havia pouca coisa discernível, naquele nevoeiro e naquela escuridão; mas os gritos altos de homens vibravam pelo ar, e os latidos dos cães da vizinhança, despertados pelo alarme do sino, ressoavam em todas as direções.

— Pare, seu cachorro covarde! — gritou o ladrão, berrando para Toby Crackit, que, valendo-se melhor de suas pernas longas, já estava adiante. — Pare!

A repetição da palavra fez com que Toby estacasse de repente. Pois ele não tinha bem certeza de estar além do alcance de um tiro de pistola, e Sikes não estava para brincadeira.

— Ajude aqui com o menino — gritou Sikes, chamando furiosamente seu colega. — Volte aqui!

Toby esboçou retornar, mas arriscou, em voz baixa, entrecortada por falta de ar, demonstrar considerável relutância enquanto voltava lentamente.

— Depressa! — gritou Sikes, deitando o menino em uma vala seca a seus pés, e sacando a pistola do bolso. — Não adianta se fazer de sonso comigo.

Nesse momento, o barulho ficou alto. Sikes, olhando outra vez para os lados, conseguiu avistar os homens que os perseguiam já pulando o portão do campo onde ele estava; e dois cães alguns passos adiante deles.

— A casa caiu, Bill! — gritou Toby. — Deixe o menino, e sebo nas canelas.

Com esse conselho de despedida, o sr. Crackit, preferindo o risco de ser baleado pelas costas pelo amigo à certeza de ser capturado por seus inimigos, deu meia-volta, e fugiu correndo a toda velocidade. Sikes rangeu os dentes; olhou para os lados; desvencilhou-se do corpo prostrado de Oliver, dentro da capa na qual ele fora embrulhado às pressas; correu pela frente da cerca, como se quisesse distrair a atenção dos homens que vinham atrás, do local onde o menino jazia; parou, por um segundo, diante de outra cerca que fazia um ângulo reto com a primeira; e girando a pistola no ar, esvaziou-a com um solavanco, e sumiu.

— Ho, ho, ali! — gritou uma voz trêmula ao fundo. — Pincher! Neptune! Vem, vem!

Os cães, que, em comum com seus donos, pareciam não ter nenhum prazer particular pela caçada em que estavam envolvidos, logo atenderam ao comando. Três homens, que a essa altura haviam avançado alguma distância campo adentro, pararam para deliberar.

— O meu conselho, ou, ao menos, eu diria, a minha *ordem*, é — disse o mais gordo do grupo — voltar já para casa.

— Concordo com qualquer coisa que o sr. Giles concordar em fazer — disse o mais baixo, que não era de modo algum um sujeito esguio, e tinha um rosto muito pálido e era muito polido, como homens assustados frequentemente são.

— Eu não quero parecer grosseiro, cavalheiros — disse o terceiro homem, que chamou os cães de volta —, mas o sr. Giles é quem deve decidir.

— Certamente — respondeu o mais baixo. — E qualquer coisa que o sr. Giles diga, não nos cabe contradizer. Não, não, eu sei o meu lugar! Graças aos céus, eu sei bem o meu lugar.

Verdade seja dita, o homenzinho parecia *de fato* saber seu lugar, e saber perfeitamente bem que não era de modo algum um lugar invejável, pois seus dentes batiam dentro do crânio enquanto ele falava.

— Você está com medo, Brittles — disse o sr. Giles.

— Não estou — disse Brittles.

— Está, sim — disse Giles.

— O senhor falta com a verdade, sr. Giles — disse Brittles.

— Brittles, você é uma mentira — disse o sr. Giles.

Ora, essas quatro réplicas foram suscitadas pelo sarcasmo do sr. Giles; e o sarcasmo do sr. Giles havia se originado de sua indignação por ter a responsabilidade de voltar para casa, imposta a si mesmo sob o disfarce de um elogio. O terceiro homem encerrou a disputa, muito filosoficamente.

— Cavalheiros, vou lhes dizer o que se passa — disse ele —, estamos todos com medo.

— Fale por si mesmo, senhor — disse o sr. Giles, que era o mais pálido do grupo.

— Então falarei — respondeu o homem. — É natural e correto estar com medo, sob estas circunstâncias. Eu estou.

— Eu também estou — disse Brittles —, só que não tem cabimento dizer a um homem que ele está, assim tão abruptamente.

Essas francas admissões aliviaram o sr. Giles, que logo admitiu que *ele* estava com medo; ao que todos os três se viraram, e voltaram correndo na mais completa unanimidade, até que o sr. Giles (que tinha o menor fôlego do grupo, e que levava um forcado) elegantemente insistiu em parar, para se desculpar por suas palavras intempestivas.

— Mas é uma coisa espantosa — disse o sr. Giles, depois de se explicar —, o que um homem é capaz de fazer, quando o sangue lhe sobe à cabeça. Eu teria cometido um assassinato, tenho certeza disso, se tivéssemos capturado algum dos ladrões.

Como os outros dois estavam sob a impressão de um pressentimento similar, e como seu sangue, como o dele, havia descido totalmente outra vez, seguiram-se especulações sobre o motivo dessa súbita mudança de temperamento do grupo.

— Eu sei o que foi — disse o sr. Giles. — Foi o portão.

— Não me espantaria se fosse — exclamou Brittles, adotando a ideia.

— Pode apostar que foi — disse Giles —, que aquele portão interrompeu o fluxo da excitação. Senti que a minha de repente passou quando estava pulando o portão.

Por uma notável coincidência, os outros dois haviam sido visitados pela mesma sensação desagradável naquele momento preciso. Ficou bastante óbvio, portanto, que havia sido o portão; especialmente porque não havia dúvida quanto ao momento em que a mudança ocorrera, pois os três se lembravam de terem avistado os ladrões no instante da ocorrência.

Esse diálogo foi entabulado entre os dois homens que haviam surpreendido os invasores, e um funileiro ambulante que estava dormindo em um alpendre, e que havia sido despertado, assim como seus dois vira-latas, para se juntar à perseguição. O sr. Giles agiu na dupla capacidade de mordomo e administrador da mansão da velha senhora; Brittles era um rapaz que fazia serviços gerais, que, tendo começado a servi-la ainda muito criança, era tratado até então como um jovem promissor, embora tivesse passado dos trinta.

Encorajando-se mutuamente com essa conversa, mas mantendo-se muito unidos, não obstante, e olhando apreensivos para os lados, sempre que uma nova lufada de vento balançava os galhos, os três voltaram correndo para debaixo de uma árvore, atrás da qual haviam deixado seu lampião, para que a luz não informasse aos bandidos em que direção atirar. Recolhendo o lampião, eles fizeram a maior parte do caminho para casa em bom ritmo de trote; e muito depois que suas formas obscuras deixaram de ser discerníveis, a luz do lampião talvez ainda pudesse ser vista, bruxuleante e dançante, à distância, como uma espécie de emanação da atmosfera úmida e soturna através da qual era rapidamente transportada.

O ar ficou mais frio, conforme o dia lentamente raiou; e a névoa se dispersou pelo chão como uma densa nuvem de fumaça. A grama estava úmida; os caminhos, e os baixios, estavam repletos de lama e água; a úmida exalação de um vento insalubre prosseguia languidamente, com um gemido grave. Ainda assim, Oliver jazia imóvel e insensível no mesmo lugar em que Sikes o havia deixado.

A manhã avançou depressa. O ar se tornou mais agudo e penetrante, conforme sua primeira tonalidade opaca — a morte da noite, mais do que o nascimento do dia — cintilou discretamente no céu. Objetos que haviam parecido sombrios e terríveis no escuro passaram a ficar cada vez mais definidos, e aos poucos retomaram seus formatos familiares. A chuva começou, grossa e célere, e tamborilou ruidosamente entre os arbustos desfolhados. Mas Oliver não a sentiu bater contra seu corpo, pois ele ainda jazia estendido, sem forças, inconsciente, em seu leito de barro.

Por fim, um grito baixo de dor rompeu a quietude predominante, e, ao proferi-lo, o menino acordou. Seu braço esquerdo, rusticamente enfaixado com um xale, pendia pesado e inútil ao lado do corpo; a faixa estava saturada de sangue. Ele estava tão fraco, que mal conseguiu se sentar; quando conseguiu, olhou debilmente ao seu redor, buscando ajuda, e gemeu de dor. Tremendo em todas as articulações, de frio e de exaustão, ele tentou ficar de pé, mas, estremecendo dos pés à cabeça, caiu prostrado no chão.

Após um breve retorno do estupor no qual ele ficara tanto tempo mergulhado, Oliver, movido por um lento mal-estar no peito, que pareceu alertá-lo para o fato de que, se ele continuasse ali deitado, certamente morreria, ficou de pé, e tentou andar. Sua cabeça estava zonza, e ele cambaleou para lá e para cá como um bêbado. Mas conseguiu se equilibrar, contudo, e, com a cabeça caída languidamente para frente, seguiu tropegamente adiante, sem saber aonde ia.

Agora, hostes de ideias espantosas e confusas se amontoavam em sua mente. Ele parecia ainda estar andando entre Sikes e Crackit, que discutiam irritadamente, pois as exatas palavras que eles diziam ecoavam em seus ouvidos; e quando voltou a si, na verdade, fazendo um esforço violento para evitar cair, descobriu que estava falando com eles. Em seguida, ele estava sozinho com Sikes, cambaleando como no dia anterior; e enquanto vultos de pessoas passavam por eles, ele sentiu o ladrão apertando seu pulso. De repente, ele recuou sobressaltado ao som de disparos de armas de fogo; ergueram-se no ar gritos e berros, luzes ofuscaram seus olhos, tudo era barulho e tumulto, como se alguma mão invisível o conduzisse apressadamente para longe dali. Através de todas essas rápidas visões, passava correndo uma consciência indefinida, inquieta, da dor, que o exauria e atormentava incessantemente.

Assim ele cambaleou, arrastou-se, em frente, quase mecanicamente, entre as barras dos portões, ou por meio de buracos nas cercas-vivas que apareciam em seu caminho, até chegar a uma estrada. Ali a chuva ficou tão forte, que ele despertou de vez.

Olhou para os lados, e viu que a uma distância não muito grande havia uma casa, que ele talvez conseguisse alcançar. Penalizando-se com a situação dele, podiam se compadecer; e, se não o fizessem, seria melhor, ele pensou, morrer perto de outras pessoas, do que sozinho nos campos, ao relento. Ele reuniu todas as suas forças para uma última tentativa, e dirigiu seus passos vacilantes para lá.

Conforme ele se aproximou da casa, uma sensação que ele nunca tivera antes o dominou. Ele não se lembrava dos detalhes; mas a forma e o aspecto da construção lhe pareceram familiares.

O muro do jardim! Na grama do lado de dentro, ele havia caído ajoelhado na noite anterior, e pedido piedade aos dois homens. Era a mesma casa que eles haviam tentado roubar.

Oliver sentiu tanto medo ao reconhecer o local, que, por um instante, esqueceu a agonia de seu ferimento, e pensou apenas em fugir. Fugir! Ele mal conseguia se manter de pé e, ainda que estivesse em posse plena de todas as forças de sua esguia e jovem estrutura, para onde ele fugiria? Ele empurrou o portão do jardim; estava destrancado, e girou nas dobradiças. Cambaleou através do gramado, subiu os degraus da entrada, bateu com mão fraca na porta e, perdendo suas últimas forças, desabou contra um pilar do alpendre estreito.

Por acaso, nessa hora, mais ou menos, o sr. Giles, Brittles e o funileiro estavam reunidos, depois das fadigas e dos terrores da noite, bebendo chá e comendo, na cozinha. Não que fosse comum o sr. Giles admitir grande familiaridade aos empregados mais humildes, diante dos quais ele costumava se portar com uma afabilidade altiva, que, embora gratificante, não deixava de lembrá-los da posição superior que ele ocupava na sociedade. Mas a morte, o incêndio e a roubalheira igualam todos os homens, de modo que o sr. Giles ficou sentado com as pernas esticadas diante da grade do fogão, apoiando o braço esquerdo na mesa, enquanto, com o direito, ele ilustrava um relato detalhado e minucioso do assalto, ao qual seu público (mas especialmente a cozinheira e a criada, que faziam parte do grupo) ouvia com mudo interesse.

— Deviam ser duas e meia da manhã — disse o sr. Giles —, ou não poderia jurar que não eram ainda três, quando eu acordei e, virando-me na cama, como vou dizer — (aqui o sr. Giles se virou na cadeira e puxou o canto da toalha para imitar a roupa de cama) —, imaginei ter ouvido um barulho.

Nesse ponto da narrativa, a cozinheira ficou pálida, e mandou a criada fechar a porta, que pediu a Brittles, que pediu ao funileiro, que fingiu não ter ouvido.

— Ouvido um barulho — continuou o sr. Giles —, eu pensei, a princípio, "Deve ser uma ilusão", e estava me recompondo para dormir, quando ouvi o barulho outra vez, distintamente.

— Que tipo de barulho? — perguntou a cozinheira.

— Como o de algo sendo quebrando — respondeu o sr. Giles, olhando à sua volta.

— Mais como o som de uma barra de ferro sendo raspada em um ralador de noz moscada — sugeriu Brittles.

— Isso foi quando *você* ouviu — retrucou o sr. Giles —, mas, nessa hora, era o de algo se quebrando. Afastei as cobertas — continuou Giles, afastando a toalha —, sentei-me na cama e apurei os ouvidos.

A cozinheira e a criada simultaneamente deixaram escapar "Jesus!" e aproximaram suas cadeiras.

— Então eu ouvi, muito nitidamente — retomou o sr. Giles. — "Alguém", eu disse, "está forçando uma porta, ou janela. O que devo fazer? Vou acordar aquele pobre rapaz, Brittles, para que ele não seja assassinado na cama ou para que a garganta dele", eu disse, "não seja cortada de lado a lado, sem que ele jamais saiba".

Ali, todos os olhos se voltaram para Brittles, que fixava os seus no narrador, o encarando com a boca escancarada e um semblante expressivo do mais incontido horror.

— Tirei as cobertas — disse Giles, jogando longe a toalha, olhando muito duramente para a cozinheira e para a criada —, saí de mansinho da cama, pus um par de...

— Sr. Giles, há damas presentes — murmurou o funileiro.

— ... de *sapatos*, senhor — disse Giles, virando-se para ele, colocando grande ênfase na palavra —, peguei a pistola carregada que sempre sobe com o cesto de louça e fui na ponta dos pés até o quarto dele. "Brittles", eu disse quando o despertei, "não se assuste!".

— Foi isso mesmo — observou Brittles, em voz baixa.

— "Vamos morrer, eu acho, Brittles", eu disse — continuou Giles —, "mas não se assuste".

— Ele *ficou* assustado? — perguntou a cozinheira.

— Nem um pouco — respondeu o sr. Giles. — Ele ficou firme. Ah! Quase tão firme quanto eu.

— Eu teria morrido na hora, tenho certeza, se fosse comigo — observou a criada.

— Você é mulher — retrucou Brittles, empertigando-se um pouco.

— Brittles tem razão — disse o sr. Giles, balançando a cabeça, com aprovação —, de uma mulher, não se esperaria outra coisa. Nós, sendo homens, pegamos um lampião que ficava atrás do fogão do Brittles e descemos tateando a escada na escuridão total, como seria de se esperar.

O sr. Giles havia se levantado de sua cadeira e dado dois passos de olhos fechados, para acompanhar a descrição com uma ação correspondente, quando teve um violento sobressalto, assim como o restante do grupo, e tornou depressa a se sentar. A cozinheira e a criada berraram.

—Alguém bateu na porta — disse o sr. Giles, adotando uma serenidade perfeita. — Alguém precisa atender.

Ninguém se mexeu.

— Parece um tanto estranho, alguém vir bater a essa hora da manhã — disse o sr. Giles, examinando os rostos pálidos que o cercavam e parecendo também muito lívido —, mas alguém deve atender. Vocês estão me ouvindo? Alguém?

O sr. Giles, enquanto falava, olhava para Brittles, mas o rapaz, naturalmente modesto, provavelmente não se considerava ninguém e supôs que a pergunta não se aplicasse a si mesmo; em todo caso, ele não disse nada. O sr. Giles dirigiu um olhar suplicante ao funileiro, mas este subitamente pegara no sono. As mulheres estavam fora de cogitação.

— Se o Brittles preferir abrir a porta na presença de testemunhas — disse o sr. Giles após breve silêncio —, estou disposto a acompanhar.

— Eu também — disse o funileiro, acordando, tão subitamente quanto havia adormecido.

Brittles capitulou diante desses termos; e o grupo todo, sentindo-se mais reconfortado pela descoberta (feita ao se abrirem as venezianas) que já estava dia claro, subiu a escada, com os cachorros na frente. As duas mulheres, com medo de ficar sozinhas lá embaixo, vieram atrás da comitiva. A conselho do sr. Giles, todos começaram a falar muito alto, para alertar qualquer pessoa mal-intencionada que estivesse lá fora, de que eram um grupo numeroso e, seguindo uma política magistral, originada no cérebro do mesmo engenhoso cavalheiro, os rabos dos cachorros foram beliscados, no corredor, para fazê-los latir com selvageria.

Tomadas essas precauções, o sr. Giles agarrou firme o braço do funileiro (para impedir que este fugisse, como ele disse jocosamente) e deu a palavra de comando para abrir a porta. Brittles obedeceu. O grupo, espiando temerosamente sobre os ombros uns dos outros, contemplou apenas a forma não tão formidável do pobrezinho do Oliver Twist, mudo e exausto, que ergueu seus olhos pesados, e sem palavras solicitou sua compaixão.

— Um menino! — exclamou o sr. Giles, valentemente, empurrando o funileiro para trás. — O que aconteceu com esse... eh?... ora... Brittles... veja só... você não está reconhecendo?

Brittles, que ficara atrás da porta depois de abri-la, assim que pôs os olhos em Oliver soltou um berro bem alto. O sr. Giles, agarrando o menino por uma perna e por um braço (felizmente não o braço quebrado), arrastou-o logo para o corredor e o depositou estendido no assoalho.

— Aí está ele! — exclamou Giles, berrando com grande excitação, na direção do andar de cima —, madame, um dos ladrões está aqui! Aqui está o ladrão, madame! Ferido, madame! Eu atirei nele, madame, e o Brittles segurou o lampião.

— ... segurei o lampião, madame — gritou Brittles, com a mão ao lado da boca, para que sua voz se propagasse melhor.

As duas empregadas subiram a escada correndo para levar a informação de que o sr. Giles havia capturado um dos ladrões; e o funileiro tratou de tentar reavivar Oliver, para que ele não morresse antes de poder ser enforcado. Em meio a todo esse barulho e essa comoção, ouviu-se uma doce voz feminina, que encerrou a balbúrdia em um instante.

— Giles! — sussurrou a voz do alto da escada.

— Estou aqui, madame — respondeu o sr. Giles. — Não se assuste, madame, não estou muito machucado. Ele não tentou resistir desesperadamente, madame! Logo consegui sobrepujá-lo.

— Silêncio! — respondeu a jovem dama. — Assim você assusta a minha tia tanto quanto os bandidos assustaram. A pobre criatura está muito ferida?

— Desesperadamente ferida, madame — respondeu Giles, com indescritível complacência.

— Parece que ele vai morrer, madame — gritou Brittles, com o mesmo gesto de antes. — A senhorita não quer descer e dar uma olhada nele, madame, caso ele morra?

— Silêncio, por favor, seja um bom homem! — retrucou a dama. — Espere só um instante, enquanto eu falo com minha tia.

Com passos tão suaves e gentis quanto a voz, a moça se afastou. Ela logo retornou com a ordem de que a pessoa ferida devia ser trazida, cuidadosamente, até o quarto do sr. Giles e que Brittles devia selar o pônei e ir depressa a Chertsey, onde devia procurar, com toda a urgência, um policial e um médico.

— Mas a senhorita não vai dar uma olhada nele antes, madame? — perguntou o sr. Giles, com tanto orgulho quanto se Oliver fosse um pássaro de rara plumagem que ele habilidosamente tivesse conseguido capturar. — Nem uma espiadinha, madame?

— Agora, não, por tudo o que é mais sagrado — respondeu a jovem dama. — Pobre sujeito! Oh! Cuide bem dele, Giles, estou lhe pedindo!

O antigo empregado olhou para a patroa no alto da escada, enquanto ela se virava, com uma expressão orgulhosa e admirada, como se a moça fosse sua própria filha. Então, inclinando-se sobre Oliver, ele ajudou a levá-lo para cima, com o cuidado e a solicitude de uma mulher.

29.
Com um relato introdutório dos moradores da casa, à qual Oliver recorreu

Em uma bela sala, embora a mobília tivesse um certo ar de conforto antiquado mais do que de elegância moderna. Duas damas estavam sentadas em volta de uma mesa bem servida para o desjejum. O sr. Giles, trajado escrupulosamente com um terno preto completo, estava a servi-las. Ele assumira uma posição intermediária entre o aparador e a mesa do desjejum; e, com o tronco muito ereto, a cabeça voltada para trás, e com uma inclinação mínima para um dos lados, a perna esquerda avançada um passo, e a mão direita enfiada no colete, enquanto a esquerda pendia ao lado do corpo, segurando uma bandeja, parecia alguém que agia com a agradabilíssima consciência dos próprios méritos e da própria importância.

Das duas damas, uma era de idade avançada, mas a cadeira de carvalho de espaldar alto em que estava não era mais ereta que sua postura. Vestida com a máxima minúcia e precisão, em peculiar mescla de peças antiquadas com leves concessões ao gosto dominante, o que mais contribuía para acentuar a beleza do estilo antigo do que para atenuar seu efeito, ela se sentava, altivamente, com as mãos dobradas sobre a mesa diante de si. Seus olhos (e a idade pouco fizera para apagar seu brilho) prestavam atenção em sua jovem companhia.

A dama mais moça tinha o viço adorável da primavera feminina; naquela idade em que, se os anjos se entronizassem em formas mortais para cumprirem os bons propósitos de Deus, sem cometer nenhuma impiedade, supostamente habitariam formas como as dela.

Ela não tinha mais que 17. Moldada em forma tão sutil e rara, tão meiga e gentil, tão pura e tão bela, que a terra não parecia ser seu elemento, nem suas rudes criaturas, companheiras à altura. A própria inteligência que brilhava em seus olhos azuis escuros e que estampava sua fronte nobre mal parecia ter sua idade, ou a idade do mundo; no entanto, a expressão cambiante de doçura e bom humor, as mil luzes que brincavam em seu semblante, e não deixavam sombra, sobretudo o sorriso, o sorriso alegre, feliz, eram feitos para o Lar, para a paz e a felicidade junto ao fogo.

Ela estava ativamente ocupada nos pequenos afazeres da mesa. Erguendo casualmente os olhos para a senhora enquanto esta a observava, ela afastou divertidamente o cabelo, singelamente trançado, da testa e lançou para ela um olhar radiante, com tal expressão de afeto e amabilidade sem artifício, que espíritos iluminados talvez sorrissem só de olhar para ela.

— E Brittles já saiu há mais de uma hora, não foi? — perguntou a velha senhora, após uma pausa.

— Uma hora e doze minutos, madame — respondeu o sr. Giles, conferindo um relógio de prata, que sacou do bolso, preso a uma fita preta.

— Ele sempre foi lento — comentou a velha senhora.

— Brittles sempre foi um menino lento, madame — respondeu o mordomo.

Visto, afinal, que Brittles era um menino lento havia já mais de trinta anos, aparentemente, não havia grande probabilidade de que um dia fosse um menino ligeiro.

— Ele está ficando pior ao invés de melhor, eu acho — disse a velha senhora.

— É imperdoável se ele parar para brincar com outros meninos — disse a moça, sorrindo.

O sr. Giles aparentemente estava considerando o cabimento de se permitir também um sorriso respeitoso, quando uma carruagem parou no portão do jardim, da qual saltou um cavalheiro gordo, que correu diretamente para a porta e que, entrando rapidamente na casa, por algum processo misterioso, entrou afobadamente na sala, e quase derrubou o sr. Giles e a mesa do desjejum.

— Que coisa inaudita! — exclamou o cavalheiro gordo. — Minha cara sra. Maylie, Deus abençoe, na calada da noite, ainda por cima. Que coisa *inaudita*!

Com tais expressões de condolência, o cavalheiro gordo apertou as mãos das duas damas e, puxando uma cadeira, indagou como elas estavam passando.

— Vocês devem ter ficado mortas, definitivamente, mortas de medo — disse o cavalheiro gordo. — Por que não mandaram me chamar? Deus me livre, meu empregado teria chegado em um minuto; e eu também. Seria um prazer para o meu assistente, ou qualquer um, tenho certeza, vir nessas circunstâncias. Jesus, Jesus! Tão inesperadamente! E na calada da noite, ainda por cima!

O médico parecia especialmente incomodado com o fato de o assalto ter sido inesperado e tentado durante a noite; como se fosse um costume estabelecido entre cavalheiros no ramo da ladroagem fazer negócios ao meio-dia, e marcar a data, por correio, com um ou dois dias de antecedência.

— E você, srta. Rose — disse o médico, virando-se para a mocinha —, eu...

— Oh! De fato, realmente — disse Rose, interrompendo-o —, mas há uma pobre criatura lá em cima, que minha tia deseja que o senhor veja.

— Ah! Sem dúvida — respondeu o médico —, justamente. Pelo que entendi, isso é obra sua, Giles.

O sr. Giles, que estivera ardorosamente organizando xícaras de chá, ficou muito corado, e disse que sim, ele tivera essa honra.

— Honra? — disse o médico. — Bem, eu não sei, talvez seja tão honroso atirar em um bandido na cozinha, quanto acertar um adversário a 12 passos. Como se ele tivesse errado o tiro, e você estivesse em um duelo, Giles.

O sr. Giles, que achou esse pouco caso com a questão uma tentativa injusta de diminuir sua glória, respondeu respeitosamente, que não cabia a ele mesmo julgar, mas ele achava que o adversário também não estava ali para brincadeira.

— Deus, é verdade! — disse o médico. — Onde ele está? Mostre-me o caminho. Voltarei aqui, quando descer, sra. Maylie. Ele entrou por essa janelinha, não é? Bem, eu não teria imaginado!

Falando por todo o trajeto, ele subiu a escada acompanhando o sr. Giles. Enquanto ele não chega no andar de cima, o leitor pode ser informado de que o sr. Losberne, médico vizinho, conhecido em um raio de 16 quilômetros como "o doutor", havia engordado mais por ter o riso fácil do que por ter uma vida fácil. Era bondoso e caloroso, e além disso um solteirão excêntrico, como não se encontrará igual em uma região cinco vezes maior, por nenhum explorador vivo.

O médico se ausentou por muito mais tempo do que ele mesmo ou as damas haviam imaginado. Uma caixa grande e chata foi tirada da carruagem; e a sineta do quarto tocou muitas vezes. As empregadas ficaram perpetuamente subindo e descendo a escada, sugerindo a justa conclusão de que algo importante acontecia no andar de cima. Por fim, ele voltou, e, em resposta às perguntas ansiosas sobre o paciente, exibiu um semblante muito misterioso, e fechou a porta, cuidadosamente.

— Sra. Maylie, é muito extraordinário — disse o doutor, de pé, de costas para a porta, como se quisesse mantê-la fechada.

— Espero que ele não esteja correndo risco — disse a velha senhora.

— Ora, isso *não* seria extraordinário, nessas circunstâncias — respondeu o doutor —, mas eu não acho que ele esteja. A senhora viu o bandido?

—Não — respondeu a velha senhora.

— Nem ouviu nada sobre ele?

— Não.

— Com licença, madame — interveio o sr. Giles —, mas eu ia falar sobre ele, quando o doutor Losberne chegou.

O fato era que o sr. Giles não havia, a princípio, sido capaz de se convencer e admitir que havia apenas dado um tiro em um menino. Tantos elogios haviam sido feitos à sua bravura, que ele não poderia, por nada, evitar adiar a explicação por mais alguns deliciosos minutos, durante os quais ele havia brilhado, no zênite de uma breve reputação de inquebrantável coragem.

— A Rose quis ver o homem — disse a sra. Maylie —, mas eu não deixei.

— Humpf! — bufou o doutor. — Não há nada de muito perturbador em sua aparência. Vocês fazem alguma objeção em vê-lo na minha presença?

— Se for necessário — respondeu a velha senhora —, certamente não.

— Pois eu acho que é necessário — disse o doutor. — Em todo caso, tenho certeza de que a senhora lamentará muito não ter feito isso antes, se deixar para depois. Agora ele está perfeitamente sereno e confortável. Permita-me... srta. Rose, com a sua permissão? Não há o menor motivo para temer, juro pela minha honra!

30.
Relata o que as novas visitas de Oliver acharam dele

Com muitas garantias eloquentes de que elas teriam uma agradável surpresa com o aspecto do criminoso, o doutor passou um braço no braço da mocinha e, oferecendo a mão livre à sra. Maylie, conduziu-as, com muita cerimônia e altivez, até o andar de cima.

— Agora — disse o doutor, aos sussurros, enquanto delicadamente movia a maçaneta da porta de um quarto —, vejamos o que vocês vão achar dele. Ele não foi barbeado recentemente, mas mesmo assim não parece muito feroz. Mas esperem! Primeiro, deixe-me ver se ele está em ordem para receber visita.

Entrando antes delas, ele olhou para dentro do quarto. Fazendo sinal para que elas entrassem, ele fechou a porta assim que entraram e gentilmente afastou o cortinado da cama. Sobre a cama, em lugar do rufião desgraçado, de semblante obscuro, que elas esperavam encontrar, havia uma mera criança, debilitada de dor e exaustão, mergulhada em sono profundo. Seu braço ferido, enfaixado e suspenso por uma tipoia, estava cruzado sobre o peito; a cabeça, reclinada sobre o outro braço, em parte escondido por seu cabelo comprido, espalhado no travesseiro.

O honesto cavalheiro ficou segurando a cortina, e observou, por cerca de um minuto, em silêncio. Enquanto ele observava assim o paciente, a mocinha deslizou delicadamente e, sentando-se em uma cadeira ao lado da cama, afastou o cabelo de Oliver do rosto. Ao se inclinar sobre ele, suas lágrimas caíram na testa do menino.

O menino se mexeu e sorriu em seu sono, como se aqueles sinais de piedade e compaixão houvessem despertado um sonho aprazível de um amor e de uma afeição que ele jamais conhecera. Assim como um acorde de música suave, ou a ondulação da água em um lugar silencioso, ou o perfume de uma flor, ou a menção de uma palavra conhecida, às vezes, evocam lembranças súbitas e obscuras de cenas que nunca aconteceram nesta vida, que desaparecem como um sopro, cenas que alguma breve memória de uma existência mais feliz, há muito passada, aparentemente teria despertado, que nenhum esforço voluntário do espírito será capaz de um dia recordar.

— O que isso quer dizer? — exclamou a velha senhora. — Esse pobre menino jamais seria um pupilo dos ladrões!

— O vício — disse o médico, fechando a cortina outra vez — faz morada em muitos templos. E quem disse que uma bela casca externa não pode abrigá-lo?

— Mas em tão tenra idade! — insistiu Rose.

— Minha querida senhorita — retomou o doutor, balançando pesarosamente a cabeça —, o crime, assim como a morte, não se limita aos velhos e acabados. Os mais jovens e mais belos são também muitas vezes suas vítimas.

— Mas o senhor é capaz de... ah! O senhor realmente acredita que esse menino delicado tenha voluntariamente se associado aos piores marginais da sociedade? — disse Rose.

O médico balançou a cabeça, de um modo que sugeria que ele temia que isso fosse perfeitamente possível, e, comentando que podiam estar incomodando o paciente, conduziu-as ao apartamento contíguo.

— Mas mesmo que ele fosse malvado — prosseguiu Rose —, veja como ele é novo. Pense que ele talvez nunca tenha tido o amor materno, ou o conforto de um lar; que os maus-tratos e as adversidades, ou falta de pão, talvez o tenham levado a conviver com pessoas que o obrigaram a se incriminar. Tia, tia querida, por piedade, pense nisso, antes de deixar que arrastem uma criança doente para a prisão, que em todo caso seria a sepultura das possibilidades de reforma. Ah! Se a senhora me ama, e sabe que nunca senti a falta de meus pais graças à sua bondade e ao seu afeto, e que mesmo assim, eu poderia ter feito isso, estando desamparada e desprotegida como esse pobre menino, tenha pena dele antes que seja tarde demais!

— Meu amor — disse a velha senhora, acolhendo a menina chorosa em seu peito —, você acha que eu faria mal a um fio de cabelo desse menino?

— Oh, não! — respondeu Rose, avidamente.

— Sem dúvida que não — disse a velha senhora. — Meus dias estão chegando ao fim e quero a mesma misericórdia que demonstro pelos outros! O que posso fazer para salvá-lo, doutor?

— Deixe-me pensar, madame — disse o doutor —, deixe-me pensar.

O sr. Losberne enfiou as mãos nos bolsos, e deu várias voltas no ambiente, parando muitas vezes, equilibrando-se na ponta dos pés, e franzindo assustadoramente o cenho. Após diversas vezes exclamar "já sei" e "não, melhor não", e outras tantas voltas e caretas franzidas, ele por fim parou totalmente, e falou o seguinte:

— Eu acho que se a senhora me der permissão total e irrestrita para falar com o Giles, e com aquele rapaz, o Brittles, eu posso resolver. Giles é um sujeito fiel e um empregado antigo, eu sei, mas a senhora pode compensá-lo de mil maneiras, e recompensá-lo também por ter boa pontaria. A senhora não faz nenhuma objeção a isso?

— A não ser que haja outra forma de preservar a criança — respondeu a sra. Maylie.

— Não há outra forma — disse o doutor. — Nenhuma outra, a senhora tem minha palavra.

— Pois então minha tia lhe concede plenos poderes — disse Rose, sorrindo entre as lágrimas —, mas eu lhe peço para não ser duro demais com os pobres sujeitos, além do indispensável e necessário.

— Você parece pensar — contestou o doutor —, que hoje em dia todo mundo está disposto a ser cruel, exceto a senhorita, Rose. Só espero, pelo bem do sexo masculino em geral, que você continue com esse temperamento vulnerável e esse coração sensível quando encontrar o primeiro pretendente que apele à sua compaixão. Quem me dera fosse eu esse rapaz, para que eu pudesse me valer, na ocasião, de uma oportunidade tão favorável de fazê-lo, como agora no presente.

— O senhor também é um rapaz crescido como o pobre Brittles — devolveu Rose, enrubescida.

— Bem — disse o doutor, gargalhando afetuosamente —, quanto a isso não há nem o que questionar. Mas voltemos a esse menino. O grande ponto de concordância ainda está por se decidir. Ele vai acordar dentro de uma hora no máximo, eu diria, e embora eu tenha dito ao policial obstinado lá embaixo que ele não pode ser removido, nem interrogado, sob risco de vida, creio que possamos conversar com o menino sem perigo. Agora quero estipular o seguinte, vou examiná-lo na presença de vocês e, se, a partir do que ele disser, julgarmos, e eu puder demonstrar, satisfatoriamente à razão serena de vocês duas, que ele é um menino realmente e totalmente mau (o que é mais do que possível), ele será deixado à própria sorte, sem mais nenhuma interferência da minha parte, para qualquer coisa que seja.

— Ah, não, titia! — implorou Rose.

— Ah, sim, titia! — disse o doutor. — Acaso estamos negociando?

— Ele não pode ser um criminoso empedernido — disse Rose. — É impossível.

— Muito bem — retrucou o doutor —, então esse é ainda mais um motivo para aceitarem minha proposta.

Enfim entraram em acordo, e as partes, assim, se sentaram para esperar, com alguma impaciência, até que Oliver acordasse.

A paciência das duas damas estava fadada a suportar uma provação mais longa do que o sr. Losberne as havia levado a esperar, pois se passaram horas e horas, e Oliver continuava a dormir pesadamente. Já estava escuro, na verdade, quando o bondoso doutor lhes trouxe a informação de que o menino estava suficientemente recuperado para conversar. O menino estava passando muito mal, ele disse, e fraco pela perda de sangue, mas seus pensamentos estavam tão atormentados de angústia para revelar algo, que ele considerava melhor dar a ele essa oportunidade do que insistir para que continuasse calado até a manhã seguinte, o que de outro modo ele teria feito.

A conversa foi longa. Oliver contou a todos sua história singela, e foi muitas vezes obrigado a parar, devido à dor e à falta de forças. Foi algo solene de se ouvir, naquele quarto escuro, a voz fraca da criança doente recontando um exaustivo catálogo de males e calamidades que homens insensíveis lhe haviam causado. Ah! Se quando oprimimos e reduzimos nossos semelhantes, concedêssemos um único pensamento às obscuras evidências do erro humano, que, como nuvens densas e pesadas, sobem, lentamente de fato, mas não menos seguramente, ao céu, para fazer chover sua vingança posterior em nossas cabeças; se ouvíssemos um só instante, na imaginação, o grave testemunho das vozes dos mortos, que poder nenhum pode sufocar, e nenhum orgulho calar, o que seria da injúria e da injustiça, do sofrimento, da miséria, da crueldade, e do erro, que a vida de cada dia traz consigo!

O travesseiro de Oliver foi alisado por mãos delicadas naquela noite; a amabilidade e a virtude velaram-no enquanto dormia. Ele se sentiu calmo e feliz, e poderia ter morrido sem um murmúrio.

Assim que a decisiva entrevista se concluiu, Oliver se ajeitou para voltar a descansar, e o doutor, depois de enxugar os olhos, e condená-los por serem tão fracos, desceu a escada para falar com o sr. Giles. Não encontrando ninguém na sala, ocorreu-lhe que talvez fosse melhor começar sua busca pela cozinha, e para lá ele se dirigiu.

Ali estavam reunidos, naquela câmara baixa do parlamento doméstico, as empregadas, o sr. Brittles, o sr. Giles, o funileiro ambulante (que havia recebido um convite especial para se regalar à vontade pelo resto do dia, em consideração por seus serviços), e o policial. Este último cavalheiro tinha um porrete grande, uma cabeça grande, feições grandes, e botinas grandes. Parecia ter ingerido uma quantidade proporcional de cerveja — o que de fato havia feito.

As aventuras da noite anterior ainda estavam sendo discutidas, pois o sr. Giles estava discursando sobre sua presença de espírito, quando o doutor entrou; o sr. Brittles, com uma caneca de cerveja na mão, corroborava tudo, antes mesmo que seu superior dissesse.

— Sente-se aí! — disse o doutor, balançando a mão.

— Obrigado, senhor — disse o sr. Giles. — As moças tinham um pouco de cerveja, senhor, eu não estava com vontade de ir ao meu quartinho, senhor, e estava disposto a ter companhia, vim beber aqui com elas.

Brittles emitiu um murmúrio baixo, o qual as damas e os cavalheiros em geral entenderam que expressava a gratidão que extraíam da condescendência do sr. Giles. O sr. Giles olhou para os lados com ar paternalista, como se dissesse que, contanto que todos se comportassem apropriadamente, ele jamais os mandaria embora.

— Como está o paciente hoje, senhor? — perguntou Giles.

— Mais ou menos — devolveu o doutor. — Receio que você tenha se enfiado em uma enrascada, sr. Giles.

— Espero que o senhor não esteja querendo dizer — disse o sr. Giles, trêmulo — que ele vai morrer. Se eu soubesse disso, jamais seria feliz de novo. Eu não ceifaria a vida de um menino, não, nem o Brittles, nem por toda a prataria do mundo, senhor.

— A questão não é essa — disse o doutor, misteriosamente. — Sr. Giles, o senhor é protestante?

— Sim, senhor, acredito que sim — hesitou o sr. Giles, que ficara pálido.

— E *você*, rapaz? — disse o doutor, virando-se bruscamente para Brittles.

— Deus me livre, senhor! — respondeu Brittles, com violento sobressalto. — Eu sou igual o sr. Giles, senhor.

— Então me diga uma coisa — disse o doutor —, vocês dois, os dois! Vocês são capazes de jurar pelas suas vidas que o menino que está lá em cima é o menino que foi posto para dentro da casa por aquela janelinha ontem à noite? Digam logo! Vamos! Estamos esperando!

O doutor, que era universalmente considerado uma das criaturas de melhor temperamento na terra, fez esse pedido em tom de tanta raiva, que Giles e Brittles, que estava consideravelmente embalado pela cerveja e pela excitação, entreolharam-se em estado de estupefação.

— Preste atenção na resposta, policial, está ouvindo? — disse o doutor, balançando o indicador com grande solenidade de atitude, e tocando o nariz com o dedo, para sugerir o exercício da mais digna sagacidade. — Alguma coisa pode advir disso muito em breve.

O policial aparentou a máxima prudência que conseguiu, e pegou seu porrete oficial, que estava apoiado indolentemente ao lado do fogão.

— Trata-se de uma simples questão de identidade, você há de convir — disse o doutor.

— Exatamente, senhor — respondeu o policial, tossindo com muita violência, pois ele havia terminado a cerveja às pressas, e parte dela lhe descera pela via errada.

— Aqui temos a casa invadida — disse o doutor —, e dois homens que vislumbram um menino, em meio à fumaça de pólvora, e com toda a distração do alarme e da escuridão. Aqui temos o menino que vem à mesma casa, na manhã seguinte, e como ele está com o braço amarrado, esses homens põem suas mãos violentas sobre ele, de modo que colocam a vida dele em grande risco, e juram que ele é o ladrão. Agora, a questão é, se esses homens são justificados pelos fatos, do contrário, em que situação eles se encontram?

O policial assentiu gravemente. E disse que, se não estavam dentro da lei, ele gostaria de saber onde estavam afinal.

— Vou lhes perguntar de novo — estrondeou o doutor —, vocês, sob juramento solene, são capazes de identificar esse menino?

Brittles olhou indecisamente para o sr. Giles; o sr. Giles olhou indecisamente para Brittles; o policial pôs a mão atrás da orelha, para ouvir a resposta; as duas mulheres e o funileiro se inclinaram para escutar; o doutor olhou atentamente para os lados; quando se ouviu a campainha do portão e, naquele exato momento, o som das rodas de uma carruagem.

— São os homens da força! — exclamou Brittles, aparentemente muito aliviado.

— Quem? — exclamou o doutor, por sua vez, aterrorizado.

— Os policiais de Bow Street, senhor — respondeu Brittles, pegando uma vela. — Eu e o sr. Giles mandamos chamar hoje cedo.

— O quê?! — exclamou o doutor.

— Sim — respondeu Brittles. — Enviei uma mensagem pelo cocheiro, e me espanta eles não terem chegado antes, senhor.

— Ah, você enviou? Então ponha esses seus... cocheiros para dentro. Era só isso — disse o doutor, saindo da cozinha.

31.
Envolve uma posição crítica

— Quem é? — indagou Brittles, abrindo a porta um pouco, sem tirar a corrente, espiando, e escondendo a vela com a mão.

— Abra — respondeu um homem do lado de fora. — Somos da polícia de Bow Street, mandaram nos chamar hoje.

Muito reconfortado com essa confirmação, Brittles abriu a porta ao máximo, e se deparou com um homem corpulento de sobretudo, que entrou, sem dizer mais nada, e limpou os sapatos no tapete, tão à vontade quanto se ali morasse.

— Só mande alguém render meu colega, pode ser assim, rapazinho? — disse o homem da força pública. — Ele ficou no cabriolé, cuidando do cavalo. Vocês têm um estábulo, onde o cavalo possa ficar, cinco ou dez minutos?

Brittles respondendo com uma afirmativa, e apontando para o estábulo, o policial corpulento voltou até o portão e ajudou seu colega a estacionar o cabriolé, enquanto Brittles os iluminava, em estado de grande admiração. Isto feito, eles voltaram para a casa, e, sendo conduzidos à saleta, tiraram sobretudos e chapéus, e se mostraram como eram.

O homem que batera à porta era um personagem atarracado de estatura mediana, com uns cinquenta anos, cabelos pretos lustrosos, cortados bem curtos, suíças, rosto redondo e olhos penetrantes. O outro era um homem ruivo, muito magro, de botas altas, com feições pouco atrativas e um nariz arrebitado de aparência sinistra.

— Avise o patrão que Blathers e Duff chegaram, pode ser assim? — disse o mais parrudo, ajeitando os cabelos, e deixando um par de algemas na mesa. — Oh! Boa noite, patrão. Posso trocar uma palavrinha ou duas em particular, pode ser assim?

Isso foi dito ao sr. Losberne, que então apareceu; este cavalheiro, fazendo um sinal para Brittles se retirar, trouxe as duas damas e fechou a porta.

— Esta é a dona da casa — disse o sr. Losberne, gesticulando para a sra. Maylie.

O sr. Blathers fez uma mesura. Convidado a se sentar, ele deixou a cartola no chão e, puxando uma cadeira, fez um gesto para que Duff fizesse o mesmo. Este último cavalheiro, que não parecia muito acostumado à boa sociedade, nem tão à vontade ali — uma coisa ou outra —, sentou-se, depois de fazer muitos esforços musculares com as pernas, e levar o cabo de seu porrete à boca, com certo constrangimento.

— Agora, em relação ao roubo, patrão — disse Blathers. — Quais são as circunstâncias?

O sr. Losberne, que parecia desejoso de ganhar tempo, recontou-as com grande minúcia, e com muitos circunlóquios. Os senhores Blathers e Duff pareciam estar sabendo de algo mais, nesse ínterim, e eventualmente assentiam com a cabeça um para o outro.

— Não tenho como dizer, com certeza, enquanto não apurar, evidentemente — disse Blathers —, mas a minha opinião desde já é... não me importo de dizer nesse caso... que não foi trabalho de um matuto, não é, Duff?

— Certamente, não — respondeu Duff.

— E, traduzindo o termo "matuto" para as damas aqui presentes, suponho que o significado seja que isso não foi feito por um camponês? — disse o sr. Losberne, com um sorriso.

— Isso mesmo, patrão — respondeu Blathers. — Em relação ao roubo, era só isso?

— Era só isso — respondeu o doutor.

— Agora, que história é essa de um menino que os empregados estão falando? — disse Blathers.

— Não é nada — respondeu o doutor. — Um empregado assustado que cismou que ele teve algo a ver com essa tentativa de invasão, mas é bobagem, puro absurdo.

— Muito conveniente, eu diria — comentou Duff.

— O que ele diz é verdade — observou Blathers, assentindo em confirmação, e brincando distraidamente com as algemas, como se fossem um par de castanholas. — Quem é esse menino? O que ele disse? De onde veio? Ele não caiu do céu, caiu, patrão?

— Claro que não — respondeu o doutor, com um olhar nervoso para as damas presentes. — Conheço a história inteira dele, podemos falar sobre isso agora. Mas vocês não querem, primeiro, ver o local por onde os bandidos tentaram entrar, imagino?

— Certamente — concordou o sr. Blathers. — Seria melhor investigar primeiro o terreno e interrogar a criadagem depois. Geralmente é assim que fazemos.

Velas foram trazidas, então; e os senhores Blathers e Duff, auxiliados pelo policial local, Brittles, Giles, e todo mundo em suma, foram para o pequeno cômodo ao final do corredor e olharam para fora. Em seguida deram a volta pelo gramado, espiaram janela adentro e, depois disso, com uma vela, inspecionaram a veneziana. Depois, com um lampião, procuraram pegadas; e enfim, com um forcado, cutucaram arbustos. Isto feito, em meio ao silêncio estupefato dos presentes, eles entraram de novo na casa, e o sr. Giles e o sr. Brittles fizeram uma representação melodramática de sua participação nas aventuras da noite anterior, que apresentaram seis vezes, contradizendo-se em um aspecto importante na primeira vez e em uma dúzia de outros na última. Consumada esta última, Blathers e Duff saíram, e deliberaram longamente a sós, consulta que, se comparada em sigilo e solenidade a uma conferência de grandes doutores sobre o ponto mais polêmico da medicina, pareceria brincadeira de criança.

Nesse ínterim, o doutor ficou andando em círculos pela sala ao lado, em estado muito irrequieto, e a sra. Maylie e Rose assistiram a tudo, com semblantes aflitos.

— Juro — ele disse, parando, após um grande número de giros muito rápidos —, nem sei o que fazer.

— Sem dúvida — disse Rose —, a história dessa pobre criança, fielmente repetida a esses homens, será suficiente para isentá-lo.

— Duvido, minha querida mocinha — disse o doutor, balançando a cabeça. — Não creio que vá isentá-lo, nem com a polícia, nem com os altos funcionários da justiça. O que, afinal, eles vão dizer que ele é? Um fugitivo. A julgar por considerações e probabilidades meramente mundanas, a história dele é muito duvidosa.

— Mas o senhor acredita, sem dúvida? —interrompeu Rose.

— *Eu* acredito, por mais estranha que pareça. Talvez eu seja um velho tolo por acreditar — acrescentou o doutor —, mas não creio que seja o tipo de história capaz de convencer um policial pragmático, mesmo assim.

— Por que não? — indagou Rose.

— Ora, minha bela inquisidora — respondeu o doutor —, porque, vista com os olhos da polícia, há muitos pontos falhos nela; ele só conseguirá provar as partes negativas, e nada que pareça positivo. Esses desgraçados, eles *terão* o motivo e o local, e não aceitarão nada sem provas. Da parte do menino, veja você, ele andou na companhia de ladrões por algum tempo no passado, foi levado a uma delegacia, acusado de roubar o lenço de um cavalheiro, foi levado, à força, da casa desse cavalheiro, para um lugar que ele não sabe descrever, nem indicar no mapa, e de cujo endereço ele não faz ideia. Ele é trazido até Chertsey, por homens que agem com violência, quer ele queira, quer não, e é obrigado a passar por uma janela para roubar uma casa. E aí, no exato momento em que ele vai dar o alarme para acordar os moradores, e assim fazer aquilo que o redimiria, aparece no caminho um cachorro estabanado de um mordomo mal-educado, e dá um tiro no menino! Como se quisesse impedir que o menino fizesse algo de bom para se salvar! Você percebe?

— Eu percebo, é claro — respondeu Rose, sorrindo da impetuosidade do doutor —, mas ainda assim não vejo nisso nada que incrimine a pobre criança.

— Não — respondeu o doutor —, claro que não! Deus abençoe os olhos brilhantes das mulheres! Jamais enxergam, por bem ou por mal, mais do que um lado de qualquer questão; e este é sempre o lado que primeiro se lhes apresenta.

Dando vazão a esse acúmulo de experiência, o doutor pôs as mãos nos bolsos, e continuou andando em círculos pelo recinto com rapidez ainda maior do que antes.

— Quanto mais eu penso nisso — disse o doutor—, mais vejo que ocorrerão inúmeros problemas e dificuldades se deixarmos esses homens se apoderarem da verdadeira história do menino. Tenho certeza de que não acreditarão, e mesmo que por fim eles não consigam fazer nada contra ele, levando isso adiante, e dando publicidade a todas as dúvidas que podem ser lançadas sobre o caso, tudo deve, materialmente, interferir com nosso plano benevolente de resgatar esse menino da miséria.

— Ah! O que devemos fazer? — exclamou Rose. — Jesus! Por que mandaram chamar essa gente?

— De fato, por quê?! — exclamou a sra. Maylie. — Eu não os teria chamado, por nada desse mundo.

— A única coisa que eu sei — disse o sr. Losberne, por fim, sentando-se com uma espécie de calma desesperada —, é que devemos tentar encarar isso com coragem. O objetivo é bom, e essa deve ser nossa desculpa. O menino apresenta fortes sintomas de febre, e não está em condições de ser interrogado, isso é um consolo. Devemos nos aproveitar ao máximo disso, e se o melhor for errado, a culpa não é nossa. Entre!

— Bem, patrão — disse Blathers, entrando na sala acompanhado por seu colega e fechando a porta, antes de falar mais. — Não foi combinado.

— E que diabos é combinado? — indagou o doutor, impaciente.

— Senhoras, nós dizemos combinado — disse Blathers, virando-se para elas, como se tivesse pena da ignorância delas, mas desprezo pela do doutor —, quando um empregado participa.

— Ninguém suspeitava disso, neste caso — disse a sra. Maylie.

— Provavelmente, não, madame — respondeu Blathers —, mas mesmo assim podia ter alguém envolvido.

— Provavelmente, por isso mesmo — disse Duff.

— Achamos que foi alguém da cidade — disse Blathers, continuando seu relato —, pois o estilo do trabalho é de primeira linha.

— Primeiríssima, de fato — observou Duff, um tom abaixo.

— Foram dois sujeitos — continuou Blathers —, e eles tinham um menino ajudando, isto é claro pelo tamanho da janela. Isso é tudo o que podemos dizer no momento. Agora queremos ver esse menino que está lá em cima, por favor.

— Sra. Maylie, talvez os policiais queiram beber alguma coisa antes? — disse o doutor, seu semblante se iluminando, como se uma nova ideia lhe ocorresse.

— Ah! Sem dúvida! — exclamou Rose, avidamente. — Imediatamente, vou servi-los, se vocês quiserem.

— Ora, obrigado, senhorita! — disse Blathers, passando a manga do casaco na boca — Esse tipo de trabalho deixa a boca seca. O que a senhorita tiver, não queremos incomodar.

— O que vocês querem? — perguntou o doutor, acompanhando a mocinha até o bufê.

— Um traguinho de aguardente, patrão, qualquer um serve — respondeu Blathers. — É uma viagem fria de Londres para cá, madame. Sempre acho que aguardente desperta melhor os sentimentos calorosos.

Essa interessante comunicação foi dirigida à sra. Maylie, que a recebeu graciosamente. Enquanto isso era transmitido a ela, o doutor escapuliu da sala.

— Ah! — disse o sr. Blathers, não segurando a taça de vinho pela haste, mas agarrando o bojo entre o polegar e o indicador da mão esquerda e colocando a taça na frente do peito. — Já vi muitos trabalhos parecidos, ao longo do tempo, madames.

— Aquele arrombamento na viela em Edmonton, Blathers — disse o sr. Duff, auxiliando a memória do colega.

— Aquele foi parecido com este, não foi? — acrescentou o sr. Blathers — Aquele foi um trabalho do Conkey Chickweed, isso sim.

— Você sempre quis atribuir a ele — respondeu Duff. — Foi a Máfia dos Cachorros, estou lhe dizendo. Conkey teve tanto a ver com isso quanto eu.

— Conversa! — retrucou o sr. Blathers — Eu é que sei. Mas você se lembra daquela vez em que roubaram o dinheiro do Conkey? Que confusão! Melhor do que qualquer romance que *eu* já li!

— Que história é essa? — indagou Rose, ansiosa para encorajar sintomas de bom-humor nos visitantes indesejados.

— Foi um roubo, dona, que quase ninguém percebeu — disse Blathers. — Esse sujeito, o Conkey Chickweed...

— Conkey quer dizer Narigudo, madame — interveio Duff.

— Evidentemente, ela sabe disso, não sabe? — perguntou o sr. Blathers. — Sempre interrompendo, esse meu colega! Pois então, dona, o Conkey Chickweed tinha um bar depois de Battlebridge, e tinha um porão, onde muitos rapazes de família iam ver rinha de galo, e de texugo contra cachorro, esse tipo de coisa. Esses esportes eram conduzidos de maneira muito intelectual, pois eu mesmo fui ver muitas vezes. Ele não era da máfia, na época, e uma noite roubaram 327 guinéus em uma sacola de lona, que foi levada do quarto dele na calada da noite, por um homem alto com um tapa-olho preto, que ficou escondido embaixo da cama, e, depois de cometer o roubo, pulou pela janela que ficava no primeiro andar. Mas o Conkey foi ligeiro também, pois ele disparou um tiro na direção do ladrão e acordou a vizinhança. Todo mundo levantou e começou a gritaria, na mesma hora. Quando foram ver, descobriram que o Conkey tinha acertado o ladrão, pois havia vestígios de sangue, por todo o trajeto, até uma boa distância do local, e depois perderam o rastro. No entanto, o ladrão conseguiu escapar mesmo assim, e, consequentemente, o nome do sr. Chickweed, tabernairo licenciado, saiu na Gazeta entre outras falências e todo tipo de caridades e coletas, e não sei mais o quê, foram feitas para o pobre homem, que estava muito abalado pelas perdas, e que ficou perambulando pelas ruas, durante três ou quatro dias, arrancando os cabelos de modo tão desesperado que muita gente ficou com medo que ele fosse acabar com a própria vida. Um dia ele apareceu na delegacia, todo esbaforido, e teve uma conversa particular com o delegado, que, depois de muita conversa, tocou a sineta e mandou entrar o Jem Spyers (Jem era um policial da ativa), e mandou ele acompanhar o sr. Chickweed e ajudar a prender o homem que roubou sua casa. "Eu vi ele, Spyers", disse o Chickweed, "passando em frente da minha casa ontem de manhã". "Por que você não foi lá e prendeu ele?!", disse o Spyers. "Fiquei tão abalado que dava para rachar o meu crânio com um palito de dente", disse o pobre homem, "mas seguramente vamos conseguir pegar ele, porque entre dez e onze da noite ele passou de novo". Assim que o Spyers ouviu isso, ele pôs um lenço limpo e um pente no bolso, caso precisasse passar um ou dois dias fora; e lá foi ele, e se plantou na vitrine do bar atrás de uma cortinazinha vermelha, de chapéu, e ficou ali, pronto para dar o bote, a qualquer momento. Ele estava ali fumando seu cachimbo, tarde da noite, quando de repente o Chickweed abre um berreiro: "Ele está aqui! Pare, ladrão! Assassino!". Jem Spyers foi correndo e encontrou o Chickweed correndo pela rua, aos berros. O Spyers foi atrás do ladrão; o Chickweed foi atrás; as pessoas saíram na rua; todo mundo gritando "Pega ladrão!" e o próprio Chickweed continuou berrando, sem parar, feito um louco. Spyers perdeu o ladrão de vista por um minuto quando dobrou a esquina, deu uma volta, viu uma pequena multidão, se aproximou. "Cadê o homem?" "Desgraça!", disse o Chickweed, "perdi ele de novo!". Foi uma coisa notável, mas ele não estava mais lá, de modo que eles voltaram para o bar. Na manhã seguinte, o Spyers voltou a se plantar no mesmo lugar, e ficou vigiando, por trás da cortina, em busca do tal homem alto com tapa-olho preto, até que seus olhos começaram a doer de novo. Por fim, ele acabou fechando os olhos, para descansar um minuto, e, no exato momento em que fez isso, ouviu o Chickweed berrar: "Aqui, ele está aqui!". Mais uma vez ele saiu correndo, com o Chickweed já no meio da rua, correndo na frente dele; e depois de uma corrida duas vezes mais longa que a da véspera, o homem sumiu de novo! Isso aconteceu mais uma ou duas vezes, até que metade da vizinhança começou a achar que o sr. Chickweed tinha sido roubado pelo diabo em pessoa, que continuou pregando peças nele depois de roubá-lo; e a outra metade, que o pobre sr. Chickweed tinha enlouquecido de tristeza.

— O que o Jem Spyers disse? — indagou o doutor, que havia voltado para a sala pouco depois do começo da história.

— Jem Spyers — continuou o policial — por muito tempo não disse nada, e ficou ouvindo sem parecer que ia dizer alguma coisa, o que demonstra que ele entendia de seu ofício. Mas uma bela manhã ele entrou no bar, e, sacando a tabaqueira, disse: "Chickweed, descobri quem foi que roubou você." "Descobriu?", disse Chickweed. "Oh, meu caro Spyers, eu só quero me vingar, e posso morrer contente! Ah, meu caro Spyers, onde está esse ladrão?!" "Ora!", disse o Spyers, oferecendo o rapé, "pare com esse teatro! Você mesmo roubou o dinheiro". E de fato tinha sido ele, e mais uma bolada de dinheiro que tinha arrecadado, e ninguém jamais teria descoberto isso, se ele não tivesse ficado tão preocupado em manter as aparências! — disse o sr. Blathers, depondo a taça de vinho, e entrechocando as algemas.

— De fato, muito curioso — observou o doutor. — Agora, por favor, vocês podem subir.

— Com a *sua* licença, senhor — devolveu o sr. Blathers.

Seguindo de perto o sr. Losberne, os dois policiais subiram até o quarto de Oliver, tendo o sr. Giles à frente do grupo, com uma vela acesa.

Oliver havia cochilado um pouco, mas parecia pior, e estava mais febril do que até então parecera. Ajudado pelo doutor, ele conseguiu se sentar na cama por cerca de um minuto, e olhou para os desconhecidos sem entender nada do que estava se passando. Na verdade, sem sequer parecer se lembrar de onde estava, ou do que havia acontecido.

— Este — disse o sr. Losberne, falando baixinho, mas mesmo assim com grande veemência —, este é o rapazinho, que, sendo ferido acidentalmente por um tiro de uma armadilha, ao pular de brincadeira o muro do sr. Fulano de Tal, aqui nos fundos, veio hoje cedo pedir ajudar nesta casa, e foi imediatamente capturado e maltratado, por esse engenhoso cavalheiro com a vela na mão, que colocou a vida do menino em considerável risco, como eu posso profissionalmente certificar.

Os senhores Blathers e Duff olharam para o sr. Giles, quando ele foi assim apresentado a seus olhos. O mordomo constrangido ficou olhando fixamente para eles e para Oliver, e de Oliver para o sr. Losberne, com uma ridícula mistura de medo e perplexidade.

— Imagino que o senhor não vá querer negar isso, não é? — disse o doutor, ajudando Oliver a se deitar delicadamente outra vez.

— Foi com a... melhor das intenções, senhor — respondeu Giles. — Sem dúvida pensei que fosse o mesmo menino, ou não teria feito nada contra ele. Não tenho uma índole desumana, senhor.

— Pensou que fosse qual menino? — indagou o policial mais velho.

— O menino ladrão, senhor! — respondeu Giles. — Eles... eles certamente estavam com um menino.

— Bem? E o que você acha agora? — indagou Blathers.

— O que eu acho do quê? — respondeu Giles, olhando inexpressivamente para o policial.

— Você acha que é o mesmo menino, seu cabeça-oca? — retrucou Blathers, impaciente.

— Não sei, realmente não sei — disse Giles, com expressão compungida. — Eu não poderia jurar que é ele.

— O que você acha? — perguntou o sr. Blathers.

— Não sei o que pensar — respondeu o pobre Giles. — Acho que não é o mesmo menino; na verdade, tenho quase certeza que não é. Pensando bem não pode ser o mesmo.

— Esse homem andou bebendo, senhor? — indagou Blathers, virando-se para o doutor.

— Que sujeito confuso! — disse Duff, referindo-se ao sr. Giles, com supremo desdém.

O sr. Losberne ficara sentindo o pulso do paciente durante esse breve diálogo, mas então se levantou da cadeira ao lado da cama, e comentou que, se os policiais tinham alguma dúvida sobre o caso, talvez quisessem passar ao quarto ao lado, e interrogar Brittles a sós.

Seguindo essa sugestão, eles passaram a um apartamento contíguo, onde o sr. Brittles, sendo chamado para entrar, envolveu a si mesmo e a seu respeitado superior em um labirinto tão maravilhoso de novas contradições e impossibilidades, que não lançou nenhuma luz particular sobre nada, além do fato de sua própria fortíssima mistificação, exceto, a bem da verdade, por sua declaração de que não seria capaz de identificar o verdadeiro menino ladrão, nem que ele estivesse na sua frente naquele momento; de que ele só supusera ser Oliver porque o sr. Giles dissera que era; e de que o sr. Giles havia, cinco minutos antes, na cozinha, admitido que começava a recear ter sido um pouco apressado em suas conclusões.

Entre outras engenhosas suposições, levantou-se a questão quanto ao sr. Giles ter ou não realmente baleado alguém. Ao se examinar a pistola disparada pelo sujeito, descobriu-se que ela não tinha outra carga destrutiva além de pólvora e papel pardo, descoberta que causou considerável impressão em todo mundo, menos no doutor, que havia retirado a bola de chumbo cerca de dez minutos antes. Sobre ninguém, contudo, isso causou maior impressão do que no próprio sr. Giles, que, depois de sofrer, por algumas horas, sob o medo de ter ferido mortalmente um semelhante, avidamente se agarrou com essa nova ideia, e a preferiu fervorosamente. Enfim, os policiais, sem se preocuparem muito com Oliver, deixaram o policial de Chertsey na casa e foram passar aquela noite na cidade, prometendo voltar na manhã seguinte.

Com a manhã seguinte, chegou um boato de que dois homens e um menino haviam sido presos em Kingston, capturados ao longo da noite sob circunstâncias suspeitas; e, nesse sentido, os senhores Blathers e Duff se deslocaram até Kingston. A circunstância suspeita, no entanto, revelando-se na investigação, limitava-se a um único fato de terem sido descobertos dormindo em um palheiro, o que, embora seja um grande crime, só era passível de prisão, e, aos olhos misericordiosos da lei inglesa, e em seu amor abrangente de todos os súditos do rei, não era considerado prova suficiente, na ausência de outras evidências, de que o dorminhoco, ou dorminhocos, tivessem cometido roubo seguido de violência, e portanto tivessem de ser castigados com a pena de morte; os senhores Blathers e Duff voltaram mais uma vez, tão sábios quanto haviam partido.

Em suma, depois de investigar mais um pouco, e conversar mais um bocado, um delegado da região logo se decidiu por aceitar o testemunho da sra. Maylie e do sr. Oliver quanto à aparição de Oliver, no caso da visita do referido menino; e Blathers e Duff, sendo recompensados com um par de guinéus, voltaram para a cidade com opiniões controversas quanto ao motivo de sua expedição. Este último cavalheiro, após amadurecida consideração de todas as circunstâncias, inclinado a crer que a tentativa de roubo havia se originado da Máfia dos Cachorros, e o primeiro igualmente disposto a admitir o pleno mérito do caso ao eminente sr. Conkey Chickweed.

Nesse ínterim, Oliver aos poucos foi melhorando e prosperando sob os cuidados conjuntos da sra. Maylie, de Rose e do bondoso sr. Losberne.

Se orações fervorosas, jorrando de corações sobrecarregados de gratidão, são ouvidas no céu — e se não são, de que servem orações?! —, as bênçãos que o pequeno órfão suplicou serem concedidas a eles, entraram fundo em suas almas, difundindo paz e felicidade.

32.
Da vida feliz que Oliver começou a levar com seus generosos amigos

As enfermidades de Oliver não foram nem brandas, nem poucas. Além da dor e da demora do atendimento do braço quebrado, sua exposição à umidade e ao frio trouxe febre e tremedeira, que pairaram sobre ele por muitas semanas, e debilitaram tristemente o menino. Mas, por fim, ele começou, lenta e gradualmente, a conseguir dizer, em poucas palavras lacrimosas, com sentia profundamente a bondade das duas doces senhoras, e quão ardentemente esperava ficar forte e se sentindo bem de novo, para poder fazer algo que demonstrasse sua gratidão; alguma coisa que lhes fizesse ver o amor e o sentido do dever de que seu peito estava repleto; uma coisa, mesmo banal, que provasse a elas que sua generosidade delicada não havia sido gasta em vão, mas que aquele menino pobre que a caridade resgatara da miséria, ou da morte, estava ávido por servi-las, de todo o coração e do fundo da alma.

— Pobrezinho! — disse Rose, quando Oliver passara o dia debilmente tentando articular palavras de gratidão que lhe vinham aos lábios pálidos. — Você terá muitas oportunidades de nos servir, se quiser. Vamos para o interior, e minha tia quer que você vá conosco. Um lugar tranquilo, ar puro, e todo o prazer e a beleza da primavera, que irá recuperá-lo em poucos dias. Vamos empregá-lo de cem maneiras, quando você puder dar conta do serviço.

— Serviço?! — exclamou Oliver. — Ah! Cara senhorita, se eu puder trabalhar para vocês, se eu tiver o prazer de regar as suas flores, ou de cuidar de seus passarinhos, ou de ficar o dia inteiro para cima e para baixo, para fazê-la feliz, o que eu não daria para fazê-lo!

— Você não precisa nos dar nada — disse a srta. Maylie, sorrindo —, pois, como eu lhe disse antes, vamos empregá-lo de cem maneiras. E se você só puder dar conta de metade do serviço para nos agradar, como está prometendo agora, você vai me fazer de fato muito feliz.

— Feliz, madame! — exclamou Oliver. — É muita bondade sua dizer isso!

— Você me fará mais feliz do que sou capaz de dizer — respondeu a jovem dama. — Só de pensar que minha querida tia, generosa, seja o instrumento do resgate de alguém da triste miséria, como você descreveu, é um prazer indescritível para mim, mas saber que o objeto de sua bondade e de sua compaixão ficou sinceramente grato e apegado, em consequência, já me agrada mais do que você pode imaginar. Você está entendendo? — ela indagou, observando o semblante pensativo de Oliver.

— Ah, sim, madame, sim! — respondeu Oliver avidamente. — Mas eu estava me sentindo ingrato agora.

— Ingrato com quem? — indagou a jovem dama.

— Com o bondoso cavalheiro, e com a querida velha enfermeira, que cuidou tanto de mim antes — replicou Oliver. — Se eles soubessem como estou feliz agora, eles ficariam contentes, tenho certeza.

— Tenho certeza que ficariam — acrescentou a benfeitora de Oliver. — O sr. Losberne já fez a gentileza de prometer que, assim que você estiver bem para suportar a viagem, ele levará você para visitá-los.

— Ele prometeu, madame? — exclamou Oliver, com o semblante se iluminando de prazer. — Nem sei o que farei de tanta alegria, quando do vir seus rostos bondosos outra vez!

Em pouco tempo, Oliver estava suficientemente recuperado para passar pela fadiga dessa expedição. Um dia, ele e o sr. Losberne partiram, com esse intuito, em uma pequena carruagem que pertencia à sra. Maylie. Quando chegaram em Chertsey Bridge, Oliver ficou muito pálido, e proferiu uma exclamação em voz alta.

— O que houve, menino? — exclamou o doutor, como de costume, alvoroçado. — Você viu alguma coisa, ouviu alguma coisa, sentiu alguma coisa, sim?

— Ali, senhor — gritou Oliver, apontando pela janela da carruagem. — Aquela casa!

— Sim, bem, o que tem? Pare a carruagem. Espere aqui — exclamou o doutor. — O que tem essa casa, meu caro?

— Os bandidos. É a casa a que me levaram! — sussurrou Oliver.

— Malditos! — gritou o doutor. — Alô, pode parar! Deixe-me descer!

Mas, antes mesmo que o cocheiro desmontasse de seu banco, ele havia saltado da carruagem, de alguma maneira e, correndo até a propriedade abandonada, começou a chutar a porta feito um louco.

— Pois não? — disse um corcundinha feioso, abrindo a porta tão subitamente que o doutor, do próprio ímpeto do último chute, quase cai no corredor. — Qual é o seu problema?

— Problema?! — exclamou o outro, agarrando o corcunda pelo colarinho, sem um momento de reflexão. — É um grande problema. O problema foi um roubo.

— O problema será assassinato também — respondeu o corcunda, com calma —, se você não tirar as mãos de mim. Está me ouvindo?

— Estou — disse o doutor, sacudindo vigorosamente o corcunda. — Onde está, maldito sujeito, como era o nome do patife, Sikes? Cadê o Sikes, seu bandido?

O corcunda fitou-o, como em um excesso de espanto e indignação, então, desvencilhando-se, habilmente, das mãos do doutor, rosnou uma saraivada de horrendos impropérios, e voltou para dentro da casa. Antes de conseguir fechar a porta, contudo, o doutor passou para dentro da saleta, sem desperdiçar mais palavras.

Ele olhou aflito à sua volta. Nenhum item de mobília, nem um vestígio de algo, animado ou inanimado, nem mesmo a posição do armário. Nada correspondia à descrição de Oliver!

— Agora! — disse o corcunda, que o observava atentamente. — O que você pretende invadindo a minha casa desse modo violento? Você veio me roubar, ou me matar? O que vai ser?

— Você já viu alguém fazer alguma dessas coisas assim, vindo de carruagem, em dupla, seu velho vampiro ridículo? — disse o doutor irritadiço.

— Então o que você quer? — perguntou o corcunda. — Você faça o favor de se retirar, antes que eu cometa uma loucura! Desgraçado!

— Assim que eu julgar apropriado — disse o sr. Losberne, espiando a outra sala, que, como a primeira, não guardava qualquer semelhança com o relato de Oliver. — Ainda vamos nos reencontrar, um dia desses, meu amigo.

— Vamos mesmo? — desdenhou o aleijado desfigurado. — Se você quiser me encontrar, estou sempre aqui. Não vivi aqui sozinho e louco por 25 anos para ter medo de você. Você vai pagar por isso.

Assim dizendo, o infeliz e diminuto demônio começou a berrar, e a dançar pela sala, como se estivesse tomado por uma fúria selvagem.

— Quanta estupidez — resmungou o doutor consigo mesmo. — O menino deve ter se enganado. Aqui! Ponha isso no seu bolso, e volte a calar essa boca.

Com tais palavras, ele atirou algumas moedas ao corcunda, e voltou para a carruagem.

O doutor foi até a porta da carruagem, proferindo os mais brutais impropérios e xingamentos por todo o trajeto; mas, quando o sr. Losberne se virou para falar com o cocheiro, ele espiou dentro da carruagem, e olhou por um instante para Oliver com um olhar tão duro e feroz e ao mesmo tempo tão furioso e vingativo, que, acordado ou dormindo, ele não se esqueceria ainda durante meses. Ele continuou a proferir as mais pavorosas imprecações, até que o cocheiro retomou seu banco; e quando mais uma vez seguiram viagem, eles puderam vê-lo ficando para trás, batendo o pé no chão, e arrancando os cabelos, em um arrebatamento de fúria real ou fingida.

— Sou um asno! — disse o doutor, após um longo silêncio. — Você já sabia, Oliver?

— Não, senhor.

— Pois então não se esqueça. Um asno — disse o doutor mais uma vez, depois de mais alguns minutos de silêncio. — Mesmo que fosse o lugar certo, e os sujeitos certos estivessem ali, o que eu poderia ter feito sozinho? E se eu tivesse levado reforços, não vejo nada de bom que disso pudesse resultar, a não ser para me expor, e como afirmação inevitável do modo apressado como conduzi o assunto. Se bem que isso teria me ensinado. Estou sempre me envolvendo em alguma desavença por agir impulsivamente. Isso ao menos teria me ensinado.

Agora, o fato era que o excelente doutor nunca agira senão impulsivamente em toda a sua vida, e não era um mau elogio à natureza dos impulsos que o governavam, que, longe de ter se envolvido em confusões ou infortúnios peculiares, ele tinha o mais caloroso respeito e a estima de todos que o conheciam. Verdade seja dita, ele ficou um pouco desconcertado, por um ou dois minutos, ao ver frustrada sua tentativa de encontrar evidências que confirmassem a história de Oliver na primeira oportunidade que teve de obtê-las. Ele logo voltou à carga, contudo, e vendo que as respostas de Oliver a suas perguntas continuavam diretas e consistentes, e ele continuava, como antes, demonstrando a mesma sinceridade e veracidade ao respondê-las, ele decidiu atribuir a elas, doravante, crédito total.

Como Oliver sabia o nome da rua onde morava o sr. Brownlow, eles puderam se dirigir diretamente para lá. Quando a carruagem entrou na rua, seu coração começou a bater tão violentamente, que ele quase ficou sem fôlego.

— Agora, meu menino, qual é a casa? — indagou o sr. Losberne.

— Aquela! Aquela! — respondeu Oliver, apontando avidamente pela janelinha da carruagem. — Aquela casa branca! Ah! Vá depressa! Por favor, vá depressa! Sinto como se fosse morrer de tanto que estou tremendo.

— Venha, vamos! — disse o bom doutor, dando um tapinha em seu ombro. — Você logo os encontrará, e eles ficarão felicíssimos ao ver que você está seguro e passa bem.

— Ah! Espero que sim! — exclamou Oliver. — Eles foram tão bons para mim; muito, muito bons para mim.

A carruagem seguiu mais um pouco. Parou. Não, era a casa errada, a casa vizinha. Prosseguiu mais alguns passos, e tornou a parar. Oliver ergueu os olhos para as janelas, com lágrimas de feliz expectativa escorrendo em seu rosto.

Ai! A casa branca estava vazia, e havia um cartaz na janela. "Aluga-se".

— Vamos bater no vizinho — exclamou o sr. Losberne, pegando o braço de Oliver. — O que houve com o sr. Brownlow, que morava na casa ao lado, você sabe?

A criada não sabia, mas iria averiguar. Então ela voltou e disse que o sr. Brownlow tinha vendido tudo e se mudado para as Índias Ocidentais, seis semanas antes. Oliver juntou as mãos e cambaleou para trás, abalado.

— A empregada também foi? — indagou o sr. Losberne, após uma breve pausa.

— Sim, senhor — respondeu a criada. — O velho cavalheiro, a criada, e um cavalheiro que era amigo do sr. Brownlow, foram todos juntos.

— Então vamos voltar para casa — disse o sr. Losberne ao cocheiro. — E não pare para descansar os cavalos, enquanto não sairmos desta maldita Londres!

— E o livreiro, senhor? — disse Oliver. — Eu sei chegar lá. Vamos vê-lo, por favor, senhor! Vamos!

— Meu pobre menino, já tivemos decepções demais por hoje — disse o doutor. — O suficiente para nós dois. Se formos atrás do livreiro, certamente descobriremos que ele morreu, ou que sua casa pegou fogo, ou que ele fugiu da cidade. Não, vamos direto para casa!

E, em obediência ao impulso do doutor, para casa eles foram.

Essa amarga frustração causou muita tristeza e angústia em Oliver, mesmo em meio a sua felicidade, pois ele havia se deleitado, muitas vezes em seu padecimento, pensando em tudo o que o sr. Brownlow e a sra. Bedwin diriam a ele. A delícia que teria sido contar para eles quantos dias e noites compridos ele havia passado refletindo sobre tudo o que eles haviam feito por ele, e lamentando sua cruel separação. A esperança de finalmente esclarecer sua conduta com eles, também, e de explicar como havia sido levado à força, era o que o mantinha à tona, o que o sustentara, em suas muitas provações recentes; e agora, a ideia de que eles estivessem tão longe, levando consigo a crença de que ele era um impostor e um ladrão — uma crença que talvez ele morresse sem poder contradizê-la — era quase mais do que ele podia suportar.

Essa circunstância, contudo, não acarretou nenhuma alteração da parte de seus benfeitores. Após mais duas semanas, quando o tempo bom já estava firme, e todas as árvores e flores estavam abrindo folhas novas e ricas florações, eles fizeram preparativos para deixar a casa de Chertsey, por alguns meses.

Enviando a prataria, que tanto excitara a cupidez de Fagin, ao banco, e deixando Giles e outra criada cuidando da casa, elas partiram rumo a um chalé no interior, levando Oliver consigo.

Quem poderia descrever o prazer e a delícia, a paz de espírito e a suave tranquilidade, que o menino adoentado sentiu naquele ar balsâmico, entre as verdes colinas e os luxuriantes arvoredos, de uma aldeia campestre! Quem saberia dizer como cenários de paz e quietude calam fundo no espírito de moradores atordoados de locais fechados e barulhentos, e carregam seu frescor para dentro de corações cansados! Homens que viveram em ruas cheias, abarrotadas, vidas de labuta, e que jamais desejaram mudanças; homens, cujo costume se tornou uma segunda natureza, que chegam quase a amar os tijolos e pedras que conformam os estreitos limites de seus trajetos cotidianos. Mesmo eles, com a mão da morte sobre si, conheceram o anseio por um último breve vislumbre do semblante da Natureza e, transportados para longe dos cenários das antigas dores e delícias, parecem passar de uma vez a um novo estado do ser. Arrastando-se, dia após dia, até um local ensolarado e verdejante, eles tiveram tais memórias despertadas dentro de si pela visão do céu, e da colina e do prado, e da água cintilante, que esse prenúncio do céu aliviou seu rápido declínio, e eles desceram à sepultura tão pacificamente quanto o sol que assistiram se pôr pela janela solitária de um quarto poucas horas antes, apagando-se de sua visão fraca e atenuada! As memórias que os cenários pacíficos do campo evocam não são deste mundo, nem resultam de pensamentos e esperanças passados. Sua delicada influência pode nos ensinar a tecer novas coroas para as sepulturas de nossos entes queridos, a purificar nossos pensamentos, e a superar velhas inimizades e velhos ódios, mas por trás de tudo isso, permanece, mesmo no espírito menos reflexivo, uma consciência vaga e inacabada de ter tido tais sentimentos muito tempo atrás, em alguma época remota, que evoca pensamentos solenes de épocas distantes no futuro, e submete o orgulho e a mundanidade a seus pés.

Era um lugar adorável, aquele para o qual se retiraram. Oliver, cujos dias haviam se passado entre multidões esquálidas, e em meio ao barulho e à gritaria, parecia ter entrado em uma nova existência ali. A rosa e a madressilva subiam pela fachada do chalé, a hera se agarrava aos troncos das árvores e as flores do jardim perfumavam o ar com odores deliciosos. Ao lado, havia um pequeno cemitério com capela, não repleto de lápides altas e feiosas, mas cheio de montículos humildes, cobertos de turfa e musgo frescos, embaixo dos quais, o antigo povo da aldeia repousava eternamente. Oliver muitas vezes perambulava por lá e, pensando na pobre sepultura em que sua mãe jazia, costumava se sentar ali e soluçar escondido, mas, quando erguia os olhos para o céu profundo, deixava de pensar nela enterrada, e chorava por ela, triste, mas sem dor.

Foi um tempo feliz. Os dias eram pacíficos e serenos, as noites não traziam medo ou aflição, sem a melancolia de uma prisão miserável, ou o convívio com homens ignóbeis; nada além de pensamentos agradáveis e felizes. Toda manhã ele ia visitar um velho cavalheiro de cabeleira branca, que vivia perto da capelinha, que o ensinou a ler melhor e a escrever; e que falava tão delicadamente, e com tanto cuidado, que Oliver não media esforços para tentar agradá-lo. Depois, ele saía para passear com a sra. Maylie e Rose, e as escutava enquanto conversavam sobre livros, ou talvez se sentasse ao lado delas, em alguma sombra, e ouvia a moça ler, algo que ele era capaz de fazer, até que ficasse escuro demais para enxergar as letras. Em seguida, ele tinha sua própria lição para o dia seguinte, e nisso ele trabalharia duro, em uma salinha que dava para o jardim, até que a noite lentamente se instalasse, quando as senhoras saíam novamente para passear, e ele ia com elas, ouvindo com imenso prazer tudo o que elas diziam e muito feliz quando elas queriam uma flor mais alta que ele conseguia escalar e alcançar, ou quando esqueciam alguma coisa e ele podia ir correndo buscar, o que ele fazia do modo mais veloz possível. Quando ficava bem escuro, e eles voltavam para a casa, a mocinha se sentava ao piano, e tocava uma ária agradável, ou cantava, com voz baixa e suave, alguma canção antiga que a tia gostava de ouvir. Não havia velas acesas nessas horas; e Oliver se sentava junto a uma janela, ouvindo a doce música, em perfeito arrebatamento.

E quando chegou domingo, foi tudo tão diferente de tudo o que ele já havia vivido! E tão feliz também, como seriam todos os outros dias naquele tempo mais feliz de sua vida! Pela manhã, foram à capelinha, com folhas verdes tremulando nas janelas, passarinhos cantando lá fora, o aroma adocicado furtivamente entrando pela porta baixa, e enchendo o edifício singelo com sua fragrância. O povo pobre estava tão arrumado e asseado, e se ajoelhava de modo tão reverente em oração, que parecia um prazer, não um dever tedioso, estarem ali reunidos. Ainda que a cantoria pudesse ser rústica, era real, e soava mais musical (ao menos aos ouvidos de Oliver) do que qualquer música que ele tivesse ouvido em uma igreja antes. Então, fizeram as caminhadas de costume, e muitas visitas às casas limpas dos trabalhadores. À noite, Oliver leu um capítulo ou dois da Bíblia, que ficara estudando a semana inteira, e, na realização dessa tarefa, ele se sentiu mais orgulhoso e satisfeito do que se ele mesmo fosse o pastor.

De manhã, Oliver já estava de pé às seis, percorrendo os campos, e se enfiando nas cercas-vivas, por toda parte, para fazer ramalhetes de flores silvestres, dos quais voltava carregado, para casa, em cujos arranjos se demorava com grande cuidado e consideração, para extrair o máximo efeito, e enfeitar a mesa do desjejum. Havia tasneirinha fresca também para alimentar os passarinhos da srta. Maylie, planta com a qual Oliver, que vinha estudando o assunto sob a habilidosa tutoria do arquivista da aldeia, decoraria as gaiolas, com mais aprovado bom-gosto. Quando os passarinhos ficavam prontos e apresentáveis para começar o dia, geralmente havia alguma tarefa de caridade a ser desempenhada na aldeia, ou, quando não havia, ocorriam às vezes raras partidas de críquete no gramado, ou, quando não, sempre havia algo a se fazer no jardim, ou quanto às plantas, às quais Oliver (que havia estudado também essa ciência, com o mesmo professor, que era jardineiro por profissão), aplicava-se com vigorosa boa-vontade, até que a senhorita Rose viesse, quando eram feitos mil elogios a tudo o que ele havia feito.

Assim três meses se passaram velozmente. Três meses que, na vida do mais abençoado e favorecido dos mortais, talvez fossem de uma felicidade imaculada, e que no caso de Oliver foram de genuíno júbilo. Com a mais pura e mais amigável generosidade de um lado, e a mais verdadeira, calorosa e sentida gratidão do outro, não é de espantar que, ao final desse breve período, Oliver Twist se sentisse completamente em casa com a velha senhora e sua sobrinha, e que o fervoroso apego de seu jovem e sensível coração fosse recompensado pelo orgulho e pelo apego que elas passaram a sentir por ele.

33.
Em que a felicidade de Oliver e suas amigas enfrenta um súbito obstáculo

A primavera passou voando, e chegou o verão. Se a aldeia já era bonita a princípio, agora exibia todo o viço e a exuberância de sua riqueza. As grandes árvores, que pareciam mirradas e desfolhadas nos meses anteriores, haviam subitamente ganhado vida e saúde vigorosas e, estendendo seus braços verdes sobre o terreno sedento, convertiam trechos abertos e despidos em recantos aconchegantes, em que se formava uma sombra profunda e agradável, de onde mirar a paisagem, banhada de sol, que se estendia ao longe. A terra vestia seu manto verde mais brilhante e esbanjava seus mais preciosos perfumes. Era o ápice do verdor e do vigor do ano inteiro; todas as coisas estavam contentes e floresciam.

Ainda assim, a mesma vida pacata prosseguiu no chalezinho, e a mesma serenidade alegre prevaleceu entre os moradores. Oliver já estava forte e saudável havia algum tempo, mas a saúde ou a doença não faziam diferença para seus sentimentos afetuosos por muitas pessoas. Ele continuava sendo a mesma criatura gentil, apegada, afetuosa, de quando a dor e o sofrimento exauriam suas forças, de quando dependia, para qualquer cuidado e conforto, daqueles que olharam por ele.

Uma bela noite, quando davam uma volta mais longa do que de costume, pois o dia havia sido atipicamente quente, e havia uma lua brilhante, um vento leve começou a soprar, um vento atipicamente refrescante. Rose também estava de bom humor, e os três caminhavam, conversando animadamente, até que chegaram muito além dos limites da propriedade. Quando a sra. Maylie ficou muito cansada, eles voltaram lentamente para casa. A mocinha nem bem se livrou de sua touca singela, sentou-se ao piano como de costume. Depois de correr os dedos distraidamente sobre as teclas por alguns minutos, ela chegou a uma ária grave e muito solene e, enquanto a tocava, eles ouviram um som que era como se ela estivesse chorando.

— Rose, minha querida! — disse a senhora.

Rose não respondeu, mas tocou um pouco mais depressa, como se as palavras a tivessem despertado de pensamentos dolorosos.

— Rose, meu amor! — exclamou a sra. Maylie, levantando-se às pressas, e inclinando-se sobre ela. — O que houve? Você está chorando! Minha menina querida, o que a está afligindo?

— Não é nada, tia, nada — respondeu a mocinha. — Não sei o que é, não consigo descrever, mas estou me sentindo...

— Você está se sentindo mal, meu amor? — interveio a sra. Maylie.

— Não, não! Oh, não estou mal! — respondeu Rose, estremecendo como se um calafrio mortal percorresse seu corpo, enquanto ela falava. — Já estou melhor. Feche a janela, por favor!

Oliver apressou-se em satisfazer esse pedido. A mocinha, fazendo um esforço para recuperar o bom humor, tentou tocar uma melodia mais animada, mas seus dedos penderam inertes sobre as teclas. Cobrindo o rosto com as mãos, ela se atirou no sofá, e deu vazão às lágrimas que não conseguia mais reprimir.

— Minha menina! — disse a senhora, abraçando a sobrinha. — Nunca vi você assim antes...

— Eu não a deixaria preocupada se pudesse evitar — disse Rose —, de fato tentei com todas as forças, mas não posso mais evitar. Receio que eu *esteja* doente, tia.

Ela estava, de fato, pois, quando as velas foram acesas, todos viram que, no curto espaço de tempo desde que voltaram para casa, o tom de seu semblante adquirira uma brancura marmórea. A expressão não perdera nada da beleza, mas tinha se alterado e havia uma expressão abatida e aflita naquele rosto delicado, que nunca houvera antes. No minuto seguinte, inundou-se de um rubor carmesim, e um aspecto pesado e selvagem dominou-lhe os claros olhos azuis. Em seguida, isso desapareceu, como uma sombra lançada por uma nuvem passageira e outra vez ela retomou a palidez mortiça.

Oliver, que observava ansiosamente a senhora, notou que ela estava preocupada com essas mudanças aparentes, assim como ele, a bem da verdade, também estava. Mas, reparando que ela fingia não dar muita importância a elas, ele tentou fazer a mesma coisa, e nisso tiveram tanto sucesso que, quando Rose foi convencida pela tia a se recolher para dormir, ela já estava mais animada e parecia até ter recobrado a saúde, garantindo que tinha certeza de que acordaria na manhã seguinte bastante melhorada.

— Espero — disse Oliver, quando a sra. Maylie voltou — que não seja nada. Ela não parecia muito bem hoje à noite, mas...

A velha senhora fez um gesto para silenciá-lo e, sentando-se em um canto escuro da sala, permaneceu calada por algum tempo. Por fim, ela disse, com voz trêmula:

— Eu também espero, Oliver. Fui muito feliz com ela durante anos. Feliz demais talvez. Talvez seja a hora de eu enfrentar alguns infortúnios, mas espero que não seja isso.

— O quê? — indagou Oliver.

— O golpe pesado — disse a velha senhora — de perder uma menina querida que por tanto tempo tem sido o meu consolo e a minha felicidade.

— Oh! Deus a livre! — exclamou Oliver, apressadamente.

— Amém, meu menino! — disse a velha senhora, entrelaçando os dedos.

— Certamente não há o risco de nada tão pavoroso assim acontecer, não é? — disse Oliver. — Duas horas atrás, ela estava muito bem.

— Agora ela está muito mal — acrescentou a sra. Maylies. — E ficará pior, tenho certeza. Minha querida, querida Rose! Ah, o que será de mim sem ela!

Ela deu vazão a uma grande tristeza, que Oliver, suprimindo a própria emoção, arriscou censurá-la e implorou, sinceramente, que, pelo bem da própria senhorita, ela tentasse se acalmar.

— E não se esqueça, madame — disse Oliver, quando as lágrimas forçaram caminho em seus olhos, apesar de seus esforços em contrário. — Oh! Não se esqueça de que ela é jovem e bondosa, e do prazer e do conforto que ela espalha ao seu redor. Tenho certeza, absoluta, praticamente absoluta, de que, para o bem da senhora, que também é tão bondosa, pelo bem dela e pelo bem de todos que ela torna tão felizes, de que ela não vai morrer. O céu jamais permitiria que ela morresse tão moça.

— Silêncio! — disse a sra. Maylie, pousando a mão na cabeça de Oliver. — Você pensa como uma criança, pobrezinho. Mas, mesmo assim, você me ensina o meu dever. Eu esqueci por um momento, Oliver, mas espero que você me perdoe, pois estou velha, e já vi muitas doenças e mortes, para saber da agonia da separação dos objetos do nosso amor. Já vi o suficiente também para saber que nem sempre os mais jovens e os melhores são poupados em benefício daqueles que os amam, mas isso deverá nos dar consolo em nossa tristeza, pois Deus é justo, e essas coisas nos mostram, de modo impressionante, que existe um mundo mais luminoso que este e que a passagem até lá é rápida. Que seja conforme a vontade de Deus! Amo a minha Rose e Ele sabe muito bem disso!

Oliver ficou surpreso ao ver a sra. Maylie dizendo essas palavras. Ela interrompeu suas lamentações com algum esforço e, aprumando-se enquanto falava, voltou a ficar bem composta e firme. Ele ficou ainda mais impressionado ao ver que essa firmeza era duradoura e que, ao longo de todos os cuidados e vigílias que se seguiram, a sra. Maylie esteve sempre disposta e controlada, desempenhando todas as tarefas que se impuseram, com constância, e, a julgar por todas as aparências, até com entusiasmo. Mas ele era jovem, e não sabia do que eram capazes os espíritos fortes, sob circunstâncias extremas. Como ele poderia saber, se esses mesmos espíritos raramente o sabiam?

Seguiu-se uma noite de aflição. Quando amanheceu, as previsões da sra. Maylie se confirmaram com demasiada exatidão. Rose estava no primeiro estágio de uma febre alta e perigosa.

— Devemos agir depressa, Oliver, e não nos abater com uma tristeza inútil — disse a sra. Maylie, levando o indicador aos lábios, enquanto olhava firmemente para ele. — Esta carta deve ser enviada, com a maior rapidez possível, ao sr. Losberne. A carta deve ser levada à cidade mais próxima, que fica a menos de seis quilômetros daqui, a pé atravessando o campo; de lá, deve ser remetida, pela via expressa, a cavalo, diretamente a Chertsey. As pessoas da hospedaria cuidarão dessa parte, e eu confio que você conseguirá fazer o resto, sei disso.

Oliver não conseguiu dizer nada, mas notou que sua aflição passou imediatamente.

— Eis aqui outra carta — disse a sra. Maylie, fazendo uma pausa para refletir —, mas ainda não sei se a envio agora, ou se espero para ver como a Rose reage. Esta só vou enviar se estiver temendo o pior.

— Também para Chertsey, madame? — indagou Oliver, impaciente para realizar sua missão, e com a mão trêmula estendida para receber a carta.

— Não — respondeu a velha senhora, entregando-a mecanicamente a ele.

Oliver olhou de relance, e viu que era endereçada a Harry Maylie, ilustríssimo senhor, em uma grande residência senhorial no interior, exatamente onde, ele não conseguiu decifrar.

— Esta também vai, madame? — perguntou Oliver, erguendo os olhos, impacientemente.

— Acho que não — respondeu a sra. Maylie, tomando a carta de volta. — Vou esperar até amanhã.

Com essas palavras, ela entregou sua bolsa a Oliver, e ele saiu correndo, sem mais delongas, na maior velocidade que conseguiu.

Rapidamente ele atravessou os campos, e desceu pelas pequenas alamedas que por vezes os separavam, ora quase oculto pelo milho alto de cada lado do caminho, ora emergindo em campo aberto, onde os ceifadores e colheitadores estavam ocupados trabalhando. Nenhuma vez ele parou, exceto de quando em quando, por alguns poucos segundos, para retomar o fôlego, até chegar, muito esbaforido, e coberto de poeira, no mercado da cidade mais próxima.

Ali, ele fez uma pausa, e procurou a hospedaria. Havia um banco branco, um bar vermelho, uma prefeitura amarela e em uma esquina havia uma casa grande, com toda madeira da fachada pintada de verde, diante da qual uma placa dizia "The George". Assim que a avistou, foi até ela às pressas.

Ele falou com um mensageiro que cochilava na entrada e que, depois de ouvir o que ele queria, chamou o cavalariço, que, depois de ouvir o que os dois diziam, chamou o patrão, que era um cavalheiro alto de gravata azul, cartola branca, calças curtas, e botas combinando, apoiado junto a uma bomba na porta do estábulo, limpando os dentes com um palito de prata.

Esse cavalheiro caminhou com muita parcimônia até o balcão para fechar uma conta que levou um longo tempo para ser feita e, depois de feita e paga, um cavalo precisou ser selado, e um homem teve de se paramentar, o que levou bons dez minutos. Nesse ínterim, Oliver estava em tal estado desesperado de impaciência e aflição, que sentiu como se pudesse saltar ele mesmo no cavalo, e galopar para longe dali, a todo pique, até o próximo estágio da viagem. Por fim, tudo ficou pronto e o pequeno envelope sendo entregue, com muitas explicações e súplicas para que fosse levado rapidamente, o homem esporeou seu cavalo, e estrondeando pelo pavimento irregular do mercado, saiu da cidade e galopou até o entroncamento da estrada, em dois minutos.

Quando sentiu que era uma certeza de que a ajuda havia sido solicitada, e que não se perdera tempo, Oliver voltou correndo para o pátio da hospedaria, com o coração um tanto mais leve. Ele estava saindo pela porta da frente, quando acidentalmente trombou com um homem alto envolto em uma capa, que naquele momento estava saindo da hospedaria.

— Hah! — exclamou o homem, cravando seus olhos em Oliver, e subitamente recuando. — Que diabos está acontecendo?

— Sinto muito, senhor — disse Oliver —, eu estava com pressa de voltar para casa, e não vi o senhor saindo.

"Diabos!", resmungou o homem consigo mesmo, fitando o menino com seus olhos grandes e escuros. "Quem diria! De volta das cinzas! Uma criatura saída de dentro de um caixão, surgindo no meu caminho!"

— Perdão — gaguejou Oliver, confuso diante da expressão furiosa do desconhecido. — Espero não ter machucado o senhor!

— Desgraça! — murmurou o homem, com horrível paixão, entre os dentes cerrados. — Se eu tivesse coragem de dizer a palavra, eu poderia ter me livrado de você naquela noite. Maldito seja, e que a morte negra caia sobre o seu coração, seu demônio! O que você faz aqui?

O homem vibrou o punho no ar, enquanto dizia essas palavras incoerentes. Ele avançou sobre Oliver, como se tivesse intenção de socá-lo, mas caiu violentamente no chão, contorcendo-se e espumando pela boca, em surto.

Oliver contemplou, por um momento, os espasmos daquele louco (pois ele supôs se tratar de um), e então entrou correndo na hospedaria para pedir ajuda. Depois de vê-lo ser carregado em segurança para a hospedaria, ele se virou para voltar para casa, correndo o mais depressa que podia, para compensar o tempo perdido, lembrando com grande perplexidade e um certo medo do comportamento extraordinário daquele sujeito de quem acabara de se separar.

A circunstância não durou muito tempo em sua lembrança, contudo, pois, quando ele chegou ao chalé, havia o suficiente para ocupar seus pensamentos, e para remover completamente de sua memória todas as considerações pessoais.

Rose Maylie havia piorado rapidamente, antes da meia-noite ela começou a delirar. Um médico prático, que morava na região, estava constantemente cuidando dela; e logo que viu pela primeira vez a paciente, puxou a sra. Maylie de lado, e declarou que a doença era de natureza muito alarmante.

— Na verdade — ele disse —, será quase um milagre, se ela se recuperar.

Quantas vezes Oliver se levantou sobressaltado da cama aquela noite, e escapando furtivamente, com passos silenciosos, até a escada, para tentar ouvir algum som vindo do quarto da doente! Quantas vezes seu corpo estremeceu, e um suor frio de terror brotou em sua testa, quando passos pesados subitamente lhe faziam temer que algo pavoroso demais para se pensar tivesse ocorrido! E o que fora o fervor das orações que ele murmurara até então se comparado com o daquelas que ele proferia agora, na agonia e na paixão de sua súplica pela vida e pela saúde daquela doce criatura, que estava cambaleando à beira da sepultura!

Ah! Que suspense, o temível e agudo suspense, de assistir ociosamente enquanto a vida de alguém que se ama muito está correndo risco! Oh! Os pensamentos torturantes que povoam o espírito, e fazem o coração bater violentamente, e a respiração ficar pesada, pela força das imagens conjuradas diante de nós; a desesperada ansiedade de *estar fazendo alguma coisa* para aliviar a dor, ou diminuir o perigo, que não temos nenhum poder de atenuar; o afogamento da alma e do espírito, que a triste lembrança de nosso desamparo produz, que torturas podem se igualar a essas, que reflexões ou tentativas, em pleno fluxo febril do tempo, poderão suavizar!

Amanheceu e o pequeno chalé estava solitário e silencioso. As pessoas falavam aos sussurros. Rostos aflitos apareciam no portão, de quando em quando, mulheres e crianças iam embora aos prantos. Todo aquele dia interminável, e durante horas depois que escureceu, Oliver ficou discretamente perambulando pelo jardim, erguendo os olhos a todo instante para a janela do quarto da doente, e estremecendo ao ver a luz apagada, como se a morte já houvesse se instalado lá dentro. Tarde da noite, o sr. Losberne chegou.

— É duro — disse o bom doutor, virando-se ao falar —, tão moça, tão amada, mas há pouquíssima esperança.

Mais uma manhã. O sol nasceu brilhante, tão brilhante como se não houvesse miséria e preocupação. E, com todas as folhas e flores em pleno viço à sua volta, com vida, saúde e sons e imagens da alegria cercando-a por todos os lados, a bela e jovem criatura jazia, exaurindo-se rapidamente. Oliver se esgueirou até o antigo cemitério, e sentando-se em um dos montículos verdes, chorou e rezou por ela, em silêncio.

Havia tamanha paz e beleza naquele cenário, tanta claridade e regozijo na paisagem ensolarada, tanta jovialidade musical nas canções dos pássaros do verão, tamanha liberdade no voo rápido da gralha, que voava no céu, tanta vida e alegria em tudo, que, quando o menino ergueu os olhos doloridos, e olhou à sua volta, instintivamente lhe veio a ideia de que não era o momento para a morte, que Rose certamente jamais poderia morrer quando criaturas mais humildes estavam tão contentes e felizes; que as sepulturas eram próprias do inverno frio e melancólico, não dos raios de sol e das fragrâncias. Ele quase chegou a pensar que as mortalhas eram para os velhos e encarquilhados e que jamais envolveriam aquela forma jovem e graciosa em suas dobras macabras.

Um dobre do sino da capela interrompeu abruptamente esses jovens pensamentos. Mais um! Outra vez! Era um dobre fúnebre. Um grupo de pessoas enlutadas entrou pelo portão, usando braçadeiras brancas, pois o defunto era jovem. Os presentes descobriram as cabeças e se postaram junto a uma sepultura; e havia uma mãe — outrora mãe — chorando em meio ao grupo. Mas o sol brilhava, e os pássaros continuavam cantando.

Oliver virou-se para a casa, pensando nas muitas gentilezas que recebera da jovem dama, e desejando que o tempo pudesse voltar, para que ele nunca deixasse de demonstrar a gratidão e o afeto que sentia por ela. Ele não tinha motivos para se censurar por negligência, ou descaso, pois se devotara a servi-la. No entanto, uma centena de pequenas ocasiões surgiram diante dele, nas quais ele poderia ter sido mais cuidadoso, e mais ardoroso, e desejou que tivesse sido. Precisamos tomar cuidado com o modo como lidamos com os outros à nossa volta, quando toda morte leva um pequeno círculo de sobreviventes a pensar em tudo o que se omitiu, e no tão pouco que se fez — nas tantas coisas esquecidas, e nas muitas mais que poderiam ter sido reparadas! Nenhum remorso é tão fundo quanto o remorso vão; se pudermos ser poupados de suas torturas, lembremo-nos disso, a tempo.

Quando ele chegou à casa, a sra. Maylie estava sentada na pequena saleta. O coração de Oliver afundou no peito ao vê-la, pois em nenhum momento ela deixara o leito da sobrinha, e ele estremeceu de pensar na mudança que a fizera se afastar. Ele ficou sabendo que Rose caíra em sono profundo, do qual só despertaria para recobrar a vida, ou para dizer adeus e morrer.

Ficaram ali sentados, apurando os ouvidos, com receio de falar, durante horas. A refeição intacta foi retirada, com olhares que mostravam que seus pensamentos estavam em outra parte, assistiram o sol se pôr, cada vez mais baixo, e, por fim, lançar no céu e na terra aquelas tonalidades brilhantes que anunciam sua partida. Seus ouvidos atentos perceberam o som de passos se aproximando. Ambos involuntariamente correram para a porta, quando o sr. Losberne entrou.

— Como está a Rose? — exclamou a velha senhora. — Diga de uma vez. Eu sou capaz de suportar tudo menos esse suspense! Oh, diga-me! Por tudo que é mais sagrado!

— A senhora precisa se controlar — disse o doutor, amparando-a. — Acalme-se, querida madame, eu lhe suplico.

— Solte-me, em nome de Deus! Minha menina querida! Ela morreu! Ela está morrendo!

— Não! — gritou o doutor, passional. — Ele é bom e misericordioso, ela viverá para nos abençoar a todos, ainda por muitos anos.

A dama dobrou os joelhos e tentou juntar as mãos, mas a energia que a havia sustentado por tanto tempo sumiu no céu com sua primeira graça proferida; e ela caiu em braços amigos que foram estendidos para recebê-la.

34.
Contém alguns detalhes introdutórios relativos a um jovem cavalheiro que agora chega à cena; e uma nova aventura que aconteceu com Oliver

Foi tanta a felicidade que se tornou quase demais para suportar. Oliver ficou zonzo e estupefato com a inesperada informação; ele não conseguia chorar, nem falar, nem descansar. Mal tinha forças para entender o que havia se passado, até que, depois de uma longa e silenciosa caminhada noturna ao ar livre, um acesso de lágrimas veio em seu socorro, e ele pareceu despertar, de uma vez, para uma consciência plena da feliz transformação ocorrida, e do quase insuportável fardo de angústia que havia se retirado de seu peito.

A noite já estava quase fechada, quando ele voltou para casa carregado de flores que ele mesmo colhera, com peculiar cuidado, para enfeitar o quarto da doente. Enquanto ele caminhava bruscamente pela estrada, ouviu atrás de si o som de algum veículo, que se aproximava a um ritmo furioso. Olhando para os lados, ele viu que era uma carruagem postal, conduzida a grande velocidade; e como os cavalos vinham a galope, e a estrada era estreita, ele se encostou em um portão enquanto a carruagem passava rente.

Na passagem, Oliver viu de relance um homem com uma touca branca, cujo rosto lhe pareceu familiar, embora a visão fosse tão breve que ele não conseguira identificar a pessoa. Um ou dois segundos depois, a touca foi atirada pela janelinha da carruagem, e uma voz trovejante mandou o cocheiro parar, o que ele fez, assim que conseguiu deter os cavalos. Então, a touca novamente apareceu, e a mesma voz chamou Oliver pelo nome.

— Aqui! — exclamou a voz. — Oliver, alguma novidade? Da srta. Rose! Senhor O-li-ver!

— Giles, é você? — gritou Oliver, correndo até a porta da carruagem.

Giles tirou outra vez a touca, preparando-se para responder, quando foi subitamente puxado para trás por um jovem cavalheiro que ocupava o outro canto da carruagem, que avidamente perguntou se havia alguma notícia.

— Em uma palavra! — exclamou o cavalheiro. — Boa ou ruim?

— Boa, muito boa! — respondeu Oliver, às pressas.

— Graças a Deus! — exclamou o cavalheiro. — Você tem certeza?

— Tenho, senhor — respondeu Oliver. — A melhora ocorreu há algumas poucas horas; e o sr. Losberne disse que o perigo está passando.

O cavalheiro disse outra palavra, mas, abrindo a porta da carruagem, saltou para o chão, e, pegando Oliver apressadamente pelo braço, puxou-o de lado.

— Você tem mesmo certeza? Não há nenhuma possibilidade de algum equívoco da sua parte, meu garoto, ou há? — indagou o cavalheiro com uma voz trêmula. — Não me engane, despertando esperanças que não possam ser satisfeitas.

— Eu não faria isso por nada neste mundo, senhor — respondeu Oliver. — De fato, o senhor pode acreditar em mim. As palavras do sr. Losberne foram essas, que ela viveria para nos abençoar ainda por muitos anos. Eu ouvi ele dizer isso.

As lágrimas vieram aos olhos de Oliver ao lembrar a cena que fora o início de tanta felicidade; e o cavalheiro virou o rosto, e permaneceu calado, por alguns minutos. Oliver pensou tê-lo ouvido soluçar, mais de uma vez, mas receou interrompê-lo com algum novo comentário — pois bem podia adivinhar seus sentimentos — e assim se manteve afastado, fingindo se ocupar de um ramo de madressilva.

Todo esse tempo, o sr. Giles, com a touca branca, ficara sentado na escadinha da carruagem, apoiando os cotovelos nos joelhos, e enxugando os olhos com um lenço de algodão azul com bolinhas brancas. Que o honesto sujeito não estava fingindo emoção ficou abundantemente demonstrado pelos olhos vermelhos com que fitava o jovem cavalheiro, quando se virou para falar com ele.

— Acho melhor você seguir de carruagem até a casa de minha mãe, Giles — disse ele. — Eu prefiro ir andando devagar, para ganhar algum tempo antes de vê-la. Você pode avisar que estou chegando.

— Com sua licença, sr. Harry — disse Giles, dando um polimento final em seu semblante amarfanhado com o lenço —, mas se o senhor puder deixar que o cocheiro faça esse aviso, eu agradeceria muito. Não seria apropriado que as empregadas me vissem neste estado, senhor, eu nunca mais teria nenhuma autoridade sobre elas se o fizesse.

— Bem — respondeu Harry Maylie, sorrindo —, faça como quiser. Deixe que ele vá na frente com a bagagem, se preferir, e você pode vir conosco. Antes, troque apenas essa touca de dormir por algo mais adequado, ou seremos considerados loucos.

O sr. Giles, lembrado de seu chapéu impróprio, arrancou da cabeça, embolsou a touca e a substituiu por uma cartola, de formato grave e sóbrio, que retirou de dentro da carruagem. Isto feito, o cocheiro partiu; Giles, o sr. Maylie e Oliver seguiram andando em seu próprio ritmo.

Enquanto caminhavam, Oliver olhou de relance algumas vezes para o recém-chegado com muito interesse e curiosidade. Ele parecia ter por volta de 25 anos, tinha estatura mediana, seu semblante era franco e belo, e sua atitude, serena e controlada. Não obstante a diferença entre a juventude e a velhice, ele guardava uma semelhança tão forte com a velha senhora, que Oliver não teria tido dificuldade em imaginar o parentesco, se ele já não houvesse mencionado que ela era sua mãe.

A sra. Maylie estava esperando ansiosamente para receber o filho quando ele chegou no chalé. O encontro se deu com grande emoção de ambas as partes.

— Mãe! — sussurrou o rapaz — Por que a senhora não me escreveu antes?

— Eu escrevi — respondeu a sra. Maylie —, mas, pensando melhor, resolvi guardar a carta até ouvir a opinião do sr. Losberne.

— Mas por quê? — disse o rapaz. — Por que se havia o risco de ocorrer aquilo que quase aconteceu? Se a Rose tivesse... não consigo pronunciar essa palavra... se essa doença tivesse um desfecho diferente, como a senhora se perdoaria?! Como eu poderia ser feliz de novo?!

— Se esse *tivesse sido* o caso, Harry — disse a sra. Maylie —, receio que a sua felicidade efetivamente estaria arruinada, e a sua chegada aqui, um dia antes ou um dia depois, teria feito pouca, muito pouca diferença.

— E seria de estranhar se fosse assim, mãe? — retrucou o rapaz. — Ou por que dizer *se?* Estaria... estaria... a senhora sabe disso, mãe... a senhora deveria saber!

— Sei que ela merece o melhor e mais puro amor que o coração de um homem pode oferecer — disse a sra. Maylie. — Sei que a devoção e o afeto da natureza dela requer em troca algo nada comum, mas algo que seja profundo e duradouro. Se eu não achasse isso, e não soubesse, além do mais, que uma mudança de atitude de alguém que ela ama partiria o coração dela, eu não acharia minha tarefa tão difícil, nem haveria tantos conflitos no meu peito, quando cumpro o que me parece ser o meu estrito dever.

— Isso é uma crueldade sua, mãe — disse Harry. — A senhora ainda acha que eu sou um menino ignorante do meu próprio espírito, e que não conheço os impulsos da minha própria alma?

— O que eu acho, meu filho querido — respondeu a sra. Maylie, pondo a mão no ombro dele —, é que os jovens têm muitos impulsos generosos que não são duradouros, e que entre eles alguns, uma vez satisfeitos, tornam-se ainda mais fugazes. Sobretudo, penso — disse a senhora, fixando os olhos no rosto do filho — que se um homem entusiasmado, ardente e ambicioso se casa com uma mulher em cujo nome existe alguma nódoa, mesmo que não se origine de um erro dela, pode ser que pessoas insensíveis e sórdidas a procurem, e também aos filhos do casal, e, na exata proporção do sucesso dele no mundo, ele pode vir a ser censurado, e se tornar alvo de zombaria. Pode ser que esse homem, por mais generoso e bondoso que seja naturalmente, um dia se arrependa dessa aliança contraída no início da vida. E ela talvez sofra ao saber que ele se arrependeu.

— Mãe — disse o rapaz, impaciente —, ele seria um egoísta insensível, indigno do nome do homem e da mulher que a senhora descreve, este que agiria assim.

— Você diz isso agora, Harry — respondeu a mãe.

— E direi sempre! — disse o rapaz. — A agonia mental que sofri nos últimos dois dias me obriga a jurar à senhora uma paixão que, como a senhora bem sabe, não é de ontem, nem se formou levianamente. Para Rose, doce e delicada menina!, meu coração está entregue, com a maior firmeza que o coração de um homem se entrega a uma mulher. Não tenho outro ideal, outra perspectiva, outra esperança na vida, além dela; e se a senhora se opuser a mim nessa grande aposta, a senhora estará tomando a minha paz e a minha felicidade em suas mãos e atirando-as ao vento. Mãe, pense melhor nesse caso, e em mim, e não desconsidere a felicidade que a senhora parece estar menosprezando.

— Harry — disse a sra. Maylie —, é justamente por ter grande consideração por esses corações calorosos e sensíveis, que desejo poupá-los da mágoa. Mas já falamos demais sobre isso, mais do que o suficiente, por ora.

— Deixemos que a Rose decida então — interveio Harry. — A senhora não levará essas opiniões exageradas tão longe a ponto de colocar obstáculos no meu caminho, não é mesmo?

— Não farei isso — devolveu a sra. Maylie —, mas quero que você considere...

— Eu *já* considerei! — foi a resposta impaciente. — Mãe, eu já considerei tudo isso há anos e anos. Desde que sou capaz de refletir seriamente. Meus sentimentos permanecem inalterados, como sempre serão. E por que devo sofrer a dor de postergar sua revelação, dor que não produzirá nenhum bem terreno? Não! Antes que eu vá embora, Rose ouvirá o que tenho para dizer.

— Ela ouvirá — disse a sra. Maylie.

— Algo nos seus modos quase sugere que ela me ouvirá friamente, mãe — disse o rapaz.

— Não friamente — acrescentou a velha senhora —, longe disso.

— Como então? — insistiu o rapaz. — Ela se afeiçoou a outra pessoa?

— Na verdade, não — respondeu a mãe dele. — Você ainda conserva, ou muito me engano, um forte vínculo de afeto com ela. O que eu queria dizer — continuou a senhora, interrompendo o filho quando ele estava prestes a falar — é o seguinte: antes de apostar tudo nessa possibilidade, antes de se deixar levar ao ápice da esperança, reflita por alguns momentos, meu querido, na história da Rose, e considere qual será o efeito do conhecimento sobre o nascimento duvidoso dela sobre a decisão que ela tomará, devotada a nós como ela é, com toda a intensidade de seu espírito nobre, e com todo o perfeito sacrifício de si mesma que, em todos os casos, grandes ou triviais, sempre foi característico dela.

— O que a senhora quer dizer?

— Isso eu deixo para você descobrir — respondeu a sra. Maylie. — Agora preciso voltar para perto dela. Deus o abençoe!

— Voltarei a ver a senhora hoje à noite? — disse o rapaz, avidamente.

— Algumas vezes — respondeu a senhora—, quando eu sair do quarto da Rose.

— A senhora dirá a ela que estou aqui? — disse Harry.

— Evidentemente — respondeu a sra. Maylie.

— E diga que estou muito ansioso, que sofri demais e estou com saudades. Mãe, a senhora não se recusará a dizer isso?

— Não — disse a velha senhora. — vou dizer tudo isso a ela.

E apertando a mão do filho, afetuosamente, ela saiu às pressas da sala.

O sr. Losberne e Oliver haviam ficado na outra extremidade do apartamento enquanto essa conversa apressada acontecia. O primeiro então estendeu a mão a Harry Maylie, e calorosas saudações foram trocadas entre eles. O doutor em seguida comunicou, em resposta às múltiplas perguntas de seu jovem amigo, um relato preciso da situação da paciente, que foi bastante consolador e cheio de promessas, como a afirmação de Oliver o encorajara a esperar e cuja totalidade, o sr. Giles, que fingia estar ocupado com a bagagem, escutou com ouvidos gananciosos.

— Você tem atirado ultimamente, Giles? — indagou o doutor, quando concluiu.

— Não muito, senhor — respondeu o sr. Giles, corando até os olhos.

— Nem tem caçado bandidos, nem identificado invasores? — disse o doutor.

— Nenhum, senhor — respondeu o sr. Giles, com muita gravidade.

— Bem — disse o doutor —, sinto muito em sabê-lo, porque você faz isso admiravelmente. Diga-me, como vai o Brittles?

— O rapaz vai muito bem, senhor — disse o sr. Giles, recobrando o tom condescendente habitual —, e mandou saudações ao senhor, respeitosamente.

— Muito bem — disse o doutor. — Agora que você está aqui, sr. Giles, eu me lembrei que na véspera de eu ter sido chamado às pressas, fiz, a pedido de sua generosa patroa, um pequeno serviço para o senhor. O senhor, por favor, poder vir aqui para o canto?

O sr. Giles caminhou até o canto com muita altivez, e certo espanto, e foi honrado com um breve sussurro da parte do doutor, ao final do qual, ele fez muitas graves mesuras, e se retirou com passos de incomum arrogância. O tema desse sussurro não foi revelado na saleta, mas a cozinha foi rapidamente esclarecida a seu respeito, pois o sr. Giles caminhou diretamente para lá, e depois de pedir uma caneca de cerveja, anunciou com ar majestoso, e altamente loquaz, que a patroa houvera por bem, em consideração por sua conduta galante por ocasião da tentativa de roubo, depositar, no banco do centro, a quantia de 25 libras, para seu uso e benefício exclusivos. Diante disso, as duas empregadas levantaram as mãos e os olhos, e entenderam que o sr. Giles, tirando os babados da gola, teria dito, "Não, não"; mas ele disse que, se elas notassem que ele estava ficando arrogante com seus subordinados, ele agradeceria se elas lhe dissessem. E então ele fez muitas outras observações, não menos ilustrativas de sua humildade, que foram recebidas com igual apreço e aplauso, e eram, além disso, tão originais e apropriadas quanto as observações dos grandes homens geralmente são.

No andar de cima, o resto da noite se passou animadamente, pois o doutor estava bem-humorado. E por mais exausto e pensativo que

Harry Maylie pudesse estar a princípio, ele não se mostrou imune ao bom humor do digno cavalheiro, que se revelou em uma grande variedade de brincadeiras e recordações profissionais, e uma abundância de pequenas piadas, que pareceram a Oliver as coisas mais engraçadas que já tinha ouvido, e lhe fizeram gargalhar proporcionalmente, para evidente satisfação do doutor, que também gargalhava desmedidamente, e fazia Harry rir com praticamente o mesmo vigor, pela mera força da simpatia. Assim, eles formaram um grupo tão simpático quanto, naquelas circunstâncias, puderam ser. Já estava tarde quando se recolheram, com os corações leves e alegres, para o descanso do qual, depois da dúvida e do suspense pelos quais passaram recentemente, tanto necessitavam.

Oliver levantou-se na manhã seguinte, mais animado, e começou suas tarefas usuais, com mais esperança e prazer do que sentira em muitos dias. Os passarinhos mais uma vez saíram para cantar, em seus antigos locais; e as mais doces flores silvestres que podiam ser encontradas foram mais uma vez recolhidas para alegrar Rose com sua beleza. A melancolia, que aos olhos tristes do menino aflito parecia pairar, durante dias passados, sobre todo objeto, mesmo belos, dispersou-se magicamente. O orvalho parecia cintilar com mais brilho nas folhas verdes, o ar farfalhava entre elas com melodia mais doce, e o próprio céu parecia mais azul e mais claro. Tal é a influência que a condição de nossos pensamentos exerce até mesmo sobre a aparência de objetos externos. Homens que olham para a natureza, e para seus semelhantes, e gritam que é tudo escuro e triste, estão certos, mas as cores sombrias são reflexos de seus próprios olhos e corações ressentidos. Os matizes verdadeiros são delicados, e necessitam de uma visão mais clara.

É digno de nota, e Oliver não deixou de notar na ocasião, que suas expedições matinais não eram mais solitárias. Harry Maylie, desde a primeira manhã em que encontrou Oliver voltando carregado para casa, foi tomado por tal paixão pelas flores, e demonstrou tanto gosto em seus arranjos, que deixou seu jovem companheiro para trás. Se Oliver ficara para trás nesse aspecto, ele sabia onde encontrar as mais bonitas; e dia após dia eles percorreriam os campos, juntos, e levariam para casa as mais belas que desabrochavam. A janela do quarto da moça agora ficava aberta, pois ela adorava sentir o rico ar do verão entrando e revigorando-a com seu frescor, mas ela sempre mantinha na água, do lado de dentro da treliça, um ramalhetezinho em particular, que era refeito com muito cuidado, toda manhã. Oliver não pôde deixar de reparar que essas flores murchas nunca eram descartadas, embora o vasinho fosse regularmente preenchido; nem pôde evitar de observar que, sempre que o doutor ia para o jardim, invariavelmente, ele lançava um olhar para aquele canto em especial, e balançava a cabeça muito expressivamente, quando partia em sua caminhada matinal. Em meio a tais observações, os dias passaram voando; e Rose se recuperou rapidamente.

Para Oliver, o tempo também não passou devagar, embora a moça ainda não saísse do quarto, e não houvesse mais caminhadas noturnas, exceto de quanto em quando, mais breves, com a sra. Maylie. Ele se dedicou, com redobrada assiduidade, às ordens do velho cavalheiro grisalho, e trabalhou tão duro que seu rápido progresso impressionou até a si mesmo. Foi enquanto assim se ocupava que lhe sobreveio grande sobressalto e aflição, devido a uma ocorrência muito inesperada.

O pequeno cômodo em que se acostumara a ficar com seus livros era no térreo, nos fundos da casa. Era um típico ambiente campestre, com janela de treliça, em torno da qual se enrolavam tufos de jasmim e madressilva, que subiam pelo batente, e enchiam o lugar com seu delicioso perfume. O quarto dava para um jardim, de onde um portão com cadeado se abria em um pequeno padoque além do qual se estendia uma bela campina e um arvoredo. Não havia outra casa por perto, naquela direção; e a perspectiva que se revelava era muito extensa.

Uma bela noite, quando as primeiras sombras do crepúsculo começavam a se instalar sobre a terra, Oliver parou diante da janela e ficou lendo. Ele ficara estudando atentamente por algum tempo. Como o dia havia sido extremamente abafado, e ele fizera muito esforço físico, não é nenhum demérito para os autores, quem quer que fossem eles, dizer que aos poucos e lentamente ele adormeceu.

Há uma espécie de sono que às vezes se instala furtivamente em nós, que, embora mantenha o corpo prisioneiro, não impede que a mente tenha uma noção das coisas, e permite que divague à vontade. Na medida em que um peso esmagador, uma prostração da força e uma total incapacidade de controlar nossos pensamentos ou nosso poder de movimento podem ser chamados de sono, é este o caso. No entanto, temos consciência de tudo o que se passa à nossa volta, e, se estamos sonhando nessa hora, as palavras realmente ditas e os sons reais daquele momento, acomodam-se com surpreendente prontidão às nossas visões, até que realidade e imaginação se mesclam tão estranhamente que depois disso é quase impossível separá-las. Mas esse nem é o fenômeno mais impressionante desse tipo de estado. É um fato indiscutível que, embora nossos sentidos do tato e da visão estejam mortos nessa hora, ainda assim nossos pensamentos dormindo, e as cenas visionárias que se passam à nossa frente, serão influenciados, e materialmente influenciados, pela *mera presença silenciosa* de algum objeto externo, que podia não estar perto quando fechamos os olhos, e de cuja vizinhança não tínhamos consciência quando acordados.

Oliver sabia, perfeitamente bem, que estava em seu quartinho, que seus livros estavam na mesa à sua frente, que o ar doce se agitava por entre as trepadeiras do lado de fora. E, no entanto, ele estava dormindo. De repente, o cenário mudou; o ar se tornou próximo e confinado, e ele pensou, com um lampejo de terror, que estava na casa do judeu outra vez. Ali estava o velho hediondo, sentado, em seu canto de costume, apontando para ele, e sussurrando para outro homem, cujo rosto estava virado, sentado ao lado dele.

— Silêncio, meu caro! — ele pensou ter ouvido o judeu dizer. — É ele, sim, sem dúvida. Agora vamos embora.

— É ele mesmo! — o outro pareceu responder. — Você acha que eu o confundiria? Se mil fantasmas assumissem a forma exata dele, e ele estivesse entre eles, algo me diria como identificá-lo. Se você o enterrasse 15 metros embaixo da terra, e eu passasse pela sepultura, será que eu também saberia, mesmo sem nenhuma inscrição em cima, que ele estaria enterrado ali?

O homem aparentemente disse isso com um ódio tão pavoroso que Oliver acordou assustado, e se levantou sobressaltado.

Céus! O que era aquilo que enviava o sangue formigante para seu coração e lhe tirava a voz e o poder de movimento? Ali... ali... na janela... bem diante dele... tão perto que ele quase poderia ter tocado antes do sobressalto. Com olhos espiando para dentro do quarto, cruzando com os seus: ali estava o judeu! E ao lado, lívido de raiva ou medo, ou ambos, as feições esbravejantes do homem que o abordara na hospedaria.

Durou apenas um instante, um relance, um vislumbre, diante de seus olhos, e em seguida desapareceram. Mas eles o haviam reconhecido; e ele, a eles. A expressão deles ficou firmemente gravada em sua memória, como se tivesse sido esculpida profundamente em pedra e posta na sua frente desde o seu nascimento. Ficou arrebatado por um momento; então, saltando pela janela até o jardim, gritou pedindo socorro.

35.
Contendo o resultado insatisfatório da aventura de Oliver; e uma conversa de certa importância entre Harry Maylie e Rose

Quando os moradores da casa, atraídos pelos gritos de Oliver, acudiram ao local de onde provinham, encontraram-no, pálido e agitado, apontando na direção da campina atrás da casa, e mal conseguindo articular as palavras "O judeu! O judeu!".

O sr. Giles não conseguia entender o significado daqueles gritos, mas Harry Maylie, cuja percepção era um tanto mais sagaz, e que havia escutado a história de Oliver contada pela mãe, entendeu imediatamente.

— Para onde ele foi? — ele perguntou, pegando uma vara pesada que estava apoiada a um canto.

— Para lá — respondeu Oliver, apontando a direção em que o homem seguira. — Eles escaparam por pouco.

— Então devem ter se escondido na vala! — disse Harry. — Vamos! E fiquem o mais perto de mim que puderem.

Assim dizendo, ele saltou a cerca-viva e saiu correndo a uma velocidade que tornou extremamente difícil para os outros acompanhá-lo.

Giles correu atrás, o melhor que pôde. Oliver também. Depois de um ou dois minutos, o sr. Losberne, que havia saído para caminhar, e estava voltando para casa, pulou a cerca atrás deles, e recuperando-se com mais agilidade do que supunha possuir, seguiu pelo mesmo caminho a uma velocidade nada desprezível, perguntando aos berros o que estava acontecendo, por todo o trajeto, prodigiosamente.

Foram todos em frente. Não pararam para respirar nenhuma vez, até que o líder, disparando na direção do ângulo da campina indicado por Oliver, começou a procurar, mais detidamente, na vala e na cerca-viva ao lado, o que deu tempo para o resto do grupo alcançá-lo e para Oliver explicar ao sr. Losberne as circunstâncias que haviam levado àquela perseguição tão enérgica.

A busca foi em vão. Não havia nem vestígio de pegadas recentes à vista. Eles pararam então, no alto de uma pequena encosta, com vista para campos abertos, em todas as direções, em um raio de cinco ou seis quilômetros. Lá estava a aldeia no baixio à esquerda, mas, para chegar até lá, seguindo pelo trajeto indicado por Oliver, os homens deviam ter fugido por um trecho descoberto, que era impossível que tivessem percorrido tão depressa. Um denso arvoredo bordejava a campina na outra direção; mas eles tampouco poderiam ter chegado àquela cobertura pelo mesmo motivo.

— Deve ter sido um sonho seu, Oliver — disse Harry Maylie.

— Ah, não, não mesmo, senhor — respondeu Oliver, estremecendo só de lembrar do semblante do velho desgraçado. — Eu vi o rosto dele com clareza demais para ter sido isso. Vi os dois, tão claramente quanto o estou vendo agora.

— Quem era o outro? — indagou Harry e o sr. Losberne, ao mesmo tempo.

— O mesmo homem sobre o qual lhe contei, que se chocou comigo na saída da hospedaria — disse Oliver. — Ficamos nos olhando fixamente. Sou capaz de jurar que era ele.

— Eles foram mesmo por aqui? — perguntou Harry. — Você tem certeza?

— Tanta certeza quanto sobre os homens na janela — respondeu Oliver, apontando para baixo, enquanto falava, na direção da cerca-viva que separava o jardim da propriedade da campina. — O mais alto saltou por cima, bem ali; e o judeu, correndo alguns passos para a direita, esgueirou-se pela abertura.

Os dois cavalheiros observaram o rosto sincero de Oliver, enquanto ele falava, e entreolhando-se, aparentemente ficaram satisfeitos com a exatidão do que ele dizia. Ainda assim, em nenhuma direção, não havia sinal de pegadas de homens em fuga apressada. O mato estava alto, mas em nenhum trecho havia sido pisado, exceto onde eles mesmos passavam. As margens e as encostas das valas eram de argila úmida, mas em nenhum ponto puderam distinguir marcas de sapatos masculinos, nem mesmo qualquer vestígio que indicasse algum pé humano que tivesse passado por ali horas antes.

— Isso é muito estranho! — disse Harry.

— Estranho? — ecoou o doutor. — Nem mesmo Blathers e Duff conseguiriam entender.

Não obstante a natureza evidentemente inútil de sua busca, eles não desistiram até que a chegada da noite tornou a perseguição ainda mais desesperadora e, mesmo assim, eles só pararam com relutância. Giles foi mandado aos diferentes bares da aldeia, munido da melhor descrição que Oliver pôde dar da aparência e dos trajes dos desconhecidos. Dos dois, o judeu era, em todo caso, suficientemente notável para ser lembrando, caso tivesse sido visto bebendo, ou vadiando pela região, porém Giles voltou sem nenhuma novidade capaz de desfazer ou diminuir o mistério.

No dia seguinte, uma nova busca foi feita, e as averiguações foram renovadas; mas sem melhor sucesso. No outro dia, Oliver e o sr. Maylie foram até a cidade, na esperança de ver ou ouvir algo sobre os homens por lá, mas também esse esforço foi infrutífero. Alguns dias depois, o caso começou a ser esquecido, como a maioria dos casos, quando o espanto, sem novo alimento a sustentá-lo, morre por si mesmo.

Nesse ínterim, Rose se recuperava rapidamente. Ela já havia deixado o quarto, conseguia sair sozinha e, tornando a conviver com a família, levava alegria ao coração de todos.

Mas, embora essa mudança feliz tivesse um efeito visível naquele pequeno círculo, e embora vozes alegres e risos contentes voltassem a ser ouvidos no chalé, havia às vezes uma contenção incomum em alguns deles, mesmo na própria Rose, que Oliver não poderia deixar de perceber. A sra. Maylie e o filho costumavam ficar muito tempo trancados sozinhos; e mais de uma vez Rose apareceu com vestígios de lágrimas no rosto. Depois que o sr. Losberne marcou a data de sua volta para Chertsey, esses sintomas se intensificaram. Ficou evidente que algo estava em processo que afetava a paz da moça e de mais alguém além dela.

Por fim, uma manhã, quando Rose estava sozinha à mesa do desjejum, Harry Maylie chegou e, com certa hesitação, pediu permissão para falar com ela por alguns momentos.

— Alguns... alguns poucos momentos serão suficientes, Rose — disse o rapaz, puxando uma cadeira para perto dela. — O que eu tenho para dizer já deve estar claro para você. A esperança mais acalentada do meu coração não é algo desconhecido para você, embora da minha boca você ainda não a tenha ouvido ser declarada.

Rose já ficara muito pálida no momento da entrada dele, mas talvez fosse efeito de sua doença recente. Ela meramente fez uma mesura e, inclinando-se para algumas plantas ao lado, aguardou em silêncio que ele continuasse.

— Eu... eu... devia ter partido antes — disse Harry.

— Você devia, de fato — respondeu Rose. — Perdoe a franqueza, mas eu gostaria que você tivesse ido embora.

— Fui trazido pela apreensão mais pavorosa e agonizante — disse o rapaz —: o medo de perder a única criatura amada em quem todos os meus desejos e esperanças estão fixados. Você estava morrendo, hesitava entre a terra e o céu. Sabemos que quando os jovens, belos e bons são visitados pela doença, seu espírito puro insensivelmente se volta para o lar brilhante do repouso eterno, disso nós sabemos, que Deus nos ajude! Que os melhores e mais belos de nós muito amiúde fenecem no apogeu.

Havia lágrimas dos olhos da mocinha delicada, enquanto essas palavras eram ditas, e quando uma delas caiu sobre a flor que ela observava, brilhando cintilante em sua corola, tornando-a mais bela, foi como se o extravasamento de seu jovem coração viçoso reivindicasse um parentesco natural com as coisas mais amáveis da natureza.

— Uma criatura — continuou o rapaz, apaixonadamente —, uma criatura tão bela e tão inocente quanto um anjo de Deus, esvoaçava entre a vida e a morte. Ah! Quem poderia imaginar, quando o mundo distante ao qual ela era afeita se entreabriu à sua visão, que ela voltaria para a tristeza e a calamidade deste aqui?! Rose, Rose, saber que você estava indo embora como uma sombra tênue, que uma luz de cima lança sobre a terra; não ter esperança de que você seria poupada para aqueles quer permaneceriam aqui, mal sabendo o motivo de isso estar acontecendo; sentir que você pertencia àquela esfera mais brilhante para a qual os mais belos e os melhores dirigem sua precoce fuga alada; e no entanto rezar, entre todos esses consolos, para que você fosse devolvida para aqueles que a amam, essas foram distrações quase grandes demais para suportar. Foram as minhas, noite e dia; e com elas, veio uma torrente caudalosa de temores, e apreensões, e remorsos egoístas, de que você fosse morrer sem jamais saber quão devotadamente eu a amava, a ponto de quase derrubar a sensatez e a razão em seu rastro. Você se recuperou. Dia após dias, e quase de hora em hora, alguma gota de saúde retornava, e, mesclando se ao fluxo esvaído e débil da vida que circulava languidamente em seu corpo, tornou a se encher, e a subir e retomar sua vazão caudalosa. Acompanhei sua transformação da beira da morte até voltar à vida, com olhos que ficaram cegos de avidez e profunda afeição. Não me diga que gostaria que eu tivesse perdido isso; pois isso enterneceu meu coração em relação a toda a humanidade.

— Não foi isso que eu quis dizer — disse Rose, chorosa. — Eu só gostaria que você tivesse ido embora para voltar a perseguir seus objetivos elevados, objetivos à sua altura.

— Nenhum objetivo é mais digno, mais digno da mais elevada natureza, que a luta para conquistar um coração como o seu — disse o rapaz, tomando a mão dela. — Rose, minha querida Rose! Há anos... há anos... eu a amo. Na esperança de conquistar fama e depois voltar orgulhoso para casa e lhe dizer que tudo o que conquistei foi para dividir com você, pensando, em meus devaneios, como eu me lembraria de você, naquele momento feliz, das muitas promessas silenciosas que lhe fiz do meu afeto de menino, e pediria a sua mão, como uma redenção de um contrato antigo e mudo que havia sido selado entre nós! Essa hora ainda não chegou, mas aqui, sem fama conquistada, e sem a realização de um sonho juvenil, eu ofereço a você este coração que há muito tempo é seu, e espero tudo das palavras com que você receber esta oferta.

— A sua atitude sempre foi generosa e nobre — disse Rose, dominando as emoções que a agitavam. — Como você sabe que não sou insensível ou ingrata, então eis a minha resposta.

— Será que posso tentar merecê-la? É isso, querida Rosa?

— Minha resposta — respondeu Rose —, é que você deve tentar me esquecer. Não como sua companheira antiga, apegada e afetuosa, pois isso me magoaria profundamente, mas como objeto do seu amor. Olhe para o mundo, pense em quantos corações, que você teria orgulho em conquistar, há por aí. Dedique a mim outra paixão, se quiser, serei a amiga mais verdadeira, mais calorosa e mais fiel que você terá.

Houve uma pausa, durante a qual Rose, que havia coberto o rosto com uma mão, deu livre vazão às lágrimas. Harry continuou segurando a outra.

— E os seus motivos, Rose — ele disse por fim, em voz baixa. — Quais são os seus motivos para essa decisão?

— Você tem o direito de sabê-los — respondeu Rose. — Mas nada poderá dizer que altere minha resolução. É um dever que devo cumprir. Devo-o aos outros, mas também a mim mesma.

— A si mesma?

— Sim, Harry. Devo a mim mesma, eu, uma menina sem pais, sem nada, com uma maldição sobre o meu nome, não dar a seus parentes motivos para suspeitar de que me entreguei sordidamente à sua primeira paixão, e de que me amarrei, como um fardo, às suas esperanças e aos seus projetos. Devo a você e aos seus impedi-lo de opor, no calor da sua natureza generosa, esse grande obstáculo ao seu progresso no mundo.

— Se a sua inclinação natural se contrapõe ao seu senso do dever... — Harry começou.

— Não se opõe — respondeu Rose, corando profundamente.

— Então você corresponde ao meu amor? — disse Harry. — Diga apenas isso, querida Rose, diga apenas isso, e alivie a amargura dessa dura frustração!

— Se eu pudesse dizê-lo, sem ser muito injusta com quem amo — acrescentou Rose —, eu...

— Teria recebido minha declaração de modo muito diferente? — disse Harry. — Não esconda isso de mim, pelo menos, Rose.

— Talvez — disse Rose. — Espere! — ela acrescentou, desvencilhando a mão. — Por que prolongar essa conversa dolorosa? Dolorosíssima para mim, e no entanto, produtora de uma felicidade duradoura, mesmo assim, pois será uma felicidade saber que um dia gozei de sua mais alta consideração, como agora, e cada triunfo que você conquistar na vida me animará com nova fortaleza e firmeza. Adeus, Harry! Assim como nos encontramos hoje, não nos encontraremos mais, mas em outras relações diferentes dessas em que essa conversa nos colocou, poderemos estar unidos duradoura e felizmente. Que todas as bênçãos que as orações de um coração verdadeiro e sincero puderem propiciar da fonte de toda a verdade e sinceridade possam lhe trazer alegria e prosperidade!

— Mais uma coisa, Rose — disse Harry. — Quero saber o motivo com as suas palavras. Da sua boca, quero ouvir!

— A perspectiva diante de si — respondeu Rose, com firmeza — é brilhante. Todas as honras às quais grandes talentos e poderosos contatos podem promover um homem na vida pública estão reservadas para você. Mas esses contatos são orgulhosos, e eu não me misturarei com aqueles que podem tratar com desdém a mãe que me deu a vida, nem trazer a desgraça ou o fracasso ao filho daquela que tão bem supriu o lugar dessa mãe. Em suma — disse a mocinha, virando-se, quando sua firmeza temporária a abandonou —, há uma mancha em meu nome, que paira sobre o mundo e a cabeça dos inocentes. Não a transmitirei a outro sangue além do meu. A censura caberá apenas a mim.

— Mais uma coisa, Rose. Queridíssima Rose! Só mais uma! — exclamou Harry, atirando-se na frente dela. — Se eu fosse menos... afortunado, como se diz... se o meu destino fosse uma vida obscura e pacífica... se eu fosse pobre, doente, desamparado... mesmo assim você fugiria de mim? Ou as minhas prováveis vantagens em termos de riquezas e honras teriam dado origem a esse escrúpulo?

— Não me obrigue a responder — disse Rose. — A questão não está posta, e nunca estará. É injusto, quase cruel, antecipá-la.

— Se a sua resposta for o que quase me arrisco a esperar que seja — retrucou Harry —, ela lançará um facho de felicidade em meu caminho solitário, e iluminará a estrada que tenho pela frente. Não é pouco fazer tanto, meramente dizendo algumas breves palavras, por alguém que a ama acima de todo o resto. Ah, Rose, em nome da minha ardente e duradoura afeição, em nome de tudo o que sofri por você, e de tudo o que você me condena a sofrer, responda apenas a essa única pergunta!

— Bem, se a sua sorte tivesse sido outra — retomou Rose —, se você tivesse nascido só um pouco, mas não tão acima de mim, se eu pudesse ter sido um auxílio e um conforto para você em um cenário humilde de paz e isolamento, e não uma mancha e um atraso em meio a multidões ambiciosas e distintas, eu teria sido poupada desse calvário. Tenho todos os motivos para ser feliz, muito feliz, agora, mas, sim, Harry, admito que eu seria mais feliz.

Recordações agitadas de antigas esperanças, acalentadas na infância, tempos atrás, amontoaram-se na mente de Rose, enquanto ela fazia sua declaração, mas que trouxeram lágrimas consigo, como as velhas esperanças trazem quando voltam emurchecidas, e a deixaram aliviada.

— Não posso evitar essa fraqueza, o que torna meu propósito mais forte — disse Rose, estendendo a mão. — Na verdade, devo deixá-lo agora.

— Só lhe peço uma promessa — disse Harry. — Uma vez, e apenas uma vez mais, digamos daqui a um ano, talvez antes, que eu possa falar com você outra vez sobre esse assunto, pela última vez.

— Que não seja para me obrigar a alterar minha decisão correta — respondeu Rose, com um sorriso melancólico —, pois será inútil.

— Não — disse Harry. — Para ouvir você a repetir, se quiser, repetir pela última vez! Estarei a seus pés, qualquer que seja então minha fortuna. E se você permanecer em sua resolução presente, não procurarei, por palavra ou ato, alterá-la.

— Então que seja assim — continuou Rose. — Será só mais uma pontada de dor, e quando isso ocorrer talvez eu esteja em melhores condições de suportá-la.

Ela estendeu a mão outra vez. Mas o rapaz a levou ao peito e, beijando-lhe a bela testa, saiu correndo da sala.

36.
É um capítulo muito breve, e talvez pareça não ter muita importância agora, mas que deve ser lido mesmo assim, como continuação do anterior, e como chave para outro que virá no momento propício

— Quer dizer que você resolveu ser meu companheiro de viagem esta manhã? — disse o doutor, quando Harry Maylie juntou-se a ele e Oliver à mesa do desjejum. — Ora, você não estava pensando nisso nem tinha essa intenção uma hora atrás!

— Algum dia desses você me contará uma história diferente — disse Harry, corando sem motivo perceptível.

— Espero ter um bom motivo para isso — respondeu o sr. Losberne —, embora admita não ter tanta certeza. Mas ontem mesmo pela manhã você decidiu, às pressas, ficar aqui para fazer companhia à sua mãe, como bom filho, nessa viagem ao litoral. Antes do meio-dia, você avisa que me dará a honra de me fazer companhia até o meu destino, e seguirá viagem para Londres. E à noite, você insistiu comigo, com grande mistério, para partirmos cedo, antes de as damas acordarem. A consequência disso é que o jovem Oliver aqui está demorando nesse desjejum quando devia estar percorrendo os campos em busca de fenômenos botânicos de todos os tipos. Que pena, não é, Oliver?

— Eu lamentaria muito não estar em casa quando o senhor e o sr. Maylie fossem embora — disse Oliver.

— Eis um bom sujeito — disse o doutor. — Você virá me visitar quando voltar. Mas, falando sério, Harry, houve algum comunicado dos nobres que produziu essa súbita ansiedade da sua parte para ir embora?

— Os nobres — respondeu Harry —, designação sob a qual, eu presumo, o senhor deva incluir meu digníssimo tio, não se comunicaram comigo desde que cheguei aqui, nem, nessa época do ano, é provável que algo vá ocorrer que torne necessária imediatamente a minha presença entre eles.

— Bem — disse o doutor —, você é um sujeito esquisito. Mas evidentemente elas vão querer colocá-lo no parlamento na eleição de antes do Natal, e essas súbitas mudanças e alterações não são bons preparativos para a vida política. Eis aí um assunto. Um bom treinamento é sempre desejável, seja a corrida por uma vaga, uma taça ou uma aposta.

Harry Maylie olhou para ele como se fosse continuar esse breve diálogo com um ou dois comentários que aturdiriam bastante o doutor, mas se contentou em dizer "É o que veremos" e deu por encerrado o assunto. A carruagem se aproximou da porta pouco depois e, quando Giles entrou para retirar a bagagem, o bom doutor saiu para vê-la ser carregada.

— Oliver — disse Harry Maylie, em voz baixa —, deixe-me dizer aqui uma coisa.

Oliver caminhou até o recesso da janela para onde o sr. Maylie sinalizara, muito surpreso com a mistura de tristeza e humor tempestuoso, que sua atitude geral demonstrava.

— Você já sabe escrever bem? — disse Harry, pondo mão no braço do menino.

— Espero que sim, senhor — respondeu Oliver.

— Não devo voltar para cá, talvez por um bom tempo. Gostaria que você me escrevesse, digamos, uma vez a cada quinze dias, às segundas-feiras alternadas, para o Correio Central de Londres. Você faria isso?

— Ah! Certamente, senhor, será uma honra para mim — exclamou Oliver, muito contente com a tarefa.

— Vou querer saber como... como a minha mãe e a srta. Maylie estão — disse o rapaz. — E você pode também escrever uma folha inteira me contando dos seus passeios, das suas conversas, e se ela... quero dizer... se elas estão felizes e tudo está bem. Você entendeu?

— Ah! Perfeitamente, senhor, perfeitamente — respondeu Oliver.

— Eu preferiria que você não contasse nada para elas — disse Harry, apressando as palavras —, porque isso deixaria a minha mãe ainda mais ansiosa para me escrever sempre, e isso seria um incômodo e uma preocupação a mais para ela. Que isso seja um segredo entre nós dois; e pode me contar tudo! Conto com você.

Oliver, bastante exaltado e honrado por uma sensação de importância, fielmente prometeu manter segredo e ser explícito em suas cartas. O sr. Maylie despediu-se dele prometendo-lhe enfaticamente sua consideração e sua proteção.

O doutor estava na carruagem. Giles (que, conforme ficara combinado, ficaria para trás) manteve a porta aberta com a mão, e as criadas estavam no jardim, olhando. Harry lançou um único breve olhar de relance para a janela de treliça, e embarcou.

— Vamos logo! — gritou. — Depressa, a galope, em ritmo duro e acelerado! Hoje, nada mais lento que o vento para me acompanhar...

— Alô! — exclamou o doutor, baixando o vidro da frente apressadamente e gritando ao cocheiro. — Para *me* acompanhar pode ser bem mais lento que o vento. Está me ouvindo?

Tilintando e estrondeando, até que a distância tornou seu barulho inaudível, e seu rápido progresso apenas perceptível aos olhos, o veículo serpenteou pela estrada, quase oculto em uma nuvem de poeira, ora sumindo inteiramente, ora ficando visível de novo, conforme os objetos no caminho, ou suas reentrâncias, permitiam. Só quando até a nuvem de poeira já não era mais visível, os observadores se dispersaram.

E uma pessoa continuou com os olhos fixos no ponto onde a carruagem desapareceu, mesmo depois de se afastar muitos quilômetros, pois, atrás da cortina branca que impedia a visão quando Harry ergueu os olhos para a janela, estava Rose.

— Ele parece estar animado e feliz — disse ela, por fim. — Por algum tempo pensei que ele não ficaria assim. Eu estava enganada. Estou muito, muito contente.

Lágrimas são sinais de alegria e também de tristeza, mas aquelas que escorriam pelo rosto de Rose, quando ela se inclinou pensativamente junto à janela, ainda olhando na mesma direção, pareciam revelar mais pesar que prazer.

37.
Em que o leitor poderá perceber um contraste, não muito raro em matrimônios

O sr. Bumble estava sentado na saleta da casa de trabalhos, com os olhos tristonhos fixos no portão desolado, de onde, como era verão, nenhum raio era mais brilhante que o reflexo dos raios doentios do sol, que eram devolvidos de sua superfície fria e reluzente. Uma tira de mata-moscas pendia do teto, para onde ocasionalmente seus olhos se erguiam em pensamentos melancólicos, e, quando os insetos incautos esvoaçavam em torno da chamativa armadilha, o sr. Bumble soltava um profundo suspiro, enquanto uma sombra soturna se espraiava em seu semblante. O sr. Bumble estava meditando; talvez os insetos evocassem alguma passagem dolorosa de sua própria vida pregressa.

A tristeza do sr. Bumble não era o único fator a despertar uma agradável melancolia no peito de um espectador. Não faltavam outros indícios, e intimamente conectados a sua pessoa, que anunciavam que uma grande transformação havia ocorrido na situação de seus negócios. A casaca debruada em dourado e o chapéu bicorne; onde estavam? Ele ainda estava de calças curtas, e as meias de algodão escuras, mas aquelas não eram *as* calças dele. A casaca era de cauda larga — e nesse aspecto parecia *a* casaca dele —, mas, oh, como era diferente! O poderoso bicorne havia sido substituído por uma cartola modesta. O sr. Bumble não era mais bedel.

Algumas promoções na vida, independentemente das recompensas mais substanciais que ofereçam, exigem valor e dignidade peculiares das casacas e dos coletes a elas associados. Um almirante tem seu uniforme; um bispo, sua túnica de seda; um conselheiro, seu traje de seda; um bedel, seu bicorne. Tire a túnica do bispo, ou o bicorne do bedel, e o que são eles? Homens. Meros humanos. Dignidade, e até santidade também, às vezes, são mais questões de casaca e colete do que algumas pessoas imaginam.

O sr. Bumble havia se casado com a sra. Corney, e era o diretor da casa de trabalhos. Outro bedel fora empossado. A este, o bicorne, a casaca debruada em dourado, e a bengala, os três haviam sido concedidos.

— E amanhã completamos dois meses! — disse o sr. Bumble, com um suspiro. — Parece uma vida.

O sr. Bumble talvez quisesse dizer que ele havia concentrado a felicidade de toda uma existência no curto espaço de oito semanas; mas o suspiro... havia um vasto contingente de significados no suspiro.

— Eu me vendi — disse o sr. Bumble, seguindo a mesma linha de raciocínio —, por seis colheres de chá, uma pinça de açúcar, e uma leiteira; mais uma pequena quantidade de móveis de segunda-mão, e vinte libras em dinheiro. Eu saí por uma pechincha. Barato, muito barato!

— Barato! — gritou uma voz estridente no ouvido do sr. Bumble. — Você seria caro por qualquer preço; bem caro eu paguei por você, Deus sabe o quanto!

O sr. Bumble virou-se, e encontrou o rosto de sua curiosa consorte, que, compreendendo imperfeitamente as palavras que entreouvira de sua queixa, havia arriscado o comentário desavisadamente.

— Sra. Bumble, madame! — disse o sr. Bumble, com seriedade sentimental.

— Ora! — exclamou a senhora.

— Faça a gentileza de olhar aqui para mim — disse o sr. Bumble, fixando os olhos nela.

"Se ela sustentar esse meu olhar agora", disse o sr. Bumble consigo mesmo, "ela me desafiará em tudo. É um olhar que nunca vi falhar com os pobres. Se falhar com ela, meu poder acabou".

Se um franzimento excessivo dos olhos era suficiente para submeter os pobres, que, mal-alimentados, não estão em boas condições físicas, ou se a ex-sra. Corney era particularmente imune a olhares de águia, são questões de opinião. A questão de fato é que a enfermeira-chefe não ficou nenhum pouco abalada pela zanga do senhor Bumble, mas, pelo contrário, tratou-a com grande desdém, e até chegou a soltar uma gargalhada na hora, que soou como se fosse genuína.

Ao ouvir esse som muito inesperado, o sr. Bumble ficou a princípio incrédulo, e depois perplexo. Ele então voltou a seu estado anterior; e não tornou a falar até sua atenção ser novamente despertada pela voz da companheira.

— Você vai ficar aí roncando sentado o dia inteiro? — indagou a sra. Bumble.

— Vou ficar aqui sentado enquanto julgar apropriado, madame — replicou o sr. Bumble —, e embora eu *não* estivesse roncando, agora vou roncar, babar, espirrar, gargalhar ou gritar, como bem me aprouver, pois é minha prerrogativa.

— *Sua* prerrogativa?! — zombou a sra. Bumble, com inefável desdém.

— Foi o que eu disse, madame — disse o sr. Bumble. — A prerrogativa do homem é mandar.

— E qual seria a prerrogativa da mulher, por tudo que é mais sagrado? — exclamou a viúva do falecido sr. Corney.

— Obedecer, madame — estrondeou o sr. Bumble. — Seu falecido esposo devia ter lhe ensinado isso. Assim, talvez, ele estivesse vivo até hoje. Quem dera ele estivesse, pobre homem!

A sra. Bumble , logo percebendo que o momento decisivo chegara, e que um ataque à autoridade de um lado ou de outro necessariamente seria definitivo ou conclusivo, assim que ouviu essa alusão ao falecido, atirou-se em uma cadeira, e gritando que o sr. Bumble era um bruto desalmado, deixou-se levar por um paroxismo de lágrimas.

Mas lágrimas não tinham acesso à alma do sr. Bumble; seu coração era à prova d'água. Como cartolas de pelo de castor laváveis, que melhoram com a chuva, seus nervos haviam se tornado mais rígidos e vigorosos, por chuvas de lágrimas, que, sendo sinais de fraqueza, e nesse sentido admissões tácitas de seu próprio poder, agradavam-no e exaltavam-no. Ele olhou para sua boa senhora com expressão de grande satisfação, e pediu, de modo encorajador, que ela chorasse o máximo que podia, pois o exercício era considerado, pelos especialistas, como algo altamente saudável.

— Chorar abre os pulmões, limpa o semblante, exercita os olhos, e melhora o humor — disse o sr. Bumble. — Portanto pode chorar à vontade.

Descarregado esse gracejo, o sr. Bumble tirou a cartola do prego, e, vestindo-a de lado, um tanto libertinamente, como um homem que se sentisse confirmado em sua superioridade de um modo elegante, enfiou as mãos nos bolsos, e partiu apressado em direção à porta, com muito desembaraço e solércia expressos em sua aparência geral.

Ora, quanto à sra. Corney, ela recorrera às lágrimas por serem menos incômodas que um ataque manual; mas estava bem preparada para tentar este último procedimento, como o sr. Bumble não demoraria muito a descobrir.

A primeira prova que ele teve desse fato foi transmitida por um som oco, imediatamente sucedido pela súbita perda de sua cartola que voou para o outro lado da sala. Este procedimento preliminar deixando sua cabeça descoberta, a experiente senhora, agarrando-o firmemente pelo pescoço com uma mão, infligiu uma chuva de socos (desferidos com singulares vigor e destreza) sobre ela com a outra. Isto feito, ela criou uma pequena variação, arranhando-lhe o rosto e arrancando-lhe o cabelo. A certa altura, havendo aplicado o castigo que julgou necessário à ofensa, ela o empurrou contra uma cadeira, felizmente bem posicionada para esse propósito, e o desafiou a falar outra vez sobre sua prerrogativa, se tivesse coragem.

— Levante-se! — disse a sra. Bumble , em tom de comando. — E dê o fora daqui, se não quer que eu cometa um desatino.

O sr. Bumble levantou-se com semblante muito arrependido, imaginando que poderia ser esse desatino. Recolhendo a cartola, ele olhou para a porta.

— Você não vai? — perguntou a sra. Bumble.

— Certamente, minha querida, certamente — acrescentou o sr. Bumble, esboçando um movimento mais acelerado. — Eu não queria... já vou, meu bem! Você foi tão violenta, que realmente, eu...

Nesse instante, a sra. Bumble avançou um passo para arrumar o tapete, que havia se franzido na escaramuça. O sr. Bumble imediatamente saiu correndo da sala, sem completar o pensamento de sua frase inacabada, deixando a ex-sra. Corney em plena posse do território.

O sr. Bumble ficou deveras surpreso, e deveras derrotado. Ele tinha uma decidida propensão a abusar dos outros, extraía um prazer nada desprezível do exercício das pequenas crueldades e, consequentemente, era (é desnecessário dizer) um covarde. Isto não é nenhum demérito para seu caráter, pois muitos personagens oficiais, altamente considerados e admirados, são vítimas de debilidades semelhantes. O comentário é feito, na verdade, antes em seu favor do que o contrário, e no intuito de dar ao leitor uma medida exata de suas qualificações para o posto.

Mas a medida de sua degradação ainda não estava completa. Depois de fazer uma ronda pela casa de trabalhos, e pensando, pela primeira vez, que as leis dos pobres eram realmente duras demais com o povo, e que os homens que fugiam das esposas, deixando-as aos cuidados da paróquia, não deviam receber da justiça nenhuma punição, mas antes serem recompensados como indivíduos valorosos que muito haviam sofrido, o sr. Bumble chegou ao local onde algumas mulheres pobres costumavam lavar os lençóis da paróquia, quando o som de vozes conversando então se ouviu.

— Humpf! — disse o sr. Bumble, reunindo toda sua dignidade inata. — Essas mulheres pelo menos vão continuar respeitando a prerrogativa. Olá! Olá! Vocês aí! Que balbúrdia é essa, suas doidivanas?

Com essas palavras, o sr. Bumble abriu a porta, e entrou de modo muito feroz e furioso, o que foi imediatamente substituído por uma atitude muito humilhada e acovardada, assim que seus olhos inesperadamente depararam com o vulto da própria senhora sua esposa.

— Meu bem — disse o sr. Bumble —, não sabia que você estava aqui.

— Não sabia que eu estava aqui?! — repetiu a sra. Bumble. — O que *você* veio fazer aqui?

— Achei que elas estavam falando demais para estarem fazendo o trabalho direito, meu bem — respondeu o senhor Bumble, olhando distraidamente para duas velhas lavadeiras diante da tina, que trocavam comentários admirados sobre a humildade do diretor.

— *Você* achou que elas estavam falando demais? — disse a sra. Bumble. — O que você tem a ver com isso?

— Ora, meu bem... — insistiu o sr. Bumble, submisso.

— O que você tem a ver com isso? — perguntou a sra. Bumble, outra vez.

— É verdade, meu bem, você é a enfermeira-chefe — concordou o sr. Bumble —, mas achei que você não estivesse aqui agora.

— Vou lhe dizer uma coisa, sr. Bumble — retrucou a esposa. — Não queremos saber da sua interferência aqui. O senhor gosta muito de meter o nariz no que não lhe diz respeito, fazendo todo mundo na casa dar risada, assim que o senhor vira as costas, e fazendo o senhor parecer um bobo a qualquer hora do dia. Não interfira, por favor!

O sr. Bumble, vendo com sensação excruciante, o prazer das duas velhas pobres, que riam deliciadas, hesitou por um instante. A sra. Bumble, cuja paciência não tolerava atrasos, tomou um balde de espuma de sabão, e acompanhando-o até a porta, mandou-o imediatamente embora, sob o risco de receber o conteúdo do balde em sua altiva pessoa.

O que o sr. Bumble podia fazer? Ele olhou desoladamente ao redor, e esgueirou-se dali, e, quando chegou à porta, os risos das velhas pobres explodiram em uma estridente gargalhada de prazer irreprimível. Era só o que faltava. Ele estava degradado aos olhos dela, perdera sua casta e sua posição até diante dos pobres, decaíra da altura e da pompa da bedelaria, ao mais baixo e desprezível nível da chacota.

— Tudo isso em dois meses! — disse o sr. Bumble, cheio de ideias melancólicas. — Dois meses! Nada menos que dois meses atrás, eu era não só senhor de mim mesmo, mas de todo mundo, aqui nos limites da casa de trabalhos da paróquia, bem entendido, e agora...

Foi demais para ele. O sr. Bumble estapeou as orelhas do menino que lhe abriu o portão (pois ele chegara ao portão em seu devaneio) e caminhou, contrariado, para a rua.

Ele subiu uma rua, e desceu outra, até que o exercício arrefeceu a primeira paixão de sua tristeza; e então um sentimento de repulsa lhe deu sede. Ele passou por muitos bares, mas, por fim parou diante de um em uma viela, cuja sala da frente, como ele apurou espiando pela janela, estava deserta, exceto por um único freguês solitário. Começou a chover, forte, nesse momento. Isso confirmou sua decisão. O sr. Bumble entrou, e com um meneio, ao passar pelo balcão, entrou na sala da frente que ele vira da rua.

O homem que estava ali sentado era alto e moreno e usava uma capa comprida. Tinha ar de estrangeiro e parecia, por um certo desleixo na aparência, assim como pela poeira em seus trajes, ter viajado alguma distância. Ele notara o meneio de Bumble, ao entrar, mas nem se dignara a assentir com a cabeça em resposta ao cumprimento.

O sr. Bumble tinha dignidade o suficiente para duas pessoas. Supôs que o desconhecido fosse conhecido do dono, de modo que bebeu seu gim com água, e leu o jornal com toda pompa e circunstância.

Aconteceu, contudo, como amiúde acontece, quando homens acabam na companhia uns dos outros nessas circunstâncias, que o sr. Bumble começou a sentir, de quando em quando, uma poderosa vontade, à qual não conseguiu resistir, de olhar furtivamente para o desconhecido. E, toda vez que ele olhava, desviava os olhos, um tanto confusamente, ao notar que o desconhecido naquele mesmo momento olhava furtivamente para ele. O constrangimento do sr. Bumble foi acentuado pela expressão notável nos olhos do forasteiro, que era aguda e brilhante, mas obscurecida por uma carranca de desconfiança e suspeita, diferente de tudo o que ele já havia observado antes, e repulsiva de se olhar.

Depois de cruzarem olhares de relance, assim, diversas vezes, o desconhecido, com voz rouca, grave, rompeu o silêncio.

— Você estava me procurando — disse —, quando espiou pela janela?

— Não que eu saiba, a não ser que você seja o senhor... — aqui o sr. Bumble interrompeu a fala, pois estava curioso para saber o nome do desconhecido, e pensou em sua impaciência que ele poderia completar a frase.

— Pelo visto, não estava — disse o desconhecido, com uma expressão de sarcasmo silencioso nos lábios —, ou saberia o meu nome. Você não sabe. Recomendo que não pergunte.

— Não lhe desejo nada de mal, rapaz — observou o sr. Bumble, majestosamente.

— E nenhum mal me causou — disse o desconhecido.

Outro silêncio sucedeu este breve diálogo, que foi novamente rompido pelo desconhecido.

— Creio tê-lo visto antes, não? — disse ele. — Você estava usando roupas diferentes da outra vez, e apenas passei por você na rua, mas eu o reconheço. Você era bedel aqui, não era?

— Eu fui — disse o sr. Bumble, com certa surpresa. — Bedel paroquial.

— Justamente — confirmou o outro, balançando a cabeça. — Foi como bedel que o vi. O que você é agora?

— Diretor da casa de trabalhos — acrescentou o sr. Bumble, lenta e altivamente, para impedir qualquer familiaridade indevida que o desconhecido pudesse do contrário assumir. — Diretor da casa de trabalhos, rapaz!

— Você continua atento aos próprios interesses, como sempre foi, não é? — continuou o desconhecido, olhando fixamente nos olhos do sr. Bumble, quando este os ergueu espantado com a pergunta. — Não fique com escrúpulos, e responda livremente, meu velho. Eu o conheço muito bem, como você pode ver.

— Creio que um homem casado — respondeu o sr. Bumble, cobrindo os olhos com a mão, e examinando o desconhecido, dos pés à cabeça, em evidente perplexidade —, não é mais avesso a recusar um dinheiro honesto sempre que pode, do que um homem solteiro. Os funcionários da paróquia não são tão bem pagos a ponto de recusar qualquer rendimento extra, quando este lhes chegam de modo civil e adequado.

O desconhecido sorriu, e tornou a balançar a cabeça, como se dissesse que não havia se confundido quanto à identidade do sujeito, depois tocou a sineta.

— Encha esse copo de novo — ele disse, estendendo o copo vazio do sr. Bumble ao taberneiro. — Que seja bem forte e quente. Você gosta, eu imagino?

— Não muito forte — respondeu o sr. Bumble, com um pigarro delicado.

— Você entendeu, taberneiro! — disse o desconhecido, rispidamente.

O dono do bar sorriu, sumiu e logo em seguida voltou com um jarro fumegante, do qual, o primeiro gole tirou lágrimas dos olhos do sr. Bumble.

— Agora escute aqui — disse o desconhecido, depois de fechar a porta e a janela. — Eu vim aqui hoje para encontrar você; e, por um desses acasos que o diabo lança no caminho de seus amigos às vezes, você entrou na mesma sala onde eu estava, justamente quando eu pensava mais do que tudo em você. Quero uma informação sua. Não quero que você me dê de graça, mesmo que a informação seja banal. Fique com isso, para começar.

Enquanto ele falava, empurrou dois soberanos sobre a mesa na direção de seu interlocutor, cuidadosamente, como se não quisesse que o tilintar das moedas fosse ouvido fora da sala. Quando o sr. Bumble examinou minuciosamente as moedas, para verificar se eram genuínas, e as guardou, com muita satisfação, no bolso do colete, ele continuou:

— Quero que você retroceda na memória... deixe-me ver... 12 anos, no inverno.

— Isso faz muito tempo — disse o sr. Bumble. — Muito bem. Retrocedi.

— O cenário, a casa de trabalhos.

— Bem!

— E o horário, à noite.

— Sim.

— E o local, aquele buraco bizarro, onde quer que seja, no qual as meretrizes miseráveis dão a vida e a saúde negadas a si mesmas... dão à luz crianças chorosas para a paróquia criar e esconder sua vergonha, que apodreçam na sepultura!

— A sala de parto, você diz? — disse o sr. Bumble, sem entender muito bem a excitada descrição do desconhecido.

— Sim — disse o desconhecido. — Um menino nasceu lá.

— Muitos meninos — observou o sr. Bumble, balançando a cabeça, desconsolado.

— Uma praga de jovens demônios! — gritou o desconhecido. — Falo de um deles, um menino de olhar meigo, rosto pálido, que foi aprendiz aqui de uma funerária, quem dera ele tivesse feito o próprio caixão e aparafusasse com seu corpo dentro, e que mais tarde fugiu para Londres, supostamente.

— Ora, você está falando do Oliver! O jovem Twist! — disse o sr. Bumble. — Lembro dele, é claro. Nunca vi um jovem tratante mais obstinado...

— Não é dele que eu quero saber, já sei o suficiente — disse o desconhecido, interrompendo o sr. Bumble quando este estava prestes a fazer uma tirada sobre os vícios do pobre Oliver. — É sobre uma mulher, sobre a velha que acompanhou a mãe dele no parto. Onde ela está?

— Onde ela está? — disse o sr. Bumble, a quem o gim com água deixara jocoso. — Seria difícil saber. Não há maternidades por lá, aonde quer que ela tenha ido, de modo que imagino que ela esteja, ao menos, desempregada agora.

— Como assim? — indagou o desconhecido, seriamente.

— Ela morreu no inverno passado — respondeu o sr. Bumble.

O homem olhou fixamente para ele quando este lhe deu essa informação, e, embora não desviasse o olhar por algum tempo depois, sua expressão se tornou aos poucos vaga e absorta, e ele pareceu perdido em pensamentos. Por mais algum tempo, ele pareceu indeciso quanto a sentir alívio ou frustração com a notícia, mas enfim ele respirou mais livremente e, desviando os olhos, observou que aquilo não fazia muita diferença. Com isso, ele se levantou, como se fosse embora.

Mas o sr. Bumble era bastante astuto. Logo viu que se abria uma oportunidade para a lucrativa revelação de algum segredo possuído por sua cara metade. Ele se lembrava bem da noite da morte da velha Sally, de que as ocorrências daquele dia lhe deram bons motivos para se lembrar, como na ocasião em que propusera casamento à sra. Corney e, embora esta jamais lhe tivesse confiado a revelação daquilo que testemunhara sozinha, ele ouvira o suficiente para saber que tinha relação com algo ocorrido aos cuidados da velha enfermeira da casa de trabalhos com a jovem mãe de Oliver Twist. Apressadamente evocando essa circunstância, ele informou ao desconhecido, com ar de mistério, que havia uma mulher que estivera sozinha com a velha enfermeira pouco antes de morrer, e que essa mulher poderia, como ele tinha motivos para crer, lançar alguma luz sobre o assunto em questão.

— Como posso encontrá-la? — disse o desconhecido, abrindo a guarda e mostrando claramente que todos os seus temores (quaisquer que fossem eles) haviam sido trazidos à tona por essa informação.

— Apenas por meu intermédio — disse o sr. Bumble.

— Quando? — exclamou o desconhecido, afobado.

— Amanhã — acrescentou o sr. Bumble.

— Às nove da noite — disse o desconhecido, sacando um pedaço de papel, e escrevendo um obscuro endereço na margem do rio, em caligrafia que traía sua agitação. — Às nove da noite, leve-a até esse local. Não preciso dizer para manter segredo. É do seu interesse.

Com essas palavras, ele se encaminhou para a porta, depois de pagar pela aguardente que bebera. Sucintamente comentando que iam para lados diferentes, ele partiu, sem mais cerimônia, além de uma enfática repetição do horário combinado na noite seguinte.

Reparando no endereço, o funcionário paroquial notou que não havia nenhum nome. O desconhecido ainda não estava longe, de modo que ele foi atrás dele para perguntar.

— O que você quer? — exclamou o homem, virando-se rapidamente, assim que Bumble tocou seu braço. — Você está me seguindo?

— Só para perguntar uma coisa — disse o outro, apontando para o pedaço de papel. — O nome de quem devo chamar quando chegar lá?

— Monks! — replicou o homem, e bruscamente partiu a passos largos.

38.
Contendo um relato do que se passou entre o sr. e a sra. Bumble, e o sr. Monks, em sua conversa noturna

Fazia uma noite turva, fechada e carregada, de verão. As nuvens, que haviam ameaçado o dia inteiro, espalhadas em uma densa e viscosa massa de vapor, já começavam a despejar grandes gotas de chuva, e pareciam pressagiar uma violenta tempestade, quando o sr. e a sra. Bumble, saindo da rua principal, dirigiram-se para uma pequena colônia de casas arruinadas, distante cerca de uma milha e meia do centro, ou quase, e chegaram a um brejo insalubre na beira do rio.

Estavam ambos vestindo trajes velhos e gastos, o que talvez servisse ao duplo propósito de protegê-los da chuva, e abrigá-los da observação pública. O marido levava um lampião, do qual, contudo, nenhuma luz se projetava, e caminhou, alguns passos na frente, como no intuito — sendo o caminho repleto de sujeira — de dar à esposa o benefício de pisar em suas amplas pegadas. Assim seguiram em frente, em profundo silêncio; de quando em quando, o sr. Bumble diminuía o ritmo, e virava a cabeça para ter certeza de que sua ajudante vinha atrás; então, descobrindo que ela estava quase pisando seus calcanhares, ele retomava o passo normal, e prosseguia, aumentando consideravelmente a velocidade, rumo ao local de destino.

Este estava longe de ser um lugar de caráter duvidoso; pois era havia muito tempo residência de notórios bandidos, que, sob diversos disfarces de viverem às custas do próprio trabalho, sobreviviam principalmente de roubos e de crimes. Era um conjunto de meros barracos: alguns, construídos às pressas com tijolos frouxos, outros, com velhas madeiras navais devoradas por vermes, ajambradas sem qualquer tentativa de ordem ou arranjo, e fincadas, em sua maioria, a poucos metros do barranco do rio. Alguns poucos botes furados arrastados na lama amarrados à parede da doca que os abrigava, e aqui e ali um remo ou um rolo de corda, pareciam, a princípio, indicar que os moradores daqueles barracos miseráveis gozavam de algum lazer fluvial, mas um olhar para a condição deteriorada e inutilizada dos artigos assim expostos levariam um passante, sem muita dificuldade, a conjecturar que estariam ali mais para manter as aparências, do que no intuito de serem efetivamente empregados.

No cerne desse aglomerado de barracos, e margeando o rio para o qual os andares superiores tinham vista, havia uma grande construção, anteriormente usada como algum tipo de manufatura. O local, em sua época, provavelmente dera emprego aos moradores das casas vizinhas. Mas estava havia muitos anos arruinado. Os ratos, os vermes e a ação da umidade haviam enfraquecido e apodrecido os pilares que sustentavam o edifício. Uma porção considerável já se encontrava afundada dentro da água, enquanto o restante, cambaleante, inclinado sobre o curso escuro de água, parecia esperar uma oportunidade favorável de seguir sua antiga companheira, e se envolver no mesmo destino.

Foi diante desse edifício arruinado que o digno casal parou, quando o primeiro trovão estrondeou ao longe no céu, e a chuva começou a cair violentamente.

— Deve ser aqui — disse Bumble, consultando um pedaço de papel que trazia na mão.

— Olá! — exclamou uma voz vinda de cima.

Seguindo o som, o sr. Bumble ergueu a cabeça e notou um homem que olhava pelo vão de uma porta, do peito para cima, no segundo andar.

— Fique aí, um minuto — gritou a voz. — Já estou chegando.

Com isso, a cabeça desapareceu, e a porta se fechou.

— Aquele é o tal homem? — perguntou a boa sra. Bumble.

O sr. Bumble assentiu.

— Então lembre-se do que eu disse — disse a enfermeira-chefe — e tome cuidado para falar o mínimo possível, ou você vai acabar nos entregando.

O sr. Bumble, que havia observado o edifício com expressão muito arrependida, parecia estar prestes a expressar certas dúvidas relativas à prudência de prosseguirem com a empreitada naquele momento, quando foi impedido pela aparição de Monks, que abriu uma portinha, perto de onde eles estavam, e fez sinal para entrarem.

— Entrem! — exclamou impacientemente, batendo o pé no chão. — Não me façam esperar aqui!

A mulher, que havia hesitado a princípio, entrou corajosamente, sem mais delongas. O sr. Bumble, que ficou envergonhado ou receoso de ser deixado para trás, veio em seguida, obviamente muito contrariado e quase sem resquícios da notável dignidade que costumava ser sua principal característica.

— O que diabos você estava fazendo ali fora parado na chuva? — disse Monks, virando-se, e dirigindo-se a Bumble, depois de passar o trinco na porta atrás deles.

— Nós... nós só estávamos... tomando a fresca — gaguejou Bumble, olhando apreensivamente ao redor.

— Tomando a fresca!? — retrucou Monks. — Nem toda chuva que já caiu, nem a que ainda cairá, será capaz de apagar o fogo infernal que o homem leva no peito. Você não vai se refrescar tão facilmente. Não conte com isso!

Com esse comentário simpático, Monks parou diante da enfermeira-chefe, e começou a encará-la fixamente, até que ela, que não se acovardava facilmente, achou por bem desviar os olhos, e voltá-los para o chão.

— Essa é a mulher, não é? — indagou Monks.

— Humpf! Essa é a mulher — respondeu o sr. Bumble, lembrando-se do aviso da esposa.

— Você acha que uma mulher não é capaz de guardar segredo, não é? — disse a enfermeira-chefe, interceptando e devolvendo, enquanto falava, o olhar inquisitivo de Monks.

— Sei que elas costumam guardar, ao menos, *um* segredo, até que seja descoberto — disse Monks.

— E que segredo seria esse? — perguntou a enfermeira-chefe.

— A perda da honra de seu nome — respondeu Monks. — Assim, pela mesma regra, se uma mulher possui um segredo capaz de levá-la à forca ou ao degredo, não temo que ela vá contá-lo a ninguém. Eu não! A senhora está me entendendo?

— Não — acrescentou a enfermeira-chefe, corando discretamente enquanto falava.

— Claro que não! — disse Monks. — Como poderia?

Lançando algo entre um sorriso e uma carranca para as duas visitas, e novamente sinalizando para que o seguissem, o homem atravessou apressadamente o apartamento, que era consideravelmente amplo, mas de teto baixo. Ele estava se preparando para subir uma escada íngreme, quase uma escada de pintor, que levava a outro andar de armazéns mais acima, quando um forte clarão de relâmpago entrou pelo vão, e um estrondo de trovão se seguiu, que abalou o bizarro edifício em suas estruturas.

— Escuta! — gritou, encolhendo-se. — Escuta! Despencando e esmagando tudo, como se ecoasse por mil cavernas onde demônios se escondem dele. Odeio este som!

Ele permaneceu em silêncio por alguns momentos; e então, afastando subitamente as mãos do rosto, revelou, para o indizível desconcerto do sr. Bumble, suas feições muito distorcidas e descoloridas.

— Tenho esses surtos de quando em quando — disse Monks, notando sua expressão preocupada. — O trovão às vezes é o que os desperta. Não me leve a mal, já passou, por ora.

Assim falando, ele os conduziu escada acima e, rapidamente fechando a veneziana do cômodo em que chegaram, desceu um lampião que pendia da ponta de uma corda que passava por uma polia presa a uma das grossas vigas do telhado, e que lançava uma luz fraca sobre uma mesa velha e três cadeiras embaixo.

— Agora — disse Monks, quando todos os três se sentaram —, quanto antes tratarmos dos negócios, melhor para todos. A mulher sabe do que se trata, não sabe?

A pergunta foi dirigida a Bumble, mas a esposa antecipou a resposta, afirmando estar perfeitamente inteirada do caso.

— Ele disse que você estava com a velha na noite em que ela morreu e que ela lhe contou alguma coisa...

— Sobre a mãe do menino que você mencionou — respondeu a enfermeira-chefe, interrompendo-o. — Sim.

— A primeira pergunta é: o que a velha disse? — disse Monks.

— Essa é a segunda — observou a mulher com muita ênfase. — A primeira é: quanto vale essa informação?

— Quem diabos saberia quanto, sem saber o conteúdo? — perguntou Monks.

— Você, melhor do que ninguém, tenho certeza — respondeu a sra. Bumble, a quem não faltava presença de espírito, como seu parceiro de cangalha poderia dar abundantes testemunhos.

— Humpf! — disse Monks, enfático, com expressão avidamente inquisitiva — Então talvez seja algo que valha algum dinheiro?

— Talvez seja — foi a resposta sucinta.

— Algo que foi tirado dela — disse Monks. — Algo que ela usava. Algo que...

— Pode apostar — interrompeu a sra. Bumble. — Já ouvi o suficiente para ter certeza de que você é pessoa certa com quem devo conversar.

O sr. Bumble, que ainda não havia sido informado por sua cara metade do segredo, além do que ele já sabia, prestou atenção a esse diálogo com o pescoço esticado e os olhos arregalados, que ele dirigia ora à esposa, ora a Monks, com indisfarçável perplexidade, aumentada, se isso era possível, quando este último indagou, seriamente, qual seria a quantia exigida pela revelação.

— Quanto vale para você? — perguntou a mulher, tão contida quanto antes.

— Talvez nada, talvez vinte libras — respondeu Monks. — Diga logo, deixe-me avaliar do que se trata.

— Some cinco libras à quantia que você mencionou. Dê-me 25 libras em ouro — disse a mulher — e eu lhe direi tudo que sei. Não antes disso.

— 25 libras! — exclamou Monks, recuando.

— Eu disse com todas as letras — respondeu a sra. Bumble. — Não é nenhuma quantia exorbitante.

— Nada exorbitante para um segredo trivial, que depois de revelado pode dar em nada!? — exclamou Monks, impaciente. — E que estava morto e enterrado há vinte e tantos anos!

— Essas questões sobrevivem bem à passagem dos anos, e, como o bom vinho, duplicam seu valor ao longo do tempo — respondeu a enfermeira-chefe, conservando a indiferença resoluta que havia adotado. — Quanto a estar morto e enterrado, há segredos que continuarão mortos por doze mil anos, ou doze milhões, no que depender de nós, e que ainda assim acabarão revelando estranhas histórias no futuro!

— E se eu pagar e não der em nada? — perguntou Monks, hesitante.

— Você pode facilmente tomar de volta — respondeu a enfermeira-chefe. — Sou apenas uma mulher, aqui sozinha e desprotegida.

— Sozinha, não, meu bem, nem desprotegida, tampouco — comentou o sr. Bumble, com voz trêmula de medo. — *Eu* estou aqui, meu bem. E, além do mais — disse, batendo os dentes enquanto falava —, o sr. Monks é um cavalheiro que não tentaria usar violência com funcionários da paróquia. O sr. Monks está ciente de que não sou nenhum rapaz, meu bem, e também de que já estou um tanto debilitado, como posso dizer, mas ele ouviu o que eu disse, digo, sem dúvida, o sr. Monks me ouviu dizer, meu bem, que sou um oficial muito determinado, de força muito incomum, depois que sou provocado. Basta uma pequena provocação, só isso.

Quando o sr. Bumble falou, ele fingiu melancolicamente agarrar seu lampião com feroz determinação e claramente demonstrou, pela expressão preocupada do rosto, que precisaria de uma grande provocação, e não pequena, antes de tomar qualquer atitude muito beligerante, a não ser, na verdade, contra os pobres, ou outra pessoa ou outro pessoal devidamente treinado para tanto.

— Você é um tolo — disse a sra. Bumble, em resposta —, e seria melhor dobrar essa língua.

— Seria melhor cortar fora logo, se ele não conseguir falar mais baixo — disse Monks, em tom macabro. — Bem! Então ele é o seu marido?

— Ele, o marido! — repetiu a enfermeira-chefe, desviando a pergunta.

— Foi o que pensei, quando você entrou — acrescentou Monks, notando o olhar irritadiço que a senhora lançara ao esposo enquanto falava. — Tanto melhor, não me incomodo de tratar com dois, desde que haja um interesse comum entre eles. Estou falando sério. Veja!

Ele enfiou a mão no bolso e, sacando uma bolsa de lona, tirou 25 soberanos, os colocou na mesa, e os empurrou para a mulher.

— Agora — disse —, guarde-os consigo, e depois que esse maldito trovão, que sinto que vai estourar aqui neste telhado, passar, vamos ouvir a sua história.

Passado o trovão, que de fato pareceu muito mais próximo, e estremeceu e quase estourou sobre suas cabeças, Monks, erguendo o rosto da mesa, inclinou-se para ouvir o que a mulher diria. Os rostos dos três quase se tocaram, como se os dois homens se debruçassem sobre uma mesinha em sua avidez, e a mulher também se debruçasse para tornar audível seu sussurro. Os raios mortiços do lampião suspenso, caindo diretamente sobre eles, agravavam a palidez e a angústia de seus semblantes; que, cercados pela mais densa melancolia e escuridão, pareciam extremamente macabros.

— Quando essa mulher, que chamávamos de velha Sally, morreu — a enfermeira-chefe começou —, ela e eu estávamos sozinhas.

— Não havia mais ninguém por perto? — perguntou Monks, com o mesmo sussurro rouco. — Nenhuma velha doente ou louca na outra cama? Ninguém que pudesse ter escutado, e talvez, possivelmente, entendido?

— Ninguém — respondeu a mulher. — Nós estávamos sozinhas. Só eu fiquei ao lado dela quando ela morreu.

— Que bom — disse Monks, olhando atentamente para ela. — Continue.

— Ela falou de uma jovem criatura — continuou a enfermeira-chefe —, que havia dado à luz uma criança alguns anos antes. Não apenas no mesmo quarto, como na mesma cama em que ela estava morrendo.

— Sim? — disse Monks, com lábios trêmulos, e olhando para os lados de relance. — Desgraça! Veja como são as coisas!

— A criança era a mesma que você mencionou ontem à noite ao meu marido — disse a enfermeira-chefe, apontando despreocupadamente com a cabeça na direção dele. — Essa enfermeira roubou a mãe do menino.

— Em vida? — perguntou Monks.

— Depois de morta — respondeu a mulher, com uma espécie de estremecimento. — Ela roubou do cadáver, quando ainda nem bem havia morrido, algo que essa mãe havia pedido para ela, com o último suspiro, para guardar em benefício da criança.

— Ela vendeu depois — gritou Monks, com avidez desesperada. — Ela vendeu? Onde foi isso? Quando? Para quem? Há quanto tempo?

— Assim que ela me contou, com muita dificuldade, que tinha feito isso — disse a enfermeira-chefe —, caiu para trás e morreu.

— Sem dizer mais nada? — gritou Monks, com uma voz que, pela própria contenção, só parecia ainda mais furiosa. — Isso é mentira! Você não me engana! Ela falou mais. Vou acabar com vocês dois, mas vou descobrir.

— Ela não disse mais nenhuma palavra — disse a mulher, aparentemente sem se abalar (algo que o sr. Bumble estava longe de aparentar) com a violência do desconhecido —, mas agarrou meu vestido, violentamente, com uma mão, que estava parcialmente fechada. Quando eu vi que ela estava morta, e retirei a mão dela à força, encontrei amassado um pedaço de papel sujo.

— Que continha... — interveio Monks, esticando-se para frente.

— Não continha nada — respondeu a mulher. — Era uma duplicata de uma casa de penhores.

— De quê? — indagou Monks.

— Você ficará logo sabendo — disse a mulher. — Imagino que ela tenha guardado esse objeto por algum tempo, na esperança de dar um melhor destino a ele mais tarde; e então o penhorou e guardou ou conseguiu dinheiro para pagar os juros da casa de penhores ao longo dos anos, impedindo que fosse vendido, de modo que, não importando o que acontecesse, alguém pudesse resgatá-lo algum dia. Nada aconteceu nesse sentido; e, como lhe disse, ela morreu com esse pedaço de papel, todo gasto e amassado, na mão. Dois dias depois, foi feriado; pensei que alguma coisa também poderia resultar daquilo e fui resgatar o objeto na casa de penhores.

— E onde está agora? — perguntou depressa Monks.

— *Aqui está* — respondeu a mulher.

E, como se estivesse contente por se livrar daquilo, ela rapidamente atirou na mesa um pequeno saco amarrado, grande o suficiente apenas para conter um relógio francês, que Monks agarrou e abriu com mãos trêmulas. O saco continha um pequeno medalhão de ouro no interior do qual havia dois cachos de cabelo, e uma aliança de ouro comum.

— A palavra "Agnes" está gravada do lado de dentro — disse a mulher.

— Há um espaço vazio para o sobrenome e em seguida vem a data, que corresponde a um ano antes do nascimento da criança. Descobri depois.

— E é só isso? — disse Monks, depois de um exame minucioso e aflito do conteúdo da pequena bolsa.

— Só — respondeu a mulher.

O sr. Bumble respirou fundo, como se estivesse contente pelo desfecho da história, e não haver menção aos 25 soberanos serem tomados de volta; e então ele teve coragem de enxugar o suor que lhe escorria pelo nariz, livremente, durante todo o diálogo anterior.

— Não sei mais nada dessa história, além do que eu posso conjecturar — disse a esposa, dirigindo-se a Monks, após um breve silêncio —, e nem quero saber, pois é mais seguro assim. Mas será que posso lhe fazer duas perguntas, talvez?

— Pode perguntar — disse Monks, com certa surpresa —, mas se vou responder ou não, é outra questão.

— ...então são três questões — observou o Sr. Bumble, tentando fazer graça.

— Era isso que você esperava obter de mim? — indagou a enfermeira-chefe.

— Era — respondeu Monks. — A outra pergunta?

— O que você pretende fazer com isso? Isso pode ser usado contra mim?

— Jamais — garantiu Monks —, nem contra mim. Veja! Mas não dê nem mais um passo, ou sua vida não valerá um junco.

Com essas palavras, ele subitamente afastou a mesa, e puxando um aro de ferro preso no assoalho, abriu um grande alçapão, que ia até os pés do sr. Bumble, e fez com que o cavalheiro precisasse recuar vários passos, com grande açodamento.

— Olhem lá para baixo — disse Monks, descendo o lampião dentro do vão. — Não tenha medo. Eu poderia ter deixado você cair, sem falar nada, quando você estava sentado em cima do alçapão, se fosse essa a minha intenção.

Assim encorajada, a enfermeira-chefe se aproximou da beira do alçapão; e até o próprio senhor Bumble, impelido pela curiousidade, arriscou fazer o mesmo. A água turbulenta, aumentada pela chuva pesada, passava rapidamente abaixo deles. Todos os outros sons se apagavam diante do barulho de seus choques e de seu turbilhão contra as palafitas esverdeadas e musgosas. Outrora houvera um moinho embaixo do edifício; o rio espumava e batia em algumas poucas pás apodrecidas, e fragmentos de máquinas, remanescentes, pareciam impulsionados adiante, novamente, ao se livrarem de obstáculos que tentavam em vão deter seu fluxo apressado.

— Se um corpo de alguém cai aí, onde você acha que estará amanhã? — disse Monks, balançando o lampião para lá e para cá sobre o poço escuro.

— Vinte quilômetros rio abaixo, e cortado em pedacinhos, ainda por cima — respondeu Bumble, encolhendo-se só de pensar.

Monks tirou o pequeno saco do bolso, onde o enfiara apressadamente e, amarrando-o a um peso de chumbo, que fizera parte de alguma polia e estava ali no chão, atirou-o no rio. O peso caiu reto, como um prumo, furou a água com um impacto quase inaudível e sumiu.

Os três se entreolharam e pareceram respirar mais aliviados.

— Pronto! — disse Monks, fechando o alçapão, que caiu pesadamente de volta à antiga posição. — Se o mar algum dia devolver seus mortos, como dizem os livros que fará, guardará o ouro e a prata consigo, e aquele lixo também. Não temos mais nada a dizer, e podemos encerrar essa agradável reunião.

— Perfeitamente — observou o sr. Bumble, com grande alegria.

— Você vai manter essa língua dentro da boca, não vai? — disse Monks, com olhar ameaçador. — Não tenho medo da sua esposa.

— Pode contar comigo, rapaz — respondeu o sr. Bumble, descendo aos poucos pela escada, com excessiva polidez. — Pode contar conosco, rapaz, e comigo, o senhor sabe, sr. Monks.

— Fico contente em saber, pelo seu bem — comentou Monks. — Acenda seu lampião! E saia daqui o mais depressa que puder.

Foi sorte que a conversa tenha terminado nesse ponto, ou o sr. Bumble, que descia rente à escada, infalivelmente teria caído de cabeça no andar de baixo. Ele acendeu o lampião com a chama do outro que Monks soltara da corda, e agora o levava na mão. Sem esforço para prolongar o assunto, desceu em silêncio, seguido pela esposa. Monks veio o por último, depois de esperar nos degraus até se assegurar de não haver nenhum outro som lá fora além da chuva e da correnteza.

Eles atravessaram o quarto baixo, lentamente, e com cuidado, pois Monks se assustava com qualquer sombra, e o sr. Bumble, erguendo o lampião trinta centímetros do chão, caminhava com notável atenção, mas com passos maravilhosamente leves para um cavalheiro de sua estatura: procurando nervosamente outros alçapões ocultos. O portão pelo qual haviam entrado foi delicadamente destrancado e aberto por Monks. Meramente trocando meneios com seu misterioso anfitrião, o casal emergiu na chuva e na escuridão da rua.

Mal eles haviam saído, Monks, que parecia ter uma incontrolável repugnância a ficar sozinho, chamou um menino que estivera escondido em algum lugar lá embaixo. Mandando ele subir na frente, e levar o lampião, ele voltou ao quarto de onde havia acabado de sair.

39.
Apresenta alguns personagens respeitáveis que o leitor já conhece, e mostra como Monks e o judeu usam suas valiosas cabeças para chegar a uma solução comum

Na noite seguinte àquela em que os três valiosos personagens mencionados no último capítulo resolveram seu pequeno negócio conforme foi narrado, o sr. William Sikes, despertando de um cochilo, rosnou sonolentamente perguntando que horas da noite seriam.

O quarto onde o sr. Sikes propôs a questão não era nenhum daqueles que ocupara antes da expedição até Chertsey, embora ficasse no mesmo bairro da cidade, e se situasse não muito longe de seus endereços anteriores. Na aparência, não era um cômodo tão desejável quanto o de seus antigos lares: sendo um apartamento pouco e mal mobiliado, de tamanho muito limitado, iluminado apenas por uma pequena janela no teto inclinado, que dava em uma viela estreita e suja. Não faltavam outros indícios de que o bom cavalheiro havia piorado de vida recentemente, pois uma grande escassez de mobília, e a total ausência de conforto, além do desaparecimento de todos os utensílios, como roupas e lençóis, sugeriam um estado de extrema pobreza; embora a esguia e debilitada condição física do sr. Sikes já plenamente confirmassem esses sintomas, se ainda precisassem ser corroborados.

O ladrão estava deitado na cama, vestindo seu sobretudo branco, à guisa de pijama, e demonstrava um aspecto geral de modo algum melhorado pela tez cadavérica e doentia, e pelo acréscimo de uma touca suja, e uma barba negra dura e cerrada de uma semana. O cachorro estava ao lado da cama, ora fitando seu dono com um olhar melancólico, ora coçando a orelha, e soltando um rosnado grave quando algum barulho vindo da rua, ou do andar de baixo da casa, atraía sua atenção. Sentada junto à janela, ocupada em remendar um velho colete que costumava fazer parte do vestuário cotidiano do ladrão, havia uma mulher: tão pálida e acabada de tanta vigília e privação, que teria sido consideravelmente difícil reconhecê-la como a mesma Nancy que já apareceu nesta história, não fosse a voz com que ela respondeu à pergunta do sr. Sikes.

— Passa um pouco das sete — disse a moça. — Como você está se sentindo hoje, Bill?

— Mole feito água — respondeu o sr. Sikes, com uma imprecação nos olhos e nos membros. — Venha, ajude aqui, quero sair dessa cama ruidosa pelo menos.

A doença não havia melhorado o humor do sr. Sikes, pois, quando a moça o levantou e o levou até a cadeira, ele resmungou diversos xingamentos sobre sua falta de jeito e deu-lhe um soco.

— Está chorando por quê? — disse Sikes. — Ora! Não fique aí choramingando. Se não tem nada melhor para fazer, pode parar de uma vez. Está me ouvindo?

— Estou ouvindo — respondeu a moça, virando de lado, e obrigando-se a rir. — O que você está pensando em fazer agora?

— Ah! Você tem alguma ideia melhor? — rosnou Sikes, notando a lágrima que estremecia no olho dela. — Melhor que tenha, para o seu bem.

— Por quê?! Você não vai ser duro comigo esta noite, Bill — disse a moça, pousando a mão no ombro dele.

— Não! — gritou o sr. Sikes. — Por que não?

— Foram tantas noites — disse a moça, com um toque de ternura feminina, que transmitia algo como uma doçura de tom, até mesmo à sua voz. — Tantas noites, em que fui paciente com você, cuidando e tratando de você, como se você fosse uma criança. E esta é a primeira vez que vejo você agir como costumava ser. Você não teria me tratado como agora, se tivesse isso em mente, ou teria? Ora, vamos; diga que não.

— Bem, já que é assim — replicou o sr. Sikes —, não. Ora, desgraça, outra vez esse choramingo de menina!

— Não é nada — disse a moça, atirando-se na cadeira. — Não se importe comigo. Logo isso vai passar.

— O que vai passar? — indagou o sr. Sikes com voz selvagem. — Outra vez, que bobagem você está tramando agora? Levante e saia daqui, e não me venha de novo com esses absurdos de mulher.

Em qualquer outra circunstância, essa censura, e o tom com que foi proferida, teria obtido o efeito desejado, mas a moça, estando realmente debilitada e exausta, deixou a cabeça cair para trás na cadeira, e desmaiou, antes que o sr. Sikes pudesse extravasar alguns xingamentos apropriados, com os quais, em ocasiões semelhantes, ele estava acostumado a adornar suas ameaças. Sem saber muito bem o que fazer nessa atípica emergência, pois os ataques histéricos da srta. Nancy costumavam ser do tipo violento em que a paciente luta e espernia, sem precisar de plateia. O sr. Sikes tentou blasfemar um pouco e, vendo que esse tipo de tratamento era totalmente ineficaz, pediu ajuda.

— O que está acontecendo aqui, meu caro? — disse Fagin, entrando na sala.

— Você pode ajudar a menina? — respondeu Sikes, impaciente. — Não fique aí falando e rindo para mim!

Com uma exclamação de surpresa, Fagin correu para acudir a moça, enquanto o sr. John Dawkins (vulgo Ardiloso Esquivador), que havia seguido o venerável amigo até a sala, rapidamente deixou no chão um embrulho que trazia. Tomando uma garrafa das mãos do jovem sr. Charles Bates, que entrara logo atrás dele, desarrolhou-a com os dentes, e serviu um pouco do líquido na boca da paciente, provando antes um trago para não haver engano.

— Sopre um pouco de ar fresco nela com o fole, Charley — disse o sr. Dawkins. — E você, Fagin, bata nas mãos dela, enquanto Bill afrouxa um pouco a saia.

Esses remédios unidos, ministrados com grande energia, especialmente a parte consignada ao jovem sr. Bates, que parecia considerar sua participação no procedimento uma diversão ímpar, não tardaram a produzir o efeito desejado. A moça aos poucos recobrou os sentidos e, cambaleando até uma cadeira ao lado da cama, escondeu o rosto no travesseiro, deixando que o sr. Sikes lidasse com os recém-chegados, com certa perplexidade, diante de sua aparição inesperada.

— Ora, que maus ventos trazem você aqui? — ele perguntou ao Fagin.

— Não foi mau vento nenhum, meu caro, pois ventos ruins não trazem nenhum bem e eu trago algo bom comigo, algo que você ficará contente de ver. Esquivador, meu caro, abra o embrulho e dê ao Bill as coisinhas que compramos com todo o nosso dinheiro, hoje cedo.

Atendendo o pedido do Sr. Fagin, o Ardiloso desamarrou o tal embrulho, que era grande e feito com uma velha toalha de mesa, e entregou os artigos que continha, um a um, a Charley Bates, que os colocou sobre a mesa com vários elogios sobre sua raridade e excelência.

— Olha essa torta de coelho, Bill — exclamou o jovem cavalheiro, revelando a todos uma forma enorme. — Que criaturinhas delicadas, com perninhas tão macias, Bill, que até os ossos derretem na boca e nem precisa separar; meia libra de chá de sete xelins e seis pences, tão forte e valioso que se você misturar com água quente, vai explodir a tampa da chaleira; uma libra e meia de açúcar que os escravos não pararam de trabalhar enquanto não chegaram a esse grau de qualidade... oh, não! Dois filões de quase um quilo de pão de farelo; um pedaço de uma libra do melhor queijo Gloucester, e, para arrematar, um pouco do melhor tipo que você já provou!

Proferindo este panegírico, o jovem sr. Bates tirou de seus amplos bolsos uma garrafa grande de vinho, cuidadosamente arrolhada; enquanto o sr. Dawkins, no mesmo instante, serviu uma taça cheia de aguardente da garrafa que trazia consigo, que o inválido despejou goela abaixo sem hesitar por um momento sequer.

— Ah! — disse Fagin, esfregando as mãos com grande satisfação. — Você vai ficar bom, Bill, agora você vai ficar bom.

— Bom! — exclamou o sr. Sikes — Eu podia ter morrido vinte vezes antes de você fazer alguma coisa para me ajudar. O que você queria deixando um homem nesse estado, mais de três semanas, seu vagabundo mentiroso?

— Escutem isso, rapazes! — disse Fagin, dando de ombros. — E nós vindo aqui trazer todas essas be-le-zas.

— As coisas melhoraram bem agora — observou o sr. Sikes, um pouco aliviado ao olhar para a mesa —, mas o que você tem a dizer a seu favor, por que me deixou aqui, arrasado, arruinado, atordoado, e tudo o mais, e não veio saber de mim todo esse tempo fatal, como se eu não passasse de um cão. Leve o cachorro lá para baixo, Charley!

— Nunca vi um cachorro tão bonzinho como esse — exclamou o jovem sr. Bates, fazendo o que lhe foi pedido. — Sentindo o cheiro da gororoba como uma velha na feira! Esse cachorro podia fazer uma fortuna nos palcos, e reencenar até dramas.

— Não me venha com essa ladainha — exclamou Sikes, conforme o cachorro se escondia embaixo da cama: ainda rosnando irritadamente. — O que você tem a dizer em seu favor, seu velho trapaceiro enrugado?

— Eu não estava em Londres, por mais de uma semana, meu caro, aplicando um golpe — respondeu o judeu.

— E quanto à quinzena seguinte? — indagou Sikes. — E quanto à outra quinzena em que você me deixou aqui, como um rato doente neste buraco?

— Não pude fazer nada, Bill. Não posso ir muito longe na explicação na frente dos outros; mas não pude fazer nada, palavra de honra.

— Palavra do quê? — rosnou Sikes, com asco extremo. — Olha! Corte um pedaço dessa torta para mim, algum de vocês, meninos, para eu tirar esse gosto ruim da boca, ou vou morrer sufocado.

— Não perca a paciência, meu caro — insistiu Fagin, em tom submisso. — Eu nunca me esqueço de você, Bill; nunca.

— Não! Aposto que não — respondeu Sikes, com riso amargo. — Você ficou tramando e planejando esquemas, todas as horas que passei aqui deitado tremendo e ardendo em febre; o Bill podia fazer isso; e o

Bill devia fazer aquilo; e o Bill vai fazer tudo isso, e baratíssimo, assim que ficar bom: e eu estava fraco demais para trabalhar para você. Não fosse a garota, eu podia ter morrido.

— Agora passou, Bill — ralhou Fagin, tomando avidamente a palavra. — Não fosse a garota! Quem senão o pobre velho Fagin foi o meio pelo qual você arranjou essa menina prestativa?

— Isso é verdade! — disse Nancy, tomando logo a frente. — Deixe-o em paz; deixe-o em paz.

A aparição de Nancy deu nova perspectiva à conversa, pois os rapazes, recebendo uma piscadela maliciosa do beligerante velho judeu, começaram a fartá-la de aguardente, algo que, todavia, ela raramente bebia; enquanto Fagin, fingindo estar sob raro bom humor, aos poucos melhorou o do sr. Sikes, afetando considerar suas ameaças um breve acesso de gracejos; e, além disso, gargalhando vigorosamente de uma ou duas piadas, que, depois de reiterados recursos à garrafa de aguardente, ele mesmo se permitiu contar.

— Está tudo muito bem — disse o sr. Sikes —, mas vou precisar que você me arranje algum para hoje à noite.

— Eu não trouxe nem uma moeda comigo — respondeu o judeu.

— Mas em casa você tem um bocado — retrucou Sikes. — E eu preciso de uma parte disso.

— Um bocado! — gritou Fagin, erguendo as mãos. — Eu não tenho tanto quanto vo...

— Não me interessa quanto você tem, e eu diria que nem você sabe, de tanto tempo que levaria para contar tudo — disse Sikes —, mas preciso de algum esta noite; e isso já está decidido.

— Bem, bem — disse Fagin, com um suspiro. — Vou mandar o Ardiloso buscar agora mesmo.

— Você não vai fazer nada disso — retrucou o sr. Sikes. — O Ardiloso é um pouco ardiloso demais, e acabaria se esquecendo de voltar, ou se perderia, ou cairia em uma armadilha e ficaria impedido de vir, ou qualquer coisa que lhe sirva de desculpa, se você pedir para ele. A Nancy vai ao covil e busca, por garantia; e eu vou me deitar e tirar um cochilo enquanto ela vai.

Depois de um bocado de diligências e tratativas, Fagin abateu a quantia do adiantamento solicitado de cinco libras para três libras e quatro xelins e seis pences, protestando com muitas solenes assertivas que isso o deixaria apenas com 18 pences para pagar as contas da casa; o sr. Sikes comentou em tom taciturno que se não arranjasse mais, ele precisaria acompanhá-lo até sua casa; com o Esquivador e o jovem sr. Bates, e guardou a comida no armário. O judeu então, despedindo-se do afetuoso amigo, voltou para casa, na companhia de Nancy e dos rapazes: o sr. Sikes, enquanto isso, atirou-se na cama, e ajeitou-se para dormir durante a ausência da jovem dama.

No devido tempo, eles chegaram à morada de Fagin, onde encontraram Toby Crackit e o senhor Chitling absortos em sua décima-quinta rodada de *cribbage*, a qual, nem é necessário dizer, este último cavalheiro perdeu, e com isso, sua décima-quinta e última moeda, para grande diversão de seus jovens amigos. O senhor Crackit, aparentemente um tanto envergonhado de ser visto relaxando com um cavalheiro muito inferior em posição e capacidade mental, bocejou, e perguntando por Sikes, pegou sua cartola para sair.

— Algum proveito, Toby? — perguntou Fagin.

— Nada de nada — respondeu o sr. Crackit, levantando o colarinho —, pior que cerveja aguada. Melhor você me recompensar bem, Fagin, por ter ficado tanto tempo aqui cuidando da casa. Desgraça, estou mais duro que membro de júri; e eu teria dormido, feito um condenado, se não tivesse a gentileza de entreter esse rapaz. Foi um tédio horroroso, juro que foi!

Com essas e outras frases do tipo, o senhor Toby Crackit recolheu seus rendimentos, e enfiou-os no bolso do colete com ar arrogante, com se moedas de prata pequenas fossem algo inferior para um homem de sua estatura; isto feito, ele saiu a passos lentos, com tanta elegância e mundanidade, que o sr. Chitling, lançando inúmeros olhares admirados para suas pernas e botas até sumirem de vista, afirmou ao grupo que para ele foi barato perder quinze moedinhas pela oportunidade da companhia dele, e que ele não se importava nem um pouco com o valor de suas perdas.

— Você é um sujeito estranho, Tom! — disse o jovem sr. Bates, achando muita graça na declaração.

— Não sou nada estranho — respondeu o sr. Chitling. — Sou, Fagin?

— Você é um sujeito muito esperto, meu caro — disse Fagin, dando um tapa de leve em seu ombro, e piscando para os outros pupilos.

— E o sr. Crackit é muito elegante; não é, Fagin? — perguntou Tom.

— Não há a menor dúvida, meu caro.

— E conhecê-lo é uma honra; não é, Fagin? — insistiu Tom.

— Muita honra, de fato, meu caro. Eles só estão com inveja, Tom, porque não foi com eles.

— Ah! — exclamou Tom, triunfante. — Então foi isso! Ele me limpou os bolsos. Mas eu posso sair e ganhar mais, quando bem entender; não posso, Fagin?

— Claro que pode, e quanto antes você for, melhor, Tom; então vá logo recuperar o que perdeu, e não perca mais um minuto. Esquivador! Charley! Está na hora de vocês pegarem no batente. Vamos! São quase dez, e não arranjamos nada ainda.

Obedecendo à sugestão, acenando para Nancy, eles pegaram suas cartolas, e saíram; o Esquivador e seu solerte amigo se permitindo, no caminho, diversas pilhérias às custas do sr. Chitling; em cuja conduta, justiça seja feita, não havia nada de muito conspícuo ou peculiar, uma vez que havia um grande número de jovens nobres embriagados na cidade que pagavam preços muito mais altos que o sr. Chitling para serem vistos em certas companhias, e um grande número de belos cavalheiros (membros da supracitada boa sociedade) que ganhavam certa fama nas mesmas bases que o elegante Toby Crackit.

— Agora — disse Fagin, quando eles saíram —, vou buscar o seu dinheiro, Nancy. Esta é só a chave de um armarinho em que guardo umas coisas avulsas que os meninos trazem, meu bem. Eu nunca tranco dinheiro, pois nunca tenho nada para trancar, meu bem. Hahaha! Nada que valha a pena trancafiar. O negócio está fraco, Nancy; e não, obrigado, mas eu gosto de viver rodeado de jovens; e vou levando, haja o que houver. Silêncio! — disse, rapidamente escondendo a chave no colete. — O que foi isso? Escuta!

A moça, que estava sentada junto à mesa de braços cruzados, não parecia interessada em saber quem seria, nem se era alguém, quem quer que fosse, chegando ou saindo, até que o murmúrio de uma voz masculina lhe chegou aos ouvidos. No instante em que ela captou esse som, ela arrancou a touca e o xale, com a rapidez de um relâmpago, e os enfiou embaixo da mesa. O judeu, virando-se imediatamente em seguida, ela resmungou algo sobre o aquecimentoem um tom de langor que contrastava, nitidamente, com a extrema pressa e violência dessa ação: a qual, contudo, passara despercebida a Fagin, que estava de costas para ela no momento.

— Bah! — ele sussurrou, como que irritado pela interrupção. — É o sujeito que eu esperava mais cedo; ele está descendo. Nem uma palavra sobre o dinheiro enquanto ele estiver aqui, Nance. Ele não vai demorar. Nem dez minutos, meu bem.

Pousando o indicador ossudo sobre os lábios, o judeu levou uma vela até a porta, quando os passos do homem foram ouvidos na escada lá fora. Ele chegou à porta no mesmo momento da visita, que, entrando às pressas, parou perto da moça antes de notar sua presença.

Era Monks.

— É só uma jovem que trabalha para mim — disse Fagin, observando que Monks recuara, ao se aperceber da desconhecida. — Não se mexa, Nancy.

A moça se aproximou da mesa, e olhando de relance para Monks com ar de leviandade descuidada, desviou os olhos; mas, quando ele se virou para Fagin, ela olhou furtivamente outra vez, tão atenta e inquisitivamente, e cheia de propósito, que qualquer observador da mudança mal acreditaria serem dois olhares procedentes da mesma pessoa.

— Alguma novidade? — indagou Fagin.

— Uma grande.

— E... e... boa? — perguntou Fagin, hesitando como se temesse contrariar o outro sendo muito incisivo.

— Pelo menos, não é ruim — respondeu Monks com um sorriso. — Vim cedo desta vez. Preciso falar com você.

A moça se aproximou mais da mesa, e não esboçou intenção de sair, embora pudesse ver que Monks apontava para ela. O judeu, talvez com receio de que ela dissesse em voz alta algo sobre o dinheiro, caso tentasse se livrar dela, apontou para o andar de cima, e levou Monks para fora.

— Oh, não aquele buraco infernal onde ficamos antes — ela ouviu o homem dizer enquanto subiam.

Fagin deu risada e, respondendo algo que ela não conseguiu ouvir, aparentemente, pelo ranger dos degraus, levou o visitante ao segundo andar.

Antes que o som dos passos deles cessasse de ecoar pela casa, a moça tirou os sapatos e, erguendo o vestido e enfiando os braços por dentro, parou junto da porta, tentando escutar com interesse afoito. Assim que o barulho cessou, ela saiu furtivamente da sala, subiu a escada com delicadeza e silêncio incríveis, e ficou escondida no escuro lá em cima.

O ambiente continuou deserto por quinze minutos ou mais; a moça deslizou de volta com os mesmos passos sobrenaturais; e, imediatamente em seguida, os dois homens foram ouvidos descendo a escada. Monks foi direto para a rua; e o judeu subiu lentamente para buscar o dinheiro. Quando ele voltou, a moça estava ajustando o xale e a touca, como se estivesse se preparando para ir embora.

— Ora, Nance! — exclamou o judeu, recuando sobressaltado ao abaixar a vela. — Como você está pálida!

— Pálida! — ecoou a moça, cobrindo os olhos com as mãos, como se quisesse olhar fixamente para ele.

— Que horror... O que você anda fazendo consigo mesma?

— Que eu saiba, nada, exceto ficar sentada nesse lugar fechado por não sei quanto tempo — respondeu a moça descuidadamente. — Vamos! Preciso voltar; é muita gentileza.

Com um suspiro para cada moeda, Fagin depositou a quantia nas mãos dela. Despediram-se sem mais palavras, trocando meramente um boa noite.

Quando a moça chegou à rua aberta, sentou-se na escada da frente de uma casa, e pareceu, por alguns momentos, totalmente perplexa e incapaz de seguir seu caminho. Subitamente ela se levantou; e, apressando-se, em uma direção bastante oposta àquela em que Sikes estava esperando seu retorno, acelerou o ritmo, até que aos poucos estava correndo violentamente. Depois de se exaurir completamente, ela parou para tomar fôlego e, como se de repente se lembrasse de algo, e lamentando sua incapacidade de fazer algo que queria, trançou os dedos, e desatou a chorar.

Talvez as lágrimas a tenham aliviado, ou ela sentiu o pleno desamparo de sua situação, mas ela se virou e correndo quase com a mesma rapidez na direção contrária; em parte para recuperar o tempo perdido, e em parte para acompanhar o ritmo de seus próprios pensamentos, logo chegou à casa onde deixara o ladrão.

Se ela demonstrou alguma agitação, quando se apresentou ao sr. Sikes, ele não percebeu; pois meramente indagando se ela trouxera o dinheiro, e recebendo resposta afirmativa, ele proferiu um rosnado de satisfação, e ajeitando a posição da cabeça no travesseiro, voltou ao cochilo que a chegada dela interrompera.

Foi uma sorte para ela que a posse do dinheiro tivesse resultado no dia seguinte em tantas ocupações para ele, no sentido de comer e beber; e além disso um efeito tão benéfico em atenuar as asperezas de seu humor; que ele não teve nem tempo nem inclinação para ser muito crítico com a atitude e a postura dela. Que ela dava todos os sinais de estar distraída e nervosa por estar prestes a dar algum passo ousado e arriscado, o qual exigira um esforço incomum para ser decidido, teria sido óbvio para os olhos de lince de Fagin, que provavelmente soaria o alarme instantaneamente; mas o sr. Sikes, faltando-lhe as sutilezas do discernimento, e estando atormentado por infortúnios não mais sutis do que aqueles que se refletiam em uma rispidez obstinada na sua atitude com todo mundo; e estando, além do mais, em situação atipicamente satisfeita, como já foi observado; não viu nada de incomum nos modos dela, e, a bem da verdade, importou-se tão pouco com ela, que, mesmo que a agitação dela fosse muito mais perceptível do que era, teria sido muito improvável que isso despertasse suas suspeitas.

Quando o dia se encerrou, a excitação da moça aumentou; e, quando anoiteceu, e ela se sentou e ficou observando o ladrão se embriagar até dormir, havia uma palidez incomum em suas faces, e um fogo em seus olhos, que até mesmo Sikes notara com espanto.

O sr. Sikes estando debilitado pela febre ficou deitado na cama, servindo água quente em seu gim para torná-lo menos inflamável; e estendera seu copo na direção de Nancy para ser enchido pela terceira ou quarta vez, quando esses sintomas chamaram sua atenção pela primeira vez.

— Ora, meu corpo está ardendo! — disse o homem, apoiando-se nas mãos enquanto fitava o rosto da moça. — Você está parecendo um cadáver que voltou à vida. O que houve?

— O que houve?! — respondeu a moça. — Nada. Por que você está olhando assim para mim?

— Que bobagem é essa? — indagou Sikes, agarrando-a pelo braço, e sacudindo-a bruscamente. — O que foi? O que você quer dizer? O que você está pensando?

— Muitas coisas, Bill — respondeu a moça, trêmula, enquanto falava, apertando os olhos com as mãos. — Mas, Jesus! Quem diria?

O tom de alegria forçada em que estas últimas palavras foram ditas pareceu produzir uma impressão mais profunda em Sikes do que o olhar selvagem e rígido que as precederam.

— Vou lhe dizer o que foi — disse Sikes —, se você não teve febre, e está sentindo agora, há alguma coisa estranha no vento, uma coisa perigosa também. Você não vai me... Não, desgraça! Você não faria isso!

— Fazer o quê? — perguntou a moça.

"Não existe", disse Sikes, fixando os olhos nela, e resmungando consigo mesmo, "não existe menina mais obstinada, ou eu teria cortado a garganta dela há três meses. Ela deve estar com febre, só isso".

Fortalecido com essa garantia, Sikes esvaziou o copo, e então, com muitos xingamentos resmungados, chamou o médico. A moça deu um pulo, com grande alegria, serviu-o rapidamente, mas de costas para ele, e levou o copo até os lábios dele, enquanto ele bebia o conteúdo.

— Agora — disse o ladrão —, venha cá e sente-se do meu lado, e fique com a expressão de antes; ou vou alterar suas feições de um jeito que nem você vai se reconhecer mais, mesmo que quiser.

A moça obedeceu. Sikes, agarrando a mão dela, recostou-se no travesseiro, voltando os olhos para o rosto dela. Seus olhos se fecharam; abriram-se outra vez; fecharam-se de novo; abriram-se outra vez.

Ele mudou de posição, irrequieto; e, depois de cochilar novamente, e mais uma vez, por dois ou três minutos, e a cada vez despertando com expressão de terror, e fitando com olhos vidrados tudo à sua volta, foi subitamente acometido, na verdade, em pleno gesto de se erguer, de um sono pesado e profundo. O aperto da mão relaxou; o braço erguido caiu languidamente ao lado do corpo; e ele ficou prostrado como se estivesse em transe profundo.

— Finalmente o láudano fez efeito — murmurou a moça, levantando-se ao lado da cama. — Talvez eu já esteja atrasada demais.

Ela vestiu rapidamente a touca e o xale, olhando temerosamente ao redor, de quando em quando, como se, apesar da infusão sonífera, ela esperasse a qualquer momento sentir a pressão da mão pesada de Sikes em seu ombro. Então, parando cuidadosamente junto da cama, ela beijou os lábios do ladrão e, abrindo e fechando a porta sem fazer barulho, saiu correndo da casa.

Um guarda noturno proclamava nove e meia, em uma viela escura por onde ela teve de passar, para chegar à via principal.

— Já passou muito das nove e meia? — perguntou a moça.

— Faltam quinze para as dez — disse o homem, erguendo o lampião perto do rosto dela.

— E não consigo chegar lá em menos de uma hora ou mais — resmungou Nancy, passando apressada por ele, e esgueirando-se rapidamente pela rua.

Muitas lojas já estavam fechando nas travessas e avenidas por onde ela seguiu seu caminho, de Spitalfields até o West-End de Londres. O relógio bateu dez horas, aumentando sua impaciência. Ela correu pela calçada estreita, acotovelando os passantes dos dois lados e, disparando quase por baixo das cabeças dos cavalos, cruzou ruas cheias, onde grupos de pessoas avidamente aguardavam uma oportunidade de atravessar.

— Essa mulher está louca! — diziam as pessoas, virando-se para olhar quando ela fugia correndo.

Quando ela chegou a um bairro mais rico da cidade, as ruas estavam comparativamente desertas; e ali seu avanço despertou uma curiosidade ainda maior nos retardatários por quem ela passou correndo.

Alguns apertavam o passo atrás dela, como se tentassem descobrir do que ela fugia naquele ritmo tão incomum; e alguns poucos até conseguiam alcançá-la, e olhavam para trás, surpresos ao notar que ela não diminuía o passo, mas, um por um, ficaram para trás; e quando ela se aproximou de seu destino, ela estava sozinha.

Era um hotel familiar em uma rua sossegada mas elegante perto do Hyde Park. Quando a luz brilhante do lampião aceso diante da porta a conduziu ao local, o relógio bateu onze da noite. Ela havia hesitado por alguns passos, como se estivesse indecisa, até se decidir a prosseguir; mas o som do relógio a encorajou, e ela entrou no saguão. A recepção estava vazia. Ela olhou à sua volta com ar de incerteza, e avançou na direção da escada.

— Ora, mocinha! — disse uma mulher bem-vestida, olhando pelo vão de uma porta atrás dela —, o que você quer aqui?

— Procuro uma dama que está hospedada aqui — respondeu a moça.

— Uma dama! — foi a resposta, acompanhada de um olhar zombeteiro. — Que dama?

— A srta. Maylie — disse Nancy.

A jovem mulher, que àquela altura já havia reparado na aparência dela, respondeu apenas com um olhar de desdém virtuoso; e chamou um homem para atendê-la. A este homem, Nancy repetiu seu pedido.

— Quem devo anunciar? — perguntou o mensageiro.

— Não adianta dizer meu nome — respondeu Nancy.

— Nem o assunto? — disse o homem.

— Não, nem o assunto — acrescentou a moça. — Preciso vê-la.

— Ora! — disse o homem, empurrando-a em direção à porta da rua. — Nada disso. Fora daqui.

— Eu só saio daqui carregada! — disse violentamente a moça. — E vou dar um trabalho que vocês dois não vão querer enfrentar. Não tem mais ninguém aqui — disse, olhando ao redor —, que possa levar um simples recado, para uma pobre coitada como eu?

Este apelo produziu um efeito em um cozinheiro de semblante afável, que com algumas outras empregadas assistia à cena, e que resolveu intervir.

— Leve para ela, Joe, pode ser? — disse esse sujeito.

— Para quê? — respondeu o homem. — Você acha que uma jovem dama vai receber alguém como essa aí?

Esta alusão ao caráter duvidoso de Nancy suscitou uma vasta quantidade de ira casta no peito de quatro empregadas, que comentaram, com grande fervor, que a criatura era uma desgraça para as mulheres; e fortemente defenderam que ela fosse atirada, impiedosamente, na sarjeta.

— Façam comigo o que quiserem — disse a moça, virando-se outra vez para os homens —, mas primeiro façam o que eu peço, e eu só peço que levem esse recado, pelo amor de Deus.

O cozinheiro compassivo interveio, e o resultado foi que o homem que aparecera primeiro se incumbiu de levar a mensagem.

— Qual seria o recado? — disse o homem, com um pé no primeiro degrau.

— Que uma moça precisa muito falar com a srta. Maylie em particular — disse Nancy. — E que se ela ouvir a primeira palavra que eu tenho para dizer, ela verá logo do que se trata, ou pode me expulsar daqui como uma impostora.

— Eu diria — disse o homem — que você já está exagerando!

— Leve o recado — disse a moça com firmeza — e me traga a resposta.

O homem subiu correndo a escada. Nancy ficou ali, pálida e quase sem fôlego, ouvindo com lábios trêmulos as expressões de asco, perfeitamente audíveis, de que as castas empregadas eram prolíficas; e ainda mais prolíficas se tornaram, quando o homem voltou, e disse que a moça podia subir.

— Ter moral não serve para nada neste mundo — disse a primeira empregada.

— Latão vale tanto quanto ouro no fogo do inferno — disse a segunda.

A terceira se contentou em imaginar "do que seriam feitas as damas"; e a quarta fez a primeira voz em um quarteto que entoou "Vergonha!" — com o qual as Dianas concluíram.

Ignorando tudo isso, pois tinha questões mais pesadas no peito, Nancy foi atrás do homem, com as pernas bambas, até uma pequena antessala, iluminada por um lustre no teto. Ali ele a deixou, e se retirou.

40.
Uma estranha conversa, que dá sequência à antessala anterior

A vida da moça se esvaíra nas ruas, e entre cozinhas e cortiços de Londres, mas havia ainda algo da natureza original da mulher dentro dela; e quando ouviu passos leves se aproximando da porta oposta àquela por onde havia entrado, e pensou no vasto contraste com o pequeno ambiente que o momento seguinte revelaria, ela se sentiu oprimida pela sensação de sua própria vergonha profunda, e encolheu-se como se mal suportasse a presença daquela a quem solicitara aquele encontro.

Mas em combate com esses sentimentos mais elevados estava o orgulho — vício das criaturas mais vis e degradadas assim como das mais elevadas e cheias de si. Miserável companheiro de ladrões e rufiões, excluídos decaídos de baixa extração, sócio das escórias das prisões e das galés, vivendo dentro da sombra dos patíbulos — até mesmo aquela criatura degradada se sentia orgulhosa demais para conter um débil raio de sensibilidade feminina, que ela julgou uma fraqueza, mas que a conectou com aquela humanidade da qual sua vida malbaratada obliterara tantos traços desde ainda muito menina.

Ela ergueu os olhos o suficiente para perceber que a figura que se apresentava era a de uma menina esguia e bonita; então, baixando a vista, ela inclinou a cabeça com afetada negligência enquanto dizia:

— Foi difícil chegar até a senhorita, madame. Se eu tivesse ficado ofendida e ido embora, como muitas fariam, a senhorita acabaria se arrependendo algum dia, e não sem motivo.

— Sinto muito se alguém a tratou mal — respondeu Rose. — Não se preocupe. Diga-me por que você queria me ver. Sou a pessoa que você procura.

O tom gentil desta resposta, a voz doce, os modos delicados, a ausência de qualquer toque de arrogância ou desgosto, pegaram a moça completamente de surpresa, e ela começou a chorar.

— Ah, madame, madame! — disse, juntando as mãos apaixonadamente diante do rosto. — Se houvesse mais como a senhora, haveria menos como eu... ah, se haveria... haveria, sim!

— Sente-se — disse Rose, com seriedade. — se você estiver sofrendo por pobreza ou aflição, eu ficarei realmente contente de aliviar, se puder... vou ajudar definitivamente. Sente-se.

— Prefiro ficar de pé, madame — disse a moça, ainda chorando —, e não fale assim tão gentilmente sem me conhecer. Está ficando tarde. Essa... essa porta está fechada?

— Sim — disse Rose, recuando alguns passos, como se fosse ajudar se aproximando, caso ela pedisse. — Por quê?

— Porque — disse a moça — estou prestes a colocar minha vida e as vidas de outros nas suas mãos. Sou a menina que levou o pequeno Oliver de volta para o velho Fagin na noite em que ele saiu da casa em Pentonville.

— Você! — disse Rose Maylie.

— Eu, madame! — respondeu a moça. — Sou eu a infame criatura que você deve ter ouvido, que mora com os ladrões, e que nunca desde o primeiro momento em que lembro de abrir os olhos nas ruas de Londres conheceu outra vida, ou palavras mais gentis do que as ruas me ensinaram, portanto, Deus que me perdoe! A senhorita pode ficar horrorizada na minha frente. Sou mais nova do que a senhorita deve estar imaginando, olhando para mim, mas eu já estou acostumada. Até as mulheres mais pobres caem para trás quando eu passo na calçada cheia.

— Que coisas horríveis de se dizer! — disse Rose, involuntariamente recuando diante da estranha visitante.

— Agradeça de joelhos, cara madame — exclamou a moça —, de ter tido parentes e amigos para cuidar da senhorita na infância, e que você nunca passou frio, nem fome, nem briga, nem embriaguez, e nem... nem... coisa pior... como eu desde o berço. Digo berço porque o beco e a sarjeta foram meu berço, como serão meu leito de morte.

— Sinto muita pena! — disse Rose, com voz alquebrada. — Ouvir você me aperta o coração!

— Benza Deus pela sua bondade! — exclamou a moça. — Se você soubesse o que eu faço às vezes, a senhorita ia ter pena mesmo. Mas fugi daqueles que certamente me matariam, se soubessem que estive aqui, para lhe dizer o que ouvi por acaso. A senhorita conhece um homem chamado Monks?

— Não — disse Rose.

— Pois ele a conhece — respondeu a moça. — E ele sabe que você está aqui, pois ouvi da boca dele o lugar onde a encontrei.

— Nunca ouvi esse nome — disse Rose.

— Então ele usa outros também — acrescentou a moça —, o que eu já mais do que suspeitava. Faz algum tempo, logo depois que Oliver chegou na sua casa na noite do roubo, eu, desconfiando desse sujeito, entreouvi uma conversa dele com Fagin no escuro. Entendi, do que ouvi, que esse Monks, o homem sobre quem perguntei à senhorita, você sabe...

— Sim — disse Rose —, eu entendi.

— ...que esse Monks — prosseguiu a moça — viu Oliver por acaso com dois dos nossos meninos no dia em que perdemos ele pela primeira vez, e logo percebeu que era o mesmo menino que ele estava procurando, embora eu não conseguisse entender ainda por quê. Foi feita uma troca com o Fagin, para que, caso Oliver fosse resgatado, ele receberia uma certa quantia; e que haveria mais dinheiro, caso ele o transformasse em um ladrão, o que Monks desejava por algum motivo que só ele sabia.

— Por qual motivo? — perguntou Rose.

— Ele viu a minha sombra na parede enquanto eu estava ali ouvindo, na esperança de descobrir o tal motivo — disse a moça —, e poucas pessoas além de mim conseguiriam escapar dali sem ser descoberta. Mas eu consegui; e não o vi mais até ontem à noite.

— E o que aconteceu ontem?

— Vou lhe contar, madame. Ontem à noite ele voltou. Eles subiram de novo lá para cima, e eu me enrolei no vestido para a minha sombra não me trair de novo, e fiquei de novo escutando perto da porta. As primeiras palavras que ouvi Monks dizer foram as seguintes: "Agora as únicas provas da identidade do menino estão no fundo do rio, e a velha pobre que as recebeu da minha mãe está apodrecendo no caixão." Eles deram risada, e conversaram sobre o sucesso que tiveram nessa empreitada; e o Monks, falando do menino, e ficando muito alterado, disse que embora tivesse guardado o dinheiro do demoniozinho, ele teria preferido que fosse diferente; pois teria sido divertido derrubar a cláusula do testamento do pai arrastando Oliver por todas as prisões da cidade, e depois o enforcando por algum crime capital que Fagin facilmente poderia arranjar, depois de ter obtido bons lucros com ele ainda por cima.

— Que história é essa?! — disse Rose.

— A verdade, madame, embora saída da minha boca — respondeu a moça. — Depois, ele disse, com xingamentos a que eu estou acostumada, mas a senhorita não, que, se pudesse satisfazer seu ódio tirando a vida do menino sem arriscar o próprio pescoço, ele o faria; mas, como isso seria impossível, ele ficaria vigiando cada passo da vida dele; e que, se o menino quisesse tirar vantagem de seu nascimento e de sua história, ele ainda era capaz de machucá-lo. "Em suma, Fagin", ele disse, "Mesmo judeu, você nunca armou arapucas como as que ainda armarei para o meu irmão caçula, Oliver".

— Irmão!? — exclamou Rose.

— Foram as palavras dele — disse Nancy, olhando incomodada para os lados, como mal deixara de fazer desde que começara a falar, pois a imagem de Sikes a assombrava perpetuamente. — E tem mais. Quando ele falou de você e da outra senhora, ele disse que parecia uma conspiração do céu, ou do diabo, contra ele, quando Oliver foi viver com vocês, ele deu uma gargalhada, e falou que havia um certo consolo nisso também, pois quantos milhares e milhares de libras vocês não dariam, se tivessem, para saber quem era o filhotinho de duas patas.

— Você não está querendo dizer — disse Rose, ficando muito pálida — que ele falou isso seriamente?

— Ele falou dura, furiosa e seriamente, como nunca ouvi outro homem falar — respondeu a moça, balançando a cabeça. — Ele fica muito sério quando está com muito ódio. Conheço muitos capazes de coisas piores; mas prefiro dez vezes ouvi-los a ouvir o Monks uma única vez. Está ficando tarde, e preciso voltar para casa sem que desconfiem de eu ter vindo até aqui. Devo voltar depressa.

— Mas o que eu posso fazer? — disse Rose. — Que utilidade posso dar a essa informação sem você? Espere! Por que você quer voltar para pessoas que você mesma pinta com cores tão terríveis? Se você repetir essa informação a um cavalheiro que posso chamar em um instante no quarto ao lado, você poderá receber um lugar seguro dentro de menos de meia hora.

— Quero voltar — disse a moça. — Preciso voltar, porque... como dizer essas coisas a uma dama inocente como você? Porque entre os homens que mencionei, existe um, o mais desesperado de todos eles, que eu não posso abandonar nem para ser salva da vida que levo agora.

— O fato de você ter intervindo a favor desse querido menino antes — disse Rose —, o fato de você ter vindo até aqui, sob grande risco, para me contar o que ouviu; os seus modos, que me convencem da verdade do que você diz; a sua evidente contrição, e a noção da vergonha; tudo me leva a crer que você ainda pode ser recuperada. Ah — disse a menina seriamente, dobrando as mãos conforme as lágrimas escorreram pelo rosto —, não se faça de surda aos apelos de outra mulher; a primeira... a primeira, acredito, a lhe suplicar com a voz da pena e da compaixão. Ouça o que eu digo, e deixe-me salvá-la, para uma vida melhor.

— Madame — exclamou a moça, ajoelhando-se —, querida, doce e angelical madame, você é a primeira a me abençoar com tais palavras, e se eu as tivesse ouvido anos atrás, elas poderiam ter me desviado de uma vida de pecado e tristeza; mas é tarde demais, é tarde demais!

— Nunca é tarde demais — disse Rose — para a penitência e a reparação.

— É, sim — exclamou a moça, contorcendo-se em agonia por dentro. — Não posso abandoná-lo agora! Não posso ser a causa da morte dele.

— Por que você o seria? — perguntou Rose.

— Nada poderá salvá-lo — gritou a moça. — Se eu contar para alguém o que lhe contei, fazendo com que eles sejam presos, ele certamente morrerá. Ele é o mais ousado, e tem sido tão cruel!

— Será possível — exclamou Rose — que, por um homem assim, você desista de qualquer esperança de futuro, e da certeza de uma recuperação imediata? Isso é loucura.

— Eu não sei o que é — respondeu a moça —, só sei que é assim, e não é só comigo, mas com centenas de outras, tão ruins e desgraçadas como eu. Preciso voltar. Se é a ira divina pelos erros que cometi, não sei, mas sou atraída de volta para ele mesmo com todo o sofrimento e os maus tratos; e mesmo, acredito, sabendo que posso acabar morrendo nas mãos dele por fim.

— O que devo fazer? — disse Rose. — Eu não deveria deixá-la ir embora assim.

— Você deveria, sim, madame, e você sabe que deveria — retorquiu a moça, levantando-se. — Você não me impedirá de ir porque confiei na sua bondade, e não a obriguei a prometer nada, como eu poderia ter feito.

— De que servirá então a informação que você me deu? — disse Rose. — Esse mistério precisa ser investigado, de outro modo como sua revelação para mim beneficiará Oliver, a quem você está angustiada para ajudar?

— Você deve conhecer algum cavalheiro que ouvirá como um segredo e a aconselhará quanto ao que fazer — acrescentou a moça.

— Mas onde poderei encontrá-la de novo quando for necessário? — perguntou Rose. — Não quero saber onde moram essas pessoas horríveis, mas onde você estará ou passará em determinado horário a partir de agora?

— Você jura que guardará meu segredo, e que virá sozinha, ou apenas com outra pessoa que saiba; e que não mandará me vigiar ou seguir? — perguntou a moça.

— Juro solenemente — respondeu Rose.

— Toda noite de domingo, das onze até o relógio bater meia-noite — disse a moça sem hesitação —, vou percorrer a London Bridge, se estiver viva.

— Espere mais um pouco — interveio Rose, quando a moça se apressava em direção à porta. — Pense mais uma vez na sua própria situação, e na oportunidade que você terá escapando disso tudo. Você tem direito de exigir de mim, não apenas como portadora voluntária desta informação, mas como uma mulher quase além de qualquer redenção possível. Você voltará para essa gangue de ladrões, e para esse homem, quando uma única palavra poderá salvá-la? Que fascínio é esse capaz de levar você de volta, e de fazer você se prender à crueldade e à miséria? Ah! Não há uma única corda em seu coração que eu possa tocar! Não há nada a que eu possa fazer contra essa paixão terrível!

— Quando moças novas, boas e bonitas como você — respondeu firmemente a moça — entregam o coração, o amor torna vocês capazes de fazer qualquer coisa, mesmo alguém como você, que tem família, amigos, outros admiradores, tudo, para se satisfazerem. Quando alguém como eu, sem teto seguro além da tampa do caixão, e sem ninguém na doença ou na morte além da enfermeira no hospital, damos nossos corações podres a um homem, e deixamos que ele preencha o lugar que foi deixado em branco durante todas as nossas malditas vidas, quem poderá nos curar? Tem pena de nós, madame... pena por nos ter sobrado um único sentimento de mulher, e por transformar, sob um julgamento pesado, o que era um consolo e um orgulho, em um novo instrumento de violência e de sofrimento.

— Você há de — disse Rose, após uma pausa — aceitar um dinheiro, que lhe permita viver honestamente... pelo menos até nos encontrarmos de novo?

— Nem um centavo — respondeu a moça, com um gesto da mão.

— Não fique se opondo a todas as minhas tentativas de ajudá-la — disse Rose, avançando delicadamente. — Eu quero ajudá-la de verdade.

— Madame, seria melhor para mim — respondeu a moça, torcendo as mãos — se você acabasse de uma vez com a minha vida; pois senti mais tristeza de pensar no que eu sou, esta noite, do que nunca antes, e já seria alguma coisa não morrer no inferno em que vivi. Deus a abençoe, e lhe traga tanta felicidade na vida quanto eu atraí vergonha para a minha!

Assim falando, e soluçando alto, a infeliz criatura se virou; enquanto Rose Maylie, transtornada por essa extraordinária conversa, que mais se assemelhava a um sonho veloz que a uma ocorrência concreta, recostou na poltrona, e tentou recompor seus pensamentos errantes.

41.
Contendo novas descobertas, e mostrando que surpresas, como desgraças, raramente vêm sozinhas

Sua situação era, de fato, de uma provação e de uma dificuldade incomuns. Embora sentisse o mais ávido e ardente desejo de penetrar no mistério em que a história de Oliver era envolvida, ela só podia conservar a sagrada confiança que a miserável mulher com quem acabara de conversar havia depositado nela, como uma menina nova e sincera. As palavras e a atitude da moça haviam tocado o coração de Rose Maylie; e, mescladas com seu amor pelo jovem órfão, e apenas um pouco menos intenso em sua franqueza e seu fervor, era seu terno desejo de recuperar os marginalizados para o arrependimento e para a esperança.

Elas pretendiam permanecer em Londres apenas por três dias, antes de partir para algumas semanas em uma parte distante do litoral. Agora era meia-noite do primeiro dia. Que atitude ela poderia tomar, que pudesse ser adotata em quarenta e oito horas? Ou como ela poderia postergar a viagem sem despertar suspeitas?

O sr. Losberne estava com elas, e ficaria com elas pelos próximos dois dias; mas Rose conhecia bem demais a impetuosidade do excelente cavalheiro — e previu com excessiva clareza a ira com a qual, na primeira explosão de indignação, ele consideraria o instrumento do resgate de Oliver — para lhe confiar o segredo, ainda que sua representação em nome da moça não pudesse ser transferida para uma pessoa inexperiente. Esses foram os motivos para os maiores cuidados e para o comportamento mais circunspecto da comunicação do segredo à sra. Maylie, cujo primeiro impulso infalivelmente seria conversar com o digno doutor sobre o assunto. Quanto ao recurso a um conselheiro legal, mesmo que ela soubesse como fazê-lo, dificilmente seria o caso, pelo mesmo motivo. A certa altura, ocorreu-lhe pedir ajuda a Harry, mas isso despertou a lembrança de sua última despedida, e lhe pareceu inapropriado de sua parte mandar chamá-lo de volta, quando — as lágrimas lhe vieram aos olhos no momento dessa reflexão — ele podia naquele ínterim ter conseguido esquecê-la, e estar mais feliz alhures.

Perturbada por essas distintas reflexões, tendendo ora para uma conduta, ora para outra, e sempre recuando de todas elas, conforme as sucessivas considerações se apresentavam a seu espírito, Rose passou uma noite insone e angustiada. Depois de outras tantas confabulações consigo mesma no dia seguinte, ela chegou à desesperada conclusão de consultar Harry.

"Se for doloroso para ele" ela pensou, "voltar aqui, quão doloroso não será para mim?! Mas talvez ele nem venha; ele pode escrever, ou vir pessoalmente, e deliberadamente evitar me ver... Foi o que ele fez quando foi embora. Eu não achei que ele fosse fazer isso, mas foi melhor para nós dois". E aqui Rose largou a caneta, e se virou, como se nem o papel que seria seu mensageiro pudesse vê-la chorar.

Ela pegara de novo a mesma caneta, e a deixara de lado cinquenta vezes, e considerava e reconsiderava a primeira frase da carta sem escrever a primeira palavra, quando Oliver, que estivera caminhando pela rua, tendo o sr. Giles como guarda-costas, entrou na sala com pressa ofegante e violenta agitação, que pareciam sugerir um novo motivo de preocupação.

— Por que essa agitação toda? — perguntou Rose, indo ao encontro dele.

— Não sei, sinto como se fosse sufocar — respondeu o menino. — Oh, minha cara! Pensar que eu pude vê-lo finalmente, e que vocês poderão saber que eu disse a verdade!

— Nunca achei que você tivesse dito nada além da verdade — disse Rose, acalmando-o. — Mas que história é essa? De quem você está falando?

— Eu vi o cavalheiro — respondeu Oliver, mal capaz de articular as palavras —, o cavalheiro que foi tão bom para mim... o sr. Brownlow, de quem tanto falamos.

— Onde? — perguntou Rose.

— Saindo de uma carruagem — respondeu Oliver, derramando lágrimas de alegria —, e entrando em uma casa. Não falei com ele... não consegui falar com ele, pois ele não me viu, e eu estava tremendo tanto, que não consegui alcançá-lo. Mas o Giles perguntou, a meu pedido, se ele morava ali, e disseram que sim. Veja, aqui — disse Oliver, abrindo um pedaço de papel —, aqui está; é aqui que ele mora... estou indo diretamente para lá! Oh, meu Deus, meu Deus! O que farei quando encontrá-lo e ouvir sua voz outra vez?!

Com sua atenção não pouco distraída por essas e muitas outras exclamações incoerentes de alegria, Rose leu o endereço, que ficava em Craven Street, no Strand. Ela logo resolveu apurar a descoberta.

— Depressa! — disse. — Mande chamar uma carruagem, e esteja pronto para ir comigo. Vou levá-lo lá imediatamente, sem perder um minuto. Só vou contar à minha tia que ficaremos uma hora fora, e apronte-se o quanto antes.

Oliver não precisava de preparativos para partir, e em pouco mais de cinco minutos eles estavam a caminho de Craven Street. Quando lá chegaram, Rose deixou Oliver na carruagem, sob pretexto de preparar o velho cavalheiro para recebê-lo; e enviando seu cartão pelo criado, pediu para ver o sr. Brownlow sobre um assunto muito urgente. O criado logo voltou, pedindo que ela subisse a escada; e seguindo-o até uma sala no andar de cima, a srta. Maylie foi apresentada a um cavalheiro idoso de aparência afável, usando uma casaca verde-garrafa. A pouca distância dele, estava sentado outro velho cavalheiro, de calças curtas e botas pretas, que não parecia particularmente afável, que estava sentado com as mãos cruzadas no castão de uma grossa bengala, sobre a qual seu queixo se apoiava.

— Perdão — disse o cavalheiro, de casaca verde-garrafa, rapidamente se levantando com grande polidez —, sinto muito, minha jovem... imaginei que fosse uma pessoa inoportuna que... Peço que a senhorita me perdoe. Sente-se, por gentileza.

— Sr. Brownlow, eu imagino? — disse Rose, desviando o olhar do outro cavalheiro para o que falava.

— É o meu nome — disse o velho cavalheiro. — Este aqui é meu amigo, sr. Grimwig. Grimwig, você pode nos dar licença por alguns minutos?

— Acredito — interveio a srta. Maylie —, que nossa conversa, a essa altura, não exige que o cavalheiro se dê ao trabalho de se retirar. Se estou bem informada, ele está a par do assunto sobre o qual desejo lhe falar.

O sr. Brownlow inclinou a cabeça. O sr. Grimwig, que fizera uma mesura muito rígida, e se levantara da cadeira, fez outra mesura rígida, e tornou a sentar.

— Vou surpreendê-lo bastante, sem dúvida — disse Rose, naturalmente constrangida —, mas um dia o senhor demonstrou grande benevolência e bondade a um jovem amigo meu muito querido, e tenho certeza de que o senhor terá interesse em ouvir notícias dele outra vez.

— De fato! — disse o sr. Brownlow.

— Oliver Twist, foi como o senhor o conheceu — respondeu Rose.

As palavras nem bem escaparam dos lábios dela, e o sr. Grimwig, que se fingia absorto em um grande livro que estava sobre a mesa, fechou-o com grande impacto, e recostando em sua cadeira, eliminou de suas feições todas menos uma expressão de incontido espanto, e se permitiu um olhar prolongado e vidrado; então, como que envergonhado de ter transparecido tanta emoção, ele foi sacudido, na verdade, por uma convulsão e retomou sua atitude anterior, e olhando diretamente à sua frente soltou um assobio longo e grave, que pareceu, por fim, não ser emitido no ar vago, mas morrer nos recessos mais íntimos de seu próprio estômago.

O sr. Browlow não ficou menos surpreso, embora seu espanto não fosse expresso da mesma maneira excêntrica. Ele puxou a cadeira para mais perto da senhorita Maylie, e disse:

— Faça-me o favor, minha querida senhorita, esqueça inteiramente essa questão da bondade e benevolência de que você fala, e da qual ninguém mais tem conhecimento; e se você tiver qualquer evidência que altere a opinião desfavorável que um dia fui induzido a formar daquela pobre criança, em nome de Deus, compartilhe comigo.

— Aposto que será ruim! Eu devoro a minha cabeça, se não for ruim — rosnou o sr. Grimwig, falando por algum poder ventríloquo, sem mover um músculo do rosto.

— Ele é um menino de natureza nobre e coração caloroso — disse Rose, corando —, e aquele Poder que julgou por bem exigir dele privações excessivas para alguém tão novo plantou em seu peito afeições e sentimentos que honrariam muitos com seis vezes a idade dele.

— Tenho apenas 71 anos — disse o sr. Grimwig, com a mesma expressão rígida. — E, com mil diabos, se esse Oliver não tem pelo menos 12 anos, não vejo o cabimento desse comentário.

— Não dê ouvidos ao meu amigo, srta. Maylie — disse o sr. Brownlow. — Ele não está falando por mal.

— Sim, ele está — rosnou o sr. Grimwig.

— Não, não está — disse o sr. Brownlow, obviamente ficando furioso enquanto falava.

— Ele devorará a própria cabeça, se não estiver — rosnou o sr. Grimwig.

— Ele mereceria tê-la arrancada de uma vez, se estiver falando sério — disse o sr. Brownlow.

— Pois ele gostaria absurdamente de ver alguém se candidatar a fazê-lo — respondeu o sr. Grimwig, batendo com a bengala no chão.

Chegando a esse ponto, os dois velhos cavalheiros, um de cada vez, cheiraram rapé, e em seguida apertaram as mãos, como era seu invariável costume.

— Agora, srta. Maylie — disse o sr. Brownlow —, voltemos ao assunto que tanto tocou sua compaixão. A senhorita pode me dizer qual é a informação de que dispõe sobre esse pobre menino, pois juro que esgotei todos os recursos em meu poder para encontrá-lo, e, uma vez que me ausentei do país, minha primeira impressão, que ele mesmo impôs sobre mim, de que foi convencido por seus antigos parceiros a me roubar, foi consideravelmente abalada.

Rose, que tivera tempo de recompor seus pensamentos, logo relatou, em poucas palavras comuns, tudo o que ocorrera a Oliver desde que deixara a casa do sr. Brownlow; reservando a informação de Nancy apenas para os ouvidos daquele cavalheiro, e concluindo com a garantia de que a única tristeza do menino, nos últimos meses, havia sido não conseguir encontrar mais seu antigo benfeitor e amigo.

— Graças a Deus! — disse o velho cavalheiro. — É uma grande felicidade para mim, uma grande felicidade. Mas você não me disse onde ele está agora, srta. Maylie. Perdoe-me censurá-la nesse aspecto, mas por que a senhorita não o trouxe consigo?

— Ele está esperando na carruagem aí fora — respondeu Rose.

— Aqui fora?! — exclamou o velho cavalheiro.

Ao que ele saiu correndo da sala, desceu a escada, e se aproximou da carruagem, sem dizer outra palavra.

Quando a porta da sala se fechou atrás dele, o sr. Grimwig ergueu a cabeça, e convertendo uma das pernas traseiras da cadeira em um pivô, completou três círculos perfeitos com ajuda da bengala e da mesa, permanecendo sempre sentado. Depois de realizar essa evolução, ele se levantou e começou a andar em círculos pela sala, pelo menos doze vezes, e então parando subitamente diante de Rose, beijou-a sem a menor cerimônia.

— Silêncio! — disse, quando a jovem dama se levantou um tanto assustada com esse procedimento incomum. — Não se assuste. Tenho idade para ser seu avô. Você é um doce de menina. Gostei de você. Aí estão eles!

Na verdade, quando ele se atirou com hábil mergulho em seu antigo assento, o sr. Brownlow voltou, acompanhado por Oliver, a quem o sr. Grimwig recebeu com muita gentileza; e se o prêmio daquele momento fosse a única recompensa por toda a angústia e a preocupação dela com Oliver, Rose Maylie se sentiria bem recompensada.

— Há outra pessoa que não podemos esquecer, diga-se de passagem — disse o sr. Brownlow, tocando a sineta. — Por favor, chame a sra. Bedwin.

A velha governanta respondeu ao chamado com toda a prontidão e, fazendo uma mesura junto à porta, aguardou suas ordens.

— Ora, ora, Bedwin, você está ficando a cada dia mais cega — disse o sr. Brownlow, um tanto provocativamente.

— Bem, senhor, isso é verdade — respondeu a velha senhora. — A visão da pessoa, na minha idade, não tende a melhorar, senhor.

— Isso eu posso lhe garantir — acrescentou o sr. Brownlow —, mas ponha os óculos, e veja se descobre o motivo de tê-la chamado aqui...

A velha senhora começou a tatear no bolso em busca dos óculos. Mas a paciência de Oliver não resistiu a essa nova provação; e cedendo a seu primeiro impulso, ele se atirou nos braços dela.

— Deus abençoe! — exclamou a velha senhora, abraçando-o. — É o meu menino inocente!

— Minha velha enfermeira querida! — exclamou Oliver.

— Ele ia voltar... eu sabia — disse a velha senhora, segurando-o em seus braços. — Olha só como ele está bonito, e vestido como um filho de um cavalheiro outra vez! Por onde você andou todo esse tempo? Ah! O mesmo rostinho delicado, mas não está mais tão pálido; o mesmo olhar manso, mas não está mais tão triste. Nunca me esqueci desses olhinhos, ou desse sorriso discreto, mas todos os dias me lembrava, como dos meus próprios filhos, que já morreram no tempo em que eu era uma criatura alegre e jovem.

Continuando assim, e ora afastando Oliver para ver como ele havia crescido, ora agarrando-o e passando os dedos carinhosamente pelos cabelos dele, a boa alma ora gargalhava, ora chorava no pescoço do menino.

Deixando-a e Oliver à vontade para trocarem impressões, o sr. Brownlow seguiu para a outra sala; e lá, ouviu de Rose uma narração completa de sua conversa com Nancy, que lhe propiciou não pouca surpresa e perplexidade. Rose também explicou seus motivos para não revelar o segredo a seu amigo, o sr. Losberne, a princípio. O velho cavalheiro considerou essa uma atitude prudente, e logo prometeu fazer ele mesmo uma solene consulta com o digno doutor. Para permitir-lhe uma oportunidade de executar em breve esse desígnio, combinaram que ele visitaria o hotel às oito horas daquela mesma noite, e que nesse ínterim a sra. Maylie deveria ser cuidadosamente informada de tudo o que havia acontecido. Com tais preliminares acertadas, Rose e Oliver voltaram para casa.

Rose não havia de modo algum subestimado a fúria do bom doutor. Assim que a história de Nancy foi revelada a ele, ele despejou uma chuva de ameaças mescladas com execrações; ameaçou fazer dela a primeira vítima da engenhosidade combinada dos senhores Blathers e Duff; e efetivamente pôs a cartola, pronto para sair e buscar ajuda de tais autoridades. E, sem dúvida, ele teria, nesse primeiro surto, levado sua intenção a cabo sem um momento de consideração pelas consequências, não tivesse sido impedido, em parte, pela correspondente violência do sr. Brownlow, que também tinha o temperamento irascível, e em parte por argumentos e reflexões que pareciam calculadas para dissuadi-lo daquele intento intempestivo.

— Então o que diabos devemos fazer? — disse o impetuoso doutor, quando se juntaram às duas damas. — Faremos passar um voto de gratidão a todos esses vagabundos, homens e mulheres, e suplicar que aceitem cem libras, ou algo assim, cada um, como sinal irrisório da nossa estima, e em mero reconhecimento de sua bondade para com Oliver?

— Não exatamente — disse o sr. Brownlow, dando risada —, mas devemos proceder com muita delicadeza e cuidado.

— Delicadeza e cuidado — exclamou o doutor. — Minha vontade é mandá-los para...

— Não importa para onde — interveio o sr. Brownlow. — Mas pense bem se mandá-los a qualquer lugar nos ajudará a alcançarmos o objetivo que temos em mente.

— Que objetivo? — perguntou o doutor.

— Simplesmente, a descoberta do parentesco de Oliver, e a recuperação da herança, da qual, se essa história for verdadeira, ele foi fraudulentamente privado.

— Ah! — disse o sr. Losberne, refrescando-se com o lenço. — Eu ia me esquecendo disso.

— Veja — continuou o sr. Brownlow —, colocando essa pobre moça fora do caso, e supondo que fosse possível levar esses patifes à justiça sem comprometer a segurança dela, que benefício traríamos à situação?

— O enforcamento pelo menos de alguns deles, com toda probabilidade — sugeriu o doutor —, e o exílio dos demais.

— Muito bem — respondeu o sr. Brownlow, sorrindo. — Mas sem dúvida eles mesmos vão acabar atraindo esse fim com o passar do tempo, e se interferirmos para detê-los, parece-me que estaremos encenando um ato muito quixotesco, na direção oposta à do nosso próprio interesse, ou, pelo menos, do interesse do Oliver, o que dá na mesma.

— Como assim? — indagou o doutor.

— Pelo seguinte. Está muito claro que teremos extrema dificuldade em chegar ao fundo desse mistério, a não ser que façamos esse sujeito, Monks, ficar de joelhos. Isso só pode ser feito por meio de um estratagema, e capturando-o quando ele não estiver cercado por essas pessoas. Pois, suponhamos que ele seja preso, não teremos nenhuma prova contra ele. Ele não está (até onde sabemos, ou tal como os fatos nos foram apresentados) envolvido em nenhum dos roubos dessa gangue. Se ele não for solto, é muito improvável que receba pena maior do que a prisão como vadio e vagabundo; e evidentemente, depois disso, ele fechará obstinadamente a boca, como se fosse, no tocante ao nosso intuito, um surdo, mudo, cego e idiota.

— Agora — disse o doutor impetuosamente —, torno a lhe perguntar, se você acha sensato que essa promessa feita à moça seja considerada relevante; uma promessa feita com a melhor e a mais generosa das intenções, mas na prática...

— Minha querida senhorita, não discuta essa questão, por favor — disse o sr. Brownlow, interropendo Rose quando ela estava prestes a falar. — A promessa será mantida. Não creio que vá interferir, minimamente, nos nossos procedimentos. Mas, antes de decidirmos qualquer linha de ação, será preciso encontrar a moça; para termos certeza de que ela nos levará a esse Monks, sabendo que ele tratará conosco, e não com a justiça; ou, caso ela não queira, ou não possa, apurarmos com ela o paradeiro e a descrição desse sujeito, de modo que consigamos identificá-lo. Ela só aparecerá no domingo à noite; hoje é terça-feira. Eu gostaria de sugerir que nesse ínterim permaneçamos em silêncio, mantendo essas questões em segredo até mesmo do próprio Oliver.

Embora o sr. Losberne recebesse com muitos esgares uma proposta que envolvia uma demora de cinco dias, ele admitiu de bom grado que não lhe ocorria naquele momento outra conduta melhor; e como tanto Rose quanto a sra. Maylie tomaram firmemente o partido do sr. Brownlow, a proposta desse cavalheiro foi acatada por unanimidade.

— Eu gostaria — ele disse —, de contar com o auxílio do meu amigo Grimwig. Ele é uma criatura estranha, mas muito sagaz, e pode ser de grande ajuda; eu diria que ele foi formado para ser advogado, e abandonou a advocacia por desgosto, por só ter tido um caso e feito uma única moção em vinte anos, mas se isso é recomendação suficiente cabe a vocês decidir.

— Não faço objeção a chamar seu amigo, desde que eu possa chamar o meu — disse o doutor.

— Talvez devamos votar — respondeu o sr. Brownlow —, quem seria ele?

— O filho da senhora, e... velho amigo da senhorita — disse o doutor, apontando para a sra. Maylie, e concluindo com um olhar expressivo para a sobrinha.

Rose corou bastante, mas não fez qualquer objeção audível a essa moção (possivelmente se sentiu em minoria); e Harry Maylie e o sr. Grimwig foram por comum acordo acrescentados ao comitê.

— Ficaremos na cidade, evidentemente — disse a sra. Maylie —, enquanto houver a menor perspectiva de avançar a investigação com alguma possibilidade de sucesso. Não pouparei esforços nem gastos em nome do objetivo em que todos nós temos profundo interesse, e ficarei contente aqui, nem que leve doze meses, enquanto vocês me garantirem haver ainda alguma esperança.

— Ótimo! — acrescentou o sr. Brownlow. — E como vejo nos semblantes de vocês uma disposição para me perguntar por que não corroborei a história de Oliver, e como de repente deixei o país, deixem-me dizer que não responderei a nenhuma pergunta até o momento em que julgar útil contar-lhes a minha própria versão. Acreditem, faço esse pedido com bons motivos, pois de outro modo posso despertar expectativas que jamais serão satisfeitas, e só aumentar as dificuldades e as decepções que já são bastante numerosas. Vamos! O jantar foi anunciado, e o jovem Oliver está sozinho na sala ao lado, e vai começar a pensar, a essa altura, que nos cansamos de sua companhia, e entramos em alguma obscura conspiração para nos desfazer dele.

Com essas palavras, o velho cavalheiro estendeu a mão à sra. Maylie, e acompanhou-a até a sala de jantar. O sr. Losberne veio em seguida, conduzindo Rose; e o conselho, efetivamente, por ora, encerrou a sessão.

42.
Um velho conhecido de Oliver, dando notáveis sinais de gênio, torna-se um personagem público na metrópole

Na noite em que Nancy, depois de pôr o sr. Sikes para dormir, correu em sua autoimposta missão ao encontro de Rose Maylie, rumavam em direção a Londres, pela Great North Road, duas pessoas, em quem seria bom que esta história prestasse mais atenção.

Eram um homem e uma mulher; ou talvez fossem melhor descritos como um macho e uma fêmea, pois o primeiro era uma dessas pessoas de pernas compridas, joelhos pontudos, desajeitadas, ossudas, a quem é difícil atribuir qualquer idade precisa — uma vez que, quando ainda meninos, parecem homenzinhos pequenos, e quando são já quase homens, parecem ainda meninões grandes. A mulher era jovem, mas de feitio robusto e duro, como era preciso que fosse para carregar o peso de uma carga amarrada nas costas. Seu companheiro não levava muita bagagem, pois a trazia pendurada em uma bengala que ele apoiava no ombro, um pequeno embrulho feito com um lenço, aparentemente bem leve. Essa circunstância, agregada à extensão de suas pernas, que eram compridíssimas, permitia que ele fosse facilmente seis passos na frente da companheira, para quem eventualmente ele se virava com um giro impaciente da cabeça, como se censurasse sua demora e insistisse para que ela se esforçasse mais.

Assim, eles seguiram viagem pela estrada poeirenta, sem dar muita atenção a nada pelo caminho, exceto quando encostavam para dar passagem a um postilhão que saía da cidade, até passarem pelo arco de Highgate; quando o que ia na frente parou e chamou com impaciência a companheira,

— Ora, venha logo, não consegue? Charlotte, sua preguiçosa.

— Está muito pesado, isso sim — disse a mulher, aproximando-se, quase sem fôlego de tanto cansaço.

— Pesado! Do que você está falando? Você serve para quê? — provocou o homem, passando seu pequeno embrulho para o outro ombro. — Ah, lá vem você, descansando de novo! Ora, se você não esgota a paciência de qualquer um, eu não digo mais nada!

— Falta muito? — perguntou a mulher, apoiando-se em um banco, e olhando para cima, com o suor escorrendo pelo rosto.

— Se falta muito! Estamos quase lá — disse o malandro pernalta, apontando para frente. — Olha lá! Aquelas são as luzes de Londres.

— Pelo visto, estão a mais de três quilômetros daqui — disse a mulher, desolada.

— Não importa se são três quilômetros ou trinta quilômetros — disse Noah Claypole —, mas venha e vamos logo, ou vou lhe dar um chute, já vou avisando.

Quando o nariz de Noah ficou mais vermelho de raiva, e ele atravessou a estrada enquanto falava, como se estivesse totalmente preparado para executar sua ameaça, a mulher se levantou sem dizer mais nada e, ao lado dele, seguiu caminhando em frente.

— Onde você está pensando em parar para passarmos a noite, Noah? — perguntou, depois de caminharem algumas centenas de metros.

— Como eu vou saber? — respondeu Noah, cujo humor piorara consideravelmente com a caminhada.

— Espero que seja perto — disse Charlotte.

— Não, não é perto — respondeu o sr. Claypole. — Pronto! Não é nada perto; então nem pense nisso.

— Por que não?

— Quando eu falo que não, basta, não interessa por que foi ou deixou de ser — respondeu o sr. Claypole com dignidade.

— Bem, você não precisava ficar tão contrariado — disse a companheira.

— Que beleza seria, não é mesmo? Parar na primeira taberna fora da cidade, para que Sowerberry, se estiver atrás de nós, vir meter aquele velho nariz, e nos levar de volta de carroça e algema — disse o sr. Claypole em tom de troça. — Não! Eu vou me enfiar pelas vielas mais estreitas que encontrar, só vou parar quando encontrar o lugar mais afastado que puder. Você devia agradecer aos astros que eu tenho tutano; pois se não tivéssemos tomado, desde o princípio, a estrada errada de propósito, e não tivéssemos fugido pelo interior, você já teria sido pega e presa uma semana atrás, minha senhora. Isso para você aprender a não ser boba.

— Sei que eu não sou esperta como você — respondeu Charlotte —, mas a culpa não é só minha, e não diga que eu devia ter sido presa. Você também seria, se eu fosse.

— Você que pegou o dinheiro do caixa, você sabe que foi você — disse o sr. Claypole.

— Eu peguei para você, Noah, meu bem — explicou Charlotte.

— O dinheiro ficou comigo? — perguntou o sr. Claypole.

— Não, você confiou em mim, para eu guardar, e me deixou ficar com tudo, de tão bom que você é — disse a senhorita, tocando-lhe o queixo, e ficando de braço dado com ele.

Foi este de fato o caso; mas não era hábito do sr. Claypole depositar uma confiança cega e tola em ninguém, deve-se notar, justiça seja feita ao cavalheiro, que ele havia confiado em Charlotte até esse ponto, para que, se fossem perseguidos, o dinheiro fosse encontrado com ela, o que daria a ele a oportunidade de afirmar sua inocência de qualquer roubo, e aumentaria enormemente suas chances de escapar. Evidentemente, ele chegou a essa conjuntura, sem nenhuma explicação de seus motivos, e eles seguiram caminhando muito amorosamente unidos.

Dando sequência a esse cuidadoso plano, o sr. Claypole seguiu em frente, sem pausas, até chegar ao Angel em Islington, onde ele avaliou prudentemente, pela multidão de passantes e pelo número de veículos, que Londres começara a todo o vapor. Parando apenas para observar quais pareciam ser as ruas mais cheias, e consequentemente as que deviam ser evitadas, ele tomou a Saint John's Road, e logo estava no fundo da obscuridade das vielas intrincadas e sujas, que, entre Gray's Inn Lane e Smithfield, tornam essa parte da cidade uma das mais baixas e piores que as melhorias urbanas deixaram no meio de Londres.

Através dessas ruas, Noah Claypole andou, arrastando Charlotte atrás de si, ora seguindo pela sarjeta para abarcar em um relance todo o caráter exterior de algum pequeno bar, ora tornando a trotar, quando a aparência elegante o levava a julgar o estabelecimento público demais para seu propósito. Por fim, ele parou na frente de um, mais humilde em aparência e mais sujo do que qualquer outro que ele já havia visto; e, depois de atravessar a rua e examinar o bar desde a calçada oposta, afavelmente anunciou sua intenção de passarem a noite ali.

— Então me passe a trouxa — disse Noah, desatando-a das costas da mulher, e deslizando-a para as suas. — E não fale nada, exceto quando falarem com você. Como chama esse lugar... t-h-r-e... three o quê?

— Cripples — disse Charlotte.

— Three Cripples — repetiu Noah —, e que bela placa ainda por cima. Agora, vamos! Fique bem junto de mim, e me acompanhe. Com essas instruções, ele empurrou a porta rangente com o ombro, e entrou no estabelecimento, seguido por sua companheira.

Não havia ninguém no bar além de um jovem judeu, que, com os dois cotovelos no balcão, estava lendo um jornal sujo. Ele olhou muito feio para Noah, e Noah olhou muito feio para ele.

Se Noah estivesse usando seu traje de rapaz do orfanato, talvez houvesse algum motivo para o judeu arregalar tanto os olhos; mas como ele deixara para trás sua casaca e seu distintivo, e usava um guarda-pó curto por cima das botas de couro, não parecia haver nenhuma razão especial para sua aparência chamar tanta atenção em um bar.

— Aqui é o Three Cripples? — perguntou Noah.

— Eze é o dobe do ezdabelezibeito — respondeu o judeu.

— Um cavalheiro que encontramos no caminho, que voltava para o interior, recomendou que nos hospedássemos aqui — disse Noah, cutucando Charlotte, talvez para lhe chamar a atenção para aquele engenhosíssimo recurso para atrair o respeito, e talvez para alertá-la para não trair nenhuma surpresa. — Queremos passar a noite.

— Dão zei ze dá — disse Barney, que era o único funcionário —, baz vou ver.

— Diga quanto fica, e nos traga uma porção de carne fria e um pouco de cerveja enquanto você verifica, pode ser? — disse Noah.

Barney aquiesceu conduzindo-os a uma saleta nos fundos, e servindo as carnes solicitadas diante deles; após o quê, ele informou os viajantes que eles poderiam ficar hospedados aquela noite, e deixou o amável casal à vontade.

Ora, essa saleta ficava imediatamente atrás do bar, e alguns degraus abaixo, de modo que qualquer pessoa da casa, afastando uma pequena cortina que escondia um único vidro fixo na parede do citado cômodo, a cerca de um metro e meio do chão, poderia não apenas ver qualquer freguês que estivesse ali sem grande risco de ser notada (o vidro ficava em um canto escuro da parede, onde o observador precisaria se esgueirar, entre essa parede e uma coluna grande e reta), mas também, apoiando o ouvido na divisório, captar com razoável distinção o assunto da conversa. O senhorio não tirava os olhos desse lugar de vigia havia cinco minutos, e Barney havia acabado de voltar do diálogo mencionado, quando Fagin, em plena atividade comercial noturna, entrou no bar perguntando sobre alguns de seus jovens pupilos.

— Zileicio! — disse Barney. — Dem desgoiezidos da zaleta.

— Desconhecidos! — repetiu o velho com um sussurro.

— Ah! E bargidais dambei — acrescentou Barney. — Do inderior, baz deveim zer gobo vozes, ze dão be eigano.

Fagin parecer receber essa informação com grande interesse.

Sentando-se em uma banqueta, ele aproximou cuidadosamente os olhos do vidro, posto secreto de onde podia ver o sr. Claypole pegando a carne fria do prato, e a cerveja da jarra, e ministrando doses homeopáticas de ambas a Charlotte, que pacientemente ficava esperando, comendo e bebendo à mercê do companheiro.

— Aha! — sussurrou, olhando para Barney. — Fui com a cara desse sujeito. Ele pode ser útil para nós; ele já soube treinar essa garota. Seja silencioso como um camundongo, meu caro, e deixe-me ouvi-los conversar... deixe-me ouvi-los.

Novamente, ele aproximou os olhos do vidro, e virando o ouvido para a divisória, escutou com atenção, com uma expressão sutil e ávida no rosto, que poderia pertencer a um velho duende.

— De modo que pretendo ser um cavalheiro — disse o sr. Claypole, esticando as pernas, e continuando a conversa, cujo início Fagin chegara tarde demais para ouvir. — Chega de enfeitar caixão, Charlotte, quero para mim uma vida de cavalheiro; e, se você quiser, você será uma dama.

— Eu ia adorar, meu bem — respondeu Charlotte —, mas os caixas não podem ser esvaziados todo dia, além das pessoas de quem teremos que nos livrar depois.

— Danem-se os caixas! — disse o sr. Claypole. — Há mais coisas para serem esvaziadas além dos caixas.

— O que você quer dizer? — perguntou a companheira.

— Bolsos, bolsas femininas, casas, postilhões, bancos! — disse o sr. Claypole, animado pela cerveja.

— Mas você não vai conseguir fazer tudo isso, meu bem — disse Charlotte.

— Vou tentar me misturar com essas pessoas, se possível — respondeu Noah. — Eles vão acabar sendo úteis de um jeito ou de outro. Ora, você também, você vale por cinquenta mulheres; nunca vi uma criatura tão astuta e enganadora quanto você é capaz de ser quando eu permito.

— Jesus, é tão bom ouvir você falar assim! — exclamou Charlotte, imprimindo um beijo no rosto feioso do companheiro.

— Pronto, já chega, não seja afetuosa demais, posso ficar zangado — disse Noah, desvencilhando-se dela com grande gravidade. — Eu queria ser o líder de um bando, e arrumar as confusões e fazer as trapaças, sem que ninguém notasse. Isso sim seria bom para mim, havendo um bom lucro; e se conseguíssemos arranjar um cavalheiro assim, acho que sairia barato, com essa nota de vinte libras que você tem... especialmente porque não sabemos muito bem como nos livrar dela sozinhos.

Depois de expressar essa opinião, o sr. Claypole olhou para a jarra de cerveja com uma expressão de profunda sabedoria; e depois de chacoalhar bem seu conteúdo, acenou com condescendência para Charlotte, e deu um gole, com o qual ele pareceu bastante revigorado. Ele estava pensando em pedir outra, quando a súbita abertura da porta e a aparição de um desconhecido o interromperam.

O desconhecido era o sr. Fagin. Ele parecia muito amistoso, e uma mesura muito grave ele fez, ao avançar, e se colocando na mesa vizinha, pediu algo para beber ao sorridente Barney.

— Uma noite agradável, senhor, mas fria para essa época do ano — disse Fagin, esfregando as mãos. — Está vindo do interior, senhor, pelo visto?

— Como você sabe? — perguntou Noah Claypole.

— Não temos tanta poeira assim em Londres — respondeu Fagin, apontando para os sapatos de Noah e de sua companheira, e dos sapatos para as duas trouxas.

— Você é um sujeito sagaz — disse Noah. — Haha! Você ouviu isso, Charlotte?!

— Ora, é preciso ser sagaz nesta cidade, meu caro — respondeu o judeu, baixando a voz até um sussurro confidencial —, e essa é a verdade.

Fagin acompanhou esse comentário batendo com o indicador direito no próprio nariz — gesto que Noah tentou imitar, mas sem muito sucesso, em consequência do fato de seu nariz não ser grande o suficiente para isso. No entanto, o sr. Fagin parecia interpretar a tentativa como expressando uma perfeita coincidência com a sua opinião, e comentou sobre a bebida que Barney voltou trazendo de modo muito amistoso.

— Essa é da boa — observou o sr. Claypole, estalando os lábios.

— Meu caro! — disse Fagin. — O homem precisa estar o tempo todo esvaziando um caixa, um bolso, uma bolsa de mulher, uma casa ou um postilhão ou um banco, se quiser beber essa regularmente.

Nem bem o sr. Claypole ouviu esse extrato de seu próprio comentário e caiu para trás na cadeira, e olhou para o judeu e para Charlotte com um semblante de uma palidez cinzenta e de um terror desmedido.

— Não me leve a mal, meu caro — disse Fagin, aproximando a cadeira. — Haha! Sorte que era eu quem estava ouvindo por acaso. Foi muita sorte ter sido apenas eu a ouvi-lo.

— Não fui eu — gaguejou, não mais de perna estendida como um cavalheiro independente, mas encolhida o máximo que podia embaixo da cadeira. — Foi ela. Está com você, Charlotte, você sabe.

— Não me interessa quem fez, ou deixou de fazer, meu caro — respondeu Fagin, olhando de relance, mesmo assim, com olhos de águia para a garota e as duas trouxas. — Eu também sou assim, e gostei de você por isso.

— Por isso o quê? — perguntou o sr. Claypole, recuperando-se um pouco.

— Estamos no mesmo ramo de negócios — respondeu Fagin —, assim como as pessoas desta casa. Você acertou em cheio, e aqui você está mais seguro do que em qualquer outro lugar. Não existe lugar mais seguro na cidade que o Cripples; isto é, quando eu quero que seja. E eu simpatizei com você e com a moça; então, como eu já disse, vocês podem ficar sossegados.

A cabeça de Noah Claypole podia até ficar sossegada com essa declaração, mas seu corpo certamente não; pois ele se embaralhou e se contorceu, assumindo várias posições deselegantes, sempre olhando para seu novo amigo com um misto de medo e desconfiança.

— E lhe digo mais — disse Fagin, depois de acalmar a garota, por meio de meneios amistosos e estímulos murmurados. — Tenho um amigo que acho que pode satisfazer esse seu belo desejo, e encaminhá-lo, e você poderá escolher o departamento que achar melhor a princípio, e aprender todos os outros setores do ofício.

— Você parece estar falando sério — respondeu Noah.

— Que vantagem haveria em tratar disso de outro modo? — indagou Fagin, dando de ombros. — Venha! Quero falar com você lá fora em particular.

— Não há motivo para nos dar ao trabalho de sair daqui — disse Noah, gradualmente esticando alguns graus a perna. — Enquanto isso ela vai levando a bagagem lá para cima. Charlotte, sobe as trouxas.

Essa ordem, proferida com grande majestade, foi obedecida sem a menor demora; e Charlotte saiu sozinha com a bagagem enquanto Noah segurava a porta aberta e observava a companheira.

— Ela obedece razoavelmente, não é? — perguntou ao retomar o assento, com o tom de voz de um domador de algum animal selvagem.

— Perfeitamente — acrescentou Fagin, dando-lhe um tapinha no ombro. — Meu caro, você é um gênio.

— Ora, suponhamos que eu não fosse, eu nem estaria aqui — respondeu Noah. — Mas, olha, se você demorar muito, ela já terá voltado.

— Bem, o que você acha? — disse Fagin. — Se você gostar do meu amigo, haveria coisa melhor a fazer do que se juntar a ele?

— Se ele estiver no ramo certo; aí, sim! — respondeu Noah, piscando um de seu olhos pequenos.

— Ele está no topo da árvore, emprega um punhado de gente, tem a melhor equipe do nosso negócio.

— Típicos da cidade grande? — perguntou o sr. Claypole.

— Ninguém do interior; e nem acho que ele vá aceitá-lo, mesmo que eu o recomende, se não estiver precisando de assistente agora — respondeu Fagin.

— Eu vou ter que pagar? — disse Noah, batendo a mão no bolso da calça.

— Não pode ser de outro jeito — respondeu Fagin, do modo mais decidido.

— Mas vinte libras... é muito dinheiro!

— Não é muito se for uma nota que você não consegue trocar — retrucou Fagin. — Numerada e datada, eu imagino? O pagamento foi recusado no banco? Ah! Não interessa muito para ele. A nota precisa sair do país, e ele não poderia revendê-la por muita coisa no mercado.

— Quando posso encontrá-lo? — perguntou Noah, desconfiado.

— Amanhã de manhã.

— Onde?

— Aqui mesmo.

— Hum! — disse Noah. — Quanto paga?

— Viver como um cavalheiro... comida e casa, tabaco e bebida, tudo de graça... por metade de tudo o que você ganhar, e metade de tudo o que a moça ganhar — respondeu Fagin.

Se Noah Claypole, cuja ganância era grande, teria aceitado mesmo diante desses termos reluzentes, se ele fosse um agente perfeitamente livre, é algo muito duvidoso; mas como ele se lembrou de que, caso recusasse, seu novo conhecido poderia entregá-lo imediatamente à justiça (e mais coisas improváveis acabariam acontecendo), ele aos poucos cedeu, e disse que achava que parecia adequado.

— Mas, veja bem — observou Noah —, como ela vai pegar no pesado, eu gostaria de fazer algo bem leve.

— Um trabalho mais elegante? — sugeriu Fagin.

— Ah! Algo nessa linha — respondeu Noah. — O que você acha que seria mais adequado para mim? Algo que não exija muito esforço, e que não seja muito perigoso, você sabe. Esse tipo de coisa!

— Ouvi você falando algo sobre espionagem, meu caro — disse Fagin. — Meu amigo precisa de alguém que faça isso bem, quer muito.

— Ora, eu mencionei isso, e não me incomodaria de experimentar um pouco — acrescentou lentamente o sr. Claypole —, mas isso não se paga sozinho.

— É verdade! — observou o judeu, ruminando ou fingindo ruminar. — Não, talvez não se pague mesmo.

— O que você acha então? — perguntou Noah, olhando angustiadamente para ele. — Algo mais na linha da bisbilhotice, quando for um trabalho bem seguro, e tão arriscado quanto ficar em casa.

— Que tal trabalhar só com velhas senhoras? — perguntou Fagin. — Há um bocado de dinheiro em roubos de bolsas e pacotes, e é só correr e virar a esquina.

— Mas elas não gritam um bocado e às vezes arranham? — perguntou Noah, balançando a cabeça. — Não acho que isso seria uma resposta ao que estou procurando. Não existe outra linha nesse ramo?

— Espere! — disse Fagin, pondo a mão no joelho de Noah. — Golpe em criança.

— Como assim? — indagou o sr. Claypole.

— Meu caro — disse Fagin —, as crianças que as mães mandam fazer coisas na rua, com moedas e trocados; o golpe é simplesmente tirar o dinheiro delas. Elas sempre levam o dinheiro certo na mão, aí basta derrubá-las na sarjeta, e sair andando bem devagar, como se não fosse nada além de uma criança que caiu e se machucou. Hahaha!

— Haha! — rugiu o sr. Claypole, estacando as pernas em êxtase. — Deus, é isso mesmo que eu quero!

— Certamente que é — respondeu Fagin. — Você pode planejar bons golpes em Camden Town, e Battle Bridge, e outros bairros assim, onde essas crianças estão sempre indo buscar coisas para as mães; e você pode abordar quantas crianças quiser, a qualquer hora do dia. Hahaha!

Com isso, Fagin cutucou o tronco do sr. Claypole, e eles se juntaram em um acesso de gargalhadas longas e ruidosas.

— Bem, está combinado! — disse Noah, depois que havia se recuperado, e Charlotte havia voltado. — Amanhã a que horas pode ser?

— Pode ser às dez? — perguntou Fagin, acrescentando depois que Claypole assentiu. — Que nome devo anunciar ao meu bom amigo?

— Sr. Bolter — respondeu Noah, que havia se preparado para esse tipo de emergência. — Sr. Morris Bolter. Esta é a sra. Bolter.

— Sra. Bolter, seu humilde criado — disse Fagin, fazendo uma mesura de grotesca polidez. — Espero conhecê-la melhor muito em breve.

— Você ouviu o cavalheiro, Charlotte? — estrondeou o sr. Claypole.

— Sim, Noah, querido! — respondeu a sra. Bolter, estendendo a mão.

— Ela me chama de Noah, como um modo carinhoso de falar — disse o sr. Morris Bolter, ex-Claypole, virando-se para Fagin. — Você sabe como é, não?

— Ah, sim, eu entendo... perfeitamente — respondeu Fagin, dizendo a verdade ao menos uma vez. — Boa noite! Boa noite!

Com muitos adeuses e bons votos, o sr. Fagin foi embora. Noah Claypole, chamando a atenção de sua boa senhora, passou a esclarecer para ela o arranjo que havia feito, com toda aquela arrogância e aquele ar de superioridade, adequados, não apenas ao sexo mais grave, mas a um cavalheiro que sabia valorizar a dignidade de um cargo especial no ramo dos golpes em crianças, em Londres e suas vizinhanças.

43.
No qual se mostra como o Ardiloso Esquivador meteu-se em apuros

— Quer dizer que o seu amigo era você mesmo, não é? — perguntou o sr. Claypole, vulgo Bolter, quando, em virtude do combinado entre eles, deslocou-se no dia seguinte até a casa de Fagin. — Bem, juro que pensei nisso ontem à noite!

— O homem é amigo de si mesmo, meu caro — respondeu Fagin, com seu sorriso mais insinuante. — Ele não encontrará amigo melhor em lugar nenhum.

— Só às vezes — respondeu Morris Bolter, adotando ares de homem do mundo. — Alguns são os piores inimigos de si mesmos, você sabe.

— Não creia nisso — disse Fagin. — Quando o homem é seu próprio inimigo, é apenas por ser amigo demais de si mesmo; não porque se importa com alguém além de si mesmo. Blablablá! Não existe isso na natureza.

— Não deveria existir, se existisse — respondeu o sr. Bolter.

— Isso é compreensível. Algumas bruxas dizem que o número três é o número mágico, outras dizem ser o sete. Não é nenhum dos dois, meu amigo. É o número um.

— Haha! — exclamou o sr. Bolter. — Número um para sempre.

— Em uma comunidade pequena como a nossa, meu caro — disse Fagin, que sentiu necessidade de qualificar essa posição —, o um é o número geral, serve para, além de mim, todos os outros jovens.

— Ah, diabo! — exclamou o sr. Bolter.

— Mas veja — prosseguiu Fagin, fingindo ignorar essa interrupção —, somos tão misturados, estamos sempre juntos, e nos identificamos tanto com nossos interesses, que é melhor que seja assim mesmo. Por exemplo, o seu objetivo é cuidar do número um... ou seja, de você mesmo.

— Certo — respondeu o sr. Bolter. — Nisso você tem razão.

— Muito bem! Você não poderá cuidar de si mesmo, número um, sem cuidar de mim, número um.

— Número dois, você quis dizer — disse o sr. Bolter, que era amplamente dotado da qualidade do egoísmo.

— Não, não quero! — retrucou Fagin. — Tenho a mesma importância para você, que você tem para si mesmo.

— Olha — interrompeu o sr. Bolter —, você é um sujeito muito simpático, e gostei muito de você, mas nós ainda não somos unha e carne, por enquanto.

— Imagine o seguinte — disse Fagin, dando de ombros, e estendendo as mãos —, só imagine. O que você fez é uma beleza, e é por isso que adorei você; mas ao mesmo tempo é isso que vai colocar uma gravata no seu pescoço, uma gravata cujo nó é fácil de dar, mas dificílimo de desatar... trocando em miúdos, a forca!

O sr. Bolter levou a mão ao pescoço, como se sentisse que o lenço estava inconvenientemente apertado; e murmurou sua concordância, qualificada no tom, mas não na substância.

— O patíbulo — continuou Fagin —, o patíbulo, meu caro, é um poste horroroso, com uma placa que aponta para uma curva muito brusca, que interrompeu a carreira de muitos corajosos na estrada larga da vida. Manter-se no caminho fácil, e manter a forca distante, é o seu objetivo número um.

— É claro que sim — respondeu o sr. Bolter. — Por que você está dizendo isso?

— Só para deixar claro o que estou dizendo — disse o judeu, erguendo as sobrancelhas. — Para conseguir fazer isso, você depende de mim. Para manter meu negociozinho em ordem, eu dependo de você. A primeira coisa é o seu número um, a segunda é o meu número um. Quanto mais você valorizar o seu número um, mais cuidadoso você será com o meu; e assim chegamos por fim naquilo que eu lhe disse no começo: que a consideração pelo número um é o que nos mantém todos unidos, e isso deve ser assim, do contrário cairemos todos juntos.

— Isso é verdade — concordou o sr. Bolter, pensativo. — Ah! seu velho malandro!

O sr. Fagin percebeu, com prazer, que esse tributo a seu poder não era um mero elogio, mas que ele havia realmente impressionado seu recruta com um toque de seu gênio astuto, que era o mais importante a fazer logo no início da relação. Para fortalecer uma impressão tão desejável e útil, em seguida ao impacto inicial, ele apresentou-lhe, com certo detalhe, a magnitude e a extensão de suas operações, misturando verdade e ficção, como melhor servisse a seu propósito, e fazendo ambas revelarem, com muita arte, que o respeito do sr. Bolter visivelmente aumentara, e se tornara temperado, ao mesmo tempo, com um grau de medo salutar, que era altamente desejável despertar.

— É essa confiança mútua que temos um no outro que me consola das minhas pesadas perdas — disse Fagin. — Meu braço direito me foi arrancado ontem pela manhã.

— Você está dizendo que ele morreu? — exclamou o sr. Bolter.

— Não, não — respondeu Fagin —, não foi tão ruim. Não tão ruim.

— Ora, quer dizer que ele foi...

— Pego — interveio Fagin. — Sim, ele foi pego.

— Algo sério? — indagou o sr. Bolter.

— Não — respondeu Fagin —, não muito. Ele foi acusado de tentativa de roubo, e encontraram uma tabaqueira de prata com ele... era dele, meu caro, pois ele cheira tabaco, e gosta muito. Ele ficou detido até hoje, pois disseram saber quem era o verdadeiro dono. Ah! Ele valia cinquenta tabaqueiras, e eu daria o valor de cinquenta tabaqueiras para tê-lo de volta. Você devia ter conhecido o Esquivador, meu caro, você devia ter conhecido o Esquivador.

— Bem, espero que eu possa ainda conhecê-lo, você não acha? — disse o sr. Bolter.

— Tenho minhas dúvidas — respondeu Fagin, com um suspiro. — Se não houver nenhuma nova evidência, será mera sumária, e o teremos de volta daqui seis semanas e pouco; mas, se eles tiverem, será degredo. Eles sabem que ele é um rapaz esperto; talvez ele fique preso para sempre. Eles darão perpétua ao Ardiloso.

— Como assim degredo e perpétua? — indagou o sr. Bolter. — De que adianta falar assim comigo? Por que você não fala de um modo que eu possa entender?

Fagin estava prestes a traduzir essas misteriosas expressões em língua vulgar; e, sendo interpretadas, o sr. Bolter ficaria informado de que se tratava de uma combinação, "degredo perpétuo", quando o diálogo foi interrompido pela entrada do jovem sr. Bates, com as mãos nos bolsos da calça, e o rosto contorcido em uma expressão de dor quase cômica.

— A casa caiu, Fagin — disse Charley, depois que ele e seu novo companheiro foram apresentados.

— Como assim?

— Encontraram o cavalheiro que era o dono da tabaqueira; duas ou três outras testemunhas estão vindo identificar; e o Ardiloso já está com a passagem comprada para o degredo — respondeu o jovem sr. Bates. — Vou precisar de um terno de luto, Fagin, e uma faixa preta para o chapéu, para visitá-lo lá dentro, antes que ele vá embora. E pensar em Jack Dawkins... Jack, o sagaz... o Esquivador... o Ardiloso Esquivador... indo embora por uma tabaqueirinha comum de três vinténs! Nunca achei que ele cairia por menos que um relógio de ouro, com corrente, e gravação, no mínimo. Oh, por que ele não roubou logo um velho cavalheiro rico cheio dos badulaques, e não se safou feito um cavalheiro, em vez de cair como um tonto comum, sem nenhuma honra, sem nenhuma glória?!

Com essa expressão de sentimentos por seu infeliz amigo, o jovem sr. Bates sentou-se na cadeira mais próxima com ar de desgosto e desconsolo.

— Como assim sem honra, nem glória?! — exclamou Fagin, lançando um olhar irritado para seu pupilo. — Ele não foi sempre o melhor serrador de vocês todos?! Algum de vocês poderia rivalizar com ele ou chegar perto dele em qualquer aspecto?! Alguém?

— Ninguém — respondeu o jovem sr. Bates, com a voz rouca de remorso. — Nenhum de nós.

— Então do que você está falando? — retrucou Fagin furiosamente — Que bobagem é essa?

— Porque nada ficou registrado, não é? — disse Charley, sentindo um perfeito desafio a seu venerável amigo pela torrente de seus remorsos. — Porque não surgirá nada na denúncia; porque ninguém nunca ficará sabendo metade do que ele foi. Como ele vai sair estampado no *Newgate Calendar*? Talvez ele nem receba esse destaque. Ah, meu Deus, que golpe duro!

— Haha! — exclamou Fagin, estendendo a mão direita, e virando-se para o sr. Bolter com um acesso de gargalhadas, que o sacudiu como se sofresse de paralisia. — Veja o orgulho que eles têm da profissão, meu bem. Não é uma beleza?

O sr. Bolter assentiu, e Fagin, depois de contemplar a tristeza de Charley Bates por alguns segundos com evidente satisfação, aproximou-se do jovem cavalheiro e deu-lhe um tapinha no ombro.

— Não se preocupe, Charley — disse Fagin em tom consolador. — Ele vai sair publicado, certamente vão publicar. Todos sabem como ele é esperto; ele mesmo demonstrará isso, e não desgraçará seus antigos parceiros e professores. Lembre-se de como ele é jovem também! Quanta distinção, Charley, ser degredado ainda tão moço!

— Bem, isso é mesmo uma honra! — disse Charley, um pouco consolado.

— Ele terá tudo o que quiser — continuou o judeu. — Vão colocá-lo na Stone Jug, Charley, como um cavalheiro. Como um cavalheiro! Tomando cerveja todo dia, e com dinheiro no bolso para apostar e jogar, já que não poderá gastar.

— Não... será? — exclamou Charley Bates.

— Sim, será — respondeu Fagin —, e vamos arranjar um perucão, Charley. Um que tenha o maior dom da retórica para levar adiante sua defesa; e ele também falará no tribunal, se quiser; e leremos em todos os jornais... "Ardiloso Esquivador... gargalhadas... risos convulsivos no tribunal"... que tal, Charley?

— Haha — riu o jovem sr. Bates —, que grande piada seria, Fagin! Digo, o Ardiloso acabaria com eles, não é?

— É! — gritou Fagin. — Ele há de... ele vai!

— Ah, sem dúvida que vai — repetiu Charley, esfregando as mãos.

— Já posso até imaginá-lo agora — exclamou o judeu, voltando os olhos para seu pupilo.

— Eu também — gritou Charley Bates. — Hahaha! Eu já estou até vendo. Juro que estou vendo, todos ali diante de mim, Fagin. Que loucura! Que loucura total! Todos aqueles perucões tentando parecer solenes, e Jack Dawkins se dirigindo a eles com toda a intimidade, à vontade, como se fosse o filho do juiz fazendo um discurso depois do jantar... hahaha!

Na verdade, o sr. Fagin havia melhorado tanto a disposição excêntrica de seu jovem amigo, que o sr. Bates, que a princípio estava disposto a considerar o prisioneiro Esquivador uma vítima, agora o via como ator principal em uma cena do humor mais incomum e excelente, e se sentia até um tanto ansioso pelo momento em que seu velho companheiro tivesse essa boa oportunidade de exibir suas habilidades.

— Nós precisamos saber como ele está hoje, já, de um jeito ou de outro — disse Fagin. — Deixe-me pensar.

— Será que eu devo ir? — perguntou Charley.

— Nem pensar — respondeu Fagin. — Você enlouqueceu, meu caro, está completamente louco, se está pensando em entrar justo no lugar onde... Não, Charley, não. Já basta termos perdido um dos nossos.

— Você não está pensando em ir, está? — disse Charley com ar de humor irônico.

— Isso não seria exatamente o ideal — respondeu Fagin balançando a cabeça.

— Então por que você não manda esse novato? — perguntou o jovem sr. Bates, pousando a mão no braço de Noah. — Ninguém o conhece.

— Ora, se ele não se incomodar... — observou Fagin.

— Incomodar?! — interveio Charley. — Incomodar com o quê?

— Realmente, com nada, meu caro — disse Fagin, virando-se para o sr. Bolter —, realmente, com nada.

— Ah, quanto a isso, eu queria dizer uma coisa, você sabe — observou Noah, recuando em direção à porta, e balançando a cabeça com uma espécie de preocupação sóbria. — Não, não... nada feito. Não é o meu departamento, não mesmo.

— E qual seria o departamento dele, Fagin? — indagou o jovem sr. Bates, examinando o perfil esguio de Noah com muito asco. — O departamento de roer a corda quando algo dá errado, e comer toda a carne quando tudo dá certo; ele é desse setor?

— Deixe para lá — retrucou o sr. Bolter. — E não tome essas liberdades com os seus superiores, menino, ou se verá em maus lençóis.

O jovem sr. Bates riu com tanta veemência diante dessa ameaça magnífica, que levou algum tempo até Fagin intervir, e explicar ao sr. Bolter que ele não correria nenhum risco se visitasse a delegacia; que, na medida em que nenhum relatório sobre o pequeno caso em que se envolvera, nem nenhuma descrição de sua pessoa havia sido enviada à metrópole, era muito provável que nem desconfiassem de ele ter se refugiado ali; e que, se ele fosse bem disfarçado, seria um lugar seguro para ser visitado em Londres, como qualquer outro, na medida em que, de todos os lugares, seria o último que supostamente ele iria procurar de livre e espontânea vontade.

Persuadido, em parte, por essas explicações, mas assolado em grau muito maior pelo medo de Fagin, o sr. Bolter por fim consentiu, de muito malgrado, em assumir a missão. Sob orientação de Fagin, ele imediatamente trocou de roupa, um guarda-pó de carroceiro, calças curtas de veludo, e botas de couro: todos artigos de que o judeu dispunha. Ele foi igualmente munido de uma cartola de feltro, bem fornida de bilhetes de passagem; e um chicote de carroceiro. Assim equipado, ele deveria entrar na delegacia, como um interiorano vindo da feira em Covent Garden supostamente faria para satisfazer sua curiosidade; e como ele era um sujeito desengonçado, desajeitado, e esquálido, tal como era necessário que fosse, o sr. Fagin não tinha nenhuma dúvida de que ele faria o papel com perfeição.

Encerrados esses preparativos, ele foi informado dos necessários sinais e indícios pelos quais reconhecer o Ardiloso Esquivador, e foi levado pelo jovem sr. Bates através de vielas escuras e tortuosas até chegar muito perto da Bow Street. Depois de descrever precisamente a localização da delegacia, e acompanhar a descrição de numerosas orientações sobre como ele devia seguir em frente pela viela, até chegar à lateral do edifício, e tirar a cartola quando entrasse, Charley Bates mandou-o se apressar e prometeu esperar seu retorno ali no ponto onde se separaram.

Noah Claypole, ou Morris Bolter se o leitor preferir, seguiu minuciosamente as orientações recebidas, as quais — sendo o jovem sr. Bates um grande conhecedor daquela localidade — foram tão exatas que ele conseguiu chegar ao edifício majestoso sem perguntar nada ou encontrar nenhuma interrupção no caminho.

Ele se viu empurrado por uma multidão de pessoas, principalmente mulheres, que se amontoavam em uma sala suja e abafada, em cuja extremidade havia uma plataforma mais alta que o resto do ambiente, com um cercado para os prisioneiros à esquerda, junto à parede, um banco para as testemunhas no meio, e uma mesa para os magistrados à direita; sendo esta última medonha localidade protegida por uma divisória que escondia os juízes do olhar comum, e deixava ao vulgo imaginar (se pudesse) a plena majestade da justiça.

Havia apenas duas mulheres no cercado, que meneavam para seus parentes que as admiravam, enquanto o meirinho lia alguns depoimentos para uma dupla de policiais e um homem à paisana que inclinava sobre a mesa. Um carcereiro ficava apoiado à balaustrada do cercado, cutucando apaticamente seu nariz com uma chave enorme, exceto quando reprimia uma tendência indevida à conversa entre os desocupados, proclamando silêncio; ou quando olhava seriamente para mandar uma mulher "sair já daqui com esse bebê" quando a gravidade da justiça era perturbada por choramingos, abafados pelo xale da mãe, de alguma criança desnutrida. A sala tinha um cheiro abafado e insalubre; as paredes estavam desbotadas de sujeira; e o teto enegrecido. Havia um velho busto coberto de fuligem sobre o aparador, e um relógio empoeirado acima do cercado, o único objeto presente que parecia funcionar como devia, pois a depravação, ou a pobreza, ou o convívio habitual com ambas, haviam deixado uma mancha em toda matéria animada, dificilmente menos desagradável que a grossa camada de sebo sobre cada objeto inanimado que ali se avistava com desgosto.

Noah procurou avidamente à sua volta pelo Esquivador, mas embora houvesse diversas mulheres que poderiam muito bem ser mães ou irmãs do distinto personagem, e mais de um homem que supostamente teriam forte semelhança com seu pai, não havia ninguém que correspondesse à descrição dada a ele do sr. Dawkins. Ele aguardou em estado de muito suspense e incerteza até que as mulheres, com julgamento marcado, foram retiradas com estardalhaço; e então rapidamente se sentiu aliviado pela aparição de outro prisioneiro que ele logo sentiu que não podia ser outro senão o objeto de sua visita.

Era de fato o sr. Dawkins, que, arrastando-se para dentro da delegacia com as mangas da casaca arregaçadas como de costume, com a mão esquerda no bolso, e a cartola na direita, na frente do carcereiro, com um passo leve e totalmente indescritível, e, tomando seu posto no cercado, solicitou em voz alta saber por que ele havia sido colocado naquela situação desgraçada.

— Controle essa língua, pois não? — disse o carcereiro.

— Sou inglês, ou não sou? — replicou o Esquivador. — Onde estão os meus privilégios agora?

— Você já vai receber os seus privilégios — retrucou o carcereiro —, e vai engoli-los com pimenta.

— Veremos o que o Secretário de Estado para Assuntos Nacionais tem a dizer aos juízes, se eu não receber — respondeu o sr. Dawkins. — Pois bem! Qual é o assunto aqui? Quero agradecer aos magistrados por resolverem esse pequeno assunto, e por não me manterem aqui enquanto leem os papéis, pois tenho um compromisso com um cavalheiro na City, e como sou homem de palavra e muito pontual nos negócios, ele irá embora se eu não aparecer na hora marcada, e assim talvez não haja uma ação por perdas e danos se me detiverem aqui. Oh, não, certamente não!

Nessa altura, o Esquivador, dando mostras de uma opinião muito peculiar sobre o modo de se proceder doravante, pediu que o carcereiro declinasse "os nomes dos dois juízes que estavam ali atrás". O que provocou os espectadores, a ponto de gargalharem quase tão vigorosamente quanto o jovem sr. Bates teria feito se tivesse ouvido esse pedido.

— Silêncio, vocês aí! — gritou o carcereiro.
— O que foi isso? — indagou um dos magistrados.
— Um punguista, excelência.
— Esse menino já esteve aqui antes?
— Ele deveria ter estado, muitas vezes — respondeu o carcereiro. — Ele já esteve praticamente em toda parte. Eu o conheço bem, excelência.
— Ah! Você me conhece mesmo? — exclamou o Ardiloso, registrando a afirmação. — Muito bem. Eis aqui, de todo modo, uma difamação.

Aqui houve outra gargalhada, e outro grito de silêncio.

— Muito bem, onde estão as testemunhas? — disse o escrivão.
— Ah! Justamente — acrescentou o Esquivador. — Onde estão? Agora eu quero ver.

Esse desejo foi imediatamente satisfeito, pois um policial se manifestou, dizendo que tinha visto o prisioneiro tentar roubar um cavalheiro desconhecido na multidão, e de fato, tirou um lenço do bolso dele, mas, sendo muito velho, ele calmamente devolveu, depois de experimentá-lo no próprio pescoço. Por esse motivo, ele levou o Esquivador para a delegacia assim que pôs as mãos nele, e, o referido Esquivador, sendo revistado, levava consigo uma tabaqueira de prata, com o nome do proprietário gravado na tampa. Este cavalheiro havia sido encontrado na Lista do Tribunal, e estando naquele momento presente, havia jurado que a tabaqueira era sua, e que dera falta dela no dia anterior, no momento em que atravessava a multidão em questão. Ele também havia reparado em um jovem cavalheiro ali perfilado, particularmente ativo em abrir caminho entre as pessoas, e aquele jovem cavalheiro era o prisioneiro ali presente à sua frente.

— Menino, você tem alguma pergunta a fazer a essa testemunha? — disse o magistrado.

— Eu não me rebaixaria a ponto de travar qualquer contato com ele — respondeu o Esquivador.

— Você tem alguma coisa a declarar, qualquer coisa?

— Você ouviu sua excelência perguntar se tem alguma coisa a declarar? — indagou o carcereiro, cutucando com o cotovelo o Esquivador calado.

— Perdão — disse o Esquivador, erguendo os olhos com ar distraído. — Meu bom homem, você estava falando comigo?

— Excelência, eu nunca vi um vagabundo mais desavergonhado — observou o funcionário com um riso contrariado. — Seu marginal, você quer dizer mais alguma coisa?

— Não — respondeu o Esquivador —, aqui não, pois aqui não é o lugar da justiça, além do mais, meu advogado esta manhã fez o desjejum com o vice-presidente da Câmara dos Comuns. Mas terei algo a dizer em outra instância, assim como ele, e assim como todo um círculo muito numeroso de respeitáveis conhecidos, que fará esses juizecos desejarem nunca ter nascido, ou que seus mordomos os enforcassem em suas próprias chapeleiras, para que não tivessem saído esta manhã para tentar vir com essa para cima de mim. Eu vou...

— Pronto! Ele será julgado! — interveio o escrivão. — Podem levá-lo.

— Vamos — disse o carcereiro.

— Oh, ah! Eu vou — respondeu o Esquivador, esfregando a cartola com a palma da mão. — Ah! — (aos magistrados) — Não adianta fazer cara de assustado; não terei piedade, nem um pingo. Vocês pagarão por isso, meus caros colegas. Eu não gostaria de estar na pele de vocês por nada neste mundo! Agora eu não sairia daqui livre nem que vocês se ajoelhassem e me pedissem. Aqui, levem-me para a prisão! Levem-me daqui!

Com essas últimas palavras, o Esquivador deixou que o levassem pelo colarinho, ameaçando, até chegar ao pátio, transformar aquilo em um assunto parlamentar, e rindo na cara do carcereiro, com grande alegria e altivez.

Ao vê-lo ser trancafiado sozinho em uma cela pequena, Noah voltou ao local onde havia deixado o jovem sr. Bates. Depois de esperar ali por algum tempo, chegou o jovem cavalheiro, que havia evitado se mostrar e ficara espreitando cuidadosamente de tocaia, até ter certeza que seu novo parceiro não havia sido seguido por nenhuma pessoa impertinente.

Os dois voltaram às pressas, levando ao sr. Fagin a animadora notícia de que o Esquivador estava fazendo plena justiça à sua formação, e estabelecendo para si mesmo uma gloriosa reputação.

44.
Chega a hora de Nancy pagar a promessa feita a Rose Maylie. Ela não cumpre

Tarimbada como ela era em todas as artes da astúcia e da dissimulação, a menina Nancy não conseguiria esconder inteiramente o efeito que o conhecimento sobre o passo que dera causara em seu espírito. Ela se lembrou de que tanto o engenhoso judeu quanto o brutal Sikes haviam revelado a ela seus planos, planos que eram secretos para todos os outros: em plena confiança de que ela era confiável e acima de qualquer suspeita. Por mais que fossem vis aqueles planos, por mais desesperados que fossem seus conspiradores, e por amargos que fossem os sentimentos dela por Fagin, que a levara, passo a passo, cada vez mais fundo no abismo do crime e da miséria, de onde não havia escapatória; ainda assim, havia momentos em que, mesmo em relação a ele, ela sentia uma certa pena, de que sua revelação o levasse para as garras de ferro das quais por tanto tempo ele conseguira escapar, e nas quais ele por fim — por mais que merecesse esse destino — cairia por um gesto seu.

Mas essas eram meras elucubrações de um espírito incapaz de se desassociar totalmente de seus antigos companheiros e parceiros, ainda que plenamente capaz de se fixar firmemente em um único objeto, e de se decidir a não se desviar por qualquer consideração. Seus receios por Sikes teriam sido fatores mais poderosos para recuar enquanto ainda havia tempo; mas ela havia estipulado que seu segredo devia ser mantido a todo custo, ela não deixara nenhuma pista que pudesse levar à identificação dele, ela havia recusado, pelo bem dele, um refúgio de toda a culpa e a desgraça que a envolviam. E o que mais ela podia fazer?! Ela estava decidida.

Embora todos os seus conflitos mentais terminassem nessa conclusão, eles exigiram fisicamente dela, incessantemente, e deixaram nela suas marcas também. Ela ficara pálida e emagrecera, em poucos dias. Por vezes, ela nem percebia o que se passava à sua volta, nem participava de conversas em que antes teria sido a mais ruidosa. Outras vezes, ela ria sem alegria, e era estridente, mas no momento seguinte... ficava calada e melancólica, cismando com a cabeça apoiada nas mãos, embora o mero esforço para se levantar revelasse, mais fortemente até que esses indícios, que estava contrariada, e que seus pensamentos se ocupavam de assuntos muito diferentes e distantes daqueles que eram tratados nas discussões de seus companheiros.

Era uma noite de domingo, e o sino da igreja mais próxima bateu as horas. Sikes e o judeu estavam conversando, mas pararam para ouvir. A moça ergueu os olhos desde a cadeira baixa onde estava encolhida, e apurou os ouvidos também. Onze.

— Uma hora para a meia-noite — disse Sikes, abrindo a cortina para espiar lá fora e voltou à sua cadeira. — Escura e pesada também. Noite boa para trabalhar.

— Ah! — respondeu Fagin. — Que pena, Bill, meu caro, que ainda não haja nada preparado para hoje.

— Nisso você tem razão — respondeu Sikes rispidamente. — É uma pena, porque eu estou pronto.

Fagin suspirou, e balançou a cabeça pesarosamente.

— Vamos precisar recuperar o tempo perdido quando as coisas melhorarem. Só sei disso — disse Sikes.

— É assim que se fala, meu caro — respondeu Fagin, arriscando dar um tapinha em seu ombro. — Já me sinto melhor só de ouvi-lo.

— Melhorou, é?! — exclamou Sikes. — Bem, que seja.

— Hahaha! — gargalhou Fagin, como se estivesse aliviado por essa simples concessão. — Agora, sim, esse é o Bill que eu conheço. Sem tirar, nem pôr.

— Eu não me sinto nada bem comigo mesmo quando você põe essa garra velha e seca no meu ombro, portanto, tire já essa mão daí — disse Sikes, empurrando a mão do judeu.

— Você ficou nervoso, Bill... lembrou de quando foi pego, foi? — disse Fagin, decidido a não se ofender.

— Lembrei de ser pego pelo diabo — devolveu Sikes. — Nunca existiu um homem com um rosto como o seu, talvez só o do seu pai, e aposto que ele a essa altura está chamuscando a barba ruiva dele, a não ser que você descenda diretamente do velho coisa ruim, sem nem ter um pai qualquer de intermediário, do que eu não duvido nem um pouco.

Fagin não ofereceu nenhuma resposta a esse elogio, mas, puxando Sikes pela manga, apontou o dedo para Nancy, que aproveitara o ensejo da conversa em andamento para vestir a touca, e agora saía da sala.

— Ei! — gritou Sikes. — Nance. Aonde a mocinha vai a essa hora da noite?

— Não muito longe.

— Que resposta é essa? — retrucou Sikes. — Você está me ouvindo?

— Não sei aonde vou — respondeu a moça.

— Pois então eu sei — disse Sikes, mais pelo espírito da obstinação do que por ter qualquer objeção real a que a moça fosse aonde quisesse. — Não vai a lugar a nenhum. Sente-se.

— Não estou bem. Eu já havia avisado — disse a moça. — Preciso de ar fresco.

— Ponha a cabeça para fora da janela — respondeu Sikes.

— Não é o suficiente — disse a moça. — Quero respirar na rua.

— Pois não vai — respondeu Sikes. Com tal afirmação, ele se levantou, trancou a porta, tirou a chave, e arrancando a touca da cabeça da moça, atirou-a em cima de uma velha prensa. — Pronto — disse o ladrão. — Fique quieta aí onde está, está bem?

— Não é uma touca que vai me impedir de sair — disse a moça empalidecendo muito. — O que você quer, Bill? Você sabe o que está fazendo?

— Se eu sei o que eu... ora! — berrou Sikes, virando-se para Fagin — Ela perdeu completamente o juízo, você sabe, ou não ousaria falar assim comigo.

— Você vai acabar me levando a cometer uma loucura — resmungou a moça, colocando as duas mãos no peito, como se quisesse conter à força um surto violento. — Deixe-me ir, por favor... agora... neste exato instante.

— Não! — disse Sikes.

— Fagin, diga para ele me deixar sair. É melhor que ele deixe. Será melhor para ele. Você está me ouvindo? — gritou Nancy, batendo o pé no chão.

— Ouvindo você?! — repetiu Sikes virando-se na cadeira para confrontá-la. — Sim! E se eu tiver que ouvir mais um minuto, o cachorro vai morder o seu pescoço até arrancar essa sua voz estridente. O que deu em você, sua louca?! O que é isso?!

— Deixe-me ir — disse a moça com grande seriedade.

Então se sentou no chão, diante da porta, e disse:

— Bill, deixe-me ir, você não sabe o que está fazendo. De verdade, você não sabe. Só por uma hora... deixe-me... deixe-me!

— Quero que me arranquem os braços e as pernas, um por um — exclamou Sikes, agarrando-a bruscamente pelo braço —, se essa menina não está doida de pedra! Levante-se daí.

— Só se você me deixar sair... só se você me deixar sair... não, nunca, jamais! — berrou a moça.

Sikes continuou olhando, por um minuto, esperando uma oportunidade, e de repente agarrou as mãos dela e a arrastou, esperneando e resistindo no caminho, até uma pequena sala contígua, onde ele se sentou em um banco, e empurrando-a em uma cadeira, ele a manteve à força. Ela relutou e implorou até dar meia-noite, e então, cansada e exaurida, deixou de discutir essa questão. Com um alerta, reforçado por muitos xingamentos, para que não tentasse mais sair aquela noite, Sikes a deixou se recuperar à vontade e voltou à companhia de Fagin.

— Ora! — disse o ladrão enxugando o suor da testa. — Que menina esquisita e teimosa!

— Isso ela é mesmo, Bill — respondeu Fagin pensativamente. — Pode-se dizer que sim.

— O que deu na cabeça dela de sair hoje à noite, o que você acha? — perguntou Sikes. — Vamos, diga, você deve conhecê-la melhor do que eu. O que isso quer dizer?

— Teimosia. Acho que é pura teimosia de mulher, meu caro.

— Bem, acho que é isso — rosnou Sikes. — Achei que já tinha domado a Nancy, mas ela está pior do que nunca.

— Pior — disse Fagin pensativamente. — Nunca vi a Nancy assim, sem nenhum motivo.

— Nem eu — disse Sikes. — Acho que ela ficou com um pouco daquela febre no sangue, e não quer passar... não é?

— Provavelmente.

— Vou tirar um pouco de sangue dela, sem incomodar o médico, se ela ficar assim de novo — disse Sikes.

Fagin assentiu expressivamente concordando com esse modo de tratamento.

— Ela ficou cuidando de mim, dia e noite, quando eu estava de cama; e você, lobo cruel que é, nem apareceu por aqui — disse Sikes. — Ficamos sem dinheiro também, o tempo todo, e acho que, de um modo ou de outro, isso a deixou preocupada e assustada; e ficar aqui trancada por tanto tempo a deixou irrequieta... não é isso?

— É isso, meu caro — respondeu o judeu com um sussurro. — Silêncio!

Quando ele proferiu essas palavras, a moça apareceu e retomou sua cadeira. Seus olhos estavam inchados e vermelhos; ela balançou para trás e para frente, jogou a cabeça para trás e, pouco tempo depois, explodiu em uma gargalhada.

— Olha, agora mudou da água para o vinho! — exclamou Sikes, virando-se com expressão de excessiva surpresa para seu companheiro.

Fagin fez um gesto para que ele não se importasse com aquilo naquele momento; e, dali alguns minutos, a moça recobrou sua atitude costumeira. Sussurrando a Sikes que não havia risco de ela piorar de novo, Fagin pegou sua cartola e deu boa-noite. Ele parou ao chegar à porta da sala, e, olhando ao redor, perguntou se alguém podia iluminar a escada escura.

— Leve-o até lá embaixo — disse Sikes, que estava enchendo o cachimbo. — Seria uma pena se ele quebrasse o pescoço sozinho, e decepcionasse o público do patíbulo. Leve uma vela.

Nancy acompanhou o velho até o pé da escada, com uma vela. Quando chegaram ao corredor, ele levou o dedo aos lábios, e aproximando-se da moça, disse, com um sussurro.

— O que está acontecendo, Nancy, meu bem?

— Como assim? — respondeu a moça, no mesmo tom.

— Qual é o motivo de tudo isso? — respondeu Fagin. — Se *ele* — apontou o indicador ossudo para o andar de cima — é tão duro com você (ele é um brutamontes, Nance, um truculento), por que você não...

— O quê? — disse a moça, quando Fagin fez uma pausa, com a boca quase tocando seu ouvido, e os olhos fixos nos seus.

— Agora isso não importa. Voltaremos a falar disso. Sou seu amigo, Nance, um amigo leal. Tenho os recursos para isso, discreta e rapidamente. Se você quiser se vingar de quem a trata como a uma cadela. Uma cadela! Pior do que trata o próprio cachorro, pois ele agrada o bicho às vezes... conte comigo. Estou dizendo, conte comigo. Ele é um mero valentão da vez, mas você me conhece há muito tempo, Nance.

— E conheço muito bem — respondeu a moça, sem manifestar a menor emoção. — Boa noite.

Ela recuou, quando Fagin estendeu a mão para pegar a sua, mas disse boa noite outra vez, com voz firme, e, respondendo ao olhar dele ao se despedir com expressão de aquiescência, assentiu com a cabeça e fechou a porta.

Fagin caminhou até sua casa, absorto nos pensamentos que se processavam em seu cérebro. Ele havia concebido a ideia — não apenas pelo que se passara, ainda que isso tendesse a confirmá-lo, mas lenta e gradativamente — de que Nancy, cansada da brutalidade do ladrão, estaria envolvida com um novo amigo. Seus modos alterados, suas ausências frequentes, sozinha, sua relativa indiferença pelos interesses da gangue, aos quais outrora ela sempre fora tão atenta, e, agregados a isso, sua impaciência desesperada para sair de casa aquela noite, naquele horário em particular, tudo favorecia a suposição, e a tornava, ao menos para ele, quase uma certeza. O objeto desse novo afeto não estava entre seus mirmidões. O sujeito seria uma aquisição valiosa, com uma assistente como Nancy, e devia (segundo Fagin) ser arregimentado sem demora.

Havia outro objeto, mais obscuro, a ser obtido. Sikes sabia demais, e as ameaças grosseiras dele não deixaram de provocar Fagin, por serem veladas. A garota devia saber muito bem que, se ela o abandonasse, jamais estaria a salvo de sua fúria — da mutilação de membros, ou talvez da perda da vida — contra o objeto de sua afeição mais recente.

"Com um pouco de persuasão", pensou Fagin, "o que seria mais provável do que ela consentir em envenená-lo? As mulheres fazem essas coisas, e até pior, para se assegurar de seu objeto, não é de hoje. Seria um vilão perigoso, que eu odeio, fora do jogo; outro estaria garantido em seu lugar; e a minha influência sobre a garota, confirmada por saber desse crime, seria ilimitada".

Essas coisas passaram pela cabeça de Fagin, nesse breve período em que ele ficou sozinho, na sala da casa do ladrão; e com essas coisas ocupando seus pensamentos, ele havia aproveitado a oportunidade mais adiante oferecida, de sondar a garota com as sugestões truncadas que ele arriscou na hora de ir embora. Não houve nenhuma expressão de surpresa, nenhuma afetação de incapacidade de entender o que ele queria dizer. A garota claramente compreendeu. O olhar dela momento da despedida demonstrara *isso*.

Mas talvez ela recuasse diante de um plano para tirar a vida de Sikes, e este era um dos objetivos principais a serem atingidos. "Como", pensou Fagin, rastejando no caminho de volta, "posso aumentar minha influência sobre ela? Que novo poder posso adquirir?".

Esses cérebros são férteis em expedientes. Se, sem extrair uma confissão dela, ele ficasse de tocaia, descobrisse o objeto de seu afeto alterado, e ameaçasse revelar a história toda para Sikes (de quem ela tinha um medo incomum) a não ser que ela o obedecesse, ele não acabaria obtendo a concordância dela?

— Vou conseguir — disse Fagin, quase em voz alta. — Assim ela não poderá recusar. Nem com a própria vida, nem com a própria vida!

Estou com a faca e o queijo na mão. Todos os recursos estão disponíveis, e serão postos em operação. Você não me escapa!

Ele lançou um olhar obscuro para trás, e fez um gesto ameaçador com a mão, na direção do ponto onde havia deixado o vilão mais ousado; e seguiu seu caminho, ocupando as mãos ossudas com as lapelas de seu andrajoso casaco, que ele agarrava firmemente, como se um inimigo odiado fosse esmagado a cada movimento de seus dedos.

45.
Noah Claypole é empregado por Fagin em uma missão secreta

O velho acordou cedo na manhã seguinte, e esperou impacientemente a aparição de seu novo associado, que após um atraso que pareceu interminável, por fim se apresentou, e começou um ataque voraz ao desjejum.

— Bolter — disse Fagin, puxando uma cadeira e sentando-se à mesa de frente para Morris Bolter.

— Bem, aqui estou eu — devolveu Noah. — Qual é o problema? Não me peça nada enquanto eu não terminar de comer. É uma grande deselegância fazer isso. A refeição precisa de tempo.

— Você consegue falar enquanto come, não consegue? — disse Fagin, amaldiçoando a ganância de seu caro jovem amigo do fundo do coração.

— Ah, sim, eu consigo. Até digiro melhor quando falo — disse Noah, cortando uma fatia monstruosa de pão. — Onde está a Charlotte?

— Ela saiu — disse Fagin. — Mandei-a para a rua hoje cedo com as outras moças, porque queria ficar a sós com você.

— Ah! — disse Noah. — Quem dera você a tivesse mandado preparar algumas torradas com manteiga primeiro. Bem. Diga logo. Não se incomode de me interromper.

De fato, ele não parecia recear sem interrompido por nada, pois se sentou evidentemente decidido a fazer um grande negócio.

— Meu caro, ontem você se saiu muito bem — disse Fagin. — Lindamente! Seis xelins e nove pences em moedas logo no primeiro dia! Você vai fazer uma fortuna dando golpe em criança.

— Não se esqueça dos três jarros de cerveja e da lata de leite — disse o sr. Bolter.

— Não, não, meu caro. Os jarros de cerveja foram jogadas de gênio, mas a lata de leite foi uma perfeita obra prima.

— Muito bom, eu acho, para um novato — observou o sr. Bolter em tom complacente. — Os jarros eu tirei de uma escada onde estavam secando, e a lata de leite estava parada sozinha na frente de um bar. Pensei que podiam enferrujar com a chuva, ou pegar um resfriado, sabe como é. Não é mesmo? Hahaha!

Fagin fingiu uma gargalhada muito enfática; e o sr. Bolter depois de dar sua risada, deu uma série de mordidas, que terminaram com o primeiro naco de pão com manteiga, e se serviu de um segundo.

— Quero que você, Bolter — disse Fagin, inclinando-se sobre a mesa —, faça um servicinho para mim, meu caro, que vai exigir muito cuidado e precaução.

— Olha — acrescentou Bolter —, não vá me jogar na fogueira, nem me mandar mais em delegacia. Isso não é para mim, não mesmo; então já vou avisando.

— Não é nenhuma fogueira, nem há o menor risco — disse o judeu. — É só seguir uma mulher.

— Velha? — indagou o sr. Bolter.

— Nova — respondeu Fagin.

— Isso eu posso fazer muito bem, tenho certeza — disse Bolter. — Eu era ótimo de esconder na escola. Qual é o motivo dessa tocaia? Não é para...

— Não é para nada, só me diga aonde ela vai, quem ela encontra, e, se possível, o que ela diz. E lembre-se da rua, se for uma rua, e da casa, se for uma casa; e me traga depois toda informação que puder.

— O que você vai me dar em troca? — perguntou Noah, depondo o copo, e olhando para seu patrão, avidamente, nos olhos.

— Se você se sair bem, uma libra, meu caro. Uma libra — disse Fagin, desejando que ele se interessasse o máximo possível. — E isso é algo que não paguei nunca, por nenhum serviço em que não houvesse algo valioso em questão a ser obtido.

— Quem é ela? — indagou Noah.

— Uma das nossas.

— Oh, Jesus! — exclamou Noah, arrebitando o nariz. — Você está desconfiado dela, é isso?

— Ela conheceu alguns novos amigos, meu caro, e preciso saber quem são — respondeu Fagin.

— Entendi — disse Noah. — Só para ter o prazer de conhecê-los, caso sejam pessoas respeitáveis, não é? Hahaha! Conte comigo.

— Sabia que você aceitaria — exclamou Fagin, entusiasmado com o sucesso de sua proposta.

— Claro, claro — respondeu Noah. — Onde ela está? Onde posso esperar por ela? Aonde devo ir?

— Tudo isso, meu caro, você ficará sabendo em breve. Vou lhe mostrar quando chegar a hora — disse Fagin. — Esteja preparado, e deixe o resto por minha conta.

Naquela noite, e na seguinte, e na outra, o espião ficou sentado com suas botas e equipado com seu traje de carroceiro, pronto para entrar em ação assim que viesse a ordem de Fagin. Seis noites se passaram — seis noites longas e exaustivas — e em cada uma delas, Fagin voltava para casa com semblante frustrado, e brevemente sugeria que ainda não havia chegado a hora. Na sétima noite, ele voltou mais cedo, e com uma exultação que não conseguiu esconder. Era um domingo.

— Ela vai sair hoje à noite — disse Fagin —, e tenho certeza que na mesma missão; pois ela ficou sozinha o dia inteiro, e o homem de quem ela tem medo só voltará de madrugada. Venha comigo. Depressa!

Noah sobressaltou-se sem dizer nada, pois o judeu estava em um estado de excitação tão intenso que o contagiou. Saíram furtivamente da casa, e depois de percorrer às pressas um labirinto de ruas, chegaram enfim diante de um bar, que Noah reconheceu como o mesmo onde dormira, na noite de sua chegada a Londres.

Já passava das onze da noite, e a porta estava fechada. A porta se abriu suavemente nas dobradiças quando Fagin assobiou baixinho. Eles entraram, sem fazer ruído; e a porta se fechou atrás deles.

Mal arriscando sussurrar, mas substituindo palavras por mímica, Fagin e o jovem judeu que abrira, mostraram o vidro a Noah, e sinalizaram para ele subir ali e observar a sala vizinha.

— É a tal mulher? — ele perguntou, quase suspiradamente.

Fagin assentiu.

— Não consigo enxergar direito o rosto dela — sussurrou Noah. — Ela está olhando para baixo, e a vela está atrás dela.

— Fique aqui — sussurrou Fagin. Ele fez um sinal para Barney, que se retirou. No instante seguinte, o rapaz entrou na sala vizinha, e sob pretexto de cortar o pavio queimado da vela, removeu até a posição desejada, e, falando com a moça, ensejou que ela erguesse a cabeça.

— Agora estou vendo — exclamou o espião.

— Claramente?

— Eu a reconheceria entre mil outras moças.

Ele desceu apressado, quando a porta da sala se abriu, e a moça saiu. Fagin puxou-o para detrás de uma pequena divisória cortinada, e eles prenderam o fôlego quando ela passou a poucos centímetros de seu esconderijo, e saiu pela porta por haviam entrado.

— Zileicio! — exclamou o rapaz que abrira a porta. — Agoda.

Noah e Fagin trocaram um olhar, e saíram.

— Bara a ezguerda — sussurrou o rapaz —, vire à ezguerda e fique do outro lado da rua.

Ele fez assim; e, à luz dos lampiões, viu o vulto da moça se afastar, já a alguma distância diante dele. Ele se aproximou o máximo que considerou prudente, e se manteve na calçada oposta, para melhor observar seus movimentos. Ela olhou nervosamente para os lados, duas ou três vezes, e parou para dar passagem a dois homens que vinham logo atrás dela. Ela parecia ganhar coragem conforme avançava, e a caminhar com um passo mais constante e mais firme. O espião manteve a mesma distância relativa, e só acompanhou: mas sempre de olho nela.

46.
O compromisso mantido

Os relógios da igreja deram quinze para a meia-noite, quando dois vultos emergiram na London Bridge. Um deles, que avançava com passo ágil e rápido, era de uma mulher que olhava nervosamente para os lados enquanto procurava com expectativa por algum objeto; o outro era de um homem, que se esgueirava pelas sombras mais profundas que podia encontrar, e, a certa distância, acompanhava o ritmo dela, parando quando ela parava, e quando ela voltava a se mover, avançando furtivamente. Assim, ambos atravessaram a ponte, de Middlesex até a margem de Surrey, quando a mulher, aparentemente decepcionada em sua procura aflita de algum passante, deu meia-volta. O movimento foi súbito, mas ele que a vigiava não ficou desconcertado, pois, encolhendo-se em um recesso de uma das colunas da ponte, e inclinando-se sobre o parapeito para melhor ocultar sua presença, ele esperou que ela passasse para a outra calçada. Quando ela estava praticamente à mesma distância à frente dele que estivera antes, ele deslizou silenciosamente, e tornou a segui-la. Quase no meio da ponte, ela parou. O homem parou também.

Fazia uma noite muito escura. O dia havia sido impropício, e naquela hora e naquele lugar havia poucas pessoas na rua. As poucas que havia, passavam apressadas, muito possivelmente sem ver ninguém, mas certamente sem reparar, nem na mulher, nem no homem que não a perdia de vista. A aparência dos dois não fora calculada para chamar a atenção inoportuna daquela população destituída, que podia deparar com eles na ponte naquela noite em busca de algum arco gelado ou de alguma cobertura sem portas onde deitar suas cabeças; eles ficaram ali parados em silêncio, sem falar, nem ouvir nada de ninguém que passasse.

Havia neblina sobre o rio, acentuando o clarão avermelhado das caldeiras acesas das pequenas embarcações atracadas nas diversas docas, e tornando mais escuros e mais indistintos os sombrios edifícios das margens. Os velhos armazéns enegrecidos de fumaça de ambos os lados erguiam-se pesados e inertes da densa massa de telhados e torreões, e franziam o cenho austero sobre a água negra demais para refletir suas silhuetas volumosas. A torre da antiga Saint Saviour's Church, e o torreão de Saint Magnus, por tanto tempo gigantescos sentinelas da antiga ponte, eram visíveis na escuridão; mas a floresta de embarcações abaixo da ponte, e os torreões dispersos das igrejas acima, estavam quase todas invisíveis.

A moça já dera algumas voltas inquietas pela ponte — vigiada de perto nesse ínterim por seu observador oculto — quando o sino pesado de St. Paul soou a morte de outro dia. A meia-noite chegara na cidade populosa. O palácio, o porão noturno, a prisão, o hospício, os quartos de partos e mortes, da saúde e da doença, o rosto rígido do cadáver e o sono sereno da criança: era meia-noite sobre tudo e todos.

Não haviam se passado dois minutos da meia-noite, quando uma jovem dama, acompanhada por um cavalheiro grisalho, desceram de uma carruagem a curta distância da ponte, e, dispensando o veículo, caminharam diretamente para lá. Mal haviam posto os pés no calçamento da ponte, e a moça imediatamente se dirigiu a eles.

Eles seguiram em frente, olhando para os lados com o ar de pessoas que tinham pouquíssima expectativa de algo que por sua vez tinha pouca chance de acontecer, quando foram subitamente abordados por essa nova associada. Os três se sobressaltaram com uma exclamação de surpresa, mas imediatamente a contiveram, pois um homem com trajes de interiorano se aproximou — esbarrando neles, a bem da verdade — naquele exato momento.

— Aqui, não — disse Nancy às pressas —, estou com receio de conversar aqui. Venham, vamos sair da rua, desçam essa escada!

Quando ela proferiu essas palavras, e indicou, com a mão, a direção aonde desejava que eles fossem, o interiorano olhou para os lados, e perguntando rispidamente por que eles estavam ocupando toda a passagem, seguiu em frente.

A escada para a qual a garota havia apontado era mesma que, na margem de Surrey, e do mesmo lado da ponte em que ficava a Saint Saviour's Church, constituia a escada da plataforma do acesso ao rio. Para este ponto, o homem com aparência rústica se dirigiu sem ser visto; e depois de inspecionar rapidamente o local, começou a descer.

Essas escadas fazem parte da ponte, consistem em três lances. Logo abaixo do segundo lance, descendo, a parede de pedra da esquerda termina em uma pilastra ornamental que dá para o Tâmisa. Nesse ponto, os degraus de baixo se alargam de tal maneira que uma pessoa que passava esse ângulo da parede ficava necessariamente oculta de alguém que estivesse por acaso na escada, mesmo que apenas um degrau acima. O interiorano olhou nervosamente para os lados, quando chegou a esse ponto; e como não parecia haver esconderijo melhor, e, a maré estando baixa, havia espaço suficiente, ele deslizou de lado, de costas para a pilastra, e ali aguardou: certo de que o grupo não desceria tanto, e de que, mesmo que ele não conseguisse ouvi-los, conseguiria continuar a vigiá-los, com segurança.

Tão lentamente passou o tempo naquele local ermo, e tão ávido estava o espião para penetrar os motivos de um encontro tão diferente do que ele fora levado a esperar, que ele mais de uma vez deu o caso por perdido, e se persuadiu de que ou eles haviam parado em um degrau muito acima, ou haviam recorrido a um local totalmente diferente para sua misteriosa conversa. Ele estava prestes a sair de seu esconderijo, e voltar ao nível da rua, quando ouviu o som de passos, e logo em seguida vozes muito próximas de seu ouvido.

Ele se encolheu rente à parede, e, quase sem respirar, escutou atentamente.

— Aqui já está bom — disse uma voz, que era evidentemente a do cavalheiro. — Não quero que a jovem senhorita prossiga. Muitos teriam desconfiado demais por termos vindo tão longe, mas veja que estou disposto a contentá-la.

— Contentar-me?! — exclamou a voz da garota que ele seguira. — É muita consideração da sua parte, senhor! Contentar-me... Bem, que seja, não importa.

— Ora, por quê? — perguntou o cavalheiro em tom mais brando. — Qual o propósito de nos trazer a esse lugar inusitado? Porque você não deixou que eu falasse lá em cima, onde há luz, e algum movimento, em vez de nos trazer até esse buraco escuro e desolado?

— Eu já disse — respondeu Nancy —, que fiquei com receio de conversar lá. Não sei por que — disse a moça, estremecendo —, mas estou com tanto medo e pavor esta noite que mal consigo parar em pé.

— Medo de quê? — perguntou o cavalheiro, aparentemente com pena dela.

— Não sei bem — respondeu a moça. — Quem me dera eu soubesse. Pensamentos horríveis de morte, e mortalhas ensanguentadas, e um medo que me fazia arder como se eu estivesse pegando fogo, me acompanharam o dia inteiro. Fiquei lendo um livro esta noite, para matar o tempo, e as mesmas coisas apareceram no que eu lia.

— Imaginação — disse o cavalheiro, tentando acalmá-la.

— Não é imaginação — respondeu a moça com voz rouca. — Juro que li "caixão" escrito em todas as páginas do livro, em grandes letras pretas, sim, e ficaram arrastando um caixão perto de mim, pela rua, esta noite.

— Não há nada de incomum nisso — disse o cavalheiro. — Isso acontece muito comigo.

— *Caixões de verdade* — acrescentou a moça. — Não foi isso.

Havia algo tão incomum em sua atitude, que o corpo do ouvinte oculto estremeceu ao escutar quando a moça proferiu essas palavras, e o sangue gelou em suas veias. Ele nunca sentiu um alívio tão grande como ao ouvir a voz da jovem dama quando suplicou que ela se acalmasse, e não se deixasse levar por essas elucubrações assustadoras.

— Seja gentil com ela — disse a jovem dama a seu companheiro. — Pobre criatura! Ela parece precisar de gentileza.

— Esses carolas arrogantes falariam com a cabeça erguida ao me ver neste estado, e pregariam sobre labaredas e vingança — exclamou a moça. — Ah, minha cara senhorita, por que aqueles que se dizem povo de Deus não são tão bons e gentis como você com os pobres desgraçados como nós, enquanto a senhorita, que é jovem e bonita, tudo o que eles não são, poderia ser um pouco mais orgulhosa em vez de tão humilde?

— Ah! — disse o cavalheiro. — O turco vira o rosto, depois de lavá-lo bem, para o oriente, ao dizer sua oração; essa gente de bem, depois de enfrentar o mundo e perder o sorriso, vira-se, regularmente, para o lado escuro do céu. Entre o muçulmano e o fariseu, eu prefiro o primeiro!

Essas palavras aparentemente foram dirigidas à jovem dama, e foram talvez proferidas no intuito de dar a Nancy tempo para se recompor. O cavalheiro, logo a seguir, dirigiu-se a ela.

— Você não veio domingo passado — ele disse.

— Não pude — respondeu Nancy. — Fui obrigada à força.

— Por quem?

— Por ele, de quem falei à senhorita.

— Ninguém desconfiou de você ter conversado com alguém sobre isso que nos trouxe aqui hoje, eu espero? — perguntou o velho cavalheiro.

— Não — respondeu a moça, balançando a cabeça. — Não é muito fácil para mim sair de perto dele sem que ele saiba o porquê; não consegui fazê-lo beber o láudano antes de vir daquela vez.

— Ele estava acordado quando você voltou? — indagou o cavalheiro.

— Não; e nem ele, nem ninguém desconfiou de mim.

— Muito bem — disse o cavalheiro. — Agora me escute.

— Estou ouvindo — respondeu a moça, quando ele fez uma pausa.

— Esta jovem dama — começou o cavalheiro —, me disse, e a alguns outros amigos de confiança, o que você contou há cerca de quinze dias. Confesso que tive as minhas dúvidas, a princípio, quanto a você ser confiável, mas agora acredito firmemente que sim.

— Eu sou — disse a moça seriamente.

— Reitero que acredito firmemente nisso. Para provar-lhe que estou disposto a confiar em você, digo-lhe sem reservas, que estamos dispostos a extrair o segredo, qualquer que seja ele, desse tal de Monks. Mas se... se... — disse o cavalheiro — se ele não for preso, ou se, sendo preso, ele não agir conforme desejamos, você precisará entregar o judeu.

— Fagin — exclamou a moça, encolhendo-se.

— Esse só você pode entregar à justiça — disse o cavalheiro.

— Isso eu não vou fazer! Isso eu jamais farei! — respondeu a moça. — Por mais diabólico que ele seja, e por pior que tenha sido o inferno do que ele me fez passar, isso eu não farei jamais.

— Você não o entregará? — disse o cavalheiro, que parecia plenamente preparado para essa resposta.

— Nunca! — retrucou a moça.

— Mas me diga: por quê?

— Por um único motivo — respondeu a moça com firmeza —, por um único motivo, e a senhorita entende e ficará do meu lado nisso, sei que ela entenderá, pois eu a fiz prometer. E por esse outro fato, além do mais, de que, por pior que tenha sido a vida dele, a minha também foi; muitos de nós passamos pelas mesmas desgraças juntos, e eu não vou entregá-los à justiça, porque eles, qualquer um deles, podiam ter me entregado, mas nunca entregaram, por piores que eles sejam.

— Sendo assim — disse o cavalheiro, prontamente, como se fosse esse o ponto em que queria chegar —, deixe Monks nas minhas mãos, e deixe eu lide diretamente com ele.

— E se ele resolver entregar os outros?

— Prometo que nesse caso, se arrancarmos a verdade dele, o assunto terminará aí. Deve haver circunstâncias na breve história de Oliver que seriam dolorosas, se expostas à opinião pública, e se a verdade for revelada, eles escaparão ilesos.

— E se não for assim? — sugeriu a moça.

— Aí — prosseguiu o cavalheiro —, esse Fagin não será levado à justiça sem o seu consentimento. Nesse caso, creio que eu poderia lhe mostrar motivos que a induzirão a consentir.

— Tenho a palavra da senhorita quanto a isso? — perguntou a moça.

— Sim, você tem — respondeu Rose. — Prometo sincera e honestamente.

— Monks não ficará sabendo como vocês ficaram sabendo o que vocês sabem? — disse a moça, após uma breve pausa.

— Jamais — respondeu o cavalheiro. — As evidências serão impostas a ele, de tal modo que ele nem desconfiará.

— Sempre fui mentirosa, e fui criada entre mentirosos, desde criança — disse a moça, após outro intervalo de silêncio —, mas acreditarei na palavra de vocês.

Depois de ouvir de ambos as promessas de que ela poderia falar em segurança, ela começou, com uma voz tão baixa que muitas vezes era difícil para os ouvintes discernir o conteúdo do que era dito, a descrever, dando nome e endereço, o bar, de onde viera, sendo seguida, naquela noite. Pelo modo como ela às vezes fazia pausas, parecia que o cavalheiro estava anotando apressadamente as informações que ela comunicava. Quando ela já havia explicado detalhadamente o endereço do bar, e a melhor posição para vigiá-lo sem chamar atenção, e a noite e o horário em que Monks costumava frequentá-lo, ela aparentemente precisou refletir por alguns momentos, no intuito de se obrigar a recordar suas feições e sua aparência mais enfaticamente.

— Ele é alto — disse a moça —, e forte, mas não parrudo; tem um passo arrastado e, enquanto anda, a todo instante olha para os lados, primeiro para um lado, depois para o outro. Não se esqueça, os olhos dele são afundados na cabeça, mais fundos do que qualquer outro homem, a ponto de você poder reconhecê-lo só por isso. O rosto dele é moreno, assim como são escuros os cabelos e os olhos; e, embora ela não deva ter mais do que 26 ou 28 anos, ele é todo murcho e enrugado. Os lábios muitas vezes parecem desbotados e desfigurados com marcas de mordidas, pois ele tem surtos desesperados, e às vezes morde as mãos, que ficam cobertas de feridas... Por que você se assustou? — disse a moça, interrompendo-se subitamente.

O cavalheiro respondeu, de modo brusco, que não percebeu ter se assustado, e pediu que ela continuasse.

— Parte disso — disse a moça —, apurei de outras pessoas da casa de que lhes falei, pois só o encontrei duas vezes, e das duas vezes ele estava coberto com uma capa comprida. Acho que isso é tudo o que eu tinha a dizer para ajudá-los a identificá-lo. Mas esperem — ela acrescentou. — No pescoço dele, bem em cima, dá para ver por baixo do cachecol quando ele vira o rosto, há uma...

— Uma marca vermelha larga, como uma cicatriz ou queimadura de água fervente? — exclamou o cavalheiro.

— Como assim? — disse a moça. — Você o conhece!

A jovem dama soltou um grito de surpresa, e por alguns momentos todos ficaram tão imóveis que o espião pôde claramente ouvi-los respirar.

— Acho que sim — disse o cavalheiro, rompendo o silêncio. — Pela sua descrição, sim. Mas é o que veremos. Muitas pessoas têm semelhanças singulares. Talvez não seja o mesmo sujeito.

Enquanto ele dizia isso, com fingida despreocupação, ele deu um ou dois passos na direção do espião escondido, como este poderia afirmar pela distinção com que o ouviu murmurar "Deve ser ele mesmo!".

— Agora — disse ele, voltando, ou foi o que pareceu pelo som, ao local onde estivera antes —, você nos prestou um auxílio muito valioso, moça, e espero o melhor para você. O que posso fazer para lhe servir?

— Nada — respondeu Nancy.

— Você não pode continuar insistindo nessa tecla — acrescentou o cavalheiro, com uma voz e uma ênfase de bondade que teriam tocado um coração muito mais duro e empedernido. — Pense bem. E me diga.

— Nada, senhor — acrescentou a moça, chorosa. — Não há nada que você possa fazer para me ajudar. Na verdade, estou irremediavelmente além de qualquer esperança.

— Você mesma se coloca além — disse o cavalheiro. — O seu passado pode ter sido um desperdício de energias juvenis malbaratadas, e esses tesouros incalculáveis podem ter se perdido, pois o Criador os concede apenas uma vez e nunca mais, mas quanto ao futuro, você pode ter esperanças. Não estou dizendo que está em nosso poder lhe oferecer paz de espírito e paz no coração, pois essa paz depende de você mesma procurá-la; mas um exílio tranquilo, seja na Inglaterra, ou, se você tiver receio de permanecer aqui, em algum país estrangeiro, está não apenas dentro da nossa alçada, como é nosso desejo mais ardente lhe propiciar. Antes do amanhecer, antes que este rio desperte ao primeiro raio de luz da manhã, você deverá ser levada para um lugar totalmente fora do alcance de seus antigos parceiros, sem deixar nenhum vestígio para trás, como se você houvesse desaparecido da terra neste momento. Venha! Não quero que você troque uma palavra com nenhum de seus antigos companheiros, nem que volte a contemplar outra vez algum antigo tugúrio, nem que respire de novo aqueles ares, que são a pestilência e a morte para você. Abandone tudo isso agora, enquanto há tempo e oportunidade!

— Agora ela há de ter se convencido — exclamou a jovem dama. — Tenho certeza de que ela agora ficou hesitante.

— Receio que não, minha cara — disse o cavalheiro.

— Não, senhor, não estou convencida — respondeu a moça, após breve relutância. — Estou presa à minha vida de antes. Sinto repugnância e ódio dessa vida agora, mas não posso abandoná-la. Talvez eu tenha ido longe demais para dar meia-volta... e no entanto não sei, pois se você tivesse falado isso antes, algum tempo atrás, eu teria gargalhado. Mas — disse, olhando aflita para os lados — esse medo está voltando. Preciso ir para casa.

— Para casa?! — repetiu a jovem dama, com grande ênfase em cada palavra.

— Para casa, madame — respondeu a moça. — Para a única casa que fiz para mim mesma com o trabalho de uma vida inteira. Melhor nos separarmos. Vou acabar sendo vista e reconhecida aqui. Vão! Vão! Se lhes prestei algum auxílio, tudo o que peço é que me deixem ir, que me deixem ir embora sozinha.

— De nada adiantou — disse o cavalheiro, com um suspiro. — Comprometemos a segurança dela, talvez, ficando aqui parados. Talvez a tenhamos retido por mais tempo do que ela esperava.

— Sim, sim — insistiu a moça. — Tempo demais.

— Qual — exclamou a jovem dama — será o destino dessa pobre criatura?!

— Destino?! — repetiu a moça. — Olhe diante de si, madame. Olhe para essa água escura. Quantas vezes você leu sobre alguém como eu que pulou no rio, sem deixar viva alma para trás, para chorar? Talvez seja daqui muitos anos, ou talvez meses, mas vou acabar nessas águas.

— Não fale assim, eu imploro — retrucou a jovem dama, soluçando.

— A senhorita nunca ficará sabendo, querida madame, e Deus não queira que esses horrores cheguem a seus ouvidos! — respondeu a moça. — Boa noite, boa noite!

O cavalheiro se virou.

— Esta bolsa — exclamou a jovem dama. — Por mim, aceite, para que você tenha alguns recursos em um momento de necessidade e dificuldade.

— Não! — respondeu a moça. — Eu não estou fazendo isso por dinheiro. Deixe-me ao menos esse consolo. Mas... eu aceitaria algo que a senhorita tenha usado. Eu bem que gostaria de ter algo que... não, não, não um anel... as suas luvas ou o seu lenço... algo que eu possa guardar, que tenha pertencido a você, querida madame. Pronto. Deus abençoe. Boa noite, boa noite!

A violenta agitação da moça, e a apreensão de uma descoberta que a submeteria a maus tratos e violência, aparentemente levaram o cavalheiro a deixá-la, como era a vontade dela.

O som dos passos se afastando eram audíveis, mas as vozes cessaram.

As duas figuras da jovem dama e de seu companheiro logo em seguida apareceram sobre aponte. Eles pararam no alto da escada.

— Escute! — exclamou a jovem dama, apurando os ouvidos. — Ela nos chamou! Acho que ouvi a voz dela.

— Não, meu bem — respondeu o sr. Brownlow, olhando tristonho para trás. — Ela não se mexeu, e não se mexerá enquanto não formos embora.

Rose Maylie permaneceu no lugar, mas o velho cavalheiro puxou-a pelo braço, e a conduziu, com força, mas gentilmente, para longe dali. Quando eles desapareceram, a moça desceu quase até o fim da escada de pedra, e extravasou a angústia de seu coração na forma de lágrimas amargas.

Após algum tempo, ela se levantou, e com passos débeis e hesitantes subiu a escada até o nível da rua. O ouvinte perplexo continuou imóvel em seu posto por mais alguns minutos, e depois de garantir, com muitos olhares cuidadosos à sua volta, que estava outra vez sozinho, esgueirou-se lentamente para fora do esconderijo, e subiu, furtivamente, rente à sombra da parte, do mesmo modo que havia descido.

Espiando, mais de uma vez, quando chegou ao nível da rua, para ter certeza de que não era observado, Noah Claypole disparou na máxima velocidade, e chegou na casa do judeu o mais depressa que suas pernas puderam conduzi-lo.

47.
Consequências fatais

Faltavam quase duas horas para amanhecer, aquela hora em que no outono se pode verdadeiramente chamar de calada da noite, quando as ruas ficavam silenciosas e desertas, quando até os ruídos pareciam estar dormindo, e a agitação e o alvoroço já haviam se recolhido para sonhar em casa; nessa hora serena e silente, Fagin estava em seu velho covil acordado, com o rosto tão distorcido e pálido, e olhos tão vermelhos e injetados, que parecia menos um homem, e mais um fantasma hediondo, ainda úmido da sepultura, atormentado por um espírito mau.

Ele estava agachado diante de uma lareira fria, envolto em uma colcha velha e puída, com o rosto voltado para um toco de vela derretido sobre uma mesa a seu lado. Sua mão direita estava erguida até os lábios, e enquanto, absorto em pensamentos, ele tamborilava com as longas unhas sujas, revelava nas gengivas desdentadas algumas poucas presas que pareciam de cachorro ou de rato.

Estendido em um colchão sobre o assoalho, estava Noah Claypole, dormindo profundamente. Em direção a ele, o velho às vezes lançava um olhar por um instante, e depois tornava a contemplar a vela que, com um pavio queimado e curvado até quase a metade do toco, e com sebo quente pingando sobre a mesa, claramente mostrava que seus pensamentos estavam em outro lugar.

De fato, estavam. A mortificação com o desbaratamento de seu notável esquema; o ódio da garota que ousara tramar com desconhecidos; a total desconfiança da sinceridade de sua recusa em entregá-lo; a amarga decepção com a perda da possibilidade de se vingar de Sikes; o medo da exposição, da ruína e da morte; e uma raiva feroz e fatal acesa por tudo isso. Eis as considerações passionais que, seguindo-se em rápida sucessão e em incessante torvelinho, disparavam pelo cérebro de Fagin, enquanto todo tipo de pensamento maligno e os propósitos mais obscuros agiam em seu coração.

Ele ficou ali sentado sem alterar minimamente sua atitude, sem aparentar dar a menor atenção às horas, até que seus ouvidos apurados foram atraídos por passos na rua.

— Finalmente — resmungou, enxugando a boca seca e febril. — Finalmente!

A campainha tocou delicadamente enquanto ele falava. Ele subiu a escada até a porta, e em seguida voltou acompanhado por um homem encoberto até o queixo, que levava um embrulho embaixo do braço. Sentando-se e desvencilhando-se do sobretudo, o homem revelou o corpo musculoso de Sikes.

— Aí está! — disse, deixando o embrulho na mesa. — Cuide bem disso aí, e faça o melhor uso possível. Deu muito trabalho para conseguir; achei que estaria aqui três horas atrás.

Fagin apanhou o embrulho, e trancando-o no armário, sentou-se novamente sem falar nada. Mas ele não tirou os olhos do ladrão, nem por um instante, durante essa ação; e agora que estavam os dois sentados de frente um para o outro, ele olhou fixamente para ele, com lábios estremecendo tão violentamente, e com o rosto tão alterado pelas emoções que o haviam dominado, que o ladrão involuntariamente afastou a cadeira, e o examinou com expressão de genuíno pavor.

— O que foi agora? — exclamou Sikes. — Por que você está me olhando assim?

Fagin ergueu a mão direita, e sacudiu o indicador trêmulo no ar; mas sua paixão era tão grande, que o poder da fala por um momento lhe faltou.

— Desgraça! — disse Sikes, apalpando o peito com expressão alarmada. — Ele enlouqueceu. Preciso tomar cuidado.

— Não, não — disse Fagin, recuperando a voz. — Não é... não é você, Bill. Não tenho... nada contra você.

— Ah, você não tem, não é? — disse Sikes, olhando seriamente para ele, e ostensivamente mudando a pistola para um bolso mais conveniente. — Que sorte... minha ou sua. Qual dos dois, não importa.

— O que eu tenho para lhe dizer, Bill — disse Fagin, aproximando a cadeira —, deixará você pior do que eu.

— Será? — devolveu o ladrão com ar incrédulo. — Diga logo! Seja breve, ou Nance pensará que estou perdido.

— Perdido?! — exclamou Fagin. — Isso ela já decidiu consigo mesma.

Sikes olhou com grande perplexidade para os olhos do judeu, e não encontrando ali uma explicação satisfatória daquele enigma, agarrou-o pelo colarinho com suas mãos enormes e o sacudiu com estardalhaço.

— Fale de uma vez! — ele disse — Se você não falar agora, depois será por falta de ar. Abra a boca e diga o que você tinha para dizer em palavras comuns. Diga logo, seu cachorro velho e espalhafatoso, vamos!

— Você sabe esse rapaz que está dormindo ali... — Fagin começou.

Sikes virou-se para onde Noah dormia, como se não o tivesse visto antes ali.

— Bem! — ele disse, retomando a antiga posição.

— Imagine que esse rapaz — prosseguiu Fagin — nos traísse... entregasse todos nós... Primeiro procurando as pessoas certas para tanto, e depois se encontrando com elas na rua, para descrever nossas características, cada detalhe que possa nos identificar, e o local onde pudéssemos ser mais facilmente capturados. Imagine que ele fizesse tudo isso, e além disso entregasse um esquema em que todos nós, mais ou menos, estivemos envolvidos... por espontânea vontade dele; não por ter sido apanhado, preso, julgado, influenciado pelo pastor, e tratado a pão e água... mas espontaneamente, por sua própria vontade, saindo no meio da noite para se encontrar com as pessoas mais interessadas em nos combater, e nos entregando para essas pessoas. Você está me ouvindo? — exclamou o judeu, com os olhos flamejando de raiva. — Imagine que ele tivesse feito tudo isso, e então?

— Então o quê?! — respondeu Sikes, com um tremendo xingamento. — Se ele ainda estivesse vivo quando eu chegasse aqui, eu moeria o crânio dele com o tacão de ferro da minha bota, em tantos grãos quantos são os fios de cabelo na cabeça dele.

— E se eu tivesse feito isso?! — exclamou Fagin quase berrando. — Eu, que sei tanta coisa, e poderia levar à forca tantos de nós, além de mim mesmo!

— Não sei — respondeu Sikes, cerrando os dentes e ficando pálido diante da mera sugestão. — Eu acabaria fazendo alguma coisa na prisão, para ser agrilhoado; e se eu fosse julgado com você, eu me atiraria em você no meio do tribunal, e esmagaria o seu cérebro na frente das pessoas. Eu teria força para isso — resmungou o ladrão, exibindo o braço volumoso —, o suficiente para esmagar a sua cabeça como se um vagão de carga tivesse passado por cima dela.

— Você faria isso?

— Faria! — disse o ladrão. — Experimenta.

— Se fosse Charley, o Esquivador ou a Bet, ou...

— Não importa quem — respondeu Sikes impacientemente. — Quem quer que fosse, eu faria a mesma coisa.

Fagin olhou duramente para o ladrão; e, fazendo um gesto para que ele se calasse, parou diante da cama feita no chão, e sacudiu o rapaz que dormia até acordá-lo. Sikes se inclinou para frente na cadeira, observando com as mãos apoiadas nos joelhos, como se se perguntasse como todos aqueles questionamentos e preparativos iriam acabar.

— Bolter, Bolter! Pobre rapaz! — disse Fagin, erguendo os olhos com expressão de diabólica expectativa, e falando lentamente e com nítida ênfase. — Ele está cansado... cansado de vigiá-la por tanto tempo... de ficar vigiando *ela*, Bill.

— Ela quem? — perguntou Sikes, recuando no assento.

Fagin não respondeu, mas tornou a se virar sobre o rapaz no colchão, e ergueu-o até se sentar. Quando seu suposto sobrenome foi repetido diversas vezes, Noah esfregou os olhos, e soltando um pesado bocejo, olhou com expressão sonolenta ao seu redor.

— Conte-me tudo outra vez... mais uma vez, só para ele ouvir — disse o judeu, apontando para Sikes enquanto falava.

— Contar o quê? — perguntou o sonolento Noah, sacudindo-se, contrariado.

— Aquilo... sobre a... *Nancy* — disse Fagin, segurando Sikes pelo pulso, como se tentasse evitar que ele saísse antes de ouvir o bastante. — Você a seguiu?

— Sim.

— Até London Bridge?

— Sim.

— Onde ela encontrou duas pessoas...

— Encontrou.

— Um cavalheiro e uma dama, a quem ela tinha procurado antes por vontade própria, que pediram que ela abandonasse todos os seus parceiros, a começar por Monks, o que ela fez, começando por descrevê-lo, o que ela fez, e perguntaram o endereço de onde nos reuníamos, o que ela fez, e de onde o local podia ser melhor vigiado, o que ela fez, e que horas as pessoas iam para lá, o que ela fez. Ela fez tudo isso. Ela contou tudo isso a todos, palavra por palavra, sem ter sido ameaçada, sem um murmúrio. Ela contou, não contou? — exclamou Fagin, quase enlouquecido de fúria.

— Isso mesmo — respondeu Noah, coçando a cabeça. — Foi exatamente assim!

— O que eles disseram sobre domingo passado?

— Domingo passado! — respondeu Noah, considerando. — Ora, mas eu já lhe contei isso.

— Mais uma vez. Conte de novo! — exclamou Fagin, apertando ainda mais o pulso de Sikes, e brandindo a outra mão, enquanto uma espuma se lhe escapava dos lábios.

— Eles perguntaram a ela... — disse Noah, que, conforme ficava mais desperto, parecia adquirir uma compreensão de quem era Sikes. — Eles perguntaram por que ela não tinha aparecido no domingo passado, como ela havia prometido. Ela disse que não conseguiu sair.

— Por quê? Diga por quê.

— Porque ela foi mantida à força dentro de casa pelo Bill, o homem sobre o qual ela os havia informado antes — respondeu Noah.

— O que mais disseram sobre ele? — exclamou Fagin. — O que mais sobre esse homem de quem ela os havia informado antes? Diga isso, conte para ele.

— Bem, que ela não conseguia sair de casa com muita facilidade a não ser que ele soubesse aonde ela ia — disse Noah. — E então, da primeira vez que ela foi visitar essa jovem dama, ela... hahaha!... eu achei graça na hora que ela disse, que ela... que ela deu para ele beber láudano.

— Diabo! — gritou Sikes, soltando-se bruscamente do judeu. — Solte-me!

Desvencilhando-se do velho, ele correu porta afora, e sumiu, feroz e furiosamente, escada acima.

— Bill, Bill! — gritou Fagin, seguindo-o apressadamente. — Só mais uma coisa. Uma única coisa.

Essa coisa acabaria não sendo dita, mas o ladrão não conseguiria abrir a porta, diante da qual houve um dispêndio infrutífero de xingamentos e violências, até que o judeu chegou ofegante.

— Deixe-me sair — disse Sikes. — Não fale comigo, não é seguro. Deixe-me ir, estou avisando!

— Só quero dizer uma coisa — acrescentou Fagin, com a mão na fechadura. — Não seja...

— Bem — respondeu o outro.

— Não seja... muito... violento, Bill.

O dia estava nascendo, e havia luz suficiente para os homens verem o rosto um do outro. Eles trocaram um breve olhar de relance; havia, inconfundivelmente, labaredas nos olhos de ambos..

— Quero dizer — disse Fagin, mostrando que sentia ser inútil agora qualquer disfarce —, por uma questão de segurança, não seja muito violento. Seja astuto, Bill, não seja ousado demais.

Sikes não disse nada, mas, empurrando a porta, que Fagin mantivera trancada, saiu correndo pela rua silenciosa.

Sem nenhuma pausa, ou momento de consideração; sem virar a cabeça uma vez para a direita ou para a esquerda, sem erguer os olhos para o céu, nem tampouco baixando-os para o chão, mas apenas olhado diretamente para a frente, com selvagem determinação — os dentes tão cerrados que a mandíbula muito exigida parecia estalar por baixo da pele —, o ladrão seguiu seu curso reto, sem resmungar, nem relaxar um músculo, até chegar à porta da própria casa. Ele abriu a porta, suavemente, com a chave, subiu devagar a escada e, entrando no próprio quarto, deu duas voltas na chave, e arrastando uma mesa pesada contra a porta, afastou o cortinado da cama.

A moça estava deitada, semidesnuda, sobre a cama. Ele a despertou, pois ela se levantou com o semblante preocupado e sobressaltado.

— Levanta! — disse o homem.

— É você, Bill?! — disse a moça, com expressão de prazer, diante de seu retorno.

— É — foi a resposta. — Levanta.

Havia uma vela acesa, mas o homem rapidamente a retirou do castiçal, e atirou-a no fogo. Vendo a luz fraca da madrugada lá fora, a moça se levantou para abrir a cortina.

— Deixa assim — disse Sikes, detendo-a com a mão. — Já está claro o suficiente para o que eu vou fazer.

— Bill — disse a moça, com a voz grave de preocupação —, por que você está me olhando assim?!

O ladrão se sentou, olhando para ela, por alguns segundos, com as narinas dilatadas e o peito arfante; e então, agarrando-a pela cabeça e pelo pescoço, arrastou-a até o meio do quarto, e, olhando uma vez para a porta, pôs a mão pesada sobre a boca dela.

— Bill, Bill! — disse engasgada a moça, lutando com a força do medo mortal —, eu... eu... não vou gritar, nem chorar... não vou... escuta... fala comigo... me diz o que foi que eu fiz!

— Você sabe, sua diaba! — retrucou o ladrão, prendendo o fôlego. — Você estava sendo seguida esta noite. Tudo o que você disse foi ouvido.

— Então poupe a minha vida, pelo amor de Deus, como eu poupei a sua — suplicou a moça, agarrando-se a ele. — Bill, meu querido, você não pode querer me matar. Oh! Pense em tudo o que eu recusei, só esta noite, por você. Você precisa de tempo para pensar, e se poupar desse crime; eu não vou abandonar você, você não pode me jogar na rua. Bill, Bill, pelo amor de Deus, por você, por mim, pare antes de derramar meu sangue! Eu fui fiel a você, juro pela minha alma culpada que fui!

O homem lutou violentamente para soltar os braços; mas os braços da moça prendiam os seus, e por mais que ele fosse espancá-la, ele não teria como lhe arrancar os braços assim.

— Bill — gritou a moça, tentando deitar a cabeça no peito dele —, o cavalheiro e a bondosa dama, me disseram hoje que havia uma casa em um país estrangeiro onde eu poderia terminar meus dias na solidão e na paz. Deixe-me vê-los de novo, e pedir, de joelhos, para demonstrarem a mesma compaixão e bondade em relação a você. Vamos embora desse lugar pavoroso, e levar vidas melhores, separados, longe daqui, e esquecer como vivemos, exceto em nossas orações, e nunca mais nos encontraremos. Nunca é tarde para se arrepender. Foi o que eles me disseram... é o que eu sinto agora... mas vamos precisar de tempo... de algum tempo, mesmo que pouco!

O ladrão soltou um braço, e empunhou a pistola. A certeza da imediata exposição se ele atirasse passou como um lampejo por sua cabeça mesmo em meio à sua fúria; e ele bateu duas vezes com toda a força no rosto voltado para cima que quase encostava no seu.

Ela cambaleou e caiu, quase cega pelo sangue que escorria de uma ferida profunda na testa, mas erguendo-se, com dificuldade, de joelhos, ela tirou do bolso um lenço branco — o lenço de Rose Maylie — e estendendo-o, nas mãos fechadas, o mais alto em direção ao Céu quanto suas forças esvaídas permitiam, proferiu baixinho uma prece de piedade a seu Criador.

Era uma cena macabra de se ver. O assassino cambaleou para trás, até a parede, e cobrindo essa visão com a mão, apanhou um porrete pesado e a golpeou.

48.
A fuga de Sikes

De todos os males, sob o manto da escuridão, cometidos nos amplos limites de Londres desde que a noite desceu sobre a cidade, este foi o pior. De todos os horrores que subiram com um cheiro ruim no ar da manhã, este foi o mais asqueroso e o mais cruel.

O sol — o sol brilhante, que traz de volta, não apenas a luz, mas nova vida e esperança e frescor ao homem — ardia sobre a cidade populosa em toda a sua glória clara e radiante. Através de caros vidros coloridos e de janelas remendadas com papel, através do domo da catedral e de uma fresta apodrecida, o sol lançava seu raio igualitário. O sol iluminava o quarto onde jazia a mulher assassinada. Se a visão fora macabra durante a madrugada, era-o também agora, sob toda aquela luz fulgurante!

Ele não havia se mexido; ficara com medo de se mover. Houvera um gemido e um movimento da mão e, com terror agregado à raiva, ele a golpeara de novo e mais uma vez. A certa altura, ela jogara um tapete sobre ela; mas foi ainda pior imaginar os olhos, movendo-se em direção a ele, do que os ver arregalados, virados para cima, como se observassem o reflexo no teto da poça de sangue que estremecia e dançava à luz do sol. Ele removeu o tapete. E lá estava o corpo — mera carne e sangue, nada mais —, mas que carnes, e quanto sangue!

Ele riscou um fósforo, acendeu o fogo da lareira, e atirou o porrete nas chamas. Havia cabelos na ponta, que arderam e se encolheram em cinzas leves, e, pegas pelo ar, rodopiaram chaminé acima. Até isso o assustou, com toda a sua corpulência, mas ele deixou o porrete arder, e se converter em cinza. Ele se lavou e esfregou suas roupas; havia manchas que não sairiam, mas ele cortou fora esses pedaços, e os queimou. Quantas dessas manchas estavam espalhadas pelo quarto! Até as patas do cachorro estavam ensanguentadas.

Todo esse tempo, em nenhum momento ele ficou de costas para o cadáver; não, nem por um instante. Encerrados esses preparativos, ele se deslocou, andando para trás, até a porta, arrastando o cachorro consigo, para não sujar novamente as botas e levar novas evidências do crime para a rua. Ele fechou cuidadosamente a porta, passou a chave, e saiu.

Ele atravessou a rua, e olhou para sua janela, para ter certeza de que não seria visível pelo lado de fora. Lá estava a cortina ainda fechada, que ela tentara abrir para permitir a entrada da luz que ela nunca mais viu. A luz incidia naquele ponto do assoalho. *Ele* sabia disso. Deus, o sol se derramava no local exato onde ela estava!

O olhar durou um instante. Foi um alívio se livrar do quarto. Ele assobiou para o cachorro, e foi embora rapidamente dali.

Ele seguiu por Islington, subiu até Highgate, onde fica a pedra em homenagem a Whittington, virou em Highgate Hill, indeciso quanto a seu propósito e, incerto quanto a seu destino, virou à direita outra vez, praticamente assim que começou a descer a rua, e tomando a trilha de pedestres através dos campos, atravessou Caen Wood, e assim chegou a Hampstead Heath. Cruzou o baixio de Vale of Heath, subiu pela vertente oposta, e atravessando a estrada que liga as vilas de Hampstead e Highgate, percorreu o restante da charneca até os campos de North End, em um dos quais ele se deitou junto a uma cerca, e adormeceu.

Logo ele acordou de novo, e prosseguiu — não para longe rumo ao interior, mas de volta a Londres pela estrada principal —, depois retrocedeu de novo. Então percorreu outro trecho da mesma região já percorrida e seguiu a esmo pelos campos, deitando-se na beira de valas para descansar, levantando-se de repente e partindo rumo a outro lugar, fazendo outra vez a mesma coisa, e tornando a perambular.

Aonde ele poderia ir que fosse perto e não muito público para comer e beber alguma coisa? Hendon. Era um bom lugar, não muito distante, mas fora do caminho da maioria das pessoas. Para lá ele dirigiu seus passos; algumas vezes correndo, e algumas vezes, com estranha perversidade, ora se demorando em um passo de lesma, ora parando à toa para bater com um galho nas cercas até quebrá-las. Mas quando ele chegou lá, todas as pessoas que encontrava — até as crianças nas portas das casas — pareciam olhar para ele com desconfiança. Ele tornou a dar meia-volta, sem coragem para comprar comida ou bebida, embora não comesse nada havia muitas horas; e novamente ele ficou perambulando pela charneca, sem saber aonde ir.

Ele vagou por quilômetros e quilômetros de terreno, e ainda assim voltava ao mesmo local de antes. A manhã e o meio-dia se passaram, e o dia estava prestes a minguar, e ele continuava a perambular para lá e para cá, indo e voltando, rondando, e sempre em volta do mesmo ponto. Por fim, ele se afastou, e rumou em direção a Hatfield.

Eram nove da noite quando o homem, exausto, e o cachorro, mancando e debilitado pelo exercício incomum, desceram a encosta da igreja do vilarejo sossegado, e esgueirando-se pela viela, arrastaram-se para dentro de um pequeno bar, cuja luz fraca os conduzira até a porta. Havia uma lareira acesa no salão, e alguns camponeses bebendo diante do fogo.

Eles abriram espaço para o forasteiro, mas ele se sentou no canto mais remoto, e comeu e bebeu sozinho, ou melhor, com seu cachorro, a quem ele jogava um pouco de carne de quando em quando.

A conversa dos homens ali reunidos girava em torno das terras e dos fazendeiros vizinhos; e quando esses tópicos se exauriram, discutiram sobre a idade de algum velho que havia sido enterrado no domingo anterior. Os mais jovens presentes o consideravam muito velho, e os velhos presentes afirmavam que ainda estava muito novo. Não era mais velho, um avô de cabelos brancos disse, do que ele, com dez ou quinze anos pela frente, pelo menos, se tivesse se cuidado; se tivesse se cuidado.

Não havia naquilo nada que chamasse a atenção, ou suscitasse qualquer preocupação. O ladrão, depois de pagar a conta, ficou sentado em silêncio e esquecido em seu canto, e havia quase adormecido, quando foi quase acordado pela ruidosa entrada de um recém-chegado.

Este era um sujeito esquisito, um misto de mendigo e caixeiro, que viajava a pé pelo interior vendendo lixas, limas, lâminas, esponjas, graxa para couro de arreio, remédio para cachorro e cavalo, perfume barato, cosmético, e coisas do gênero, que ele levava em uma mala pendurada nas costas. Sua entrada foi a senha para diversas piadas com os interioranos, que só cessaram quando ele comeu seu jantar, e abriu sua caixa de tesouros, com a qual engenhosamente ele conseguia unir negócios com entretenimento.

— E o que é aquilo? É de comer, Harry? — perguntou um camponês sorridente, apontando para uma espécie de bolo de camadas a um canto.

— Isso aqui — disse o sujeito, tirando um —, isso é o ingrediente infalível e inestimável para remoção de todo tipo de manchas, ferrugem, sujeira, mofo, risco, resvalo, respingo, em seda, cetim, linho, cambraia, algodão, tapete, merino, musselina, bombazina ou lã. Manchas de vinho, fruta, cerveja, umidade, tinta, piche, qualquer mancha, todas saem na primeira esfregada, com esse infalível e inestimável ingrediente. Se uma dama suja sua honra, basta ela engolir um bolinho desses e estará curada na hora, porque isso é veneno. Se um cavalheiro quiser experimentar, só precisa tirar uma lasquinha, e estará fora de questão, porque é tão eficaz quanto uma bala de pistola, e muito mais terrível ao paladar, consequentemente há mais mérito em ingeri-la. Um pêni a lasca. Com todas essas virtudes, só um pêni a lasca!

Logo havia dois compradores, e outros ouvintes claramente hesitavam. O vendedor apercebendo-se disso, aumentou sua loquacidade.

— Isso vende tão depressa quanto é fabricado — disse o sujeito. — São 14 moinhos hidráulicos, seis motores a vapor, e uma bateria galvânica, sempre funcionando, e eles não conseguem dar conta da produção, mesmo com os operários trabalhando até a morte, e as viúvas logo passam a receber pensão, com vinte libras anuais por filho, e um prêmio de cinquenta por gêmeos. Um pêni por lasca! Ou dois meio-pences, ou ainda quatro moedas de vinte e cinco, servem igualmente. Um pêni por lasca! Manchas de vinho, fruta, cerveja, umidade, tinta, piche, lama, sangue! Eis aqui uma mancha na cartola de um cavalheiro do grupo, vou limpá-la, antes que ele peça outra cerveja.

— Hah! — gritou Sikes, sobressaltado. — Devolva isso.

— Vou limpar essa mancha, senhor — respondeu o homem, piscando para o grupo —, antes que você atravesse o salão para buscá-la.

Cavalheiros, vejam essa mancha escura na cartola desse cavalheiro, por nada mais que um xelim, e nada menos que meia-coroa. Seja ela uma mancha de vinho, de fruta, cerveja, umidade, tinta, piche, lama ou sangue...

O sujeito parou por aí, pois Sikes com uma imprecação hedionda virou a mesa, e arrancando a cartola das mãos dele, saiu correndo do bar.

Com a mesma perversidade de sentimentos e indecisão que se instalara dentro dele, involuntariamente, o dia inteiro, o assassino, vendo que não estava sendo seguido, e que provavelmente o consideraram um bêbado mal-humorado, virou-se na direção da cidade, e saindo do facho de luz dos lampiões de um postilhão parado na rua, continuou andando, quando identificou o veículo que trazia a mala postal de Londres, e viu que estava diante de uma pequena agência dos correios. Ele quase previu o que iria acontecer; mas atravessou a rua, e apurou os ouvidos.

O guarda estava parado na entrada, esperando o carteiro trazer a mala. Um homem, vestido como um guarda-caça, veio por um momento, e ele lhe passou uma cesta que deixou a postos na calçada.

— Isso para a sua família — disse o guarda. — Agora, seja simpático. Maldita mala, se estivesse pronta antes de ontem à noite, não seria preciso nada disso, você sabe!

— Alguma novidade na cidade, Ben? — perguntou o guarda-caça, voltando para perto da janela, para melhor admirar os cavalos.

— Não, nada que eu saiba — respondeu o homem, vestindo as luvas. — Vem cá um minuto. Ouvi falar de um assassinato também, lá pelas bandas de Spitalfields, mas não sei muito a respeito.

— Ah, é verdade mesmo — disse um cavalheiro do lado de dentro, que estava olhando pela janela. — E foi um assassinato pavoroso.

— Foi mesmo, senhor? — perguntou o guarda, tocando o chapéu. — O senhor saberia dizer se de homem ou de mulher?

— Mulher — respondeu o cavalheiro. — Supostamente.

— Ora, Ben — respondeu o cocheiro, impaciente.

— Maldita mala postal — disse o guarda. — Você está dormindo aí dentro?

— Estou indo! — exclamou o funcionário da agência, correndo para a rua.

— Está indo... — rosnou o guarda. — Ah, e a jovem rica que vai se apaixonar por mim, mas não sei quando, também está vindo... Aqui, segure. Tudo prooonto!

A trompa soou algumas notas alegres, e o postilhão partiu.

Sikes permaneceu parado na rua, aparentemente indiferente ao que acabara de ouvir, sem se abalar por um sentimento mais forte que a dúvida quanto a seu próximo destino. Por fim, ele voltou mais uma vez, e seguiu pela estrada que leva de Hatfield a St. Albans.

Ele prosseguiu obstinadamente, mas quando deixou o vilarejo para trás, e mergulhou na solidão e na escuridão da estrada, sentiu um pavor reverente percorrer seu corpo que lhe deu um calafrio na espinha. Cada objeto diante de si, cada substância e cada sombra, imóvel ou em movimento, adquiria a semelhança de algo assustador; mas esses temores não eram nada se comparados à sensação que o assombrava de que aquela figura macabra da manhã estava seguindo seus passos. Ele seria capaz de desenhar a silhueta de sua sombra na treva, o mais detalhadamente possível, e distinguir quão firme e solenemente ela parecia persegui-lo. Ele podia até ouvir seus trajes farfalhando nas folhagens, e cada lufada de vento vinha carregada com aquele último grito grave. Se ele parava, o mesmo ocorria. Se ele corria, o vulto vinha atrás, mas não correndo como ele, isso teria sido um alívio, e sim como um cadáver dotado do mero mecanismo da vida, trazido por um vento lento e melancólico que nunca aumentava ou diminuía.

Às vezes, ele se virava, com desesperada determinação, decidido a expulsar o fantasma às pancadas, embora este lhe parecesse morto; mas os cabelos se eriçaram em sua cabeça, e seu sangue congelou nas veias, pois o fantasma se virava ao mesmo tempo e se postava às suas costas. Ele mantivera a aparição à sua frente naquela manhã, mas ela estava atrás dele agora — o tempo todo. Recostou-se em uma ribanceira, e sentiu que a presença estava acima dele, visivelmente destacada contra o frio céu noturno. Ele se atirou sobre a estrada — deitado de costas na estrada. Sobre sua cabeça, a presença continuou, silenciosa, ereta, e imóvel — uma lápida viva, com um epitáfio escrito em sangue.

Que ninguém venha dizer de assassinos escapam da justiça, ou sugira que a Providência feche os olhos. Havia quatrocentas mortes violentas em um longo minuto daquela agonia de medo.

Havia uma cabana em um campo por onde ele passava, que ofereceu abrigo para a noite. Diante da porta, havia três choupos altos, que tornavam o interior muito escuro; e o vento gemia através deles com um lamento desolador. Ele *não podia* seguir caminhando, enquanto a luz do dia não voltasse; e ali ele se deitou rente à parede — para passar por novas torturas.

Pois agora, uma visão surgiu diante dele, tão constante e mais terrível do que aquela da qual ele havia escapado. Olhos tão arregalados, tão opacos e vidrados, que ele preferiria suportar olhar para eles do que pensar neles, apareceram no meio da treva, em si mesmo luminosos, mas sem nada iluminar ao redor. Eram apenas dois, mas estavam em toda parte. Se ele fechava os olhos, seu antigo quarto lhe voltava à mente, com todos seus objetos familiares — alguns dos quais, a bem da verdade, ele teria esquecido, se tivesse tentado puxar pela memória — cada um em seu lugar de costume. O corpo estava em *seu* lugar, e os olhos dela estavam tal como ele os havia visto ao fugir. Ele se levantou, e correu para o meio do campo. O vulto estava atrás dele. Ele tornou a entrar na cabana, e se encolheu mais uma vez. Os olhos dela estavam ali, antes mesmo que ele se estendesse no chão.

E ali ele permaneceu sob tamanho terror como nunca antes conhecera, tremendo da cabeça aos pés, e com um suor frio brotando de cada poro, quando subitamente veio no vento da noite um grito distante, e um rumor de vozes que mesclavam preocupação e espanto. Qualquer som humano naquele lugar solitário, mesmo que transmitisse um motivo de alarme real, seria relevante para ele. Ele retomou sua força e sua energia diante da perspectiva de risco pessoal; e se colocando de pé com um pulo, correu para o ar livre.

O vasto céu parecia arder em chamas. Erguendo-se no ar com chuviscos de centelhas, e enroladas umas sobre as outras, havia línguas de fogo, iluminando a atmosfera em um raio de quilômetros, e levando nuvens de fumaça na direção dele. A gritaria ficou mais alta, quando novas vozes se juntaram ao rumor, e ele ouviu alguém gritar "Fogo!", mesclado ao som do toque de incêndio do sino, de corpos pesados caindo no chão, e do estalido das labaredas que se espiralavam em torno de um novo obstáculo, e cresciam como se revigoradas por novo alimento. O barulho aumentava enquanto ele assistia. Havia pessoas ali, homens e mulheres, luz, alvoroço. Era como uma vida nova para ele. Ele correu para lá — direta e rapidamente —, disparando entre espinheiros e matagais, e saltando porteiras e cercas, louco como seu cão, que ia correndo com altos e retumbantes latidos à sua frente.

Ele chegou ao local. Havia figuras seminuas correndo para lá e para cá, alguns tentando arrastar cavalos assustados para fora das baias, outros tirando o gado dos cercados e dos estábulos, e outros saindo carregados de perto das pilhas ardentes, em meio a chuvas de fagulhas, e vigas em brasa desabando do teto. As aberturas, onde portas e janelas se encaixavam uma hora antes, revelavam uma massa ígnea furiosa; paredes balançavam e caíam aos pedaços no poço incendiado; chumbo e ferro derretidos se derramavam, incandescentes, pelo chão. Mulheres e crianças berravam, e homens encorajavam uns aos outros com gritos e exortações ruidosos. O clangor das bombas de água, e os espirros e cicios da água quando caía na madeira incendiada, agregavam-se ao rumor tremendo. Ele também berrou até ficar rouco; e fugindo da memória e de si mesmo, juntou-se à fila. Para lá e para cá, ele ficou a noite inteira; ora trabalhando nas bombas de água, ora correndo em meio à fumaça e às chamas, mas nunca deixando de se envolver onde houvesse o máximo de barulho e homens em ação. Para cima e para baixo, em escadas, telhados de casas, assoalhos que estalavam e tremiam com seu peso, cercado por tijolos e pedras que desmoronavam, em toda parte daquele grande incêndio ele esteve, mas ele parecia ter a vida protegida por algum talismã, e nem um arranhão, nem um ferimento, nem cansaço, nem pensamentos o perturbaram, até que amanhecesse outra vez, e apenas fumaça e ruínas enegrecidas restassem.

Encerrada a louca excitação, retornou então, com força decuplicada, a pavorosa consciência de seu crime. Ele olhou desconfiado para os lados, pois os homens conversavam em grupos, e ele temia ser o assunto dessas conversas. O cachorro obedeceu o significativo comando de seu indicador, e eles se retiraram, furtivamente, juntos. Ele passou perto de uma bomba de água onde alguns dos homens estavam sentados, e eles o chamaram para compartilhar uma bebida. Ele aceitou um pouco de pão e carne e quando deu um gole de cerveja, ouviu os bombeiros, que eram de Londres, conversando sobre o assassinato:

— Dizem que ele fugiu para Birmingham — disse um —, mas vão acabar pegando o sujeito, pois a polícia já está atrás dele, e amanhã à noite haverá um aviso para todo o país.

Ele se apressou em partir, e caminhou até quase cair de cansaço no chão; então se deitou em uma alameda, e teve um sono longo, mas interrompido e agitado. Tornou a perambular, irresoluto e indeciso, e oprimido pelo medo de mais uma noite solitária.

De repente, ele tomou a desesperada decisão de voltar a Londres.

"Lá alguém falará comigo, ao menos", ele pensou. "Sem falar que é um bom lugar para me esconder. Ninguém espera me encontrar por lá, depois dessa perseguição pelo interior. Por que não ficar escondido uma semana e pouco e, arrancando algum de Fagin, fugir para a França? Desgraça, vou arriscar".

Ele agiu por esse impulso sem demora, e escolhendo o caminho menos frequentado, começou sua viagem de volta, decidido a permanecer escondido a uma breve distância da metrópole, e, entrando na cidade ao escurecer por um trajeto tortuoso, seguir diretamente ao bairro que fixara como seu destino final.

Mas o cachorro... Se a polícia divulgou alguma descrição do dono, não teria se esquecido de que o cachorro também estava desaparecido, e provavelmente teria fugido com ele. Isso podia fazer com que ele fosse reconhecido ao percorrer as ruas. Ele resolveu afogar o cachorro, e seguiu caminhando, em busca de um lago, escolhendo uma pedra pesada e envolvendo-a em seu lenço no caminho.

O animal ergueu os olhos para o rosto do dono enquanto esses preparativos eram feitos. Se o instinto lhe revelou o propósito destes, ou se o olhar de esguelha do ladrão lhe pareceu mais duro do que de costume, o fato é que o cachorro ficou um pouco mais para trás do que normalmente, e se encolheu quando o dono se aproximou lentamente. Quando Sikes parou na beira de um lago, e olhou para os lados procurando o cão, ele não veio.

— Você está me ouvindo chamar? Vem cá! — gritou Sikes.

O animal se aproximou pela pura força do hábito, mas quando Sikes tentou amarrar o lenço no pescoço, o cão emitiu um rosnado grave e recuou.

— Volte aqui! — disse o ladrão.

O cachorro abanou o rabo, mas não se moveu. Sikes fez um laço e tornou a chamá-lo.

O cachorro avançou, retrocedeu, fez uma pausa por um momento, e fugiu correndo na maior velocidade que podia.

O dono assobiou diversas vezes, e sentou-se e esperou, na expectativa de seu retorno. Mas nenhum cachorro apareceu, e por fim ele retomou seu itinerário.

49.
Monks e o sr. Brownlow enfim se encontram. Sua conversa, e a informação que a interrompeu

O crepúsculo começava a se adensar, quando o sr. Brownlow desembarcou de uma carruagem na porta da própria casa, e bateu suavemente. A porta se abrindo, um homem corpulento saiu da carruagem e se postou junto aos degraus da entrada, enquanto outro homem, que viera sentado no banco do cocheiro, também desceu, e parou do outro lado. A um sinal do sr. Brownlow, eles ajudaram um terceiro homem, conduzindo-o entre eles, às pressas, para dentro da casa. Este homem era Monks.

Eles subiram da mesma maneira a escada sem nada dizer, e o sr. Brownlow, que subira na frente, levou-os a uma sala nos fundos. Diante da porta desse apartamento, Monks, que subira até ali com evidente relutância, parou. Os dois homens olharam para o velho cavalheiro como se esperassem instruções.

— Ele sabe qual é a alternativa — disse o sr. Browlow. — Se ele hesitar ou mover um dedo que não seja conforme o ordenado, arrastem-no para a rua, chamem a polícia, e prendam-no em meu nome como um criminoso.

— Como você ousa dizer isso a meu respeito? — perguntou Monks.

— Como você ousa me obrigar a tanto, rapaz? — respondeu o sr. Brownlow, confrontando-o com um olhar firme. — Será que você é louco o bastante para sair desta casa? Soltem-no. Pronto, senhor. O senhor está livre para ir embora, e nós para segui-lo. Mas vou avisando, por tudo o que é mais sagrado e solene, no instante em que você sair será preso, acusado de fraude e roubo. Estou decidido e irredutível quanto a isso. Se você continuar assim obstinado, que o seu sangue caia sobre a sua cabeça!

— Com que autoridade você me sequestra no meio da rua, e me traz aqui à força com esses cães? — perguntou Monks olhando para os dois homens parados um de cada lado.

— Com a minha própria autoridade — respondeu o sr. Brownlow. — Esses senhores foram contratados por mim. Se você prestar queixa por ser privado de sua liberdade, o senhor teve meios e oportunidade para recuperá-la no caminho, mas considerou mais aconselhável permanecer em silêncio, eu repito, entregue-se à justiça. Eu também recorrerei à justiça, mas depois que o senhor tiver ido longe demais para retroceder, não me processe por leniência, depois que o poder houver passado para outras mãos; e não vá dizer que fui eu quem o mergulhou no remoinho em que o senhor mesmo se atirou.

Monks estava claramente desconcertado, e preocupado sobretudo. Ele hesitou.

— O senhor decidirá rapidamente — disse o sr. Brownlow, com perfeita firmeza e compostura. — Se o senhor preferir que eu torne públicas as minhas acusações, e concordar com uma pena cuja extensão, embora eu possa prever, com um arrepio, eu não posso controlar, mais uma vez, vou repetir, o senhor pode ir embora. Do contrário, se o senhor apelar para a minha tolerância, e para a compaixão daqueles que o senhor prejudicou profundamente, sente-se, sem dizer nada, naquela cadeira. Ela está esperando pelo senhor há dois dias.

Monks murmurou algumas palavras ininteligíveis, mas continuou hesitante.

— Você acabará se decidindo — disse o sr. Brownlow. — Uma palavra minha, e a alternativa será retirada da mesa para sempre.

O homem continuou hesitando.

— Não tenho nenhuma inclinação para negociação — disse o sr. Brownlow —, e, como defendo os interesses mais caros de outras pessoas, nem tenho esse direito.

— Não haveria... — perguntou Monks com voz balbuciante —, não haveria... um meio-termo?

— Não.

Monks olhou para o velho cavalheiro, com olhar aflito, mas, lendo em seu semblante apenas severidade e determinação, entrou na sala, e dando de ombros, sentou-se.

— Tranquem a porta por fora — disse o sr. Brownlow aos funcionários —, e entrem quando eu tocar a sineta.

Os homens obedeceram, e os dois ficaram sozinhos.

— Senhor, esse tratamento não faz jus — disse Monks, tirando a cartola e a capa — ao amigo mais antigo de meu pai.

— É justamente porque eu fui o amigo mais antigo de seu pai, meu rapaz — disse o sr. Brownlow. — Porque as esperanças e desejos de anos de juventude e felicidade eram suas maiores aspirações, e aquela bela criatura de seu sangue e parentesco que retornou ao Deus ainda jovem, e me deixou aqui sozinho, um homem solitário; é justamente porque ele se ajoelhou comigo junto ao leito de morte da única irmã, quando ele ainda era um menino, na manhã em que ela se tornaria, mas quis o Céu que não fosse, minha jovem esposa; é justamente porque meu coração partido se agarrou ao seu pai, desde aquele momento, através de todas as dificuldades e todos os erros do seu pai, até a morte; foi porque velhas recordações e associações me encheram o coração, e mesmo a sua semelhança trouxe consigo antigas lembranças dele. É por tudo isso que estou tentado a tratá-lo com delicadeza agora, sim, Edward Leeford, até mesmo agora. E me envergonho pela sua indignidade por portar o nome dele.

— O que o nome tem a ver com isso? — perguntou o outro, depois de contemplar, ora em silêncio, ora em elucubrações contrariadas, a agitação do companheiro. — O que esse nome significa para mim?

— Nada — respondeu o sr. Brownlow —, nada para você. Mas era também o nome *dela*, e mesmo com toda essa distância de tempo, isso me trouxe de volta, para mim, um velho, o brilho e a excitação que um dia senti, só de ouvi-lo repetido por um desconhecido. Eu fico muito contente por você ter trocado de nome... muito... muito mesmo.

— Isso é tudo muito bonito — disse Monks (para mantermos a designação adotada por ele), depois de um longo silêncio, durante o qual, em taciturna rebeldia, ele ficara andando para lá e para cá, e o sr. Brownlow se sentara, cobrindo o rosto com a mão. — Mas o que você quer de mim?

— Você tem um irmão — disse o sr. Brownlow, levantando-se. — Um irmão, cujo nome sussurrado em seu ouvido quando o abordei na rua, foi, em si, quase o suficiente para fazê-lo me acompanhar até aqui, perplexo e preocupado.

— Eu não tenho nenhum irmão — respondeu Monks. — Você sabe que eu fui filho único. Por que você está me falando em irmão? Você sabe disso tão bem quanto eu.

— Espere para ouvir o que eu sei, e talvez você mude de ideia — disse o sr. Brownlow. — Hei de conseguir interessá-lo aos poucos. Sei que do casamento infeliz, ao qual o orgulho da família, e a ambição mais sórdida e estreita, obrigaram seu pai ainda menino, você foi o único e mais indesejado fruto.

— Não me importo com ofensas — interrompeu Monks com uma gargalhada de escárnio. — Você conhece os fatos, e isso me basta.

— Mas também sei — prosseguiu o velho cavalheiro — a desgraça, a lenta tortura, a prolongada angústia que foi aquela malfadada união. Sei da apatia e da morosidade com que ambos do casal arrastaram suas pesadas correntes através de um mundo que estava envenenado para os dois. Sei como frias formalidades foram substituídas por provocações declaradas; como a indiferença deu lugar à antipatia, a antipatia ao ódio, e o ódio à repulsa, até que por fim eles fizeram em pedaços essas correntes, e afastando-se bastante, levaram consigo cada um penoso fragmento, cujos rebites nada senão a morte poderia quebrar, para ocultar em novas companhias sob a expressão mais alegre que pudessem adotar. A sua mãe obteve sucesso; ela logo esqueceu. Mas esse fragmento de corrente enferrujou e corroeu o coração de seu pai durante anos.

— Bem, eles se separaram — disse Monks —, e o que tem isso?

— Depois de algum tempo separados — retomou o sr. Brownlow —, quando sua mãe, inteiramente absorta por frivolidades mundanas, havia se esquecido totalmente do jovem marido dez anos mais jovem, que, com as perspectivas frustradas, não saía de casa, ele acabou caindo entre novas amizades. Desta circunstância, ao menos, você já sabia.

— Não, não sabia — disse Monks, virando os olhos e batendo o pé, como um homem decidido a negar tudo. — Não, não sabia.

— A sua atitude, não menos que suas ações, confirmam para mim que você nunca se esqueceu disso, nem deixou de pensar nisso com amargura — retrucou o sr. Brownlow. — Estou falando de quinze anos atrás, quando você não tinha mais do que 11 anos, e o seu pai, não mais do que trinta e um, pois ele era, repito, um menino, quando o pai dele acertou o casamento. Devo repassar acontecimentos que lançam uma sombra na memória de seus pais, ou você prefere nos poupar disso, e revelar logo a verdade?

— Não tenho nada para revelar — insistiu Monks. — Se você quiser falar, fale.

— Essas novas amizades, pois, então — disse o sr. Brownlow —, era um oficial da marinha na reserva, cuja esposa morrera seis meses antes, e o deixara com duas crianças, eram mais, porém, de toda essa família, felizmente sobreviveram duas. Eram ambas filhas; uma bela criatura de 19 anos, e outra ainda uma criança de dois ou três.

— O que isso tem a ver comigo? — perguntou Monks.

— Eles moravam — disse o sr. Brownlow, sem parecer ter ouvido a interrupção —, em uma região do interior, onde seu pai, em suas perambulações, passara a residir. A relação, a intimidade, a amizade, rapidamente se sucederam. Seu pai era dotado como raros homens o são. Ele tinha a alma da irmã e a mesma personalidade. Conforme o velho oficial passou a conhecê-lo melhor, ele passou a adorar seu pai. Mas isso não parou por aí. Pois a filha também passou a adorá-lo.

O velho cavalheiro fez uma pausa; Monks mordiscava os lábios, com os olhos fixos no chão; notando isso, ele imediatamente prosseguiu:

— Ao final de um ano, ele estava apaixonado, solenemente comprometido, por essa filha; era o objeto do primeiro, verdadeiro, ardente e único amor de uma moça inocente.

— Essa sua história está longuíssima — observou Monks, movendo-se irrequieto na cadeira.

— É uma verdadeira história de luto, provação e tristeza, meu rapaz — disse o sr. Brownlow —, e essas histórias geralmente são longas; se fosse uma história de pura alegria e felicidade, seria muito breve. Por fim, um daqueles parentes ricos, cujo interesse e importância haviam levado ao sacrifício de seu pai, como muitos amiúde fazem, não há nada de incomum nisso, morreu, e, para compensar a desgraça da qual havia sido fator essencial, deixou-lhe sua panaceia para todos os males: dinheiro. Foi preciso que ele viajasse imediatamente a Roma, aonde o velho havia ido tratar da saúde, e onde morrera, deixando seus negócios muito confusos. Seu pai foi a Roma e pegou uma doença fatal por lá; no momento em que a notícia chegou a Paris, sua mãe foi com você para lá. Ele morreu no dia seguinte à sua chegada, sem deixar testamento, *nenhum testamento*, de modo que todas as propriedades ficaram para ela e para você.

Nesse ponto do relato, Monks prendeu a respiração, e ouviu com expressão de intensa avidez, embora seus olhos não se voltassem para seu interlocutor. Quando o sr. Brownlow fez uma pausa, ele mudou de posição com o ar de alguém que experimentou um súbito alívio, e enxugou o rosto e as mãos suados.

— Antes de ele deixar o país, quando passou por Londres — disse o sr. Brownlow, lentamente, e fixando os olhos no rosto do outro —, ele veio me ver.

— Nunca soube disso — interrompeu Monks em tom que pretendia parecer incrédulo, embora sentisse mais uma surpresa desagradável.

— Ele veio me ver, e deixou comigo, entre outras coisas, um quadro. Um retrato pintado por ele mesmo, uma imagem dessa pobre moça, que ele não queria deixar para trás, e não poderia levar consigo naquela viagem apressada. Ele estava exaurido pela angústia e pelo remorso, era quase uma sombra; falou de modo errático, distraído, da ruína e da desonra que ele mesmo causara; me confiou sua intenção de converter todos os seus bens, a qualquer custo, em dinheiro, e deixar para a esposa e para você uma parte desse montante recém-convertido, para então fugir do país, imagino que ele não fugiria sozinho, e nunca mais voltar. Até mesmo de mim, seu velho e querido amigo, cujo afeto forte se enraizara na terra que cobriu aquela que foi a mais amada por nós dois, mesmo de mim ele escondeu qualquer detalhe confessional, prometendo escrever e me contar tudo depois, e então tornar a me encontrar, mas foi a última vez que o vi. Ai! *Aquela* foi a última. Não houve nenhuma carta, e nunca mais o vi.

— Eu fui... — disse o sr. Brownlow, após uma breve pausa. — Fui, quando tudo acabou, ao cenário de seu, usarei o termo que o vulgo utiliza livremente, pois agora para ele tanto faz a rispidez ou o favor, amor culpado, com a intenção de, caso meus temores se realizassem, que aquela moça encontrasse um coração e um lar para abrigá-la e confortá-la. A família havia se mudado dali uma semana antes; eles levantaram suas dívidas, pagaram-nas, e deixaram o local durante a noite. Por que, ou para onde, ninguém sabia.

Monks respirou um pouco mais livremente, e olhou para os lados com um sorriso de triunfo.

— Quando o seu irmão... — disse o sr. Brownlow, aproximando sua cadeira do outro. — Quando seu irmão, um menino frágil, desmazelado, abandonado, foi lançado no meu caminho por mão mais poderosa que o acaso, e resgatado por mim de uma vida de crimes e infâmias...

— O quê?! — exclamou Monks.

— Por mim — disse o sr. Brownlow. — Eu disse que você se interessaria. Por mim... vejo que seu astuto sócio omitiu meu nome, embora soubesse que soaria estranho a seus ouvidos. Quando ele foi resgatado por mim, então, e ficou se recuperando de uma doença em minha casa, sua forte semelhança com o quadro que mencionei me impressionou muito. Mesmo quando o vi pela primeira vez todo sujo e miserável, havia uma expressão em seu semblante que me lembrou de algum velho amigo, como um lampejo em um sonho vívido. Nem preciso lhe dizer que ele foi raptado antes que eu conhecesse sua história...

— Por que não? — perguntou logo Monks.

— Porque você sabe muito bem disso.

— Eu?!

— Não adianta negar — respondeu o sr. Brownlow. — Vou demonstrar que sei mais do que isso.

— Você... você... não pode provar nada contra mim — gaguejou Monks. — Eu o desafio a prová-lo!

— É o que veremos — retornou o velho cavalheiro com um olhar inquisitivo. — Perdi o menino, e nem com todos os meus esforços consegui recuperá-lo. A sua mãe havendo morrido, eu sabia que só você poderia resolver o mistério, mais ninguém, e como a última notícia era que você estava em sua propriedade das Índias Ocidentais, para onde, como você bem sabe, você se retirou com a morte de sua mãe, para escapar das consequências de sua conduta criminosa aqui, eu fiz a travessia. Você havia ido embora, meses antes, e supostamente estaria em Londres, mas ninguém sabia onde. Voltei. Seus representantes não tinham nenhuma pista de seu paradeiro. Você ia e vinha, diziam, estranhamente, como sempre, às vezes por dias a fio, às vezes sem voltar por meses, ao que tudo indicava, frequentando os mesmos lugares decaídos e se misturando com o mesmo bando infame com que se associou desde que era um menino ingovernável. Eu os esgotei de tantas perguntas. Percorri as ruas, noite e dia, mas até duas horas atrás, todos os meus esforços haviam sido em vão, e nunca mais o vi, nem de relance.

— E agora que você me encontrou — disse Monks, erguendo-se ousadamente —, o que vai fazer? Fraude e roubo são palavras altissonantes, justificadas, a seu ver, por uma semelhança imaginária entre um jovem delinquente e uma pintura ruim de um morto! Você nem sabe se esse casal choroso teve mesmo um filho; nem isso você sabe.

— De fato, eu *não sabia* — respondeu o sr. Brownlow, também se levantando —, mas nas duas últimas semanas fiquei sabendo de tudo. Você tem um irmão; você sabe disso, e você o conhece. Havia um testamento, mas sua mãe o destruiu, deixando o segredo e o dinheiro para você ao morrer. Esse testamento continha uma referência a um filho, provável resultado dessa triste relação, que nasceu, e acidentalmente você encontrou, quando a sua suspeita foi despertada pela semelhança do menino com seu pai. Você voltou ao local do nascimento dele. Existem provas, provas por muito tempo omitidas, de seu nascimento e de sua ascendência. Essas provas foram destruídas por você, e agora, segundo suas próprias palavras a seu cúmplice, o judeu, "*as únicas provas da identidade do menino estão no fundo do rio, e a velha pobre que as recebeu da minha mãe está apodrecendo no caixão".* Filho desnaturado, covarde, mentiroso. Você, que se reúne com ladrões e assassinos em salas escuras à noite. Você, cujos golpes e crimes acarretaram a morte violenta de alguém que valia milhões de você. Você, que desde o berço foi fel e amargor para o coração do próprio pai, e em quem todas as paixões más, todos os vícios e dissipações, apodreceram, até extravasar em uma doença hedionda que tornou seu rosto um sinal de seu espírito. Você, Edward Leeford, você ainda ousa me desafiar!

— Não, não, não! — retrucou o covarde, derrotado por tal acúmulo de acusações.

— Cada palavra! — exclamou o cavalheiro. — Cada palavra trocada entre você e esse destestável vilão chegou ao meu conhecimento. As sombras das paredes captaram seus sussurros, e os trouxeram aos meus ouvidos; a imagem do menino perseguido se tornou um vício, e deu a essa perseguição a coragem e quase os atributos da virtude. Foi cometido um assassinato, no qual você teve participação moral, se não real.

— Não, não — interveio Monks. — Eu... eu não sei nada sobre isso; e estava indo apurar a verdade dessa história, quando você me abordou. Eu não sabia o motivo. Achei que fosse uma briga de casal.

— Foi a revelação parcial dos seus segredos — respondeu o sr. Brownlow. — Agora você revelará tudo?

— Sim, revelarei tudo.

— Você assinará uma declaração com a verdade e os fatos, e a repetirá diante de testemunhas?

— Isso também eu prometo fazer.

— Fique aqui sossegado, até que esse documento seja redigido, e iremos juntos a um local que eu considero mais aconselhável, para tomar a sua assinatura?

— Se você insiste, também farei isso — respondeu Monks.

— Você precisará fazer mais do que isso — disse o sr. Brownlow. — Precisará fazer uma restituição a uma criança inocente e sem culpa, pois é o que ele é, embora filho de um amor culpado e muito miserável. Você se lembra do que dizia o testamento. Faça com que isso seja cumprido no tocante ao seu irmão, e depois vá aonde quiser. Neste mundo, não precisaremos mais nos rever.

Enquanto Monks andava em círculos, meditando com expressões obscuras e malignas nessa proposta e nas possibilidades de escapar: dilacerado por um lado por seus medos e por outro por seu ódio: a porta foi destrancada apressadamente, e um cavalheiro (o sr. Losberne) entrou na sala tomado de violenta agitação.

— O homem vai ser preso — ele exclamou. — Ele será levado esta noite!

— O assassino? — perguntou o sr. Brownlow.

— Sim, sim — respondeu o outro. — O cachorro dele apareceu rondando um velho esconderijo do dono, e parece não haver muita dúvida de que ele está, ou estará, ali, escondido nas sombras. Há homens de tocaia por toda parte. Conversei com o encarregado de sua captura, e eles disseram que ele não conseguirá escapar. O governo anunciará uma recompensa de cem libras.

— Dou mais cinquenta do meu bolso — disse o sr. Brownlow —, e anunciarei pessoalmente no local, se conseguir chegar lá. Onde está o sr. Maylie?

— Harry? Assim que ele viu seu amigo aqui, em uma carruagem com você, ele correu até o local onde ouviu essa informação — respondeu o doutor — e, montando em seu cavalo, foi se juntar ao primeiro grupo nos arrabaldes da cidade, onde combinaram de se reunir.

— E Fagin — disse o sr. Brownlow —, o que se sabe dele?

— Da última vez que tive notícia, ele ainda não havia sido preso, mas ele será, ou já foi, a essa altura. Eles estão seguros quanto a ele.

— Já se decidiu? — perguntou o sr. Brownlow, em voz baixa, para Monks.

— Sim — ele respondeu. — Você... você... será discreto quanto a mim?

— Serei. Fique aqui até eu voltar. É sua única esperança de se safar.

Eles saíram da sala, e a porta foi trancada mais uma vez.

— O que você fez? — perguntou o doutor com um sussurro.

— Tudo o que eu poderia esperar fazer, e mais um pouco. Associando a informação dada pela pobre moça com meus conhecimentos prévios, e o resultado das investigações de nosso bom amigo no local, deixei-o sem escapatória, e expus toda a sua vileza que, sob tais luzes, se tornou clara como o dia. Pode marcar, depois de amanhã, ao anoitecer, às sete horas, nosso encontro. Estaremos lá, algumas horas antes, mas será preciso descansar antes, especialmente a jovem senhorita, que *talvez* necessite de mais firmeza do que podemos prever agora. Mas meu sangue ferve para vingar essa pobre criatura assassinada. Por onde eles foram?

— Vá direto à delegacia e você chegará a tempo — respondeu o sr. Losberne. — Ficarei por aqui.

Os dois cavalheiros se separaram às pressas; ambos em um fervor de excitação totalmente incontrolável.

50.
Perseguição e fuga

Perto daquele trecho do Tâmisa que faz limite com a igreja em Rotherhithe, onde as construções das margens são as mais sujas e as embarcações no rio as mais negras da poeira dos carvoeiros e da fumaça dos casebres baixos, fica a mais imunda, a mais estranha, a mais extraordinária das muitas localidades ocultas em Londres, inteiramente ignorada, até de nome, pela grande massa de seus habitantes.

Para chegar a esse lugar, o visitante precisa penetrar através de um labirinto de ruas próximas, estreitas e barrentas, povoado pela gente mais rústica e mais pobre da orla do rio, dedicada ao tipo de comércio que supostamente ocasionam. As provisões mais baratas e menos delicadas são empilhadas em armazéns; os artigos mais simples e comuns do vestuário se penduram nas portas das lojas, e esvoaçam dos parapeitos e janelas. Por entre trabalhadores desempregados da classe mais baixa, estivadores, descarregadores de carvão, mulheres desbocadas, crianças desmazeladas, o refugo e o rebotalho do rio, o visitante abre caminho com dificuldade, assolado por visões e cheiros ofensivos oriundos das vielas estreitas que se bifurcam à direita e à esquerda, e ensurdecido pelo choque de pesadas carroças que trazem grandes pilhas de mercadorias dos armazéns que se erguem a cada esquina. Chegando, por fim, a ruas mais remotas e menos frequentadas do que aquelas pelas quais passou, ele caminha entre fachadas tortas que se projetam sobre o calçamento, muros arruinados que parecem cambalear à sua passagem, chaminés semidestruídas quase desabando, janelas com barras enferrujadas que o tempo e a sujeira quase devoraram inteiras, todos os indícios imagináveis da desolação e do abandono.

Em tal vizinhaça, depois de Dockhead no bairro de Southwark, fica Jacob's Island, uma ilha cercada por um fosso barrento, de quase dois metros de profundidade e entre quatro e seis de largura quando a maré sobe, outrora chamado de Mill Pond, Lago do Moinho, mas conhecido na época desta história como Folly Ditch, Fosso da Insensatez. Trata-se de um córrego ou de um braço do Tâmisa, e se enche na maré alta com a abertura das comportas na altura de Lead Mills, de onde a região tirou seu antigo nome. Nessas horas, um forasteiro, olhando de uma das pontes de madeira que a cruzam em Mill Lane, verá os moradores das casas das duas margens descendo pelas portas e janelas dos fundos baldes, tinas, todo tipo de utensílios domésticos, com os quais içam a água para cima; e quando seus olhos se deslocarem dessas operações para as próprias casas, sua máxima perplexidade será estimulada pelo cenário diante de si. Bizarras galerias de madeira comuns aos fundos de meia-dúzia de casas, com buracos por onde olhar para a lama lá embaixo; janelas, quebradas e remendadas, com caibros projetados para fora, destinados a secar lençóis inexistentes; cômodos tão pequenos, tão imundos, tão apertados, que o ar pareceria viciado demais até mesmo com toda a sujeira e a sordidez que abrigam; cômodos de madeira se projetando acima do lodo, e ameaçando cair naquele lamaçal — como alguns fizeram; paredes esbarreadas, e fundações deterioradas; toda feição repulsiva da pobreza, todo asqueroso indício de imundície, podridão e lixo; tudo isso ornamenta as margens do Fosso da Insensatez, Folly Ditch.

Em Jacob's Island, os armazéns não têm teto e são vazios; as paredes estão desmoronando; as janelas não são mais janelas; as portas estão caindo nas ruas; as chaminés estão enegrecidas, mas não soltam nenhuma fumaça. Trinta ou quarenta anos atrás, antes que as desapropriações e processos a atacassem, a região prosperava, mas hoje é de fato uma ilha desolada. As casas não têm donos, foram arrombadas, e invadidas por aqueles que tiveram essa coragem; e ali eles vivem, e ali eles morrem. Devem ter poderosos motivos para uma residência tão secreta, ou estarem de fato reduzidos a condição deplorável, aqueles que buscam refúgio em Jacob's Island.

Em um quarto no último andar de uma dessas casas — uma casa isolada de bom tamanho, arruinada em tudo mais, mas fortemente protegida na porta e na janela, uma casa cujos fundos davam para o já referido fosso — estavam reunidos três homens, que, entreolhando-se de quando em quando com semblantes expressivos de perplexidade e expectativa, sentaram por algum tempo em silêncio profundo e soturno. Um deles era Toby Crackit, outro era o sr. Chitling, e o terceiro um ladrão de cinquenta anos, cujo nariz havia sido quase afundado por um soco, em alguma antiga escaramuça, e cujo rosto trazia uma pavorosa cicatriz, que provavelmente haveria se originado na mesma ocasião. Esse homem era um ex-degredado, e seu nome era Kags.

— Eu preferiria — disse Toby virando-se para o sr. Chitling — que você tivesse escolhido outro esconderijo, quando os outros dois ficaram muito expostos, e que você não tivesse vindo para cá, meu caro colega.

— Por que não, seu cabeça oca?! — disse Kags.

— Bem, achei que você fosse ficar um pouco mais contente em me ver do que isso — respondeu o sr. Chitling, com ar melancólico.

— Ora, veja bem, jovem cavalheiro — disse Toby —, quando um homem leva uma vida tão discreta quanto eu, e nesse intuito tem uma casa confortável sem ninguém vigiando e farejando por perto, é um tanto surpreendente ter a honra de uma visita de um jovem cavalheiro (por mais respeitável e simpática que seja a pessoa com quem jogar cartas quando for conveniente) nessas suas circunstâncias.

— Especialmente, quando o esse homem discreto tem já outro amigo escondido consigo, que chegou antes do previsto do estrangeiro, e é modesto demais para se apresentar aos juízes ao voltar ao país — acrescentou o sr. Kags.

Houve um breve silêncio, depois do qual Toby Crackit, parecendo abandonar como inútil qualquer outro esforço para manter sua atitude arrogante e negligente, virou-se para Chitling e disse,

— Quando pegaram o Fagin afinal?

— Quando ele estava jantando... hoje às duas da tarde. Charley e eu demos sorte de escapar pela chaminé, e Bolter se enfiou de cabeça no tonel de água vazio, mas as pernas dele são tão compridas que ficaram de fora, e então levaram ele também.

— E a Bet?

— Pobre Bet! Ela foi reconhecer o corpo, para dizer quem era — respondeu Chitling, com o semblante cada vez mais acabrunhado —, e enlouqueceu, começou a gritar, a se sacudir e a bater a cabeça nas mesas, de modo que puseram uma camisa de força e levaram para o hospital, que é onde ela está.

— O que houve com o jovem Bates? — indagou Kags.

— Ele está por aí, para não vir antes de escurecer, mas logo ele chega — respondeu Chitling. — Agora não temos aonde ir, pois lá no Cripples está todo mundo em custódia, e o bar em frente ao esconderijo, fui lá e vi com meus próprios olhos, está cheio de armadilhas.

— Esse golpe foi duro — observou Toby, mordendo o lábio. — Muitos vão cair com isso.

— As sessões já começaram — disse Kags. — Assim que eles terminarem o interrogatório, e esse Bolter delatar, como é claro que ele vai, pelo que já deve ter falado, eles poderão provar que o Fagin foi cúmplice, e marcarão o julgamento para sexta-feira, e ele será enforcado dali seis dias, por D...!

— Vocês precisavam ter ouvido o sofrimento que foi — disse Chitling. — Os policiais brigaram feito demônios, e quase acabam com ele. Ele acabou caindo, mas fizeram um círculo em volta dele, e começaram a bater. Vocês precisavam ver como ele olhou para eles, todo sujo e ensanguentado, mas agarrado a eles como se fossem seus melhores amigos. Ainda posso vê-lo, mal conseguindo ficar em pé com a multidão em volta, eles o arrastaram no meio do povo; ainda posso ver as pessoas pulando, amontoadas, e rosnando e provocando Fagin; ainda posso ver o sangue no cabelo e na barba dele, e ouvir os gritos das mulheres no centro da roda, na esquina, jurando que agora iam arrancar o coração dele!

A testemunha horrorizada dessa cena apertou as mãos contra os ouvidos, e de olhos fechados se levantou e começou a andar violentamente para lá e para cá, como alguém que enlouqueceu.

Enquanto ele estava assim ocupado, e os dois homens estavam sentados em silêncio com os olhos fixos no chão, um som de passos se ouviu na escada, e o cachorro de Sikes entrou furtivamente no recinto. Eles foram correndo até a janela, desceram a escada e foram para a rua. O cachorro havia entrado por uma janela aberta; o animal nem tentou acompanhá-los, nem seu dono estava lá fora.

— O que será que aconteceu? — disse Toby depois de voltarem para dentro. — Ele não pode vir aqui. Eu... eu... espero que não venha.

— Se ele estivesse vindo para cá, ele viria com o cachorro — disse Kags, abaixando-se para examinar o animal, que estava ofegante, deitado no chão. — Ora! Traga um pouco de água para o bicho; ele deve ter corrido tanto que está a ponto de desmaiar.

— Ele já bebeu tudo, até a última gota — disse Chitling depois de observar o cachorro por algum tempo em silêncio. — Coberto de lama... mancando... quase cego... ele deve ter vindo de longe.

— De onde ele pode ter vindo!? — exclamou Toby. — Ele deve ter ido aos outros esconderijos, evidentemente, e vendo que estavam cheios de desconhecidos, veio para cá, onde ele esteve muitas e muitas vezes. Mas por que ele chegou primeiro, e como ele veio sozinho sem o dono?!

— Ele... — (nenhum deles chamava o assassino pelo nome.) — Não é possível que ele tenha escapado sozinho. O que você acha? — disse Chitling.

Toby balançou a cabeça.

— Se ele escapou — disse Kags —, o cachorro iria querer nos levar aonde ele está. Não. Acho que ele fugiu do país, e deixou o cachorro para trás. Ele deve mandado o cachorro embora, ou o bicho não estaria tão sossegado.

Esta solução, parecendo a mais provável, foi adotada com certa; o cachorro, esgueirando-se embaixo de uma cadeira, encolheu-se para dormir, sem ser mais notado por ninguém.

Estando agora escuro, a janela foi fechada, e uma vela acesa e posta sobre a mesa. Os acontecimentos terríveis dos últimos dois dias haviam causado profunda impressão naqueles três, aumentada pelo perigo e pela incerteza de sua própria situação. Eles aproximaram suas cadeiras, assustando-se a qualquer ruído. Falaram pouco, e sempre aos sussurros, e ficaram calados e tomados por um temor reverente, como se os restos mortais da mulher assassinada estivessem no quarto ao lado.

Eles estavam assim sentados, havia algum tempo, quando subitamente se ouviram batidas apressadas na porta lá embaixo.

— O jovem Bates — disse Kags, olhando irritadamente para os lados, para conter o medo que no fundo sentia.

As batidas voltaram. Não, não era ele. Ele nunca batia assim.

Crackit foi até a janela, e sacudindo-a, enfiou a cabeça pela abertura. Não era preciso dizer quem era, o rosto pálido foi o suficiente. O cachorro também ficou alerta na hora, e correu ganindo até a porta.

— Precisamos deixá-lo entrar — ele disse, pegando a vela da mesa.

— Não tem outro jeito? — perguntou o outro com voz rouca.

— Não. Ele *tem* que entrar.

— Não nos deixe aqui no escuro — disse Kags, pegando uma vela do aparador, e tentando acendê-la com mão tão trêmula que as batidas se repetiram mais duas vezes antes que ele conseguisse.

Crackit desceu até a porta, e voltou acompanhado de um homem com a parte de baixo do rosto escondida em um lenço, e outro lenço cobrindo a cabeça embaixo da cartola. Ele removeu os lenços lentamente. O rosto embranquecido, os olhos fundos, as faces sugadas, a barba de três dias, os músculos estenuados, a respiração curta e pesada; era o fantasma de Sikes.

Ele pôs a mão em uma cadeira no meio da sala, mas, estremecendo como se fosse desabar no assento e olhando para os lados, empurrou-a de volta para junto da parede — o mais rente possível —, pressionando o encosto, e sentou-se.

Nenhuma palavra havia sido trocada. Ele olhou de um para outro em silêncio. Se algum olhar furtivamente erguido cruzasse com o seu, seria instantaneamente percebido. Quando sua voz rouca rompeu o silêncio, os três se surpreenderam. Aparentemente eles nunca tinham ouvido aquele tom antes.

— Como o cachorro chegou até aqui? — ele perguntou.

— Sozinho. Há três horas.

— O jornal de hoje diz que Fagin foi preso. É verdade, ou é mentira?

— Verdade.

Todos voltaram a ficar calados.

— Seus desgraçados! — disse Sikes, passando a mão na testa. — Vocês não têm nada para me dizer?

Houve uma movimentação hesitante entre eles, mas ninguém falou nada.

— Você que cuida dessa casa — disse Sikes, virando o rosto para Crackit —, você pretende me entregar, ou me deixar ficar aqui até essa caçada terminar?

— Você pode ficar aqui, se achar seguro — devolveu a pessoa endereçada, após alguma hesitação.

Sikes lentamente moveu os olhos para a parede atrás de si, tentando virar a cabeça, mas sem efetivamente virá-la, e disse:

— Eles... enterraram... o... corpo?

Eles balançaram as cabeças.

— Por que não enterrariam?! — ele mesmo retrucou com o mesmo olhar para trás. — Por que deixariam uma coisa feia dessas acima da terra? Quem será agora?

Crackit sugeriu, com um movimento da mão ao sair da sala, que não havia motivo para temer; e logo voltou com Charley Bates atrás de si. Sikes sentou-se diante da porta, de modo que, no momento em que o rapaz entrou, encontrou sua figura.

— Toby — disse o rapaz recuando, quando Sikes olhou em sua direção —, por que você não me contou lá embaixo que ele estava aqui?

Houve um constrangimento tão tremendo entre os três, que o desgraçado se sentiu disposto até a se reconciliar com o rapaz. Nesse sentido, ele assentiu com a cabeça, e ensejou apertar-lhe a mão.

— Vou ficar no outro quarto — disse o rapaz, recuando ainda mais.

— Charley! — disse Sikes, avançando. — Você não... não está me reconhecendo?

— Não se aproxime — respondeu o rapaz, ainda retrocedendo, e olhando, horrorizado, para o assassino. — Seu monstro!

O homem parou no meio do caminho, e eles se entreolharam; mas os olhos de Sikes aos poucos se voltaram para o chão.

— Vocês são testemunhas — gritou o rapaz agitando o punho cerrado, e se tornando cada vez mais excitado ao falar. — Vocês três são testemunhas. Não tenho medo dele, se vierem atrás dele, vou entregá-lo, juro que vou. Já vou avisando. Se ele quiser, pode me matar, mas se eu estiver aqui, vou entregá-lo à polícia. Mesmo que eles o cozinhem vivo, vou entregá-lo. Assassino! Ajudem! Se ainda resta alguma hombridade em vocês, ajudem-me. Assassino! Ajudem! Vamos acabar com ele!

Soltando esses gritos, e acompanhando-os de violenta gesticulação, o rapaz se atirou, sozinho, sobre o forte homem, e na intensidade de sua energia e na furtividade da surpresa, derrubou-o pesadamente no chão.

Os três espectadores ficaram bastante estupefatos. Não interferiram, e o rapaz e o homem rolaram juntos no chão; o primeiro, ignorando a chuva de socos que sofria, agarrava com força a camisa do assassino, e o tempo todo gritando por socorro com todas as suas forças.

A briga, contudo, era por demais desigual para durar muito. Sikes imobilizava-o, com o joelho em sua garganta, quando Crackit puxou-o com expressão preocupada, e apontou para a janela. Havia luzes piscando lá embaixo, vozes em conversação aberta e franca, o tropel de passos apressados — aparentemente incessantes de tão numerosos — cruzando a ponte de madeira mais próxima. Parecia haver também um homem montado a cavalo na multidão; pois havia o som de cascos no calçamento irregular. O clarão de luzes aumentou; os passos ficaram mais volumosos e ruidosos. Então, ouviram-se batidas com força na porta, e em seguida um murmúrio rouco de uma multidão de vozes furiosas, que fariam até o mais ousado se acovardar.

— Socorro! — berrou o rapaz com uma voz que rasgou o ar. — Ele está aqui! Derrubem a porta!

— Em nome do rei — gritaram as vozes lá fora; e o grito rouco se ergueu novamente, só que mais alto.

— Derrubem a porta! — berrou o rapaz. — Escutem, eles não vão abrir nunca. Venham correndo até o quarto onde a luz está acesa. Derrubem essa porta!

Golpes, fortes e pesados, retumbaram na porta e na janela do térreo, quando ele parou de gritar, e um urro alto brotou da multidão, dando ao ouvinte, pela primeira vez, uma ideia adequada do tamanho imenso da multidão.

— Abram a porta de um quarto onde eu possa trancar esse diabinho estridente — gritou ferozmente Sikes, correndo para lá e para cá, arrastando o rapaz, agora, como se fosse um saco vazio. — Abram aquela porta. Depressa! — Ele atirou o rapaz lá dentro, fechou a porta e passou a chave. — A porta lá de baixo está trancada?

— Com duas voltas e corrente — respondeu Crackit, que, com os outros dois homens, ainda continuavam um bocado atônitos e perplexos.

— A madeira... é forte?

— Revestida de chapa de ferro.

— E as janelas também?

— Sim, as janelas também.

— Desgraçados! — gritou o rufião desesperado, abrindo a janela e ameaçando a multidão. — Vocês vão precisar fazer melhor do que isso se quiserem me prender!

De todos os berros terríveis a atingir ouvidos mortais, nenhum poderia superar o grito da multidão enfurecida. Alguns gritavam aos que estavam mais perto para incendiarem a casa; outros rugiam aos policiais para que o baleassem logo. Dentre todos, nenhum demonstrava maior fúria do que o homem a cavalo, que, descendo da sela, e atravessando a multidão como se fosse feita de água, gritou, embaixo da janela, com uma voz que se ergueu acima de todas as outras:

— Dou vinte guinéus para quem me trouxer uma escada!

As vozes mais próximas atenderam ao chamado, e centenas o ecoaram. Alguns pediam escadas, outros pediam martelos; alguns corriam com tochas, para lá e para cá, como se procurassem tais ferramentas, e continuavam voltando e rugindo outra vez; alguns desperdiçavam seu fôlego em xingamentos e maldições inúteis; alguns empurravam com o êxtase dos lunáticos, e assim impediam o avanço dos que estavam mais para trás; alguns mais ousados tentavam subir pela calha e pelas frestas da fachada; e todos oscilavam para os lados, na escuridão lá embaixo, como um milharal movido por um vento raivoso, e se juntavam de quando em quando em um único rugido alto e furibundo.

— A maré — gritou o assassino, voltando cambaleante para a sala, e fechando a janela e atenuando o vozerio —, a maré estava alta quando eu cheguei. Arranjem uma corda, uma corda comprida. Eles estão todos na frente da casa. Talvez eu consiga descer até o fosso, e escapar por ali. Tragam logo uma corda, ou matarei mais três e me matarei em seguida.

Os homens possuídos pelo pânico apontaram o local onde esses artigos eram guardados; o assassino, rapidamente escolhendo a corda mais longa e mais forte, correu para o telhado da casa.

Todas as janelas dos fundos da casa havia muito tempo que estavam lacradas com tijolos, exceto uma pequena janela basculante no quarto onde o rapaz estava trancafiado, e que era pequena demais até para passar seu corpo. Mas, por essa abertura, Bates não deixara um segundo de avisar as pessoas lá fora para vigiarem os fundos; e assim, quando o assassino apareceu por fim no alto da casa, saindo pela porta que dava acesso ao telhado, um grito muito alto proclamou o fato para a multidão da frente, que imediatamente começou a dar a volta, empurrando uns aos outros, em fluxo incessante.

Ele travou a porta com uma tábua, que levara consigo com esse intento, tão firmemente que seria muito difícil conseguirem abri-la por dentro e, esgueirando-se sobre as telhas, olhou sobre o parapeito baixo.

A água havia baixado, e o fosso virara um leito de lama.

A multidão havia se acalmado por alguns momentos, assistindo aos movimentos do fugitivo e na dúvida sobre seu propósito, mas no instante em que perceberam do que se tratava e que ele seria derrotado, ergueram um grito de triunfante desprezo perto do qual todo os berros anteriores ficaram parecendo sussurros. E mais e mais alto berraram. Aqueles que estavam longe demais para entender o significado daquilo, juntaram-se ao coro; e o grito ecoou diversas vezes. Era como se a cidade inteira reunisse sua população para amaldiçoá-lo.

As pessoas na frente da casa continuaram empurrando, incessantemente, em uma forte correnteza de semblantes raivosos, aqui e ali apenas uma tocha acesa os iluminava, e os revelava em toda sua ira e sua paixão. As casas do outro lado do fosso haviam sido invadidas pela multidão; as janelas estavam escancaradas, ou arrancadas dos batentes, havia fileiras e fileiras de rostos em toda janela; grupos e mais grupos de pessoas se equilibrando em todos os telhados. Todas as pontículas (e havia três por ali) se dobraram sob o peso da multidão. A correnteza humana continuou em frente até encontrar uma fresta ou um furo por onde extravasar seus gritos, e apenas por um instante conseguir vislumbrar o fugitivo.

— Ele agora está cercado — gritou um homem da ponte mais próxima. — Viva!

A multidão ficou mais clara de cabeças descobertas; e novamente o grito se ergueu.

— Dou cinquenta libras — gritou um velho cavalheiro ali presente — para quem o trouxer vivo para mim. Ficarei aqui, até que ele venha resgatar o prêmio.

Houve outro alvoroço. Nesse momento, a notícia correu pela multidão de que a porta havia sido derrubada finalmente, e aquele que pedira primeiro a escada conseguira entrar na sala. A correnteza humana abruptamente desviou, e a informação passou de boca em boca; e as pessoas nas janelas, vendo que as pontes estavam ficando livres, deixaram seus postos, e correndo para a rua, juntaram-se ao fluxo que atropeladamente àquela altura chegava até onde elas estavam. Todo mundo se esmagando e acotovelando o vizinho, todos ofegantes para conseguir chegar perto da porta, e dar uma olhada no criminoso quando os policiais o trouxessem. Os gritos e berros daqueles que se sentiam sufocados, ou eram pisoteados e atropelados na confusão, foram pavorosos; as vielas ficaram completamente bloqueadas; e a certa altura, entre a pressa de alguns para retomar seu lugar diante da casa, e os esforços vãos de outros para se desvencilhar da massa, momentaneamente a atenção foi desviada do assassino, embora a avidez geral por sua captura, na medida do possível, fosse até maior.

O sujeito estava acuado, totalmente aplacado pela ferocidade da massa, e pela impossibilidade de escapar, mas vendo essa súbita alteração com a mesma rapidez de sua ocorrência, pôs-se de pé, decidido a fazer um último empenho de salvar a vida descendo até o fosso, e, mesmo com o risco de se afogar, tentar fugir se arrastando em meio às sombras e a toda a confusão.

Revigorado com novas forças e energias, e estimulado pelo barulho no interior da casa que anunciava efetivamente a entrada de alguém, ele parou junto à chaminé, amarrou uma ponta da corda firmemente em volta, e com a outra ponta fez um laço forte com as mãos e os dentes em menos de um segundo. Ele poderia descer pela corda até uma distância menor que a própria altura, e levar a faca para cortá-la e se deixar cair no fosso.

No instante exato em que passou o laço pela cabeça antes de descê-lo por baixo dos braços, e quando o referido velho cavalheiro (que se agarrara ao corrimão da ponte para resistir à força da multidão, e conservar seu posto) avisou os homens à sua volta que o sujeito estava tentando descer pela corda. Nesse mesmo momento o assassino, olhando para trás, levantou espasmodicamente os braços acima da cabeça, e proferiu um grito de terror.

— Outra vez aqueles olhos! — exclamou com um lamento sobrenatural.

Estremecendo como se tivesse sido atingido por um raio, ele perdeu o equilíbrio e tropeçou no parapeito. O laço ainda estava em seu pescoço. O nó correu com seu peso, tenso como a corda de um arco, veloz com a flecha que este atira. Foi uma queda de mais de dez metros. De repente, houve um tranco, uma convulsão terrível de braços e pernas; e ali ele ficou enforcado, com a faca na mão enrijecida.

A velha chaminé tremeu com o tranco, mas resistiu bravamente. O assassino balançou sem vida contra a empena da casa; e o rapaz, afastando o corpo suspenso que obscurecia sua visão, avisou o povo para vir e tirá-lo logo dali, por tudo o que era mais sagrado.

Um cachorro, que ficara escondido até agora, correu para trás e para frente sobre o parapeito, com um uivo melancólico, e juntando forças para um salto, atirou-se no colo do homem morto. Errando o alvo, o cachorro caiu no fosso, virando-se completamente nesse mergulho; e batendo a cabeça em uma pedra, ali ficou com os miolos expostos.

51.
Fornecendo uma explicação para mais de um mistério, e compreendendo uma proposta de casamento sem contrato ou dote

Os acontecimentos narrados no capítulo anterior tinham apenas dois dias, quando Oliver se viu, às três horas da tarde, em uma carruagem rumando depressa para sua cidade natal. A sra. Maylie e Rose, a sra. Bedwin e o bom doutor estavam com ele. O sr. Brownlow vinha atrás em uma diligência dos correios, acompanhado por outra pessoa cujo nome não havia sido mencionado.

Ninguém conversou muito no caminho, pois Oliver estava em um estado de agitação e incerteza que lhe impedia de concatenar seus pensamentos, e praticamente sua fala, e parecia que o efeito era quase o mesmo em seus companheiros, que compartilhavam esse estado, em grau pelo menos equivalente. Ele e as duas damas haviam sido cuidadosamente informados pelo sr. Brownlow da natureza das confissões a que Monks fora obrigado; e embora soubessem que o objetivo daquela viagem era completar o trabalho que começara tão bem, ainda assim o assunto estava envolvido em dúvidas e mistérios suficientes para fazer com que todos ali tivessem de suportar no mais intenso suspense.

O mesmo bom amigo havia, com ajuda do sr. Losberne, prudentemente interrompido todos os canais de comunicação pelos quais poderiam receber informações sobre os pavorosos acontecimentos mais recentemente ocorridos. "Era verdade", ele dissera, "que todos deveriam ficar sabendo em algum momento, mas talvez agora não seja o melhor momento, e talvez não haja momento pior do que este". De modo que viajavam calados, cada um ocupado das próprias reflexões sobre o objetivo que os reunira, e ninguém disposto a dar voz aos pensamentos que se acumulavam nas cabeças de todos.

Mas se Oliver, sob tais influências, permaneceu calado durante a viagem à sua cidade natal no trecho da estrada que não conhecia, toda a torrente de suas recordações voltou aos velhos tempos, e uma multidão de emoções acordou em seu peito, quando eles viraram no trecho que ele havia atravessado a pé um menino pobre, sem lar, vagando, sem ninguém para ajudá-lo, sem um teto sobre sua cabeça.

— Ali, ali, veja! — exclamou Oliver, agarrando avidamente a mão de Rose, e apontando pela janela da carruagem. — Aquela é a porteira que eu pulei; ali estão as cercas onde eu me escondi, com medo que me pegassem e me obrigassem a voltar! Para lá, fica a trilha que atravessa o campo, e dá na antiga casa onde fiquei quando era pequeno! Oh, Dick, Dick, meu velho amigo querido, se eu pudesse encontrá-lo agora!

— Em breve você o encontrará — respondeu Rose, tomando delicadamente as mãos unidas do menino dentro das suas. — Você poderá dizer pessoalmente como está feliz, e que ficou rico, e que, de todas as suas felicidades, nenhuma é maior quanto esta, de voltar e fazer com que ele também seja feliz.

— Sim, sim — disse Oliver —, e nós vamos... vamos levá-lo embora daqui, e lhe dar roupas e estudo, e levá-lo para um lugar sossegado no interior onde ele possa crescer forte e saudável... não é?

Rose assentiu, pois o menino sorria através das lágrimas com tamanha felicidade que ela nem conseguiu falar.

— Você será gentil e bondosa com ele, pois você é assim com todo mundo — disse Oliver. — Sei que você vai chorar quando ouvi-lo contar a história dele, mas não se preocupe, tudo vai passar, e você vai sorrir depois... eu sei que vai... ao ver como ele ficará diferente; você fez assim comigo. Ele disse "Deus te abençoe" quando eu fui embora — exclamou o menino com um acesso afetuoso de emoção —, e eu vou dizer "Deus te abençoe" agora, e mostrar o quanto eu gosto dele por ter dito isso para mim!

Conforme eles se aproximaram da cidade, e por fim entraram em suas ruas estreitas, não foi nada fácil conter o menino dentro de limites razoáveis. Lá estava a funerária do Sowerberry, igual a antes, apenas menor e menos imponente em aparência do que ele se lembrava. Lá estavam todas as lojas e casas familiares, todas elas com algum incidente associado a ele. Lá estava a carroça do Gamfield, a mesma carroça de sempre, parada na frente do velho bar. Lá estava a casa de trabalhos, a maldita prisão de seus primeiros dias, com suas tristes janelas carrancudas dando para a rua. Lá estava o mesmo porteiro magro diante do portão, diante de quem Oliver involuntariamente recuou, e em seguida gargalhou por ser tão tolo, depois chorou, e depois tornou a gargalhar; havia dezenas de rostos nas portas e janelas que ele conhecia muito bem, praticamente tudo estava como se ele tivesse saído dali ontem, e toda a sua vida recente não tivesse passado de um sonho bom.

Mas era a pura e sincera e alegre realidade. A carruagem conduziu-os diretamente ao principal hotel da cidade (que Oliver costumava contemplar, com temor reverente, e pensar se tratar de um imponente palácio, mas que havia de certa forma decaído em grandiosidade e dimensão); e ali estava o sr. Grimwig pronto para recebê-los, beijando a mão da jovem senhorita, e da velha senhora também, quando desceram da carruagem, como se ele fosse o avô do grupo todo, todo sorrisos e amabilidades, e sem sugerir que devoraria a própria cabeça — não, nem uma única vez; nem mesmo quando foi contrariado por um mensageiro muito tarimbado sobre o melhor caminho até Londres, e defendeu que ele sabia melhor, embora só tivesse feito o trajeto uma vez, e mesmo assim dormindo pesadamente. O jantar foi servido, e os quartos já estavam arrumados, e tudo foi arranjado como em um passe de mágica.

Não obstante tudo isso, encerrado o alvoroço da primeira meia hora, o mesmo silêncio e a contenção de antes voltaram a predominar como na viagem até ali. O sr. Brownlow não se juntou ao grupo no jantar, mas permaneceu no quarto ao lado. Os dois outros cavalheiros entravam e saíam com expressões angustiadas, e, nos breves intervalos em que estiveram presentes, conversaram em particular. A certa altura, a sra. Maylie foi chamada, e depois de se ausentar por quase uma hora, voltou com os olhos inchados e chorosos. Todas essas coisas deixaram Rose e Oliver, que não tinham segredos um com o outro, nervosos e incomodados. Eles conjecturaram em silêncio ou, se trocaram algumas poucas palavras, sussurraram-nas, como se receassem ouvir o som das próprias vozes.

Por fim, quando eram nove da noite, e eles começaram a achar que não teriam mais novidades aquela noite, o sr. Losberne e o sr. Grimwig entraram no quarto, seguidos pelo sr. Brownlow e um homem diante do qual Oliver quase solta um grito de surpresa ao ver, pois lhe disseram que era seu irmão, e era o mesmo homem que ele havia encontrado na cidade, e que vira espiando com Fagin da janela de seu quartinho. Monks lançou um olhar de ódio, naquele momento, que não conseguiu disfarçar, ao menino perplexo, e sentou-se perto da porta. O sr. Brownlow, que vinha com papéis na mão, dirigiu-se à mesa diante da qual Rose e Oliver estava sentado.

— É uma tarefa dolorosa — disse ele —, mas essas declarações, assinadas em Londres diante de muitos cavalheiros, devem ter seu conteúdo repetido aqui esta noite. Eu os teria poupado dessa degradação, mas precisamos ouvi-las da sua boca antes de nos separarmos, e você deve saber por quê.

— Prossiga — disse a pessoa endereçada, virando o rosto. — Depressa. Creio que já fiz mais do que o suficiente. Não me faça demorar muito aqui hoje.

— Esse menino — disse o sr. Brownlow, puxando Oliver para perto de si, e pondo a mão em sua cabeça — é seu meio-irmão; filho ilegítimo de seu pai, meu caro amigo Edwin Leeford, com a pobre jovem Agnes Fleming, que morreu no parto dele.

— Sim — disse Monks, ralhando com o mênino trêmulo, cujo coração batendo ele talvez pudesse ouvir. — Esse é o filho bastardo.

— O termo que você usa — disse o sr. Brownlow, seriamente — é uma censura a pessoas que há muito passaram além dos reproches mundanos. Não deprecia ninguém entre os vivos, exceto você mesmo ao usá-lo. Que seja. Ele nasceu nesta cidade.

— Na casa de trabalhos desta cidade — foi a resposta taciturna.

— A história completa está aí. Ele apontou impacientemente para os papéis ao falar.

— Preciso ouvi-la aqui também — disse o sr. Brownlow, observando os presentes.

— Pois então ouçam! Vocês! — retrucou Monks. — O pai dele adoeceu, foi levado a Roma. Para lá, sua esposa, minha mãe, de quem ele estava separado havia muito tempo, foi de Paris e me levou com ela, para cuidar dos negócios dele, até onde sei, pois ela não gostava muito dele, nem ele dela. Ele nem chegou a nos ver, pois já estava desacordado, e dormiu até o dia seguinte, quando morreu. Entre os papéis de sua escrivaninha, havia dois com a data do início da doença, dirigidos a você — ele se dirigiu ao sr. Brownlow —, e incluía em poucas linhas um aviso no envelope, de que só devia ser enviado depois que ele morresse. Um desses papéis era uma carta para essa moça, Agnes; o outro era um testamento.

— O que aconteceu com a carta? — perguntou o sr. Brownlow.

— Carta? Uma folha de papel com duas cruzes, com uma confissão penitente, e preces para que Deus a ajudasse. Ele inventou uma história para a moça, de que havia algum mistério secreto, que ele explicaria algum dia, que o impedia de se casar com ela naquele momento; e assim ela continuou, confiando pacientemente nele, até que confiou demais, e perdeu algo que jamais teria como recuperar. Ela estava, na época, a alguns meses do parto. Ele disse a ela tudo o que pretendia fazer, que devia esconder sua vergonha, se ele vivesse, e pediu que, se ele morresse, não maldissesse sua memória, nem pensasse que as consequências do pecado deles recairia sobre ela ou sobre a criança; pois a culpa era toda dele. Ele lembrou a ela do dia em que lhe dera o medalhão e o anel com o nome de batismo dela gravado, e com uma lacuna para o futuro sobrenome que algum dia ele lhe daria, e suplicou que ela o guardasse, e usasse junto ao peito, como ela havia feito antes, e então discorria, desabridamente, repetindo outra vez as mesmas palavras, diversas vezes, como se houvesse enlouquecido. Acho que ele enlouqueceu.

— E o testamento — disse o sr. Brownlow, conforme as lágrimas de Oliver escorriam depressa.

Monks ficou calado.

— O testamento — disse o sr. Brownlow, falando por ele — seguia o mesmo espírito da carta. Ele falava das desgraças que a esposa lhe trouxe, de sua disposição beligerante, crueldades, maldades, e das paixões ruins de seu único filho, que havia sido treinado para odiá-lo; e deixava para você, e para sua mãe, cada um, uma anuidade de oitocentas libras. O grosso dos bens, ele dividiu em duas partes iguais, uma para Agnes Fleming, e outra para a criança, caso vingasse, e atingisse a maioridade. Se fosse uma menina, ela herdaria o dinheiro incondicionalmente, mas se fosse um menino, apenas caso durante a menoridade ele não maculasse seu nome com nenhum ato público de desonra, crueldade, covardia, ou crime. Ele disse isso, segundo ele, para realçar sua confiança na mãe, e sua convicção, fortalecida pela proximidade da morte, de que a criança herdaria o coração delicado e a natureza nobre da mãe. Se ele se frustrasse nessa expectativa, então o dinheiro iria para você, pois então, e apenas então, sendo os dois filhos iguais, ele reconheceria a sua prioridade sobre a herança, você, que não a tinha no coração dele, e que desde criança o repugnara com frieza e aversão.

— A minha mãe — disse Monks, subindo o tom — fez o que qualquer mulher teria feito. Ela queimou esse testamento. A carta jamais chegou a seu destinatário, mas esta, e outras provas, ela guardou, caso algum dia tentassem esconder essa nódoa. O pai da moça extraiu dela a verdade, mediante diversas ameaças que o ódio violento da filha, hoje eu adoro isso nela, puderam suscitar. Ferido pela vergonha e pela desonra, ele fugiu com as filhas para uma região remota de Gales, alterando seu próprio nome para que seus amigos jamais soubessem seu paradeiro; e lá, não muito depois, ele foi encontrado morto na cama. A moça havia fugido, em segredo, algumas semanas antes; ele havia procurado por ela, a pé, em todas as cidades e vilarejos da região. Foi na noite em que ele voltou para casa, certo de que ela dera cabo da própria vida, para ocultar a vergonha, dela e dele, que o velho coração desse pai se partiu.

Houve um breve silêncio nesse ponto, até que o sr. Brownlow retomou o fio da narrativa.

— Anos depois disso — ele disse —, a mãe deste homem aqui, de Edward Leeford, veio me procurar. Este aqui a deixara, aos 18 anos, roubara-lhe as joias e o dinheiro, apostara, esbanjara, fraudara e fugira para Londres, onde por dois anos se associou aos marginais mais vis. Ela estava padecendo de uma doença dolorosa e incurável, e desejava vê-lo regenerado antes de morrer. Perguntas foram feitas de porta em porta, e buscas minuciosas realizadas. Por muito tempo não deram em nada, mas acabaram tendo sucesso; e ele voltou com ela para a França.

— Lá ela morreu — disse Monks —, depois de uma longa doença; e em seu leito de morte, ela me passou esses segredos, assim como seu insaciável e mortífero ódio de todos os que neles estavam envolvidos, embora isso ela não precisasse me deixar, pois eu já o herdara muito antes. Ela não acreditava que a moça houvesse dado cabo da própria vida, e da criança também, mas tinha a impressão de que um menino haveria nascido, e que estaria vivo. Jurei para ela que se esse menino cruzasse meu caminho, eu o perseguiria, jamais o deixaria descansar, o trataria com a mais amarga e inquebrantável animosidade, lançaria sobre ele o ódio que eu sentia profundamente, e, para cuspir naquela bazófia vazia do testamento ultrajante, eu o arrastaria, se possível, até a forca. Ela tinha razão. O menino cruzou finalmente meu caminho. Comecei bem e, não fosse uma meretriz tagarela, eu teria terminado como comecei!

Quando o vilão cruzou firmemente os braços, e murmurou impropérios contra si mesmo na impotência da maldade debelada, o sr. Brownlow se virou para o grupo ao lado, e explicou que o judeu, que havia sido seu antigo cúmplice e confidente, recebera uma alta recompensa por manter Oliver enredado, da qual, apenas uma parte seria dada caso ele fosse resgatado, e que uma disputa sobre isso os levara à casa do interior com o propósito de identificá-lo.

— E quanto ao medalhão e ao anel? — disse o sr. Brownlow, virando-se para Monks.

— Comprei-os do homem e da mulher sobre os quais comentei, que roubaram da enfermeira, que os roubara do cadáver — respondeu Monks sem erguer os olhos. — Você sabe o que aconteceu com eles.

O sr. Brownlow meramente assentiu com a cabeça para o sr. Grimwig, que, desaparecendo com grande animação, logo retornou, empurrando para a sala a sra. Bumble, e arrastando atrás de si o cônjuge contrariado.

— Nem acredito no que estou vendo! — exclamou o sr. Bumble, com mal fingido entusiasmo. — Esse não é o pequeno Oliver? Ah, O-li-ver, se você soubesse a tristeza que passei pensando em você...

— Dobre essa língua, seu tolo — murmurou a sra. Bumble .

— Ora, mas não é natural, natural, sra. Bumble? — insistiu o diretor da casa de trabalhos. — Não tenho direito de sentir... *eu* que paroquialmente o criei... quando vejo o menino aqui entre damas e cavalheiros da mais afável distinção! Sempre adorei esse menino, como se ele fosse um... do... meu avô — disse o sr. Bumble, procurando uma comparação apropriada. — Sr. Oliver, querido, você se lembra do bom cavalheiro de colete branco? Ah! Ele foi para o céu na semana passada, em um caixão de carvalho com alças cromadas, Oliver.

— Ora, senhor — disse o sr. Grimwig, acidamente —, contenha seus sentimentos.

— Farei o meu melhor, senhor — respondeu o sr. Bumble. — Como vai, senhor? Espero que bem.

Essa saudação foi dirigida ao sr. Brownlow, que se aproximara a menos de um passo do respeitável casal. Ele indagou, apontando para Monks:

— Vocês conhecem essa pessoa?

— Não — respondeu a sra. Bumble apaticamente.

— Talvez você o conheça? — disse o sr. Brownlow, dirigindo-se ao marido.

— Nunca vi em toda minha vida — disse o sr. Bumble.

— Nem nunca venderam nada para ele, talvez?

— Não — respondeu a sra. Bumble.

— Você nunca teve, talvez, um certo medalhão e um anel de ouro? — disse o sr. Brownlow.

— Seguramente, não — respondeu a enfermeira-chefe. — Por que nos trouxeram aqui para responder a esses absurdos?

Mais uma vez o sr. Brownlow deu sinal para o sr. Grimwig; e mais uma vez este cavalheiro saiu correndo com extraordinária prontidão.

Mas dessa vez não voltou com um homem parrudo e sua esposa; pois ele conduzia duas velhas paralíticas, que tremiam e cambaleavam ao caminhar.

— Você fechou a porta na noite em que a velha Sally morreu — disse a primeira, erguendo a mão enrugada —, mas não vedou o som, nem fechou as frestas.

— Não, não — disse a outra, olhando para os lados e balançando a mandíbula desdentada. — Não, não, não.

— Ouvimos quando ela tentou contar o que havia feito, e vimos você pegar um papel da mão dela, e no dia seguinte vimos você também, ir à casa de penhor — disse a primeira.

— Sim — acrescentou a segunda —, e era um "medalhão e um anel de ouro". Descobrimos isso, e vimos quando ela deu para você. Estávamos do lado. Ah! Estávamos do lado.

— E sabemos mais do que isso — retomou a primeira —, pois ela sempre nos contava, faz muito tempo, que aquela moça grávida, vendo que não ia sobreviver, contou para ela que na noite em que a trouxeram doente, ela estava indo morrer junto da sepultura do pai da criança.

— Você quer que eu chame o dono da casa de penhor? — perguntou o sr. Grimwig dirigindo-se à porta.

— Não — respondeu a mulher. — Se ele — ela apontou para Monks — foi covarde de confessar, como vejo que foi, e vocês investigaram todas essas velhas até encontrar as certas, eu não digo mais nada. Eu de fato os *vendi*, e onde estão agora vocês nunca conseguirão encontrá-los. E daí?

— Nada — respondeu o sr. Brownlow —, exceto pelo fato de que cabe a nós agora tomar providências para que nenhum de vocês jamais seja empregado em cargo de confiança. Vocês podem sair agora.

— Eu espero... — disse o sr. Bumble, olhando para os lados com grande pesar, quando o sr. Grimwig sumiu com as duas velhas. — Espero que essa pequena circunstância infeliz não me prive do meu posto paroquial?

— Na verdade, privará — respondeu o sr. Brownlow. — Você pode ter certeza disso, e, além do mais, dê-se por satisfeito por perder apenas isso.

— A culpa é toda da sra. Bumble. Foi ela quem *quis* agir assim — insistiu o sr. Bumble, olhando primeiro para os lados para ter certeza de que sua parceira saíra da sala.

— Isso não é desculpa — respondeu o sr. Brownlow. — Você esteve presente na ocasião da destruição dessas joias, e na verdade é o mais culpado dos dois, aos olhos da lei, pois a lei pressupõe que sua esposa aja sob a sua direção.

— Se a lei supõe isso — disse o sr. Bumble, espremendo enfaticamente a cartola nas mãos —, a lei é uma burra, uma idiota. Se esses são os olhos da justiça, a justiça é solteira; e o pior que eu desejo para a justiça é que seus olhos sejam abertos pela experiência... pela experiência.

Com muita ênfase na repetição dessas duas palavras, o sr. Bumble afundou bem a cartola na cabeça, e enfiando as mãos nos bolsos, desceu a escada atrás da esposa.

— Jovem senhorita — disse o sr. Brownlow, virando-se para Rose —, me dê a mão. Não trema. Não receie ouvir as poucas palavras que ainda temos para dizer.

— Se elas têm, não sei como poderiam ter, mas se tiverem, qualquer referência a mim — disse Rose —, peço para ouvi-las em algum outro momento. Não tenho forças nem ânimo agora.

— Não — retrucou o velho cavalheiro, passando o braço dela no seu —, você é mais forte do que pensa, tenho certeza. O senhor conhece esta jovem senhorita?

— Sim — respondeu Monks.

— Nunca vi você antes — disse Rose com voz fraca.

— Eu a vi muitas vezes — devolveu Monks.

— O pai da infeliz Agnes tinha *duas* filhas — disse o sr. Brownlow. — Que fim levou a outra, a caçula?

— A caçula — respondeu Monks —, quando o pai morreu em local ignorado, com outro nome, sem uma carta, um livro, ou pedaço de papel que desse a menor pista de onde encontrar amigos ou parentes, a caçula foi levada por sitiantes pobres, que a criaram como filha.

— Prossiga — disse o sr. Brownlow, com um gesto pedindo para sra. Maylie se aproximar. — Prossiga!

— Era impossível encontrar o local onde essa gente tinha ido morar — disse Monks —, mas onde a amizade falha, o ódio encontra uma brecha. Minha mãe encontrou o lugar, depois de um ano de buscas tenazes, sim, e encontrou a menina.

— Ela a levou consigo?

— Não. Eram pessoas pobres e começaram a perder, ao menos o homem perdeu, seus valores humanos mais elevados; de modo que ela a deixou com eles, dando-lhes um pequeno presente em dinheiro, que não duraria muito, e prometeu enviar mais, o que ela não tinha nenhuma intenção de fazer. Ela não se convenceu, contudo, de que a tristeza e a pobreza deles seriam o suficiente para causar a infelicidade da menina, mas contou a história da vergonha da irmã, com modificações que julgou apropriadas. Pediu que tomassem cuidado com a menina, pois ela vinha de uma linhagem degenerada, disse-lhes que ela era filha ilegítima, e que mais cedo ou mais tarde acabaria seguindo pelo mau caminho. As circunstâncias sustentavam tudo o que ela disse, eles acreditaram, e ali a menina levou uma existência miserável o bastante para nos satisfazer, até que uma viúva, que então vivia em Chester, viu a menina por acaso, teve pena, e levou para casa. Havia alguma maldição, creio, contra nós; pois apesar de todos os nossos esforços ela continuou lá e foi feliz. Há dois ou três anos, ela desapareceu, e não a encontrei mais até poucos meses atrás.

— Você sabe onde ela está agora?

— Sim. Ela está segurando o seu braço.

— Mas não pode ser a minha sobrinha — exclamou a sra. Maylie, amparando a jovem que quase desamaiava em seus braços. — Não pode ser a minha menina mais querida. Não posso perdê-la agora, por todos os tesouros do mundo. Minha doce companhia, minha querida menina!

— A única família que tive na vida — exclamou Rose, agarrando-se a ela. — A pessoa mais bondosa, a melhor amiga. Meu coração vai explodir. Não posso suportar tudo isso.

— Você já suportou mais do que isso, e tem sido, apesar dos pesares, a melhor e mais gentil criatura que algum dia espalhou felicidade para todos que a conheceram — disse a sra. Maylie, abraçando-a com ternura. — Venha, venha, meu amor, lembre-se de quem é este que está esperando para abraçá-la, este pobre menino! Veja só, veja, veja, meu bem!

— Não vou chamar você de tia! — exclamou Oliver, atirando os braços em torno do pescoço dela. — Nunca vou chamar você de tia, irmã, minha querida irmã, que meu coração me ensinou a amar tanto desde o começo! Rose querida, adorada Rose!

Que as lágrimas derramadas, e as palavras entrecortadas que foram trocadas durante o longo abraço entre os órfãos, sejam sacramentadas. Um pai, uma irmã e uma mãe foram ganhos e perdidos naquele exato momento. Alegria e tristeza se mesclaram nessa taça, mas não foram lágrimas amargas, pois mesmo a tristeza surgiu tão atenuada, e vestida em recordações tão doces e ternas, que se tornou um prazer solene, e perdeu todas as características da dor.

Eles ficaram sozinhos por muito, muito tempo. Uma batida de leve na porta, enfim anunciou que havia alguém lá fora. Oliver abriu, afastou-se, e deixou Harry Maylie entrar.

— Já sei de tudo — ele disse, sentando-se ao lado da jovem adorável. — Rose, querida, já sei de tudo. Não estou aqui por acaso — ele disse após prolongado silêncio. — E não fiquei sabendo de tudo esta noite, pois fiquei sabendo ontem, apenas ontem. Você acha que vim aqui lembrar-lhe de uma promessa?

— Espere — disse Rose. — Você *de fato* sabe de tudo.

— De tudo. Você me deu permissão, a qualquer momento, depois de um ano, para renovar o assunto de nossa última conversa.

— Dei.

— Sem querer pressioná-la para alterar sua determinação — prosseguiu o rapaz —, mas, se você puder, eu gostaria de ouvir você repeti-la. Eu estava disposto a entregar a seus pés minha posição e minha fortuna, quaisquer que fossem, mas se você continua aderida à sua determinação anterior, juro, nenhuma palavra ou ato meu tentará alterá-la.

— Os mesmos motivos que me influenciaram na época me influenciam agora — disse Rose com firmeza. — Se algum dia me senti com um dever estrito e rígido em relação a ela, cuja bondade me salvou de uma vida de indigência e sofrimento, quando esse dever se impôs com mais força do que esta noite? Trata-se de uma luta — disse Rose —, mas uma luta que lutarei com orgulho; trata-se de uma dor, mas uma dor que meu coração suportará.

— A revelação desta noite... — começou Harry.

— A revelação desta noite — respondeu Rose suavemente — me coloca na mesma posição, em relação a você, em que eu estava antes.

— Você está fechando seu coração para mim, Rose — insistiu o pretendente.

— Ah, Harry, Harry — disse a jovem dama, desatando a chorar. — Quem dera eu pudesse fazer isso, poupe-me desse sofrimento.

— Então por que infligi-lo a si mesma? — disse Harry, tomando a mão dela. — Pense bem, Rose querida, pense no que você ouviu aqui esta noite.

— E o que foi que eu ouvi?! O que eu ouvi?! — exclamou Rose. — Que uma sensação de sua profunda desgraça agiu sobre meu pai, a ponto de ele abandonar tudo, pronto, já falamos demais, Harry, já falamos demais.

— Ainda não, ainda não — disse o rapaz, detendo-a quando ela tentou se levantar. — Minha esperança, meu desejo, minha perspectiva, meu sentimento, todos os meus pensamentos na vida, exceto meu amor por você, passaram por uma transformação. Não lhe ofereço agora nenhuma distinção em meio à multidão agitada, nenhum contato com um mundo de maldade e calúnia, onde o sangue faz corar os rostos honestos na desgraça e na vergonha, mas um lar, um coração e um lar, sim, amada Rose, e isso, e apenas isso, é tudo o que tenho a oferecer.

— O que você quer dizer com isso?! — ela hesitou.

— Apenas o seguinte: que, quando a deixei pela última vez, deixei-a com a firme determinação de desfazer todas as barreiras imaginárias entre nós dois; decidido a, se meu mundo não podia ser o seu, eu faria do seu mundo o meu, para que nenhum orgulho de berço pudesse lhe opor qualquer censura, pois eu daria as costas a isso. Isto eu já fiz. Aqueles que me evitaram por causa disso, evitaram você, e provaram que você estava certa. Todo esse poder e proteção, esses parentes influentes e bem postos na vida, da mesma forma que sorriam para mim antes, olham com frieza para mim agora; mas há campos risonhos e arvoredos que dançam na terra mais rica da Inglaterra, e perto de uma igreja na aldeia, são meus, Rose, meus campos! Lá existe uma morada singela, da qual você pode me fazer mais orgulhoso, mais do que todas as esperanças de que abri mão, mil vezes mais. Eis meu posto e minha condição agora, que entrego aqui aos seus pés!

— É uma provação para os apaixonados esperar o jantar — disse o sr. Grimwig, levantando-se, e passando o lenço na testa.

Verdade seja dita, o jantar teve de aguardar um tempo excessivo. Nem a sra. Maylie, nem Harry, nem Rose (pois entraram todos juntos), ninguém ofereceu nenhuma justificativa para tanta demora.

— Pensei seriamente em devorar minha cabeça esta noite — disse o sr. Grimwig —, pois comecei a pensar que não teria outra coisa para comer. Vou tomar a liberdade, se vocês me permitirem, de dar meus parabéns à futura noiva.

O sr. Grimwig não perdeu um minuto para levar essa informação à jovem envergonhada; e o exemplo, sendo contagioso, foi seguido pelo doutor e pelo sr. Brownlow. Alguns afirmam que Harry Maylie havia planejado fazer aquilo, originalmente, em um quarto escuro ao lado, mas as maiores autoridades considerariam isso um perfeito escândalo, sendo ele jovem e pastor.

— Oliver, meu bem — disse a sra. Maylie —, por onde você andou, e por que está tão triste? Estou vendo as lágrimas no seu rosto. O que houve?

Este é um mundo de decepções, muitas vezes das nossas esperanças mais almejadas, esperanças que conferem as maiores honras à nossa natureza.

O pobre Dick havia morrido!

52.
A última noite da vida de Fagin

O tribunal estava tomado, de cima a baixo, de rostos humanos. Olhos inquisitivos e ávidos espiavam de cada polegada de espaço. Dos bancos diante do juiz, até o ângulo mais agudo do canto mais estreito das galerias, todos os olhares estavam voltados para um único homem: Fagin. Na frente e atrás dele, acima e abaixo, à direita e à esquerda, ele parecia estar cercado por um firmamento, todo brilhante de olhos reluzentes.

Ele ficou ali, sob esse clarão de luz viva, com uma mão apoiada ao púlpito de madeira diante de si, e a outra em concha junto do ouvido, e a cabeça projetada para frente, para conseguir captar com mais nitidez cada palavra que vinha do juiz, que lia a acusação para os jurados. Às vezes, ele se virava e os olhava atentamente para observar o efeito da mais breve pluma a seu favor, e quando os pontos contrários eram declarados com terrível distinção, olhava para seu advogado, em súplica muda para que, ainda assim, este tentasse fazer algo por ele. Além dessas manifestações de angústia, ele não moveu mãos ou pés. Ele mal se mexera desde o início do julgamento; e agora que o juiz parou de falar, ele continuou na mesma atitude forçada de máxima atenção, com o olhar fixo nele, como se continuasse ouvindo.

Uma ligeira comoção no tribunal, trouxe-o de volta a si. Olhando para os lados, ele viu que os jurados haviam se reunido para considerar o veredito. Quando seus olhos percorreram as galerias, ele viu pessoas se amontoando para ver seu rosto: alguns de binóculos, outros sussurrando com os vizinhos, com expressões de aversão. Alguns poucos presentes, que pareciam não se importar com ele, e olhavam apenas para o júri, impacientemente especulando quanto tempo poderiam demorar. Mas em nenhum semblante — nem entre as mulheres, das quais havia muitas — ele notou a menor solidariedade consigo, nem nenhum sentimento além de um interesse total em sua condenação.

Quando percebeu tudo isso em um único olhar espantado, de relance, o silêncio fatídico voltou, e ele tornou a olhar para trás, e viu que os jurados haviam se virado para o juiz. Silêncio!

Os jurados pediram apenas permissão para se retirar.

Ele olhou, desolado, para os rostos deles, um por um, quando eles passaram, como se tentasse perceber a tendência da maioria, mas não adiantou. O carcereiro tocou seu ombro. Ele seguiu mecanicamente até o outro lado do tribunal, e sentou-se em uma cadeira. O homem precisou mostrar para ele a cadeira, ou ele não a teria visto.

Tornou a olhar para as galerias. Algumas pessoas estavam comendo, e algumas se abanavam com os lenços, pois o lugar lotado estava muito quente. Havia um rapaz desenhando sua fisionomia em um pequeno bloco. Ele se perguntou como seria, e conseguiu ver, quando o artista quebrou a ponta do lápis, e apontou com a faca, como qualquer espectador ali presente teria feito.

Da mesma forma, quando ele olhou para o juiz, seu pensamento começou a se ocupar com o estilo de sua toga, e com o custo, e com o modo como ela trajava. Havia um velho cavalheiro gordo sentado no banco também, que havia saído, cerca de meia hora antes, e agora estava de volta. Ele se perguntou se esse homem teria ido jantar, o que teria comido, e onde, e continuou com essa linha de raciocínios à toa, até que um novo objeto lhe chamasse a atenção e suscitasse outra coisa.

Não que todo esse tempo seu espírito ficasse, mesmo que instantaneamente, livre de uma sensação opressiva e avassaladora da proximidade da sepultura que se abria sob seus pés; isso estava sempre presente, mas de um modo vago e genérico, e ele não conseguiria fixar seus pensamentos nisso. Assim, mesmo tremendo, e transpirando só de pensar na morte súbita, ele começou a contar os pregos que tinha diante de si, e se perguntar como a cabeça de um desses pregos teria se quebrado, e se algum dia o consertariam, ou se deixariam como estava. Então, ele pensou em todos os horrores da forca e do cadafalso — parou para observar um homem que borrifava água no chão para refrescar — e em seguida tornou a pensar naquilo outra vez.

Por fim, houve um pedido de silêncio, e todos olharam sem respirar para a porta. O júri voltou, e passou perto dele. Ele não conseguiu apurar nada de seus semblantes; eles podiam ser feitos de pedra. Seguiu-se um silêncio total, nem um farfalhar, nem uma respiração.

— Culpado.

O edifício ecoou um grito tremendo, e outro, e mais outro, e então ecoou gemidos altíssimos, que ganharam força ao explodirem, como um trovão furioso. Foi um grito de alegria do povo lá fora, saudando a notícia de que ele morreria na segunda-feira.

O barulho passou, e lhe perguntaram se ele tinha algo a dizer para não merecer a pena de morte. Ele havia retomado sua atitude atenta de ouvinte, e olhou intensamente para seu interlocutor enquanto a pergunta foi feita,; mas a pergunta precisou ser repetida duas vezes até que aparentemente ele ouviu, e então ele apenas resmungou que era um velho — um homem velho — e assim, com um suspiro, tornou a se calar.

O juiz vestiu o chapéu preto de pena de morte, e o prisioneiro continuou com o mesmo ar e a mesma atitude. Uma mulher na galeria proferiu uma exclamação, provocada por essa solenidade macabra; ele olhou para cima, como se estivesse irritado com a interrupção, e inclinou-se para a frente com ainda mais atenção. O pronunciamento foi solene e impressionante; a sentença, pavorosa de se ouvir. Mas ele continuou, como uma estátua de mármore, sem mover um nervo. Seu rosto abatido ainda se projetava para a frente, sua mandíbula pendia frouxa, e seus olhos se arregalavam, quando o carcereiro pôs a mão em seu braço, e mandou que se levantasse e saísse. Ele olhou estupidamente ao seu redor por um instante, e obedeceu.

Levaram-no através de um corredor pavimentado embaixo do tribunal, onde alguns prisioneiros estavam aguardando sua vez, e outros conversavam com seus amigos e parentes, que se amontoavam junto a uma grade que dava para o pátio aberto. Não havia ninguém ali para falar com ele; mas, quando ele passou, os prisioneiros se afastaram para torná-lo mais visível para as pessoas que se agarravam às barras de ferro e todos lhe dirigiram nomes pejorativos, e gritaram e assobiaram. Ele agitou o punho cerrado, e teria cuspido neles; mas seus condutores o empurraram adiante, por uma passagem escura, iluminada por alguns lampiões muito fracos, até o interior da prisão.

Ali, ele foi revistado, para que não tivesse acesso aos meios de se antecipar à justiça; realizada essa cerimônia, levaram-no para uma das celas dos condenados, e ali o deixaram — sozinho.

Ele sentou-se em um banco de pedra junto à parede oposta à porta, que servia de assento e leito; e lançando os olhos injetados para o chão, tentou ordenar seus pensamentos. Depois de algum tempo, ele começou a se lembrar de alguns fragmentos desconexos da sentença: que, na hora, no entanto, aparentemente ele não conseguira escutar. Esses fragmentos, aos poucos, acabaram se encaixando em seus devidos lugares, e por fim passaram a sugerir mais, de modo que em pouco tempo ele se lembrou de tudo, quase com as mesmas palavras proferidas. Que seja enforcado pelo pescoço, até a morte — terminava assim. Que ele fosse enforcado pelo pescoço até a morte.

Conforme escureceu, ele começou a pensar em todos os homens que conhecera que haviam morrido no cadafalso; alguns dos quais, por intermédio seu. Eles se perfilaram, em veloz sucessão, tão veloz que ele mal conseguiu contá-los. Alguns ele vira pessoalmente morrer, e fizera piada, porque morreram rezando. Com que estardalhaço caíram; e como de repente se transformaram, de homens fortes e vigorosos em pilhas frouxas de roupas!

Alguns deles talvez tivessem ocupado aquela mesma cela, sentado naquele mesmo banco. Estava muito escuro; por que não traziam alguma luz? A cela havia sido construída muitos anos atrás. Dezenas de homens deviam ter passado suas últimas horas ali. Era como estar em um porão cheio de mortos — o chapéu preto, o laço, os braços amarrados, os rostos que ele conhecia, até por baixo daquele hediondo véu.

— Luz, luz!

Por fim, quando suas mãos estavam em carne viva de tanto bater na porta pesada e nas paredes, dois homens apareceram. Um deles trazia uma vela, que enfiou em um castiçal de ferro fixo à parede, o outro arrastando um colchão onde ele passaria a noite; pois o prisioneiro não poderia mais ficar sozinho a partir daquele momento.

Então anoiteceu — uma noite escura, triste e silenciosa. Há quem fique contente ao ouvir o relógio da igreja dar as horas, pois é um sinal de vida e do dia de amanhã. Para ele, aquilo trouxe o desespero. O ribombar de cada badalada do sino de ferro vinha carregado de um som grave e oco — da Morte. De que lhe servia o alvoroço e o bulício da alegre manhã, que penetrava até sua cela? Era outra forma de dobre fúnebre, que agregava escárnio à advertência.

O dia se passou. Dia? Não havia mais dia; o dia acabava assim que começava — e a noite voltava; uma noite tão longa, e no entanto tão breve; longa em seu pavoroso silêncio, e breve em suas horas tão fugazes. A certa altura, ele esbravejou e blasfemou; noutro momento, uivou e arrancou os cabelos. Homens veneráveis da mesma religião dele vieram rezar ao seu lado, mas ele os expulsou com xingamentos. Eles renovaram seus esforços caridosos, e ele os expulsou às pancadas.

Noite de sábado. Ele só viveria mais uma noite. E ao pensar nisso, o dia raiou — domingo.

Apenas na noite desse último dia medonho, sua alma aflita foi acometida por uma debilitante consciência de sua situação desamparada, desesperada; não que ele algum dia alimentasse alguma esperança definida ou positiva de compaixão, mas porque ele jamais fora capaz de sequer considerar uma pálida probabilidade de morrer tão cedo. Ele falara pouco com os dois homens, que se revezavam a vigiá-lo; e eles, por sua vez, não fizeram nenhum esforço para chamar sua atenção. Ele ficara ali sentado, sonhando acordado. Agora, a todo instante, ele despertava, sobressaltado, ofegante e ardente, e corria para lá e para cá, em tal paroxismo de medo e ira que até os sentinelas — acostumados àquelas coisas — recuaram horrorizados. Ele se tornou tão aterrador, por fim, com todas as torturas de sua má consciência, que um deles não conseguiu suportar mais ficar ali sentado, vigiando sozinho; e então os dois passaram a vigiá-lo juntos.

Ele se encolheu em seu leito de pedra, e pensou no passado. Ele havia sido atingido por alguns objetos atirados pela multidão no dia de sua captura, e sua cabeça estava enfaixada com uma bandagem de linho. Seus cabelos ruivos pendiam em seu rosto empalidecido; sua barba estava desgrenhada, e enosada; seus olhos brilhavam com uma luz terrível; sua pele suja estalava com a febre que ardia dentro dele. Oito, nove, dez. Se aquilo não era um truque para assustá-lo, e se aquelas fossem horas de verdade em seu encalço, onde ele estaria, quando soassem de novo! Onze! Outra badalada, antes que a voz da hora anterior deixasse de vibrar. Às oito, ele seria o único a prantear seu próprio funeral; às onze...

Aquelas malditas muralhas de Newgate, que ocultavam tanta miséria e angústia indizível, não apenas dos olhos, mas muitas vezes e por tempo demais, dos pensamentos dos homens, jamais testemunharam espetáculo mais pavoroso que aquele. Os poucos que por ali passavam, e se perguntavam o que estaria fazendo o homem que seria enforcado no dia seguinte, teriam dormido mal à noite, se pudessem vê-lo.

Desde o início do anoitecer, até quase meia-noite, pequenos grupos de duas ou três pessoas começaram a chegar ao portão, e a perguntar, com semblantes aflitos, se algum adiamento fora anunciado. Estas, diante de uma negativa, comunicaram a bem-vinda notícia aos grupos espalhados pela rua, que apontaram para a porta por onde ele sairia, e mostraram onde ficaria o cadafalso, e, afastando-se com passos contrariados, viraram-se para imaginar o cenário. Aos poucos, todos, um por um, se dispersaram; e, durante uma hora, na calada da noite, a rua ficou abandonada à solidão e às trevas.

O espaço diante da prisão foi liberado, e fortes barreiras, pintadas de preto, haviam já sido colocadas na rua para deter a pressão da multidão esperada, quando o sr. Brownlow e Oliver apareceram no portão, e apresentaram uma ordem de admissão para visitar o prisioneiro, assinada por um dos xerifes. Eles foram imediatamente admitidos no edifício.

— Esse jovem cavalheiro vem também, senhor? — disse o homem encarregado de conduzi-los. — Aqui não é lugar para criança, senhor.

— Não é mesmo, meu amigo — concordou o sr. Brownlow —, mas meu assunto com esse homem está intimamente associado a esse menino; e como ele o conheceu o viu no auge do sucesso e da vilania, acho que é bom, mesmo ao custo de uma dose de dor e de medo, que ele também o veja agora.

Essas poucas palavras foram ditas em particular, de modo a serem inaudíveis para Oliver. O homem levou a mão ao chapéu; e olhando de relance para Oliver com alguma curiosidade, abriu outro portão, do lado oposto ao da entrada, e seguiram em frente, através de corredores escuros e tortuosos, até as celas.

— Aqui — disse o homem, parando em uma passagem escura onde dois trabalhadores faziam preparativos em profundo silêncio —, aqui é o lugar por onde ele vai passar. Se vocês forem por aqui, poderão ver a porta por onde ele sairá.

Ele os levou a uma cozinha toda de pedra, equipada de tachos de cobre para fazer a comida da prisão, e apontou para uma porta. Havia uma grade aberta acima da porta, através da qual saía o som de vozes masculinas, mescladas ao barulho de marteladas, e o impacto de tábuas desabando. Estavam construindo o cadafalso.

A partir dali, eles passaram por diversos portões pesados, abertos por outros carcereiros pelo lado de dentro e, depois de atravessar um pátio aberto, subiram por uma escada estreita, e chegaram a um corredor com uma fileira de portas reforçadas à esquerda. Fazendo sinal para ficarem onde estavam, o carcereiro bateu em uma dessas portas com seu molho de chaves. Os dois sentinelas, após alguns sussurros, apareceram no corredor, esticando as pernas, como se estivessem contentes pelo alívio temporário, e deixaram os visitantes entrar na cela com o carcereiro. Eles entraram.

O criminoso condenado ficou sentado em sua cama, balançando-se para os lados, com uma expressão que parecia antes a de um animal capturado que a de um homem. Seu espírito evidentemente vagava por sua vida pretérita, pois ele murmurava continuamente, sem parecer consciente da presença deles, a não ser como parte de uma visão sua.

— Bom menino, Charley... muito bem... — ele resmungou. — Oliver, também, hahaha! Oliver também... agora está um cavalheiro... um perfeito... levem esse menino para a cama!

O carcereiro tomou a mão livre de Oliver e, sussurrando para que ele não se preocupasse, continuou observando sem falar.

— Levem-no para a cama! — exclamou Fagin. — Vocês estão me ouvindo, alguém aí? Ele foi o... o... de certa forma o motivo de tudo isso. Valeu a pena o dinheiro gasto para sua formação até... o pescoço do Bolter, Bill, sem falar na garota, quero o corte mais fundo possível na garganta do Bolter. Serrem-lhe a cabeça fora!

— Fagin — disse o carcereiro.

— Sou eu! — exclamou o judeu, retomando instantaneamente a atitude de ouvinte que assumira no tribunal. — Sou um velho, Senhor; um homem muito, muito velho!

— Aqui — disse o carcereiro, colocando a mão no peito dele para acalmá-lo. — Aqui estão algumas visitas para você, querem lhe fazer algumas perguntas, imagino. Fagin, Fagin! Você é um homem ou o quê?

— Não serei por muito tempo — ele respondeu, erguendo os olhos com uma expressão que não conservava mais nada de humano além de fúria e terror. — Matem todos eles! Que direito eles têm de me matar assim?

Enquanto falava, ele avistou Oliver e o sr. Brownlow. Encolhendo-se no canto mais distante do banco, ele perguntou o que eles queriam ali.

— Calma — disse o carcereiro, ainda com a mão em seu peito. — Agora, senhor, diga o que você quer. Depressa, por favor, pois ele vai piorando com o passar do tempo.

— Você possui certos papéis — disse o sr. Brownlow dando um passo à frente —, que lhe foram passados, por segurança, por um sujeito chamado Monks.

— Isso é pura mentira — respondeu Fagin. — Não tenho papel nenhum. Nenhum.

— Pelo amor de Deus — disse o sr. Brownlow solenemente —, não me venha com isso agora, à beira da morte; me diga onde estão esses papéis. Você sabe que Sikes morreu, que Monks confessou, que não há nenhuma chance de haver algum ganho com isso. Onde estão esses papéis?

— Oliver — exclamou Fagin, chamando o menino. — Venha cá! Vou sussurrar no seu ouvido.

— Não estou com medo — disse Oliver em voz baixa, soltando a mão do sr. Brownlow.

— Os papéis — disse Fagin, puxando Oliver para junto de si — estão em uma sacola de lona, em um buraco em cima da chaminé do quarto da frente do andar de cima. Quero falar com você, meu caro. Eu quero falar com você.

— Sim, sim — respondeu Oliver. — Vamos rezar. Vamos! Só uma oração. Vamos rezar, ajoelhados, reze comigo, e podemos conversar até amanhecer o dia.

— Lá fora, lá fora — respondeu Fagin, empurrando o menino em direção à porta, e olhando vagamente por cima de sua cabeça. — Diga que eu adormeci, eles vão acreditar. Você vai conseguir me tirar daqui, se me levar junto. Quando chegar a hora, quando chegar a hora!

— Oh! Deus tenha pena desse condenado! — exclamou o menino com um acesso de lágrimas.

— Isso mesmo, isso mesmo — disse Fagin. — Isso vai nos ajudar. Primeiro essa porta. Se eu me sacudir e tremer todo, quando passarmos pela forca, não se preocupe, mas siga em frente. Agora, agora, agora!

— Você não tem mais nada para perguntar a ele, senhor? — indagou o carcereiro.

— Nada — respondeu o sr. Brownlow. — Se ainda houvesse esperança de fazê-lo compreender sua situação...

— Não há o que fazer quanto a isso, senhor — respondeu o homem, balançando a cabeça. — Melhor deixá-lo em paz.

A porta da cela se abriu, e os sentinelas voltaram.

— Não desista, não desista — exclamou Fagin. — Devagar, mas não muito. Mais depressa, mais depressa!

Os homens foram para cima dele e, desvencilhado Oliver de suas mãos, conseguiram fazê-lo recuar. Ele relutou com a força do desespero, por um instante; e em seguida lançou gritos e mais gritos, que penetraram até aquelas muralhas enormes, e ecoaram em seus ouvidos até chegarem ao pátio aberto.

Foi um pouco antes de eles deixarem a prisão. Oliver quase desmaiou, depois daquela cena pavorosa, e ficou tão fraco por uma hora ou mais, que ficou sem forças para caminhar.

O dia estava nascendo quando eles saíram. Uma grande multidão já se formara; as janelas estavam repletas de pessoas, fumando e jogando baralho para passar o tempo; a multidão se acotovelava, brigava, zombava. Tudo ali falava de vida e entusiasmo, exceto um conjunto de objetos escuros no centro de tudo — o praticável preto, a viga cruzada, a corda, e todo o hediondo aparato da morte.

53.
E último

O destino daqueles que apareceram nesta história foram quase todos revelados. O pouco que resta a este historiador relatar, será contado em poucas e simples palavras.

Antes de três meses decorridos, Rose Fleming e Harry Maylie se casaram na igreja do interior que até então era o local de trabalho do jovem pastor; no mesmo dia, eles se mudaram para seu lar novo e feliz.

A sra. Maylie foi morar com o filho e a nora, para desfrutar, durante o que lhe restava de seus dias serenos, da maior felicidade que a idade e a riqueza podem conhecer — a contemplação da felicidade daqueles a quem os mais calorosos afetos e os mais ternos cuidados de uma vida bem vivida haviam sido incessantemente concedidos.

Aparentemente, após completa e cuidadosa investigação, se a fortuna arruinada remanescente sob a custódia de Monks (que jamais aumentara em suas mãos ou nas mãos de sua mãe) fosse igualmente dividida entre ele e Oliver, daria, para cada um, pouco mais de três mil libras. Pelas decisões do testamento do pai, Oliver teria direito a tudo; mas o sr. Brownlow, sem querer privar o mais velho da oportunidade de se regenerar de seus antigos vícios e de seguir uma carreira honesta, propôs esse modo de distribuição, com o qual o mais novo alegremente concordou.

Monks, ainda usando esse nome, retirou-se para uma parte remota do Novo Mundo; onde, esbanjando tudo rapidamente, ele mais uma vez recaiu em sua vida pregressa, e, depois de passar por longo confinamento em decorrência de novo ato de fraude e estelionato, acabou sucumbindo a um ataque de seu antigo transtorno, e morreu na prisão.

Longe de casa também morreram os principais membros remanescentes da gangue de seu amigo Fagin.

O sr. Brownlow adotou Oliver como seu filho. Mudando-se com ele e a velha governanta para uma casa a uma milha da casa do pastor, onde seus queridos amigos moravam, ele satisfez o único desejo que faltava do coração caloroso e sincero de Oliver, e assim formou uma pequena sociedade, cuja situação se aproximava de uma felicidade perfeita como nunca se viu neste mundo em eterna transformação.

Pouco depois do casamento dos jovens, o digno doutor retornou a Chertsey, onde, privado da presença dos antigos amigos, ele teria ficado descontente, se seu temperamento admitisse esse sentimento; e teria se tornado muito rabugento, se soubesse como sê-lo. Durante dois ou três meses, ele se contentou em especular que receava que o clima local não lhe agradava mais; até que, descobrindo que, para ele, a região não era mais a mesma de antes, ele passou seus negócios para seu assistente, comprou um chalé de solteiro nos arrabaldes da vila onde seu jovem amigo era pastor, e instantaneamente se recuperou. Ali ele começou a se dedicar à jardinagem, à horta, à pesca, à carpintaria, e a várias outras ocupações similares, todas assumidas com sua característica impetuosidade. Em todas e cada uma delas, ele desde então se tornou famoso nas redondezas, como uma profundíssima autoridade.

Antes dessa mudança, ele havia estabelecido uma forte amizade com o sr. Grimwig, à qual este excêntrico cavalheiro cordialmente correspondera. Sendo assim, ele costuma ser visitado pelo sr. Grimwig muitas vezes ao longo do ano. Nessas ocasiões, o sr. Grimwig planta, pesca e carpinteja, com grande ardor, fazendo tudo de modo muito singular e sem precedentes, mas sempre mantendo sua afirmação favorita, de que aquele era o modo certo de agir. Aos domingos, ele nunca deixa de criticar o sermão na frente do próprio jovem pastor, sempre comentando depois com o sr. Losberne, em total sigilo, que considerava uma excelente apresentação, mas achava melhor não dizê-lo. É uma brincadeira que ele adora, pois o sr. Brownlow zomba de sua antiga profecia a respeito de Oliver, lembrando da noite em que ficaram diante do relógio, esperando seu retorno; mas o sr. Grimwig defende que ele estava certo no geral, e, em prova disso, comenta que Oliver afinal não havia voltado, o que sempre provoca uma gargalhada do outro lado, e aumenta seu bom humor.

O sr. Noah Claypole, recebendo perdão da Coroa em consequência de seu testemunho contra Fagin, e considerando essa nova profissão muito menos segura do que ele desejava, ficou, por algum breve tempo, sem recursos para sobreviver, sem o fardo do trabalho excessivo. Depois de refletir mais um pouco, ele resolveu trabalhar como informante, o que lhe garantiu uma refinada subsistência. Seu plano é sair da igreja acompanhado por Charlotte em trajes respeitáveis. A dama desmaia na porta de um taberneiro caridoso, e o cavalheiro pedindo três centavos de conhaque para reanimá-la, leva essa informação no dia seguinte, e embolsa metade da multa por servir álcool na rua. Às vezes, o sr. Claypole é quem desmaia, mas o resultado é o mesmo.

O sr. e a sra. Bumble, privados de seus cargos, foram aos poucos reduzidos a grande indigência e miséria, e terminaram virando pobres na mesmíssima casa de trabalhos onde um dia deram ordens aos outros. O sr. Bumble foi ouvido dizendo que, naquele revés e naquela degradação toda, ele não tivera sequer presença de espírito para dar graças por ter sido separado da esposa.

Quanto aos senhores Giles e Brittles, eles conservaram seus antigos cargos, embora o primeiro esteja calvo, e o segundo, bastante grisalho. Eles moram no presbitério, mas dividem suas atenções tão igualmente entre os moradores, Oliver e o sr. Brownlow, e o sr. Losberne, que até hoje o povo da vila não sabe dizer a qual estabelecimento eles pertencem exatamente.

O jovem sr. Charles Bates, aterrorizado pelo crime de Sikes, começou a se perguntar se a vida honesta não seria, afinal, a melhor. Chegando à conclusão de que certamente era, ele deu as costas às cenas do passado, decidido a corrigi-las em uma nova esfera de ação. Ele deu duro, e sofreu muito, por algum tempo, mas, tendo um temperamento contente, e um bom propósito, conseguiu por fim; e, depois de ser peão em fazenda, e carroceiro, ele é hoje o mais feliz jovem tratador de gado de Northamptonshire.

E agora, a mão que traça estas palavras hesita, pois se aproxima a conclusão de sua tarefa; e deseja tecer, com um pouco mais de espaço, o fio dessas aventuras.

Gostaria ainda de me demorar em alguns daqueles entre os quais tanto me movi, e compartilhar sua felicidade ao tentar descrevê-la. Mostraria Rose Maylie em pleno viço e graça do início da vida adulta, derramando em seu caminho particular na vida uma luz suave e delicada, que se derramava sobre todos que caminhavam com ela, e brilhava em seus corações. Pintaria sua vida e a alegria diante da lareira do círculo familiar e do grupo animado durante o verão; iria com ela pelos campos vicejantes ao meio-dia, e ouviria sua voz doce durante uma caminhada noturna ao luar; ficaria a observá-la em toda a sua bondade e sua caridade com os outros, e o desempenho sorridente e incansável das tarefas domésticas em casa; pintaria ela e o filho de sua falecida irmã felizes em seu amor um pelo outro, e passando horas inteiras juntos relembrando as pessoas queridas que infelizmente perderam; evocaria diante de mim, mais uma vez, aqueles rostinhos felizes que reuniam em volta de seus joelhos, e ouvir seus alegres balbucios; evocaria os sons daquela risada límpida, e conjuraria a lágrima compassiva que reluzia em seu claro olho azul. Isso tudo, e mil olhares e sorrisos, e inflexões do pensamento e da fala — gostaria de evocar todos e cada um.

Como o sr. Brownlow seguiu em frente, dia após dia, alimentando o espírito de seu filho adotivo com mananciais de conhecimento, e se apegando a ele, cada vez mais, conforme sua natureza se desenvolvia, e mostrou as prósperas sementes de tudo o que ele queria que o menino se tornasse; como o menino lhe fez recordar novos aspectos de seu antigo amigo, que despertaram em seu peito velhas lembranças, melancólicas mas também doces e balsâmicas; como os dois órfãos, testados pela adversidade, não esqueciam suas lições, em benefício dos outros, e o amor recíproco, e a gratidão fervorosa a Ele que os havia protegido e preservado. Todos esses são assuntos que não precisam ser ditos. Eu disse que eles foram genuinamente felizes e, sem forte afeto e humanidade no coração, e gratidão ao Ser cujo código é a Misericórdia, e cujo grande atributo é a Benevolência com todas as coisas que respiram, a felicidade jamais é atingida.

No altar da velha igreja da vila, há uma placa de mármore branco, em que está inscrita apenas uma única palavra: "AGNES". Não há caixão nessa sepultura; e talvez demore anos, muitos anos, antes que outro nome seja inscrito acima desse! Mas, se o espírito dos Mortos um dia voltar à terra, para visitar locais santificados pelo amor — o amor além da sepultura — daqueles que conheceram em vida, acredito que a sombra de Agnes às vezes paira sobre aquele solene recanto. Nisso acredito também porque esse recanto fica em uma Igreja, e ela foi fraca e cometeu erros em vida.

DIREÇÃO EDITORIAL
Daniele Cajueiro

EDITORA RESPONSÁVEL
Ana Carla Sousa

PRODUÇÃO EDITORIAL
Adriana Torres
Laiane Flores
Juliana Borel

REVISÃO E REVISÃO DE TRADUÇÃO
Letícia Côrtes
Sofia Soter

CAPA
Mateus Valadares

DIAGRAMAÇÃO
Larissa Fernandez Carvalho
Leticia Fernandez Carvalho

Este livro foi impresso em 2021
para a Nova Fronteira.